隋文帝

被历史埋没千年的帝皇

丑人 著

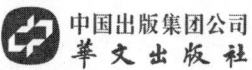
中国出版集团公司
华文出版社

目　录

第 一 章　王的更迭　…………………………………………………… 1
第 二 章　权臣屠龙　…………………………………………………… 14
第 三 章　计除权奸　…………………………………………………… 29
第 四 章　北齐消亡　…………………………………………………… 43
第 五 章　一帝五后　…………………………………………………… 63
第 六 章　暗流急涌　…………………………………………………… 79
第 七 章　贼喊捉贼　…………………………………………………… 93
第 八 章　王朝崩塌　…………………………………………………… 110
第 九 章　开皇之初　…………………………………………………… 127
第 十 章　交恶之计　…………………………………………………… 144
第十一章　突厥归顺　…………………………………………………… 171
第十二章　惠及天下　…………………………………………………… 185
第十三章　收复后梁　…………………………………………………… 202
第十四章　调兵遣将　…………………………………………………… 214
第十五章　平定江南　…………………………………………………… 225
第十六章　互不相让　…………………………………………………… 248
第十七章　敲打臣工　…………………………………………………… 263
第十八章　翠玉屏风　…………………………………………………… 272
第十九章　吏不敢腐　…………………………………………………… 284
第二十章　关中大旱　…………………………………………………… 293

第二十一章	无稽之怨	……………………………………	305
第二十五章	东征高丽	……………………………………	320
第二十三章	雕虫大技	……………………………………	334
第二十四章	废立太子	……………………………………	347
第二十五章	天子出轨	……………………………………	356
第二十六章	终极遗恨	……………………………………	370

第一章　王的更迭

1

西魏大丞相宇文泰从没泯灭收复天下的野心,他在等候时机;时光在战火纷飞中不停地流逝,宇文泰等候的时机终没降临。这年正是西魏恭帝三年(公元556年),宇文泰四十九岁,再过一年他整五十了。他明显感觉自己老了,收复天下心有余而力不足,心底里晃悠一下生出伤感。有伤感就会有怀旧。这一日他早早入朝,觐见恭帝元廓。

宇文泰请安后,对元廓说:"这些天老臣总在重复地做一个梦……"

没等宇文泰说完,元廓好奇问道:"大丞相在做什么美梦?"

宇文泰叹口气说:"梦里不见风花雪月,惟有儿时故乡的情景,一幕幕地铺展开来,老臣见自个儿在梦里不是现在这个样子,而是昔日策马飞驰在草原上的那个少年。"

元廓轻轻笑了下说:"大丞相思念故土了。"

这话正说在宇文泰心坎上,他接着说道:"老臣少年离开故乡,横刀立马南征北战,好像是一夜之间,数十年的光阴一闪即逝。老臣想回趟故乡看看草原上奔腾的烈马,不然再过几年,老臣想回去,走不动了,请皇上恩准。"

尽管元廓贵为天子,面对权倾朝野的宇文泰,岂敢说个不字,他立马准许。

宇文泰是鲜卑族人,他的故乡在代郡武川(今内蒙古武川)。他决定西出长安北巡武川。正逢四月天,气候宜人,万物充满勃勃生机,是出游的好时节。

大将军杨忠获悉宇文泰要去北巡,带着儿子杨坚出门,父子俩乘坐马车来到了丞相府,给宇文泰送行。

这时候丞相府里聚集了一群朝臣,谈笑风生气氛很是亲切。杨忠抱愧来晚了,正要对宇文泰作拱手状。哪知宇文泰倏地一愣，目光发直盯着了杨忠的儿子杨坚，忙问道："此孩儿是谁？"

杨忠拱手回答道："我儿子杨坚，承蒙大丞相栽培，今年刚晋升骠骑大将军。"

宇文泰从没像这样看人，他的目光仍没离开杨坚，看得杨坚害怕起来，心口发慌垂下了头。前来丞相府送行的众朝臣不知宇文泰为何这般瞅着杨忠的儿子，感到格外奇怪。

宇文泰好像仍没看够杨坚，走过来，轻轻扬起右手，抚摸杨坚的额头和下巴，然后他的手往下滑动，捏了捏杨坚的身子骨，郑重说道："这孩儿长相非凡，犹似仙人，不是人间可以经常遇到的人物。"

此话一出，语惊四座。众人朝杨坚投来惊诧的眼神，看杨坚的确长得有些奇异，他的额头突出饱满，下巴又长，且是上身长，下身短。这样的奇异之相，将来会有什么造化，好像惟有宇文泰一眼看破天机。

宇文泰从没像今天这样对一个涉世不深的男孩产生如此大的兴趣，尤其他对杨坚不同凡响的品头论足，令杨忠格外高兴。杨忠立马回谢道："大丞相这般看重我儿杨坚，我无比感恩大丞相。"

随之杨坚身子往下一坠，朝宇文泰行跪拜礼。

宇文泰一把拉起杨坚说："你爹打仗了不起，你得好好跟你爹学。"

杨坚谨慎地点头说："我会的。"

这时丞相府里又进来几位送别的朝士，气氛越发热切。招呼之后，有人忙问宇文泰这次北巡去多久。宇文泰随意说道："多年没回老家了，想去走走，在外由外，说不准。"

第二天早晨，阳光明媚，微风和煦。宇文泰带着一群随从离开了长安，车驾浩荡，飞扬北上，眨眼儿消失在了茫茫天地间。

车驾在路上行驶了一个多月，来到北漠。

正是盛夏，蓝蓝的天和绿茵茵的草令久居内域的宇文泰心旷神怡，他在故乡无边无际的草原上重温游牧的童趣，骑马狂奔，逐羊食草，乐而忘返。到了八月入秋之后，塞北的气候急转直下，寒气袭身的草原会在转瞬之间降下暴风雪。宇文泰这才记起打道回京师，过蒙古北河时，他的身子受了风寒，染上疾病。九月初，车驾返至宁夏牵屯山，宇文泰的病症不见好转，就连站起身子走出几步的力气都消失殆尽，意识到身染重疾不可治愈。这时候宇文泰担心回不了长安，想他归隐黄泉之前，身后事该要赶早儿托付，又不放心身边的随从，派人前往长安，急召他的侄子宇文护。

宇文护是宇文泰大哥宇文颢的第三个儿子。宇文护少年丧父，投靠叔父宇文泰征战四方，他功勋在身，被授予骠骑大将军、中山公。接到召令后，宇文护骑着快马奔出长安，几乎是日夜兼程，赶到泾州（今甘肃泾川县）时，相遇途中的宇文泰。车驾歇在一片荒野地上。宇文泰躺在支起的帐篷里。一个卫士疾步跑进帐篷，禀报说："大丞相，您侄儿中山公已经来到帐下。"宇文泰打起精神，吩咐卫士扶他坐起来。片刻后，宇文护跳下马背，来不及喘息，进了帐篷，见宇文泰病入膏肓他大吃一惊。

宇文护连忙跪在病榻前，叫了声叔父。

宇文泰伸出一只手，捏住宇文护的胳膊，有气无力说："盼侄儿来见我，就怕盼不到了……"

宇文护安慰说："等叔父回了长安，太医会帮叔父治好病症的。"

宇文泰摇了下头说："老天不让我回长安，看样子我回不了了。"

宇文护耸了耸鼻子，眼里涌出泪水。

病在宇文泰身上，一天天地加重。宇文泰就怕他在途中病逝，朝廷一旦发生变故，他在九泉之下支撑不了后事。对宇文护说："我儿尚幼，还不能自立，你是他们的兄长，兄长如父，待我不在人世的时候，全由你扶持他们。"

宇文护泪如雨下，直点头说："请叔父安心，我会全力效劳的。"

宇文泰共有十三个儿子，没一个长成气候，是他最揪心的。只有宇文护才是他们宇文氏家的顶梁柱。宇文泰还有话要说，打了个手势，帐篷里的其他人都退出去了，只留下宇文护。

宇文泰说："自我创立西魏辅佐文帝元宝炬即位至今，都辅佐过了拓跋氏家的三位天子，可想拓跋氏家的不会喜欢我……"

宇文护不解地问道："叔父替拓跋氏家的勤勤恳恳服务一生，他们为何要恨叔父呢？"

宇文泰叹息道："是你叔父擅权太久的缘故。"

宇文护看着了宇文泰，翕动嘴唇，欲言又止。

宇文泰道："待我死后，立三儿宇文觉为世子，承袭我的爵位。"

宇文护点了下头，心有疑惑又问道："叔父为何不立长子宇文毓为世子？"

宇文泰解释道："长子宇文毓是姚夫人所生，三儿宇文觉是嫡出，我只能将爵位嫡传给他。"

宇文护又点了下头。

宇文泰接着说道："今外寇方强，乃国之大事，由你决定，完成我的志愿。"

授罢遗托，好像一块沉重的石头从心尖上滑落，宇文泰轻松了许多，下令车驾上路。但离京师长安依旧遥远。车驾在起伏的泥土路上走快点儿就颠簸得厉害。宇文泰的样子看上去等不到长安了，他的病症愈加重了，在摇摇晃晃的车驾上昏迷不醒。宇文护一路护侍，不断敦促随从们加快赶路。

命绝不由人。十月初四日，车驾刚到达云阳（今陕西泾阳县），宇文泰果真没来得及身返长安，绝世在了云阳。宇文护下令封锁宇文泰病逝的消息，直到长安，送宇文泰的遗体安放在云阳宫，这才发布国丧。

2

二十二年前，北魏最后一个皇帝元修忍受不了权臣高欢掌控朝政，率军讨伐盘踞晋阳的高欢。那时的高欢好似一只下山的猛虎。元修终不是高欢的对手，败走到关中投奔关陇军首领宇文泰，寻求庇护。来到关中的元修痛骂高欢是个奸佞小人，请求宇文泰出兵攻打高欢。宇文泰想到他的实力不如高欢，不想冒险举兵，他没答应元修。

北魏本是鲜卑族拓跋氏建立的王朝。早在太和十七年，北魏孝文帝拓跋宏迁都洛阳入主中原，主张汉化，将皇族姓氏拓跋改汉姓元，此后的皇家自然改成了元姓。

高欢从小生长在胡人部落里，他是鲜卑化的汉人。他赶走元修之后，一手操办建立东魏，拥立年仅十一岁的清河王元亶世子元善见为孝静帝。废京师洛阳，迁都邺城。

高欢分割北魏建东魏。宇文泰开始动心。留下元修继续做皇帝，无疑跟东魏结下仇怨。再说高欢拥立元修称帝仅仅两年，君臣之间就翻脸；宇文泰辅佐元修，哪天翻脸，他会像高欢一样遭遇君上讨伐。想到这里宇文泰便觉元修不可久留，他动了杀机。可元修毕竟是北魏外逃的皇帝，要杀也得有个名正言顺的理由。跟随元修出逃的有大将军独孤信和杨忠，还有拓跋氏家族的南阳王元宝炬。宇文泰召这三人到堂下，厉声说道："孝武帝元修从没缺过女人，居然封三个堂妹为妃，且又百般宠爱明月公主，这乱伦的龌龊事告白于天下，百姓定会痛骂皇帝猪狗不如。"宇文泰拿了皇家一桩丑事撕开一层皮，南阳王元宝炬的两块脸一阵红一阵白，不知往哪里放置。大将军独孤信和杨忠发怔地看着宇文泰，好歹不知说啥。

随后宇文泰设宴赐酒。蒙在鼓里的元修端起杯子喝上一口,嘴里像有一股燃烧的烈火,立马封住喉咙,既没进气也没出气,他在众目睽睽之下,来不及哀叫一声,眼珠子吓人地翻动几下,轰地一响倒在酒桌下,气绝身亡。没等惊恐的众人缓过神,来了几个卫士抬走元修。宇文泰的样子倒显得沉稳,对众人说:"刚才的事,已经过去了,诸位别少兴致,继续喝酒吧。"独孤信和杨忠也在酒桌边,两人不安地对视一下,并没端起杯子。

独孤信仍旧震惊不已,霍地站起来道:"我跟宇文将军同为武士,宁可死在刀剑之下,不可贪这一杯,死得猥琐!"

宇文泰也站了起来,走过去笑笑说:"独孤将军,还有杨将军,我平日想请都请不到,二位能投我帐下,难得啊!"

露出和颜悦色的宇文泰跟独孤信和杨忠喝了交杯酒,示意他俩的杯盏里没下毒。随后宇文泰明确说道:"孝武帝元修荒淫无耻,不禁人伦,居然做出兄妹乱交的可恶事来,国家有这样的昏君,令天下蒙羞!至于二位将军才是国之栋梁,若愿与我共谋大事,共创大业,是此生之缘分;若不愿意,这就可以另谋高就。"

独孤信和杨忠想到他俩紧随元修出逃,再也回不了京师洛阳,丧家犬似的无处可去,见宇文泰这般挽留,只好留下。

随即宇文泰效仿高欢,拥立南阳王元宝炬称帝,在长安建西魏,改国号大统。宇文泰做了西魏大丞相,辅佐元宝炬料理朝政。

北魏王朝经历一百多年的风雨消蚀,在眨眼间儿被高欢和宇文泰掰成两半。高欢和宇文泰从此成为宿敌,两人总想吞灭对方,领兵交战不知较量了多少个回合,不见谁吃掉谁。

高欢死后,他的次子高洋逼宫,东魏孝静帝元善见无可奈何只好禅让。高洋获取皇权,改国号北齐。

宇文泰并没效仿高洋逼宫另立国号。然而西魏历数三帝,都是宇文泰一手扶立登上皇位的,可想宇文泰在西魏的地位至高无上。

西魏恭帝元廓在位三年,总是夹着尾巴做傀儡。只要宇文泰摆个脸色,他都不敢含糊。当他获悉宇文泰病逝,长长地吐出一口郁气,感觉头顶上突然消失一块重物。在接下来的日子里,他不再受制于人。哪知灵榻于云阳宫的宇文泰还没下葬,中山公宇文护带着一帮武臣,手牵年仅十四岁的宇文觉闯宫来到元廓面前,阵势咄咄逼人。

元廓不知来意为何，正要开口问个明白。

手牵宇文觉的宇文护迫不及待说道："禀陛下，大丞相在泾州时，对臣有过遗嘱，说他的三子宇文觉系嫡出，当立世子，承袭爵位。"

元廓沉静片刻后问道："大丞相临终前，有过其他的遗嘱吗？"

宇文护回答道："大丞相托孤于臣，全力扶持幼子，精诚为国，完成他的志愿。"

元廓怔了下，心里有话，见树干样立在一旁的众武臣没一个提出异议。于是元廓把话咽了下去，沉稳地坐着，不再吭声。

宇文觉双膝一软，跪在了元廓面前。此时此刻他并不在意承袭父亲的爵位，他深深陷入在了失去父亲的悲痛中，哭得满脸都是鼻涕和眼泪。

宇文护懒得顾及宇文觉哭泣，对沉默的元廓说："请陛下这就下旨，恩准大丞相世子宇文觉继承官爵。"

闻知宇文泰病逝，元廓打算封一位顺心顺意的人任宰辅，没料宇文护牵着堂弟宇文觉跑来要爵位。要爵位倒是无错，但宇文护不能带着一帮武臣来逼迫。元廓心里窝着火，瞅着满脸鼻涕和眼泪的宇文觉，心想一个毛孩儿，即便是子承父业，能做得了出谋划策的宰辅吗？想到这里，元廓正色道："宰辅是朝廷挑大梁的，这个职务给宇文觉，他拿得起吗？"宇文护毫不退缩说："这是大丞相生前的遗嘱，请陛下恩准。"元廓使了个缓兵之计，笑笑说："到明天上朝的时候，朕下旨，也来得及嘛。"宇文护不便继续磨缠，退了下去。

没多会儿，宫伯张光洛有事奏报，脚步匆匆进得朝殿。

元廓正纠结着，好像有个东西堵在喉咙里，不吐不快。张光洛来得正好。没等张光洛奏报，元廓耐不住问张光洛："刚才宇文护带着宇文觉来过了，让宇文觉继任宰辅，你意下如何？"

张光洛毫无准备，样子发呆地看着了元廓。

元廓逼视张光洛又问道："朕问你，你怎么不言声？"

张光洛的脑子转动了几下，浅浅地吸了口气，回答道："如果陛下不太看好宇文觉继任宰辅，又有谁胜过宇文觉呢？"

元廓倏地一愣，说宇文觉毕竟是个毛孩，他能胜任得了宰辅一职吗？

张光洛微微一笑道："毛孩虽小，但好驾驭。"

元廓的纠结，就在这时候给张光洛拨开一条缝，仿佛点亮他心头上的一盏灯。等张光洛奏完事退下后，元廓回想宇文泰做大丞相的日子，他惟有压抑和苦闷，现在再找个类似宇文泰的人做宰辅,他的压抑和苦闷将会继续下去。

宇文觉虽是个毛孩儿,可他完成了大婚,娶的不是别人,正是元廓的亲妹子晋安公主元胡摩。也就说宇文觉有着皇亲身份,又是宇文泰众子之中最斯文的一位。正如张光洛所言,让宇文觉继任宰辅好驾驭。元廓终于打消其他念头,准许宇文觉承袭父亲的官爵。

第二天上朝时,等文武百官进了朝殿之后,元廓下了道谕旨,准许宇文觉袭爵,封太师、柱国;将大丞相一职改成大冢宰,一并封给宇文觉;紧接着又封宇文觉为周公。宇文觉从此少年得志,位高权重起来。

3

总领百官的大冢宰一职将年轻的宇文觉推到了权力顶峰。如何擅权,宇文觉还不显得老练,需要宇文护帮助;也就说宇文护充当宇文觉的幕僚,等于在背后充当了大冢宰的角色,这就使宇文护尝到擅权的甜头。然而宇文护在做大冢宰幕僚的同时,想到若干年后,宇文觉的羽翼一旦丰满,有可能将他视为一条多余的尾巴。

自从接受宇文泰的遗命,宇文护便觉机会来了,开始萌发登入权力顶峰的欲望。有欲望就会有行动。宇文护开始运筹,眼下的朝廷,文臣武将几乎都是他叔父宇文泰的亲信,倘若弄出动静,这些曾经得到宇文泰好处的人,兴许不会背信弃义。于是宇文护私下里会晤宇文觉,先是试探,然后直接怂恿宇文觉谋反称帝。没等宇文护把话说完,宇文觉震惊得浑身发凉。

"父亲在世时,得到皇位易如反掌,他都没做出来……"宇文觉瞪眼瞅着宇文护,"这种事我岂可做得?"

"怎么做不得?"宇文护接着怂恿道,"早年高欢分割北魏,辅佐元善见称帝建立东魏。没过几年,高欢死后,他的儿子高洋废了孝静帝元善见称帝,另立国号北齐,成就了大业。难道兄弟不想成就一番大业?"

宇文觉仍旧没动心,惊怔说道:"父亲在朝廷做宰辅,一生效忠,才赢得声望;我做宰辅没几天就起反,是背离人心之举。"

宇文护继续说道:"高洋废东魏称帝建北齐,是先例,世间没人骂他个不是,也没人站出来起哄反对他。我跟你是血亲兄弟,希望你能像高洋那样废西魏称帝,有什么不好呢?"

宇文觉打个冷惊说:"废恭帝元廓,另立国号,万一有什么闪失,那是要满门抄斩的，此事不可以轻举妄动。"

宇文觉流露出反感和后怕，宇文护这才打住话题。

离开时，宇文护轻轻拍了下宇文觉的肩膀，丢下一句耐人寻味的话："小弟别忘了有今日的高位，还是为兄的争取来的。"

宇文觉意识到了宇文护肯定会做出想要做的事来，他没法阻止。

一晃到了十二月，宇文泰病逝差不多过去两个月。心浮气躁的宇文护终于按捺不住，准备串通小司马尉迟纲。身任禁军首领的尉迟纲正是宇文泰的外甥，他和宇文护是姑舅表亲，两人平日里往来频繁。宇文护心想只要尉迟纲愿跟他合作，控制京师废掉恭帝元廓，大功可望。他去串通尉迟纲时，拿了封官晋爵作诱饵，事成后让小司马尉迟纲晋升柱国大将军，这一职位在朝廷屈指可数。尉迟纲见利眼开，又是自家人做自家事，满口答应宇文护。

两人几番密谋，感觉起事的力量仍旧单薄。

尉迟纲想起一个人来，对宇文护说："万一缺乏人手，就拉贺兰祥进来入伙吧。"

宇文护这才想起贺兰祥，连连点头说："拉他入伙当然是最佳人选，就怕他回避。"

尉迟纲说："咱俩可去找他试探口气。"

身为柱国大将军的贺兰祥也是宇文泰的外甥，他跟尉迟纲是姨表兄弟，跟宇文护是姑舅表兄弟。宇文护和尉迟纲事先没打个招呼，相约来登贺兰祥府邸。贺兰祥见来的是自家两位表兄弟，笑脸相迎，恭请入座。

宇文护坐定后，没来得及喝口茶水，对贺兰祥说："咱俩不是来你府上作客的，你别客气。"

贺兰祥的笑脸一沉，忙问道："两位表兄弟有何事相见？"

宇文护也不啰嗦，直截了当说明了来意。

没等宇文护把话说完，贺兰祥惊了个正色。

尉迟纲见贺兰祥惊拉长脸，斜视贺兰祥的长脸说："都是干大事的人，遇到大事有什么大惊小怪的？"

贺兰祥毕竟有着柱国大将军的身份，为人功臣差不多到了最高顶点，再去折腾一番，所获功利不过如此。他接着想到没了宇文泰呼风唤雨的支撑，仅凭他们仨的力量废掉恭帝元廓，风险极高，连忙劝阻说："这大事一旦干出偏差来，可不是一两颗人头落地，二位表兄弟别胡思乱想了。"

贺兰祥显然觉得宇文护和尉迟纲即将要付出的行动有些莽撞，他不是那么热衷，还打起他们的退堂鼓。宇文护有点恼火,屁股离开椅子往上一翘,随又坐下来:"高欢的后人不愿做东魏拓跋氏家的奴仆,早就灭了东魏,自立了北齐。你二舅是我叔父,他替西魏拓跋氏家的做奴仆,都做到鞠躬尽瘁,死而后已;你和我,难道心甘情愿继续做西魏拓跋氏家的奴仆吗?"

贺兰祥没料宇文护说出这番话,他翕动嘴唇,欲言又止。

尉迟纲一旁鼓动说:"二舅宇文泰早就应该称帝了,却白白地丢失了机会。咱们再不动手,这西魏拓跋氏的江山,要不了多久,就会被别人夺走。"

贺兰祥依然有些迟疑。他早年的命运跟宇文护一样,少年丧父,是由宇文泰领回家抚养长大的。他有今日柱国大将军的高位,全靠了宇文泰栽培。因此他对宇文泰的感情,无法用什么代替。他面无表情迟疑了会儿,开口说道:"咱们起事反朝廷,不知效忠朝廷的二舅在天之灵有何感想?"

宇文护克制不住站了起来,边踱步,边对贺兰祥说:"叔父在泾州对我的一番遗命,其中就有宇文氏家取代拓跋氏家的意思。只要咱们协力获取西魏,方可富贵至极,尽享万全之福,难道兰祥表兄视若草芥?"

贺兰祥不再吭声。宇文护和尉迟纲跟着沉默。

随后贺兰祥打破沉默,叹息道:"联手反魏,开弓没有回头箭,不知八柱国等武臣会作何种反应?"

宇文护打气说:"树倒猢狲散,你别想得太多。"

贺兰祥叹道:"那就好自为之吧。"

4

入夜时分,紫薇宫里灯火辉煌。一群佳人施过粉黛,身着飘逸的罗裙在太监们引领下来到恭帝元廓面前。这种时刻,正是元廓最兴奋的时刻,他色眼横飞,尽享美人给他带来的快活。

这个晚上的长安城里突然出现众多兵士,一场政变在茫茫夜色掩护下悄悄拉开序幕。淫乐在紫薇宫的恭帝元廓一点都不知晓。

小司马尉迟纲带着禁军,封锁了宫城的皋门、库门、雉门、应门和路门,这五门正是帝王之宅的重要通道。紧接着禁军包围了紫薇宫。宇文护带着一群人闯进紫薇宫,殿堂的乐声戛然而止。沉溺在美人堆里把酒欢愉的恭帝元廓一看闯入紫薇宫的是一群身着铠甲手持兵器的禁军,领头的居然是中山公宇文护,大惊失色从美人堆里走了出来。

"今晚朕没召见你们，你们擅自闯宫……"元廓来了个下马威，大声喝道，"全都赶紧退出去！"

有备而来的宇文护哪里听得了这声喝令，他霍地拔出寒气袭人的宝剑，怒道："今晚有谁不听使唤，剑不认谁！"

元廓不禁打个寒战，下意识地左顾右盼，随侍不过十来人，动起干戈决不是宇文护他们的对手。有那么一刻，元廓无奈地盯着宇文护，想弄清宇文护真正的来意，语气平和地问道："中山公贸然闯宫，到底为了什么？"

宇文护直接回答道："请陛下禅位！"

元廓顿时惊出一身冷汗："朕是西魏的正统天子，你个小小公卿凭什么逼朕禅位？"

这当儿，随侍们正要簇拥过来护驾。宇文护喊出一个"杀"字，他的手下快速出剑，首先拿了元廓的近侍开刀，剑如弧光飘飞出去，三个近侍骇然倒地。本是平静的紫薇宫里开始惊乱，众宫女众嫔妃吓得尖叫不止，她们的尖叫声更加增添了可怖气氛。

惊乱中的元廓没来得及让随侍护卫住，宇文护的手下已将元廓团团围住。数十把寒气袭身的冷剑形成一个圆环，无论元廓往哪里迈步，面对他的都是锋利的剑。他这才感觉自己气数已尽，浑身发软，却不愿就此屈尊，喃喃说道："人总归一死。朕命绝天地间，也轮不到一帮下人出手，还是请中山公出手吧。"

宇文护道："臣有言在先，不是违背天命来弑君的，臣只是来请陛下禅位的。"

元廓强打精神冷笑道："你请朕禅位给何人？"

宇文护道："禅位给大冢宰宇文觉。"

元廓闭了下眼，然后睁开，不再言声。

宇文护接着说道："只要陛下答应禅位，高贵的天尊依然风光。"

这时候惊乱的大殿里安静下来，依旧凝结着可怖的杀气。

元廓做梦都没想到他在这个歌舞升平的夜晚被宇文护终结了他的帝位，他沮丧难耐，别无选择，在一声长叹声中答应了宇文护。

皇帝被擒，整个宫城牢牢掌控在了宇文护和尉迟纲手中。离天亮还早，如何应对天亮之后百官入宫朝见时刻的变数，躲在幕后的贺兰祥指使宇文护快去请宇文觉进宫。宇文护带了一伙人前往丞相府。这时候夜已极深，偌大一座长安城笼罩在沉静的死气里。

浩气辉煌的丞相府也不例外地笼罩在沉静的死气里，大门紧闭，院内悄无声息。匆匆奔来的宇文护没来得及喘口气，挥起两只有劲的拳头直朝大门捶打，那"咚咚"声响犹似利剑穿过厚实的门板在院落里回荡。

深夜里突然响起这般急促的敲门声未曾有过，惊动丞相府的卫士，他们操持刀剑涌到院落门口，问何人在敲门？待打探是宇文护的声音，才开门。

急奔进门的宇文护张口就说："快请大冢宰进宫。"

这会儿不是入朝的时候，一个卫士冲宇文护说道："天还没亮哩，大冢宰正熟睡在热被窝里，怎好吵他瞌睡叫醒他？"

宇文护边走边说："叫他快点起床随我进宫。"

宇文护的语气既恳切又坚定，好像谁拦他，他不饶谁。

院落里闹哄哄的。新婚不久的宇文觉仍处在蜜月里，紧搂夫人元胡摩睡得毫无知觉。宇文护曾是丞相府的大管家，回到丞相府如同回到自家来。尽管府邸曲径通幽，他闭着眼都不会走错地方，径直走到宇文觉就寝的卧室门口，飞扬起拳头，一声接一声捶在房门上。

"大冢宰别睡了，快起来！"随着捶门声，宇文护粗犷的嗓子喊得山响。

惊醒后的宇文觉最初不知何人闯入丞相府，吓得心口怦怦直跳，浑身直发抖，躲在被窝里不敢应声。之后他才听出是堂兄宇文护，缓了下神，点燃灯盏，披衣起床打开房门，猫着腰背问道："深更半夜的，你咋跑来叫我？"

宇文护朝宇文觉的脸上吐出一口粗气说："快穿好衣裳随我进宫。"

宇文觉舍不得他的热被窝，冻得发抖说："天还没亮，等天亮了再说吧。"

宇文护说："恭帝正在乾安殿里等你去禅位，你还睡得着？"

宇文觉如同坠入梦境，惊呆住，张着嘴巴老半天合不拢，吸口气说："那种事，你真的做了？"

宇文觉显露出十足的孩子气，令宇文护哭笑不得："兄长替你谋取大宝位，难道你怀疑不成？"

宇文觉依旧孩子气十足说："来得太快了，我还没作好准备哩。"

宇文护不再介意宇文觉的孩子气，笑笑说："等你登上大宝位，别忘了兄长的一番苦心。"

宇文觉感觉心窝里暖暖的，回房穿好衣裳，没跟夫人元胡摩打个招呼，出门坐上马车跟随宇文护进宫去了。

恭帝元廓是被绑进乾安殿的，他明白禅让已成定局，所有的反抗只能带来杀身之祸。他进殿后相当配合。贺兰祥给了他充足的颜面，松了四肢，让他坐在视朝的龙椅上。宇文觉迈进乾安殿时，看不出元廓遭遇囚禁的样子。

宇文觉这才知道唱主角挟持元廓的只有宇文护、尉迟纲和贺兰祥，便觉他们的行动有些莽撞，忙问："有没有得到朝中元老支持？"

尉迟纲回答说："我派人去请朝中元老了。"

宇文护说："他们怎么还没进宫来？"

贺兰祥说："差不多快要来了。"

这个时候的宇文觉判若两人，不再显露孩子气，他表情庄重，步伐稳健朝元廓走过去。

元廓苦着脸对走近他的宇文觉说："你们宇文氏家的赢了。"

宇文觉点头说："请放心，我会善待你们拓跋氏家的。"

元廓再也掩饰不住内心的绝望，眼里滴落下泪珠："我知道皇天之命不会始终如一，惟归于圣德。故尧授舜，舜授禹，时其宜也。然天厌我魏邦，垂变已告，我得就此顺其天意罢了。"

随之元廓要来御笔御砚，草诏禅让，数笔而就，将皇位拱手托出，心情沉重道："天子易主，是天将一代王朝始于终，又终于始，不可逆命。善待苍生，乃是天子之己任。"

宇文觉从元廓手中接过禅让诏，郑重道："我会善待苍生，顺天而行的。"

这当儿，柱国将军赵贵正赶在进宫的路上。他收到的是一份矫旨，旨上对宫廷政变只字不提。宫里不出大事，皇帝不会在大半夜里急于召见。赵贵便觉蹊跷，问送旨的人打听，送旨的人根本不知皇帝易主，无从相告。车驾临近皋门时，相遇柱国将军于谨的车驾。于谨也是半夜里被人拍门叫醒后急着赶赴宫里的。赵贵先下了车，招呼时问于谨，皇上从没在鸡叫时分召唤大臣进宫，于将军得到过什么消息没有？于谨摇头，说难道赵将军也没得到消息？赵贵跟于谨一样摇头。于谨迟疑片刻说："走吧，等进了宫，就晓得了。"两人的车驾挤在一块儿往前走，到了皋门，气氛完全不一样了，门里门外都是手持兵器的禁军。禁军见来的车驾是于谨和赵贵的，才放行。皋门是宫城的正大门。于谨和赵贵过了皋门往里走，越发感觉气氛紧张得令人不安。

赵贵和于谨的车驾停在了乾安殿前。两人一前一后下了车，登上台阶，迈进大殿门槛，正要向皇帝朝拜请安，发现坐在大殿高位的不是恭帝元廓，而是大冢宰、周国公宇文觉，不禁大惊。

宇文护赶紧迎上来说："恭候两位柱国大将军已久，请入座。"

赵贵懒得入座，故意装糊涂："今日的早朝，真是上得出奇的早……"

坐在侧位的元廓露出苦相。于谨意识到皇位更替，不便过问什么，跟着赵贵装糊涂。

请于谨和赵贵来，不是请他们来装糊涂的。尉迟纲忙说："恭帝高风亮节，已经禅位……"

于谨和赵贵相互对视一眼，话到嘴边，咽了下去，继续装糊涂。他们装出来的糊涂使整个大殿的气氛有些沉闷。

坐在高位的宇文觉终于开口了，冲于谨和赵贵问道："恭帝禅位于我，二位柱国大将军不言声，是不是有些想法？"

于谨连忙回言道："既然是恭帝禅让，老臣不敢逆命，愿鞠躬尽瘁臣服新帝。"

眼看元廓大势已去，赵贵即便有想法，只能闷在肚子里。他顺水推舟说："好好好，老臣没有异议，愿肝脑涂地服侍新帝。"

急着请朝中元老进宫，就是逼他们表态。赵贵和于谨相继表态，这还没完，随后李弼、独孤信、韦孝宽、杨忠等人陆续入殿，见元廓禅位宇文觉木已成舟，事到如此，他们只能顺从，支持宇文觉登上皇位。

天色渐渐发亮，大臣们差不多出门了，从不同方向朝着宫里赶来。这天的早朝，宇文觉高坐在大位上毫无倦意，准备接受文武百官朝拜。

第二章　权臣屠龙

1

公元557年正月初一，年仅十五岁的宇文觉头戴一顶白纱帽，身穿大袖翩翩的狐皮大衣在乾安殿正式登基。他受有周公爵位，立国号周，因袭北周。他却没有直接称帝，而是改帝制为天王。他即天王位后，设祭坛柴燎告天，然后在路门接受文武百官朝贺。追封父亲宇文泰为太祖；追封母亲冯翊公主元氏为文皇后。又分别封赵贵楚国公；封独孤信卫国公；封杨忠随国公；封李弼赵国公；封于谨燕国公；封宇文护晋国公。一个新的王朝从此拉开序幕。

宇文护原本以为宇文觉会将总领百官的大冢宰封给他，没料大冢宰一职落在了功勋卓著的赵贵名下。宇文护既恼怒又沮丧，他心里憋着口气。

禅让的元廓还活着。宇文护敦促宇文觉尽快除掉元廓，以绝后患。宇文觉已给元廓敕封宋公，明摆着要元廓继续活下去。然而宇文护再三地进言杀元廓。

宇文觉回应宇文护说："君无戏言，元廓禅位于朕时，朕说过要善待他。"

宇文护逼视宇文觉说："有元廓在，陛下坐在大宝位上听朝问政，难道不心有余悸吗？"

宇文觉轻蔑一笑说："逝水东流，不可回返；元廓禅位，恰如东流之水。再说赶人不上百步，朕诛元廓，正是百步之满，不可取。"

宇文护仍不罢休，坚持以绝后患。

宇文觉脸色难看道："够了，你退下！"

宇文护离开不久，卫国公独孤信和楚国公赵贵迈进了乾安殿。宇文觉的情绪还没舒缓过来，仍在思忖宇文护的进言。没等独孤信和赵贵开口奏事，宇文觉直了性子问道："晋国公宇文护一直请求朕诛杀元廓，二位老臣意下如何？"独孤信和赵贵早就知晓宇文觉不想杀元廓，只是宇文护步步紧逼。然而元廓正是元王后的亲兄弟，他俩得罪不起天王的枕边人。

独孤信笑了笑，回答说："陛下不是刚刚封过了元廓宋公吗？"

赵贵接着回答说："诛宋公，也得要听听王后娘娘懿旨。"

宇文觉点头，叹道："想到朕的母亲文皇后也是拓跋氏家的人，朕的龙体以及朕的子孙体内都流淌着拓跋氏家的精血，现在要朕斩杀拓跋氏家的元廓，朕一时还做不出来。"

赵贵和独孤信奏完事，退出了乾安殿。两人快要走到路门时，独孤信突然拉住赵贵说："杨忠贤弟欠我一桌酒，楚国公陪我去吃酒吧。"赵贵问："杨忠为何欠你酒？"独孤信说："天王即位后，杨忠晋升柱国大将军，又封随国公，他高兴，许我请吃酒。正好今日公务轻闲。"赵贵犹豫了一下说："没个预约，这就去他府上？"独孤信说："咋去不得？就是要给他来个措手不及。"独孤信、赵贵和杨忠，都是宇文泰部下出生入死的关陇军元老，三人功勋卓绝，家世显赫。尤其是独孤信和杨忠的私交非同一般。早在北魏六镇叛乱，杨忠的父亲杨祯是北魏建远将军，讨伐叛乱战死疆场。少年杨忠随难民流落南方，后来又颠沛到山东，娶妻吕氏。多年后，杨忠带着吕氏离开梁朝回到北魏，投奔独孤信帐下，两人从此结下胜过手足的生死之交。两人在军中堪称不可多见的美男子，作战又骁勇，深得宇文泰喜爱。宇文泰后来跟独孤信成为儿女亲家。杨忠那年随于谨出征梁朝的荆州，大胜而归，宇文泰异常高兴，给杨忠赐鲜卑姓氏普六茹，因此杨忠又被人叫作普六茹忠。

因为私交不同寻常，独孤信约赵贵去杨忠府邸吃酒，是庆贺杨忠升迁。两人还没迈进府邸，杨忠听到卫士通报，快步出得大门，笑道："二位贵客驾到，有失远迎，有失远迎！"

赵贵不是常来杨忠府上，他回敬道："随国公别客气。"

独孤信偏偏不拘礼节，玩笑道："我带楚国公来，是来找随国公讨债的。"

杨忠挺起胸膛大笑道："只要卫国公看上我家什么宝贝，尽管拿走。"

独孤信见杨忠满腔慷慨，抬起一只手抚摸肚皮说："今儿个邀来楚国公，只吃随国公升迁的喜酒，啥宝贝也看不上。"

杨忠连忙说："今日不吃个大醉，决不答应出得这道门槛。"

府邸的厨子开始忙碌起来。三人等候酒宴摆上桌面，先泡了茶水品尝，就有了一些闲话。

杨忠问："楚国公和卫国公咋碰到一块的？"

赵贵回答说："进宫觐见天王奏事时，咱俩邂逅相遇了。卫国公说今日轻闲，拉我来喝随国公的喜酒，被他拉得嘴馋，就来了。"

杨忠高兴说："缘分，今日就喝个一醉方休。"

独孤信想起进宫奏事的情形，告诉杨忠："元廓禅位后被封宋公，是天王给他一条活路，宇文护近些日子反复进言杀元廓，逼得天王焦头烂额。"

赵贵心存不满说："宇文护就有挟制天王之嫌，不知二位是否认同？"

杨忠点了下头说："看得出天王有郁闷的情绪。"

三人正闲聊着，一位女佣跑来禀报，请入宴。

三人换了地方，入座在了一张制作精美的八仙桌旁。杨忠的儿子杨坚被唤来陪客吃酒。赵贵抬头看杨坚，夸赞道："公子长得好神武。"

杨坚听到夸赞，连忙道谢。

正是赵贵一声好神武，独孤信的眼神投在了杨坚身上，不禁想起去年四月宇文泰北巡时，杨坚随父亲上丞相府送行，宇文泰称杨坚不是世间可以经常遇到的人物。

"随国公家的公子多大了？"独孤信问。

"十七岁了。"杨忠回答道。

"订了婚姻没有？"独孤信又问。

"还没有。"杨忠答道。

独孤信共有七个女儿，该嫁的早就嫁了，没嫁的名花有主了，惟有第七个女儿还没许配人家。第七个女儿都有十四岁了，也到了许配人家的时候。想到这里，独孤信突然动了念头，想跟杨忠做亲家，话到嘴边，终没说出口。

通常男子长到十三四岁就要迎娶。赵贵颇感诧异道："随国公家的公子一表人才，为何迟迟未婚？"

杨忠叹息道："高的不成，低的不就，才挨到十七。拜托卫国公和楚国公了，遇上相适的千金，做个媒。"

独孤信瞅了眼杨坚，便觉杨坚相有奇表，气色非凡，越发动心，趁了酒兴道："想跟随国公攀个亲家，不知有没有缘分？"

杨忠端起酒杯还没送到嘴边，轻轻放下道："能跟卫国公做亲家，是万缘，是万福。"

话说了一半，独孤信不再吭声。

杨忠以为独孤信跟他开玩笑，不便往下说了。

喝在兴头上的赵贵插嘴说："卫国公跟随国公做亲家，好啊，我证婚。"

独孤信这才开口道："我家的第七个千金长得如花似玉又乖巧，可就是脾气刚烈了些，就怕将来少了孝顺。"

赵贵哈哈笑道："人说将门出虎子，说不准卫国公家的这位千金是个巾帼英雄哩！"

门当户对乃是儿女婚配的前提。独孤信主动说亲，杨忠似乎有点受宠若惊。

说起门第来，独孤信家的世代豪门贵族，要比杨忠家的显赫。他的长女嫁给了宇文泰的长子宇文毓，是地地道道的皇亲国戚。家道中落的杨忠仰仗独孤信的势力才有今天的地位，他家能娶独孤信的千金，求之不得。既然是独孤信先开口要将千金许配给杨家，杨忠毫不迟疑满口答应。两家的儿女婚事，就在酒宴上说定了。

2

宇文护先斩后奏，派人赐毒酒，禅让皇位的元廓做了一个多月宋公，喝下毒酒命归黄泉。然后宇文护上奏天王，谎称元廓暴疾而亡。宇文觉早就意识到了宇文护要对元廓下毒手，并不震惊，只是万般无奈。

这天大冢宰赵贵刚走到应门，相遇宫伯乙弗凤。乙弗凤是天王近臣，见到赵贵有话不吐不快，张口就问："晋国公赐死宋公后，动作越来越大，不知宰辅大人有何看法？"赵贵一愣，问乙弗凤："他近日要了什么大动作？"乙弗凤直言快语说："他要将晋国公府变成丞相府，要将左右十二军收归他府上，难道您一点不知晓？"赵贵的脸色倏地大变。乙弗凤意识到自己出口太重，可他就想趁了这个机会刺激一下赵贵。赵贵不是神，也不是圣人，他当然受不了刺激，又不便冲乙弗凤发火，依是脸色难看说："晋国公杀宋公，天王有何反应？"乙弗凤回答说："无可奈何。"这时从雉门那边走来几位朝臣，赵贵懒得跟他们搭讪，告辞乙弗凤而去。

赵贵的心里不再平静，想到乙弗凤的那番话语，宇文护就要架空他了，他敦促自己要有所应对，大不了撕脸，来个鱼死网破。

尽管宇文护拥立宇文觉大功在前，赵贵也不是等闲之辈，他身为前朝八大柱国之一，在军界堪称屈指可数的元勋，现在又担任当朝大冢宰，可谓权倾朝野，哪里受得了宇文护架空他。于是赵贵出手，决定使出他在军界的影响力修理宇文护，想到宇文护不是昔日的宇文护，他不可孤军反戈，就去见独孤信，希望同样在军界享有强大影响力的独孤信与他联盟。

赵贵来登门时，独孤信坐在庭院里，他女儿独孤伽罗正贴在他身边，捻他下巴上的胡子扎着辫子玩儿。父女俩逗得要多开心就有多开心。

来到庭院的赵贵看到父女俩乐滋滋，羡慕道："卫国公好享天伦。"

独孤信吃一惊，冲卫士喝道："大冢宰来府上，怎么不早点迎客？"

卫士们被斥了个木头呆脑。

赵贵好像不太介意有没有谁来迎接他，看着独孤信的女儿独孤伽罗说："这千金好贵相。"

独孤信笑问道："大冢宰为何称这千金好贵相？"

赵贵只是凭第一眼的感觉，一时说不出个子丑寅卯，转而想起一桩事来，就问："前些日子卫国公邀我去吃随国公升迁的喜酒，订下儿女婚事，府上千金莫不是这一位？"

独孤信说："正是这位千金。"

赵贵颔首道："好好好，这千金将来嫁到随国公府上，一定得大贵。"

得到赵贵抬举，独孤信谦恭道："哪里哪里，说不准这千金将来是个菜子命。"

独孤伽罗站在一旁听着，眼睛瞪得大大的，好奇地问独孤信："菜子命是个什么命？"

独孤信笑笑说："就是把菜子播在田地里自然生长，逢上肥田长得壮，遇上瘦田长得差。"

独孤伽罗听懂菜子命的意思，不服说："我不是菜子命！"

赵贵笑得合不拢嘴，逗趣道："我来告诉千金，将来你会嫁户好人家，得大富贵的哟，高兴吗？"

独孤伽罗开心说："大姐嫁到天王家去了，天王就是皇帝，等我出嫁，也要嫁到天王家去。"

童言无忌，居然心比天高，独孤信被女儿独孤伽罗逗得大笑起来。

然后独孤信说："等你嫁到天王家了，不用爹给你嫁妆了。"

独孤伽罗似乎还没耍个够，还想给父亲独孤信的胡须扎上辫子。

独孤信脸色一变说："到一边去吧，爹要陪下大冢宰了。"

赵贵不是经常来独孤信府上走动。独孤信打发卫士通报厨子做几道好菜，留赵贵喝几杯。

赵贵这才想到正事，说他不是来吃酒的。两人并行来到一间避嫌的厢房。赵贵直言相告来意。独孤信怔了下，说宇文护废西魏扶立太祖世子称帝，功在首位，现在咱俩联手拿下他，理由从何而来？

赵贵说："宇文护正在揽权扩大势力，是野心驱动，他废天王让自己称帝是迟早的事。咱俩不能看水流舟，在他没成气候之前拿下他，是最佳时机。"

独孤信觉得赵贵的言辞有点偏激，笑了笑，摇头说："既然宇文护想谋反篡位，当初他何必费那么大的周折废西魏扶立宇文觉建北周称帝呢？他干脆来个自立更痛快更完事。"

赵贵争取独孤信说："宇文护知道他废西魏，直接称帝没有合法性，扶立太祖世子称帝是过渡。咱俩都是太祖老部下，现在联手遏制宇文护还来得及。"

独孤信表情凝重，哈气叹道："宇文护是太祖最信赖的侄儿，不然太祖为何在千里之外召他托孤？我与你至交许多年，不忘提个醒，现在北周是宇文氏家的，如何治理天下，是宇文觉和宇文护兄弟之间的家事。"

就在赵贵约独孤信密谋的当儿，杨忠家的正要来提亲。因是独孤信看好的乘龙快婿，两家儿女婚姻也算门当户对。独孤信不便拖延，答应嫁女出门。

出嫁的独孤伽罗如花水灵初放，美艳惊压群芳。

杨坚迎娶美艳袭人的独孤伽罗，他知足了。新婚燕尔之际，杨坚对独孤伽罗发誓，此生他不会钟情于别的女子。独孤伽罗一双水汪汪的大眼紧盯着杨坚，并不买账说："我也发个誓，只要相公明里暗里喜欢某位女子，我决不饶恕，定会亲自斩杀她。相公到时会答应吗？"到底是豪门家里出来的女子，毫不示弱显摆出一副贵妇的样子，当头给了杨坚一个下马威。杨坚既然发过誓，没有退路，当即承诺说："我答应。"独孤伽罗点头说："我说到做到，相信相公是君子而不是伪君子。"夫妻俩就这样约法三章，恩恩爱爱白头偕老。

3

赵贵和独孤信的确是马背上的至交，如果他俩联盟铲除宇文护，不用大动干戈。可是独孤信实在看重宇文泰临终前的托孤，他才优柔寡断。赵贵不得不审时度势。两人的密谈，如风样透了出去，透进开府宇文盛的耳里。权臣之间相互勾斗，宇文盛本可不惹麻烦躲远点，可见宇文护权势日日高涨，拿了赵贵和独孤信的密谈捞一把，是现成的利益。于是宇文盛憋不住嘴，溜进了晋国公府。

宇文护正愁铲除赵贵没个把柄。宇文盛的密告来得正是时候。宇文护立刻串通掌领禁军的尉迟纲，决定逮捕赵贵。

尉迟纲问："独孤信怎么办？"

宇文护说："对两人一起下手，风险太大，只能一步步来。"

紧接着宇文护矫旨召赵贵进宫。蒙在鼓里的赵贵来到正武殿，他的脚根还没站立稳当，藏在殿内的一群武士冲了出来，闪电般扑了过去，没等赵贵缓过神，束手就擒。

赵贵在大殿里一边抗争，一边怒道："我身为宰辅，不见天王旨，一帮小厮岂敢对我动粗？"

这时宇文护和尉迟纲出现在了大殿里。

赵贵为之一震，明白宇文护对他先下手了，又怒道："你们休得无礼，我要见天王陛下！"

宇文护大声喝道："天王的辅臣竟然偷偷溜入卫国公府邸，干出密谋造反的事来，该当何罪？"

赵贵大惊，然后他处惊不乱道："你血口喷人，有何证据？"

宇文护诈道："卫国公独孤信已成天王阶下囚，都招供了，赵丞相何必还嘴硬？"

赵贵信以为真，感觉浑身发软，言辞不太利索了。

宇文护不会给出时间让宇文觉处置赵贵，立马下令斩赵贵。数把刀剑交差地挥了过来，赵贵应声倒在血泊里。

杀赵贵引来朝野一片震惊。就连宇文觉也震惊在了半空。宇文护一不做二不休，索性提着赵贵人头去见宇文觉，吓得宇文觉魂不附体直往后退。

"赵贵企图谋反，臣才杀他。"提着人头来的宇文护就想震慑宇文觉。"臣是奉太祖遗诏，当如周公辅成王，臣不过杀了个叛逆贼，请陛下不要害怕。"

这种时刻宇文觉没有不害怕的，吓得快要缩成一团，哪来的勇气问罪宇文护。就这样震慑住宇文觉之后，朝中百官相继被震慑住。接下来，尉迟纲趁杀赵贵的盛气，要带人闯入卫国公府邸逮捕独孤信。宇文护想到独孤信的势力不可小视，对尉迟纲说："杀赵贵显然惊动独孤信，你带人去抓捕独孤信，他不见天王旨，肯定下令举兵，就怕闹得不可收拾。"尉迟纲听这话，僵持住。宇文护说："要独孤信死，只能让他死得体面。"于是宇文护约了尉迟纲逼迫仍处在恐惧中的宇文觉手谕圣旨，然后宇文护派人带上圣旨和一匹白绫送往卫国公府邸。

收下圣旨和白绫的独孤信万分绝望，一声长叹道："苍天负我，我负赵贵！"

待送来圣旨和白绫的人离开后，独孤信背着家人，拿上白绫悄悄溜进一间堆放杂物的房间，悬梁自尽了。

宇文护杀赵贵又赐死独孤信，吓得宇文觉偷偷地哭了几场。

朝廷没了大冢宰，宇文护拿了太祖遗诏辅佐天王，顺理成章登上大冢宰位，成为当朝的首辅大臣。宇文觉自然成为宇文护掌上玩偶。

在郁郁寡欢中打发时光的宇文觉连做梦都在憎恨着宇文护。因憎恨难消，宇文觉决定除掉宇文护。他跟宫伯乙弗凤、司会李植，军司马孙恒等心腹密谋。李植和孙恒就想扩充势力，拉宫伯张光洛进来。哪知张光洛正是宇文护安插在宇文觉身边的眼线，得到李植和孙恒等人准备对宇文护下手的消息，张光洛立刻溜进丞相府，给宇文护如实禀报。宇文护怔了下，然后满不在乎仰天哈哈大笑。

张光洛木然地问道："乙弗凤、李植和孙恒等人要动劫杀，此事非同小可，大冢宰有什么值得可笑的？"

宇文护突然收敛笑，居然摆出一副临危不惧的样子来，问张光洛："你说几只跳蚤能咬死一只大象吗？"

张光洛替宇文护着急，一时没反应过来，就说："跳蚤咬大象，肯定咬不死。"

宇文护被张光洛逗得止不住地又哈哈大笑："既然几只跳蚤咬不死大象，那么大象还在乎吗？"

张光洛离开后，宇文护赶紧召贺兰祥和尉迟纲来他府上商讨对策。

尉迟纲说："大冢宰费心辅佐天王，没想天王听信谗言，要对大冢宰动杀机，真是恩将仇报。"

贺兰祥斩钉截铁说："废掉天王，杀其同党，此外没别的选择。"

宇文护立马点头说："的确没有别的选择，只能这样了。"

次日一大早，宇文护派遣尉迟纲进宫，通知乙弗凤、李植和孙恒等人去丞相府商论国事。乙弗凤等人做梦都没想到内奸张光洛已将密谋透给了宇文护，他们一个接一个来到丞相府，等候他们的是束手就擒，人头落地。随后掌领禁军的尉迟纲迅速下令宫廷宿卫全部撤离。等宇文觉发现不妙时，为时已晚。

贺兰祥带领一伙人，就像当年宇文护闯入花天酒地的紫薇宫逼迫西魏恭帝元廓禅位那样，也是数十把利剑朝着宇文觉围成一团，逼迫宇文觉作出生死抉择。求生的宇文觉面对利剑，在绝望中答应退位。

随后宇文护降封宇文觉为略阳公，将其幽禁。待朝廷百官缓过神来时，由宇文护主导的政变已是生米煮成熟饭。这时的宇文护也得给百官有个交待，召群臣于乾安殿，装出一副无可奈何的样子，泪洒殿堂道：

"我是太祖侄子，亲受遗诏，唯诺遵从，不敢有丝毫懈怠。因略阳公宇文觉是太祖正室嫡子，所以我和诸位公卿奉立他为皇帝，灭魏兴周，为天下君。然他登基以来，宠冠群小，俯听谗言，猜忌骨肉，试图诛杀开国元勋。由此而来，国家必亡。今日宁肯对不起略阳公，也不敢对不起大周社稷。"

权臣废立君主，早已不是新鲜事。肃立殿堂的群臣见怪不怪，心里有话，却不便在这种时刻声张，一个个装出洗耳恭听的样子，就看宇文护废掉宇文觉后，再将谁扶上大宝位。

宇文护虽说是振振有词，但他内心里时不时地浮现些许虚空。他接着说道：

"太祖长子宁都郡公宇文毓仁慈孝悌，又有德操，若按长幼有序之规，今废昏君立明主，他当立，列位公卿意见如何？"

宇文护陈词铺垫一番，终将包袱抖了出来。在殿的百官即便有微词，见孙恒、乙弗凤和李植等人尸骨未寒，岂敢说个不字，纷纷顺意道："这是大冢宰家的私事，我等听从大冢宰安排。"

做了九个多月天子的宇文觉，在他退位一个多月之后，被宇文护诛杀在了幽禁地。

4

宁都郡公宇文毓在岐州（今陕西凤翔）任刺史。宇文护派人前往岐州迎接宇文毓回长安即天王位。回到长安的宇文毓暂且住进了自家旧日府邸。甲子日，群臣上表劝进，备了御辇接驾奉迎，宇文毓这才坐上御辇，赴延寿殿登基，接受群臣朝贺。

即位后的宇文毓封正室独孤氏敬王后，这敬王后便是独孤信的长女。逼父悬梁之恨的种子早已埋在敬王后心田，她只字不提父亲之死，却拿了宇文护诛杀宇文觉来忠告宇文毓。

敬王后不是一般的女人，她毕竟生长在豪门贵族之家，见识不俗。想到宇文毓刚刚即位，身边少有护侍的心腹，敬王后自然想到了娘家七妹独孤伽罗的夫君杨坚，在宇文毓面前举荐杨坚。

宇文毓犹豫不决，问道："召普六茹坚入朝，能做什么？"

敬王后回答说："陛下要起用的是忠臣。"

宇文毓又问："普六茹坚何以忠？"

敬王后说："普六茹坚正是臣妾父亲挑选的乘龙快婿，相信臣妾父亲看人不会走眼，因此臣妾荐普六茹坚，不会有误。"

宇文毓不再犹豫说："召普六茹坚进宫再说吧。"

一道圣旨突然降到随国公府上，是喜是忧，杨忠一时判断不了。尤其是宇文护诛杀大臣赵贵、乙弗凤、李植、孙恒，赐死独孤信，又废杀当朝天子宇文觉，令杨忠忧愤难耐耿耿于怀。他对儿子杨坚被召进宫并不感到高兴。朝旨不可违。杨忠想亲自送杨坚入宫。杨坚拒绝说："我都快要做父亲了，父亲为何当我是个孩儿呢？"杨忠谨慎说："宫里是非难料，你一个人去，我不放心。"杨坚说："父亲像我这么大时，就坐在马背上出生入死了，而我迄今躲在大树下，不曾有过历练。还是让我去独当一面吧。"

自魏以来，升官晋爵一直沿用世袭制。杨坚的贵族世家以及他父亲在朝廷享有颇高地位，使得杨坚拥有受封袭的特权，他依靠家族和父亲的背景，十四岁开始步入仕途，十五岁被授予散骑常侍、车骑大将军、仪同三司，又封成纪县公；十六岁晋升骠骑大将军，加开府。可以说杨坚是少年得志，但他并没在仕途上张开翅膀飞翔。眼下正是先帝遭废杀，新帝刚即位，朝廷局势还不是十分稳定时期。突降圣旨召杨坚入朝觐见，对老于世故倾向保守的杨忠而言，他的儿子兴许不是一步登高，他不太情愿涉世不深的儿子过早地投身暗藏杀机的宫闱。然而这道圣旨对杨坚来说，是个莫大的机会，他信心满满入朝。

他在大德殿朝见到了宇文毓。

宇文毓一看身躯伟岸，面相英俊，且又透出咄咄逼人气势的杨坚，不禁惊诧住。杨坚正要弯腰曲腿跪拜，打量杨坚的宇文毓连忙道了声平身。没来得及跪下的杨坚站直了身子。

因为惊诧，宇文毓目光发直盯着杨坚，一时不知说啥才好。

信心满满的杨坚见高坐殿堂上的宇文毓只是直眼看他不作声，他不知何故，有点儿紧张不安，毕恭毕敬朝殿堂上说道："臣下奉旨入宫，奏请陛下盼咐。"

宇文毓这才开口道："到底是将门虎子，气度不凡。"

听到夸赞，杨坚垂首道："谢陛下。"

宇文毓很是欣赏杨坚的身姿，他说："朕召你来，还没想好如何起用你，这下见到你，就给朕做个常侍吧。"

留在帝王身边,对别人来说,可谓伴君如伴虎;但对杨坚,千载难逢,他心里一阵兴奋,嘴里连连谢恩。宇文毓随即授予杨坚右小宫伯,进封大兴郡公。右小宫伯一职,就是保护皇帝安全的副侍卫长。在此之前,杨坚所获官爵,是世袭而来,由天王大帝下旨钦命,还是头一次。年纪轻轻成为天王近侍,天天侍奉天王同起而居,的确是个难得的机会,因此杨坚非常珍惜右小宫伯一职。

　　他并不知晓他入宫做近侍,是敬王后给他争取的。他的父亲曾被北周太祖宇文泰赐予鲜卑姓氏普六茹,他在宫里通常被人叫作普六茹坚。这天他有机会相遇到了敬王后,请安后本该离去。可是敬王后叫住了他。

　　敬王后仪态万方。她用不同寻常的目光打量娘家七妹的夫君,男子气概十足,且是一表人才,她替七妹欣喜,优雅地说道:"做天王近侍不是人人都有资格的,普六茹坚入宫做近侍,要知天王是国家的灵魂,侍卫天王不得有丝毫闪失。"

　　杨坚恭敬回道:"还有王后也是国家的灵魂,臣下愿万死不辞护卫天王和王后。"

　　敬王后似乎还有话语,并没脱口而出。见杨坚嘴巴乖巧,她满意地笑道:"你去吧。"

　　得到敬王后独孤氏的关照,杨坚很快成为天王宇文毓的心腹。然而大冢宰宇文护和天王宇文毓的权力抗衡不见终止,受宠的杨坚自然卷入他们争斗的漩涡。杨坚渐渐意识到自己宛若游弋在刀刃上,他谁也得罪不起。

5

　　宇文毓即位后一边起用新人,一边凝聚老臣元勋,对宇文护形成孤立态势。宇文护多少有点在意,使出以退为进的权谋。

　　第二年的正月,宇文护上表归政,除了军权之外,将手中其他权力拱手交出,他的这一举动令众朝臣颇感意外。可他赌了一把,借归政摆出一种姿态,换取众朝臣对他的宽解,也是暂且调和他与宇文毓之间的矛盾。哪知宇文毓都没客套一下,毫不迟疑照单全收。

　　归政于帝,其实是宇文护假惺惺的举动,他以为宇文毓会谦让,他再收回上表不迟,没料失算,正中宇文毓的下怀。他心里不悦,且又无可奈何。

　　失算的宇文护当然想从宇文毓手中夺回权政。他试图故伎重演,动了除掉宇文毓的念头。可是宇文毓不会忘记三弟宇文觉的结局,已将宫廷卫士牢牢掌控在了自己手里。

一时对宇文毓下不了手，宇文护就拿宇文毓身边的人开刀，好比一棵大树，逐渐除掉繁茂的枝叶，最终让大树失去树冠，剩下光秃秃的树干，再去砍倒树干容易得多。宇文护首先盯上杨坚。杨坚自从入宫任右小宫伯，率领手下紧随宇文毓，不离左右。于是宇文护指使张光洛进馋言。

张光洛找了个机会，对宇文毓进言道："有件事臣不知该讲不该讲。"

宇文毓好奇，忙问道："你有何事启奏？"

张光洛咳嗽一声道："先帝之所以失策，是因为失在了大内的防卫。"

宇文毓不以为然道："朕吸取先帝教训，早已加强了大内防务。"

张光洛道："虽说陛下加强了大内防务，用人唯其善，可就怕知人知面不知心。"

宇文毓不禁一怔道："你什么意思？"

兜了半天圈子，张光洛这才说道："身为右小宫伯的普六茹坚看上去对陛下忠心耿耿，贴身侍奉得毫无空隙可钻，就怕日子长了，此人靠不住。"

宇文毓又是一怔，问道："你怎么看出普六茹坚靠不住的？"

张光洛终于抛出杀手锏："记得太祖那年北巡，普六茹坚随父来丞相府送别，太祖一见普六茹坚为之一振，称普六茹坚不是世间经常能遇到的人物。此话难道陛下遗忘了？"

宇文毓不由得想起来，瞅着张光洛不吭声。

张光洛趁机说道："相信太祖不是随便说说而已，一定有根据，记得太祖十分震惊地看着普六茹坚，这是很不寻常的。至此今日臣提醒陛下，让一个不是世间经常能遇到的人物整天随侍陛下身边，放得了心吗？"

此话一出张光洛之口，如同一把钳子突然夹了下宇文毓的心尖。等张光洛退下后，宇文毓的心里就像搁着个发凉的东西，既吐不出来，也抓不出来。于是宇文毓召相士赵昭进宫。赵昭得到召令，不敢怠慢，却不知召去给谁看相，他被人带进朝殿，一见坐在殿堂上的宇文毓，紧张得连忙跪拜。宇文毓说："朕召你来，不是要你来给朕行叩拜礼的，快起吧。"然后宇文毓接着又说："听说你在民间给人看相，十看九准，堪称京师第一高手，朕召你来，是要让你给个人看看，一定要看个仔细，看个准确。"赵昭点头说："下人遵命。"宇文毓打个手势说："带去看吧，回来给朕作个禀报。"

杨坚事先被太监叫到一个避嫌地方，他一直蒙在鼓里。赵昭来见杨坚时，不禁大惊，随后走近杨坚摸相骨，仍是大惊，没想到他给人看相快一辈子，头一回遇到一位相理注定是真龙天子的人，他相信自己没看走眼。他摸杨坚相骨的手指不断地抖动。

蒙在鼓里的杨坚对突然跑来给他看相的赵昭产生疑惑。他问赵昭，先生给我看了半天相，怎么不吭一声？赵昭仿佛没听见，仍旧不吭声地盯着杨坚。

因为好奇，杨坚忽略了赵昭为何跑来给他看相；其中暗藏什么玄机，他都没有丝毫的警觉。他像赵昭看他那样，目光发直地盯着赵昭。两人的目光对视得特别诡异。

赵昭看够了杨坚，这才明白天王宇文毓召他来给杨坚看相的缘故，他若说了实话，杨坚必遭横祸。

可是杨坚想赵昭无缘无故给他看相，一直听不到赵昭说个吉凶，耐不住地再次问道："我的命相到底如何？请先生指点迷津。"

赵昭笑了下，脱口说道："相信我没给你看走眼。"

杨坚还想再问吉凶。赵昭转身走了。

前往朝殿的赵昭真的遇到无法回避的难题，想到他对宇文毓实言禀报，他自然成为加害真龙天子的帮凶。尽管真龙天子经历十磨九难，他相信最终会登上皇位；到那时，遭遇陷害的真龙天子岂可忘记仇恨，定会复仇，下旨对他们赵家满门抄斩。想到这里，赵昭不得不为自己留条后路。等他见到宇文毓时，谨慎地奏报道："陛下差使下人看的相，已经看过了。"

宇文毓迫切问道："你看得如何？"

赵昭装糊涂："就这个样子。"

宇文毓又问："他将来的样子会是个什么样子？"

赵昭答道："此人在朝廷做官，即便做到顶点，命相所现，充其量不过是个柱国而已，不会再有别的起色。"

宇文毓听到赵昭禀报，舒缓地吐出一口气，消除了对杨坚的戒心。

6

敬王后独孤氏突然犯病崩逝，宇文毓悲伤不已。直到八月，宇文毓才从悲伤中走出来。他废除天王制，改称帝，是为明帝，立年号武成。

北周武成二年（公元560年）四月的一天，宇文护召亲信李安。李安来到丞相府。宇文护二话不说，指令李安往御膳里下毒。李安顿时目瞪口呆。

宇文护不顾李安的感受说："这件事只有你能办到。"

李安害怕起来，几乎要发抖说："事情做过之后，万一被查出，我和大冢宰如何应对？"

宇文护给李安打气撑腰说："有我在后头撑着，别担心，你尽管去做吧。"

李安依旧没有胆量，他说："毒杀天子，难道大冢宰不在乎满门抄斩？"

"有什么好在乎的？"宇文护对李安许愿说，"你做了，我封你要职，让你富贵至极。"

李安犹豫了会儿，想到宇文护废杀先帝宇文觉，的确没遭遇满门抄斩，仍旧高居大冢宰；又想到宇文护答应给他要职和富贵，终于动心了。李安任膳部中大夫，是御膳房的主管，他每日的事务就是给皇帝配制膳食。皇帝喜欢什么膳食，他了如指掌。宇文毓特别喜欢吃甜饼，李安偷偷往一块甜饼里下了毒，然后遣使御膳太监送往御前。

送御膳的太监不知甜饼里投过毒，端着甜饼来到宇文毓面前。宇文毓连忙拿起甜饼啃吃起来，吃得格外香甜可口，都没品尝出一点儿异味。一块甜饼只吃下一半，宇文毓感觉一阵头晕目眩。右小宫伯杨坚正好在一旁，眼看吃甜饼的宇文毓摇晃身子差点栽倒，他疾步奔过来，扶住宇文毓问道："皇上怎么了？"宇文毓顿感肚子疼痛，表情痛苦地说道："朕不舒服，快扶朕到床榻上躺会儿。"杨坚急忙唤来几个近侍，搀扶宇文毓回到了延寿殿，将宇文毓放置床榻上躺着了。

吃下甜饼的宇文毓往御榻上一躺，再也没站立起来。他躺在御榻上口鼻出血，上吐下泄。太医诊疗他是食物中毒症。端着甜饼送到御前的太监哪里知晓黄雀在后，李安早就料到太医会诊断出宇文毓的中毒症，他给送甜饼的太监下毒，太监暴死，灭了活口。

宇文毓是慢性中毒，并没很快死去。尽管太医用尽解毒药剂，都没能消解他体内毒素。

右小宫伯杨坚带着几个侍卫回到了延寿殿。

宇文毓奄奄问道："投毒者查出没有？"

杨坚回道："那个送甜饼的太监已死……"

宇文毓叹口气，说："朕知道是谁干的，别查了。"

杨坚倏地一怔说："请皇上下旨，臣这就带人去抓捕他。"

宇文毓吃力地摇头说："要朕命绝的不是那个送来甜饼的阉竖，他不过是个替罪羊。"

杨坚一遍又一遍地恳请宇文毓说出那个投毒的幕后指挥。宇文毓只是叹息，默默回忆西魏恭帝元廓的死，北周大冢宰赵贵的死，卫国公独孤信的死，还有先帝宇文觉的死，现在轮到他了。他非常清楚宇文护迫切需要他的皇权，才置他于死地。他若下旨逮捕宇文护，宇文护定会趁此举兵，他病入膏肓的样子岂能招架得了，何况他的儿子正处幼年，就怕宇文护杀个鸡犬不留。所以宇文毓只有忍耐。

　　宇文毓中毒的龙体越来越衰败，意识到他恢复安康十分渺茫。他迫不及待召来燕国公于谨和随国公杨忠到御榻边，口授遗诏：

　　"人生天地之间，禀五常之气，是以生而有死者，物理之必然。诸公及在朝卿大夫士，军中大小督将，并立勋效，积有年载，辅翼太祖，成我周家。今朕缵承大业，处万乘之上，上不负太祖，下不负朕躬。然朕重疾在身，恐不得康复，冥冥之中牵挂大位虚旷，社稷无主。朕儿幼稚，未堪当国。鲁国公宇文邕，朕之介弟，宽仁大度，海内共闻，惟能嗣皇帝位，弘我周家。待朕归天，诏告天下。"

　　缓缓地授罢遗诏，宇文毓握老臣于谨和杨忠手，叹道："二位爱卿赤胆忠心追随太祖数十载，助北周大业开启，功德圆满。待鲁国公即位，托二位爱卿携手扶持。"于谨和杨忠老泪纵横，连连颔首应允。这时延寿殿的气氛显得格外沉闷，惟有宇文毓哀伤的声音如游丝般回旋。没过多久，宇文毓带着隐恨驾崩了。

第三章　计除权奸

1

年仅十七岁的鲁国公宇文邕是明帝宇文毓的四弟，他受遗诏登上皇位，是为周武帝，初立年号保定。眼看堂兄宇文护为其擅权如此冷血，宇文邕怒在心里，苦于力薄，他只能屈从。连杀三帝之后，宇文护更加颐指气使。此时朝廷不少官员离心背主，攀附宇文护。宇文邕倍感不安，他没想到受罢先帝遗托的于谨在他登基之后没几天病逝了。幸好杨忠不负遗托，敦促儿子杨坚臣服君上。于是宇文邕擢升杨坚任左小宫伯，成为保护皇帝安全的侍卫长。这天宇文邕心情格外郁闷，对身边一位太监说："朕想见普六茹坚，快去召他来。"

没多会儿，杨坚被召来，勾头问道："皇上有何吩咐？"

宇文邕正色道："朕有点儿寂寞，召你来陪一陪。"

杨坚谦恭道："臣服侍。"

宇文邕正闷得慌，直言问道："大冢宰连杀我朝两帝，弑君之罪滔天，岂能宽恕？然朝廷百官，为何没人制止其暴行？"

此话问得尖锐，杨坚一阵惊惧，不知如何回答。

宇文邕烦躁起来，边踱步，边说："朕问你，你为何不作声？"

宇文护暗使张光洛在明帝宇文毓面前进馋言，召来相士赵昭给杨坚看相，事后令杨坚刻骨铭心耿耿于怀。此刻，杨坚心底冒出一股抱恨，不再沉默，说："朝廷百官颇有微词，慑于大冢宰的威严，才不敢放声。"

宇文邕怒于颜面，发泄说："大冢宰妄杀国君，万恶之罪岂可赦？"

杨坚担心宇文邕的发泄张扬出去，赶紧谏阻说："过去了的事，皇上别再提及了。"

宇文邕一愣说："为什么？"

杨坚说："皇上先后失去两位兄长，有怨恨释放，要知这样的释放反而对皇上不利，因此臣提醒皇上多加怨恨不如多加防患。"

此话正说在宇文邕心坎上，他动情说："朕此生未曾想过做皇帝，只是两位亲兄弟过早离世，朕才替他们守大业。朕不知能替他们守得了多久？"

听出宇文邕的话里隐含了惶恐与悲伤，杨坚进言道："恕臣直言，大冢宰宇文护的存在，不过是养虎遗患，这只虎眼下正凶猛，还没到除掉他的时候，臣劝请皇上不要激怒他，采取以柔克刚之术对付他。"

宇文邕表示认同，说："这只虎既然张开了血盆大口，不会甘休的。"

杨坚献计说："当年的关羽因为大意，失去了荆州。只要皇上暂且不跟这只虎计较得失，这只虎会有大意的时候。"

宇文邕听取杨坚进谏，又吸取宇文毓的教训，调整心态，不跟宇文护来硬的，且是百般顺从宇文护，讨好宇文护，又封宇文护太傅，都督中外军事，宇文护自然高兴。可是宇文邕总也高兴不起来。他在孤独中希望有人亲近，召宇文孝伯陪侍在了身边。宇文孝伯是宇文深的儿子，是宇文邕的同姓族人，他跟宇文邕同年同月同日生。因了宇文孝伯和宇文邕在同年的同一天出生的缘故，深得太祖宇文泰喜欢，领养宇文孝伯，于是宇文孝伯跟宇文邕一块儿长大，两人情深如同手足。

宇文邕一边顺从宇文护，一边暗自网络亲信；他跟左小宫伯杨坚，内史下大夫王轨，还有宇文孝伯，时常藏在深宫密谋。宇文邕就会想起杨坚的进言，觉得除掉宇文护的时机还没成熟，劝告诸亲信千万别轻举妄动。众亲信只好将矛头转向，对准宇文护的心腹。

王轨骂道："尉迟纲就是宇文护门下一条忠实的走狗,这条狗不除,他还会咬人。"

宇文孝伯说："除掉尉迟纲这条狗，对宇文护而言，少条狗无所谓，有所谓的是如何尽快除掉狗主人。"

宇文邕摇头道："朕也想早日除掉狗主人，只是眼下的狗主人太凶恶。诸卿先别急，时机会如期而至的。"

杨坚耐不住性子说："先除掉贺兰祥，再除掉尉迟纲！"

众人看着了杨坚。

杨坚接着说道："先帝在位时，宇文护谋反，还没底气如何应对局势，就是贺兰祥怂恿宇文护囚杀先帝的。"

此话一出，众人的目光从杨坚身上转过来，投在了宇文邕脸上，只等宇文邕下道旨。宇文邕说贺兰祥身为柱国，不是想杀就可随便杀得了的。这当头一瓢凉水，并没使杨坚等人除掉贺兰祥的决心退缩。

保定二年（公元562年）五月的一天，贪淫纵欲的贺兰祥被王轨邀去逛青楼。杨坚事先走遍京师的青楼，在一家青楼里选中一位最美的粉头，然后杨坚差人打发银子买通那位粉头，等贺兰祥入得青楼怀抱那位绝色美人时，大有相见恨晚之意。随之那粉头按照杨坚的指令，一边跟贺兰祥寻欢，一边陪贺兰祥畅饮美酒。相遇意中美人，贺兰祥情欲怒放，随了美人放纵起来，喝下一杯又一杯，酒过数巡，他喝得酩酊大醉，开始呕吐。

没多会儿，贺兰祥吐得烂如泥浆，再也没了气力玩弄美人。他被随从送回了府邸。最初的时候，家人以为贺兰祥喝醉，让他吐出肚子里的酒水，会醒酒缓过神气来，哪知那酒里早被王轨和杨坚差人下过毒，贺兰祥吃下，吐到半夜，貌似醉酒而亡。

一大早儿，宇文孝伯得到贺兰祥在青楼里让粉头陪酒而亡的消息，异常开心，赶紧跑到皇帝寝宫，掀起垂帘，冲躺在龙榻上的宇文邕禀报："皇上，皇上，宇文护终于断掉了一条臂膀。"宇文邕睡眼惺忪问道："他遭谁砍了？"宇文孝伯说："昨天贺兰祥逛青楼，拉了粉头陪酒，醉死在了家中。"宇文邕这才听明白，大吃一惊说："那家伙终于有了今天。"

借青楼粉头之手除掉贺兰祥，杨坚和王轨一直瞒着宇文邕，事成后，两人才悄悄对宇文邕告知贺兰祥的死因，三人一阵窃笑。

随后宇文邕收敛笑，叮嘱说："尽快打发那个粉头离开京师，离得越远越好。"

杨坚躬身回道："臣已安排那个粉头远走高飞了。"

宇文邕轻轻点头，依是兴奋，舒展眉头说："往酒里下毒，毒死贺兰祥，算是给地下的先帝出了口气。"

王轨偷乐道："施毒杀国君，正是宇文护及其党羽首开先河，今儿个让贺兰祥吃下毒酒赴地下，是以其人之道，还治其人之身。"

宇文邕舒畅叹道："朕只盼哪天让宇文护也喝下一杯毒酒，到那时，朕定会举国欢庆。"

杨坚说："请皇上放心，会有那天的。"

大约过了一个时辰，贺兰祥之死正式奏报朝廷。贺家在京城是豪门贵族。地位显赫的贺兰祥妻妾成群，从没缺过女人，竟然死出青楼，是贺家一桩难以启齿的辱门丑事，捂都捂不及，哪能张扬；贺家人顾及颜面，避其好色，拿酒遮丑，称贺兰祥是好酒死的。

2

自从杨坚与独孤伽罗结为夫妻之后，他家门庭贵为天子之下，其势力不可轻易撼动；杨坚在北周政权中心的地位扶摇直上，便在皇室和朝廷大臣中引起嫉妒，就连宇文邕的五弟齐王宇文宪也起了嫉妒，试图打压杨坚。

宇文宪借了进殿奏事的机会，对宇文邕进言："普六茹坚相貌非凡……"

没等宇文宪说完，宇文邕知道宇文宪接下来会说什么。他说："朕的相貌难道也是非凡的吗？相比之下，朕还没五弟长得帅气。"

宇文宪意识到了他的进言引起宇文邕的反感，出于亲兄弟间的关系，他不在乎，继续说道："臣每次相遇普六茹坚，就像碰到一座大山，从头到脚压抑得很，不知不觉失去主意。"

宇文邕笑道："朕每逢普六茹坚，从没有过你这样的感受。"

宇文宪和盘托出道："听说父亲在世时，对普六茹坚的相貌特别关注，称他不是世间经常可遇之人。因此臣绝非捕风捉影，认为此人恐怕不肯久居人下，请陛下尽早除掉他。"

宇文邕不太相信以貌取人之术，淡然一笑说："此人只可为将，不必多虑，也不必多疑。"

宇文宪一番好意提醒，被当即驳回，显得十分尴尬。

宇文邕走近宇文宪，推心置腹说："五弟呀，你的提醒没有错，但你要知道谁才是真正要提防的人。"

宇文宪明白宇文邕在说谁，不便再提及杨坚。

过了几天，内史王轨来朝见。奏完事后，王轨嘴里突然冒出一句话，对宇文邕说："普六茹坚貌有反相。"

宇文邕倏地一惊看着了王轨，不禁想起数天前他的五弟宇文宪的话。他装出第一次听到的样子问王轨，你是怎么知道普六茹坚貌有反相的？

王轨说："朝廷里有许多人都知道，难道陛下不知道？"

宇文邕说："如果是天命注定，会有什么办法呢？"

王轨觉察到宇文邕并不想深究杨坚貌有反相，他打住话题，退下了。

如果说宇文宪的进言只是说说而已，那么王轨的进言不得不使宇文邕加深印象产生猜忌，就想证实杨坚的相貌到底会不会是传言中所说的那样有根有据；于是宇文邕派人召来下大夫来和，此人在京城是有名的相士。来和应召进宫后，被太监直接带到了宇文邕面前。

宇文邕问道："你认识普六茹坚吗？"

来和回答说："他是普六茹忠的儿子，臣下认识。"

宇文邕说："既然你认识他，想不想得起他的面相来？"

来和说："想得起来。"

宇文邕说："都说此人的相貌生得非凡，依你观相之见，此人的命相如何？"

来和这才明白宇文邕召见他的用意，并没立刻回答。

宇文邕顿起疑心，逼视来和又问："朕问你，咋不吭声？"

来和是个多面之人，当然清楚杨坚的面相是怎么回事。他冲宇文邕笑道："普六茹坚在臣下看来，是个重义守节之人，陛下用他为将，尚可镇守一方。"

宇文邕也笑了，问："何以见得？"

来和答道："甭说将门出虎子，普六茹坚能重义守节，信守的是个忠字，陛下有这样的守节重义之臣，镇守一方，何须担心呢？"

宇文邕想起杨坚父亲杨忠追随他的父亲宇文泰征战四方，又为北周的建业宝刀不老，他轻轻地点头，认同了来和的观点。其实来和大有相士赵昭的同感，认为杨坚将来会有君临天下的一天，这样的人倘若加害，总会死里逃生。他学赵昭那样给自己留条后路，不便得罪杨坚，让杨坚逃过一劫。

不久之后，来和偶然跟杨坚狭路相逢。见前后左右没有外人，来和叫住杨坚，直白地说道："随国公家的公子日后会得大富贵的，望能宽解人意，不可妄行诛杀无辜。"杨坚陡然听到这话，一脸的木然问来和："来先生说我将来得大富贵，何以见得？"来和笑道："到那时，大富贵降临，你自然会知道。"杨坚一阵高兴，问那大富贵到底有多大？来和说："天有多大，你的富贵就有多大。"杨坚越发高兴，正要问个彻底，来和拂袖离去了。后来杨坚才知武帝宇文邕召见过来和，他为自己的相貌感到惊恐不安，提醒自己处处倍加小心，以免招来杀身之祸。

就在杨坚为他的相貌生恐不安之际，他的父亲杨忠一病不起。宇文邕听说杨忠病重的消息，带了若干随从起驾前往杨忠府上看望杨忠。此时的杨忠到了弥留之际，等宇文邕来到他的病榻前，他已是精神恍惚，认不出是谁来看望他了。杨坚急得趴在杨忠怀里,直喊父亲说:"皇上来看您了,您快睁开眼跟皇上招呼一声。"杨忠睁开了眼,直直看着宇文邕说:"我是太祖的伙计,太祖要召我回去了。"听这话,宇文邕瞅着杨忠心里发酸,掉下眼泪。

  杨忠终没认出宇文邕。他吃力地朝宇文邕扬起一只手,宇文邕不得不把手伸过去。杨忠一把捏住宇文邕的手不放说:"为父的一生跟定了太祖,去了地下也要跟定太祖;你要像为父的一样,一生一世,无怨无悔地跟定皇上……"

  杨坚对宇文邕抱歉说:"臣的父亲已经糊涂了,且把皇上当作了自己的儿子,请皇上见谅。"

  宇文邕动情说:"惟有忠臣到老临终,才会说出这种话来。"

  杨忠捏着宇文邕的手仍没松开,口齿说得不清起来。

  杨坚把脸贴在杨忠耳边,泪流满面说:"我会遵从父亲的话,跟定皇上的。"

  等宇文邕离开没多久,杨忠病逝在了家里。

3

  宇文孝伯自从受命入东宫,被不学顽劣的太子折腾得头痛。然而宇文邕对太子的教育一直要求严格,希望太子将来成为饱读经书的贤明君主,这与宇文孝伯的努力形成一定距离,所以宇文孝伯面对太子的将来,就怕背上罪过。他来到宇文邕面前,毫不掩饰请辞说:"太子是国家未来的社稷主。至今没有听人传颂太子的德声美名,是臣的失职。臣愧为东宫先生。好的是太子年岁尚幼,志向和德操还没形成,臣请求陛下精选贤良有为的人做太子师友,调养太子圣明的天性和品德,使太子得以精进。倘若迟缓,将会误了太子。"这番请辞,显然是宇文孝伯对太子的教育丧失了信心。宇文邕早已认准宇文孝伯,觉得满朝公卿,没有第二人能像宇文孝伯这样德才兼备。他说:"太子天性顽劣,是朕的过失,与爱卿无关。爱卿的德操和学识,为朕久仰,所以朕还是不放心将东宫交给其他公卿。"宇文邕拒绝了宇文孝伯的请辞。宇文孝伯不再有请辞的余地,委婉说:"臣受命太子之师,就怕错失太子开启天资的良机。"宇文邕理解宇文孝伯的难处,郑重说:"朕会考虑添补先生入东宫。"

  宇文孝伯前脚离开,宫伯长孙览后脚迈进了乾安殿,急奏道:"禀皇上,丞相府的公子宇文会、宇文至、宇文静几兄弟又在长安城里闹事了。"宇文邕正为太子的教育着急,心情不顺畅。长孙览突然跑来奏丞相府的公子不法事,他明白那几兄弟闹的事不惊天,也惊地;不然,长孙览用不着急匆匆跑来禀报。于是宇文邕拉长脸，直问道："他们是杀人了还是放火了？"长孙览惊得看着了宇文邕："皇上没出宫，是怎么知道他们杀人放火的？"宇文邕闭了下眼，然后睁开说："朕清楚丞相府的公子是什么德行，他们要犯事，绝对不会犯出鸡毛蒜皮的事，一定会犯得惊天动地。"长孙览接着如实禀报。宇文邕听了一半，便知全部，吩咐长孙览说："东宫的孝伯先生刚离开，你快去追他回来。"长孙览一转身，拔腿往外跑，跑得气喘吁吁才追上宇文孝伯。

　　宇文孝伯不得不回到了乾安殿。随后宇文邕召来心腹王轨和杨坚。宇文邕绷着脸对他们说："刚才长孙览奏报丞相府的公子在长安城里横闯民宅，劫掠妇女，发生冲突，竟然放火焚烧房屋，还杀了人，闹得一条街市惊魂未定。"丞相府的公子仗势欺人宇文孝伯早有耳闻，他愤愤不平说："大冢宰高居皇上之下，是朝野之师，哪知他教子无能，若让其子继续放纵下去，必惹众怒，国将无宁日。"王轨破口骂道："那几个公子作恶多端，不是一次两次了，论其罪，早该五马分尸，悬首示众了。"杨坚倒是不温不火，献计说："王子犯法与庶民同罪，如果陛下抓住这个机会下旨逮捕丞相府的公子，宇文护必然会进宫说情……"没等杨坚说完，王轨插嘴说："好主意！进宫替儿子说情的宇文护不会有所防备，趁机将他逮捕正法，岂不是一锅端了？"宇文邕摇头叹道："儿子在京城胡作非为，做老子的应该知道。若是出动禁军去抓人，宇文护肯定不让带走他的胡作非为的儿子，翻脸的事就在眼前，正好给了他一个举兵起事的契机。"王轨说："听说宇文护早在前日带了一伙随从去了同州，他的府上不会有重兵把守。"宇文孝伯兴奋道："机会难得，请陛下趁此时机下旨禁军。"于是宇文邕不再犹豫，派禁军包围了丞相府，抓了几个闹事的公子丢进了大牢。

4

　　宇文护从同州回到长安，才知他的几个儿子闹出人命关天的大事，被朝廷抓了，他大惊。随后宇文护不便亲自出面替儿子说情，派了个亲信进宫要求放人。宇文邕朝那亲信大发雷霆，说大冢宰身为一国的丞相，是百官的表率，几个儿子大闹京城，既杀人又放火，残害百姓生怨，怨恨朝廷，也不亲自进宫替儿子们谢罪，居然大言不惭要求朝廷放人，岂可服百官服天下？宇文邕气得涨红脸，将宇文护派来说情的亲信推了回去。

　　通常时候，宇文护处理公务在丞相府，武文百官上表奏疏登丞相府；皇帝批览奏折，由丞相府派人送往宫里。宇文护根本不会进宫来。宇文邕要想对宇文护下手，几乎没有机会。此次囚禁宇文护杀人放火的儿子，本是个逮捕宇文护的机会，可是宇文护好像觉察到了宇文邕的心事，就是不进宫，令宇文邕没辙。没辙的宇文邕突然想起他即位之初召杨坚密谈，杨坚劝谏他在宇文护大意的时候除掉宇文护。他按捺不住内心的躁动，对身边近侍说："召普六茹坚。"

杨坚应召进殿后，看出宇文邕脸上的气色不同往日，暗自一惊。

宇文邕对杨坚说道："大冢宰的几个儿子因获罪被囚，可是大冢宰就是不进宫来替儿子谢罪，朕想不出办法请大冢宰来谢罪。"

杨坚顿时明白宇文邕话里意思，笑道："皇上何必这般急呢，大冢宰一定会进宫来的。"

宇文邕道："他从同州回来好几天了，本该来趟宫里，却派了个手下来请求朕放出他的儿子。"

察觉到宇文邕对宇文护心存怯意，杨坚不再笑了，悄声说道："只要皇上使出一招，就可让宇文护就范。"

宇文邕迫切问道："何招？快说。"

杨坚又笑道："宇文护不是杀气过重吗？皇上也可对他施展杀气。"

宇文邕"嗯"了声，不再有话。

杨坚继续说道："既然宇文护的儿子犯下重罪，只要皇上肯大义灭亲，依照朝廷律令，下旨杀他犯下重罪的儿子，逼迫他进宫说情，他敢不进宫吗？只要他进宫，就是皇上的机会。"

宇文邕轻轻地点头，然后叹道："朕担心他带领众卫士进宫，朕何来下手的机会？"

杨坚想了会儿，说道："宇文护进宫替儿子说情也罢，谢罪也罢，有太后在，叫他以侄子身份去趟含仁殿，给太后请安，他推辞不了，一定会去含仁殿。他的贴身卫士一个都没资格去含仁殿给太后请安。只要他去含仁殿给太后请安，就隔离了他的卫士。"

宇文邕禁不住地仰起脸，朝天吐了口长气。他当即放出音来，要处斩宇文护犯下重罪的儿子，自然惊动了宇文护。

住在含仁殿的文宣太后叱奴氏正是武帝宇文邕和卫王宇文直的亲生母亲。太后获知宇文护要来宫里为儿子谢罪，急忙派人叫来她的小儿子宇文直说："权倾朝野的宇文护不认亲情，连杀你亲兄弟宇文觉和宇文毓，这个仇你忘了吗？"

宇文直说："儿臣没忘。"

太后说："他下一个要除掉的正是你一母所生的兄弟。"

宇文直打个寒战，看着了太后。

太后说："如果他谋逆，真的要除掉你一母所生的亲兄弟，你打算怎么办？"

宇文直一怔说："替亲兄弟报仇雪恨。"

太后点头，声色俱厉说："近日他有可能进宫替他儿子说情，是个机会，你得帮你亲兄弟，拿下他。"

宇文直点头说："我会帮亲兄弟的忙，请母后放心。"

到了三月十八日，看上去是个黄道吉日。宇文护担心宇文邕下旨杀他儿子，决定要来宫里为儿子说情。宇文邕得到太监禀报，冲动得很。不巧的是王轨和宇文孝伯因公办差离开了长安城，若跟宇文护动起真格，宇文邕显然缺乏得力人手，他不想失去这个机会。情急之下，宇文邕吩咐太监去召杨坚。

进宫的宇文护首先来到乾安殿。宇文邕不想在乾安殿动手，他在文安殿里等候着。宇文护在乾安殿里扑空，由太监领着来到文安殿。宇文邕正坐在殿堂上。

宇文护朝宇文邕行罢家人礼，正要开口，宇文邕先开了口，说你不是为你儿子闹出人命关天的大事，你不会进宫来。给了宇文护一个下马威。

宇文护歉疚地笑道："臣的儿子也是陛下的侄子，做了犯法事，本应关押，都关押了这么久……"

宇文邕打断宇文护的话说："那几个臭小子不关他个害怕，一旦过早地放出来，哪来的教训？还会继续做出残害百姓的坏事，咱皇家如何对天下交待？"

封堵宇文护的嘴，就是要灭宇文护的威势。然后宇文邕一转话题，装出犯愁的样子说："太后年事已高，嗜酒不能自拔，时喜时怒，脾气有点反常。"

为了儿子，宇文护不得不顺从宇文邕说："太后嗜酒，难道陛下没有进劝？"

宇文邕说："都劝过多次了，太后就是不听。"

宇文护说："过度饮酒必伤身，何况太后年事已高，不听劝告，那可怎么办？"

宇文邕说："太后有时饮酒过度，神志颠倒，不是亲近的人，不准拜见。今天既然是兄长拜见，太后不会不给面子，希望兄长去劝劝太后，兴许会听。"

为了儿子，宇文护没有推辞的余地，接受旨意说："让臣去试试吧。"

宇文邕从怀里掏出一份早已写好的《酒诰》递给宇文护说："请兄长拿这个去规劝太后。"

因是处理家事，宇文护接过《酒诰》，撇下随从，随了宇文邕来到太后寝宫含仁殿。这时的太后正把酒疯疯癫癫，宇文护目睹太后疯癫的情形，怔住了，他哪里知道太后装酒疯，故意演给他看的。

太后是宇文护的婶母，他当然不愿看到婶母嗜酒到如此地步，几乎失态得毫无尊严。他不便夺下太后手中的杯盏，冲太后劝道："嗜酒伤身，请婶母有所节制。"太后对他的劝告不屑一顾，反而邀他畅饮。宇文护只好掏出《酒诰》，毕恭毕敬站在太后面前朗读。宇文邕趁了宇文护神情专注朗读《酒诰》之机，快速操起一枚一尺多长的玉笏，走到宇文护身后，猛地挥起玉笏，击打在了宇文护后脑勺上。毫无防备的宇文护顿感脑袋一阵剧烈震荡，眼前发黑，当他扭过头来时，宇文邕再次挥起玉笏朝宇文护头部击打下去，用力过猛，那玉笏断裂成几截。随着玉笏碎片散落在地，宇文护晃荡身子栽倒在地。

宇文邕以为操起玉笏击打头部，会送了宇文护的命，没料宇文护扛得住，他只是被打昏，片刻后他挣扎着想站立起来，吓得宇文邕不知所措，直喊太监何泉操起御刀砍死宇文护。何泉握起御刀，害怕宇文护站起之后从他手中夺走御刀杀了他，吓得发抖，不敢朝宇文护砍下去。

太后见势不妙，不再装酒疯，急忙叫喊小儿子宇文直。

宇文直原本藏在殿内等候时机，此刻他在一间暗室跟太后的侍女调情玩儿。听到太后呼唤，他疾步跑了出来，左边见宇文邕脸色苍白直喘大气，右边见宇文护倒在血泊里挣扎，他吓呆了。

太后急得冲宇文直叫道："你干吗还站着不动手？快点帮皇上除掉这恶魔！"

宇文直深吸口气，扑向宇文护，使劲掐住宇文护的脖子，没多会儿，宇文护双腿一蹬，两眼一鼓，不动了。

等宇文护完全断气之后，宇文邕这才松口气，对太监何泉说："召长孙览。"

宫伯长孙览火速赶到含仁殿，见宇文护已死，惊惧道："皇上有何吩咐，臣听旨。"

宇文邕严正道："宇文护来含仁殿，蔑视一切，朕杀了他。"

这时杨坚满头大汗跑进殿来，见宇文护躺倒在地上的血泊里已经死亡，大喘粗气道："臣没赶上，臣来晚了。"

宇文邕的情绪稍稍平缓，对杨坚和长孙览说："你俩快去杀李安，正是李安听从宇文护的指使往甜饼里投毒，毒死先帝宇文毓……"

杨坚和长孙览正要转身去杀李安。宇文邕叫住他俩说："抓宇文护的余党，一个不留格杀勿论！还有丞相府几个无恶不作的公子，一个不留诛杀掉。"

杨坚和长孙览领旨后，带了禁军在长安城里大搜捕，将宇文护的党羽一网打尽。

5

除掉宇文护之后，宇文邕改年号建德。他封齐王宇文宪大冢宰。卫王宇文直便觉宇文邕对他不公，心里窝火，嘴里不断吐出怨言。还是太后出面摆平的，太后对宇文直说："大冢宰是皇上的首辅大臣，担当国家大事绝非儿戏，这一要职你绝对胜任不了，是为娘的吩咐皇上授予齐王的，你不服也得服。"宇文直拗不过太后，忍气吞声接受了现实。

宇文邕开始亲政，准备灭掉东边的北齐，统一北方。自从北魏分裂成东魏和西魏，又由东魏、西魏演变成北齐和北周，两个仇家总想吞并对方。一直以来，北齐的实力略胜北周。在宇文护摄政时期，北周皇帝易主如红日朝起夕落，正是北齐吞并北周的最佳时机，可是北齐皇帝一个要比一个昏庸无道，只知贪图淫乐。宇文邕亲政后，励精图治，苦于北周的实力有限，发兵北齐时机尚未成熟。然而北周佛教兴盛，寺院林立，剃度僧人高达一百多万，这庞大的僧人群体既不纳税，也不从军，需要花费大量财物供养，消耗了国力，是强国的障碍。鉴于此，宇文邕在乾安殿召见宇文宪、宇文孝伯和王轨，商议灭除佛教。

宇文宪说："佛教是北周的主教，信众遍地都是，如果朝廷突然下令灭除佛教，恐怕百姓接受不了。"

宇文邕说："北周和北齐原本是一个国家，朕灭除佛教，就是为了统一大业，百姓有何不满呢？"

王轨说："陛下吞并北齐，实现统一大业，与佛教有何关系？"

宇文邕说："灭了佛教，打发一百多万僧人还俗为民，让他们参加劳动可以纳税，其中一部分人可以充实军队作战。"

宇文孝伯顺从宇文邕说："如果让一百多万僧人还俗为民，国家的实力一定会很快强大起来，我北周统一北齐定然为期不远。"

王轨和宇文宪只好赞同宇文邕灭佛。

朝廷考虑到了灭佛会引发动荡，召群臣、高僧、名道于大德殿，讨论儒、释、道三教优劣，定儒教为先，道教为次，佛教为后，这样的排名显然是打压佛教。僧人和道士为排名互不相让，争论激烈。宇文邕一怒之下宣诏，断佛、道二教，焚经毁庙；

诏令僧人、道士还俗为民。一度兴盛的佛教从此在北周境内衰落下来。

就在宇文邕毁经逐僧消除佛教的当儿，卫王宇文直在京城长安找了座寺庙住了下来。这寺庙叫陟屺佛寺，原先香火旺盛，赶上皇帝下旨毁经灭佛，佛寺里的僧人不敢抗旨，都走光还俗去了，留下座香火断绝，空荡无影的废庙。堂堂一介亲王不住府邸住寺院，是对天下佛教徒发出一种强烈信号，表明皇帝灭除佛教不得人心。大冢宰宇文宪获此消息，赶紧给武帝宇文邕禀报。

宇文邕大吃一惊问道："他怎么跑到那里去了？"

宇文宪无从回答。

宇文邕怒道："朕灭除佛教，逐僧还俗，卫王赶在这个当口把家搬进寺庙里，分明是跟朕作对。"

宇文宪这才开口说："必须阻止卫王添乱。"

宇文邕心烦意乱走来走去，突然转身对宇文宪说："你去陟屺佛寺看看，看他究竟在干什么。"

宇文宪说了声臣遵旨，正要去陟屺佛寺。宇文邕说了声且慢。宇文宪停住了脚步。

宇文邕当即说道："你去了陟屺佛寺，传朕旨意，只要卫王答应离开那座寺庙，朕答应将卫王府改为东宫，并且允许卫王在京师随便挑选府邸入住。"

除掉宇文护，宇文直立下汗马功劳。指望宇文邕封他大冢宰，落了空；又向宇文邕索取大司马一职，总领兵权，被宇文邕拒绝。就因宇文直为人轻浮诡诈，既贪婪又无赖，所以宇文邕对他不放心。宇文直因功要的不是宅子而是官职，他什么官职都没要回来，才不满，闹别扭搬进了陟屺佛寺，就想激怒宇文邕为快。

传旨的宇文宪来到陟屺佛寺，发现宇文直并没剃度，他松了口气。赌气的宇文直明知宇文宪出现在他面前，可他就是不给宇文宪脸看。宇文宪冲他喊了声六弟，他用鼻子嗯了声。

宇文宪劝说道："六弟不住府邸住这破烂寺庙，哪像个样子呢？快收拾东西随我离开吧。"

宇文直斜视宇文宪说："兄长高居首辅，理所当然住豪门阔宅。可我是一介下落之人，哪有资格入住官邸？"

宇文宪没介意宇文直发牢骚，笑笑说："皇上托我给六弟捎来口谕，只要六弟离开陟屺佛寺，愿将六弟府邸改为东宫，若六弟还不满意，长安的豪宅，可由六弟任意挑选。皇上既然这么照顾，六弟还有什么可说的呢，快随我离开吧。"

宇文直想他何曾缺过宅子，仰天冷笑道："远离权贵，我还是住这破庙清净。"

宇文宪再次劝道："兄弟的儿女们都快长大了，按理说住处应当宽大一些，住着才舒适，这寺庙太窄小，不宜居住。"

宇文直抱怨说："在京师，我这个身子都容不下，还说啥儿女们。"

宇文宪既传达了谕旨，又作了劝请，仍不见宇文直有丝毫的退让和改变，他没了耐心，暗骂一声好狗不受抬举，拂袖离去。

回到宫里，宇文宪如实作了禀报。

宇文邕压抑着恼怒，语气平和骂道："那个贱骨头既然觉得住破庙舒服，那就让他一直住下去吧。"

自从宇文宪来过陟岵佛寺之后，宇文直相信宇文邕会有心肠发软的时候跑来看他，请他离开陟岵佛寺。哪知宇文邕也在赌气，压根儿都没想到来一趟陟岵佛寺。这使宇文直愈加增添怨恨，愈加觉得宇文邕亏欠他。

建德三年（公元574）七月，宇文邕巡幸云阳，朝廷调集精锐禁军随侍护驾。临出长安时，宇文邕下令尉迟运、杨坚和长孙览留守京师。

皇帝出巡，京师防卫虚空。耿耿于怀的宇文直便觉机会来了，趁机举兵起事，试图控制长安，夺取皇权。七月二十七日，宇文直按捺不住率兵朝太极宫南边的肃章门杀了过来。镇守肃章门的是司武尉迟运。没等起事的宇文直杀入肃章门，就有守城士兵跑来跟尉迟运通报，吓得尉迟运出了一身大汗，赶紧差人关闭了肃章门。宇文直来晚一步，进不了肃章门，大声叫嚷开门。蹲在城门阁楼上的尉迟运朝下回应道："不见皇旨，肃章门不得开启！"折腾了一个多时辰，宇文直连哄带骗说尽好话，尉迟运一个劲儿不肯打开肃章门。两人一上一下打嘴仗闹翻脸，尉迟运蹲在高处破口大骂宇文直乱臣贼子，骂得宇文直下令动武，搂了柴草火攻肃章门。尉迟运也不示弱，差人搂来柴草堆放在肃章门内点火燃烧，烧得门里门外火焰冲天。这时杨坚带了一群将士朝肃章门奔杀过来。宇文直没想到杨坚会在这种时刻率军攻其后，对他形成夹击之势，他一阵心慌意乱，急忙下令从肃章门撤退。

宇文直原以为攻克宫城控制皇城将会一帆风顺，没料镇守肃章门的尉迟运早有防备，导致行动失败。随他起事的将士见事不妙，大多丢下兵器作鸟兽散，仅仅留下一百余号人马。宇文直一时不知何去何从，加上杨坚率军追剿得步步紧逼，他沮丧得很，只好撤出长安，连夜逃遁。

卫王谋反是突发事件。留下尉迟运继续镇守长安。长孙览不得不急奔云阳禀报。

只有杨坚领兵朝逃遁的卫王追了过去。当长孙览快马加鞭急奔到云阳时，宇文邕正在云阳宫。这云阳宫在云阳县西北八十余里的甘泉山上。宫前有通天台，是始祖黄帝的祭天之处。秦、汉两朝的天子，都把云阳宫当作了离宫。北周天子也不例外，将云阳宫视为祭天的神坛。就在宇文邕庄严地祭天之时，长孙览跑来告急，大坏了宇文邕的心情。因是一母所生的亲兄弟谋反，宇文邕没见个红黑，一时不便作出决策，只好草草祭祀完，打道回京师再说。

　　回到京师长安后，宇文邕这才证实卫王宇文直果真谋反逃离了长安，他的心情糟透了，深居后宫，唉声叹气。

　　宇文直离开长安后，一直朝南逃去，第一站逃到襄阳，后边的杨坚追来。襄阳官府闻知宇文直是谋反出逃，没人敢收留他。他只好转身向南再逃奔，逃到了后梁都城江陵。后梁是北周的附庸国。过了江陵城边的长江，往南走就是陈朝了。逃到后梁的宇文直以为杨坚不会追来，没想过了数天之后，杨坚抵达了江陵城下。这时的宇文直逃得疲累，也是逃无去路，被杨坚擒获。

　　宇文直灰头土脸朝杨坚苦笑道："我无颜回长安，请随国公就此了结我吧。"

　　想到宇文直跟皇上是一母所生的亲兄弟，杨坚岂敢了结，轻轻一笑说："请卫王随我回京师吧，等见到皇上，我会帮卫王说情的。"

　　宇文直无可奈何，只好跟随杨坚离开后梁都城江陵。

　　押往京师长安的路上，杨坚生怕出现闪失，回去不好交差，他对宇文直特别照顾。

　　献俘的时候，宇文邕是在乾安殿相见弟弟宇文直的，他苦着脸，半天说不出一句话来，然后闭上双眼，想起建立北周以来，只有他们宇文氏家的兄弟为了皇权，冷酷无情施展残杀，眼角里挤出几行泪水。宇文直见到宇文邕脸上的泪水，跪在大殿上失声大哭，也是说不出半句话来。

　　宇文邕最终没有说出一句话，起身离开了乾安殿。立在一旁的众臣不知皇上意图，垂首鸦雀无声。

　　宇文直被废庶人，幽禁在了别宫。不久之后，宇文直犯病，病逝在了别宫。

　　就在宇文直被废庶人幽禁别宫的时候，文宣太后叱奴氏犯下忧郁症，她对小儿子是恨铁不成钢。随着宇文直的病逝，文宣太后叱奴氏因病也崩逝在了崇义宫。

第四章　北齐消亡

1

　　始于高洋的北齐王朝在歌舞与无序中蔓延。首先是高祖神武帝高欢过分贪淫，坏了风水，他的儿子们步其后尘，皇室里通奸的事儿经常发生，上至皇帝下至臣僚见怪不怪，就连高欢的儿子高洋跟高欢的妃妾郑大车通奸，高欢也是见怪不怪地装糊涂。

　　可以说北齐是个禽兽王朝，淫荡之风盛行皇室。譬如废帝高洋跟武成帝高湛的皇后通奸；武成帝高湛反过来跟废帝高洋的皇后通奸；他们高家父子共妻，兄弟换妻，是桩寻常事。

　　胡人和士开善玩握槊，这握槊是一种游戏。武成帝高湛的胡皇后也爱玩握槊。就在高湛沉醉在青春美人堆里冷落胡皇后时，寂寞的胡皇后只好召来和士开玩握槊，玩着玩着，和士开就把胡皇后玩到了床榻上。后来高湛知道了胡皇后跟和士开有染，也能理解胡皇后是寂寞所致，他睁只眼闭只眼。

　　到了北齐河清三年（公元564年）七月，天象出现白虹贯日，就是一道白色长虹穿日而过，是星变凶兆，必杀大臣应灾。高湛借此诛杀侄子高百年祭天。第二年，天现扫帚星，太史们上疏，称是除旧布新之象，当有易主。高湛担心皇位旁落他处，又找不出理由再杀大臣祭天，只好把皇位禅让给了九岁的太子高纬，自己当上太上皇。

　　三年后高湛病危，也不记恨和士开给他戴顶绿帽子。他召和士开到身边，紧握和士开的手，夸赞和士开有辅佐商汤王的伊尹及辅佐汉昭帝的霍光之才，将后事托付给了和士开。临到驾崩的那一刻，高湛紧握和士开的手都没松开。

　　高湛驾崩后，胡皇后跟和士开的关系，好得就像一个人。年仅十二岁的高纬还是个不谙世事的孩子，不太懂得男女苟合之事，以为和士开与母后的密切交往，是和士开受罢太上皇高湛遗诏，配合母后辅佐他治理朝政。

胡皇后是后主高纬的生母。自从高纬即位后，胡皇后的身份变成胡太后。在没有太上皇高湛的日子里，和士开以为他跟胡太后有着亲密的枕头关系，掌控年少的后主高纬易如反掌，他没想到胡太后只生了高纬的身，却没养育高纬的人，高纬从小是奶妈陆令萱一手带大的。这陆令萱虽说是个女流之辈，可不是想象的那么简单。陆令萱是怎么进入北齐皇室的，这得要从她的夫君骆超说起，早在东魏孝静帝时期，骆超谋反被杀，陆令萱和她儿子骆提婆成为东魏皇室宫奴。后来高欢的儿子高洋废东魏称帝建北齐，陆令萱和她儿子骆提婆随了易主的高家为仆，被打发到了长广王高湛府上为奴。这位鲜卑族女人不仅多有几分姿色，而且具有男人的机智和干练，又善于对高家阿谀奉承，深得高家信任。高湛的妃子胡氏生下儿子高纬，有着育龄经验的陆令萱做了高纬的奶妈。能做高纬的奶妈，对陆令萱是个难得的机会，她服侍高纬比亲生儿子还要周到，还要贴心贴肺；高湛和胡妃没有不放心的，干脆放手让陆令萱带高纬，这一带，带到了高湛称帝，高纬被立太子。陆令萱深知她带养的是北齐未来的天子，岂能轻易放手；于是高纬对陆令萱的感情，胜过了亲生母亲，他叫陆令萱干阿妈。他即位后，封陆令萱郡君。

皇帝封女人郡君，只有皇后之母，正一品嫔妃之母，以及正四品以上官员之妻才可享有这种尊号；陆令萱不过是个宫奴，能获郡君之封，可想她在高纬心中的地位有多高。随后高纬又封陆令萱女侍中，管理后宫内务和皇帝生活起居；陆令萱转瞬间一步登天，成为地位显赫的宫中总管。

地位的陡然高升，陆令萱的权力大了起来；加上高纬从小至今依赖陆令萱，对陆令萱言听计从。这时的和士开感觉自己受到陆令萱的挤压，他掌控高纬变得不那么顺畅，就想除掉陆令萱。他跟胡太后的密谋，令陆令萱有所察觉。沉稳的陆令萱当然不会就此服输，想到和士开勾搭胡太后的奸情，这张薄如蝉翼的纸，一直没有捅穿，虽说高湛在世时不曾在意，不等于他的儿子高纬不在意，只要陆令萱轻轻地一捅，兴许会激怒高纬。精明的陆令萱也不示弱，在和士开面前暗示了她的杀手锏。和士开害怕了，不敢轻举妄动，缩着脖子，反而对陆令萱尊重起来。

琢磨之后，和士开权衡自己的确惹不起陆令萱，他调整心态和想法，竟然巴结起了陆令萱。聪明过人的陆令萱掂量了再掂量，想到树大招风，独享帝王恩赐的权力，总有一天会翻船，她接受了和士开抛来的橄榄枝。共同的利益驱使，和士开和陆令萱终于走到一起，结成联盟；之后高阿那肱和祖珽等人也加入到联盟里来，把持了朝政。陆令萱专心服侍高纬的生活起居；和士开、高阿那肱和祖珽等人挖空心思导引高纬玩乐。北齐宫廷里从没熄灭过灯火，西域的胡歌不绝于耳，胡舞不绝于姿。

2

　　北周对北齐虎视眈眈从没间断过。北周武帝宇文邕听说北齐权臣陆令萱、高阿那肱和祖珽正跟左丞相斛律光闹得欢，后主高纬被他们闹得焦头烂额。宇文邕意识到了北齐朝廷出现危机，只要点上一把火，就会烧得铺天盖地。宇文邕就是找不到点火的契机。

　　随国公杨坚来朝见宇文邕，脱口说道："臣听说陛下近日在为北齐权臣之乱不可释怀……"

　　宇文邕一愣问道："你听谁说的？"

　　杨坚如实答道："是内史王轨。"

　　宇文邕道："北齐朝廷内讧，好似一堆干柴，朕是鞭长莫及……"

　　杨坚道："北齐之乱，正是陛下出兵收复的大好时机。"

　　宇文邕摇头道："有斛律光在，还不能轻举妄动。"

　　上柱国韦孝宽就在这时迈进大殿，听到宇文邕提到北齐左丞相斛律光，他恼恨得很。韦孝宽曾多次领兵跟斛律光交锋，几乎没有胜过一战，巴不得斛律光突然暴死。随之内史王轨也迈进大殿，众人的话题很自然地堆积在了斛律光身上。

　　王轨说："斛律光的确是我北周的天敌，是我北周吞并北齐的最大障碍，要想斛律光早点死，造个谣来得快。"

　　众人觉得王轨的主意不错，合计编造起来；宇文邕一旁听着，轻笑摇头。

　　韦孝宽使劲地编，终归编出四句话来，脱口而出道："百升飞上天，明月照长安。高山不推自崩，槲木不扶自立。"

　　众人边听边琢磨，然后你看我我看你。

　　宇文邕这才点头道："这个谣造得不错。"

　　得到宇文邕的首肯，其他人不再有异议。怎么传入北齐，只能差人口传。宇文邕转过脸瞅着杨坚说："东宫的郑译与你是昔日同窗，朕派你跟郑译去趟邺城，充当童谣传播。"

　　杨坚点头道："臣遵旨。"

随后杨坚约了郑译扮成江湖艺人越过国境来到北齐。因是高度机密，就连郑译也蒙在鼓里。两人抵达北齐都邑邺城后，一边卖艺，一边找孩儿口授童谣，没料邺城的孩子对他们的童谣不感兴趣。

遇到不顺，郑译心灰意懒问杨坚："皇上差咱俩来邺城传播童谣，有何意义？"

杨坚说："皇上授命，不可违。"

郑译说："上柱国韦孝宽编的四句话，毫无童趣，根本不像童谣，难怪孩童不喜欢，怎么传唱得开？"

杨坚认为郑译说得有道理，决定改变方式传授。虽说北周武帝灭佛灭道，但在北齐境内，佛教与道教依旧盛行，具有极大的影响力。杨坚和郑译计上心来，扮成道士游走邺城，逢人就说魔头要收走未过童关的孩子，只能念咒，方可免除灾祸。此谣言一出，令人惊恐不安，就有人问杨坚和郑译，咒语何在？杨坚告诉说："百升飞上天，明月照长安。高山不推自崩，槲木不扶自立。"郑译叮嘱说："此咒语让孩子坚持念诵一百天，方可转危为安。"道士是济世救苦的。披着道袍手持符咒的杨坚和郑译这般相告，人们信以为真，哪来的工夫琢磨什么，赶紧口口相传，教孩子念诵咒语，免去灾祸。

童谣变成咒语，在邺城迅速传开。杨坚和郑译完成使命，悄然离开了邺城。北齐尚书左仆射祖珽闻知京师的孩子都在念同一种咒语，倍感奇怪，他仔细揣摩，发现咒语里隐含了天机，大吃一惊。

平日里斛律光跟祖珽结怨太深，有着水火不相容的私仇。祖珽便觉报复斛律光的机会来了，他一阵兴奋，匆忙进宫，朝见后主高纬。

祖珽来得急切，大气还没喘过来，便说："近些日子，邺城出现了所谓的咒语，孩童们正在广泛传诵，不知皇上听说过了没有？"

高纬好奇问道："什么咒语让小孩儿这般喜欢？"

祖珽回道："臣也不知到底为何缘故。"

这时陆令萱也来到了朝殿，好奇的高纬连忙问陆令萱是否知道有咒语在京师广泛流传？陆令萱被问得直摇头。高纬随之转过脸，对祖珽说："什么咒语，你快念给朕和陆太姬听听。"

祖珽咳嗽一声，毕恭毕敬念道："百升飞上天，明月照长安。高山不推自崩，槲木不扶自立。"

高纬和陆令萱听了个仔细，一时不知其意。

祖珽故意卖着关子道："此咒语暗藏天机，臣悟了多日才悟明白，不知说得说不得？"

高纬越发好奇，催促道："你尽管说吧，朕不会赐你罪过。"

祖珽解释道："这百升是啥，难道不是一斛吗？明月是谁，难道不是左丞相斛律光的号吗？"

高纬点头道："接下来又该怎讲呢？"

祖珽道："'飞上天'之意是高升天子宝座，'长安'暗示京师。"

后边的"高山不推自崩，槲木不扶自立"两句，不用祖珽解释，高纬明白这"高山"的"高"，暗指他高纬；这"槲木"的"槲"，暗指斛律光。他顿时大惊，问祖珽："这所谓的咒语最初是何人所为？"祖珽回道："听说是两个道士口授的。"高纬渐渐沉静下来，正色道："这不是天意，分明是人意！"一直没开口的陆令萱终于沉不住气，铿锵道："斛律光想当皇帝，故意差了道士散布北齐要亡的谣言，蛊惑人心。"祖珽接着道："斛律光的确想谋反当皇帝，才有此谣言在京师传得铺天盖地。"高纬的脸倏地拉长，表情十分沉重。祖珽悄悄使个眼色，陆令萱心领神会，对高纬进言道："此人野心太大，怎可靠得住？请求皇上当机立断根除后患！"

高纬的心乱了，他对斛律光的不忠无可质疑了。这时的斛律光结束西征正奔走在回京师的路上，他很快获悉祖珽在高纬那里奏他谋反，万分恼怒，正要加快步伐回京师质问祖珽。他的谋士提醒说："祖珽乃奸人，受宠天子膝下，兴许他的奸恶馋言令天子信服。"斛律光不禁打个冷战，下令大军暂且驻扎京郊，观其动静。

高纬左等右等，等来的却是斛律光安营京郊，意识到走漏风声惊动斛律光，没了主张，召祖珽问计。

高纬说："西征归来的斛律光竟然扎营郊外不肯回京师，看来斛律光有所防备。"

祖珽思忖片刻说："只能诱使斛律光入朝觐见。"

高纬问道："如何诱使呢？"

祖珽回答道："皇上这就宣诏斛律光西征有功，赏赐一匹骏马派人给斛律光送去，告诉他皇上要去游东山，召他随侍，他一定会来的。"

无计可施的高纬只好采纳祖珽献的这一计，派人给斛律光送去一匹毛色光亮的骏马，召他进宫。斛律光得到赏赐，心情欢愉，一下子麻痹起来，准备进宫谢皇恩。他的谋士劝他别去，说左丞相何曾缺过马，皇上赏赐马是个幌子，皇上游东山需要随侍也是个幌子。斛律光倔着性子说："祖珽那个奸佞小人在皇上面前诬告我谋反，我若赖在这荒郊不敢去见皇上，祖珽将会继续奏我心虚，我是掉进黄河洗不清。人正不怕影子斜！我这就去质问祖珽，看他有何证据？"

斛律光倔强性子不听劝阻，跃上马背离开了营帐。他来到京师直接进宫，一位守候已久的太监领着他去凉风堂。这凉风堂既不是御门听政的地方，也不是皇帝接受大臣朝拜的地方，斛律光感觉不妥，怔了下，问带路的太监："怎么去凉风堂？"那太监回头答道："皇上这会儿在凉风堂闲歇着，在等左丞相到来朝见哩。"正要停住脚步的斛律光只好迈开了腿，他刚走到凉风堂，突然冒出几个牛高马大的壮汉。他没来得及拔出佩剑，一把刀子从他背后插了进去，另一把刀子抹过他的脖子，他轰然一声倒在了地上，气断命绝。

3

北周武帝宇文邕的长子宇文赟早在十四岁那年被立太子，这位顽劣而又不学无术的皇子时常令宇文邕头痛。宇文邕曾想废太子另立，想到长幼有序，他放弃了废太子的念头。太子大婚的时候，送进宫来的秀女一拨接一拨，都被宇文邕拒绝。

太子妃是未来的一国之母，关乎社稷。宇文邕最终选定随国公杨坚长女杨丽华；这在注重门当户对的北周，宇文邕当然要看门户。杨坚家的自汉魏以来，一直被称弘农杨氏，他的先祖杨震曾任东汉太尉，此后的杨家不断有人在朝廷任高官，直到杨坚和他父亲杨忠，在当朝都有显赫地位，加上杨坚夫人出自高贵的独孤氏家，因此宇文邕对选定杨坚女儿杨丽华做太子妃感到非常满意。

太子宇文赟随之迎娶了杨坚长女杨丽华。杨坚在朝廷的地位又拔高一筹，但他并没因女儿成为太子妃而骄满，且是相当低调。

宇文邕对婚后的太子寄予厚望，希望太子将来继承皇位，成为主宰天下的一代明君，然而太子就是改不掉骄横恣纵的毛病。

宇文邕决计历练太子，诏令宇文赟率大军征伐吐谷浑国。八月，宇文赟率大军抵达吐谷浑的边境，距吐谷浑的都邑伏俟城还远着，就下令班师回朝。他根本没进入吐谷浑。行军的路上，他总在骚扰沿途百姓，派出随从郑译等人到处搜罗民女给他侍寝，令沿途百姓痛恨不已。

远征大军回到长安，宇文邕甚为高兴，大驾出宫替太子宇文赟接风洗尘。宇文赟早就想到他班师回长安，父皇会问他许多出征的事儿，他事先编好应对的话语，且是对答如流。宇文邕信以为真，不断点头，夸赞太子此次出征历练得不错。听到夸赞，宇文赟一点不脸红，反而称他率兵杀敌如何英勇。他断定随他出征的将士班师回朝后，没人敢吃下豹子胆披露他在征途上的所作所为。

内史王轨奉旨跟随宇文赟出征吐谷浑，几乎是全程左右在宇文赟身边。随军的宫尹郑译等人伙同宇文赟的所作所为，王轨看得比谁都清楚，见宇文赟编造谎言欺骗宇文邕，王轨无论如何都接受不了。于是王轨不怕得罪宇文赟，独自来到大德殿，将太子宇文赟在西征吐谷浑期间的劣迹如实禀报。

宇文邕大惊，随后犯起糊涂，一时辨别不清太子和王轨之言谁真谁假，忙问道："难道太子没进入吐谷浑国？"

王轨回答道："臣不是不知欺君之罪如何惩处，臣岂敢诬陷太子？"

宇文邕的脸渐渐拉长："太子扰民，还派郑译等人索取民女也是真的？"

王轨目不转睛瞅着宇文邕点头。

宇文邕说了声你去吧，王轨转身退下了。

宇文邕沉默片刻，顿时大怒道："召太子和郑译到殿！"

几个随侍太监"诺"了声，奉旨奔向正阳宫。没多会儿，太子宇文赟和宫尹郑译应召来到大德殿。宇文邕二话不讲，劈头盖脸问他俩在西征路上做了些什么？宇文赟不知内史王轨来过，他处惊不乱，正要继续说谎。气得宇文邕脸色发青，破口大骂。

宇文邕接着怒道："废太子早有先例，你再敢哄朕，朕这就下诏废掉你！"

宇文赟这才吓得发抖，冒出一身冷汗，如实招供他在西征路上不检点行为。

越听越怒的宇文邕大声喝道："太子和郑译，拖出去各罚五十廷杖！"

两个侍卫拖起郑译出了大殿，留下宇文赟跪在朝殿上。

宇文邕怒目圆瞪道："怎么可以放太子一马？"

在殿的侍卫全都慌了神，围过来替宇文赟说情。

宇文邕乌青着脸骂道："这家伙不知皮肉之苦，怎知教训？罚他五十杖，一杖不得少！"

殿外传来郑译挨杖的惨叫声，听起来令人毛骨悚然。侍卫们以为宇文邕会心软，仍僵持着。哪知宇文邕铁了心肠决不轻饶太子，他继续下令道："杖太子五十响，谁敢将杖棍举得高，落得轻，重罚廷杖一百！"

此话一出口，侍卫们明白皇上要动真格惩罚太子，并且是重罚，没人敢违旨，只好小心地托起宇文赟的左右腋窝往外走。大殿外的郑译还剩十来棍没打完，半死不活像条死狗躺着，连哼哼的力气都少得可怜，但那扬起的棍杖不肯罢休地落在他皮肉上，发出沉闷声。宇文赟出门看到死狗样的郑译，吓得发抖，扭过头冲大殿里叫嚷："父皇，您饶儿臣一次吧！"宇文邕听到宇文赟的叫嚷声，厉声喝道："重杖，不得轻饶！"手持廷杖的侍卫在这种时刻岂敢轻饶宇文赟，只能奉旨重重地挥杖，打得宇文赟疼痛难忍，鬼哭狼嚎。五十杖下来，宇文赟被打得浑身青紫，皮开肉绽。宇文邕都没迈出大殿看一眼，只是扬了扬手说："送回正阳宫，让他去疗伤吧。但愿他长点记性。"

其实宇文邕并不情愿惩罚太子，他是恨铁不成钢，才下了这番狠心。太子宇文赟挨了五十棍之后，腿断裂似的再也站立不起来，奄奄一息让太监抬回了正阳宫，躺在床榻上疼痛得直哼哼。王轨获知宇文赟受到最严厉惩罚已是第二天，他像闯下大祸，心神不安，后悔昨天不该跑到大德殿禀报太子西征吐谷浑的所作所为。他去见宇文孝伯，只有宇文孝伯才能帮他解除心头的疙瘩。没料宇文孝伯对他说："如果皇上派我跟随太子西征，我会像你一样，将太子的失德禀报给皇上。"王轨心有余悸说："但是皇上重ład太子，这事毕竟与我有关。"宇文孝伯明白王轨的来意之后，答应陪他去见皇上。两人在乾安殿见到了宇文邕。

王轨好像自己犯下过失，霍地跪下，叩拜道："臣昨日禀报陛下，给太子带来皮肉之苦，臣内疚得多有不安……"

没等王轨说完，宇文邕脸上泛起惊色："难道你在昨日的禀报有误？"

王轨叩首道："臣的禀报，句句都是实言。"

宇文邕道："既然你句句都是实言，有何过错，快起吧。"

王轨这才谨慎地站立起来，表白来意道："臣昨日禀报太子在西征途上的所作所为，决没恶意，臣只是想到太子是未来国家的社稷主，然太子现在的这个样子，任其发展，岂能担负起治理未来国家的重任？"

宇文邕被王轨刺痛，长然叹道："子不教，父之过。朕惩罚太子，但愿他能吸取教训。"

宇文孝伯曾在东宫辅导太子学业，领教过太子的顽劣，实在想不出好的方法进言。他应酬着说道："棒打逆子，民间的百姓也是这么做的，不打不成人，打了成高人；皇上下旨棒打不听言教的太子，也不为过，只是体罚得重了点。皇上该要去趟东宫，看看太子的伤情，当面言教，相信太子会改过自新。"

宇文邕的余怒仍没消散，摇头叹道："朕去东宫看太子，太子一定认为朕的心软了，跑来心疼他，向他认输。还是让他躺在床榻上反思过失吧。"

　　王轨和宇文孝伯离开不久，宇文宪喜笑颜开迈进了乾安殿，急着要见宇文邕。一个近侍连忙走过来说："皇上在后殿里刚静坐下来览批奏疏，齐王来的不是时候。"宇文宪朝那近侍一瞪眼说："我来向皇上报喜的，你为何不让我去？"那近侍不敢再吭声，只好领着宇文宪去后殿。宇文邕果然在伏案。宇文宪进了后殿也不打个招呼，直接说道："北齐传来好消息，皇上听后一定会大喜。"

　　宇文邕为之一振抬头问："什么好消息？"

　　宇文宪说："高纬中计了，终于杀掉左丞相斛律光。"

　　宇文邕激动得狠拍大腿说："好，太好了！"

　　宇文宪接着说："高纬过度猜忌，又赐死了兰陵王高长恭。"

　　宇文邕又拍大腿说："妙，真是妙极了。"

　　其实高纬杀斛律光都过去许久，至于高纬赐死高长恭才是近些日子的事。这两人之死，不难让宇文邕想起他曾经诏令二十万大军征伐北齐兵败洛阳和邙山，就是败在这两人之手。宇文邕禁不住地笑骂道："昏庸的高纬，蠢得不如一头猪！"骂过之后，宇文邕乘兴陡起躁动，对宇文宪说："朕想亲征伐齐，你意如何？"宇文宪也是正处兴头上，想到他在曾在邙山遭遇斛律光和高长恭，兵败而逃，至今耿耿于怀，立马回道："高纬替我北周灭掉两个天敌，皇上若想亲征，扫荡北齐易如反掌。"

4

　　宇文邕是在七月里率师十余万亲征北齐的。以柱国宇文纯、荥阳公司马消难、郑国公达奚震为前三军总管；以越王宇文盛、周昌公侯莫陈崇、赵王宇文招为后三军总管。大冢宰齐王宇文宪率师二万直趋黎阳（今河南浚县）；随国公杨坚率师三万把守黄河水道。然后宇文邕率师六万直指河阴（今河南孟津县），很快攻下河阴城。宇文宪攻下黎阳后，转战武济（今河南孟津县），拿下武济又进围洛口（今河南巩县），攻克东、西二城，焚毁黄河浮桥，切断北齐援军。接连攻下数城的宇文宪再攻中潬城（今河南孟津西南），没料受阻，围城二十多天，仍不能破城。九月，北齐右丞相高阿那肱率援军从晋阳出发，来势汹汹。就在这当儿，宇文邕突然染上重疾，浑身瘙痒溃烂，只好放弃所占三十余座城池，下令撤退回朝。

　　就因这场病，夭折了亲征；宇文邕回驾长安，抱怨其病。但他并没因这场病症放弃吞并北齐，只等病愈之后，继而发兵东行。

第二年九月丁丑日，宇文邕的疮疾之症差不多接近痊愈，按捺不住召宇文孝伯、宇文宪和杨坚，相聚正武殿。

宇文邕首先开口道："去年朕亲征北齐，犯上疮疾，是老天不让朕成事。但是朕一定要成事，准备近期调兵东行。"

早先败走北齐邙山的宇文宪仍旧憋着口恶气，立马进言道："臣提议再攻洛阳。"

宇文邕道："我军从前兵败洛阳，北齐一定加强了洛阳的防卫，再攻恐怕是无功而返。"

宇文宪说："斛律光和高长恭已死……"

宇文孝伯说："上次我军攻洛阳，的确败在斛律光和高长恭手里，这次再攻洛阳，虽不关他俩的事了，但是我军上次败走洛阳和邙山，将士难免心有畏惧，惧而战，胜难料。"

宇文宪和宇文孝伯都没说到宇文邕心坎上。

宇文邕突然提高嗓门道："朕此次亲征，决定避开河南，直入山西，还没拿定主意首攻何处。"

杨坚随即问道："陛下要攻晋阳？"

宇文邕道："晋阳当然是朕要攻打的目标，可不是轻而易举能拿下。"

杨坚道："那就首攻晋州吧。"

宇文邕为之一振，瞪大眼瞅着杨坚道："朕也想过首战晋州，若攻下晋州，又如何呢？朕想听听你的主意。"

杨坚道："我军一旦攻打晋州，必然惊动晋阳，如果晋阳出兵援晋州，晋阳必虚空。"

宇文孝伯一阵兴奋，站起身道："这叫引蛇出洞，好主意！"

取晋州（今山西临汾）就是为了取晋阳（今山西太原）。晋阳既是北齐大本营，又是北齐别都，可以说别都晋阳在历代北齐主心中的地位不亚于京师邺城。自北齐开国至今，历经五帝，其中经常入住晋阳，在晋阳即位的就有废帝高殷、孝昭帝高演、武成帝高湛和今天的后主高纬，可想历代北齐主对晋阳寄予的情感该有多么深重。杨坚首攻晋州的主张，很快得到宇文邕、宇文孝伯和宇文宪的一致赞同。

一晃到了冬十月，宇文邕召群臣于阙下，诏令道：

"朕去岁染重疾，遂不得如愿克平逋寇。前入北齐之境，备见敌情，观彼行师，殆同儿戏。又闻北齐朝政昏乱，由群小把持，百姓嗷然，朝不谋夕。天予不取，恐贻后悔。若复同往年，出军河外，直为抚背，未扼其喉。然晋州本是高欢所起之地，镇摄要重，今往攻之，彼必来援，吾军以待，击之必克。然后乘破竹之势，鼓行而东，足以穷其窟穴，混同文轨。"

此番诏令，表明宇文邕要决战北齐。

荥阳公司马消难想到武帝数年前诏令二十万大军伐齐，败阵而归；去年夏季武帝率师十余万亲征北齐，因病半途而废。便觉此次东行，大军再也经不起折腾，并且风险极高，就想谏阻。

司马消难走出人群，来到宇文邕面前，垂首道："收复北齐虽说是陛下最大的心愿，臣以为急不得。"

宇文邕听到反对声，怔了下，直瞪司马消难："为何急不得？"

司马消难回道："去年陛下亲征，不幸染上疮疾，至今仍没痊愈，兴许是陛下入北齐境，遇水土不服，若陛下仓促再入北齐境，又遇水土不服，恐怕病症再度复发。"

宇文邕坚定信心道："朕若再度复发病症，那是苍天所为，朕只能认命。"

司马消难谏阻不了决意伐齐的宇文邕，只好退下罢了。

宇文邕觉察到了有如司马消难之意的大有人在，只是未有启齿言表。他厉声道："朕此次诏令伐齐，不可遗失战机，若有厌战涣散军心者，朕当以军法处斩，不可赦。"

皇帝伐齐的决心不可动摇，大臣们即便有异议，不敢进谏。宇文邕安排宇文孝伯留守长安，打理朝政；然后迅速调集十四万五千兵力屯聚边关，遣将率兵。令越王宇文盛为右一军总管，令杞国公宇文亮为右二军总管，令随国公杨坚为右三军总管；令谯王宇文俭为左一军总管，令大将窦泰为左二军总管，令广化王邱崇为左三军总管；令齐王宇文宪、陈王宇文纯为前军。数路大军齐头并进，直赴山西。

当北周大军压境山西时，北齐后主高纬携了宠妃冯氏正在晋阳郊外游玩，玩得痛快淋漓。山西境内的防务如同虚设，北周军几乎没有受到阻截，顺溜溜地一路前行。宇文邕亲率主力军抵达晋州的平阳（今山西临汾），他本人入住在了汾曲。他当即下诏布阵：齐王宇文宪率精兵二万守雀鼠谷，越王宇文盛率步骑五千守汾水关，陈王宇文纯率步骑三万守千里径，郑国公达奚震率步骑一万守统军川，大将军韩明率步骑五千守齐子岭，凉城公辛韶率步骑五千守蒲津关。这布阵且将晋州的外围裹了个严实，即使晋阳出兵南下援晋州，必然遭遇阻击。当所有能进入晋州的关口被堵住之后，宇文邕下令内史王谊率主力军围攻平阳。他对王谊郑重说道："朕有晋州，为平齐之基，全靠你快点拿下晋州。"王谊发誓道："臣不负陛下重望，愿万死不辞攻克下晋州！"

平阳是晋州的治所，只要攻克平阳城，等于晋州收归囊中。王谊领旨率主力军将平阳城围了个水泄不通，接连不断地攻城，人潮如洪水拍岸，冲击着城墙。宇文邕入住的汾曲距平阳近在咫尺，他每天亲临城下，督战攻城。北齐行台左丞侯子钦正是平阳城的守将。刚开始，侯子钦派人骑快马赶赴晋阳唤援兵，他关起门固守得一点不心慌，以为几天的工夫，会有大批晋阳援军赶到，没料固守十多天，城外不见一个援军毛影。侯子钦不得不如坐针毡，问谋士仲举："晋州距晋阳来回跑马不过三五日，我派人去晋阳唤救援，都过去十多天了，怎么仍不见援军？"仲举冷冷地回道："听说皇上早就离开京师来到了晋阳，这晋州被北周军围成孤岛，天天闹哄哄的攻打平阳城，这如雷般的声响一定传到了晋阳，难道皇上的耳朵没听到？他一定听到了，多半在装聋！"听仲举这么说，侯子钦倏地凉了半截，朝仲举苦笑道："这个城，难道不守了？"仲举沉着脸道："眼下的平阳城孤危得如同撂高的卵石，随时都会崩坍，仅仅凭了侯公固守，不关他人之事，岂不是坐以待毙吗？"侯子钦胆怯起来，愤然骂道："晋州告急，晋阳那边视而不见，可这晋州又不是我侯某的晋州。"骂过之后，侯子钦想到他的家眷老少几十口，一大群的住在平阳城里，他清楚北周军一旦破城而入来个屠城，首开杀戒的必然冲了他家来。他懒得顾及啥了，连夜投降了周军。

晋州刺史崔景嵩也在默默地等援军，跟侯子钦一样等了十多天，突然传来侯子钦投降的消息，崔景嵩像遭雷击似的浑身发木。想到侯子钦在他之先投降，落下他成为抵抗的垫脚石，然晋州沦陷就在眼前，他遭擒获绝没好下场。弃城而逃的路被堵死后，崔景嵩急中生智想出一招，筹集一批金银珠宝差使手下趁着夜色贿赂围城的北周军放他一条生路。

崔景嵩派出行贿的人正好遇上北周内史王轨，王轨将计就计，照单收下崔景嵩送来的金银珠宝，答应放人出走。等崔景嵩携带妻妾老小逃出城外时，被王轨统统擒获。晋州守军获悉崔景嵩出逃遭擒，乱作一团纷纷降投，没等天亮，晋州城彻底沦陷，北周军俘获北齐军八千余人。

5

临近晋阳的天池是北齐皇家猎场。后主高纬带着宠妃冯小怜游乐到了天池。这冯小怜原是皇后穆黄花的侍女。人老珠黄的穆皇后显然失去宠幸，可她不甘地位跌落，将身边侍女冯小怜进献给高纬，换取续命。

太阳升起一竿子多高，狩猎场上吼声一片，追鹿放箭热闹非凡。一位驿站差役就在这时送来晋州告急奏报。右丞相高阿那肱接到告急奏报，马虎地扫了一眼，冲那送信的差役吼道："大家正乐呵着，你跑来打岔儿，有何急事可奏报？"那差役见右丞相怒目圆瞪，哪里还敢吭声，只好回头走人。高阿那肱生怕打扰后主和冯妃的游猎兴致，将驿站差役送来的告急奏报随手扔进了草丛。

快到中午时辰，狩猎场上追追赶赶闹得正欢腾。驿站差役又来传达晋州告急，高阿那肱仍是怒目圆瞪说："边鄙小小交兵，乃常事，有何大惊小怪的？"等到快要天黑时，驿站那边又过来了人，对高阿那肱急奏道："平阳城已经沦陷，晋州十万危机，急着催请皇上调兵救援。"高阿那肱听到平阳沦陷，这才有所触动，对差役说："你去吧，我会禀报皇上的。"这一日，晋州一共传来三次告急文书，前两次被高阿那肱当作便纸扔掉，也没奏报给高纬，这第三次告急文书高阿那肱不敢不当回事，他骑着马追到高纬身边，奏道："平阳已经沦陷，请皇上速派兵增援。"高纬顿时一惊，忙问道："朕派侯子钦和崔景嵩守城的，他俩为何没有守住？"高阿那肱回言骂道："那两个兔崽子不争气，竟然背叛陛下投降了北周军。"高纬的脸往下一沉说："天都快黑了，为何不早点奏报？"高阿那肱隐瞒前两次奏报，害怕被高纬知道。他一阵紧张之后，宽慰说："陛下还来得及调兵遣将赴晋州增援。"高纬狩猎的兴致消失殆尽，下令回晋阳城应对平阳沦陷。冯小怜观猎的兴致不减，她不肯回晋阳城，嗲声嗲气朝高纬叫嚷："臣妾还没观个够，皇上再杀一围，再杀一围！"高纬被冯小怜的嗲声征服，顺从说："爱妃别吵了，朕就答应你，再杀一围。"

第二天，冯小怜还想去看狩猎，高纬不答应。

冯小怜也不答应。

高纬说："等打完仗，朕再来狩猎给爱宠观赏。"

冯小怜好奇问道："皇上跟谁打仗？"

高纬回答说："跟北周的皇帝宇文邕打仗。"

冯小怜打破沙锅问到底："到哪里打仗？"

高纬说："到晋州打仗。"

冯小怜的兴趣陡然一转，高兴得跳了起来："臣妾从没看过打仗，要跟随皇上到晋州去看打仗。"

高纬笑了笑说："爱妃是朕最可爱的心肝宝贝，朕怎么啥得丢下爱妃呢。"

冯小怜以为打仗跟狩猎一样好玩，她说："狩猎是杀兽，打仗是杀人，臣妾就想看看杀兽和杀人有什么区别。"

高纬不再笑了，说："打仗杀人比打猎杀兽可怕，难道爱妃不害怕？"

冯小怜摇头说："不害怕。"

高纬说："既然爱妃不害怕，朕就带爱妃到杀人的战场。"

十一月，晋阳屯兵十万。高纬亲率大军从晋阳出发直奔晋州，要跟宇文邕决一雌雄。可是宇文邕攻下晋州后，身体不适，回驾长安了。他回驾长安之前，想到老将梁士彦作战勇猛、果决、沉稳，封梁士彦为晋州刺史，给了梁士彦一万精兵驻守平阳城。

其实宇文邕早就料到北齐军会从晋阳来晋州夺城，他在晋阳通往晋州的主干道上特地派遣自家兄弟宇文宪把守第一道关口雀鼠谷，派遣宇文盛把守第二道关口汾水关，派遣宇文纯把守第三道关口千里径。宇文邕当初布阵排兵时，的确低估了高纬，也算计错了高纬，尤其是他回驾长安的当儿，犯了个致命的错误，随驾带走数万人，导致留在北齐的兵力严重不足。高纬率大军南下走到雀鼠谷时，相遇了宇文宪。高纬立即下令大军停止前进。随他南下的将军们倍感奇怪，问他遇到敌军为何不开打？高纬说知己知彼方能百战百胜，乃兵家之规，前方到底埋伏了多少兵力，朕一概不知，怎能随便开战？众将军无言以对，只好随了高纬。然而宇文宪知晓迎面而来的高纬率军十万，他的三万精兵虽可抵挡一阵子，但决胜高纬的十万大军概率几乎为零。面对眼前大敌，宇文宪一筹莫展，对车骑将军杨素说："北齐主高纬率大军过雀鼠谷，倘若我军抵挡不住，后边的防线如同虚设。"杨素琢磨片刻道："齐王不得孤军和北齐主交锋，应退至鸡栖原，与越王宇文盛、陈王宇文纯会合，待三军会师之后，方可迎刃，而不被落入泥沼。"宇文宪听取杨素建议，下令部队退至鸡栖原。刚拔营，北齐军追打上来，两军不得不交火，宇文宪的三万兵力可不是高纬十万大军的对手，被打得喘不过气来。待打到鸡栖原，总算跟宇文盛和宇文纯会合，底气稍稍足了些。杨素出了一策，敦促三军避其锋芒，保住实力，声东击西打乱北齐军阵，等其他方面军赶到时，再发起总攻。宇文宪冒险使出一招，直接朝北齐军喊话，称他是北周武帝的兄弟齐王在此，要想通过鸡栖原，从他胯下钻过。他故意暴露身份，北齐军如溃口的洪水朝他涌来，他率二千精骑兵背离晋州，引敌朝汾水关方向而去，拖住北齐军。

两军在鸡栖原交锋数日，高纬这才醒悟过来，想到他率大军南下的使命是收复晋州夺回平阳城，竟然被晋州外围的北周军牵制住，立马下令继续南下。高纬本可趁此时机一举歼灭晋州外围的北周军，再去围城攻打梁士彦不迟，可他收复晋州的心太迫切，懒得跟宇文宪、宇文盛和宇文纯三兄弟在半途上计较，一个劲儿前往晋州。

驻守平阳的梁士彦得到宇文宪派人送来的消息，心口倏地一沉。想到他的一万精兵应对高纬十万大军，绝非儿戏。担心麾下寡不敌众生出恐慌弃城而逃，梁士彦故意隐瞒夺城齐军的数目，不经意地对众部下哈哈笑道："齐主高纬要来夺城了……"他的话还没说完，众部下吃惊地看着了他，然后他又哈哈一笑道："齐主高纬夺城，不过率师一万来人，跟我军人数相等，诸位有什么值得惊惧的？"众部下信以为真，这才安定下来。

两军的悬殊，梁士彦不敢小视，动员麾下备战，誓死守住平阳城。

高纬的十万大军抵达晋州后，毫不费劲地围困了平阳城。梁士彦既无退路也无出路，只能在城里固守。高纬见梁士梁不肯出城投降，下令攻城。

冯小怜真的随高纬来晋州观战了，起初冯小怜并不懂得战争的残酷性，要到城下观战。高纬阻拦她说："爱妃莫到近处观战。"冯小怜忙问道："近处全是我们的人，为何观不得？"高纬回答说："近处的乱箭没长眼，随时会伤到爱妃。"冯小怜说："臣妾在哪里观战才安全呢？"高纬差人在箭射不到的城外搭起一座高台，然后叫冯小怜陪他坐在了高台上，整个战区一目了然。梁士彦指挥的北周军在城上，居高临下朝攻城的北齐军不断地放箭。冯小怜的心里根本没有敌我双方，眼看一拨接一拨的北齐军中箭倒下，她如同在天池观猎，兴奋得拍手叫嚷："打得真热闹，打得真热闹。"高纬被冯小怜叫嚷得昏头昏脑，跟着起哄，叫嚷热闹。

北齐军围攻了几天，梁士彦仍在抵抗。在前线指挥作战的高阿那肱跑到观战台上请示高纬凿城而入，尽快夺回平阳城。

高纬摇头道："梁士彦不会坚持多久的，再过几天，他草断粮尽，会乖乖地出城投降的。"

高阿那肱道："看来梁士彦是打死不告饶。"

高纬道："晋州的平阳城，是我北齐的军事重镇，你盼咐众将士在城墙上到处凿窟窿，凿个千疮百孔，岂不是自毁长城吗？"

高纬不准凿城，高阿那肱只得放弃。

攻城之战打到十来天的时候，高纬坚信固守城中的梁士彦到了快要崩溃的极限。他对冯小怜说："再过二三天，会有大批的北周军从城里涌出来投降，到那会儿，爱妃观赏得更热闹。"

冯小怜一边面对铜镜化妆,一边说道:"攻城的人一起放箭,投降的人一定会死一大片。"

高纬道:"那当然会死一大片。"

攻城之战打到二十来天,梁士彦仍没出城投降,大出高纬的意料之外。这时的高纬怒不可遏,下令道:"朕拥有城池无数,决不怜惜一座平阳城,开始毁城而战吧。活捉梁士彦,剐其人皮,制成衣草,悬于城门当口示众!"

战争开始升级。北齐军领旨后,昼夜毁城。

6

回到长安的北周武帝宇文邕得到宇文宪和梁士彦告急飞报,再也坐立不住,迅速调集兵力昼夜赶赴晋州。

高纬和梁士彦在平阳对打,打了一个来月仍不见胜败。梁士彦的弓箭早已消耗殆尽。高纬的毁城之战初见成效,一座好端端的平阳城,一圈的城墙被凿毁成残垣断壁,完好处不过数仞。守城的北周军不得不在城墙的缺口处跟攻城的北齐军短兵相接,打得甚为惨烈。这天的仗从早打到晚,攻城的北齐军占了上风,将城墙打开一个大大的缺口,守城的北周军一时堵不住大缺口,极度恐慌。这时夜暮四合,又下着了毛毛细雨。观战的冯小怜对高纬说:"夜色昏沉,臣妾看不见打仗的情景了,击鼓收兵,明日再打吧。"高纬立刻下令收兵休战。大缺口的出现,给了攻城军难得的绝佳机会,他们正要涌进缺口攻进城去,突然接到收兵休战的命令,只好遵旨还兵。就因冯小怜的一句话,救了北周守城军。等北齐军第二天来开战时,城墙上的大缺口已被北周军连夜搬来石头堵住了。

北周守城军迟迟未见援军到来,开始厌战。梁士彦挺直腰背,对众将士说道:"老夫横刀立马快一辈子,从没把死当回事儿,若让老夫今日死,愿死在众位之先!"众将士见主帅视死如归无所畏惧,甚为震撼,士气倍增,以一当百拼杀,一次又一次击退北齐军。

平阳城已是千疮百孔面目全非。梁士彦和他的部下依然在抵抗,并且越战越勇。高纬看不到北周守城军被击败的日子,不再冲了城墙使劲儿,他改变策略,下令将士在城墙下挖掘地道,从地道里攻进城去。

北齐军只顾挖地道,北周军忙着修城墙,轰轰烈烈的攻城之战出现短暂平息。

挖地道的北齐军在城西挖到松软的沙土，那被挖空的地道因土质松软，承受不了城墙的重压，眨眼间儿坍塌，上边的一段城墙跟着坍塌下来，塌出一个洞。这个洞宛如老天突然打开一道城门，城里城外的两军士兵仿佛在梦中面对面地相见，都惊得说不出话来。片刻之后，他们全都缓过神来，城里的北周军吓得惊慌失措边跑边叫："完了完了，彻底完了！"城外的北齐军乘虚而入攻进了城。就在这紧要关头，高纬想起一个传说，就在地道和城墙坍塌的地方，相传有块石头上留下圣人遗迹。高纬好奇，想去看圣人遗迹，下令将士暂停攻城，将士得到皇帝旨意，只好从那坍塌的洞里退了出来，停止攻城。没有热闹战事可看的冯小怜此刻正捧着一面铜镜，自我观赏着容貌。高纬走近冯小怜说："圣人的遗迹难得一见，爱妃随朕去看看吧。"冯小怜当然愿去看，赶紧问高纬："到哪里才可看到？"高纬说："你随朕去就可看到。"冯小怜激动起来，她说："臣妾这个样子怎好去见圣人遗迹呢，臣妾要化妆，皇上稍等会儿。"高纬催促说："那就快点化妆吧。"冯小怜端坐着，开始对着镜子涂脂抹粉、画眉描红，这可是女人费尽工夫的细活儿，慌不得，急不得，也快不得。

　　就在冯小怜细细地涂脂抹粉时，城里的北周军正在抓紧时间搬运木板堵挡那个垮塌的墙洞。待冯小怜化完妆，那个墙洞已被堵塞住。但是冯小怜要看圣人遗迹的热情不减，她身披貂皮大衣，打扮得花枝招展，这才随了高纬起驾。两人离圣人遗迹不远时，高纬倏地惊出一身冷汗，对冯小怜说："爱妃不能往前再走了。"冯小怜回过头问："往前怎么走不得？"高纬往城墙上一指说："你看上边，全是敌人。"冯小怜抬头看时，果然看到城墙上站满了人，好奇说："城墙上的人都在看我。"高纬说："他们的确在看爱妃。"冯小怜说："他们为何看我？"高纬说："北齐天子爱妃的美貌胜过了北周天子爱妃的容貌，他们感到惊奇，才这样看爱妃。"冯小怜好高兴，说："臣妾往前走近些，给一帮单身在外的兵痞子看个够，想死他们。"高纬说："朕就怕他们朝爱妃放箭，也怕他们抢走爱妃，爱妃绝对不能走近他们。"冯小怜有点失望："不走近城墙，怎么能见到圣人遗迹？"高纬说："等朕想办法，相信朕会想出个办法让爱妃看到圣人遗迹。"

　　就因高纬要满足冯小怜看圣人遗迹，北齐军停止挖地道攻城。这圣人何许人也，在石上留下何种遗迹，没人知晓，这就产生高度的神秘感；冯小怜也罢高纬也罢，都想一睹为快，好像不亲眼目睹那遗迹决不罢休。于是高纬终于替冯小怜想出一个观赏圣人遗迹的办法，差使士兵用攻城的木材搭建一座远桥，可这悬空的远桥不是一时三刻就可建成，众士兵足足搭建了四五天，才将远桥搭成。冯小怜挽着高纬一条胳膊，依依偎偎登到了桥上。没料这远桥搭得太糙，承载不了几个人，等高纬和冯小怜在桥上还没站稳当，就听到吱吱咯咯响，没多会儿桥被压散了架，轰的一声垮了，高纬和冯小怜随着散架的木材掉落下来，幸好摔得不重。

为看圣人遗迹，耽误了许多时间，给了北周军修补城墙的机会。待高纬下令再攻城时，松了口气的将士们再也接不上气来，军营里开始蔓延开厌战情绪。

眨眼儿到了十二月，北周武帝宇文邕从长安赶赴到了晋州，迅速集结八万兵力，跟围城的北齐军对峙着了。在这之前，北齐后主高纬防备北周增援，下令将士在城南挖了条阻挡北周援军的壕沟，这条壕沟现在派上了用场，高纬下令将士在壕沟北边布阵迎敌。刚开始宇文邕并没主动进攻，他不了解前方敌阵深浅，派齐王宇文宪前往窥探虚实。等宇文宪回来时，宇文邕忙问道："你探视的情况如何？"宇文宪表情轻松回道："齐军阵势松散，不像面临大敌的样子，陛下这就可以出兵，等打完仗，回来再吃饭。"宇文邕十分高兴说："齐军攻城，久战不决，疲于奔命必厌战，此时正是攻打他们的最佳时机。"

说罢，宇文邕一跃跨上马背，率军直朝北齐军阵厮杀过去。正如宇文宪所言，北齐军阵的确松松垮垮，突遇北周大军袭来，乱了方寸，打得格外被动，没多会儿，他们调整状态，渐渐打顺手。刚开始，虽说北周军打得很主动，士气打上来，越战越猛，但两军势均力敌，鹿死谁手还不能盖棺定论。就在两军厮杀得难分难解时，一旁观战的冯小怜又开始添乱，扯起嗓子大声尖叫："齐军败啦，齐军败啦！快跑，快跑！"她这般连声尖叫，毫没想到后果；北齐将士以为自己真的败了，军阵陡然乱成一团，有人甚至丢下兵器，转身拔腿往后撤退。见这情形，高阿那肱等人急忙奔向高纬，催促说："陛下赶快走,赶快走！"其实高纬离冯小怜不远，他也听到冯小怜的尖叫声，又遇高阿那肱等人催他赶快走，一阵心慌意乱没了主张，只好带着冯小怜逃离。

主子临阵脱逃，军心顿时大乱，都跟着逃散。北周军乘胜追击，打得北齐军溃成烂泥。高纬携带冯小怜逃到了晋阳，宇文邕率军追到了晋阳。高纬在晋阳藏不住，打算逃往朔州，投奔突厥，想到突厥与他多年为敌，靠不住，他便逃回京师邺城。

兵败晋州，败的是高纬的主力部队。号称无愁天子的高纬回到京师后，不再有逃亡之中的惊恐。这时他本该要惩处在晋州添乱导致兵败的罪魁祸首冯小怜，他没有，觉得美人胜过江山，居然夸赞冯小怜随他亲征有功，封冯小怜为左皇后。

大臣们希望高纬重整旗鼓，壮北齐军威，再杀个回马枪，驱逐北周来犯。右丞相高阿那肱特地组织军队列阵京师校场，让高纬检阅，鼓舞士气。这些将士大多跟随高纬从晋州逃回来的。高阿那肱用心良苦，专门替高纬准备了讲话稿，提示高纬发言时要声情并茂，要慷慨流涕，要以真情感动军心。高纬在高阿那肱精心安排下，来校场检阅部队。讲话的时候，高纬忘了高阿那肱为他准备的讲稿，憋得脸红脖子粗。列阵校场的众将士仍没走出溃败晋州的阴影，士气格外低落，人人绷着脸。嘴里憋不出话来的高纬目睹众将士木头呆脑，便觉好笑，哧的一声笑了，然后仰起脸朝天大笑。左右随从禁不住地跟着笑了。接受检阅的将士们都跟着大笑，整个校场笑成一团。

经历晋州之战，高纬感慨万端，觉得当皇帝太辛苦，太危险，差点把个万人之上的贵命丢在了晋州；他不想继续做皇帝，就把皇位禅让给了儿子高恒，自己当上太上皇。

北周建德六年（公元 577 年）正月，武帝宇文邕率军亲征邺城。北齐幼主高恒吓得逃往济州。太上皇高纬清楚宇文邕冲他而来，更是惶惶不可终日。见这情状，太监、宫女和大臣们吓得六神无主，纷纷跑进殿来，请求高纬使出应急之策。高纬沉默半响，苦着脸说："朕已是泥菩萨过河，自身难保。诸位各自逃生去吧。"听这话，宫女、太监和大臣们越发六神无主，直奔出宫不再回来。高纬便觉这奢华壮丽的宫阙不可久留，带着皇后和几个最心爱的嫔妃逃往青州，准备投奔陈朝。他刚上路不久，幼主高恒追了上来。高纬大惊问道："皇儿不是去了济州吗？"高恒气喘吁吁道："儿臣还没到达济州，一群随侍都开溜了，留下儿臣孤家寡人，没几个护驾的，儿臣害怕极了。儿臣获知父皇前往青州，就追了过来。"高纬急了，问高恒："朕要去陈朝，再也不能回齐了，你随朕去了陈朝，江山社稷由谁来管？"高恒回答道："儿臣把传国玺交给了任城王高湝。"这时高纬无计可施，一阵心灰意冷，仰天长叹道："起驾吧。"

北齐的两代天子，灰溜溜地直奔陈朝。他们出青州，往前行不了多远就是陈朝腹地，正放松地高兴着，没料后边传来急促的马蹄声，回头一看，竟是一群北周军追了上来，将他们阻截擒获。宇文邕没来得及受俘，当即下旨诛杀了高纬和高恒父子。

又过了一个月，北周军下信都，擒获携带北齐传国玺的任城王高湝。

北齐亡。

亲征来到邺城的北周武帝宇文邕听到北齐任城王高湝被逮住的消息，突然想起一个人来，对左右僚属说："朕想带回的不是高湝，而是高湝最为欣赏的高人李德林，这位李德林正是高湝早年任定州刺史时，特地引荐给北齐朝廷的，朕看过李德林所作公文，以为他是天上人，乃一介奇才，若能为朕所用，如获稀缺之宝。"

宇文邕不为获取北齐任城王高湝所动，竟然对北齐中书侍郎李德林有着如此高的评价，左右僚属为之震惊。李德林就住在邺城，宇文邕派人来到李德林宅第，降旨召李德林去北周共谋大业。没想李德林欣然答应，随同宇文邕来到了长安。

第五章 一帝五后

1

灭掉北齐，北周和北齐终归统一。第二年正月，宇文邕改年号宣政元年（公元578年）。三月，陈朝大将吴明彻率军入侵北周吕梁。宇文邕遣使上大将、郯国公王轨率师征伐陈朝来犯，擒获吴明彻，俘斩三万余人。四月，突厥入侵幽州，杀掠北周官民。五月，宇文邕亲征突厥，途中病倒，速返京师。六月丁酉日，宇文邕回到长安，病情加重，刚在天成宫躺下，气喘吁吁问道："孝伯在吗？快召孝伯来。"没多会儿，宇文孝伯赶到了天成宫。宇文邕拉住宇文孝伯的手，吃力说道："平定突厥和南方的陈朝，让天下归一是朕有生之大愿，看来这个大愿难得实现了……"宇文孝伯捏了捏宇文邕的手，安慰说："待陛下治愈病症，一统天下还来得及。"宇文邕摇头叹道："朕深感所犯重疾不可治愈，一统大业没了机会。待朕归天之后，天下事重，万机不易。你要尽心辅助太子即位，治理国家。至于后宫嫔妃无子者，悉放还家……"当日夜晚，宇文邕驾崩，时年三十六岁。

天子驾崩的第二天，国丧还没来得及诏告，服丧的太子宇文赟等不及了，要在这天登基，他脱掉孝衣换上龙袍，一大早儿来到乾安殿。若在往日，太子进入乾安殿的时辰正是皇帝和文武百官上早朝的时辰，不幸的是皇帝驾崩，这天的早朝显然上不了，大臣们依旧早早地进宫，带着无比沉痛的心情步入安放皇帝灵柩的天成宫奔丧。这乾安殿自然显得冷清。

乾安殿里只有几个当班的太监，便觉太子选定这天登基不是时候，知道太子的脾气，都不敢谏阻。宇文赟是乘兴而来的，他登基却没有百官高声朝贺，是一大缺憾，差使太监到天成宫叫人来。太监们都立着，不吭声。宇文赟恼火得很，冲他们吼道："一个都唤不动，都不想活了？"一个太监直打寒战，回言道："不是奴才不想去，就怕去了，一个大臣都叫不动，落下一身臭骂回来。"另一个太监道："在天成宫替皇上吊丧的大臣，一个个位高权重，殿下何曾见过咱这小小跑腿的奴才能在他们之上？"宇文赟清楚太监们的难处，就说："既然你们叫不动大人物，郑译不是大人物，你们总该叫得动他吧？"太监们闭了嘴。宇文赟说："干吗还站着，快去叫郑译。"

吏部下大夫郑译曾是东宫旧僚。两个太监跑出乾安殿，找了好一会儿才找来郑译。郑译一看宇文赟没穿孝服披龙袍，暗自一惊拜道："殿下节哀！"宇文赟老不高兴道："今天是个黄道吉日，节什么哀？"郑译的嘴巴仿佛给宇文赟捆了一掌。宇文赟接着道："先帝驾崩，遗诏我即皇帝位，即位的日子就在今天。听说大臣们都去天成宫奔丧了，你快去叫他们来乾安殿朝贺。"郑译侯地怔住，然后说道："皇帝的大丧才刚开始，殿下忙着即位，未免有些不妥吧？"宇文赟说："今日即位和明日即位有什么区别？我这就破格擢升你为开府仪同大将军、内史中大夫；将朝政委任给你，你答应去天成宫还是不去？"冷不丁儿天降大馅饼，并且还是只镶嵌了金边的大馅饼。郑译惊得瞪眼问道："殿下跟臣开玩笑吧？"宇文赟道："君无戏言！"郑译立马跪下道："臣遵旨，臣这就去天成宫。"

此时的天成宫里哀声一片。武帝的灵柩搁置在宫殿中央，四周围满来吊丧的百官。

郑译来到天成宫，将太子登基的旨意传达给奔丧的百官，百官面面相觑，有言不敢发声。宇文孝伯和宇文宪顿时大怒，冲郑译吼道："皇上遗骨未寒，太子不来守孝，居然忙他的大宝位，真是不孝至极。"郑译早就料到他来天成宫，会讨个训斥，想到太子对他的擢升，即便煎熬十年，都抵不上跑这趟差，骂也罢，怒也罢，他不在乎。他灵机一动，编了个谎说："太子有旨……"宇文宪打断郑译问："他有何旨？"郑译道："旨意今天即位，日子不可更改，若有不愿去乾安殿朝贺者，视为背主离心。"宇文宪和宇文孝伯听到这话，感觉心里凉透了，只好邀了吊丧的一伙大臣前往乾安殿。

乾安殿里的太监听到脚步声，出门一看，然后转身对宇文赟说："禀殿下，郑译召人来了，来了一大群。"

宇文赟高坐殿堂上点头道："来了就好。"

没多会儿，郑译领着众人迈进了乾安殿。

这群人没一个穿朝服，全都穿着丧服，宇文赟也不介意，站起来点头相迎。

穿着丧服进殿的众人，没一张笑脸，齐声道："殿下节哀！"

宇文赟听到这话就反感，板着脸问道："今天是我即位的大喜日子，诸爱卿进殿后，怎么不闻朝贺声？"

众人惊了个哑然失色。

宇文宪听到"大喜日子"四字，憋不住厉声问道："昨日皇上驾崩,本是举国哀伤，太子称今日大喜，丧父之时何来大喜？"

宇文赟的脸一沉道："我奉先帝遗诏于今日即位，难道不是举国之大喜吗？"

宇文宪感觉一股怒气堵住喉咙，涨得脸发青。

宇文孝伯熟谙宇文赟的德行，忍着怒，语气平缓道："太子即位，本是奉天承运，可就是今天即位不是时候，过些天行大礼，也无妨。"

宇文赟问："今天即位为何不是时候？"

宇文孝伯回答说："皇上是昨天崩逝的，连国丧都没告天下，天下百姓都还以为皇上仍在世间，太子不等国丧发布就即位，诏告天下，岂不荒唐吗？"

宇文赟说："有什么荒唐的，国丧和我的即位仪式就在今日同时发布同时举行。"

宇文赟不听劝阻，宇文宪摆出皇叔的架势教训道："今日守孝为大，一大早儿，满朝文武百官都赶赴到了天成宫，不见太子身影，成何体统？"

宇文赟无所顾忌道："父皇于我有怨！"

宇文宪怒道："你兄弟多人，皇上唯独赐你皇位，你还有什么怨？"

宇文孝伯摇头，扯了把宇文宪道："别吵了，随他去吧。"

皇帝登基本是最大的盛典，从礼仪到程序，既庄重又严谨，不得有半点折扣。宇文赟在这天里急于登基，竟是如此的随意，他受罢先帝遗诏和传国玉玺，就算登上皇位。披着丧服的众臣，几乎没一人发自内心的朝贺，只是应酬发声。随后先帝驾崩的国丧与太子即位的大礼一同诏告天下。

即位仪式草率礼毕之后，宇文赟以皇帝身份来到天成宫。他走到父皇灵柩前，表情毫无一丝悲哀，好像有股怨气不吐不快，冲着灵柩说："死得太晚了，真是死得太晚了。"随后他叫来郑译，"你我身上的伤痕还记得是怎么留下的吗？"郑译暗自一惊说："臣身上没有伤痕。"

"难道你真的忘了你我从吐谷浑回来，各挨五十廷杖的事？"宇文赟说，"朕这就看你身上的杖痕。"

"臣回想起来的确有这件事，"郑译不敢再回避。"臣挨五十杖，是理所当然的；不过陛下挨五十杖，挨得有点冤屈。"

"好，说得好，朕受冤，受了谁的冤？"宇文赟道，"你再说说。"

"是王轨，"郑译道，"好像还有宇文孝伯，他们当年向先帝进言，让陛下受苦受难了。"

宇文赟道："朕跟你一样，没忘这两人。"

十天之后，宇文邕入土为安葬进了孝陵。他在世的时候对太子的管教十分严厉，经常命东宫官员记录太子的言行举止，每月奏报一次，如果太子有不轨行为，他会毫不留情责罚太子。多年来，他的威严不仅令太子惧怕，而且让太子的内心埋下积怨。现在，宇文赟从太子步入天子大位，像只从笼中飞到高空的鸟，不再有人凌驾他之上。但他总猜忌别人惦记他的皇权。他开始猜忌齐王宇文宪，宇文宪在先帝朝功勋卓绝，且位高权重，成事易如反掌。他越琢磨越觉不对劲，就想笼络享有声望的宇文孝伯制约拥兵自重的宇文宪，等宇文孝伯来朝见时，他说："只要您除掉齐王，朕愿把他的职位封赏给您。"话来得直接，宇文孝伯回绝道："齐王不是别人，正是陛下的亲皇叔。他随先帝亲征，出生入死，劳苦功高，是国家的栋梁。如果臣遵从陛下旨意，臣在天下人眼里变成不忠之臣，而陛下在天下人眼里变成不孝之子。"

话不投缘半句多。宇文赟对宇文孝伯彻底失望。他只能依靠心腹，召郑译说道："朕即位的当天，齐王既不捧场，且是高调反对，他居心何在？"郑译讨好地回答道："齐王是居功自傲，目无君上。"宇文赟就是要郑译说出这话，故意叹道："这种人留在朕的身边的确是多余的。"郑译明白宇文赟的意思，他的嘴里刚冒出个"除"字，宇文赟突然把目光投向他，点了下头说："看来只能这样了。"

宇文赟登基时对郑译的承诺并没食言，让郑译掌管朝政，郑译的权力大了起来。他告退后，授意于智密奏宇文宪谋反。然后郑译和宇文赟密谋，哄骗宇文宪入宫后下手。这时宇文孝伯来到宫里，宇文赟抓住这个机会利用宇文孝伯召宇文宪进宫，说今晚宴请诸王。宇文孝伯不知这是个阴谋，随即通告给了宇文宪；因是宇文孝伯亲口传旨，宇文宪信以为真，毫无防备进宫来。冷不丁儿，一伙侍卫蜂拥上来，宇文宪惊出一身冷汗，问为何对他动粗？郑译掏出于智捏造的谋逆之罪向宇文宪宣读，宇文宪顿时大怒，叫嚷着要于智来跟他对质。侍卫们早就受罢皇帝旨意，就地扑倒宇文宪，掏出绳索，活活将他勒死。

勒死宇文宪的第二天早晨，宇文孝伯还蒙在鼓里。上柱国尉迟运掉了魂似的跌撞进了宇文孝伯家的门槛，喘着气对家佣说道："孝伯在家吗？"

家佣看尉迟运像是偷了谁的东西遭追赶的样子，忙问："出啥事了，您这般急？"

尉迟运咽了口水说："快带我去见孝伯，有急事告诉他。"

家佣不便再问，领着尉迟运在一间厢房里见到宇文孝伯，没来得及打声招呼，急切道："齐王昨晚进宫遭遇不幸。"

宇文孝伯心口猛地一沉，表情十分凝重，过了半天才开口叹道："皇上早就想诛杀他的亲皇叔，我曾劝阻过，没想他真的付诸行动了。"

尉迟运眼看宇文孝伯无计可施，颇感不安说："看样子，皇上不会放过我们……"

宇文孝伯说："你想免于祸难，那就离开长安吧。"

尉迟运听取宇文孝伯建议，请求离京，出任秦州（今甘肃天水）刺史。

除掉宇文宪之后，轮到了王轨。王轨早已调离京师去徐州任职。宇文赟派内史杜庆信前往徐州杀王轨。内史中大夫元岩不肯在颁发的诏书上签名。御正中大夫颜之仪闻讯后，速来御前进谏，称王轨难得忠臣。宇文赟板着脸问："他何以忠？"颜之仪回答说："他忠先帝心无二主有目共睹。"宇文赟冷笑一声说："先帝是先帝，朕是朕，朕不等于是先帝，他忠先帝并不等于他忠朕。"不听劝谏，颜之仪无奈至极，只好退下。元岩随了颜之仪之后，又来御前跪拜进谏："陛下诛杀王轨，视同当年北齐后主高纬诛杀斛律光，是自废一条得力臂膀，不可取，实在不可取。"宇文赟被惹怒，威胁说："你想跟王轨结为同党？"元岩道："臣并没与王轨结为同党，臣担心陛下滥行诛杀，会令天下人失望。"宇文赟怒上加怒，当即指使近侍太监挥起巴掌拍打元岩的脸嘴，当众侮辱元岩。又下旨元岩致仕而归。王轨终没逃脱一死，他在徐州被杀。

宇文赟接连不断以无名之罪诛杀先帝遗臣，并且越杀越盛。宇文孝伯悲凉而又绝望，意识到了下一个会轮到他头上。果真如此，宇文赟派人给宇文孝伯送来一壶酒。宇文孝伯收下酒，对差使说道："皇上要我死得体面，是对我的格外关照。只是我在临死之前有两句话要表白：一是堂上有年迈的老母还没替她送终；二是葬入地下的先帝所之遗托，臣没有机会力行效劳了。为人子也罢，为人臣也罢，只能这样了。"

2

即位后的第二年，宇文赟改年号大成元年（公元579年）。册封太子妃杨丽华为皇后；皇长子宇文衍改名宇文阐，立为太子。

正月癸巳日，宇文赟在路门接受朝见，并与群臣服汉、魏衣冠。他宣诏朝廷设置四辅臣，诰授大冢宰越王宇文盛为大前疑，相州总管蜀国公尉迟迥为大右弼，申国公李穆为大左辅，大司马随国公杨坚为大后丞。多年前，杨坚因他非凡的相貌引起天子猜忌，就怕招来杀身之祸，他申请调离京师在地方任职，先在随州任刺史，之后在定州任总管，不久转任亳州总管。他应召入朝，受命大后丞，从此入宫辅政。

　　刚过了正月，不喜上朝的宇文赟便觉天天与文武百官共谋朝政，限制了他的自由。二月辛巳日，宇文赟在邺宫传位给太子宇文阐。仅仅经历一月的大成元年改为大象元年。随后宇文赟做起太上皇。宇文阐登上皇位后，是为周静帝。这年的七月，只有六岁大的周静帝宇文阐大婚，迎娶柱国、荥国公司马消难的女儿司马令姬，立司马令姬为皇后。

　　做了太上皇的宇文赟自称天元皇帝。封正宫杨丽华为天元皇后。将他的寝宫改成天台。大臣们来朝拜，他不再称"朕"，改称"天"；又改"制"为"天制"；改"敕"为"天敕"。随之他颁布多项天敕：大臣到他寝宫天台朝见，须事先吃斋三天，净身一天；上至朝廷官员下至黎民百姓，不得使用"天、高、上、大"之类的字词；天下女妇一律不许涂脂抹粉。

　　自从帝制开启以来，皇帝可以拥有无数的女人，只能拥有一位皇后，除非皇后被废，或者皇后崩逝，皇帝方可再立一后。天台的帝王寝宫，住进了两位皇后，一位是正宫杨丽华，另一位是小皇帝宇文阐的生母朱满月。来自江南的朱满月原是东宫侍女，专门替太子管理服饰，她年长宇文赟十多岁。这位清秀的江南女子在当年的太子眼里如同一只熟透的甜瓜，她时常避开太子妃的眼目，卖弄风骚挑逗太子情欲，本性放纵的太子哪里经得起挑逗，就想啃吃一口常在他面前晃动的甜瓜，就这么啃上一口，怀上皇长孙宇文阐。母以子贵，身份低下的侍女朱满月就因生下宇文阐，她的地位随之高涨。待宇文赟继承皇位之后，立太子本该立嫡长子，皇后杨丽华没有朱满月的命好，她只生下公主宇文娥英，太子自然立到了朱满月的儿子宇文阐名下。

　　杨丽华毕竟出自名门闺秀，她不仅有着动人的美貌，而且具备了优雅的气质和良好的教养。她哪里看得上出身卑微的朱满月，自从朱满月住进天台与她平起平坐，她的心情从没好起来，连做梦都想撵走朱满月，这不由她。朱满月有着小皇帝宇文阐的生母名分，令正宫杨丽华深感不安，她悄悄跑去见父亲杨坚。尽管杨坚身为四大辅臣之一，他却无力改变天元皇帝的想法。

　　杨丽华泣诉道："我是先帝早年钦命的太子妃，现在入主天台为后，天经地义，哪有朱满月那个贱人入主天台的分儿？"

杨坚熟谙宇文赟过度沉溺酒色，有些话他不便对女儿直言，劝慰杨丽华说："你暂且没有别的办法，只能忍了。"

杨丽华说："父亲要我忍到何日为止？"

杨坚脸色一变，厉声说道："一帝一后是历代帝王婚配之规，既然天元皇帝不守规矩立下两后，他会不守规矩什么都做得出来。父亲叫你忍，你就忍吧。"

杨丽华无奈地点头道："我就听了父亲的教诲。"

其是杨坚的心里非常难过，但他不能在高贵的女儿面前示弱。他朝前迈出数步，抬起宽大的衣袖，替女儿拭去脸上的泪水，正色道："要知母仪天下的皇后也是天子的臣下，伴君如伴虎，为父的劝告女儿不能因为婚姻去激怒天子。"

杨丽华再次点头，转身离去。

这时的天元皇帝宇文赟沉溺酒色近于疯狂。先帝临崩前遗诏后宫嫔妃无子者，可以离宫去嫁人，她们都还年轻，是千里挑一选秀进宫的，遵循先帝遗旨，她们到了远走高飞的时候。宇文赟哪里舍得她们离开，统统收归到了他的后宫，成为他侍寝的玩物。这件事情令许多大臣颇有微词，上疏天元皇帝不得违背先帝遗诏。宇文赟见到这类奏疏，扔到一边，视而不见。

天元皇后杨丽华再也沉默不住，借助大臣们的上疏，对宇文赟劝道："大臣们的谏阻，臣妾览过了几折，的确有些道理。"

宇文赟脸色一变问："有何道理？"

杨丽华突然想起父亲杨坚提醒她的一个"忍"，就此闭嘴不再吭声。宇文赟盯着她看，等她回言，她只能豁出去回道："长幼有序，是天下百姓遵守的规矩，要知先帝嫔妃无论年龄大小，都是您的长辈，岂能纳入为妾？这事让天下人知道，怎能恭维？"

宇文赟本想施点颜色给谏阻他纳娶先帝嫔妃的大臣们看看，却没有震慑他们的理由。杨丽华哪壶不开提哪壶，撞在了他的枪口，惹他怒道："天是上天之帝，多有几个世间女子相伴有何过分？要知这世间美女统统都是天的，天这就下诏，在天下广纳美人！"

一气之下，宇文赟果然诏令全国民女以及仪同以上官员家的女儿未经宫廷挑选，一律不准出嫁；一时间，云集后宫的妙龄美女堆积得眼花缭乱。宇文赟花中选花，选中两位小美人，一位是大将军陈山提的第八女陈月仪，另一位是仪同元晟的二女儿元乐尚；陈月仪被封为德妃，元乐尚被封为贵妃。这两位格外受宠的小美人应召住进了天台。天台不是一般嫔妃长住之地，是天元皇帝和天元皇后的寝宫，本来住着两位天元皇后，现在又来了两位嫔妃，一共四个女人。这对有着天元皇后身份的杨丽华和朱满月简直就是难以接受。宇文赟自从拥得陈月仪和元乐尚两个小美人，几乎夜夜召她俩侍寝，行房的次数十分繁密。到了要上早朝的时候，宇文赟赤裸身子怀抱两个小美人仍旧躺在床榻上，老是让七岁的小皇帝宇文阐高坐殿堂上形同影子。宇文阐连续多日不见父亲来朝殿露面，他也跟着躺在床榻上睡懒觉，等百官进殿时，殿堂的御座上空空如也。四位辅臣看不下去，急得焦头烂额。

大右弼尉迟迥说："皇上是个孩子，能天天早起上朝，的确不容易；天元皇帝没理由不来上朝。"

大前疑宇文盛心烦意躁说："自从德妃陈月仪和贵妃元乐尚入住天台侍寝，这朝殿上就不见了天元皇帝的影子。"

尉迟迥和宇文盛发了会儿牢骚，殿堂上的那把椅子仍是空的，这样空下去不知空到何日为止。两人相约来到天台，被太监拦住，问他俩净身吃罢三天斋食没有？宇文盛一掌推开太监，没好气说道："皇帝和天元皇帝都不上朝了，吃斋净身又有何用？"两人是带着气来的，谁阻拦他们，就跟谁没完。

这时的太阳都升起几竿子高了，尉迟迥和宇文盛闯进寝宫，发现垂帘那边的御榻上有赤裸的身影晃动，发出哼哼啊啊的叫声。两人的脚步不敢往前迈进，都站着了。

"天元皇帝正在行房事，咱俩来的不是时候，咋办？"尉迟迥悄声对宇文盛说。

"都大天亮了，还在做黑夜里的事，真不知晓节制。"宇文盛生怕打扰宇文赟。

两人弄出动静还是让宇文赟觉察到了，以为是太监有事奏报。宇文赟在垂帘那边的御榻上躬着身子喘息道："快完了，稍等会儿。"

尉迟迥和宇文盛抿嘴窃笑，摇头，便觉继续等候，兴许会招来一顿呵斥，两人只好退下。

宇文赟只顾在温馨的御榻上行乐，忙得昼夜不分，将一沓子朝政抛到九霄云外。尉迟迥和宇文盛作为辅臣，深感责任重大，共同上了道折子，进言天台是天元皇帝和天元皇后的寝宫，贵妃元乐尚和德妃陈月仪的身份岂可久住天台？言外之意，就是要陈月仪和元乐尚搬离天台。这样的进言，宇文赟一万个不能接受，他特地下了道旨，封杨丽华天元大皇后，封朱满月天大皇后，封陈月仪天中大皇后，封元乐尚天右大皇后。四个大皇后的身份一旦确立，陈月仪和元乐尚久住天台就有了合法性。

如果说先前的北齐后主高纬吩咐宠妃冯小怜玉体横陈在朝殿御案上，供给文武百官欣赏一丝不挂的天姿国色史无前例，北周天元皇帝宇文赟一气册封四个皇后照样史无前例。

就在宇文赟册封四个皇后不久之后，行军总管、杞国公宇文亮的儿媳尉迟炽繁随了夫君宇文温以皇室宗妇身份进宫朝见天子。宇文亮是宇文赟的从祖堂兄，他的儿媳尉迟炽繁正是四大辅臣之一的尉迟迥的孙女，这年轻的妇人美艳非凡，一进宫令宇文赟的双目发直。随之宇文赟吩咐膳部在天兴宫设宴，邀尉迟炽繁入席侍酒。刚开始，尉迟炽繁毫没觉察到宇文赟对她一见钟情。第一次进宫，天元皇帝赏赐御宴，尉迟炽繁深感荣幸。

宇文赟不断地往尉迟炽繁碗里夹菜，显得温情体贴。酒过数巡，宇文赟开始上来醉意，言语放纵起来，夸赞尉迟炽繁说："小娘子秀色可餐，天第一眼相见就喜欢上了。"

尉迟炽繁一听这话，暗自一怔，不知如何回言，只好以笑相对。

宇文赟接着说道："小娘子愿留下，天就让小娘子入住天台宫。"

尉迟炽繁全然明白过来，一阵紧张，婉言道："奴家已为人妇，身份且又卑微，岂有资格入住天台宫？"

宇文赟举起杯盏跟尉迟炽繁碰了下，笑笑说："天让你入住天台宫，何人敢阻拦？"

尉迟炽繁跟着笑道："天对奴家开这种玩笑，身为人妇的奴家领受不起。"

宇文赟收敛笑，道："君无戏言，天何曾跟谁开过玩笑？"

来赴宴的众人见天元皇帝喜欢上了尉迟炽繁，都没插嘴的分儿，只能一边闷声地吃喝，一边洗耳恭听。御宴吃了一半，宇文赟说了声你们先退下，硕大的一桌宴席，只剩两人。宇文赟乘了酒兴，搂起尉迟炽繁朝内室走去，搂得尉迟炽繁哀求道："奴家已是人妇，请天放了奴家吧。"

宇文赟仿佛没听见，继续搂着尉迟炽繁走进内室。尉迟炽繁除了哀求，再也使不出任何力量阻止得了宇文赟对她的占有，她被宇文赟搂到床榻上时，泪水止不住地流淌。宇文赟得到尉迟炽繁，余味未尽。尉迟炽繁仍在哭泣，惶恐不安说道："这叫奴家回去后怎么见人？"宇文赟冲她说道："天是上天之帝，你能见到天，足以够矣，何须再见其他人？"

宇文赟以为尉迟炽繁享受宫里荣华富贵求之不得，没料她哭哭泣泣不情愿。宇文赟决意收买她的心，下旨封她为长贵妃，她仍旧没有停止哭泣。

尉迟迥闻知孙女尉迟炽繁不肯留在宫里为妃，整天哭个不休，他心疼，只好求助杨坚、李穆和宇文盛。

尉迟迥对他们说："我孙女能被天元皇帝看上，本是一件好事，但那孙女早已嫁给了杞国公家的公子为妻。再说那孙女要回家，不肯留在宫里，整天哭得要命，才请三位辅政大臣劝谏天元皇帝放人。"

李穆说："天元皇帝从没缺过女人，为何这般呢？"

杨坚说："这事有点棘手。"

宇文盛说："强扭的瓜不甜。那就去觐见一趟，总得要给点面子。"

尉迟迥也是这么想的，忙说："那就请三位大人随我进趟宫，但愿天元皇帝肯给点面子。"

四个辅政官在朝廷举足轻重，遇事没有摆不平的。宇文赟听到尉迟迥带着三位辅政官来了，知道来意，立即说道："天不见，叫他们回去。"

四个人刚刚站稳脚步，得到的旨意是不见，请回。他们赖着不走，请朝见。又回复不见，请回。四个人大约等候了一个多时辰，最终等来的却是宇文赟传出"天杖"二字，若不赶紧退下，每人要挨一百二十杖，不打死也得要打个半死不活。尉迟迥这才死心，无奈地对宇文盛、杨坚和李穆说："没指望了，咱们回吧。"

尉迟炽繁闹了多日别扭，最终没能让宇文赟大发慈悲，明白自己回不去了，只好认命。宇文赟也没薄待尉迟炽繁，先封他长贵妃，然后又封她天左大皇后，入住天台宫。掐指算来，这天台宫里居住着了五个大皇后。

再说西阳公宇文温是开开心心携妻尉迟炽繁进宫来的，到末了一个人苦不堪言独自归去，他的痛苦能对谁倾诉呢？只好求助父亲。他的父亲宇文亮于大象元年三月奉谕旨与郧国公韦孝宽一道征伐江南的陈朝，现已还军豫州。宇文温前往豫州见到父亲时泣不成声。

宇文亮大惊，问到底发生什么事？

宇文温哽咽道："天元皇帝强暴了我妻，并且留她在了宫里。"

听到这个消息，宇文亮如五雷轰顶，却是束手无策。

宇文温从大老远跑到豫州来，见父亲如同他一样无奈得很，一怒之下脱口而出道："强占他人之妻，天理何在？真的要逼人反了！"

宇文亮安慰道："天下好女子多着哩，不愁娶不到一位。你先回去吧。"

儿子愤然说出一个"反"字，刀砍斧劈般令宇文亮难忘。随后宇文亮密见长史杜士峻，约他起反。

长史杜士峻是宇文亮多年的好友。宇文亮直言说道："主上纵淫极甚，危及社稷。我虽身为宗室一支，不忍坐视国将倾覆。郧国公韦孝宽乃眼前阻障，咱俩若能拿下，再鼓行而进，谁敢不从？"

杜士峻在和宇文亮的交往中，时常抱怨宇文赟骄奢淫逸荒其朝政。宇文亮约他起事，他乘兴相应。两人连夜率了数百精骑杀向韦孝宽的营帐，除掉韦孝宽收归其帐下，再杀向京师长安。然宇文亮和杜士峻做梦都没想到他俩的起反早已走漏风声，惊动韦孝宽作了应对准备。韦孝宽当即从营帐里披衣而起，急率麾下迎了上来。偷袭的宇文亮和杜士峻带来的精骑充其量只有数百众，不是韦孝宽的对手，只好转身撤退。韦孝宽哪里肯让他们就此而逃，步步紧逼追了过来，没等天亮，宇文亮和杜士峻被擒获。

宇文赟获悉宇文亮在豫州谋反是因尉迟炽繁被留在宫里的缘故，给宇文赟提供了个绝好的诛杀机会，免得尉迟炽繁身在曹营心在汉。他当即下旨，以谋逆之罪处斩宇文亮和宇文温。

3

宇文赟越来越暴虐，动不动就发怒，无端地鞭杖大臣；就连他的大皇后和嫔妃，在他的盛怒之下，也没躲过皮肉之苦。

可以说天台宫的五位大皇后在喜新厌旧的宇文赟面前，活得胆战心惊。天元大皇后杨丽华性情温柔，对宇文赟百般顺从，有时某位妃子遭遇体罚，杨丽华会冲了宇文赟的盛怒迎上去说情。这段日子不知为何缘故，宇文赟对杨丽华总是看不顺眼，总在挑她的毛病。杨丽华遵从父亲杨坚的教诲，惟有一个忍字罢了，她的忍耐，并没使宇文赟的脾气从她身上移开。宇文赟朝她怒目而视道："你，包括你的娘家人，统统都有罪过。"杨丽华本想问声何罪，害怕更加激怒宇文赟，干脆不吭声，她的沉默，引来宇文赟的连声叫骂。

"总有一天，天会杀尽你的全家！"宇文赟歇斯底里。

杨丽华吓得发抖，不敢抬头正视宇文赟。

"你不要逼天，找个地方去了结吧。"宇文赟说出此话，杨丽华猛地抬头看着了他。

宇文赟反而被杨丽华看得笑起来，他说："天没哄你，说的是实话。"

杨丽华终于开口了，慢声说道："臣妾服侍陛下，虽有不尽完善之处，但不能因此而获罪，若臣妾这就去死，蒙不白之冤，能死得瞑目吗？"

宇文赟的怒气渐渐缓下来，拂袖而去。

杨丽华不知宇文赟下一阵子的怒气在什么时候爆发。她神情恍惚回了娘家。

独孤伽罗眼看贵为天元大皇后的女儿从宫里回家后哭成泪人，惊惶问道："到底发生了什么事？"

杨丽华哭得直发抖说："天元皇帝扬言要杀尽我们杨家的人，还要逼我去自尽……"

独孤伽罗猛然一怔，又问道："天元皇帝为何要杀尽杨家的人，为何要逼迫他的天元大皇后去自尽？"

杨丽华仰起脸，朝母亲摇了摇头说："不知道，真的不知道他到底为什么。"

独孤伽罗挺了挺身子，愤然道："杨氏家的和独孤氏家的早年追随北周太祖征战取天下，数十年如一日，肝胆相照，惟有一个忠心耿耿，没有对不起他们宇文氏家的。为娘的替你撑腰，去见天元皇帝！"

独孤伽罗感觉事态严峻，冒死匆匆进宫，在天兴宫相遇宇文赟，跪拜道："天元大皇后有何罪，我愿替她请罪，不可让她负屈含冤。"

独孤伽罗突然出现，话语来得直接，宇文赟始料不及，沉着脸不吭声。

"天元皇帝要天元大皇后自尽,我愿替天元大皇后去死！"独孤伽罗不断地叩头，叩开额头，血流满面，看上去就是要叩死在宇文赟面前。

宇文赟目睹这情形，竟然动了恻隐之心，说道："天是一时之言，天这就收回，不再为难天元大皇后了，您请回吧。"

独孤伽罗是拼了命救女儿，她不在乎头破血流，也不在乎死，只在乎天元皇帝给她一句保住女儿性命的话。她谢罢了皇恩，才离去。

杨坚回家的时候，才知夫人独孤伽罗进宫去给贵为天元大皇后的女儿求情了，他在等夫人回来，等得焦虑不安。待独孤伽罗回家时，杨坚发现她额头上的伤口和血迹,以为受到刑罚,大惊失色骂道:"遭天谴的！"独孤伽罗叹口气说："额头上的伤，是我叩头请求叩出来的，不然，我们的女儿性命难保。"杨坚沮丧地叹息，觉得夫人进宫拿了一命换一命，他心里刺痛得难受。

这年的七月，宇文赟心血来潮，任命杨坚大前疑，成为四辅政官之首。

随着杨坚的地位高升，用人又疑人的宇文赟开始猜忌杨坚，对左右侍卫说："哪天杨坚来朝见,发现他脸色有变,立刻杀掉他。"

可是杨坚并不知道宇文赟对左右近侍下过密旨,第二天他来朝见时,跟以往一样,平静地走到大殿上请安、奏事。候在一旁的侍卫仔细观察,见杨坚的神情一派镇定自若,找不到下手的理由,杨坚因此逃过一死。事后杨坚的昔日同窗郑译悄悄告诉了杨坚,杨坚才感到后怕。早在天元皇帝为东宫太子时,任职东宫的郑译深受宠幸,现在的郑译,越发更受宠幸,正是天元皇帝的核心亲信。尤其是杨坚奇特的相貌遭遇北周历代天子猜忌,几次差点丢掉性命,这使郑译感知到了杨坚将来会成大业,他为自己的后路留下余地,暗地里以昔日同窗关系结交杨坚。只要天元皇帝有什么对杨坚不利的事,郑译都会告诉杨坚。

当杨坚从郑译口中获知天元皇帝猜忌他时,心里忐忑不安。这天杨坚在宫中长廊相遇郑译,见左右无人,杨坚对郑译倾诉苦衷:"我一直都想调离长安到外地任职,若有机会,拜托你在天元皇帝面前多多美言。"郑译讨好杨坚说:"等有机会,我会在天元皇帝面前举荐的。"

过了些日子,机会终于来了,宇文赟准备出兵攻打陈朝,问郑译派谁领兵为宜?郑译想到托付他的杨坚,但他并没随口提到杨坚,居然装出一副琢磨人选的样子。不见郑译回答,宇文赟等得不耐烦:"天问你,咋不吭声?"

"要想打败江南的陈朝,必须起用具有声望的贵戚重臣,否则无以镇抚。"郑译担心引起宇文赟的猜疑,铺垫了一番。"依臣之见,派随国公杨坚南下,是最适宜人选。"

宇文赟轻轻地点头,当即任命杨坚为扬州总管。

4

杨坚受命扬州总管,心情无比欢愉,正准备离京赴任时,他的一只脚突然扭伤,不能如期成行。

这天正是大象二年(公元580年)五月甲午日。入夜时分,宇文赟起驾前往天兴宫。这天兴宫正是宇文赟的淫乐窝。厌倦了天台宫的宇文赟几乎夜夜泡在天兴宫里,一边饮酒,一边怀抱美人乐此不疲。

天兴宫里到底圈养下多少美人,没人知道,只要睁开眼往里张望,成群的美人数不胜数。宇文赟见了美人就想搂抱,就想行房,尽管他淫乐得精气殆尽,但在许多的时候他完全依赖壮阳的春药召幸美人。

这个夜晚，宇文赟怀抱美人感觉力不从心，恭候一旁的太监立马给他献上春药。他服下大量春药之后，精神大振，下体起热发胀，开心说："天吃下这玩意，才会久战不休，天要战个通宵达旦！"他的这番豪言壮语不仅逗乐一群准备侍寝的美人，而且逗乐太监。

一床榻的美人横七竖八地躺着。宇文赟果然与众美人淫乱了一通宵。他过度疲累，感觉身体不适，回驾天台宫，仿佛身上压着块沉重的石头，压得他喘不过气来，对近侍说："天从没像今日这样呼吸得如此困难，喉咙里就像有个东西堵塞着，快扶天到床榻上躺会儿。"近侍们连忙围过来，搀扶他进了寝宫，又小心地扶他躺下，但他的气息依然急促，像拉锯似的呼噜呼噜响。一个近侍疾步奔去叫来太医。太医一看宇文赟脸色苍白泛青，知道宇文赟召幸嫔妃太过繁密，忙问："近些日子圣上是不是熬夜过多过猛？"宇文赟十分反感太医忠告他节制房事，老不高兴说："天熬的是下体，可是天的毛病不在下体却在上体的喉咙，你是如何给天诊治病症的？"太医闭了嘴，小心给他号脉，脉象乏力且弱，是病重的迹象，因由为房事过度所致。怕惹怒宇文赟，太医不敢再提及节制房事，委婉说道："皇上气虚血弱，不能再熬夜了。"宇文赟的喉咙里又是一阵堵塞，堵得胸闷两眼发黑，他张着嘴痛苦地喘息。

大约过了两个时辰，宇文赟的病症陡然加重，好像一气不来就是来世。他的嘴里含糊不清地叫着心腹郑译、刘昉和颜之仪；近侍明白他有话要对郑译、刘昉和颜之仪嘱托。等三人来到御榻边，宇文赟的嗓子里只有呼噜呼噜声，再也说不出一句话来。一群太医围着御榻，束手无策，不安地冒汗。

郑译急得踱步，回过身来问太医："天元帝突然病重成这个样子，到底犯下什么病？"

一个太医说："天元帝因房事毫无节制，加上长期酗酒、熬夜，肾亏而虚，引发脏腑衰竭……"

郑译又问道："这病症医治得好吗？"

太医回道："这病症来得太猛，恐怕难以治愈了。"

郑译顿感浑身发凉，对刘昉和颜之仪说："天元帝一定有遗诏，不能开口言声，这可怎么办？"

颜之仪叹口气说："只能耐心等待天元帝清醒过来。"

刘昉把目光投向太医："天元帝能清醒过来吗？"

太医说："只能等着看了。"

这时宇文赟连一口水都喝不进去了，鼻腔里的气息十分微弱，完全处于深度昏迷状态，看上去好像随时都有断气的可能。整个天台宫的气氛骤然紧张起来。

刘昉和郑译眼看宇文赟不能口授遗诏，驾崩只等时辰，两人撇开颜之仪悄悄谋划后事。

刘昉说："天元帝一旦驾崩，皇上还是个不谙世事的孩子，社稷也罢，朝政也罢，由谁来辅佐？"

郑译说："倒是有个人比较适合辅佐皇上？"

刘昉问："是何人？"

郑译回答说："随国公杨坚。"

刘昉抬起一只手，捻着下巴上的胡须说："杨坚能行吗？"

郑译说："杨坚任过四大辅政官之首的大前疑，名望在先，又是天元大皇后的父亲，他辅佐小天子，不会出现偏差。"

刘昉说："听说天元帝近日下旨，调杨坚赴扬州任总管去了。"

郑译说："他的脚崴了，还没离开长安。"

刘昉琢磨杨坚，权衡利弊，疑惑说："若让杨坚成为首辅，对你我有什么好处？"

郑译冷笑一声说："一旦天元帝驾崩，你我还能得宠吗？小天子不过是个傀儡，若让宗亲成为首辅大臣，兴许会排斥你我，下场不用我明说了。如果你我能想个办法成全杨坚做首辅，他决不会恩将仇报，岂不是为你我找条后路得到靠山吗？"

刘昉说："天元帝起病这么急，又没留下遗诏，这可怎么办？"

郑译狡黠一笑说："既然天元帝已经哑口，你我侍疾合谋一份矫诏，事就成了。"

此时的杨坚巴不得插翅飞到扬州，正抱怨他的脚扭伤让他推迟赴任。冷不丁儿他接到进宫的命令，以为调他去扬州的皇旨有变，心里七上八下进宫来。当他被太监带进天台宫的一间密室时，这才知道刘昉和郑译正在密室等他到来。

刘昉立刻站起身说："天元皇帝起病太急，已是回天乏术了……"

杨坚大惊："天元皇帝好生生的，怎么会陡然病入膏肓？"

郑译走过来，拍着杨坚的肩膀说："天元皇帝起病的确太急，都哑口说不出话来，经太医诊断，已是不治之症。天子年幼，不能独当一面处理国事，咱俩竭力荐你辅佐，掌管朝政，你意下如何？"

这突如其来的天大好事令杨坚始料不及，他为之一振心里发热，轻轻一笑说："这么大的事，绝非儿戏。"

郑译脸色一沉说："这么大的事，谁敢儿戏？"

杨坚收敛笑容说："正因事大，不见天元皇帝遗诏，我凭什么辅佐小天子？"

郑译说："看样子天元皇帝不能口授遗诏了，辅佐小天子，总得有个大臣担当。"

杨坚这才明白是怎么回事，推辞说："我不敢当，请二位另荐高人吧。"

刘昉见杨坚装客套，激将说："你不愿辅佐小天子掌管朝政，我刘某亲自上任了。"

见刘昉和郑译真心诚意举荐，杨坚再推辞，到手的一只大馅饼就会从手中滑落，他答应下来。但他考虑到仅凭郑译和刘昉两人的力量，由他辅佐小天子不会一帆风顺。

　　当天夜晚，宇文赟病逝。郑译和刘昉封锁消息暂不发表，伪制遗诏，任命随国公杨坚辅佐宇文阐，总管中外兵马事。两人笼络一伙同僚在矫诏上签名。等到让御正中大夫颜之仪签名时，颜之仪知道遗诏有鬼，他拒签，嘿嘿冷笑道："天元皇帝驾崩，岂能随便把国家的神器授予外戚？"郑译道："随国公杨坚正是天元大皇后的父亲，是正宫，可不是一般的外戚。"颜之仪又道："宗亲的赵王宇文招年长，论亲疏和德行在诸王之上，理应担当这一重任，为何不将神器授予赵王？"刘昉早已料到颜之仪会抵制，硬碰硬地说道："遗诏随国公主管国家神器，是众望所归，如果颜先生实在接受不了，那就弃权罢了，这神器的授予，不会因为少了个签名的大臣而废止！"颜之仪态度强硬说："兵符和玉玺是天子御用之物，岂能交给辅政大臣掌管？"话不投机，郑译和刘昉不再言语，气哼哼扭头就走。

第六章　暗流急涌

1

　　宇文赟驾崩后的第三天才正式发丧。年仅七岁的小天子宇文阐离开正阳宫，移居到了天台宫。庚子日，宇文阐召群臣于阙下，宣诏敕封；有关先帝的五位皇后，封天元大皇后杨丽华为皇太后，封天大皇后朱满月为帝太后，降天中大皇后陈月仪、天左大皇后尉迟炽繁和天右大皇后元乐尚出宫剃度为尼。小皇帝接着宣诏，任命杨坚左丞相，成为首辅。

　　听罢小皇帝宣诏，群臣没一个痴呆，这辅政大臣左轮右轮，一时也轮不到杨坚名下，虽知内幕有鬼，见这木已成舟的现实，除了嫉妒就是不服。御正中大夫颜之仪向来是个冲天炮，几天后的一个早朝，颜之仪管不住嘴，借题发挥，首先拿了先帝的五位大皇后说事，直言奏道："先帝的陈皇后、尉迟皇后和元皇后地位高于嫔妃，本应留在宫里享受人天福报，降她们削发为尼，去做托钵苦行僧，要知她们仨是哭哭泣泣离宫的，如果先帝在天之灵能听到她们的哭泣声，能看到她们托钵的样子，不知如何是好？"此言一出，引发百官交头接耳。七岁大的小天子宇文阐不知如何回答，看着了离他最近的杨坚。杨坚回应颜之仪："正因陈皇后、元皇后和尉迟皇后善于朝政，皇上才打发她们离宫的，你提及此事是什么意思？"颜之仪也不退让，又直言："当年武帝灭佛，视僧尼为异类，现将三位先帝皇后降为僧尼，天下人会怎么想怎么看呢？这富丽堂皇的北周宫闱里难道多了三张吃饭的嘴？"杨坚怒而不发，霍地站立起来，冲颜之仪回敬道："天子的决定永远不会有错，你最好闭嘴！"颜之仪不便跟杨坚闹得太僵，打住了。

　　退朝后杨坚对颜之仪耿耿于怀。郑译就想利用杨坚除掉颜之仪，对杨坚说："颜之仪是块最大的绊脚石，左丞相应尽快问罪诛杀他，以免他再次挑起祸乱。"杨坚想到他还没在左丞相位置上坐稳当，急于杀掉颜之仪，会激起不归顺的大臣更加不满。他要的是安定，对郑译说："颜之仪有些声望，杀他视为树敌，干脆遣他远离长安吧。"

郑译在杨坚授意下，矫旨调颜之仪到西部边郡做了太守。

身居长安的大臣都不愿离开长安到边远郡地任职，调颜之仪去边郡等于给他们敲响警钟。虽没人敢再唱反调表达不满，但他们的内心离杨坚越来越远，理由是杨坚任宰辅并非先帝真正的遗诏。

杨坚眼看众朝臣正在形成孤立他的态势，深感焦虑，回家后，对夫人独孤伽罗叹道："满朝公卿，大多与我背离，用谁，谁又靠得住呢？"

独孤伽罗说："僚佐相公的有郑译和刘昉，难道这两人也靠不住？"

杨坚沉着脸说："我升任左丞相，的确得亏了这两人，可是这两人另有所图，不见得可靠。"

独孤伽罗说："相公不嫌弃，我这就举荐两个人。"

杨坚笑道："你个妇道人家，只晓得胭脂花粉梳妆打扮，怎知天下大事？"

独孤伽罗见杨坚小看她，正经说道："男人聪明一生，不如女人聪明一时。"

杨坚不再笑了，忙问道："我听夫人的，那两人是谁？"

独孤伽罗回答说："一个是内史下大夫高颎，一个是御正下大夫李德林。"

杨坚疑惑说："让我想一想。"

独孤伽罗说："有啥好想的，高颎是我兄弟。"

杨坚好奇问道："他姓高，又不姓独孤，怎么是你兄弟？"

独孤伽罗说："他恰好姓独孤。"

杨坚十分惊诧："他姓独孤，可我从没听说过。"

独孤伽罗说："知道他姓独孤的人非常少。他父亲高宾曾是我父亲最信赖的僚佐，正因信赖，我父亲早年给他父亲赐姓独孤，亲如一家。高颎又叫独孤颎，是在我家出生的，这位兄弟，既能带兵打仗又有谋略，这样的人你不用，你用谁？"

杨坚问："夫人为何这般高看高颎？"

独孤伽罗说："不是我高看高颎，而是高颎跟他父亲高宾一样，精明过人，具有将帅之才。"

杨坚又问："李德林呢？"

独孤伽罗说："北齐灭亡的那年，听说武帝非常欣赏李德林，从邺城带回李德林，只是武帝驾崩之后，李德林一直没被朝廷重用。他一定怀才不遇，这种有志向的人，看重的是志同道合，绝非那种见利眼开的小人。"

听罢夫人对李德林和高颎的评价，杨坚非常吃惊，感叹道："夫人身为女流之辈，却能知人善任，我是低看了夫人。"

独孤伽罗听到夸赞，高兴说："相公别犹豫，这就召他们来议事。"

杨坚最终认可了夫人荐贤，派邗国公杨惠去请李德林和高颎来府上密谋大事。李德林在高颎之先来到杨坚府上，杨坚将李德林视为贵宾迎进家门，两人大有相见恨晚，入座在了一间密室。

杨坚开诚布公道："我任左丞相，本是郑译和刘昉之举，但郑译要求任小冢宰，刘昉要求任大司马，我拿不定主意，请李先生高见。"

李德林早就明白杨坚召他来的用意，直言不讳道："郑译和刘昉依我之见，是一对胸无大志，只会谄媚，只会迎奉拍马，玩弄雕虫小技之徒……"

此话正说到杨坚心坎上，他言简意赅问李德林："给，还是不给？"

李德林毫不客气道："郑译和刘昉，一个想得到小冢宰，一个想得到大司马，目的是想和左丞相分权，共掌朝政，左丞相跟这样的人混在一块儿有什么前途？"

杨坚深吸口气道："有李先生这样的高见，那就不给了。"

李德林抖起精神道："肯定不能给！"

两人密谈了两个多时辰，越谈越拢，越谈越有兴致。李德林竭力鼓励杨坚聚军政大权于一身，设置丞相府，排除异己决不能操之过急。

第二天，高颎应邀来到杨坚府上，杨坚照样将高颎当作贵宾迎进家门，入座在了密室。

杨坚套近乎说："近日才听到高兄父亲与我岳丈独孤信早年的生死情缘……"

高颎爽朗一笑说："都过去数十年了，左丞相听谁说的？"

杨坚跟着笑道："我家夫人说的，夫人一直赞你从小就有将帅之才，人才难得，屈就了，因此我想调你入丞相府任职，不知你愿不愿意？"

高颎毫不犹豫说道："我愿听从左丞相吩咐，即使左丞相所创大业不能成功，我高颎追随左丞相尽管遭遇灭族横祸，也在所不辞！"

此言一出，杨坚备受感动，当即任命高颎为丞相司录，总录丞相府一府之事。

然后杨坚乘兴冲家佣大声喝道："来贵人了，快备酒宴！"

2

七岁大的周静帝宇文阐正处天真的孩童期,何曾知晓什么是朝政,什么是江山社稷?这个年龄谁都可以玩他于股掌。

帝太后朱满月是宇文阐的生母,她现在的地位仅次于皇太后杨丽华。先帝宇文赟驾崩之后,小皇帝宇文阐成为帝太后朱满月唯一的依靠。这时候权臣相争愈演愈烈,帝太后朱满月受人指使,以小皇帝需要母亲照料为由,她跟儿子宇文阐住在了一块儿。有帝太后整天陪伴在小皇帝身边,杨坚入天台宫觐见,自然相遇帝太后的垂帘,说什么话,帝太后听得一清二楚。

杨坚不会相信帝太后,帝太后对杨坚多有戒备。这种艰难时期,帝太后虽与儿子相伴在一块儿,但她缺乏安全感,希望儿子一夜之间长大成人,可是岁月的延伸不由她主宰。她深明宫廷的残酷凶过洪水猛兽,常常在夜深人静时分向儿子灌输危机,有时儿子不太懂得她的灌输,她就偷偷啜泣。

她的啜泣令幼小的宇文阐倍感恐惧,母子俩经常搂成一团取暖安慰。

帝太后告诫说:"你虽是万人之上的天子,但这满朝的公卿谁都可以欺负你……"

宇文阐说:"谁敢欺负朕,朕叫丞相杨坚杀了他。"

帝太后最提防的人正是杨坚,担心杨坚趁她儿子还小时下毒手,她却不敢对宇文阐挑明,轻声说道:"你还小,不是别人的对手,你要学会忍耐,学会顺从……"

宇文阐不懂母亲的用心,就问:"朕贵为天子,为何要忍让臣下,为何要顺从他们?"

帝太后说:"你学会忍耐和顺从,就是保全自己顺利长大,等你长大了,有了力气,大臣们都会顺从你。"

只要宇文阐在天台宫,帝太后就会寸步不离。杨坚每次来天台宫朝见,相遇心存戒备的帝太后感到十分别扭。有时宇文阐的口谕,杨坚一听就明白是帝太后在背后教的,这样的教唆会使杨坚感到非常棘手,他一时没有办法掌控帝太后。

李德林对杨坚进言道:"必须尽快让帝太后离开天台宫。"

杨坚何曾不想让帝太后离开天台宫,他无计可施说:"先帝崩逝,遗骨未寒,这对孤儿寡母相依为命,正受众人同情,如果此时分开他们,正好给了他人抨击我们的理由。"

李德林说："丞相大业在前，若是顾及一对母子相依之情，岂不误了大事？"

这时高颎朝杨坚和李德林走了过来，闻知两人正在商谈分离帝太后和小皇帝的事儿。高颎当机立断说："让帝太后掌控小天子，丞相何来天地可以施展？"

杨坚不禁怔了下，问高颎："依你之见，如何分开这对母子不受非议？"

高颎回答道："先帝驾崩，还有皇太后在，皇太后身为正宫元配，帝太后只是偏宫妃妾，让正宫元配太后在天台宫照料小天子，谁敢问个不是？"

随后高颎、李德林、郑译和刘昉联疏，将帝太后请出天台宫，移居在了天兴宫。

帝太后朱满月还没形成自己的势力，所盼及的亲王都在遥远的封地，此时此刻且是远水救不了近火，她是带着怨气离开天台宫的。小皇帝宇文阐见母亲离开他身边，哭闹不休。皇太后杨丽华以皇母身份按插在了宇文阐身边，她百般地哄宇文阐。宇文阐谁的账都不买，哭叫道："朕要帝太后，朕不要皇太后！"皇太后伸出胳膊搂住宇文阐，当作亲生儿子似的，温柔地哄道："我和帝太后都是皇上的母亲，皇上为何不喜欢我这个母亲呢？"宇文阐眼泪汪汪看着皇太后，不知说什么才好。正是皇太后使出母性的温柔，才使宇文阐的泪水止住，他似乎意识到了生他的母亲不能与他一块儿住在天台宫了，只能在心里想念生他的母亲，渐渐安静下来。

让皇太后控制宇文阐，打开了杨坚觐见奏事的方便之门，也给杨坚代替皇帝草诏扫除障碍。这时李德林敦促杨坚赶紧到正阳宫设置丞相府。正阳宫就是东宫，自从宇文阐迁出东宫，正阳宫自然废止了，看护正阳宫的守卫仍旧俱全。杨坚想到他去正阳宫开府办公，正阳宫的守卫一旦闹起别扭，是他不愿看到的。他召来大司武卢贲，正色道："我想起用你入丞相府任职，你愿意吗？"统领宫廷卫队的卢贲看出杨坚在权臣相争中已占上风，就怕投靠杨坚被拒绝，他连忙点头说："丞相有什么吩咐，我这就照办。"杨坚说了声好，立即对卢贲下了指令。于是卢贲召集文武百官，邀约道："诸位要想求得大富大贵，这就随了丞相前往东宫。"先帝刚崩逝，时局变数不可测，百官心神不定，不知何去何从，大多僵持着拿不定主意。卢贲将全副武装的卫队带了过来，形成高压态势。百官见这杀气腾腾的场面，不从也得从，都跟随杨坚出崇阳门，来到正宫阳。

果然不出杨坚所料，正阳宫的守卫因没得到皇旨，拒绝杨坚带人进入正阳宫。

卢贲率领手下卫队很快包围了正阳宫。

随后卢贲怒目圆瞪，冲守卫喝道："丞相来东宫开府办公，谁敢阻挠，这就拿下！"

几个胆小的守卫吓得闪开了，仍有一群守卫不肯让路。

卢贲又是一声怒喝，所有守卫这才妥协，让开了一条路，杨坚领着百官顺利进入正阳宫，正式设置丞相府。

卢贲因此得到丞相府的宿卫大权。随后杨坚任命李德林为府僚，任命郑译为丞相府长史，任命刘昉为司马。郑译和刘昉原以为杨坚设置丞相府后，会任命他俩一个为小冢宰，一个为大司马，结果不是他俩想要的职位，知道这是李德林的主意，从此怨恨着了李德林。他俩哪里知道杨坚压根儿不想给他们要职，尽管他俩怨恨李德林，是白费劲儿。

自从东宫开设丞相府，杨坚的丞相位置才算稳当，北周的军政大权才算牢固地掌控在了杨坚手中。杨坚的心开始大了起来。他清楚地方武装势力不会真正归顺他，召李德林和高颎密谋应对措施。

高颎说："相州总管尉迟迥实力最旺，我就担心他不归顺于丞相门下。"

李德林赞同说："尉迟迥的确如此，丞相赶早儿作出决断，以免他举兵起事。"

杨坚默默地点头。他随即差人召尉迟迥的儿子魏安郡公尉迟惇来到丞相府，吩咐道："天元帝的灵柩马上就要葬入陵寝了，我派你去趟相州，请你父亲来长安参加天元帝入陵葬礼。"尉迟惇说："丞相能可派别人去趟相州？"杨坚顿时变脸说："皇上有旨召相州总管尉迟迥来长安参加先帝会葬，我派你去相州传旨，你不愿去，是什么意思？"尉迟惇怔住，知道推辞不掉，只能接受："我这就去传旨。"

尉迟惇不得不前往相州(今河北临漳)。等尉迟惇来到相州与父亲尉迟迥相见时，尉迟迥居然破口大骂尉迟惇，骂得尉迟惇丈二和尚摸不着头。然后尉迟迥对尉迟惇说："你先回长安吧，我在后头来。"

没见尉迟惇召来尉迟迥，杨坚心里咯噔一响，对心腹高颎说："相州总管尉迟迥不肯来长安参加先帝会葬，想必他不买我这个丞相的账。"高颎说："这是个信号，丞相不可疏忽。"杨坚不再说什么，使出离间计，分头派人给军界老将李穆、梁士彦、杨素等人捎去密信，指斥尉迟迥不愿参加天元皇帝会葬，是拥兵自重，背离朝廷之举，其野心昭然若揭。紧接着杨坚前往上柱国韦孝宽府上。这韦孝宽跟杨坚父亲杨忠及岳丈独孤信是昔日马背上的老战友，杨坚就想利用这层关系拉拢韦孝宽制衡尉迟迥。

韦孝宽听到卫士通报杨坚的车驾来到府邸前，赶紧出来迎客，将杨坚迎进主堂入座。两人一边品茶一边谈笑风生，气氛很是亲和。韦孝宽见到杨坚自然回忆起他跟杨忠和独孤信出生入死的往事，杨坚一旁洗耳恭听。

就在韦孝宽谈兴正浓心情欢愉时刻，杨坚话题一转说："天元帝入陵的日子渐渐临近，我特地派了魏安郡公尉迟惇前往相州请他父亲尉迟迥来长安参加会葬，他却不肯来，架子大得很。"

韦孝宽一愣说："真有此事吗？"

杨坚随即说道："尉迟惇回长安了，他是一个人回来的。"

韦孝宽张口骂道："那个老东西还是周太祖的亲外甥，他不来参加会葬，是什么意思？"

杨坚笑笑说："听说他儿子抵达相州后，还挨了他一顿臭骂，骂他儿子不该来相州。"

韦孝宽的脸立马沉下来："难道那老东西想造反？"

杨坚不再笑了，正经道："他想不想造反，只有他最清楚。"

韦孝宽一瞪眼说："他敢！"

杨坚说："我来拜见您老人家，就怕尉迟迥蔑视当朝的小天子，事先有个心理准备。"

一介武夫的韦孝宽哪能听得这话，性子急了起来，嗓门粗大说："天元帝在世时，也没薄待他尉迟迥，请他来长安参加会葬，他凭什么理由拒绝？"

杨坚说："我怕他不来，专门派他儿子去请，他都不给他儿子一个面子，至于其他人，更加不会给面子。"

韦孝宽气得抖动胡须说："天元帝英年早逝，幼主宇文阐正需要众顾命大臣辅佐，只要尉迟迥敢做忘恩负义的事，别怪我跟他撕破脸皮，我会亲自率兵跟他拼了。"

杨坚来的目的，就是要让韦孝宽表个硬态，他附和说："假若尉迟迥真的忘恩负义，全仗您摆平了。"

韦孝宽恳切说："请丞相放心。"

3

大象二年（公元580年）六月，北周下嫁千金公主到突厥。千金公主是赵王宇文招的女儿，是天元皇帝宇文赟的堂妹。宇文赟在世时，突厥佗钵可汗派出使节来北周求婚，宇文赟选中堂妹千金公主下嫁，没等佗钵可汗来得及迎娶就病逝了。其实千金公主压根儿不愿下嫁到突厥，却抗拒不了天元皇帝钦命，当她得知佗钵可汗病逝，甚为高兴。然而突厥并没放弃跟北周和亲，待到沙钵略可汗即位，派遣使节来北周娶亲，千金公主不得不要离开北周，远嫁给突厥的沙钵略可汗。

早在去年五月，天元皇帝宣诏，住在京师的亲王一律返归封国。遇千金公主下嫁突厥，朝廷召亲王回长安庆贺。陈王宇文纯，越王宇文盛，代王宇文达和滕王宇文逌陆续回到了长安。

身为父亲的赵王宇文招本该把心事和精力花在女儿千金公主下嫁上，可他心里装着另一件事。等千金公主下嫁出门后，宇文招为心里事儿闲不住，来到越王宇文盛家里。

宇文盛是最先回到长安的，眼看杨太后的父亲杨坚升登丞相高位，且是权倾万乘，心里不是个滋味，进宫打了个照面，回到自家旧宅院里呆着，不再出头露面。

宇文盛见宇文招急匆匆来，样子有些慌张，忙问："出什么事了？"

宇文招咽了口水说："你回长安最早，难道啥也没听到？"

宇文盛一愣说："啥事，你说。"

宇文招挨近宇文盛说道："听说杨坚任左丞相，是郑译和刘昉等人伪制遗诏。"

宇文盛大惊："真有此事？"

宇文招说："此事千真万确。"

宇文盛越发震惊："郑译和刘昉为何抓个大便宜送给杨坚？"

宇文招说："先帝驾崩后，他们失去靠山，只有矫诏杨坚任左丞相，他们才有新的靠山……"

宇文盛顿感事态严峻："皇上还是个小毛孩儿，亲王远在封国，让杨太后的父亲杨坚擅权，执掌朝政，不妥，绝对不妥。"

宇文招想让宇文盛给个主张，他问："这可怎么办？"

宇文盛沉默片刻，叹道："惟有诸王联盟，逼迫杨坚退位。"

宇文招摇头说："现在逼杨坚退位不太可能了。"

宇文盛问："为什么不太可能？"

宇文招说："杨太后坐镇天台宫，早已掌控了小天子；杨坚早已掌控了朝廷军政大权，咱们逼他退位，是拿着鸡蛋碰石头。看来只能快刀斩乱麻了。"

宇文盛提醒说："处理此事千万别失手，一定要慎之又慎。"

离开宇文盛的府邸，宇文招分别去了陈王宇文纯代王宇文达和滕王宇文逌的府上，得到他们的支持。然后宇文招来到丞相府，恭请杨坚到他府上作客。

杨坚边笑，边摆手说："赵王别客气，免礼了。"

宇文招恳切说："要不是千金公主下嫁，我哪来的工夫回长安，既然回了，请丞相到府上坐坐，以表心意。"

杨坚仍旧推辞说："赵王的心意我全领了，只是公务太繁忙，实在走不动。"

宇文招激将说："请不动丞相，我哪有面子回府上，真是丢人，太丢人了。"

见宇文招生气，杨坚不便再推辞："赵王的心既然这么诚恳，我再忙也得抽个空儿去府上坐坐。"

第二天，杨坚带着美酒佳肴造访赵王府。随从的大将军元胄提醒说："平日里赵王跟丞相往来甚少，这般盛请，很是蹊跷，里边会不会有什么玄藏？"杨坚说："即使有玄藏，也得去看看。"元胄说："请丞相三思而行。"杨坚冷笑说："连个王府都不敢去，天下事怎做得成？你别疑心太重，尽管随我去。"说着闲话，慢慢腾腾来到赵王府，进门时，府邸的侍卫将杨坚的随从拦住，不让进门。

杨坚始料不及，老不高兴问道："我应赵王之邀来府上作客，不让随从进门，是不是有点欺客？"

一个侍卫回答道："赵王只邀请了丞相。"

杨坚生气道："既然如此，我们回去。"

宇文招就在这时来到门口，笑容可掬，忙说误会误会。

杨坚生出的一口气正憋在脸上："赵王家的门槛真高，一般人的腿子还迈不进去。"

宇文招仍笑道："想跟丞相单独叙旧，人陪得多了，不方便，请诸位多多海涵！"

这样的解释，是在堵杨坚的嘴。杨坚转而一想，争口气回去，未免显得气度不足，让宇文招小看，这才客随主便，吩咐众随从留在府邸外边等候，只带着从祖堂弟开府仪同大将军杨弘和大将军元胄迈进了赵王府。这杨弘和元胄长得人高马大，武功过人，一左一右贴着杨坚，令杨坚不失安全感。三人随主请进门时，宇文招见了杨坚带来的美酒佳肴，暗自一怔，然后笑道："丞相担心我府上没个招待，竟然自带酒菜，令我汗颜。"杨坚赔笑道："赵王请我叙旧聊天，我请赵王吃酒，谁也不欠谁的，多公平。"两人禁不住地大笑起来，气氛看上去比先前和畅了些。

元胄和杨弘紧随杨坚来到赵王府的内殿，一桌丰盛的酒宴正摆在内殿上。宇文招的儿子宇文员、宇文贯，还有宇文招鲁妃的弟弟鲁封等人佩戴刀剑候在宴席旁，元胄和杨弘扫了他们一眼，随杨坚坐了下来。待宾主入席之后，举杯畅饮。喝上数巡，杨坚自然喝得放松，一点不觉赵王府里暗藏杀机。正是盛夏大热天，宇文招吩咐家佣拿来一个西瓜搁置在了宴席上，他拔出佩刀切瓜，就想趁杨坚不备的切瓜之机，顺手朝杨坚捅去一刀，因有牛高马大的杨弘和元胄在场，他多少有点胆怯。

　　细心的元胄不敢贪杯，发现宇文招切瓜的手在颤抖，倏地一怔，心想宇文招经常操持佩刀，他若坦荡，握佩刀的手决不会颤抖，只有心虚图谋不轨，他握佩刀的手才会抖动。元胄立马警觉起来，提醒杨坚说："外边的随从正饿着肚子等候着，丞相该要告辞了。"宇文招见元胄催请离开，借助酒兴朝元胄呵斥道："丞相难得来我府上作客，正喝在兴头上，你有什么好催的？"元胄毫不示弱，警告道："你想把丞相灌醉，出不了你的府上，居心何在？"宇文招见元胄拔出佩刀，跟他相峙，行了个缓兵之计，给元胄敬酒说："我劝丞相多喝点酒，毫无恶意，你干嘛警惕得神秘兮兮？"他故意一口喝下一杯，装出大醉要吐的样子离开宴席直去后阁。元胄怀疑宇文招去后阁叫人，装出缓和的样子，扯住宇文招坐下。

　　就在元胄跟宇文招过不去的当儿，杨坚真的以为宇文招是好意留客敬酒。这时一个身影晃了进来，是越王宇文盛，杨坚连忙起身迎上去招呼。元胄和冷眼静观的杨弘跟着起身。

　　杨弘紧贴着杨坚说道："元胄说得对，这个酒不能再喝了，咱们赶紧离开。"

　　杨坚露出醉态问："为何不能再喝了？"

　　杨弘说："后阁里藏着人，我听出了动静。"

　　听到一个"藏"字，杨坚回头张望。杨弘和元胄左右护着杨坚快步走出了赵王府。

　　待杨坚回到丞相府时，醉意全无，自责道："贪杯误大事，从此后，我不能贪杯了。"

　　高颎听到宇文招诱杨坚到府上饮酒行刺未能得逞的事儿，立马见杨坚说："诸王如虎，他们犯上作乱是迟早的事，赵王既然暴露行刺丞相，正好给了丞相灭他的绝好机会。"

　　杨坚十分正经地看着了高颎："问他何罪？"

　　高颎回答道："一国之上除了天子就是丞相，赵王行刺丞相，问罪谋反铁板钉钉。"

　　杨坚静坐片刻，霍地站立道："叫元胄过来。"

　　元胄匆匆来到杨坚面前，问道："丞相有何吩咐？"

　　没等杨坚开口，高颎说道："赵王在府上设鸿门宴，刺杀丞相，这事你全知。"

　　元胄点头道："得亏我发现得早，才使赵王刺杀丞相未能得逞。"

　　高颎道："杀丞相是地地道道的谋反之举，此罪杀无赦！"

　　等高颎说完之后，杨坚对元胄下令道："既然你全知赵王的谋反之罪，我这就命你带兵去赵王府抓人，一个不剩全抓来。"

元胄问："还有越王呢？"

杨坚这才想起酒宴中途越王宇文盛突然现身赵王府，便觉宇文盛跟宇文招一定是共谋，恨之入骨说道："对我行刺，绝非赵王一人所为，越王肯定参与了，岂可让他逍遥法外？"

宇文招和宇文盛从封国回长安，事先没有预谋，将重兵留在了封国，只带了数十侍从护驾。在长安的王府里，能保驾的仅有这数十侍从。元胄是迅速率重兵包围赵王府和越王府的，驻扎王府的数十侍从见事不妙，都不敢乱动，眼睁睁地看着元胄带走他们的主子。

杨坚下手极重，当即杀了宇文盛和宇文招，就连他们的家人一个都没留下。这事儿本是了结，但杨坚仍不放心，对李德林说："杀了赵王和越王，还有陈王、代王和滕王在长安呆着，他们是一家的亲兄弟⋯⋯"李德林连忙劝阻说："法不治众是老规矩，丞相杀赵王和越王，已起到杀一儆百的威慑，该封刀了。"杨坚说："若不趁此时机除个彻底，恐怕后患⋯⋯"李德林摇头，提醒说："如果丞相一连杀掉五王，是一大片，这后患不是砍下头颅的五位王爷了，且是朝廷文武百官，就怕他们不服，连成一体起哄，丞相是否招架得住？"杨坚很快明白过来。李德林接着劝道："众怒难犯。丞相除诸王，何必这般心急呢？"

4

杨坚以朝廷名义召相州总管尉迟迥回长安参加先帝会葬，尉迟迥迟迟不来长安。调虎离山计落空后，杨坚令郧国公韦孝宽赴相州任总管接替尉迟迥，逼迫尉迟迥来长安。

尉迟迥觉察到杨坚对他动真格，决定起兵讨伐杨坚，召亲信韦艺、贺兰贵等人谋划举兵大事。

尉迟迥说："朝廷下嫁千金公主到突厥求和亲，杨坚借此召越王、代王、赵王、陈王和滕王回长安，然后以莫须有的罪名诛杀他们，使的就是削藩断枝这一招；接下来，他会对幼主下手，夺取皇权。我等身为朝廷忠臣，决不可坐视不管。"

贺兰贵说："天元帝刚葬下，杨坚就起野心，只要蜀公挂帅杀向京师，我等义无反顾响应。"

韦艺紧接着表态，愿举兵杀向长安。

几个亲信追随尉迟迥发出同一种声音。

一个下士跑了进来，慌急说："杨尚希离开了相州。"

众人为之一惊。

尉迟迥赶紧问："杨尚希何时离开相州的？"

下士回答说："可能是昨天。"

韦艺瞅着尉迟迥说："杨尚希肯定回长安了，蜀公这就派人去追他。"

尉迟迥想到杨尚希既然不肯追随他，一定快马加鞭，现在派人去追，多半追不上了，就说："让他去吧，没什么值得遗憾的。"

山东闹旱灾，朝廷派遣计部中大夫杨尚希来山东察看灾情抚慰民众，他途经相州时，得到天元皇帝驾崩的消息，暂且留在了相州。没料相州总管尉迟迥约他发兵长安讨伐杨坚，他权衡风险太大，走为上计，悄然离开相州，生怕尉迟迥派人追来，他在沿途驿站不断更换马匹，以最快的速度赶回了长安。

杨尚希没歇口气，直接进宫，他在乾安殿朝见静帝宇文阐时，杨坚正好在乾安殿。杨尚希不得不将尉迟迥发兵讨伐杨坚如实禀报。为讨伐尉迟迥杨坚正愁抓捏不到把柄，听杨尚希奏报，杨坚顿时摆出一副怒颜。

"天元帝驾崩，尉迟迥本该来奔丧，他不来；待天元帝入得陵寝时，我特地派他儿子尉迟惇前往相州请他来参加会葬，他不来，可想他对天元帝毫无一点感情，背主之心早已安下。"杨坚愤然道。"尉迟迥要来讨伐我，不过是个借口，目的就是谋反篡位，夺取皇权，那就让他来吧！"

杨尚希接着说道："我奉旨赴山东途经相州，正遇天元帝驾崩，本是举国哀伤，哭声震四野，可是尉迟迥哭泣时并不悲痛，他对天元帝毫无感情的确如此。"

宇文阐一直在听，扭过头瞅着杨坚说："尉迟迥一旦有异动，朕命丞相都督中外诸军事，发兵相州，剿灭尉迟迥。"

杨坚得到宇文阐授权，叩拜道："臣遵旨。"

就在计部中大夫杨尚希从相州返回长安报信的当儿，上柱国郧国公韦孝宽奔行到了朝歌（今河南淇县）。尉迟迥获悉韦孝宽来相州，不知韦孝宽是来接替他任相州总管的，就想说服韦孝宽与他一道讨伐杨坚，他派心腹大都督贺兰贵带着他的书信赶赴朝歌，与韦孝宽会晤。韦孝宽看罢尉迟迥的书信，知道贺兰贵的来意，劝告贺兰贵说："蜀公约我一道讨伐丞相杨坚，可不是小孩儿玩耍的游戏，这得要看皇上的态度，若皇上无旨宣示，这样的讨伐将会被皇上定为谋反之罪，那是要诛灭九族的。"贺兰贵鼓动韦孝宽说："郧公和蜀公都是北周的开国元勋，惟有一个忠心耿耿，杨坚挟持幼主独揽朝政，其野心昭然，若此时不讨伐，待他成事后，北周不复存在了。"韦孝宽叹息说："人活七十古来稀，我都七十有余了，近些时身体欠佳，恐怕这身老骨头经不起折腾，误了蜀公的大事。"贺兰贵说："看您老身体还硬朗，不会一下子垮下来。"韦孝宽摇头说："不行啊，朝廷差我来相州，我都是勉强撑着，这一路走来，病病歪歪的，哪能跟以往相比呢？这生老病死一关，就在我眼前摆着。"

韦孝宽赴相州只带了一千多人，此时随了贺兰贵去相州，动起干戈寡不敌众，多半有去无回。他行了个缓兵之计，倚老卖老装病，歇脚朝歌养病，观其动静。

贺兰贵回到相州过了数日，尉迟迥估计韦孝宽该来相州了，仍不见韦孝宽的身影。尉迟迥以为韦孝宽在摆架子，派遣韦孝宽的侄子韦艺到半途上迎接韦孝宽。韦艺在魏郡（今河南安阳）任太守，是尉迟迥的铁杆心腹，临上路时他对尉迟迥说："请蜀公放心，我会说服我伯父的。"尉迟迥对韦艺打气说："只要郧公韦孝宽与我一道讨伐杨坚，事将必成！"

韦艺来到朝歌时，韦孝宽仍在朝歌装病休养。他问韦艺："你来朝歌干什么的？"

韦艺说："蜀公派我来请伯父去相州的。"

因是自己的侄子，韦孝宽没必要遮掩，绷着脸又问："听说尉迟迥准备举兵赴长安讨伐丞相杨坚，有此事吗？"

韦艺回答说："我正是为此事来请伯父去相州的。"

韦孝宽立马变脸，"嚯"地一声拔出佩剑，架在了韦艺脖子上，怒道："讨伐丞相杨坚，必受皇旨方可行事，尉迟迥何曾受过皇旨？"

一把寒气袭人的剑突然架在脖子上，韦艺始料不及，怔了下，以为伯父韦孝宽吓唬他，侧过脸，斜眼视剑，离他脖子不足半寸，又转过头，瞅着韦孝宽："我来见您，又没恶意，您发这么大的火，是为哪般？"

韦孝宽又怒道："你要知道没受皇旨举兵赴长安讨伐丞相杨坚，是地地道道的谋反，谋反意味着什么，那是要诛灭九族的。我替北周戎马一生，若是参与尉迟迥谋反失去晚节，背负千古骂名，值得吗？"

韦艺说："您不愿参与罢了，我又没强求您。"

韦孝宽大骂道："狗日的你跪下！"

韦艺的腿子一阵发软，跪了下来。韦孝宽手中的剑一直没离开韦艺的脖子："你现在改弦易辙还来得及，若坚持追随尉迟迥谋反，别怪我剑不认人，这就杀了你！"

韦艺意识到韦孝宽急了性子，吓得发抖说："我全听伯父的，跟随伯父不再回相州。"

韦孝宽手中的剑，这才慢慢从韦艺肩上移开。

韦艺不回相州，必然惊动尉迟迥。

韦孝宽毫不迟疑下令道："拔营回长安。"

随行将士赶紧收拾装备上路。韦孝宽仍旧担心尉迟迥派重兵追杀过来，他手下的一千多人绝非尉迟迥他们的对手。真可谓急中生智，韦孝宽想到尉迟迥最大的弱点是贪杯，只要遇到美酒佳肴，尉迟迥定会馋嘴。于是韦孝宽拿捏尉迟迥的弱点，猜定尉迟迥一旦追杀过来，会在沿途驿站停留，稍作休整，他每到一处驿站，告知相州总管尉迟迥马上要去长安，通知驿站备上美酒佳肴替尉迟迥接风洗尘。驿站得到韦孝宽的指令，不敢怠慢。

不见韦艺回来，也没盼来韦孝宽，尉迟迥预感不妥，率兵到朝歌看个究竟，这才知道韦艺反水，跟随韦孝宽走了。尉迟迥大怒，咽不下这口气，沿着韦孝宽和韦艺逃走的路线追了过来。在途中歇脚时，驿站听从韦孝宽的命令摆设酒宴替尉迟迥接风洗尘，尉迟迥喝上数巡，不由自主贪起杯来，果然中了馋嘴计，喝得神魂颠倒上不了路。韦孝宽才得以脱身逃回长安。

第七章　贼喊捉贼

1

原本去相州接替尉迟迥任总管的韦孝宽回到了长安,他直接进了丞相府。他的突然出现,杨坚并不感到意外。

韦孝宽回返长安,且是杨坚意料到的事。他主动迎上来招呼道:"郧公回来了。"

韦孝宽的一张老脸刀刻似的毫无表情,调侃道:"不回来,就变成瓮中之鳖,让尉迟迥那个老贼逮个正着。"

先前有计部中大夫杨尚希从相州回长安奏报,有关相州总管尉迟迥的异动只是杨尚希的一人之言,之后不见相州传来举兵的动静。韦孝宽张口提到尉迟迥,正是杨坚最感兴趣的话题。于是杨坚迫切道:"听说尉迟迥准备反朝廷,郧公既然去了趟相州,应该获取到可信的情报。"

韦孝宽当然获取到了相当可信的情报,直言不讳道:"我刚到朝歌,那老贼先派贺兰贵给我捎个信,约我入伙做贼,随后又差我侄子韦艺来请我入伙,我那侄子韦艺不知天高地厚,被我狠狠地训了顿,才醒悟过来,跟我回了长安。尉迟迥的反是无疑的,丞相得抓紧应对。"

杨坚请教道:"郧公戎马征战快一辈子,跟老尉迟在马背上打了数十年交道,此人之深浅,郧公皆知。"

韦孝宽道:"此人机敏,性冲动,用兵交战好鲁莽。"

杨坚道:"仅凭相州之兵趋长安,此人哪来的底气?"

韦孝宽道:"兴许是皇位诱惑太大,才使那老贼愿冒一险。"

杨坚深吸口气,道:"天元帝英年早逝,留下幼冲之子在帝位,我等身为顾命大臣,不能眼看尉迟迥直趋长安夺皇位。倘若尉迟迥举兵起事,郧公身为开国元勋,不可多得，届时挂帅出征，恭候了。"

韦孝宽道："只要丞相下令，我当即出征。"

尉迟迥的矛头是冲杨坚来的，杨坚没有妥协的余地。送走韦孝宽之后，杨坚找李德林问计。

李德林说："尉迟迥引兵出相州，他是皇亲，只要他一呼，可能会有人响应。"

杨坚说："以你之见如何应对？"

李德林说："丞相挟天子令诸侯，是掌控局势的最佳办法。"

杨坚颔首说："也是的，不服我的大有人在，就怕他们倒戈尉迟迥。"

李德林说："丞相现在可以笼络不受重视的皇亲，提高他们的地位，到了关键时刻，他们可以出来帮丞相一臂之力。"

杨坚采纳李德林的权宜之计，立马任命秦王宇文贽为大冢宰，任命杞国公宇文椿为司马，以便稳定局势。

然相州的尉迟迥一直没有弄出动静，杨坚揣摩不定深感不安。想到武帝当年亲征北齐，老帅梁士彦镇守晋州平阳城，遭遇北齐后主高纬围城一个多月，誓死不降成为佳话。杨坚心血来潮，去了梁士彦府上。

自从北周统一北齐，不再有了大的战事。梁士彦一大把年纪懒得赴地方任职，赋闲长安颐养天年。他这辈子以马为伴，对马情有独钟，闲着没事在家养马寻个乐趣。杨坚突然来拜见，梁士彦正在院落里逗马玩儿。迎在门口的家佣正要去通告梁士彦，被杨坚拦住。当杨坚来到院落时，逗马玩儿的梁士彦不知家里来了贵客。

杨坚冷不丁儿招呼道："郯公好悠闲。"

梁士彦猛地转身，大吃一惊，责斥家佣道："丞相来府上，怎么不告知我去门前迎接？"

杨坚笑道："是我叫他们不打扰您的。"

梁士彦看杨坚没带随从，感到奇怪。

杨坚打量院落里的马，逗乐道："一介威武大将军，居然成了个马夫，大材小用了，屈才，真是屈才！"

梁士彦不介意，自嘲道："我都成朽木了，哪来的威武？"

杨坚走近马儿，伸出一只手搭在马背上说："大将军岂能变成朽木，那可是披挂上阵，宝刀不老，战之必胜。"

听这话，梁士彦高兴，赶紧吩咐家佣说："请丞相入座吃茶。"

两人并肩走到大堂入座。

杨坚棒起茶杯浅浅地呷了口，放下茶杯，有意放松地笑道："郕公近些时日听到过什么没有？"

梁士彦摇头道："我赋闲在家，出门得少，啥也没听到。"

杨坚说："近日计部中大夫杨尚希和郧国公韦孝宽从相州回长安，启奏相州总管尉迟迥正准备举兵起事，直趋长安，这么大的事，难道郕公一点风声都没听到？"

梁士彦为之一震："尉迟迥要造反，他造谁的反？"

杨坚道："这还用问吗？"

梁士彦这才缓过神，愤然道："幼主才几岁，尉迟迥那个老贼真敢夺幼主位，人不灭他天灭他！"

杨坚朝梁士彦拱手道："我来郕公府上，没别的，就是请郕公出山，应对不测。"

梁士彦想到自己这大把年纪，是否还能征战，并没即刻答应，忙问："丞相刚才提到郧公韦孝宽，他是什么态度？"

杨坚回答道："郧公获知尉迟迥谋反，无比愤怒，决定沥胆为国，披挂上阵；既然如此，怎缺得了郕公您呢？"

赋闲养马的梁士彦不失横刀厮杀疆场的情结，听到老帅韦孝宽准备披挂上阵，倏地来了一股豪气："郧公都不在乎那把老骨头，我有何好在乎；只要相州的尉迟迥敢往长安迈出一步，我和郧公决不饶他两条腿子。"

杨坚敬重道："届时有郕公沥胆为国，北周的列位先帝在天之灵方可安息了。"

辞别梁士彦，杨坚心里似乎踏实了一些。回到丞相府，郑译前来相告，说尉迟迥的儿子尉迟惇早在数天前离开了长安。杨坚心里一沉，好像没听到似的并没搭理郑译。

郑译又说："尉迟惇一定奔相州去了，丞相这就派人追他回来，可以当作人质，要挟尉迟迥。"

杨坚这才开口说："他都上路了数天，快要奔到相州了，怎追得回他，让他投奔他老子去吧。"

尉迟惇悄然奔相州，杨坚预感尉迟迥将在近期发难。他坐卧不安，急召候正破六韩裒。待破六韩裒来到丞相府时，杨坚立马对他说："尉迟惇离开长安到相州去了，这可是尉迟迥将要起事的预兆，我派你迅速赶往相州……"没等杨坚说完，破六韩裒说："丞相派我去相州，我哪有那么大的能耐阻止得了尉迟迥？"

杨坚说："不是派你去阻止尉迟迥，而是派你去传旨。"

破六韩裒说："丞相派我去传旨，尉迟迥不听怎么办？"

杨坚说："我派你传旨是个幌子，就是要你去密见相州总管府长史晋昶，等你见到晋昶之后，把我的话传达给他。"

破六韩裒点头，杨坚紧贴他耳语了一番。

破六韩裒问："我可以上路了吗？"

杨坚说："事不宜迟，你赶快上路。"

破六韩裒接过杨坚给他的朝旨，骑马直奔相州。他来到相州，不见举兵的动静，懒得打听什么，直去相州总管府见尉迟迥。这时的相州总管府戒备森严，一位当差的接待了破六韩裒，然后禀报。尉迟迥听说有朝旨驾到，想知个究竟，吩咐当差的说："带他进来吧。"破六韩裒这才被当差的带到了尉迟迥面前。

因是老熟人，尉迟迥故意一惊说："丞相大人怎么派你来了？"

破六韩裒装谦卑，躬身施礼道："是皇上派我来的，请蜀公接旨。"

尉迟迥接过朝旨，一目十行地览了遍，不经意地放在了一边。

言多必失，破六韩裒完成传旨不便久呆，跟尉迟迥告辞。

等破六韩裒一离开，尉迟迥连忙对手下说："这种时刻有啥旨意可传的，破六韩裒来相州，一定有其他的事要办，监视他在相州的行迹。"

众亲信听从指令，悄悄尾随着了破六韩裒。

因是一个人来相州，遇到不测，既没帮手，也没个出谋献策的，破六韩裒小心得很，只想快点见到长史晋昶，打道回长安。他趁傍晚迈进了晋昶家的大门，晋昶一惊说："候正大人怎么来相州了？"

破六韩裒格外谨慎说："是丞相杨坚派我来给长史大人传话的。"

晋昶赶紧问道："丞相有何言？"

破六韩裒说："相州总管尉迟迥起反，是公开的秘密，丞相正在加紧备兵，密令您纠集力量，与丞相里应外合，剿灭相州叛乱。"

晋昶点头说："明白了，替我转告丞相，请他放心。"

破六韩裒没来得及离开晋昶府上，尉迟迥派出的探子冲进门来，将破六韩裒和晋昶逮了个正着。

晋昶一看冲进门来的一伙人全是尉迟迥的心腹，便觉不妙，佯装正经道："事先不打个招呼，气势汹汹闯入我府上，你们想干什么？"

一位领头的回答说："我们奉总管蜀公的命令，跟踪候正大人破六韩裒好几个时辰了，没想他钻进了长史大人家里……"

破六韩裒倏地站立道："我奉朝廷之令前来相州传旨，闲暇时来长史晋昶家坐坐叙旧，遭你们跟踪，当我是个什么人？"

那领头的脸色一变，大声喝道："什么人，等见了总管大人再说。"

破六韩裒和晋昶被带走，带到了尉迟迥面前。

尉迟迥坚信破六韩裒一定有事才去见晋昶，他吹胡子瞪眼，来了个下马威。

破六韩裒心里正慌着，尽量克制不安说："我身为朝廷官员，奉命来相州给总管大人传旨，遭遇跟踪、抓捕、审讯，法理何在？"

尉迟迥回避破六韩裒的质问，一个劲儿深挖道："你趁黑夜溜进晋昶家，两人密谈了什么？"

破六韩裒冷笑道："晋昶与我是多年老友，我在公差之余顺便访友，难道不许？"

尉迟迥怒道："分明是杨坚派你来给晋昶送信的，你们到底密谈了什么？"

破六韩裒又是一声冷笑道："老友相聚叙旧，是人之常事，蜀公为何视为密谈？"

尉迟迥仍旧坚信破六韩裒是杨坚派来跟晋昶联系的，拔出佩剑威胁道："你不如实招来，我不让你回长安！"

破六韩裒怔了下，道："访友成罪，如果扣押我回不了长安，请蜀公替我向朝廷交代。"

尉迟迥懒得跟破六韩裒磨嘴皮，大怒道："上刑侍候！"

整整一通宵，破六韩裒和晋昶遭遇五花八门的酷刑。快到天亮时分，晋昶实在忍受不了折磨，开始松口招供。破六韩裒一直咬紧牙关硬挺着，见晋昶招了，他一下子崩溃。

天亮之后，尉迟迥召集相州文武官员和百姓，押了破六韩裒和晋昶到现场，鼓动道："杨坚依仗他是杨太后的父亲，挟持幼主篡夺皇位，谋反之罪铁证如山！诸位眼前的破六韩裒，正是杨坚派到相州来勾结晋昶一道谋反的，昨夜被我拿下，且是人赃俱获！我身为北周太祖嫡亲外甥，力保幼主当之无愧！大家随我一道结下忠义，奔向长安，擒杀贼寇杨坚，以为如何？"

五花大绑的破六韩裒和晋昶在这种时刻被尉迟迥利用，无疑成为杨坚谋逆的证据。尉迟迥的言辞因此获得极大的感召，激发众怒，愿结忠义，跟随尉迟迥直奔长安讨伐杨坚。

2

杀掉破六韩裒和晋昶之后,尉迟迥自称大总管,在相州举兵。消息很快传到长安。杨坚也没闲着,紧锣密鼓调集关中地区军队。他任命郧国公韦孝宽为行军元帅;任命郕国公梁士彦、濮阳公宇文述、清河公杨素、化政公宇文忻、武乡公崔弘度、乐安公元谐、陇西公李询等人为行军总管,前往相州讨伐尉迟迥。

尉迟迥虽是举兵,可他仍没发兵,正在大量纠集军队。青州(今山东青州)刺史尉迟勤是尉迟迥的侄子,他率先响应尉迟迥;荥州(今河南荥阳)刺史宇文胄,申州(今河南信阳)刺史李惠、东楚州(今江苏宿迁县)刺史费也利进、潼州(今安徽泗县)刺史曹孝远等人相继追随尉迟迥而来,兵力由十万增至十三万。

尉迟迥手握十三万大军,他不慌,且是信心满满。等他正准备以排山倒海之势发兵的时候,韦孝宽率大军抵达武陟(今河南武陟县),堵住尉迟迥西进长安的步伐。尉迟迥算计韦孝宽会直奔相州而来,不得不调整作战方案,设下了个口袋计,只留下少量兵力守相州,将大部分兵力左右分开,一旦韦孝宽的主力进入相州,埋设在左右的兵力包抄过来,切断韦孝宽的后路,合围攻打,韦孝宽进退维谷,没有不败的道理。

韦孝宽听说尉迟迥调集了十三万兵力,不敢马虎,也在算计尉迟迥。他突然下令将士不走了,就在武陟驻扎下来,修筑工事,准备迎战。从长安出发的时候,分明说好直捣相州,大军到了武陟,距离相州非常近了,韦孝宽下令部队驻扎安营,众将士感到莫名其妙。

就连行军总管杨素也感到莫名其妙,他问韦孝宽:"郧公为何不往前行了?"

韦孝宽说:"没料尉迟迥屯兵十三万,绝非是个区区小数,眼下正逢他发兵之时,信誓旦旦士气正旺。我军长途跋涉而来,将士多疲苦,若直趋相州,岂不是叫将士往火坑里跳吗?"

杨素问:"下一步如何走呢?"

韦孝宽说:"兴许尉迟迥早就制定了作战计划,我军在武陟按兵不动,必乱他的计划,他一旦心急先出招,我军在此修整后,再作应对来得及。"

韦孝宽和尉迟迥曾在一个战壕里作过战,他们是老战友,相互了如指掌,现在对峙为敌,都显得格外谨慎。尉迟迥几番权衡,杨坚派出的将帅除韦孝宽之外,诸如梁士彦、杨素、崔弘度、宇文述、李询和元谐等人都是久经沙场的老将,他的麾下略欠一筹。尤其是韦孝宽行至武陟突然驻扎下来，这使尉迟迥设计的口袋战落空，他迷惑不解，不知韦孝宽的葫芦里装的什么药。

尉迟迥一边窥视武陟的韦孝宽，一边再次调整新的作战方案。青州刺史尉迟勤给临战不决的尉迟迥出了个主意，劝说尉迟迥在未开战之前，速派人去贿赂韦孝宽的麾下，只要韦孝宽的麾下敢收下贿金，多半不会替韦孝宽出力，让韦孝宽举一人之力，毕竟有限。尉迟迥立即采纳尉迟勤的建议，决定花钱暗自买通韦孝宽的麾下，迅速筹集金银珠宝，派遣贺兰贵等人去打点。

随后尉迟迥想到并州那块地盘，对侄子尉迟勤说："今天你就上路，去趟并州。"

尉迟勤不解地问道："开战迫在眉睫，叔父为何派我去并州？"

尉迟迥说："并州乃军事要冲，士壮马强，李穆就在此地任刺史，他既可入关中击杨坚，也可南下攻我方。我派你去并州，就是尽早争取李穆，别让李穆投靠了杨坚。"

尉迟勤明白过来，解释说："就怕我去并州，韦孝宽宣布开战，叔父年事已高，离不了我做帮手，我干脆派个亲信去趟并州……"

尉迟迥琢磨片刻说："相州一带有十三万大军，你没必要担心。你身为我的侄子，派你去亲见李穆，视为慎重。"

不巧的是尉迟勤还在半路上，杨坚派心腹高颎来到了并州，高颎来并州的目的跟尉迟勤相同，也是来争取李穆的。高颎先将朝旨递给李穆，让李穆明白朝廷召他跟随丞相杨坚讨伐尉迟迥。然后高颎凭借三寸不烂之舌对李穆陈述利害关系，要李穆表态。

李穆先是举棋不定，见高颎把所有的利害关系表达得十分透彻，他才吃下定心丸说："只要战事需要，我愿随时听从丞相召唤。"

高颎达到来并州的目的，十分高兴，对李穆暗示说："丞相取天下指日可待，若李大人此时此刻追随丞相，还愁来日得不到高位吗？"

李穆笑了起来："高大人回长安后，替我转告丞相，并州之兵为朝廷所用，随时听候丞相调遣。"

高颎前脚离开并州，尉迟勤后脚来到并州，他哪里知晓高颎抢先他一步搞定李穆。当他见到李穆时，立刻表明来意。李穆没等他说完，态度变得生硬起来。

李穆说："相州总管尉迟迥拉我入伙对抗朝廷，这个伙我能入吗？"

尉迟勤解释说："丞相杨坚挟持幼主，企图篡取皇位，我叔父尉迟迥举兵讨伐的是杨坚，而不是对抗朝廷……"

李穆冷笑了下，然后摆手，郑重说道："并州重兵，乃朝廷所用，一日不见朝旨，我一日不可发兵，否则我是对抗朝廷。"

尉迟勤见李穆不买账，且是态度坚决，僵持住了。

李穆接着对尉迟勤说："你回吧，告诉蜀国公尉迟迥，别指望我冒天下之大不韪，伙同他讨伐杨坚。"

尉迟勤吃下闭门羹，心里愤愤不平说："国家面临危难，您身为并州刺史，又手握重兵，不可无动于衷！"

李穆哪里听得尉迟勤这番教训，即刻翻脸道："你不快些离开并州，我这就逮捕你！"

尉迟勤暗自一怔，明白李穆心向杨坚，彻底失望，只好怏怏不乐回返。

这时整个北周的各派势力选边站队上演得十分激烈。怀州（今河南沁阳）刺史李崇是李穆的侄子，他倾向追随尉迟迥讨伐杨坚，来并州劝说李穆助尉迟迥一臂之力，被李穆骂得狗血淋头。李崇随之改变态度，迫不得已倒向了杨坚。

高颎回到长安，立马向杨坚汇报李穆的诚意。杨坚开心地连说几声好，然后对高颎说："只要争取到了李穆，有并州之兵为我所用，长安之危总算松了口气。"

李穆的儿子李浑在朝廷任左侍上士。杨坚担心局势多变，引来李穆有变，他派李浑带着贡品去并州，代替他对李穆表达谢意。李穆收下杨坚托他儿子李浑赏赐的皇家贡品，异常高兴。

待李浑回长安的时候，李穆拿出一样东西对李浑说："你替我把这样礼物回赠给丞相。"

李浑接过父亲李穆交给他的一只漆色华美的木盒，不知里边装的啥，好奇地打开一看，竟是一条十三环金带，惊了个正色。

李浑说："这可是帝王专饰之物，父亲拿此物回赠给丞相杨坚，是否妥当？"

李穆沉默片刻说："皇帝易主近在眼前。"

李浑吃惊问道："父亲何以见得？"

李穆说："王朝灭亡是有先兆的，北周衰亡的先兆始于宣帝宇文赟，他在位时，多行暴政，又极其荒淫腐败堕落，导致朝政昏乱不堪。幼主宇文阐才几岁，岂能收拾得了这个烂摊子？"

李浑从没听父亲李穆说过此话，他几乎惊呆。

李穆告诫李浑说："杨坚和尉迟迥相争，都是为了皇位。然杨坚挟持幼主，进退自如；尉迟迥则不然，他的讨伐毫无台阶可下，多半是徒劳。顺势者昌，逆势者亡，是万世求存的道理。你回了长安，将这十三环金带替我回赠给杨坚，他会明白其意，相知好歹的。"

3

郧州（今湖北安陆）总管司马消难身为北周国丈，无法容忍丞相杨坚挟持天子。当他获知相州总管尉迟迥举兵反杨坚，趁势响应，杀掉总管府长史侯莫陈杲和郧州刺史蔡泽等人，迅速调集所辖区域九个州府及八镇兵力，准备与尉迟迥结盟会师，讨伐杨坚。

尉迟迥闻知司马消难举兵十一万奔他而来，喜不自胜，赶紧派人去路途迎接。

倒是杨坚听到司马消难响应尉迟迥，如五雷轰顶。

杨坚想起当年司马消难遭遇北齐文宣帝高洋猜忌，处境艰险，叛离北齐，无处可以安身立命，如丧家之犬，正是他父亲杨忠去边塞接迎司马消难来北周。自那以后，司马消难跟杨忠结为兄弟，杨坚对司马消难以叔礼相敬。没料司马消难恩将仇报，杨坚怒从心起，骂司马消难恩断义绝，不如一条狗。他立马任命襄州（今湖北襄阳）总管王谊为南路行军元帅，讨伐司马消难。

就在王谊任行军元帅率军直趋郧州的当儿，益州（今四川成都）总管王谦继尉迟迥和司马消难之后率巴蜀军队接踵而起，加入讨伐杨坚的行列。起因是杨坚疑王谦，调蒋国公梁睿接替王谦任益州总管，引起被撤职的王谦大为不满。梁睿受命前往益州，行至汉川（今陕西汉中）时，被王谦派兵阻拦住。尉迟迥、司马消难和王谦形成三股势力。杨坚担心这三股势力抱成一团，他当即任命梁睿为行军元帅，率军讨伐王谦。

这时韦孝宽率领的主力部队仍没和尉迟迥展开大战，只有小股兵力不断地交火。杨坚总在期盼主战场传来大捷，却盼来行军总管陇西公李询的一位心腹。杨坚以为李询的心腹给他带来好消息，急着问前线战事打得如何。没料李询的心腹带来的消息令杨坚的头颅陡然大了几圈，他告诉杨坚，说行军总管梁士彦、宇文忻、崔弘度和元谐等人私下里接受了尉迟迥的贿赂，他们指挥不力，军中骚动不安，人心惶惑。杨坚顿时大惊失色，问此事是否准确？李询的心腹说："正是陇西公李询派我来禀报丞相的，请丞相当机立断，不可延误。"杨坚的脸倏地一沉，拉长了，甚是忧虑。

待李德林到来时，杨坚深吸口气，叹息道："崔弘度、梁士彦、宇文忻和元谐等人负我……"

李德林一惊，看着了杨坚。

杨坚又叹道："他们暗自收下尉迟迥的贿赂，我想换掉他们。"

李德林便觉此事非同小可，一时不知如何言声。

杨坚的情绪随之急躁起来："真没想到他们会负我，不换掉他们，就会败在他们手里。"

李德林思忖片刻，劝阻说："此时两军交战，丞相换将是下策，万万使不得。"

杨坚扭头问道："为何使不得？"

李德林说："当年的赵括临敌换掉廉颇，是兵败的教训。此时丞相换将，岂不是将他们逼向了尉迟迥那边吗？再说军中到底有多少人得到过尉迟迥的好处，丞相并不知道，依我之愚见，换将有可能出现畏罪潜逃，引发军心涣散，这个结果正是尉迟迥想要的。"

杨坚沉静下来，问李德林："得人的好处，替人出力，不换将，又该如何防患不测？"

李德林说："尉迟迥是否贿赂我军将领，虚虚实实只是听说。如果丞相决计换将，怎知换上去的人不贪心呢？最好的办法是丞相装不知道，速派有勇有谋的心腹赶赴前线督战，得过尉迟迥好处的人即便心怀不轨，也不敢轻举妄动。"

杨坚听取李德林的进言，打消换将的念头，当即叫来郑译和刘昉。

"前线战事吃紧，我派你俩赶赴前线，监军督战。"杨坚表情凝重。

郑译和刘昉绷着脸看着杨坚，都没吭声。

杨坚一惊，问道："你俩不愿去？"

郑译说："韦孝宽、梁士彦等诸将领身经百战，丞相派我去监军督战，他们能服从吗？"

杨坚说："你奉旨去监军督战，他们有什么不服从的？"

郑译推辞说："我只是个文职官员，从没做过将领指挥作战，丞相派我去调度军队，恐怕不适合。"

杨坚的脸拉长了，转过身来问刘昉："你呢，愿不愿去？"

刘昉直接推辞说："家有老母，我岂能走得开？"

杨坚脸色大变说："前线为国剿灭叛军的众将士堂上都有老母，你俩不愿去监军督战，我不勉强。"

等刘昉和郑译离开后，杨坚恼火地骂道："两个贪图眼前利益的东西，不值得我在乎！"

听到杨坚恶狠狠的骂声，李德林主动说："丞相派我去监军督战吧。"

杨坚摇头说："你不能离开长安，我委任你为军师，全权处理军机大事。"

丞相府司录高颎、大将军元胄和杨弘主动请求赴前线监军督战。杨坚这才松了口气，非常高兴派人护送他们上路。

4

后梁临近郧州。司马消难举兵后，派心腹到后梁都城江陵，劝说后梁主萧岿加盟讨伐杨坚。后梁一直是北周的附庸国。萧岿心有所动，就想趁此时机摆脱北周的挟制；然而杨坚挟持北周幼主，他宣诏出兵支持司马消难，等于跟北周势不两立。萧岿权衡利弊，对司马消难施缓兵之计拖延。他的臣僚便觉后梁脱离北周的机会来了，再而三地劝谏他利用司马消难，趁乱之机扩大后梁的势力范围。萧岿犹豫不决，对众臣僚说："北周之乱，局势还不明朗。司马消难胜算如何，是否靠得住？只有天知道。再说司马消难心藏什么主意，无从知晓，如果他胜，能归顺我后梁吗？他不归顺，我后梁岂不做了他的奴兵？如果他败，我后梁被他拉下水，做了替死鬼。我后梁乃区区小国，若过早地显露锋芒，被人吞没是朝夕之事，只能静观局势而后定。"

萧岿借献国书之名，派遣中书舍人柳庄前往长安觐见北周天子，窥探动静，以便随机应变。

柳庄奉旨怀揣国书来到长安，他真正想见的人是权臣杨坚。他递交国书给北周幼主宇文阐时，自然惊动丞相杨坚。

杨坚私下里对李德林说："附庸后梁迟不来送国书早不来送国书，偏偏选在这个时候派柳庄来长安，可想意味深长。"

李德林说："后梁主萧岿一定是心事重重，才派个人来打探的。"

杨坚说："区区后梁，难道也想趁此时机搅浑一河水？"

李德林说："四两拨千斤，丞相不要小看了。"

两人正说着，只见一位当差的疾步进来，大声奏报道："后梁使节柳庄，要拜见丞相。"

杨坚说了声叫他稍候，转过脸问李德林："说曹操，曹操到，我该如何对柳庄交言？"

李德林说："丞相不可威严示权，只能柔语笼络。"

片刻后，柳庄和杨坚相见，两人和颜悦色拱手施礼，然后杨坚请柳庄入座，视为贵宾款待。

杨坚先不谈国事，竟然对柳庄叙旧，回忆他早年去江南，深得梁主的照顾，借此感恩梁主对他的义举善意。柳庄频频颔首，对杨坚留下通情达理的印象。

随之杨坚话题一转，对柳庄说："当前北周若干位地方总管趁皇上年纪尚幼，举兵反我这个丞相，我有什么好反的？大不了现在就请辞，可是他们不依不饶，仍旧坚持反我；他们不过是借反我之名，试图篡夺皇位，这不仁不义之举，遭天诛地灭……"

柳庄显得十分谨慎，附和道："也是的。"

杨坚看上去平静得很，接着说道："后梁一直是我北周最可信赖的友邦。待柳先生回去了，替我转告梁主世宗皇帝，不要相信尉迟迥、司马消难、王谦等叛寇的举兵是为北周扫除奸恶，他们才是北周真正的奸恶。"

告辞杨坚，柳庄并没发现北周京师有什么令人窒息的危机迹象，他感觉北周皇帝和丞相之间的君臣关系还算融洽，不是坊间相传的那么紧张。回到后梁江陵，柳庄当即朝见世宗萧岿。此时后梁的文武百官，都在一个劲儿劝谏萧岿发兵。柳庄从长安归来，正是萧岿急切期盼的。

萧岿忙问："你去长安，是一番什么样的情形？"

柳庄回答道："臣此行长安，先觐见北周天子，然后拜见北周丞相，再然后臣在长安城里闲逛了几趟，看不出要打仗的恐慌样子。"

萧岿接着又问："北周诸总管起兵讨伐丞相杨坚，到底是怎么回事？"

柳庄回道："尽管北周诸总管讨伐杨坚风起云涌，但杨坚依旧稳坐在丞相位置上。"

萧岿说："朝廷百官正在劝谏朕发兵，与尉迟迥、司马消难等人共谋大业，朕拿不定主意，想听听你的高见。"

柳庄说："恕臣直言，当年的袁绍、刘表、王凌等人都是一时的英雄豪杰，他们拥有精兵强将，又占有一席之地，最后的结果如何呢，都没成就大业，反而落下大祸临头。只有魏的曹氏和晋的司马氏在京师挟持天子以令诸侯，保全了自己。至于当下的尉迟迥、司马消难和王谦之流，他们的豪杰气概能胜过刘表和袁绍等人吗？

显然相差十万八千里，陛下若与这样的平庸之辈为伍，岂不是自毁长城吗？"

柳庄的一番言论，令萧岿头脑清醒，决定不参与北周的任何势力举兵发难。

5

尉迟迥多次想突破韦孝宽的防线，西进长安，两军交恶得十分激烈。并州的李穆发重兵南下，在韦孝宽身后组成第二道防线，牢牢扼住尉迟迥西行的步伐。尉迟迥原本盼望鄢州的司马消难赶赴相州与他会师，只因杨坚派王谊讨伐，死死堵住司马消难。

不见司马消难到来，尉迟迥只能一方势力跟韦孝宽较量，他即便胜过韦孝宽，还有并州的李穆在后。面对眼前的战局,尉迟迥深感年纪不饶他，未免有些力不从心，就把作战权交给他儿子尉迟惇。

高颎、杨弘和元胄奉旨来到主战场监军督战，韦孝宽麾下的各路军不敢畏缩怠战。这时尉迟惇率大军驻扎在沁水南岸，韦孝宽的大军驻扎在沁水北岸，战事就因一条河流受阻，伸展不开。没有大量的船只渡过河去，韦孝宽急得似热锅上的蚂蚁。

高颎当即决断道："战事久拖不决，就怕引起我军将士生出厌战，干脆来个冒险泅渡。"

韦孝宽早已想到这一招，摇头道："尉迟惇如狼似虎就在河对岸等着，如果我军冒险泅渡，正中他下怀，没等渡到河对岸，不知要被他射杀多少人，我军一旦大伤元气，士气必然就此衰落，再而战，必败无疑。"

高颎坚持主张渡沁水，他说："尉迟迥父子不主动出击，他们显然在拼时间，消耗我们；我们惟有主动出击，方可赢得决胜权，看来渡过沁水是唯一选择。"

众将领齐心谋划。杨弘想出一招，他说："眼下正逢夏秋之季，虽说众将士泅水不担心受寒，就怕众将士游在河水里，完全失去攻敌能力。依我之见，如果在水上搭建浮桥，人过浮桥既迅速，也能顺手迎战。"

杨弘的建议其实并不绝妙，可就是最常用的方式一时没人想起，经他提议，众人为之一振，立马赞同。

韦孝宽和高颎下令将士砍伐树木在沁水上搭建浮桥，一举一动全都尽收在了河对岸的敌军眼底。尉迟惇的部下眼看浮桥渐渐延伸过来，提醒尉迟惇，千万不能让韦孝宽的部队渡过河来。尉迟惇不仅没有命令部下攻打在河中搭建浮桥的韦孝宽部队，反而觉得机会来了，下令部队稍稍向后撤退，故意容忍韦孝宽的部队搭建浮桥。他的这一举动令众部下迷惑不解。他对众部下解释说:"韦孝宽迫不及待想渡河,才在河上搭建浮桥。为求个快捷,他一定先让骑兵从浮桥上经过,这浮桥在流动的河水上毫无固定可言,只要马匹在浮桥上疯狂地踩踏,必然摇晃得厉害,我军趁此迅速出击堵住浮桥,马匹会受惊,浮桥会如浮云翻滚,避免不了人仰马翻掉落河水中,正是我军攻打他们的大好时机。"尉迟惇的算计自有道理,众将士听从指挥往后撤退,列阵二十余里,只等韦孝宽的骑兵过浮桥的时刻到来。

在毫无遮蔽的河里搭建浮桥,韦孝宽的部下人人胆战心惊,就怕受到攻击,可是河对岸并没发动攻击,大军反而往后退缩,令韦孝宽搭建浮桥的将士感到蹊跷,怀疑有诈,越发害怕起来。高颎将计就计鼓励说:"河对岸的叛军知道我们要过河,心虚害怕了,才往后撤退,诸位赶紧搭好桥,抓住叛军害怕的时机歼灭他们。"众将士信以为真,加速搭建浮桥。

河面上的十来座简易浮桥几乎是在同一时间搭成的。胸有成竹的尉迟惇紧盯着韦孝宽,算计韦孝宽会派骑兵先过桥。指挥部队过桥的恰恰不是韦孝宽,而是高颎。高颎考虑浮桥承受不了众多马匹的重量,挑选数千年轻力壮的勇士打头阵,冷不丁儿鸣鼓进击,众勇士势如疾风从浮桥上冲过,令尉迟惇始料不及。等尉迟惇率军朝河边冲杀过来时,打头阵的数千勇士抢先过了河,击挡奔向浮桥的敌阵。行军总管宇文忻、梁士彦、李询、元谐、崔弘度急速率军过桥,增援前边的勇士,杀得尉迟惇无机可乘。

因有前边打头阵的勇士掩护,加上后边过桥的增援越来越多,韦孝宽的大军横渡沁水几乎没受阻。等大军全都过了浮桥,高颎跟韦孝宽合计,使出背水一战的招数,纵火烧毁了河上所有浮桥,让过河的众将士毫无退路。

两军短兵相接,都想求生,拼命往死里砍杀对方,杀得血流成河。没有退路的韦孝宽军求生的欲望不可遏制,越战越勇。尉迟惇军并没绝其后路,一步步往后退却,韦孝宽军一步步往前追杀,杀得尉迟惇军松懈了意志,有人终于迈开大步往后退,倏地影响一大片,都跟着转身迈开大步逃奔起来。

依赖后路的尉迟惇军在转身的那一瞬间,形成逃奔的洪流,朝着邺城逃去。韦孝宽率军紧追不放,一直追到了邺城。高颎气盛,敦促韦孝宽一鼓作气全歼叛军。韦孝宽拒绝说:"既然叛军一个劲儿逃到邺城,说明邺城伏有重兵,我军不知深浅,怎能盲目攻城?让将士暂且休战,观其动静再战不迟。"高颎觉得有理,不再强求。大军在城外找了块地方安营下来。

尉迟勤闻知尉迟惇在沁水边大败给了韦孝宽，急忙率五万大军从青州赶到邺城增援。父子加兄弟，备兵十多万，准备在邺城跟韦孝宽决一死战。尉迟迥不再指望儿子尉迟惇，亲自披挂上阵，率一万精兵，头扎绿头巾，号称"黄龙军"，准备跟韦孝宽独打单挑。

两军在邺城城南摆开阵势。刚开始尉迟迥派出数千黄龙军杀向韦孝宽军，试图搅乱韦孝宽的军阵，这一招果然显灵，杀得韦孝宽的军阵乱了阵脚。尉迟迥正要趁势奔杀过来，梁士彦和崔弘度快速从左右合围，堵住缺口，挽救了失利局面。尉迟迥见无缝可钻，不得不退了回来。

两军主力布下大规模的阵势直接交火，都很谨慎，就怕失足一步，带来全军溃败。说起来，对峙的两军原本是一国的自己人，只是尉迟迥打着讨伐丞相杨坚的旗号举兵，才有今天的韦孝宽奉命跟尉迟迥刀兵相见。

邺城的城南没有起伏的山石峻岭作掩护，对峙的两军全暴露在光天化日之下，真正短兵相接扭打成一团，无论是尉迟迥还是韦孝宽，都没胜算的把握，最终鹿死谁手，只有天知道。尉迟迥和韦孝宽开始隔空喊话，打起心理战来。

身披铠甲，骑在马背上的韦孝宽首先亮开了嗓子，大声喝道："对面的众将士，你们本是吃皇粮的朝廷军队，为朝廷为国家征战才是你们的神圣职责，怎么一时糊涂听信贼寇尉迟迥的谎言谋反呢？要知谋反毫无出路，只有死路一条。你们不要再追随尉迟迥及其死党了，现在与尉迟迥及其死党分道扬镳还来得及，朝廷不会追究你们，也不会问罪你们！"

尉迟迥大声回应道："杨坚才是谋反的真正贼寇，你韦孝宽追随杨坚，正是我尉迟迥要剿灭的杨坚帮凶！"

韦孝宽的嗓门再次提高道："我是奉朝旨来剿灭你尉迟迥的，你尉迟迥举兵反朝廷，奉了谁的旨？难道不是你的野心驱使吗？"

凝聚军心的尉迟迥始终把矛头对准杨坚，朝韦孝宽叫嚷道："我率正义之师讨伐居心险恶的杨坚，你韦孝宽身为顾命大臣，为何一而再，再而三地阻止我去长安擒贼？"

韦孝宽回敬道："杨坚何曾居心险恶？你一派胡言！真正居心险恶的才是你尉迟迥，你不过打着讨伐杨坚的幌子，干着谋反的勾当，今日你不缴械投降，就是你的死期！"

尉迟迥大怒道："杨坚挟持幼主，诛杀保朝的诸王，他篡夺皇位指日可待！韦孝宽你听着，一旦皇位被杨坚得手，你就是帮凶，将会被钉在耻辱柱上，恶名留万年！"

韦孝宽被尉迟迥激怒，率兵出阵跟尉迟迥交锋，打得昏天黑地。

这场大战绝非是上演水袖飘逸的大戏，而是动用真剑真刀直接开膛破肚，场景血淋而又残酷，居然引来数万邺城民众观战看热闹，其中就有大量妇女挤在人群中，好像这场你死我活的战争与他们无关。

战事渐渐升级，场面越来越血腥。数万手无寸铁的男男女女一直处在尉迟迥军阵这边看热闹，因是一国的军队在交战，他们没有分别心，既不想帮谁的忙，也不关心谁胜谁负，只想寻个眼球刺激。

行军总管宇文忻瞅着对面观战的女人，不禁想起当年梁士彦镇守晋州平阳城，围城的北齐后主高纬本来就有取胜梁士彦的机会，最终败在了一个女人手里。于是宇文忻计上心来，约高颎、李询合谋。

宇文忻说："两位是否还记得北周武帝亲征北齐，令梁士彦镇守平阳城？"

李询说："怎么不记得呢，北齐后主高纬率十万大军攻城，攻了一个来月都没攻下……"

宇文忻说："高纬最终败得实在是可笑，就因一旁观战的宠妃冯小怜突然大声尖叫齐军败啦齐军败啦，众齐军正攻打得晕头转向，突然听到冯小怜的尖叫声，真的以为齐军败了，赶快丢下兵器逃命。"

高颎不知宇文忻提及平阳之战的用心，他问："都过去多年的事了，跟眼前的战事有何关系？"

宇文忻伸出一只手，往前一指说："你看看对面，不知有多少女人如同当年的冯小怜在观战，我们可以利用她们。"

高颎又问："她们都拥挤在尉迟迥的军阵旁边观战，离我们有些远，怎么利用她们？"

宇文忻笑了笑，脱口说道："女人是最容易受惊吓的，只要她们受到惊吓，就会引起一片大乱……"

高颎琢磨片刻说："这一招若能管用，的确是一奇招。"

李询说："既然这一招有可能是奇招，那就试试看。"

三人开始布局，指挥精骑兵朝观战的女人射箭，女人们果然受到惊吓，叫嚷着逃命，制造出了混乱。精骑兵转而开弓射向观战的男人，顷刻间逃命的观战者人挤人，人推人，人撞人，人压人，人踩人，惊叫哭喊连成一片。宇文忻趁机领着一伙士兵齐声欢呼："贼兵败了，贼兵败了……"

听到对面传来贼兵败了的呼喊声，又见数万民众惊恐万状地逃命，尉迟迥的军阵倏忽崩溃，将士们很快跟逃命的民众混成一团，乱成一团。

见这情形，韦孝宽的军队士气大振，抓住这个火候奔杀过去，杀得尉迟迥的军队在混乱中毫无招架之力；真是兵败如山倒，他们丢下兵器，只顾跟随观战的民众一起逃命。

这突然爆发的大乱令尉迟迥始料不及，他挤在逃命的人群里叫天不应叫地不灵，只好逃进邺城。追杀过来的韦孝宽下令围攻邺城，活捉尉迟迥。李询、崔弘度等人率军攻进了城。尉迟迥四面受困，慌不择路登上了城楼。崔弘度带着弟弟崔弘升紧追上了城楼。尉迟迥被追得无路可逃，突然转身站住，瞅着追来的崔弘度。

身材魁伟力大如牛的崔弘度陡然想起他的妹妹正是尉迟迥的儿媳，他的心软了一下，并没迅速冲上去擒住尉迟迥。崔弘度身披铠甲戴着头盔，老眼昏花的尉迟迥没能认出他来。想到自己身处绝境，尉迟迥正要开弓朝崔弘度射出一箭，迟疑不决的崔弘度就在这时摘下了罩脸的头盔。

"难道不认识我了吗？"崔弘度朝尉迟迥浅浅地笑了下。

尉迟迥定神一看，认出崔弘度来。

崔弘度不再笑了，说道："今日你我各为国事，但因你我的亲戚之情还存在，我追你而来，就是为了阻止乱兵追上城楼袭辱你。事到如此，你尽快自作决断吧，还等什么呢？"

走投无路的尉迟迥明白崔弘度的意思，将手中弓箭丢弃在了地上，破口大骂杨坚，然后拔剑自刎而亡。

崔弘升一直惊得发呆地站在崔弘度身后。等尉迟迥自刎倒地时，崔弘升才敢吭声，发木地问崔弘度，行军元帅韦孝宽要活捉尉迟迥，你让他自尽，这可怎么交差？

崔弘度对弟弟崔弘升说："你现在就可取下尉迟迥的人头，拿去一样可以交差。"

崔弘度还是顾及到了亲戚关系，给了尉迟迥一个死的颜面。然后崔弘度的心情有些复杂，主动把功劳让给弟弟崔弘升，于是崔弘升操刀割下尉迟迥的人头，拿去邀功请赏。

尉迟迥死后，他的部队作鸟兽散。韦孝宽要将他们赶尽杀绝，一个不留地杀掉困在城中的尉迟迥残兵。只是尉迟勤和尉迟惇等人带着一伙残兵逃往青州，半路被开府仪同大将军郭衍截获。

第八章　王朝崩塌

1

韦孝宽率师凯旋归长安。杨坚甚是欢心，对有功之将大封国公。行军总管崔弘度因没及时杀掉尉迟迥，让尉迟迥大骂杨坚，令杨坚不爽，没有授予崔弘度国公，反而降爵一等，封他为武乡郡公。

剿灭尉迟迥，杨坚总算松了口气。司马消难和王谦仍在抵抗。早在八月初，司马消难遭遇行军元帅王谊猛烈阻击，与尉迟迥会师成为泡影。他派儿子到江南陈朝寻求支持，陈朝皇帝下诏任司马消难为大都督，封随公。没料行军元帅王谊调兵神速，令司马消难处处受困，他退至鲁山（今湖北汉阳）和甑山（今湖北汉川）。王谊下令行军总管李威、冯晖和李远兵分数路进击，打得司马消难看不到曙光。他极度无望，逃往了陈朝。

在巴蜀起兵的益州总管王谦遭行军元帅梁睿步步紧追，到了穷途末路。当王谦部下闻知尉迟迥在邺城被斩首级，司马消难兵败逃往陈朝时，无心恋战，纷纷逃散，最后只剩二十余位骑兵留在了王谦身边。王谦领着二十余位骑兵逃到新都，刚歇脚下来，被新都县令王宝擒获，当即斩首。

平定尉迟迥、司马消难和王谦三股势力，杨坚按捺不住，试图代周自立，又觉皇位离他仍有一定距离，暂且不便轻举妄动。想起并州刺史李穆回赠的十三环金带，杨坚觉得李穆最懂他的内心，召李穆来长安，共谋大事。然杨坚对拒绝去前线监军督战的郑译和刘昉不像从前那样信任了，既然不信任，就得有所提防。他召刘昉和郑译到面前，试探问道："我身为左丞相，右丞相一职一直空置着，你俩意下如何？"刘昉和郑译以为杨坚想让他们其中的一位任右丞相，你看我我看你，不知说什么才好。杨坚透过两人的表情，轻轻笑道："我问你俩，为何都不吭声？"郑译这才开口说:"右丞相一职的确空置了许久,不知左丞相如何安排?"刘昉嘴里挤出一句话:"左丞相安排谁任右丞相,当之无愧。"杨坚又笑了。郑译被杨坚笑得发木,说左丞相还有别的事吗?杨坚说没有了,你俩去吧。

杨坚开始疏远郑译和刘昉。但对两人的处理,杨坚考虑到昔日的同窗关系,对郑译略加迁就,对刘昉采取当机立断,让高颎取代刘昉任丞相府司马。

杨坚不愿有谁跟他分享权力,他作出一个重要决定,废除左右丞相设置,自任大丞相。不多日,他将大丞相改称相国,将丞相府改称相国府。紧接着他由随国公改封随王,地位在宇文氏诸王之上。

高颎是杨坚最可信赖的僚属之一。这天高颎对杨坚荐贤说:"相国要想成就一番大事,一个人不可或缺。"

杨坚问:"此人是谁?"

高颎说:"苏威。"

"苏威,你说的是苏绰的儿子苏威?"

"正是。"

"哦,想起来了,此人有印象。"

"宇文护任大冢宰时,非常欣赏苏威,希望把女儿嫁给苏威,可是苏威算计宇文护会出事,没娶宇文护的千金,致仕离开了长安。"

"他现在在何处?"

"听说他在老家武功的乡下。"

"他的父亲苏绰是太祖最得意的幕僚。"

"相国得到苏威,如同太祖得到苏绰。"

"这个人难道真有那么大的本事?"

"武帝在世时,求贤若渴,就想得到苏威,几次差人请苏威入朝做官,他来长安后,请辞离开了,武帝百般挽留,没能留住他。"

高颎把苏威夸成一个傲骨的高人,杨坚动心了,派高颎去请苏威。

想到苏威不是那种喜好攀附权贵的人,高颎没把握请来苏威,对杨坚说:"我去武功没问题,就怕苏威不肯跟我来长安。"

杨坚说:"召他来相国府任职,让他发挥,他有什么理由拒绝?"

高颎和苏威是旧友,只是苏威离开长安,两人失去联系,不再有往来。高颎独自一人来到京兆的武功,问人打听苏威的下落,才知苏威住在山里的一座寺庙里。

这座寺庙是在武帝灭佛时废弃的，早已没了僧人。苏威住在寺庙里过着耕读日子。高颎来到寺庙时，苏威正在寺庙前边的田地劳作。总算找到人，高颎心里一喜，招呼着喊苏威。苏威抬头一看是老友高颎，大吃一惊："你怎么跑来了？"

高颎玩笑道："听说你在山里修炼多年，都修炼成人精，跑来看你的。"

苏威赔笑道："什么人精，狗屁不值的一介农夫，有什么好看的？"

高颎不再玩笑，非常认真说道："我来请你出山的。"

苏威一下子明白高颎的来意，仍笑道："山外的天地，不见得有这山中悠然。"

高颎说："山里静悄悄的，的确悠然，可这悠然的山里又能让你得到什么呢？"

苏威说："常说悠然而自得，有自得就够了，何必那么贪图呢？"

高颎言归正传说："相国杨坚十分欣赏你，召你去相国府任职，你离开这破庙，随我去长安吧。"

苏威推辞说："长安人才济济，我去了，就怕用不上，还是别去了。"

高颎懒得闲话，催请苏威上路。

苏威说："你一来，没吃口饭，也没喝口水，就走……"

高颎说："长安的饭要比你的饭好吃得多，何必吃你的饭呢。请赏脸，快随我走吧。"

苏威想到自己困守在这寂寞山中多年，再不走出山，真的要困死在这山里，他答应了高颎。两人共骑一匹高头大马悠悠然然来到长安，然后高颎直接将苏威引荐给了杨坚。

得到苏威杨坚异常高兴，想跟苏威谈谈，就把苏威请进他的卧室，这对苏威而言，能被相国杨坚请进卧室，是一种高规格的接待。

没有多的寒暄，杨坚言简意赅问苏威："倘若苏先生是北周的相国，如何招募人才，使用人才呢？"

苏威谦逊笑道："我一介农夫，岂有相国之才？相国真是拿我开心了。"

杨坚连忙解释道："我想听听苏先生识才用人的高见，才打了这个比如，请苏先生别误解。"

苏威这才回答道："曹魏时期的名将邓艾曾说英雄莫问出处，此话一直流传民间，窃以为此话颇有道理。如果北周的英雄问其出处，天下真正的英雄就会被埋灭。"

一腔直言直抵杨坚心灵，他愣住。

苏威扫了眼杨坚说："我的话，有不妥之处，请相国指正。"

杨坚立马道："说得好，接着往下说。"

苏威笑道："能说真话吗？"

杨坚正色道："当然是真话。"

苏威道："那就不客气了，当今北周的弊政，讲究英雄问出处，讲究封爵世袭制，只要封其爵位，蠢才也是人才。其实人才大多埋藏在民间，天下好比大海，国家选拔人才，是在大浪里淘金，绝非世袭而来。"

杨坚肃然，觉得苏威切中时弊。他竟然谦恭起来，对苏威说："自魏至周，实行等级森严的贵族封袭制，的确埋没了天下许多人才。至此今日能听到苏先生大胆进言，真是洗耳！"

苏威接着说道："如果国家一旦形成贵族政治，自然形成垄断的利益集团，这个集团一旦牢牢把持天下，就会形成官僚体系的世袭，所谓的人才只能世袭而来，继续让一个荒淫无度、腐败无能的政权苟延残喘地存在，最终导致一个王朝的灭亡。"

苏威的真话令杨坚震耳发聩。两人交谈得很是投缘，大有相见恨晚。

之后杨坚私下里对高颎说："苏威谈吐不俗，目光高远，的确是个难得的人才。"

高颎附和说："正因苏威强胜于我，我才荐给相国，请相国好好地用他，相信他能促成相国的大业。"

此时的杨坚什么不缺，缺的正是目光高远的贤能之士，高颎给他荐来苏威，既是雪中送炭也是锦上添花。

就在杨坚准备大用苏威，正好苏威知道杨坚要代周自立，他的留下，无疑成为杨坚篡位的帮凶。权衡即将来临的高风险，苏威担心背负一个乱臣贼子的骂名，决定离开，只能是偷偷地走为上计。

苏威选择悄然离去，令杨坚和高颎十分震惊。

高颎很是遗憾，对杨坚说："苏威一定没走远，我去追他回来。"

杨坚面无表情，没有作声。

高颎看着了杨坚，再次请求道："我去追苏威回来。"

杨坚摆了摆手，这才开口说："他不想参与我的大事，追他回来有什么作用，你别去追了，让他走吧。"

2

从封国回长安的陈王宇文纯对杨坚的自封大为不满，他上了道奏疏，谴责杨坚自封随王凌驾宇文氏诸王之上，绝非天子本意。当今天子幼冲，诸王且在封国，岂可令一介权臣独擅无度？宇文纯言辞锋利。杨坚深感他的权力受到挑战，就怕其他亲王接踵响应宇文纯，他当即下令逮捕宇文纯下狱。

就在宇文纯入狱的第二天，并州刺史李穆应召来到长安。杨坚急着要见李穆，李穆来到相国府。

李穆会心地笑道："早些时候，相国赐我的珍奇礼物，我都收到，真是万分感激！"

杨坚自然想起李穆回赠他的十三环金带，笑了笑说："一点小意思，请李先生别挂在心上。"

李穆说："相国的厚爱，我岂能忘怀呢？"

杨坚又笑了，说："召李先生来长安，就想留下李先生在我身边共谋大事，不知李先生意下如何？"

李穆说："我无才，能得到相国器重，是大幸。"

两人的心更加贴近。

李穆随之挨近杨坚，悄悄说道："相国现在可以称帝了，为何犹豫不决？"

杨坚高兴，可他并没表露出来，有意岔开话题说："陈王添乱，被我抓了起来，如何处置，想听听李先生的看法。"

李穆直接说道："宗枝繁茂，也该修剪了。"

杨坚说："没想李先生的看法跟我一致，那就修剪吧。"

得到李穆的支持，杨坚下了道斩令，杀掉陈王宇文纯。

杀掉陈王宇文纯之后，李穆对杨坚说："别看眼前的司马皇后还年幼，再过几年，她就知事了，知道她的父亲司马消难是被谁逼到陈朝去的……"

李穆的提醒令杨坚恍然大悟，他脱口冒出个"斩"字。李穆摇头，说司马皇后还是个几岁的孩子，能对她扣上何罪？如果相国照搬对陈王的做法，不近人意，会惹来众怒。再说司马皇后年纪虽小，可她的地位照样在万人之上。

既然对司马皇后起了清除的念头，杨坚接着思忖数天，待到文武百官入殿上朝时，他突然宣布废黜司马皇后。立马引起朝殿上一片震惊，百官面面相觑，都张着嘴瞅着杨坚，看杨坚如何解释废黜司马皇后的理由。杨坚早就料到他走这步险棋必然遭至众朝臣不满，他事先有所准备，不用谁来问他个脸红脖子粗，主动解释道："诸位僚属兴许以为我作出废黜司马皇后的决断，是想进一步清除司马皇后的父亲司马消难的影响力，如果这样想，那就大错特错了……"没等杨坚说完，代王宇文达想到近日陈王宇文纯冒犯杨坚之死，认为杨坚废黜司马皇后是此地无银三百两。他连忙走出来，质问杨坚："司马皇后是先帝钦命册封的，都与皇上大婚，相国为何自作主张废黜司马皇后？"

杨坚回答道："请问代王家的儿子是不是在六七岁的时候大婚的？"

宇文达被问住。

杨坚接着问道："在殿的诸位僚属，你们家有没有五六岁的女儿嫁人的？"

百官也被问住。

杨坚又说道："皇上和皇后都没开始发育，岂能生子？他们大婚正是先帝做的一件最荒唐的事，这件事既然荒唐，就该结束了。"

宇文达接受不了杨坚目空一切，愤然问道："天子的婚姻，怎能让臣下随便废除？"

李穆走了出来，抵制宇文达道："即便在民间，惟有生活所迫，才送六七岁的女儿给人家做童养媳，只能待到发育成熟，方可同房成婚。皇上贵为天子，拥有四海，岂能视为草民迎娶个童养媳？再说皇上才几岁，是否懂得房事，值得怀疑，如果让皇上太过早地涉及房事，恐怕没有自控力，沉溺于房事不可自拔，哪来的心事治理国家？相国废皇后，只是觉得皇上还没到达大婚的年纪，等过几年，皇上开始发育了，再大婚册封皇后，理所当然，也不嫌迟。"

李穆的一番言辞，替杨坚顶了一杠子。在殿的百官无从找出理由反驳，顺遂杨坚不再有异议。于是杨坚刻不容缓地废司马皇后为庶人，本应送回娘家，她的娘家早已逃到陈朝，就得送她出宫，流落民间。

司马皇后自从嫁到宫里来，和静帝宇文阐一直住在天台宫，虽说两人共睡一张床榻，的确不懂夫妻间的那种事儿。他们在天台宫的生活起居，大多靠了杨太后照料。

杨太后获知任相国的父亲废司马皇后为庶人，准备在近日送司马皇后出宫，心里特别难受，她不得不亲自去见父亲。当杨坚知道杨太后的来意之后，脸色一变，沉了下来。

杨太后并没被父亲的威严折服，她正色道："皇上和皇后是两个苦命的孩子，太可怜了，他们一直以兄妹相称，如果父亲分开他们，皇上和皇后会痛苦不堪。"

杨坚转过身，望着墙壁说："我也是这么想的，可是皇上身为一国之主，幼小年纪还没发育成熟，就过上夫妻生活，有违人伦……"

杨太后说："皇上大婚迎娶司马皇后是先帝钦定的，父亲解除他们的婚姻，依据何在？"

杨坚突然转过身来说："我是一番好心好意，却不能得到理解，有什么办法呢？"

　　杨太后建议说："现在可让他们分居，待到发育成熟后，再让他们在一块儿。"

　　杨坚摇头说："只能这样了。"

　　杨太后的目光里闪射出祈求："如果父亲执意废皇后为庶人送出宫，她的娘家人叛逃去了陈朝，她无处可归，小小年纪又不会干活儿，谁愿收留她呢？实在是太可怜了。"

　　杨坚又摇头说："只能这样了。"

　　杨太后的态度立马硬了起来，露出威仪，毫不含糊说："父亲既然如此，送皇后出宫由我来办理。"

　　杨坚说了声好吧，拂袖离去。

　　司马皇后仍不知她的娘家发生变故。当她知道相国杨坚要送她出宫时，不再说话，情绪相当低落。等杨太后回到她身边，她才开口问道："皇上都没撵我出宫，相国为何要撵我出宫？"杨太后一时不知如何回答，她蹲下来，搂住司马皇后，半响才说道："你出宫，为娘的不会让你受苦的。"听到这话，司马皇后哭泣着说："我是皇后，我不出宫。"正因司马皇后年纪太小，有些话杨太后不能对她直说，只能哄："听话啊，只要为娘的活着，不会让你受苦受罪，你即便出宫了，为娘的保证让你享福的。"杨太后的眼泪，止不住地掉落下来。司马皇后反而不哭了，伸出一只娇嫩的小手抚摸在了杨太后脸上，替杨太后拭去泪水。

　　一直以来，杨太后且把皇上和皇后当作亲生的一对儿女爱在膝下，她在宫里自然成为皇后的唯一依靠。她要送走皇后，使皇后感觉一根紧系她的绳索陡然断开，心底里油然生出难于言表的恐惧。然而杨太后非常清楚自己的父亲杨坚要对司马消难家的斩草除根，才废司马皇后为庶人，这种时刻她本可使出威严阻止父亲对司马皇后不公，可是父亲毕竟是生养她的恩人。她没有办法。她密召三个心腹太监，吩咐说："诸位知道皇后于我视为己出，被相国废为庶人打发出宫，再也不能回来。诸位这就替我送皇后出宫，离开长安，找户好人家收养下来，不得让任何人知晓其下落。"三个太监跪下来，泪洒衣襟，叩首道："臣等遵从太后旨意。"杨太后接着吩咐道："这天台宫里值钱的东西多着，诸位随便拿走一些，让皇后将来衣食无忧。"三个近侍又叩首道："臣等遵从太后旨意。"杨太后道："等诸位办妥回来，我会有重赏。"三个近侍站起来道："谢太后。"就这样，三个近侍神不知鬼不觉地带走了司马皇后。杨坚来天台宫觐见，再也见不到司马皇后的身影，他心里似乎踏实了许多。

一晃到了十一月，杨坚准备召剿灭尉迟迥立下头功的韦孝宽进宫任要职，没料韦孝宽在这个冬季里一病不起。杨坚获此消息，带着随从来韦孝宽府上看望，见韦孝宽病入膏肓，心里格外难过。

杨坚坐在病榻边，一把捏住韦孝宽的手，安慰说："这个冬里气候实在是太严寒，郧公年迈，只是身子受了寒，待到明年春暖花开，郧公会恢复安康的。"

韦孝宽见杨坚来看他，心情愉悦，开朗说道："我这条老命到时辰了，打不过这个冬季了。"

杨坚笑道："一定打得过的，我正等着请郧公做大事哩。"

韦孝宽怏怏道："想做都出不了力了……"

等杨坚一离开，韦孝宽断了气。他病逝的消息传入宫中，杨坚异常悲痛，亲率文武百官到韦孝宽府上奔丧。杨坚视韦孝宽如父，蹲在韦孝宽灵柩旁失声痛哭，以泪报恩，下令厚葬韦孝宽。

3

废司马皇后为庶人，代王宇文达依旧对杨坚耿耿于怀。宇文达就想扳倒杨坚，苦于一己之力不是杨坚的对手。

正好滕王宇文逌从封国回到了长安，宇文达来到宇文逌在长安的府邸。两兄弟好久没见面，宇文逌开心得很，要跟宇文达喝上几杯。

宇文达说："我来见你，不是来跟你喝酒的。"

宇文逌说："咱兄弟难得相见，你不喝几杯跑来干啥？"

宇文达说："我不想喝。"

宇文逌问："你戒酒了？"

宇文逌口口不离酒，宇文达有点烦，扬起手拍打宇文逌的肩膀说："找个僻静地方坐坐，我有正经事跟你谈。"

宇文逌只好领着宇文达来到一间避嫌的厢房坐下来。

宇文达表情凝重说："相国杨坚要反了，你还有心事喝酒？"

宇文逌一怔，脸上泛起惊色："杨坚反，你从哪里获悉的？"

宇文达埋怨宇文逌说："国家要出大事了，看你一点都不操心，真是太养尊处优了。"

宇文逌睁大眼，看着了宇文达。

宇文达说："越王盛、赵王招和陈王纯是咱们的亲兄弟，被杨坚一个接一个地诛杀，甭说咱们替亲兄弟报仇，只说杨坚灭诸王，正是为篡夺皇位清除障碍。"

宇文逌立马警觉说："看来杨坚发兵剿灭相州总管尉迟迥、郧州总管司马消难和益州总管王谦，也是为篡位扫清障碍，不能让他的图谋得逞！"

宇文达说："就因此事，我来找你的。"

宇文逌深感不安说："那就动手吧。"

宇文达说："再不动手，兴许杨坚会找个借口除掉咱俩。"

宇文逌咬牙切齿说："就算是为死去的兄弟报仇，咱俩不惜冒死，也要除掉杨坚。"

杨坚羽翼丰满，早已掌控朝廷军政大权，不是想杀就可轻易得逞。宇文达和宇文逌密谋了几套方案，觉得风险太大，就怕除不了杨坚反被杨坚除掉。两人又不死心，就想利用静帝宇文阐，想到杨坚安排杨太后和宇文阐住在天台宫，他们即使到天台宫觐见，逃不开杨太后的耳目。

兄弟俩的重兵都在封国，此时调兵赴长安必然闹出动静，等于玩火自焚；然尉迟迥和司马消难举兵正是前车之鉴。两人放弃调兵，就把密谋的目标对准了相国府。

宇文达说："树倒猢狲散，只要杨坚这棵大树突然倒下，他身边的僚属自然散去，朝廷百官和军队不会困死在这棵倒下的大树旁。"

宇文逌认同宇文达的想法，派了个亲信去相国府打探。

亲信回来，禀报说："相国府里有许多卫士把守着。"

宇文逌眯起眼说："看来杨坚早有防备。"

宇文达信誓旦旦说："为宇文氏创立的北周王朝千秋常在，除掉杨坚没有退路。"

恰在此时相国府的幕僚都在劝说杨坚称帝，杨坚迟迟不作回应。就连高颎也稳不住神，劝说杨坚去天台逼宫，逼静帝宇文阐退位。杨坚摇头说："不可取。"高颎说："都到了瓜熟蒂落的时候，相国还有什么值得迟疑的？"杨坚似乎有难言之隐，仍旧摇头。这使高颎感到迷惑："皇上不过是个小毛孩儿，只要相国去趟天台宫，大业就成了。"杨坚被高颎劝急，他说："我去天台宫逼迫一位小毛孩儿，哪来的光彩？那可是一桩污渍斑斑的事啊！"

其实杨坚要比他的幕僚想得更高远。天子没有主动下诏禅让，逼宫获取皇位，他会背负洗刷不掉的污名，何况天子在他面前毫无反击之力。他要等个最佳时期，相信水到渠成的日子即将来临。

就在杨坚沉稳地谋划代周自立的当儿，代王宇文达和滕王宇文逌身藏短刀来到相国府，两人的表情隐约显现杀气。把守相国府的卫士似乎有所觉察，正要拦住搜身。宇文达一阵心虚，不知如何应对。宇文逌摆出王爷的架子，朝卫士喝道："咱俩来登相国府，被你们搜身，当作什么人看待？"准备搜身的卫士被宇文逌喝住，伸出的手不得不收缩回来，笑道："滕王别见怪了，咱们只是履行公务。"宇文逌赔笑脸问道："相国在里边吗？"那卫士回答道："可能在里边。"宇文逌和宇文达加快步伐走进了相国府。

这相国府原是正阳宫，是昔日太子所居东宫，院子大得很，里边的房屋错综复杂。宇文逌和宇文达不知杨坚身在何处。里边当差的见是代王和滕王来相国府，迎上来招呼。宇文达和宇文逌谎称他们是来找相国述职的，当差的信以为真，领着他们去见杨坚。

两人还没见到杨坚，传话的人先到了杨坚面前，禀报说滕王和代王来见。杨坚正伏案，抬头问："他们来干什么的？"传话的回答说："来找相国述职的。"杨坚一愣说："我从没召他们来述职，他们怎么来了？"传话的不再作声。杨坚丢下公务走了出来。宇文达和宇文逌见到杨坚火冒三丈，再也沉不住气，二话不说，掏出藏在怀里的短刀，鲁莽地扑了过去。杨坚顿时大惊，一边躲闪一边大叫快来人。宇文达和宇文逌豁出去了，就想趁众卫士没赶到之前，迅速杀掉杨坚。

正处盛年的杨坚身手不失敏捷，操起一条板凳护身抵挡，两把刀子跟一条板凳在半空打架，打得相当激烈。等卫士们赶到时，杨坚惊恐喝道："快将他们拿下！"卫士们蜂拥而上，宇文达和宇文逌一阵心慌，很快被团团围住，杨坚才得以脱身。

两兄弟没能杀掉杨坚，十分沮丧。

杨坚这才松口气，问道："二位为何跑到相国府来行刺？"

宇文达回答说："就是不让你夺我北周天下！"

杨坚怒在心里，略显平静又问："我何曾夺过北周天下？"

宇文逌说："你图谋不轨谁人不知何人不晓？"

杨坚大怒起来，对众卫士喝道："快送代王和滕王上路吧！"

数十把剑一起刺过来，宇文达和宇文逌毫无招架之力，为一时的鲁莽付出代价，倒地身亡，刺得浑身都是窟窿。

4

杨太后闻知父亲杨坚要代周自立，派了个近侍来相国府召杨坚。杨坚不想见杨太后，借故推辞说："我公务缠身，走不开，改日去天台宫。"近侍不肯离开，赖着说："相国不去天台宫，太后会起驾来相国府的。"听这话，杨坚不便再推辞。

杨太后牵着静帝宇文阐，在天台宫的正殿里等候了许久。杨坚来了。杨太后都没个招呼，张口就说："记得我从杨家嫁到宇文家的时候，人丁兴旺，现在看来，差不多只剩下咱这孤儿寡母了，父亲接下来，还想做些什么呢？"

这劈头盖脸的话令杨坚始料不及。他瞥眼宇文阐说："臣惟有一心一意辅政，扶持皇上。"

自从杨坚进了大殿，杨太后没打算给杨坚一个做父亲的面子，她冷着脸，警告说："在以往的朝代里，都有杨家的先人在朝廷做官，未曾有哪位先人在朝廷里动过歪脑筋。随王身为北周相国，地位仅次于天子，但愿随王秉承杨氏先人忠良风范，为国为主，鞠躬尽瘁。"

杨坚是第一次听到女儿说出这种刺骨的话，有所收敛说："臣辅佐皇上，从没动过歪脑筋。"

杨太后说："身为相国不仅要带头不动歪脑筋，而且还要忠告大臣们不动歪脑筋。"

杨太后显然撇开了父女关系，对杨坚敲响警钟。

宇文阐紧贴着杨太后站着。他虽没有开口说话，却在仔细听杨坚说话。当杨坚跟他对视时，他避开目光看别处。

待杨坚离开天台宫时，杨太后朝杨坚丢下一句话："自古忠孝不两全，请相国三思。"

宇文阐一直紧贴着杨太后，他的手在杨太后卷曲的手掌里，生怕杨太后的手松开。等杨坚退下后，他才开口说话。

"随王想得到皇位，那就给他吧。"宇文阐抬头看着杨太后的脸。"免得他再去杀人。"

杨太后蹲下身，叮嘱宇文阐说："随王就等皇儿这句话，皇儿千万别再说这话了。"

宇文阐睁大眼，看着杨太后，目光里流露出恐惧。杨太后心里一阵发酸，顺手将宇文阐搂在了怀里："为娘的没福气生出皇儿，但皇儿在为娘的心里就是亲生的，只要为娘的在这世上活一天，决不容许谁来欺负皇儿。"

宇文阐紧紧抱着杨太后说："朕不说，随王也会要朕的皇位。"

杨太后给宇文阐壮威说："过上几年，等皇儿长大成年了，有了志气，随王想要皇位也要不走了。"

宇文阐说:"随王先后杀了赵王、越王、陈王、代王和滕王,听说这五个亲王都反对随王欺负朕,才被随王砍头的。朕想下道谕旨,不许随王再杀人了。"

杨太后早有这样的想法,明白旨意传到相国府,等于白搭。她对宇文阐说:"人死不能复活,皇儿别再想那五个亲王了。为娘的只盼皇儿快点长大,北周的江山社稷不用担心了。"

自从司马皇后被废庶人离宫去了民间,宇文阐孤单得很;他的生母帝太后朱满月离开天台宫后不知去向,他在宫里的唯一依靠便是杨太后了。这对毫无血缘的母子,一个是年纪轻轻的守寡,一个是幼年丧父,正经历着失去情感依托的煎熬,他们能在一起相依为命,完全是命运的安排。

当杨太后听说父亲想代周自立时,恍然明白把持权柄的父亲撵走其他四位太后,只留下她在天台宫,是利用她来挟持天子;如果父亲代周自立成为现实,她的北周太后身份不复存在,这是她不愿看到的,也是她不愿接受的。

再说杨坚在天台宫被女儿杨太后教训一番,对谁也说不出口,憋在心里不是个滋味。李德林和高颎不知杨坚憋在心里的滋味,一个劲地鼓励杨坚赶快称帝。

李德林说:"相国还在慢悠悠地等什么呢?"

杨坚叹息说:"快要过年了,等过了年再说吧。"

高颎说:"年前相国称帝,到了年后的正月,改纪元年号正是时候。"

杨坚这才吐出苦衷:"太后本是我亲闺女,却把皇上当作亲生儿子,一直护着。要想成就大业,首先要摆平太后。"

高颎说:"相国觐见太后,私下里沟通,有何摆不平的?"

杨坚说:"都觐见过了,太后一个劲地反对。倘若我跟太后翻脸,毕竟是父女之间,就怕翻脸后被人利用,趁虚而入,闹得不可收拾。"

高颎说:"不信太后说不通,让我去趟天台宫。"

杨坚说:"你别去了,太后不会被你说动的。"

李德林说:"兴许是相国跟太后话不投机,换个人去说说,效果有可能大不一样。"

记不清有多少日子高颎没来天台宫了,他的到来令杨太后吃惊。

不用猜,杨太后知道高颎的来意,直言道:"是相国派你来的吧?"

高颎笑笑说:"是臣自己来的……"

没等高颎把话说完,杨太后堵他的嘴说:"是来帮相国当说客的吧?"

高颎又笑笑:"哪里哪里。"

杨太后摆出不愿跟高颎多呆会儿的姿态:"有什么事,你快启奏。"

杨太后判若两人。高颎感觉他要讲的话,会惹杨太后变脸,但他脸上依然不失笑意:"俗话说风水轮流转。这天下的江山社稷跟风水一样,也是轮流转动的,如果转到杨家来,太后意下如何?"

杨太后的脸立马绷着了,装糊涂问高颎:"谁的江山社稷转到杨家来?"

高颎直言不讳回答说:"宇文家的北周王朝已到末路,被随王杨坚取代,是顺应了王朝更迭,如滚滚洪流不可抗拒。太后仅凭一己之力,既阻挡不了这股奔涌而来的洪流,也挽救不了一个即将崩塌的北周王朝,何况太后出自杨家,正是一代新帝的女儿。"

杨太后冷笑道:"好口才,不愧为说客。"

高颎道:"太后有什么不放心的,臣可以转告给随王。"

杨太后本想喝一声放肆,但她终没喝出来,脸色难看道:"我的确出自杨家,但我已是宇文家的人,没料生养我的父亲居然要来我宇文家抢夺东西。高颎你说说,家里捉贼的人还小,力不从心,而我能眼睁睁地放贼进门吗?"

高颎不禁一怔,好口才陡然塞住,半晌后回言道:"刘邦的汉取自于秦,依此往下,当今的北周难道不是取自于西魏吗?要说做贼,这北周的江山最初得来也不光彩。太后何必这般看天下事呢?"

杨太后咽口气道:"我心冷,高颎你退下吧。"

高颎辞别道:"臣这就告退,请太后不必过多疑虑了。"

回到相国府,高颎的确没带来好消息。

李德林没离开,还在跟杨坚谈事情。

见到高颎,杨坚问:"在天台宫吃了闭门羹吧?"

高颎说:"不尽然。"

李德林问:"太后默认了?"

高颎摇头说:"没有。"

三个人不再作声。

片刻后,高颎说:"太后毕竟是个妇道之人,如果相国太在意,要误大事的。"

杨坚和李德林看着了高颎。

然后高颎又说:"看太后的态度,最终会是无奈,只要相国称帝后,好好善待自己的女儿，不会再有别的意外。"

5

杨坚称帝是公开的事。北周文武官员纷纷围拢过来，簇拥在了杨坚身边。新年刚过完，李穆和李德林帮杨坚择了个登基的日子，两人兴冲冲来见杨坚。

李德林激动说："大吉之日不愁了。"

杨坚兴奋起来，忙问："哪天？"

李穆慢吞吞说道："二月甲子日。"

杨坚又问："这一日有何讲究，怎么个吉祥？"

李穆说："周武王牧野之战平定天下是在二月甲子日，开创了周朝八百年的大业……"

杨坚再问："还有呢？"

李德林说："刘邦当年即皇帝位，也是在二月甲子日。"

杨坚当即大喜道："二月甲子日，好日子！"

过了正月，二月甲子日一晃就到了。杨坚派人为静帝宇文阐起草退位诏书。这时的宇文阐毫无招架之力，只能拱手禅让。反对杨坚称帝的杨太后目睹北周王朝大势已去，也使不出丝毫的办法，只能看水流舟。

杨坚称帝毫无悬念。他曾被封为随国公、随王，准备立国号随，可这随字中间夹着个"之"，含有"走"的意思，不稳定，也不吉利，他去掉"之"，将"随"改为"隋"，确立国号隋，纪元开皇。

二月甲子日的一大早，杨坚头戴白纱帽，身穿黄绫袍在相国府等候劝进。杞国公宇文椿奉金册，金城公赵煚奉皇帝玺绂，带领文武百官来相国府劝进。杨坚接受皇帝金册、玺绂，离开相国府前往临光殿行大礼。整个临光殿里张灯结彩，礼乐声飞扬。身穿黄绫袍的杨坚在众朝臣簇拥下登上御座即皇帝位。礼乐声戛然而止，皇帝接受百官朝贺。然后诏告天下。再然后皇帝诏令百官柴燎告天，入南郊祭拜天地。大赦天下。

禅位的宇文阐从此离开天台宫逊居在了别宫，降封为介国公，邑五千户。北周宇文氏族的诸王，也都降封为公。

随着北周的覆灭，杨太后不再享有母仪天下的至尊，她逊居在了弘圣宫。就在杨坚下诏降封北周皇室眷属的当儿，唯独没有提及北周的太后，看得出杨坚对女儿深藏愧疚。

愧疚的杨坚私下里对李穆说:"朕降封北周皇室,朕的长女也是北周皇室人员,她毕竟有着至尊至贵的身份,可是朕不能认她太后了,还有朕的臣工也不能认她太后了,她的身份怎么安顿,朕不知如何是好。"

李穆直言不讳说:"只能降授。"

杨坚叹息说:"朕有点于心不忍。"

李穆说:"如果让陛下长女继续保留北周太后名号,岂不成了陛下开国隋的太后了?"

杨坚又叹道:"朕也是这么想的。朕之所以于心不忍,是因为朕敕封皇子的同时,竟然将高贵无比的长女往下降授,想想他们都是朕的骨肉,朕为何这样偏心呢?"

杨坚居然萌发儿女情长,在李穆眼里可不是帝王风范。李穆纠正道:"陛下不能这样想了,譬如陛下有皇子数人,只能按长幼有序立长子为太子,如果其他诸子认为陛下偏心,难道陛下是偏心吗?"

想起长女态度坚决反对他代周自立,杨坚心里五味杂陈:"朕的长女的确有股忠贞气节,可惜她投错了胎,若是个男儿,朕会考虑立为太子。"

李穆懒得顾及杨坚的儿女情长,恳切说:"陛下降授长女是唯一的选择。"

杨坚问:"如何降授?"

李穆果断说:"虽说陛下长女曾是北周宣帝的皇后,宣帝早已崩逝,她为遗孀寡居宫中,现在降授公主,请陛下给她个名号。"

杨坚琢磨了会儿,接受李穆的建议,降旨弘圣宫,长女由皇太后的名号改封为乐平公主。

就在谕旨传入弘圣宫的第二天,听说长女得到敕封乐平公主哭泣不休,令杨坚心里不安。他对李穆说:"乐平公主怨恨朕,哭得厉害,你随朕去弘圣宫看看。"

李穆反对说:"陛下此时最好别去弘圣宫。"

杨坚忙问:"此时为何去不得?"

李穆解释说:"乐平公主正在气头上,见了陛下会更加的气,等她哭上一两阵子,心里的怨气会自然消散。"

杨坚无奈说:"朕身为帝王,跟百姓一样也是为人之父,自有疼爱儿女的心肠,如果这点都做不到,朕哪能做得到疼爱天下百姓?"

听这话李穆为之一振,只好随杨坚来到了弘圣宫。乐平公主果然哭得厉害,连一双眼睛都哭肿了,看得杨坚心里发酸。

杨坚先开口道:"还在生父的气?"

乐平公主扭过头,赌气道:"请父亲像杀北周诸王那样,杀了不孝顺的女儿吧。"

说出刺痛杨坚话来的正是杨坚的骨肉,他下意识地捂了捂胸口道:"父的确愧对了你,才来弘圣宫看你的。从此后,父决不会亏待你,你觉得住弘圣宫不方便,父的金銮宝殿就是你的家,你可以随时回家来住。"

说罢杨坚起驾离开,贴近李穆悄悄说道:"朕心里难受得很……"

还没走出弘圣宫,乐平公主追了过来,眼里涌动泪水叫了声父皇。杨坚猛地一惊站住了,慢慢转过身来,看着了女儿,只见女儿抹了把脸上的泪水,冲他说道:"父皇嫁我到宇文家,我生为宇文家的人死为宇文家的鬼,我哪里都不去了,愿父皇多多保重!"杨坚心里"震"了下,正要对女儿说上几句,没料女儿迅速转身走进了弘圣宫。

来一趟弘圣宫,杨坚了却了个心愿。

开国之后,实施何种政体,杨坚棘手。大臣们进言,有北周现存的体制摆放着,可以套用。但杨坚以为北周之衰亡,政体是前车之鉴。然他一时又揽不到超越北周的新政。少内史崔仲方得知杨坚为开皇之治筹谋不定,主动来给杨坚献策。

崔仲方叩拜道:"臣知皇上近日为开国行政大事而焦虑,臣有个不成熟的想法……"

杨坚的眼睛一亮道:"你说吧。"

崔仲方道:"臣以为废除北周六官制,恢复汉魏时期的官制比较妥帖。"

崔仲方所说的六官制,便是天官府,地官府,春官府,秋官府,冬官府和夏官府,是北周效仿西周时期的一种官制,很落后,行政机构庞杂混乱,分工不明,办事效率低下。杨坚当即采纳崔仲方进谏,恢复汉魏官制,以便精简行政机构,提高办事效率。

崔仲方接着又进言:"用人乃治国之本,若举才唯亲,何来贤能?然皇上宏观,天下之广大,岂可观之细微?"

杨坚欣然道:"你说得对,朕坐观天下,天下之浩广,的确不可目及细微。"

崔仲方道:"若官制精练且严谨,以孝廉为取舍,不拘一格任贤良,治国哪有不昌盛的道理?"

听崔仲方进谏,杨坚陡然想起一个人,差使太监叫来高颎。

待高颎匆匆到来时，杨坚吩咐说："你再去趟武功，召苏威入朝。"

高颎想起苏威不辞而别，瞪大眼说："臣去了武功，就怕苏威不肯来。"

杨坚语气粗重说："他不来，你用顶轿子抬他来。"

高颎仍旧担心跑空趟，回来交不了差，苦笑了。

杨坚瞅着苦笑的高颎，随即手谕一道旨，递给高颎说："你带去传给苏威。"

高颎一看谕旨上写着"苏威不奉诏，满门抄斩！"，大吃一惊，忙问："他不奉诏，皇上真的满门抄斩？"

杨坚默着脸说："唬他来。"

高颎不便再推辞。他差人从宫里抬出一顶轿子去了武功，直接来到苏威住的寺庙。苏威见高颎领着一群人来了，以为那顶醒目的轿子里坐着皇帝，赶紧走到轿子前跪下，叩拜着请罪，不见轿子里边有动静，就觉奇怪，问轿子里坐着何人？

高颎想起苏威从长安偷着回到这寺庙，害得他带群人跑这趟崎岖山路，心里正憋着火，忍着笑走过来说："一顶空轿子，你有什么好叩拜的？"

苏威一怔，尴尬地站起来，涨红脸说："干吗抬顶空轿子来？"

高颎亮出圣旨，递给苏威说："你快领旨，自己看个明白。"

苏威接过圣旨，高颎对他说："皇上这般求贤，你别在这破庙里自高自大了，我交不了这趟皇差，跟你翻脸！"

苏威看罢圣旨大受感动，对高颎说："不用你翻脸，我这就随你去长安。"

第九章　开皇之初

1

　　杨坚称帝之后，是为隋文帝。他册立王后独孤伽罗为皇后，册立长子杨勇为太子，封次子杨广为晋王、三子杨俊为秦王、四子杨秀为越王（后改封蜀王）、五子杨谅为汉王。封佐以信任的李穆为太师、高颎为尚书左仆射兼纳言、虞庆则为内史监兼吏部尚书、李德林为内史令，佐以朝政。

　　随之杨坚对朝廷百官郑重宣道："华夏之源，始于炎黄，至秦、汉，立汉为主脉。自西晋八王之乱，胡人趁此作乱华夏，灭我汉人，毁我汉的文脉，天下昏荡，民间被胡化，就连朕家的汉姓杨，也被胡人赐了胡人姓氏普六茹，试想天下不知有多少汉人也被胡蛮子赐了胡人姓氏，这是何等的悲哀。朕立隋，正本清源，追溯炎黄为华夏之初祖，继汉为主脉，以汉文脉为万世之本，教化天下百姓。"

　　秦、汉之后的西晋八王之乱，的确让胡人钻了空子，野蛮的胡人进入中原后，对汉人大开杀戒，杀得汉人衣冠南渡，大规模地从黄河流域逃往长江流域，汉人几乎到了被灭族的境地。至于汉文化差不多到了消亡的地步。尤其是隋之前，自魏至周，乃胡人鲜卑族的天下，就连生灵草木也被胡化了。因此杨坚称帝，恢复华夏汉脉为立国之本，宣诏赐有胡人姓氏的汉人，一律回归原有的汉姓。

　　听罢杨坚宣诏赐有胡人姓氏的汉人恢复汉人姓氏，虞庆则按捺不住说道："臣本汉人。既然皇上宣诏我大隋全面恢复汉制为万世之本，的确是长治华夏之良策。然我大隋即便扫除胡化，但胡人在我大隋大有人在，就怕胡人们以为皇上倡导汉制，有灭胡制之嫌。"

　　杨坚顿时明白虞庆则的话意，说道："做人与立国，本末不可倒置。汉及汉之文脉，自古便是华夏之根。上有炎黄，下有秦、汉，我大隋岂可逆天而行？至于胡人入得中原立国治政，是为天下割据，纷乱了数百年。惟汉的仁义礼智信，才是安国安邦的良方。你所担心的胡人，朕不会另眼相看；无论胡族和汉族，都是朕的子民，胡人可以保留他们的风俗，与汉人相居而存。"

散骑常侍、秘书监牛弘奏道："文章千古，儒学为表，无论是一卷史册，还是圣贤经典，都为汉字所书。我大隋去胡化，恢复炎黄汉之主脉，刻不容缓,利在千秋！"

杨坚点头道："朕立隋，相信千秋后世不会再现胡蛮子乱华夏。"

等高颎从武功召来苏威，杨坚好像得到一件喜物，甚为高兴。此时的苏威见到杨坚，心里多有愧疚，立马跪下，用劲地叩拜道："臣效忠皇上，不敢再开小差。"

打过一次交道，杨坚略知苏威性情，故意沉着脸说："你能改掉开溜的坏毛病，那就好。快起吧。"

苏威站了起来。

杨坚吩咐左右道："令膳部备宴，替高颎和苏威洗尘。"

御宴设在大宝殿，赴宴的全是杨坚心腹。

杨坚主动给苏威敬酒，令苏威受宠若惊。没料杨坚立刻变脸，问苏威："前些日子朕召你来，你却不辞而别是什么意思？"

苏威抱愧说："这多年来，臣野居山中，散漫了性子，一时不适长安的浮华，才不辞而别，是臣的过错。"

杨坚沉着脸道："你不辞而别，高颎要追你回来，朕想强扭的瓜不甜,拦住了高颎。近日少内史崔仲方来觐见，谈起用人之道，朕突然想起你来，又派高颎去武功召你，这回你总算给了朕一个面子，但愿你别再偷跑了。"

苏威被杨坚的真诚感动，举起杯盏回敬杨坚说："臣愿受罚！"

杨坚脸上出现笑意："今日你多饮几杯，是对你的惩罚。"

苏威端起杯盏喝了个底朝天。

杨坚当即任苏威太子少保，苏威躬身谢皇恩。

众人一边饮酒，一边商议国事。

杨坚开宗明义道："魏晋南北朝延续了三百多年，天下纷争四分五裂。朕开国立隋，就想统一天下，建章立制好比国家前行的征途。建立一个强盛统一的国家，是朕此生最大的愿望，朕完成统一大业任重而道远，诸爱卿有何良策，尽管畅所欲言。"

高颎道："改革兵府制，应是当务之急。"

这兵府制起源于西魏，延续于北周，就是宇文泰早年任西魏大丞相时组建的六军制，旨在笼络关陇胡汉豪族，汉人和胡人官兵一律改为鲜卑姓，军队的将领和士兵同姓，形成家族制，不利于国家统一调配和指挥军队。杨坚采纳高颎进谏，决定废除六军制，回归军队属于国家，由中央统领。

李穆道："自胡人乱华夏，分割天下，钱币不一，度量衡不一。"

杨坚回应道："朕这就下旨，在全国统一钱币，统一度量衡，以便贸易。"

苏威说："国无法令，违法没有量刑的标准，应尽快修订一部法典。"

听罢苏威进言，众人觉得立法迫在眉睫，商定起草一部《开皇律》。

杨坚说："北周刑律繁苛，施刑如施暴，不可取。隋的新法令，力求宽严相济，刑网简要，疏而不失。"

苏威说："立法既要治民，也要治官，论其罪疏而不漏，论其人屈而不冤。"

开国之初百乱待治，仅有一部法典还不够，选择何种政治制度，关乎国家的未来。杨坚不想覆辙旧制，反复征求众幕僚的谋划，一个新的政治制度逐渐形成。

这个新的政治制度就是三省六部制。

三省便是内史省、尚书省和门下省。内史省的主要职能是负责起草国家政令；尚书省的主要职能是负责管理政务；门下省的主要职能是负责审定政令。

其中的尚书省是中央最重要的行政部门，下设吏部、户部、礼部、兵部、刑部、工部。每部设尚书一人，侍郎六人，管辖四司。各部独立行政，分工细致明确。吏部掌管全国官吏任免升迁调动；户部掌管全国的土地、口人户籍、赋税及财政收支；礼部掌管祭祀、礼仪、外交；兵部掌管军队和军械；刑部掌管司法、都察、监狱、狱卒；工部掌管水利、交通和各类工程。

曾在北周任丞相的杨坚深知皇权与相权往往分割不清，有时相权甚至超越皇权。他身为隋朝皇帝，当然不情愿相权与皇权分割不清或者相权越过皇权，他的内心有着难于言表的焦虑。三省六部制的创立并在隋朝推行，正好分散相权及中央机构的权力，同时制约了地方割据势力，加强了皇权的至高无上。

确立行政体制，杨坚这才按三省六部制，敕封中央官员和地方官员。

由苏威、高颎等人负责撰写的《开皇律》很快拿出草案，呈上御前。杨坚览毕，召苏威、高颎等人商榷。

杨坚说："新法的颁布，要遵循以轻代重，化死为生的原则；《开皇律》虽是吸取魏晋南北朝时期各朝法律精华，仍有重苛刑酷的条款，应废止。"

苏威和高颎相继点头。

接着高颎说："臣等起草《开皇律》慎之又慎，若有不适律令，恭请皇上勘误删除。"

杨坚说："譬如阉割下体器官的宫刑、五马分尸的车裂之刑、枭首示众之刑太残忍，应废止。"

苏威说："对于司法常用的刑讯逼供，因冤而定罪，有悖律令，得有明确条文限制。"

杨坚说："行仁者之刑是主旨，讯囚不得罚过二百鞭杖，行鞭杖者不得随意加刑。天下死罪，诸州不得随便决断，需上奏朝廷大理复议后再治罪。"

考虑到地方审案，惯用刑讯逼供，多有冤案发生。杨坚接着说道："将死罪的终审权收归中央，控制地方滥用司法权，实行死刑复奏制度。即便是初判死刑的犯人，不得当即处斩，允许犯人三次申诉之后再定罪论斩。"

苏威和高颎听取杨坚立法的旨意，在最终定稿的《开皇律》里废除了宫刑、车裂、枭首等酷刑。有关死刑、流刑、徒刑、鞭刑、杖刑等五刑是以往朝代最主要的刑律，治罪犯人常常是五刑并用或者兼用。在《开皇律》里，明确规定施五刑只选其中之一，不得五刑并用或者兼用。并对五种经常使用的刑法作出了明确规定：死刑，只有绞和斩两种；流刑，对流放的犯人规定在二千里以内；徒刑，被判入狱的犯人刑期分一年期、一年半期、二年期、二年半期、三年期；杖刑，对犯人施杖，限制五十杖以内，最多不得超过一百杖；笞刑，犯人受鞭笞在十至五十以内。

三省六部制加上一部《开皇律》，开启王朝政治制衡权力的先河。杨坚和他的隋王朝从此迈入正轨。

开皇元年（公元581年）五月壬申日，杨坚派遣心腹入别宫，毒杀北周静帝宇文阐；发布死讯的当儿，杨坚佯装震惊，称宇文阐暴疾而亡，厚葬宇文阐于恭陵。

宇文阐死后，后患已除。但杨坚总是觉得皇宫里一派晦气。这座历经数朝的宫城不知冤死多少人，经常出现灵异现象，可怖的鬼影会在隔三差五的夜晚闪现，或哭或笑，或飘或跳，吓得守夜打更的太监魂不附体。这天夜晚，杨坚躺在龙榻上入睡不久，梦见暴雨倾盆而下，渭河洪水泛起滔天大浪直朝长安城席卷而来，眨眼工夫，整个长安城变成泽国，不知有多少房屋在洪水里倒塌，到处可见人畜浮尸漂移。梦中可怖情形吓得杨坚大汗淋漓惊醒过来，真的以为宫闱外大雨倾盆在发洪水，见窗外一片宁静的月光，才知是梦而不是现实。这个梦无疑使杨坚心头笼罩着了一团阴影，意味着凶兆。他稍稍平静下来，想起渭河常发洪水危及地势低洼的长安城，他随之想到了迁都，越想越迫切，再也睡不着，起床后差人召高颎和苏威进宫。

高颎和苏威是在睡梦中被当差的拍门叫醒的。离天亮还早，皇上急着召见，两人以为出了大事，心慌意乱地问长问短。跑腿的说宫里没出大事，只是皇上有事召见。两人一前一后进了宫，杨坚坐在寝宫外边的大殿里等候着。

没等高颎和苏威开口，杨坚开诚布公说道："这长安的宫城为他人所建。朕身为大隋的天子住在他人的旧宫里，总有寄人篱下之感，因此朕想迁都，想得夜里睡不着，才召二位爱卿来商议。"

高颎和苏威从没听到杨坚提起迁都的事，吃一惊，不知说什么才好。

杨坚说："长安城历经数百年，城小且又处处破败，尤其是下雨的日子，满城污水横流，横看竖看，不像个都城的样子。"

高颎这才开口问："皇上准备把都城迁往何处？"

杨坚说："朕只是有迁都的想法，还没选定好地方。"

苏威建议说："如果皇上决定迁都，就要建个盛世之都的样子来，再过三五百年，也不嫌得小家子气。"

杨坚说："新都建得太大，哪来那么多的人居住？"

苏威说："容纳更多的百姓住进城里来，有什么不好呢，城里人气旺了，商贸自然会旺盛。"

高颎赞同苏威的建议，附和道："长安城兴建之初，在汉朝人眼里一定是宏伟壮观的，可在咱们隋朝人眼里，小得毫无看相。苏威说得对，皇上迁都建新城，不可让后人小看了。"

杨坚听取苏威和高颎进言，高兴道："朕就建个盛世之都，容纳更多的百姓，与朕同城相居，共享盛世福乐。等选定好了迁都的地方，朕诏告天下！"

第二天的早朝，通直散骑常侍庚季才上奏道："臣昨夜仰观天象，又俯察图记，龟兆允袭，占卜所现我大隋迁都为宜。且尧都平阳，舜都冀土，凡帝王之都，世代不同。自汉朝初建此城，至今已八百年，水质变咸，不再适合饮用。愿陛下上应天意，下顺民心，尽早制定迁都大计。"

杨坚想起昨夜里他召高颎和苏威商议迁都，今早儿庚季才奏请迁都之事，这等巧合未曾有过，他大吃一惊说："多神奇的天意！朕只能奉天而行！"

庚季才启奏完退下。

太师李穆接着奏道："长安近郊的龙首原地势平缓且高，陛下若迁都此处，作帝王之宅，乃上乘！"

杨坚更为高兴，笑道："真是天道明察，显现迁都吉兆。太师人望所归，朕俞允迁都。"

在殿的百官没有异议，赞同迁都。然李穆提出龙首原，杨坚兴致倍增，邀百官起驾前往龙首原察看地形地貌。百官来到龙首原，众口赞叹川原秀丽，卉物滋阜，卜食相土，兴建都邑再好不过了。尤其是灞河、浐河、潏河流经龙首原这片地势较高的平原，建都邑解决了取水和排泄问题。君臣就此商定，迁都龙首原。

2

陈朝宣帝陈顼刚进太极殿，屁股还没坐热乎。一个太监匆匆跑进殿来，禀报道："隋朝使者崔仲方，要觐见皇上。"数天前就有驿站驿卒骑快马入朝通报过了此事，陈顼对崔仲方的来访并不感到意外，他说："带他来吧。"

隋之前，北周与南陈为敌，老死不相往来，两国时常发生擦枪走火的冲突。杨坚废周立隋，派遣使臣来陈朝，令陈顼费解。刚开始陈顼有点震惊，之后猜疑不定，心想既然杨坚派来使臣，只有见上一面，便知来意，他没拒绝。

没多会儿，崔仲方被带进了太极殿，施礼拜道："隋朝使臣崔仲方觐见陈朝国君……"

没等崔仲方说完，陈顼突然感到胸闷，佝偻着身子咳嗽，表情痛苦地朝崔仲方说出个"坐"字，然后勾着头喘气。周围的太监、侍卫慌了神，要搀扶陈顼回寝宫。陈顼摆了下手，硬挺着。崔仲方异常惊诧，不知如何是好。

其实陈顼病得厉害，担心崔仲方猜疑，才没回避。他脸色泛紫地问崔仲方："你来我国，有何贵干？"

崔仲方回答道："我国的国君以和为贵，愿与贵国修好，结为友邦，遣使我来传递谐音。"

陈顼喘息得舒缓了些，点头道："结为友邦，是桩好事，恐怕难以为继。"

崔仲方道："只要两国以诚相待，和睦相处，这天安地安人安己安一定能实现。"

崔仲方巧舌如簧。陈顼真的以为崔仲方是来传递谐音，表示接受，但他的龙体似乎再也支撑不住。崔仲方见这情形，只好辞别陈顼退出了太极殿。陈顼的心腹立马围拢过来，说崔仲方来访，必有不可告人的内幕，进谏陈顼扣留崔仲方。陈顼摇头说："内幕是一国的机密，扣押来使讯问机密，有违外交之规。再说崔仲方身为来使，他赤手空拳来求和，若对他大动干戈，有失国格，不可取。"心腹们仍旧坚持扣留崔仲方。陈顼不答应，气喘吁吁说道："与我国为敌的是北周。杨坚立隋，隋不等同于北周。既然杨坚主动派出使臣来讲和，我国只能拭目以待。"

崔仲方在南陈转了一圈回到了长安，赶紧进宫对杨坚禀报，说陈朝的政治比较清明，社会还算稳定，现在攻打陈朝，恐怕不是时候。一听这话，杨坚凉了半截，忙问："依你之见，何时才是时候？"崔仲方不知如何回答，停顿片刻道："臣拜见宣帝陈顼时，发现他的健康有问题，样子看上去被疾病缠身，恐怕活不了多久。"杨坚颇感兴趣道："照你这么说，陈朝要易主了。"崔仲方道："正因陈顼疾病缠身，臣特地留了个心，背地里打听太子，没听到一句美誉。兴许等太子陈叔宝即位后，才是陛下期盼的时候。"

崔仲方刚退下，太子少保苏威进殿奏事。杨坚仍在想崔仲方的奏报，对苏威说："崔仲方从陈朝回来，奏告宣帝陈顼身染重疾，他的太子昏庸无道。朕以为正是陈朝最脆弱的时候，现在发兵南下，收复陈朝你意如何？"

苏威不假思索道："皇上开国，百业待兴，国力不足以称强，若举兵南下，臣觉得操之过急。"

杨坚道："若错过陈顼重疾缠身的机会，恐怕来日机不再来。"

苏威试探道："皇上急于求成，准备派谁去做主帅？"

杨坚自信道："我大隋率师攻打南陈的将军多的是。"

苏威劝阻道："试想我大隋一旦跟南陈开战，如果北边的突厥和西边的吐谷浑趁此时机袭我大隋后背，与南陈相应，对我大隋形成南北夹击之势，得不偿失。"

苏威当头一瓢凉水，浇得杨坚又凉了半截。

杨坚叹道："吞并南陈，一统天下，是朕此生之大愿……"

苏威直言不讳道："皇上此时不仅不能跟南陈开战，而且还要加强边境地区的军力，提防南陈侵袭，待国力强盛之后吞并南陈不迟。"

两人正说着，高颎走进殿来。

杨坚想听高颎的见识，没料高颎跟苏威的观点一致。

高颎道："常言出师有因，陛下寅时派崔仲方去南陈讲和，卯时翻脸伐陈，理由何在？其二，我大隋能征善战的将帅都是北周遗存下来的，他们能否忠于陛下，还是个未知数。其三，陛下伐陈，正好给了南陈伐我大隋的借口，问题在于我大隋靠近南陈的边防尚且薄弱，经不起攻击，加强边防才是当务之急。"

杨坚不得不暂且打消伐陈的念头："二位爱卿言之有理，加强边防，派谁去镇守边关重镇，朕想听听二位爱卿荐举人选。"

高颎琢磨片刻说："韦孝宽当年率师伐陈，攻克数十城池，其攻城之计大多是贺若弼使出来的。臣以为朝廷大臣，论其文武才能，没人能比得过贺若弼。"

杨坚点头说："贺若弼的确是个人才，朕起用他，他会不会心有二意？"

高颎说："此人的父亲是怎么死的，难道陛下忘了？"

杨坚说："朕没忘，他父亲贺若敦是祸从口出，得罪了宇文护，被加害而死的。"

高颎："贺若敦死后，他儿子贺若弼在北周一直没受到重用，可想贺若弼一定怀才不遇，不会对北周持有好感。听说贺若敦临死之前，请求让贺若弼跟他见最后一面，遗嘱贺若弼完成他的遗志，平定江南。现在陛下起用贺若弼，以便日后平定陈朝，是最佳人选。"

杨坚转过身来，问苏威："你对贺若弼是什么看法？"

苏威回答说："镇守边关就是镇守国门，不可靠的人一定坏事。既然贺若弼因父问罪受到牵连，昔日的北周待他不公，陛下起用他，按理说他会一心一意效忠于陛下。"

第二天，身为开府仪同三司的贺若弼应召进宫。杨坚打量贺若弼，旧事重提道："你父亲生前了不起，他死得太冤，听说他壮志未酬，遗嘱你替他完成。"

贺若弼心里泛起伤感，不愿回首那段往事。

杨坚走近贺若弼说："朕让你去完成你父未尽的遗志，你愿意吗？"

贺若弼为之一振，回答说："臣心有余而力不足。"

杨坚郑重说："朕派你去吴州任总管，镇守广陵，为平定江南作准备。"

贺若弼从没想到去吴州（今扬州）任总管，委婉说："臣受命，就怕胜任不了此职。"

杨坚给他打气说："有朕做你靠山，你尽管去吴州上任，别三心二意。"

贺若弼颔首说："臣奉命赴吴州。"

等贺若弼受命退下，杨坚召高颎说："南陈发兵来犯，仅凭一个贺若弼显然不够。"

高颎问："皇上还想再添一位猛将与贺若弼珠联璧合？"

杨坚点头说："正是此意。"

高颎立马推荐说："合州刺史韩擒虎如何？"

杨坚说："韩擒虎，朕对他不是很了解。"

高颎说："韩擒虎的名字叫得虎气，他带兵打仗的确似猛虎下山，数年前南陈将领甄庆和萧摩诃率军渡江来犯，几乎没人能对付得了，正是韩擒虎率师出击，打得陈军屁滚尿流逃回去了。"

杨坚不再犹豫，下令调韩擒虎任庐州（今合肥）总管。

3

隋帝国新的都邑大兴城在长安近郊的龙首原开工了。负责建城的总指挥是宇文恺。这座在建的城，规模宏大，建成后可以容纳数十万人。隋文帝杨坚和独孤皇后住在北周的皇宫里，只等迁都的日子到来。别看北周的皇宫陈旧，处处可见富丽迷幻的景象。独孤皇后担心杨坚沉溺在这迷幻宫殿里不可自拔，提醒杨坚说："百业待兴，国家的财力还很薄弱，如果皇上带头奢靡，官吏就会跟着奢靡，必然引来奢靡之风盛行。"皇后的善意提醒，杨坚铭刻在心，下了道旨，清除宫中奢华。

郑译和杨素相约来朝见，劝谏杨坚收回旨意，保留宫中原貌。

杨坚脸色一变说："宫里的奢华是北周宣帝宇文赟留下来的，难道二位爱卿希望朕像北周宣帝那样不理朝政，整天沉溺在酒色里？"

杨素和郑译的好意讨来训斥，尴尬得很，只好闭嘴，灰溜溜地退下。仅仅花了数天工夫，宫里如同水洗似的不见了金碧辉煌的景象。杨坚干脆下了狠心，将搜集起来的奇珍异宝砸碎，堆放在空场地上点燃一把火，那价值连城的珍宝在转瞬间化为灰烬，大臣们看在眼里，觉得可惜。随后杨坚召来负责兴建都城的总指挥宇文恺，交待说："大兴城可以建得超大一些，宫城里决不可以建得奢华，要简陋一些，朕入住才安心。"宇文恺笑道："帝王之宅建得简陋，恐怕没有先例。"杨坚毫不含糊说："朕开这个先例带头俭朴，有什么不好呢，你去照办吧。"宇文恺说了声臣领旨，退了下去。

第二天的早朝，杨坚和百官议政，议到纳税，最有发言权的是户部尚书杨尚希，众人就想听听杨尚希的主张。

杨尚希直言不讳说："国家的运转依靠税收支撑，纳税来自于民，天下民有多少，仍是个未知数，不知天下民有多少，要想纳税疏而不漏，恐怕不可能。"

杨坚问："为何不可能？"

杨尚希回答道："现有的户籍是前朝的北周留下来的，旧户籍疏漏的人口兴许多得惊人，臣请求皇上查实疏漏的人口入册，方可堵住偷税漏税。"

杨尚希一针见血道出人口与税收症结，引起百官热议。

上柱国长孙览说:"据臣所知,地方豪强拥有大片田地,他们放田所得租金全都装进了自己的腰包,显然是巧取豪夺。"

内史令李德林说:"如果无休止地放任豪强掠夺,百姓苦,天下何来安宁?"

太子少保苏威说:"田地和财富一旦被少数人占有,天下毫无公平可言,将会激起民怨,要知民怨到了沸腾的时候,社会的不稳会直接引发暴乱,危及国家社稷。"

听到有关危言,杨坚对杨尚希说:"你去州县抽查一下户籍,查出户籍混乱的原因之后,回来禀报。"

杨尚希领旨后,带上一群同僚在地方州县跑了几个月,回朝觐见,如实奏报地方州县户籍隐报瞒报漏报现象非常严重,有的豪门贵族控制的人口甚至高达数万,却以一户数口入籍,导致国家税收锐减。听罢杨尚希禀报,杨坚大惊,决定查实全国人口,按户入册,封堵人口漏洞,再立税制。这事儿说起来容易,做起来可是一桩浩大工程。

苏威和高颎担心查实全国人口失控,想出"大索貌阅"的办法,责令地方政府派出去做查实的人员要亲自登门,每登记一户,要跟入籍者见面,注明男女,不得谎报年龄,不得遗漏人口,对个人的体貌特征,诸如或高或矮,或胖或瘦,或瞎或跛或残或疾,都要记录在册。因个人年龄与纳税有着直接关系,规定三岁以下孩童叫黄,四岁到十岁叫小,十一岁到十七岁叫中,十八岁叫丁,六十岁以上叫老。以前的北周,年满十八岁者为成丁,开始纳税。隋朝考虑到百姓过早纳税,负担超重,将十八岁延迟到二十一岁为纳税成丁,直到六十岁以上的老不再纳税。凡堂兄弟以下亲属同族而居的,必须分立户口。若有核对不合,抽查发现瞒报漏报谎报,对基层里长、保长、党长处以流刑;县令连带问罪查办。

隋朝广泛地查实人口是对接下来的土地改革作准备。这样大规模的详细查实,直接触及到了掌握众多人口资源的豪门贵族利益。杨尚希上疏奏道:"臣担心豪门贵族收买地方官吏隐瞒人口,或者租种豪门贵族田产的人家不愿入籍注册,朝廷花了大的工夫查实户籍,最终有可能事倍功半。"杨尚希的奏疏,道出查实人口的难处。杨坚找高颎问计。高颎提出用"输籍法"解决,所谓"输籍法",就是国家对民众实施薄税或减税政策,吸引民众入籍国家编户。

人口的迁徙,注册户籍就会有变动。朝廷规定各州县以三百户或者五百户为一团,固定以团为单位形成村落。每年的正月初五,各地县令派人到团里核查,搜刮隐藏户口。因国家实施薄税和减税政策,开征的税额低于地方土豪的租金,民众权衡利弊，不再依附土豪。

4

建立完备的户籍制度控制人口，有利于稳定税源增加税收，这在前朝没有先例。随后杨坚准备颁布均田令。待大臣们入殿上朝时，杨坚说道："源于北魏的均田令，起因战乱频发，百姓流离失所，荒地遍布，才施均田令，广种薄收。朕立隋建国，天下不乏荒芜田地，因此恢复均田，乃当务之急。"杨坚话音刚落下，吏部尚书虞庆则似乎有点迫不及待，奏言道："施均田，的确强我大隋之国，富我大隋之民，此举一旦推行，恐怕最先伤及到了拥有广袤田产的豪强，倘若豪强抵制，其阻力不可小视。"杨坚早有成竹，随即说道："田地乃天下最大财富，若分配不均，会直接导致矛盾和冲突，引发社会动荡；地方豪强不过是人口的少数，国家不能因少数人的利益伤及多数人的利益。豪强占有太多的土地，必须责令他们割让，违者问罪，流放远疆。"此话一出，众臣纷纷赞同。随之杨坚瞅着虞庆则说道："国之衰，民必弱。你刚才讲的'强我大隋之国，富我大隋之民'，正是朕的立国之本。诸卿可将这个议题展开论述，取上乘之方略。"

众朝臣七嘴八舌热议开了，竟然议出"国富则民强"和"民富则国强"两种不同的话题，大多激辩得脸红脖子粗。退朝后，杨坚留下苏威，想听苏威的见解。

苏威恳切说："国富则民强与民富则国强不是一回事。"

杨坚问："为何不是一回事？"

苏威回答说："国富不等于民强。"

杨坚说："国富了，就会带动民强。"

苏威摇头说："如果国家赋税超重，过分挤压天下百姓，国的确富了，百姓必然贫穷，试想贫穷的百姓如何强大起来？请皇上切记民弱则国衰的道理。"

杨坚又问："你对民富则国强又是怎样看待的呢？"

苏威回答道："国是由家构成的，如果天下百姓富足，税收才有保障，国家哪有不富强的道理？"

杨坚渐渐认同苏威的观点，他说："朕要开创大隋盛世，让国与民共同富强，才决定施均田；然而以往的均田却有许多弊病，实施起来，并没达到国与民共同富强的效果。"

苏威说："以往的均田之所以以失败告终，是因为缺乏严密的户籍制度作管控，才使土地分配漏洞百出；皇上施均田，必须严格按照户籍入册的人口分配土地，任何人不得依仗权势巧取豪夺。"

杨坚点头说："只有按户籍分田到人，才会堵住土地流失的漏洞。"

苏威说："国家分给百姓家的永业田是百姓赖以生存的保障，一定要私有世袭，国家和个人不得以任何理由侵占永业田。"

杨坚说："有关永业田的归属，朕跟你想的一样。"

苏威说："百姓拥有世代耕种为生的永业田，不会轻易迁徙到别的地方居住，有利于国家控制人口流动。"

苏威这番进言，让杨坚更加坚定了施均田的信心。不久之后，杨坚宣诏，颁布均田令：成年男丁每人受露田八十亩，种植五谷，再受永业田二十亩；妇女每人受露田四十亩，不给永业田；奴婢受田与其他人享有同等待遇。均田令规定每户分得永业田可以世代继承，露田在耕种者死后归还国家再分配。

亲王以下至都督，皆给永业田，地位不同，分配露田多者一百顷，少者四十亩。对京官和地方官员按职分田，一品官分田五顷；二品至三品官分田三顷；六品官分田二顷；七品至九品官分田一顷。亲王和各级官员的田亩获取收入用作俸禄，减轻国家负担。另外各级行政部门可以耕种一定数量田地，收入用作办公费用，替国家节省行政开支。

一对夫妻获得国家配置一百多亩田地种植作物，维持生计绰绰有余。官员们所获田地更多，田上收入充当俸禄足以够了。均田令的实施，是隋朝推行社会公平、加快增强国力的重要举措。

就在杨坚不断改革旧制推行新政的当儿，内史兼吏部尚书虞庆则劝谏杨坚诛灭宇文氏，以绝后患；既然虞庆则进谏，杨坚就想抓住这个契机除尽北周皇室。他召亲信商议，遭到内史令李德林的反对。

李德林说："周室不从陛下的诸王已除，现在对周室再动干戈，恐怕难以服天下。"

杨坚怔了下说："天下不服朕灭周室，难道周室活着的诸王诸子会服朕废周立隋吗？"

李德林坚持谏阻说："北周如东流之水不复返，余下的诸王诸子苟延残喘地活着，杀尽他们有何意思？"

杨坚脸色一变，冲李德林怒道："你不过是个书生，不足已议论此事！"

李德林这才闭嘴。

于是杨坚借助虞庆则的进言，下令抓捕北周太祖宇文泰的孙子宇文乾晖、宇文绚；闵帝宇文觉的儿子宇文湜；明帝宇文毓的儿子宇文贞、宇文实；武帝宇文邕的儿子宇文赞、宇文贽、宇文允、宇文充、宇文兑、宇文元；宣帝宇文赟的儿子宇文术，全部处死。

李德林就因谏阻诛杀宇文氏家族，杨坚开始冷落他。

灭尽周室诸子诸孙之后不久，有报传至朝廷，陈朝来犯骚扰隋朝边镇。杨坚想起他在前些日子派崔仲方前往陈朝求和，求来陈朝弃和的回应。他咽不下这口气，任命上柱国、薛国公长孙览，宋安公元景山并为行军元帅；派遣尚书左仆射高颎节制调度诸军，出师伐陈。

伐陈大军南行数天后，北域传来谍报，称突厥正在边境屯兵，准备越过长城，这个消息令杨坚焦虑不安。

隋之前，北周政府总是花钱买平安，每年筹集大量物产送往突厥。杨坚即位后改变怀柔政策，停止对突厥进献，引起伸手要惯了的突厥不满，对隋朝产生怨恨。北疆传来谍报，不可小视。杨坚召群臣于大德殿，商议对策。众朝臣获悉突厥主沙钵略可汗因隋朝断了他们的奶，屯兵边塞对隋朝施压，就有部分大臣建议息事宁人，继续给沙钵略可汗特贡。

太师李穆跟突厥交道数十年，反对说："以前的北周采取怀柔政策，喂养突厥许多年，得到什么好处？突厥照样得寸进尺，对北周不仁不义。我大隋决不能步北周后尘养虎遗患，该强硬就强硬！"

兵部尚书元岩说："皇上已派长孙览、元景山和高颎出征伐陈去了，我朝若南北出击，不可分身二用，只能暂且对突厥采取缓兵之计。"

苏威赞同元岩对突厥采取缓兵之计，他说："我朝伐陈不见分晓，此时跟突厥开战，结果会是南北遇敌；若大战南陈，北边的突厥就会趁虚而入，渔翁得利；若大战突厥，南边的陈朝就会趁虚而入，渔翁得利。依臣之见，我朝既然出兵伐陈，面对突厥在边塞屯兵之举，只能加强防卫，采取以守带攻之术。"

元岩和苏威论战，得到众人认同。杨坚暂且放弃攻打突厥，调遣上柱国、赵国公阴寿镇守幽州（今北京），内史兼吏部尚书虞庆则镇守并州（今太原），太子杨勇镇守长安（今西安），抵御突厥。

5

南陈太建十四年（公元582年）正月初四，陈宣帝陈顼病情加重，知晓在世之日不多，召太子陈叔宝、次子始兴王陈叔陵、四子长沙王陈叔坚入宫侍疾。三兄弟来到宣福殿，眼看身染重疾的父皇再也起不了床，轮番替父皇服侍医药。

陈顼共有四十二个儿子。他召长子陈叔宝、次子陈叔陵和四子陈叔坚侍疾，且有他用意。弥留之际，陈顼下遗诏，待他驾崩后，由长子陈叔宝即皇帝位。身为太子的陈叔宝即位本无悬念，只是陈顼的遗诏令始兴王陈叔陵心神不宁。

陈叔陵有个异乎寻常的嗜好，喜欢盗墓，只要他对某位达官显贵的墓感兴趣，就会差人开挖，掏出墓里陪葬物带回王府把玩。南陈太建十一年，陈叔陵的生母彭氏病逝，想找块风水宝地葬下母亲，听说东晋太傅谢安的墓地藏风聚水，有天子气，在此葬下母亲，将来后人出天子；陈叔陵派人挖掘谢安的墓，移走谢安的尸骨，将母亲彭氏葬在了谢安的墓地里，期盼父皇归天后，皇位归他名下。陈叔陵横行霸道在南陈出了名。陈顼深谙次子陈叔陵的德行，担心他重疾得毫无回天之力，或者在他驾崩之际太子没来得及即位，次子陈叔陵钻空子举兵夺位，他召陈叔陵进宫侍疾，就是不给陈叔陵举兵的机会。

陈叔坚又跟陈叔陵不和，有几次两兄弟的车驾相遇路途，互不相让，惹得左右侍从大打出手。陈顼召陈叔坚侍疾，就是利用陈叔坚制约陈叔陵，让陈叔陵安分守己。

正月初十日，陈顼咽下最后一口气，驾崩在了宣福殿，寿终五十三。皇宫里顿时惊乱四起。陈叔陵趁乱之机命令一位心腹快去取剑，心腹未能明白他的意思就去取剑。但在大内，以防万一，除天子之外，任何人不许佩戴真剑，大臣们上朝时，佩戴的统统都是毫无杀伤力的木剑，待到退朝时，摘下木剑，放置在大殿里。宣福殿里就有许多把木剑搁置着，陈叔陵的心腹在大殿里挑了把木剑转身回去，陈叔陵要的是寒光袭人的真剑，见心腹取来一把木剑倏地大怒。取来木剑的心腹挨了怒骂，辩解说："宣福殿里只有皇上的御剑，没得皇旨，臣不敢指染皇上的御剑。"长沙王陈叔坚正好就在一旁，耳闻目睹陈叔陵索剑未获怒骂心腹，便觉蹊跷。

得不到一把真剑，陈叔陵打起切药刀的主意。父皇病卧了许多日子，太医们早已搬进宣福殿，配上把切药刀理所当然。皇上驾崩，切药刀不再有了用处，陈叔陵拿走切药刀藏在了身上。他准备利用切药刀杀掉太子陈叔宝，篡改父皇遗诏，让自己即位。

第二天，宣帝陈顼的遗体入殓。太子陈叔宝悲伤过度，痛哭得俯卧在了地上。

陈叔陵毫无一滴眼泪，就在这时他动了杀机，冷不丁儿掏出藏在怀里的切药刀，直朝俯卧的陈叔宝奔去，举刀砍向陈叔宝的脖子，砍得陈叔宝热血直喷。这一刀始料不及，令周围的众人惊恐万状，甭说解救陈叔宝，就连叫喊一声的勇气都丧失掉了。陈叔陵正要朝陈叔宝砍下第二刀，陈叔宝的生母柳皇后冒死冲了过来，用身子抵挡砍刀，厉声叫骂陈叔陵："该死的畜生！你砍太子你反了，快来人！"陈叔陵对阻拦他的柳皇后砍下一刀，砍在了柳皇后扬起的胳膊上。这时陈叔宝的奶妈吴氏亡命奔了过来，一把抱住陈叔陵的胳膊往后拖。幸好陈叔坚闻迅赶了过来，扑倒陈叔陵，夺走陈叔陵手中的刀，控制住了陈叔陵。

"父皇尸骨未寒，你为什么杀太子杀皇后？"陈叔坚逼视陈叔陵问道。

陈叔陵避开陈叔坚的目光，不回答。

太子奶妈吴氏在陈叔坚制伏陈叔陵的当儿，赶紧差使太监、宫女搀扶陈叔宝和柳皇后离开了。

怕事情败露，陈叔陵并没邀约侍从跟他一起杀太子，他是一个人单干，自信他一旦杀掉太子，不再有谁敢跟他作对，他即皇位易如反掌。没料四弟陈叔坚赶来搅黄他的刺杀行动，他憎恨陈叔坚多管闲事。

自从昨天陈叔陵索剑未获怒骂侍从，陈叔坚开始怀疑陈叔陵企图谋反，他毫没想到在父皇的大殓之时，陈叔陵会对太子手动，他除了震惊还是震惊。

陈叔坚就想要陈叔陵给个说法，他又问："都是兄弟之间，你为何这样残忍地杀大哥？"

陈叔陵想到事已败，不会有个好结果，干脆说道："四弟别犹豫什么了，快点杀了我吧。"

陈叔坚直视陈叔陵说："我不能喧宾夺主，太子大哥马上要即皇帝位了，你的命怎么处置，由新皇帝说了算。"

宣帝陈顼入殓的大殿里到处可见柳皇后母子俩的血迹，红红的十分刺眼。不知去向的陈叔宝生死不明，陈叔坚非常担心，将陈叔陵捆绑在一根柱子上，慌急火燎跑去寻找陈叔宝。此时的陈叔宝正躺在承香殿的床榻上，太医们手忙脚乱地给他包扎伤口。陈叔坚被一位宫女带进承香殿时，奄奄一息的陈叔宝仍旧惊魂未定。

陈叔陵冷不丁儿砍下这一刀，分明要了陈叔宝的命，正是脑后的衣领阻挡了刀口，脖子被砍得不是太深，救了陈叔宝的命。

陈叔宝见到陈叔坚，如同见到救星，喘息说："四弟快去抓二弟……"

陈叔坚说："二哥被我抓住了，已经绑在了木柱上。"

陈叔宝说："别让他跑了。"

陈叔坚说："他跑不了的，如何惩处，请大哥下令。"

陈叔宝说："立即处斩！"

陈叔坚应了声，回到捆绑陈叔陵的地方，发现柱子上是空的，陈叔陵已经挣脱逃走了，他大吃一惊。

陈叔陵是从龙云门逃出的，驾起车马不回头地直朝他在扬州的东府奔去。陈叔坚带人追了一个多时辰，未能追上，只好转身回来。

没等伤口痊愈，陈叔宝领遗旨即皇帝位，是为陈后主。即位后，陈叔宝因颈部伤势过重，躺在承香殿里疗伤，委托四弟陈叔坚替他料理朝政。这种时刻陈朝正遇隋军压境，边关告急，军队大多派往沿江一带，抵御隋军侵袭，又遇始兴王陈叔陵谋反，可谓内外交困。

躺在承香殿疗伤的陈叔宝心急如焚，唯恐陈叔陵举兵杀进防卫空虚的京城来，对左右说："始兴王不会善罢甘休的，快去召右卫将军萧摩诃进宫受敕。"

萧摩诃应召来到了承香殿。

陈叔宝对萧摩诃说："朕的一条命是捡回来的，差点断送在了始兴王的刀口下。"

萧摩诃震惊不已说："这个始兴王胆子比天还大，不杀他，他还会闹出大事。"

陈叔宝说："朕召你来，就是派你剿杀始兴王，他已逃回东城躲着了，你快带兵去东城，拿下他的人头来见朕。"

萧摩诃领旨，率领一千多名精骑兵赶赴东城（今扬州）。

逃回东城的陈叔陵知道朝廷会派兵追来，纠集一千多人占据东城，准备拼死一搏。萧摩诃来到东城之后，首先围城，就想逼迫陈叔陵主动出城投降。陈叔陵不见萧摩诃攻城的动静，以为萧摩诃心怀二意，生出一计，派记室韦谅出城笼络萧摩诃。

韦谅出城后，来到萧摩诃帐下说："始兴王有令，想跟萧将军合作，不知萧将军有没有兴趣？"

萧摩诃一听这话，知道有诈，忙问："始兴王要跟我合作什么？"

韦谅回答说："只要萧将军愿助始兴王一臂之力登上大宝位，始兴王委任萧将军为朝廷首辅大臣。"

萧摩诃沉住气，又问："此事做得吗？"

韦谅说："先帝崩逝，皇子一大群，都姓陈，轮到谁做皇帝又没改陈姓。"

萧摩诃将计就计说："跟始兴王合作可以，但你的话不可信，必须要让始兴王派出大将来跟我谈，我才听从指挥。"

韦谅回到了城里，将萧摩诃的话转告给陈叔陵。陈叔陵信以为真，派手下大将戴温、谭麒麟等人出城跟萧摩诃接头，被萧摩诃捉住，当即砍下头颅，高挂在城门前示众。陈叔陵见到爱将们的头颅高悬在城门口上，如同失掉左右臂膀格外沮丧，他后悔上当，长吁短叹，便觉大事不能成就，惟有弃城潜逃。

江南出美女，陈叔陵的妃子人人长得美艳绝顶。他带妃子出逃，必然碍手碍脚，决定留下妃子，一想留下她们，无疑成了萧摩诃的战利品，他不情愿。他来到内室，一咬牙，下令近侍将他的七个爱妃投进王府的水井里，淹死她们。平日里，陈叔陵跟众爱妃形影不离，好像一天没有美艳娇妻相随，他活不了，突然间儿他作出如此决定，令近侍们目瞪口呆。陈叔陵一反常态说："你们别再犹豫了，快去处理她们吧。"陈叔陵本想回避，他的耳边还是听到众爱妃落井时的惨叫声，心如刀割。当众爱妃的惨叫声全都停息后，陈叔陵似乎无所牵挂，带领数百护卫潜出东城，渡过秦淮河，打算逃到新林后，再乘船投奔隋朝。

陈叔陵和他的数百护卫刚走到白杨路，遭遇萧摩诃军队的截击。此时此刻，众护卫本是高度紧张不安，一个叫陈伯固的突然添乱，害怕被抓砍头，吓得扭头就跑，想找个地方躲藏起来。陈叔陵连忙拔刀策马，把陈伯固追了回来。但陈伯固的临阵脱逃还是影响了其他人，都跟着丢盔弃甲四散溃逃。没多会儿，陈叔陵成了个孤家寡人，眨眼工夫被打得人仰马翻。萧摩诃的爱将陈仲华飞快地奔了上去，"喳喳"几刀，砍下陈叔陵的人头。

萧摩诃策马过来，瞅着陈叔陵的人头说："皇上要的就是这个东西，诸位随我班师回朝。"

第十章　交恶之计

1

　　自从千金公主下嫁突厥，北周灾难不断，先是千金公主父亲赵王宇文招反杨坚被诛杀，随后杨坚废周立隋，几乎灭尽宇文氏家的整族，令千金公主悲痛欲绝。

　　千金公主在突厥是高贵的可敦，可敦就是王后。沙钵略可汗虽说拥有成群的可敦，但他最宠爱貌美袭人贯通经史和琴棋书画的千金公主。他见千金公主以泪洗面，或者抚琴释放悲愤和忧伤，没法让千金公主欢心起来。

　　千金公主不是个简单女人。终于有一天，她请求沙钵略可汗发兵攻打隋朝。她对沙钵略可汗说："想起昔日的北周，我宇文氏家贵在万人之上，人丁盛旺，到如今，却被隋主杨坚赶尽杀绝，只剩我一人漂泊在遥远的异乡，是多么的孤苦。只有可汗是我唯一的依靠，替我复仇，方可解我心头之恨。"沙钵略可汗瞅着千金公主绝望的表情，没理由拒绝。他对千金公主说："可敦的仇恨就是我的仇恨，请放心，我会出兵隋朝的。"

　　突厥是匈奴的别支，属甘肃平凉地区杂胡，姓阿史那氏，兴起于北魏末期。他们善于冶炼术，是鲜卑族拓跋部柔然的铁工。公元552年木杆可汗灭掉柔然，在阿尔泰山以南建立政权，管辖地域十分广袤，东至辽海，西至里海，南至蒙古戈壁，北至贝加尔湖。游牧的突厥经常南下掠夺内域，以往的北齐和北周总是对突厥要么下嫁公主和亲，要么采取朝贡的怀柔政策。杨坚立隋称帝后，冷淡突厥，甚至没把突厥放在眼里，难怪沙钵略可汗憋着口气，要替千金公主复仇。

　　沙钵略可汗本名叫摄图，是突厥汗国第六代可汗。与他有着亲缘关系的还有四位可汗，他们是第二可汗庵逻、阿波可汗大逻便、达头可汗玷厥和步离可汗。五位可汗要数沙钵略可汗实力最强。举兵攻打隋朝，沙钵略可汗仅凭一己之力，恐怕难以应对，邀请其他四位可汗同他一道讨伐隋朝。随后沙钵略可汗邀约高宝宁参战。这高宝宁原是北齐营州（今辽宁朝阳）刺史，是北齐后主高纬的宗亲。北齐灭亡后，高宝宁既没归顺北周，也没归顺隋朝，凭了实力盘踞在突厥与隋朝的夹缝里，他东投高丽，西靠契丹和靺鞨族游刃有余地生存着。当沙钵略来约高宝宁时，高宝宁并不乐意被利用。沙钵略告诉高宝宁，这次突厥攻打隋朝，集结数十万人出征，是一次大规模的军事行动。高宝宁仍旧不太感兴趣，他问沙钵略，为何要攻打隋朝？沙钵略直言不讳说他替千金公主复仇。听到复仇二字，高宝宁的眼睛一亮，看着沙钵略。沙钵略也看着高宝宁，说隋朝的整个江山其中就有半壁是北齐的，你身为北齐宗亲，难道不想复仇？如果你随我攻打隋朝，若能收复北齐失地称帝，那可是天大的幸事。就这话儿猛地刺激了高宝宁，他何曾不想收复北齐失地回到邺城称帝呢，只是老天不给他机会。于是高宝宁改变主意，就想利用沙钵略的突厥势力助他一臂之力，他爽快地答应了。

隋文帝杨坚的心事正花在平定南陈的节骨眼上，毫没料到以摄图为首的突厥诸可汗率大军来犯，赶紧放弃平定南陈的计划，转过身来应对突厥，下令镇守幽州的阴寿和镇守并州的虞庆则加强边关防御。

这时候杨坚派去伐陈的长孙览、元景山和高颎已经击破陈朝边防，正朝纵深挺进，突然闻知陈宣帝陈顼驾崩。长孙览认为此时正是灭陈的大好时机，但高颎觉得隋朝攻打正在服大丧的陈朝有失礼数。

长孙览说："胜者王，败者寇，从来不讲什么礼数。"

高颎说："眼下南陈举国哀伤，都在吊唁驾崩的天子，咱们趁此时机灭陈，灭掉的是南陈民心，有何意义？"

长孙览说："只要收复南陈，何愁民心不可归顺？"

高颎摇头，坚持礼不伐丧。

出征的当儿，隋文帝杨坚对此次伐陈毫无充分准备，高颎断定不会有平定江南的结果，既然平定不了江南，隋军往陈朝纵深攻打，难免伤筋动骨，不如韬光养晦，等候时机再来平定江南才是明智之举。于是高颎派人回长安传达他的意思。此时的杨坚正面对突厥来犯急得晕头转向，巴不得伐陈的高颎他们赶快班师，见高颎派人回朝启奏陈朝遇大丧，伐陈不合时宜。杨坚毫不犹豫下令高颎他们班师回朝，集中兵力抗击突厥。

北域事态严峻。杨坚在并州设置河北道行台尚书省，任命晋王杨广为尚书令；

在益州设置西南道行台尚书省，任命蜀王杨秀为尚书令；在洛州设置河南道行台尚书省，任命秦王杨俊为尚书令。

三个皇子尚且年少，还不能独当军务。杨坚任命灵州刺史王韶、鸿胪寺卿李雄和右卫将军李彻为晋王杨广僚佐；任命大将军元岩为蜀王杨秀僚佐。诸皇子受命赴任，独孤皇后的心开始悬着了，说皇儿们还年轻，见识不足，皇上急着派他们上前线遇敌，放得了心吗？杨坚说朕已派了大臣辅佐他们，有何不放心的？独孤皇后说臣妾担心皇儿们……杨坚赶紧堵住独孤皇后的嘴，说爱妃担心皇儿们在前线送命，难道身处前线抗敌的将士们不是命吗？眼下大敌压境，朕能拿什么去取信前线将士呢，惟有送皇儿到前线，与众将士出生入死，既磨砺了皇儿，也鼓舞了众将士的士气，有什么不好呢？独孤皇后这才闭嘴。

沙钵略可汗正在边塞屯兵，隋朝面临的压力越来越大。杨坚在等高颎和长孙览班师回朝，他不断地问身边近侍，高颎他们还有多久才能回到长安来？近侍跟他一样，哪里晓得高颎他们的行程，明白杨坚急不可耐，安抚说快了快了，顶多三五天就可回到长安了。

上柱国杨素疾步走进殿来，样子看上去比谁都急，走到杨坚跟前，喘息未定说："禀皇上，并州的虞庆则有报传来……"

没等杨素说完，杨坚迫切问道："他是怎么说的？"

杨素接着说道："摄图勾结高宝宁，准备集结十万重兵入我大隋……"

杨坚大惊道："十万，他能调集这么多的兵力吗？"

杨素说："何止十万，他还邀约了第二可汗、达头可汗和阿波可汗联军，据说拥兵四十万，准备大举越过长城，扫荡我大隋。"

听到四十万这个数，杨坚又是一阵大惊，然后冷笑道："四十万众大军，真的有这么多吗？"

杨素的表情十分凝重："兵不厌诈，没有四十万，折扣一半，也有二十来万，对我大隋而言，是个不小的威胁。"

杨坚的表情跟着凝重起来："以往突厥来犯中原，目的就是劫掠，劫走牛羊和人口，来的大多是小股人马，声东击西地打劫，没料此次居然是兴师动众！"

杨素道："臣以为此次摄图率重兵来犯，也是来行劫的。"

杨坚道："不给就跑来打劫，天理何在？"

杨素道："兴许是皇上取消了对突厥的怀柔政策，摄图那家伙发泄不满，纠集人马对我大隋施压。"

杨坚道："你的意思是要朕恢复对突厥施舍，缓解当前的冲突？"

杨素点头道："若皇上施此缓兵计，摄图还有什么理由屯兵边塞？"

杨坚犹豫不决，并没立刻表态。

杨素说："倘若摄图果真率数十万精骑来犯我大隋疆域，皇上能否在近期调集相等的兵力抵御吗？要知以少胜多之战，恐怕胜算不足；加上我大隋正面临百业待兴，暂且避开战事求和为上策。"

杨坚听罢杨素进言，迎战突厥，心里敲起退堂鼓。

之后跟杨素有着相同观点的大臣进言恢复对突厥的怀柔政策，赶紧派人去突厥求和，赢得一个和平的建国环境，尤其是新的都城正在修建中，若与突厥发生大规模的军事冲突，建都和迁都必然受到影响。面对大臣们进言，杨坚掂量了又掂量，便觉大战突厥的确不是时机。

原本打算跟突厥硬碰硬的杨坚回到了寝宫，不经意跟独孤皇后谈论起突厥来犯。当他谈到求和的主张时，独孤皇后脸色一沉道："皇上求和，这个和能求得吗？"

杨坚愣在了半空："为何求不得？"

独孤皇后慎重回道："皇上想过没有，突厥五部的可汗，带头主战来犯我大隋的不是第二可汗、阿波可汗、达头可汗和步离可汗，为何偏偏是沙钵略可汗摄图呢？"

杨坚说："突厥五位可汗，数摄图实力最强，他带头犯我大隋疆域不足为奇。"

独孤皇后面色依旧沉静，接着说道："千金公主是摄图什么人，皇上总该清楚吧，她正是摄图的王妃，可想摄图带头率重兵犯我大隋，绝非跑来牵走牲口打家劫舍的……"

杨坚倏忽被独孤皇后点醒，惊得几乎要冒出汗来："难道摄图要来侵吞我大隋疆域？"

独孤皇后点头说："摄图此次率数十万大军，背后一定有千金公主作怪，他们倾尽所有力量，兴许是反隋复周。如果皇上此时派遣使节去求和，正好暴露我大隋的软弱，必须无条件地迎战！"

听到皇后进言，杨坚豁然洞开，不得不抛弃杨素等人进谏，决定迎战突厥。可他心里仍有挥之不去的愁绪，就说："近日朕获取并州虞庆则的来报，摄图等人正在边塞大量屯兵，准备越过长城；朕一时调集不了相对等的兵力迎战，不知爱妃有没有良策？"

独孤皇后立马回道:"皇上颁布均田令,给天下百姓分配田地,又赐永业田,是对天下广施皇恩。眼下国家正处在生死攸关之际,皇上下令征兵保家卫国,普受皇恩的百姓有谁敢不听从?"

　　杨坚洗耳恭听,赞叹道:"爱妃身为女流之辈,见识竟是如此之高,不可小视!看来日后朕遇焦头棘手之事,少不了爱妃出谋献策。"

2

　　开皇二年(公元582年)四月,突厥在边境屯兵就绪。沙钵略可汗、第二可汗、阿波可汗、达头可汗、步离可汗联军四十万准备入侵隋朝。隋文帝杨坚诏令大将阴寿、虞庆则、韩僧寿、达奚长儒、贺娄子干、叱列长叉等人领兵阻击。

　　五月,突厥军大举进攻隋朝。

　　沙钵略可汗决胜隋朝信心十足,率十万大军横扫甘肃,直趋陕西。

　　达头可汗兵分左右二路进击隋朝,也是信心满满。达头的右路军首攻甘肃平凉鸡头山。镇守鸡头山的隋将韩僧寿早有防备,没等达头右路军喘息一口气,下令兵阵厮杀过来,打得达头右路军措手不及大乱方寸,只好败阵而逃。

　　六月,隋将贺娄子干获悉达头率左路军攻打兰州,觉得固守城中是下策,只有出城迎战,方可游刃有余,他迅速率兵上路。部队行至洛峐山,贺娄子干发现洛峐山下有片清澈的湖泊异常兴奋,下令部队在此布阵迎敌。他的部下问他为何不再前行?他说洛峐山方圆百里是沙漠,只有这片湖泊是唯一的水源,人和马匹在这沙漠里得到水源比得到金银珠宝还珍贵。

　　贺娄子干算计达头会途经洛峐山,下令将士严防死守湖泊。数天之后,从武威出发的达头果然来到洛峐山,与贺娄子干相遇。达头率领的左路骑兵差不多有三万,贺娄子干只有一万骑兵,两军虽是悬殊,但他们一见面,都没衡量对方就交上了火。

　　正是骄阳似火的六月天,沙漠地带的气候更加干燥,人和马在烈日下狂奔厮杀,大汗淋漓。突厥军携带的水很快饮尽,干渴难耐,急需补水。隋军死守湖泊不让突厥军靠近水源。两军交战了两个多时辰,突厥军的战马嗅到水的气息,直朝湖泊奔来饮水。这一幕是贺娄子干早就料到的,他事先安排兵力埋伏在了靠近湖泊山腰下的树林里,伏兵们有树干作掩护,朝着湖岸边放箭,突厥军的战马还没来得及饮上一口水,中箭倒下。人和马匹仍旧经不住水的诱惑,一拨接一拨地朝着湖泊奔来,隋军早已将湖泊控制得严严实实。

两军最终为水而战，湖岸边层层叠叠躺下被射杀的马匹，那本是清澈的湖水，渐渐被挂箭的马血染红。得不到水的补给，突厥军愈加干渴，不断有人和马因中暑脱水而躺下，整个军营被水折腾得气力衰退。占有水源的贺娄子干趁势发动总攻，打得突厥军毫无反击之力。达头做梦都没想到他在前往兰州途中，让贺娄子干在洛峱山借一片水源给收拾了，意识到他在洛峱山多呆一个时辰，多一分伤亡。他万般无奈，只好带了残兵败将尽快逃离洛峱山。

隋文帝杨坚获知大将军韩僧寿在鸡头山击退达头右路军；凉州总管贺娄子干在洛峱山巧借水源打得达头左路军一败涂地；上柱国李允在河北山击退突厥军；上柱国李光在马邑（今山西朔县）击退突厥军，异常高兴。尤其是贺娄子干出奇制胜，有力阻止了突厥军趁势南下，当即下旨封贺娄子干为上大将军。

数天之后，从前线传来坏消息。沙钵略可汗攻下甘肃临洮和陕西豳州（今陕西彬县），击败隋将冯昱、李崇和兰州总管叱列长叉。突厥军打到哪里烧毁房屋赶走牛羊，将整个村寨洗劫一空。这样的坏消息令隋文帝杨坚深感不安，召苏威和高颎来大德殿商议战事。

杨坚说："突厥军大规模越过长城，企图侵袭中原，实属罕见；我大隋的西北地区都变成烽火连天的战场。朕忧心如焚，就怕派往前线的将士抵挡不住，那可是兵败如山倒。"

苏威开导说："不会的，绝对不会出现兵败如山倒的局面。"

杨坚说："突厥军都攻到豳州了，距长安不是太远了。"

高颎说："此次突厥出兵，在西北地区流窜作战，只对牲口感兴趣，大肆劫掠牛羊，可想他们不是来夺我大隋疆土的。"

苏威说："游牧的突厥人向来视牛羊为身家财富，他们途经一个地方，洗劫一空的正是牛羊。依臣之见，他们一路抢夺牛羊，定会带回到突厥去的。"

杨坚叹息说："这牛羊正是我大隋百姓的身家财富，朕眼睁睁地看着被突厥人抢夺，朕在百姓心里哪来的威严？"

苏威劝道："眼下正是国家非常时期，皇上不必在乎百姓家失去多少只牲口；要知突厥此次大举侵犯我大隋，不劫掠牲口就要劫掠领土，失去牲口可以再生，失去领土不可以再生。让他们抢夺牲口吧，一旦抢夺得心满意足，自然会赶着牲口离开。"

苏威和高颎对局势的判断几乎是一致的，相信突厥军爱上大隋的牛羊，定会无心恋战，劝谏杨坚不要下令前线将士阻止突厥军劫掠牲口。

杨坚对高颎说："朝廷已征兵数万，朕派你带他们赴往前线。"

高颎颔首说："臣领旨。"

杨坚又说："你顺便传旨前线各路将领，不赶走突厥军，不回来见朕！"

高颎说："臣领旨。"

第二天，高颎带领新征来的数万兵力增援前线。这时的前线跟当初大不一样了，突厥军劫掠牲口越演越烈。这场攻隋之战可以说是沙钵略可汗的一厢情愿，受邀的其他四位可汗并没进攻隋朝的意图，既然他们受邀而来，必有利可图，这个利益沙钵略可汗掏不出来，于是他们自从进入隋朝领地之后，不再受制于沙钵略可汗，开始为利抢夺牲口。再说五位可汗在突厥各有领地，形成自己的势力范围，并且互相有所提防。尤其是阿波可汗和步离可汗为沙钵略可汗而战，内心里极不情愿，总在担心被隋军吃掉主力，他们一直都在回避隋军。

阿波可汗和步离可汗劫掠的牲口最多，他们的军队看上去变成放牧人，赶着成群的牛羊从这地方来到那地方，见了草场上新的牛羊也不放过。达头可汗一败鸡头山，又败洛峡山，心情格外沮丧，无颜相见沙钵略可汗。他闻知阿波可汗和步离可汗在隋朝境内大肆抢夺牛羊，干脆下令将士抢夺牛羊，不虚此行。

尽管突厥攻隋的五位可汗出现怠战，隋朝西北地区依旧岌岌可危。沙钵略可汗和第二可汗进军中原危及到了关中，已经攻下武威、兰州、天水、安定（今甘肃泾川）、上郡（今陕西富县）、延安等郡地。因关中事态严峻,隋文帝杨坚派太子杨勇屯兵咸阳，又命大将军虞庆则屯兵弘化（今甘肃庆阳），阻截突厥军继续南下。

就在杨坚忧心忡忡的当儿，司卫上士长孙晟入朝觐见。此人名不见经传，直接进宫见天子，即便进了皋门，不见得能进路门，果然如此，他走到路门时被人拦住。

长孙晟清楚自己的资历太浅，不让进宫觐见是预料中事。他对阻拦他进路门的人说："突厥大举来犯，皇上一定急得很。我有办法对付突厥。既然进不了宫，托你们将我的奏疏亲交皇上，皇上看过我的奏疏，一定会召见我的，我在此等候，不见不散。"

看守路门的人见长孙晟说得恳切，从长孙晟手中接过奏疏进了宫。半个时辰后，那人从宫里出来，对长孙晟说："皇上看过了你的折子，要我带你去朝见。"

长孙晟随那人走进路门，在乾安殿见到杨坚，跪下叩拜。

杨坚说了声平身。

长孙晟站了起来。

杨坚打量长孙晟说:"当年北周下嫁千金公主,你就是送亲去突厥的长孙晟?"

长孙晟回道:"正是臣下。"

杨坚的目光仍没离开长孙晟:"朕已看过你的奏疏。你说你陪同千金公主下嫁,正是摄图挽留你在突厥过了一年多,看来你跟摄图的关系非同一般。"

长孙晟直奔主题说:"沙钵略可汗和他的叔侄兄弟达头可汗、阿波可汗以及突利可汗表面上一团和气,可他们从没和气过,总在相互猜忌。"

杨坚正愁找不到良策击败突厥来犯,突然冒出个长孙晟来献策,将信将疑问道:"你说他们不和,还相互猜忌?"

长孙晟说:"达头和摄图相比,兵虽强而位居摄图之下,达头表面上从属于摄图,实际上两人隐藏的矛盾已经很深,如果从中挑拨,两人有可能相互攻战。再说摄图的弟弟突利,此人多奸诈却善笼众心,国人都爱戴他,因此突利常常受到摄图的忌恨。阿波介于摄图与突利之间,他不知依附谁,总是摇摆不定。"

杨坚听罢长孙晟对突厥诸可汗详尽评说,格外兴奋。他问:"有什么办法制伏他们呢?"

长孙晟说:"皇上可以利用他们之间的矛盾,离间他们。"

杨坚又问道:"还有呢?"

长孙晟说:"臣以为最好的办法是采取远交而近攻,离强而合弱。"

杨坚禁不住地摸了摸下巴,开怀大悦道:"妙计,不可多得的妙计!"

长孙晟接着说道:"突厥要数沙钵略摄图的实力最强。既然沙钵略摄图跟达头玷厥和阿波大逻便等人存在着猜忌,皇上切莫急于眼前制胜,应亲弱疏强,让他们内斗,自相残杀,等他们消耗殆尽时,再去制伏他们臣服于皇上,臣以为在不远的将来就可实现。"

听罢长孙晟进言献策,杨坚豁然洞开,夸赞长孙晟大有奇略。

当年千金公主下嫁,北周派出十多位送亲的使者来到突厥,其中就有长孙晟。使者们本是速去速回,因了长孙晟善骑射,深受沙钵略可汗喜欢,才被挽留下来。沙钵略可汗经常邀请长孙晟到野外游猎。有次两人相伴出游,遇到两只雕在天空追捕一只小鸟为食。沙钵略可汗想测试长孙晟的箭术,随手递给长孙晟两支箭说:"请将雕射下来。"长孙晟接过箭支,放在弓上,策马朝雕追去,只射出一箭,居然射中两只飞雕从空中跌落下来。这一箭双雕令沙钵略可汗大惊而呆,大饱眼福,连连称赞长孙晟的箭术盖世,无与伦比。随后沙钵略可汗奉长孙晟为上宾和知己,敦促诸子弟和贵人亲近长孙晟,学习骑射。长孙晟才有机会了解突厥诸人诸事。

尽管长孙晟给杨坚提供远交而近攻,离强而合弱的计策,却不能及时扭转前线战局;隋军跟突厥军的交火,一仗更比一仗打得惨烈。眼看多地失守,杨坚命令虞庆则领兵出原州道,命令杨弘领兵出灵州道,命令高颎领兵出宁州道。授予三人行军元帅,全方位地迎击突厥军。

仗是从五月开始打响的,一晃都快打到年底,火辣辣的日头似乎在转眼间变凉,天寒了地冻了。突厥军天生要比隋军耐得住严寒。沙钵略可汗几乎没吃过大的败仗,实力还在,也不在乎雪下得有多厚,风吹得有多冷。倒是隋军在自家地盘上有点吃不消。行军元帅虞庆则的主力部队一直在打前锋,伤亡自然惨重,又缺衣少被,冻坏手指的就有一千多人,显然减弱了战斗力。行军总管达奚长儒原本跟虞庆则形成掎角之势。达奚长儒只有二千骑兵,这使沙钵略看到达奚长儒的弱势,决定先吃掉达奚长儒再吃掉虞庆则。

扎营周盘的达奚长儒还没缓过神来,被沙钵略团团围困住,无论往哪个方向突围都是死路。但眼前的现实的确是二千人对阵十万人,怎么打都是寡不敌众,都是拿了鸡蛋碰石头。达奚长儒惊得无所适从,很快他调整心态镇定下来。他明显感觉到了将士们面临大敌流露出恐慌,这样的恐慌一旦蔓延,等于仗没开打,全军已经崩溃。于是达奚长儒开始战前准备,鼓舞士气,并信誓旦旦对众将士说道:"惧死者死得更快。诸位只有决一死战方可获得求生的机会。"身处绝境的众将士人人明白束手待毙不如决一死战,惟有豁出去以死相拼了。

沙钵略先下令出击。达奚长儒二千将士清楚自己的弱点,只要一分散迎战,会在眨眼工夫被突厥军一口接一口地吃掉,他们始终抱成一团,背靠背地四面抗击。沙钵略的突厥军一个劲地想打散达奚长儒的隋军,隋军被突厥军打散后,很快又聚集起来迎战,就是不分散。

这一仗打得超常出奇,按说十万人对阵二千人,要不了几个回合,战斗就会结束,哪知两军交恶十四次,断断续续打了三天,仍没结束。达奚长儒的二千人惟有绝路逢生的念头,以死相拼就想杀出一条逃生的血路;沙钵略的十万人就像一圈又一圈厚实的城墙,牢牢困住达奚长儒的二千人。达奚长儒原以为离他不远的虞庆则会赶来救援,一直不见援军身影,他只能靠自己。打到最后,将士们手中的兵器全打光了，只剩二百多号人，仍在坚持挥腿舞拳肉搏血战。眼看快要支撑不住全军覆灭，达奚长儒生出一计，指使将士叫嚷挺住挺住，援军马上到！突厥军听到隋军叫喊援军马上到，信以为真，赶紧撤退避其锋芒。

　　战场上出现短暂平静。隋军战死一千多人，突厥军阵亡一万多人。放眼望去，到处可见突厥军尸横遍野的景象。突厥军目睹阵亡的大多是自己人，想到十万人打了三天，没能拿下隋军二千人，羞愧难耐，士气大跌。沙钵略就在这时陡然清醒，觉得跟达奚长儒在周盘打这场苦战，得不偿失，下令将士收尸焚烧。面对堆积如山的阵亡将士在火焰中化为灰烬，沙钵略悲从心起，恸哭不止。

　　等不来援军，达奚长儒索性派出几个士兵扮成突厥军，混出包围圈去叫援军。几个扮成突厥军的隋军混出包围圈后，发现突厥军的营地里圈养了两群羊，知道这羊是抢来的战利品。此时的突厥军正围在焚尸现场诵经，超度亡灵。羊群这边没人看管，几个扮成突厥军的隋军悄悄打开围栏，就想趁了突厥军诵经超度亡灵不备之际，放跑羊群。两群羊自然合成一群羊，并没远走高飞，它们在附近转了几圈，没找到啃吃的草，只有圈栏里备有草料，由一只头羊领着回到了圈栏。

　　两群羊的其中一群是达头可汗抢来的，另一群是沙钵略可汗的侄子染干抢来的。达头回到营地，发现自己的圈栏是空的，只有羊屎羊尿不见一只羊，他倏地一惊，然后发现染干圈栏里的羊比平日多了许多，他顿时明白是怎么回事，大为光火。

　　达头二话不说，气冲冲跑去找染干要羊。

　　染干蒙了，说："我从没欠你的羊，为何给你羊？"

　　达头说："你自己做的事，你装什么蒜？"

　　染干也火了，仗着伯父沙钵略的势力，推了把达头说："你别在我面前讹诈羊！"

　　达头气不打一边出，扭住染干的胸口说："你跟我走，先去看看我的羊栏，再去看看你的羊栏……"

　　染干只好随达头去看羊栏，发现达头的羊栏里的确空了，他的羊栏里多出来的羊令他目瞪口呆。

　　达头打定主意要回羊，对染干说："还我羊，你该没话可讲了。"

　　染干觉得冤，脱口说道："我没偷你的羊，也没抢你的羊，你凭什么要我还你羊？"

　　达头怒喝道："我的羊原本圈在我的羊栏里，你没偷没抢，我的羊怎么全在你的羊栏你？"

　　染干急得摊开两手说："天晓得！"

达头以为染干抵赖，更加恼怒道："既然你说不清楚，别怪我把羊全赶回去了。"

两人为羊彻底撕破脸，拉拉扯扯扭打起来。沙钵略闻知达头和自己的侄子染干为羊发生冲突，赶紧出面调和，劝说染干归还达头的羊。两群羊混在一起，谁是谁的羊已经分不清了。于是沙钵略作主，将羊平均分成两份，让达头领走一份。达头不干了，说他的羊要比染干的羊多出一半，平均分配染干占了他的便宜。沙钵略对达头说："谁能证明你的羊多出染干的羊一半呢？"达头不服说："有天作证。"沙钵略冷笑一声说："你叫天开口替你作证吧。"达头抬头，看了一眼天。沙钵略又是一声冷笑道："这羊是你顺手牵来的，都混成一体了，又没做上记号，怎么挑得出你的羊来？"听这话，达头觉得沙钵略护着侄子染干，怒冲冲对沙钵略说："跟你出来攻打隋朝，我得到什么好处？难得顺手牵到几只羊，都落空了，变成别人的了，这个仗还有啥子打头？我不打了，羊也不要了，我要回去了。"

达头赌气班师，沙钵略苦口婆心挽留；达头气上加气，当即拔营离开周盘回突厥。

达头走了，沙钵略凉了半截。想到他的十万人对阵达奚长儒二千人，苦战三天，他伤亡惨重，又见将士们士气低落，只好撤军北还。

达头和染干因羊引发冲突，达奚长儒意外地获得死里逃生的机会，带领二百来号残兵逃出周盘。回到长安的达奚长儒遍体鳞伤，他是被部下抬着进宫朝见的。能见到出生入死的猛将达奚长儒活着回来，杨坚本是高兴，可他的心情却是格外沉重，紧握达奚长儒的手说："你别回家了，就留在宫里，朕陪你疗伤。"达奚长儒说了声谢皇上，想坐起来，伤痛得厉害，无力支撑起身子。杨坚说："你就躺着吧，朕会让太医给你医治的。"

没等伤口痊愈，达奚长儒的母亲去世，他得要丁忧三载，不得不告假回家守孝去了。

3

开皇三年（公元583年）正月，由宇文恺主导设计建造的大兴城在龙首原竣工。大隋帝国新的都城由宫城、皇城和外郭城组成。宫城居北，为皇宫所在地；皇城居宫城南边，为各官衙所在地；外郭城居宫城、皇城的东南西三面，为官民住宅及工商市井所在地。外郭城的明德门，皇城的朱雀门，宫城的承天门在一条中轴线上。城里建有东西街道七条，南北街道五条，宽阔逾百步。

大兴城东西长十八里，南北宽十五里，堪称天下超级大都市。此后至少一千年，天下所有都城，没哪座都城规模超过大兴城。此后的历代帝王兴建都城，大多效仿大兴城的建筑格局。

这年的三月，隋朝迎来迁都盛典。首先是隋文帝和皇后迁入新宫；紧接着数十万官民陆续迁入新都。

新的都邑叫大兴城，新的宫城叫大兴宫，帝王视朝听政的正殿叫大兴殿。从建城到竣工，仅仅花去九个月。就在建城的日子里，突厥来犯隋朝。隋文帝杨坚焦头于抗击突厥，一直腾不出工夫来大兴城视察，不知宇文恺等人把新的都邑建成啥花样。

正式迁都的这天，整个京城本是彩旗招展、锣鼓喧天、炮竹齐鸣、热闹非凡，因有皇帝下旨厉行节约，使得迁都庆典显得格外冷清。皇帝和皇后告别旧都长安，乘上御辇，来到大兴城。

大兴城的道路宽阔得可以并行数十辆马车。第一次来大兴城的人都感到格外震惊，就连杨坚也感到道路宽得离谱。杨坚问建城的总设计师宇文恺："这里的一条路宽过了长安城的十条路，干吗要把路修得这么宽阔？"宇文恺总在担心皇帝看哪地方不顺眼，惹来训斥，不安地凑过来，唯唯诺诺说道："皇上应该知道旧城长安的毛病就是经常出现道路堵塞，尤其每逢早市，车水马龙堵得寸步难行，人人急得额头直冒汗。臣考虑到了大兴城要容纳数十万人口，道路一旦修得太窄，出现堵塞，哭笑不得，再想加宽，有道路两边的房屋限制，几乎不可能加宽了，因此臣一步到位修宽道路，根除官民通行之苦。"听罢宇文恺这般解释，杨坚想起旧城长安堵塞情形，点头赞同说："路修得宽敞，看上去气派，也为官民通行解除了堵塞之苦，是好事。"城里的小桥流水，井然有序的房屋，令杨坚耳目一新，甚为高兴。因为高兴，杨坚并不急着去北边的大兴宫，非常惬意欣赏外郭城和皇城壮观的景色，不断夸赞宇文恺素有奇才。得到皇帝赞许，宇文恺心里美滋滋，激动得很。逛了一个多时辰，感觉大兴城越逛越大，仿佛大得无边无际。杨坚从没像今天这样兴奋，似乎忘记到大兴宫去，还是大臣们提醒，他才不逛了。

大兴宫有道高高的围墙，与皇城完全隔离。承天门是大兴宫的正大门，进入承天门等于进了宫城，气势宏伟的大兴殿高耸在眼前。在百官陪同下，杨坚登上高耸的金銮宝殿，心情无比欢愉，禁不住对左右说："朕建大兴城，建大兴宫，不再有寄人篱下之感。"左右们也是心情欢愉，随口颂贺。等到了大兴殿，一派金碧辉煌的景象令人赏心悦目，本是欢愉的杨坚心口猛地一沉，正要说点什么，见百官开开心心对大兴殿赞不绝口，不便在这迁都大喜之日扫兴。

随之杨坚耳边响起百官朝贺声，他应声登上御座，本该来一番高瞻远瞩的言辞，却没有，脸上笑出来的样子不是那么轻松自然。细心的李德林有所觉察，凑近高颎，悄悄说道："今日本是迁都大喜，皇上好像不太欢心。"高颎随即注视杨坚，同样觉察到了杨坚从内心里流露出的丝丝不悦，便觉奇怪。

杨坚好像在大兴殿里多待会儿，就不自在，离开大兴殿转悠在了大兴宫。可以说大兴宫从设计到建造，达到前所未有的极致。整个宫城由朝区、大内和苑囿三部组成。朝区是皇帝和大臣处理国事举行大典的行政区；大内是皇宫，为皇帝和皇后及众嫔妃的生活区；苑囿是皇家休闲场所。杨坚率众臣还没逛完大兴宫，人人走得腿脚疲乏。

粗略地逛完大兴宫，到了夜色四合时辰，方告结束。杨坚回到新的寝宫甘露殿，一看甘露殿的装饰比大兴殿更奢华，生起闷气来。皇后请他进膳，他不吭声。

皇后走到他面前，提醒说："皇上该要用膳了。"

杨坚板着脸说："朕没有胃口。"

皇后奇怪地问道："皇上头一天迁入新宫，为何没有胃口？"

杨坚憋不住地说道："朕看这前殿后宫都建得甚为奢华，肚子早就气饱了。"

皇后这才知道宫里的奢华犯了杨坚大忌，劝说道："宫城刚建成，装饰得华丽一点儿，并没超出常规，皇上不至于生气得连饭也不吃上一口。"

杨坚泄愤说："宫城初建的时候，朕跟宇文恺等人交待过，叫他们别把宫城建得奢华，不听。朕想问他们的罪。"

皇后谏阻道："建大兴城和大兴宫，宇文恺等人立下汗马功劳，皇上问罪他们，道理何在？"

杨坚仰起脸，叹息道："也是的。"

皇后说："既然问罪没有道理，皇上应该打消问罪的念头。"

杨坚说："不问罪，朕明天下个旨，将宫里的奢华统统清除掉。"

皇后再次谏阻道："宫里摆设的贵气物，大多是从长安城的旧宫里移来的，不过是周皇室的遗留品，摆放在这新宫里，也没障碍谁的眼。再说皇上刚刚迁到这新宫来，拿几件贵气物品过不去，大臣们看在眼里，以为皇上刻意做样子，更以为皇上是抹杀宇文恺等人的功劳，要知惟有宇文恺等人才有能力在最短的时间建成大兴城和大兴宫，他们吃尽大苦耐尽大劳，如果皇上现在毁掉宫里的华丽景象，等于否定了宇文恺等人的辛苦付出，将来还会有谁真心替皇上卖力呢？"

听皇后说出这番言辞，杨坚似乎没话可说了。

皇后接着补充道："建大兴城和大兴宫，是数十万劳工的心血凝成，大臣们没一人说不好，都在赞不绝口，仅凭皇上一时看不顺眼，当即大毁宫中设施，十分的不妥。皇上崇尚俭朴，臣妾一万个赞成，只能慢慢来。"

杨坚这才平静下来，点头道："好吧，朕听爱妃的，过些日子再说。"

皇后笑道："那就请皇上随了臣妾去用膳。"

杨坚跟着笑了，不再跟肚子过不去。

第一天在大兴殿里上朝，皇帝和大臣们都赶了个大早。

杨坚神清气爽，首先颁布新法令：平民服徭役由每年三十天减为二十天，不服徭役者纳绢四丈减为二丈。北周末年官府专营酒坊、盐池、盐井的通令，全部废除。群臣上表朝贺，赞皇帝陛下为天下万民减轻负担增添福祉。

待新法令颁布之后，礼部尚书牛弘走出来奏道："禀皇上，国家收藏的典籍屡经丧乱，仅存一万多卷。早日的北周平定北齐时，所获典籍除去重复之外，只增加了五千卷。我泱泱大隋，国家书库仅有这区区之数，不足以形成智库。"

杨坚为之一振道："中原历经多年战乱，圣贤书多已散逸。治国理政，的确离不开经史典籍。"

牛弘是隋朝少有的一介大儒，甭说他贯通经史，平日里总是手不释卷，素有大雅君子之称。他头一个提及典籍稀缺，引来百官热切关注。

苏威道："经史典籍长期流落民间私藏，易毁损，于国不利，到了该要收归各级官府和朝廷的时候，请皇上下旨，即可搜集。"

郑译道："皇上求书于天下，为百年树人，乃圣人之举。臣以为传世之书流散民间，若遇上爱书之人不愿拿出来进献给国家，如何是好？"

杨素进言道："圣贤书既是智慧之源，也是治国的利器。臣建议皇上求购私家藏书，天下人兴许会以书换金。"

杨坚赞同杨素的提议，点头道："书籍藏在百姓家里，属于百姓的财物，朕不可以强拿白要，当然只能求购了。"

说到求购，杨坚当即宣诏，天下人献书一卷，赏绢一匹，这可是花了重金换书。

就在宣诏求购圣贤书的第二天，镇守并州的虞庆则派人传来谍报，沙钵略可汗又在蠢蠢欲动，准备再次越过长城。杨坚心口猛地一沉，召苏威和高颎。待两人到殿后,杨坚对他们说:"摄图又要杀个回马枪了。"高颎领兵去北方,回朝不久,吃一惊说:"去年年底,摄图在周盘跟达奚长儒血战了一场,已经率兵回去了,他怎么又要折转回来?"苏威说:"摄图在周盘吃过大苦头,他为何还不死心呢?"

杨坚皱起眉头说:"摄图是朕的心头之患,还有高宝宁也是朕的心头之患。"

高颎说:"去年臣奉旨赴北方,高宝宁依靠摄图,在平州作乱,试图为灭亡的北齐东山再起。"

杨坚说:"高宝宁是颗钉子,一定要尽快拔掉这颗钉子。"

正说着摄图和高宝宁,郑译和刘昉脚步匆匆走进殿来,气咻咻禀报陈朝鄀州(今湖北武昌区)守将张子讥派来使节,请求归降隋朝。杨坚、高颎和苏威大吃一惊,清楚张子讥要来归降对陈朝来说就是叛国,隋朝一旦接受张子讥归降,无疑会激怒陈朝,若陈朝借此举兵,得不偿失。

想到突厥又将大军压境,杨坚板着脸,对郑译和刘昉说:"这种时刻,这个张子讥跑来添什么乱,叫他们回吧。"

郑译和刘昉正要退下,苏威计上心来,叫他俩暂且留步。然后苏威对杨坚说:"没有突厥来犯,陈国的鄀州守将张子讥归降我大隋,是桩好事,怪只怪他们归降的不是时候。"

没等苏威说完,杨坚急着问道:"朕不接受张子讥的归降,有何不妥?"

苏威回道:"突厥对我大隋不善,臣担心江南的陈国乘虚而入,因此我大隋不得不提防,以免南北受击。所以臣建议皇上扣留张子讥的使节,投其所好地送回到陈国去,岂不是缓和了来自江南之忧吗?"

杨坚两眼一瞪,冲苏威说道:"好主意,真是好主意。"

4

隋文帝杨坚派遣长孙晟和太仆元晖出伊吾道(今新疆哈密),前往突厥拜见达头可汗,特地赐给达头一面狼头旗,传说狼是突厥人的祖先,突厥视狼为图腾,这样的赏赐表达了隋朝皇帝对达头无比看重,令达头异常开心。再说长孙晟当年送千金公主下嫁突厥,达头拜长孙晟学过骑射,已是老相识,两人见面,如同久违的故友。长孙晟送狼头旗不过是个幌子。他跟达头叙旧,谈了会儿骑射。话题一转,长孙晟对达头说:"此次我和元晖出伊吾道拜见可汗,带来我朝皇帝旨意,愿与可汗结为百年之好,不知可汗意下如何?"

达头肃然一振说:"既然大隋皇帝派二位来传旨,以和为贵,我就相应罢了。"

长孙晟说:"窃以为摄图主动挑起战事,唯恐天下不乱,对人对己,都是两败俱伤,不可取,绝对不可取。"

听长孙晟说得恳切,达头没了顾忌:"突厥跟昔日的北周与北齐即使有过节,从没伤过很重的和气,大多时候都是和好如兄弟,不知摄图为何要结束那种和睦相处的现状。"

元晖说:"兴许是摄图的心变得太大,妄图吞并天下,他的野心只能闹得天下大乱,不是谁都想要的结果。"

达头轻蔑一笑说:"单凭摄图一己之力吞并天下,他是蚂蚁撼大树,自不量力。"

长孙晟抓住这个契机说:"若可汗参与摄图大乱天下,又能从中获取什么好处呢?不如与邻为善,人安己安。"

达头的表情立马沉静下来。

长孙晟接着说道:"既然摄图暴露出妄想天下的野心,就有吞并突厥诸部的野心,可汗要多长个心眼,别受摄图驱使损兵折将,还是养精蓄锐为上策。"

听这话,达头惊得快要冒出冷汗,他说:"摄图想大闹天下,让他闹去吧。"

长孙晟和元晖以隋朝使节身份来访,笼络达头,就是要加深达头与沙钵略摄图的矛盾,分化突厥诸部势力,以免摄图再次纠集重兵侵袭隋朝。

之后达头派遣使节回访隋朝,惊动沙钵略。沙钵略想起去年在隋朝境内的周盘为羊的事闹得达头不欢而撤军,导致攻隋之战半途而废,唯恐达头跟隋朝修好。于是沙钵略气得就想立马出兵教训达头,被他的谋士阻止。但他的头脑依旧发热,问左右谋士:"达头与隋朝修好,是背叛突厥之举,为何不能教训他?"谋士们告诫说:"若可汗此时发兵去教训达头,等于跟达头彻底翻脸,再也没有挽回的余地,正是隋朝想要的。怕就怕隋朝以此为借口,跟达头联军来对付可汗……"沙钵略这才冷静下来。随后他使出缓兵计,假惺惺地派出使节前往长安,主动要跟隋朝修好。

碰巧的是达头的使节和沙钵略的使节在同一天里到达长安,他们进入大兴宫时邂逅相遇,你看我,我看你,倍感惊讶。

同在一天来了两路突厥使节,就连隋文帝杨坚也颇感意外。杨坚宴请两路来使,不动声色将达头的来使请到了上宾座席,将沙钵略的来使安排入座在了下位,令沙钵略的来使十分难堪。

达头的使节受到高规格的接待自然心满意足甚是得意。沙钵略的使节就不一样了，感觉受到歧视，心情格外沮丧，等宴席一散，气呼呼离开长安重返了归途。

不久之后沙钵略知道他的使节在隋朝遭遇不公，恼怒得不可释怀。

接下来，杨坚派人带上厚礼去契丹结好；又派人带上厚礼去拜访沙钵略的弟弟突利。就是不对沙钵略赏脸，也不给沙钵略赏赐丝毫的好处。

杨坚使出离强合弱的反间计，激怒沙钵略，他约阿波和原北齐营州刺史高宝宁率军再次踏入隋朝境内。震怒杨坚派兵遣将，任命卫王杨爽为行军元帅，上柱国李充为行军总管，兵分八路出塞攻打突厥。

誓师出征的当儿，杨坚召群臣于大兴殿，下诏说："从前的北周和北齐势不两立，分裂华夏，突厥趁机两边讨好，从中获利。北周总是忧虑东边的北齐，害怕北齐与突厥交好过深；北齐总是担心西边的北周与突厥联合成一体；两国都认为突厥一旦倒向对方，危及国家安全。正因北周和北齐都把对方当成头号大敌，让突厥钻了空子。朕以为不能拿了从天下万民那里征收来的财富继续饲养不知好歹的突厥豺狼。他们愚昧透顶，根本不理解我朝的深刻用意，反而把天下统一、安定八方看成群雄逐鹿的战国时期，一味地骄横、怨恨。近期他们又倾巢出动，侵犯我朝北部边境。受命的诸爱将此次出征，遇投降者予以接纳，对反抗者一律格杀，使突厥不再敢贪恋南侵，永远畏惧我朝的威刑。"

下完诏书，杨坚对各路军作出重要部署。王弘、豆卢勣、窦荣定、高颎、虞庆则等大将受命后分道而进。杨爽率李充等四将行走朔州道（今山西朔县）出塞，四月己卯日与沙钵略相遇在白道（今内蒙古呼和浩特），两军相隔数里对峙着。

李充窥视沙钵略的部队并没列阵而立，将士们进出营帐散漫得很，对杨爽说："突厥来犯，轻视我军而不加防备，如果我军派出精兵发动突然袭击，一定能打败他们。"

杨爽一时吃不准李充的进言，众将领对李充的进言同样持怀疑态度。只有元帅府长史李彻赞成李充的冒险举动，他说："先发精兵出击，兴许就是先发制人，如果突厥军被打乱阵脚，后边的援军紧随而上，以势压敌，必胜无疑。"李彻响应李充，自信先发制人。杨爽犹豫片刻，对李充和李彻说："胜败就看你俩在此一举。"于是李充和李彻率领五千精骑兵准备策马朝突厥军奔杀过去。刚骑上马背，李充突然说了声且慢，李彻不知何故看着李充。

李充对李彻说："你看突厥军的营帐那边炊烟四起，恐怕不是攻打他们的最佳时辰。"

李彻说："再不出击天就要黑下来了。"

李充说:"等那边的炊烟低矮下来出击,正是突厥军吃饭的时候……"

李彻这才明白李充的用心,一直盯着前方的炊烟。没多会儿,那飘向半空的袅袅炊烟渐渐低矮下来。天色开始暗淡。李充估计突厥军已经端起饭碗,正是防备最薄弱的时候,下令道:"出发吧。"

突厥遇大旱,逢上少见的灾荒,军中粮食严重短缺,到了无米下锅的时候,只好粉碎牛羊骨头充当粮食,将士们饿得面黄肌瘦,四肢乏力。疾病开始在军中流行。这样的一种状态,跟隋军作战,绝非对手。许多人请求撤军,沙钵略担心不战而退,给了隋军乘胜追击的机会,他不准撤军。

此时的突厥军被李充料到,他们刚端上碗,三五成群围成一团在吃饭,咽下的是磨碎的牛羊骨粉,这样的伙食令他们萌发厌战情绪。李充和李彻率领五千精骑似疾风奔涌过来,杀得进餐的突厥军措手不及。紧接着后边的隋军蜂拥而至。沙钵略慌了神,做梦都没想到隋军会在这种时刻发动袭击,转瞬间杀得他的军营里血流成河,他急得使不出回天之力挽救战局。

一向骁勇善战的突厥军在饥饿面前完全丧失战斗力,几乎是不堪一击,丢下碗筷只顾逃命。沙钵略在一片大乱中寻找马匹,没料马匹在大乱中受惊,脱缰四散狂奔而去,就是不听使唤。袭来的隋军见了人头就砍,势不可挡越杀越猛。沙钵略眼看在最后一缕夕阳中如蛾纷飞的刺目刀片,吓出一身冷汗,只好跟随将士们弃甲而逃,慌不择路逃进了茂密的草丛。

突厥军在白道惨败,饥饿只是一个方面,主要原因是沙钵略屡次侵隋,既没给突厥汗国带来好处,也没给参战的将士带来好处,众将士在忍饥挨饿的战地不约而同达成消极怠战的默契,面对奔杀过来的隋军,惟有一个逃字罢了。战斗很快结束。卫王杨爽下令放火焚烧突厥军的营帐,将营帐里的军需、器械烧了个精光。

5

原北齐营州刺史高宝宁被隋文帝看成一颗钉子,早已下令拔掉这颗钉子,这颗钉子一直在流窜作战,逮住他很不容易。隋幽州总管阴寿费尽周折,终于找到高宝宁的踪迹,率十万步骑出卢龙塞(今河北喜峰口),攻打高宝宁,打得高宝宁招架不住,请求援兵。恰逢此时沙钵略兵败白道。高宝宁向突厥请求援兵落空,被阴寿追杀得钻进了黄龙城。奉旨拔掉钉子的阴寿追到黄龙城。高宝宁弃城而逃。突厥靠不住,老巢营州一带已被隋军夺回,高宝宁决计北走塞外,到契丹寻求支持。隋文帝杨坚早就派遣使节到契丹朝贡，给契丹施压。契丹王权衡再三，不便得罪隋朝，决定抛弃高宝宁，不再接纳高宝宁进入契丹。

就在高宝宁走投无路之时，阴寿花重金悬赏高宝宁的人头，这一招果然奏效，高宝宁在逃遁途中被部下赵修砍下人头。跟随高宝宁流窜作战的将士群龙无首，分崩离析作鸟兽散。

随着沙钵略的败走和高宝宁的覆灭，隋军开始全面反攻。阿波可汗的军队节节败退。隋秦州总管窦荣定领兵三万出凉州（今甘肃武威），追到高越原（今甘肃民勤），才追上阿波。这高越原地处人迹罕至的沙漠，到处干枯无水，这无水可补的现实令两军害怕开战，保持距离对峙着。

京兆人史万岁因朋友谋逆受到牵连，免去官职发配敦煌从军。他闻知秦州总管窦荣定率军驻扎在离敦煌不远的高越原，心里发热便觉改变命运的机会来了，按捺不住前往高越原。

史万岁何许人也，知他者一听他的名字如雷贯耳。他所在的甘肃敦煌靠近边关。多年来，突厥人无数次越过边境大肆劫掠牲畜，闹得边民苦不堪言。自从史万岁贬至敦煌，时常骑匹快马独闯突厥，抢得牛羊而归。后来突厥人只要一听说史万岁来了，吓得不敢跟他交手，多半会是撒腿逃离。

史万岁一身虎胆窦荣定早有耳闻。待史万岁突然出现在窦荣定面前时，令窦荣定格外吃惊。

史万岁对窦荣定谦卑说道："闻窦将军率大军来甘肃讨伐突厥，在下前来投身于窦将军门下，恭请接纳。"

窦荣定面临眼前大敌，缺的就是猛士，也不在意史万岁受贬前嫌，欢心说道："久闻你的大名和声威，既来之，别再回返敦煌了。"

史万岁这才踏实道："在下是负罪之人，能有机会投身窦将军门下，立功赎罪，报效国家，是在下此生一大宏愿。"

窦荣定甚为高兴，连说几声好，将史万岁留在了军中。

这时候阿波和窦荣定仍在对峙，只因这沙漠地带实在找不到水源，两军一旦交战，必然大汗淋漓，没有充足的饮水，不知要渴死多少人和马匹，所以两军一直不敢轻举妄动，只盼老天开恩，降下一场大雨，弥补水源不足，再开战不迟。可这连绵起伏的沙漠地带一年下不了几回雨，放眼望去，如雾似幔的沙尘在呼啸的风中不厌其烦地跑动，一忽而在这里垒起一座沙丘，一忽而在那里垒起一座沙丘，且是变幻无穷。

两军在沙漠里僵持数天，谁也不愿往后撤退。随着时间的延伸，隋军带来的饮水差不多消耗殆尽，将士们干渴难耐，开始喝马血，用刀尖扎破马脖子上的血管，放出血来饮用。窦荣定暗着急，问副将长孙晟，阿波为什么迟迟不出手？长孙晟说阿波此次率军来犯，连吃败仗，兴许是他再也输不起了。窦荣定说我军先出手，能速战速决击垮阿波吗？长孙晟叉腰，眺望如浪起伏的沙漠，说我军将士开始饮马血解渴了，可想阿波的将士在饮马尿了，这一仗若是打开场，两军不知要渴死多少人。窦荣定怔了下，说这场仗迟迟不开打，等到何日为止？长孙晟无从回答。就在这一筹莫展之际，窦荣定突然想出一个打破僵局的主意，骑上马，朝前走了一段路，直呼突厥主帅阿波可汗。听到窦荣定呼叫，阿波以为窦荣定要跟他单挑，骑上马离开了军阵。

窦荣定隔空冲阿波叫道："你我在这茫茫沙漠里出兵交战，结果如何，你心里清楚。"

阿波说："你要如何，我奉陪到底。"

窦荣定说："你我的士兵有何罪过，何必让他们在这沙漠里互相残杀送死呢？就怕他们送死后，没人收尸。我提议从两军中各自挑选出一位勇士决斗，比个胜负，你答应吗？"

阿波听罢窦荣定的提议比较公平，是让两军保持实力的善意之举，欣然答应了。

窦荣定策马转身回到军营，直接对史万岁说道："突厥人对你闻风丧胆。既然你主动投身我麾下，我这就给个机会让你立功赎罪，去跟突厥勇士决斗吧。"

史万岁为之一振，热血直往上涌，点头说："相信我能赢，能活着回来见窦将军！"

窦荣定给史万岁打气说："你赢的不是你自己，而是你的国家。"

史万岁正要上马，窦荣定说了声且慢。史万岁站住了。窦荣定摘下别在腰间的牛皮水壶，摇了摇，递给史万岁说："只剩半壶水了，快拿去喝掉。"史万岁接过牛皮水壶，诧异问道："给我喝了，窦将军喝什么呢？"窦荣定厉声说道："只要你能赢着回来，我喝马血也甘甜。"史万岁这才仰起水壶，喝下几口，将余下来的水喂给了他的坐骑。

高大魁梧的史万岁身着铠甲骑上了马背，他两手持大刀，一根长长的马缰系在裤带上，策马如离弦的箭飞奔出去。可以说隋军在此一搏，胜负全看史万岁了。隋军数万将士都紧绷着了神经。

突厥军派出一名骑将手持长矛如展翅的雄鹰,他跟史万岁单挑决斗,自然身负着突厥军的重望。两个勇士迎头相击,随着急骤的马蹄声,距离越来越近。突厥骑将又似下山的猛虎向前倾出身子,看上去仿佛快要飞离马背,朝史万岁戳来一矛,史万岁飞快地侧身一闪,躲过这一矛。

就在史万岁躲闪长矛的那一瞬间,两匹战马擦身而过,史万岁操起大刀顺势朝着对手高昂的马脖子划了过去,就是这麻利一刀,划断马喉咙,那马往前一蹿,扑腾一声跌倒在地,抽搐不止。马背上的突厥骑将还没反应过来,跟随马儿跌落下来,他的长矛正好被马的前胛压住。史万岁迅速转身,那突厥骑将刚好站立起来,没来得及从马的前胛下边抽出长矛,史万岁挥起大刀朝他脖子连砍数刀,他的头颅分离了他的身子。

翘首观望的两军将士以为两个勇士会有几回激烈拼杀,方可分出胜负,没料决斗的一幕干脆利落转瞬即逝。突厥军眼看史万岁提起一颗血淋淋的人头,大惊失色,万分沮丧。隋军迎接提着人头归来的史万岁,禁不住地沸腾起来。

回到营地的史万岁大汗淋漓。他丢下人头,低沉问道:"还有水吗?"

窦荣定急忙下令找水,找来多只牛皮水壶,倒立着让壶底的水滴落出来,勉强滴出半碗水。史万岁接过碗,一仰脖子喝了个一干二净。

两军主帅事先商定好用决斗决出胜负,隋军获取突厥军一颗人头,大摆胜利者的姿态。这时突厥军的士气跌入谷底。那派出去决斗的骑将,正是阿波可汗亲自挑选的,甭说万里挑一,至少是千里挑一,在决斗场上还没施展身手战上一两个回合,就被隋军骑将取其首级,令阿波倍感蒙羞,他指挥作战的底气全然崩塌。

生出绝望的阿波面临着前所未有的困境,若率军往后撤退,这不见尽头的沙漠定会是死路一条,朝前挺进,又被隋军牢牢堵住。他对左右心腹说:"我军决斗士败给隋军决斗士,我们只能认输了。"一个心腹说:"认输就是投降……"另一位心腹说:"我军数万将士仅仅输掉一人,不能因一人而输掉全军。"阿波苦着脸,沉默了会儿,然后急躁性子说:"诸位快去看看,就会知道我军低落的士气到了何种地步;再去看看隋军的士气正激昂着,这个仗还能打吗?万一打得不妙,恐怕全军覆没。"众心腹见阿波毫无信心,只好妥协。

阿波派人向隋军释放议和信号。隋军众将领意识到了阿波的军队支撑不住了,到了快要崩溃的时候,正是歼灭他们的大好时机,催促窦荣定赶紧下令出击。窦荣定正要带领部队发动总攻,被副将长孙晟劝阻住。

长孙晟说："出征之前，皇上特地下过诏书，要善待投降者，不许对投降者大开杀戒；我军现在冲刺过去，若遇大批突厥军缴械投降怎么办？"

众将领想起皇帝下的诏书，看着了长孙晟。

窦荣定琢磨片刻说："机会难得，若错过，让阿波度过此难关，再想剿灭他谈何容易。"

长孙晟笑道："摆在眼前的阿波军队有数万众，能杀得绝吗？如果他们集体缴械投降，皇上不许格杀，数万张嘴巴要吃要喝，我们能供给得了吗？再说数万的投降兵能带他们去何处？显然行不通。"

众将领不为长孙晟的劝阻所动，执意发动总攻，一举歼灭阿波的部队。

长孙晟坚持说："皇上的意图并非赶尽杀绝突厥来犯，就是要离间他们，最终让他们臣服于皇上，臣服于大隋。诸位要明白真正与我大隋为敌的既不是阿波，也不是达头，而是摄图。早些时候皇上派出使节去离间，达头愿与我大隋结盟，不再依附摄图。可想阿波，只要现在去离间，相信阿波会成为我大隋的盟友，岂不是孤立了好战的摄图吗？被孤立的摄图还能孤军敢与我大隋为敌吗？"

众将领以为长孙晟太天真。

长孙晟又说道："早年我送北周千金公主下嫁，在突厥待过一年多。我结识过阿波，还教阿波学过骑射，此人是个什么样子，我比诸位都清楚，他跟好战的摄图一直是面和心不和。给点时间让我试试，若不成，我军再向阿波发动总攻还来得及。"

长孙晟如此请求，窦荣定松了口气说："那就让你试试看。"

既然阿波派人来议和，长孙晟抓住这个契机，挑了位能言善辩的亲信，替他捎话给阿波可汗。那亲信来到突厥军的营地，被人带到营帐见阿波可汗。等那亲信见到阿波可汗，直言不讳说道："我是隋军副将长孙晟派来拜见可汗大人的。"一听长孙晟的名字，阿波倏地一惊，随后问道："他派你来干什么的？"

长孙晟的亲信回答道："可汗先派人去我军议和，我是来回访的。"

阿波又问道："隋军愿议和吗？"

长孙晟的亲信对阿波说道："恕我直言，沙钵略摄图每次侵犯大隋，都能获胜。而你率军入隋境，大多节节败退，这是突厥的耻辱。其实摄图与你的兵力势均力敌，然摄图经常获胜，为突厥汗国的民众所崇敬，可你一败再败，给国家蒙羞。恐怕摄图拿了你的败迹加罪于你，趁机收复你所占据的北方区域。希望你设身处地为自己考虑，多加防患摄图的野心。"

阿波大惊，顿时明白长孙晟捎来的话，支吾着说道："长孙晟乃高人。等会儿我派使者去见他。"

长孙晟的亲信前脚离开，阿波紧随其后派出一位使者前往隋军营地。使者见到长孙晟后，传达了来意。长孙晟知晓大功快要告成，一阵暗喜，冲来使直接说道："你替我转告阿波可汗，达头可汗已和隋朝结为盟友，摆脱了沙钵略摄图的控制。阿波可汗为何不依附大隋的天子呢？如果他继续追随摄图与大隋为敌，毫无出路，并且行的是条不归之路。眼下他困顿在这沙漠里，叫天天不应，叫地地不灵，摄图能救他，能给他什么好处吗？摄图完全是在利用他，劝他识时务为俊杰，与大隋结为盟友，是保存自己的万全之策。"

6

阿波终于信服长孙晟，不再追随沙钵略与隋朝为敌。一场即将爆发的沙漠大战就此而终止。由长孙晟一手操纵出这样的结局，避免了大规模的伤亡。隋军主帅窦荣定欣然接受了这个现实。

阿波派出使节随长孙晟去长安请和。隋文帝杨坚在大兴殿里见到阿波的使节异常高兴，愿接受阿波请和。他对阿波的使节说："四海之内皆兄弟，自古突厥与中原内域本是一家亲，兄弟之间又没深仇大恨，何必刀枪相见，互相残杀呢？"随长孙晟入长安请和的阿波使节一共来了五人，他们在来的路途上惴惴不安，总在担心被隋主杨坚当作人质扣押，有来无回。没想隋主杨坚对他们相敬如宾，求和的心情似乎要比他们更迫切，他们心里的不安这才平静下来。杨坚再而三地表达对突厥的善意，赏赐一些贡品，托付使节捎带给阿波。

发配敦煌的史万岁因勇猛决胜突厥骑将，被杨坚赦免，封他为上仪同兼车骑将军。长孙晟离间阿波有功，获取封赏。

败走白道的沙钵略指望阿波大发神威扫荡隋境，没料阿波与隋军在高越原不战而和，步达头后尘投靠了隋朝。沙钵略大有受骗之感，怒不可遏，加快回返步伐。

回到突厥的沙钵略并没回到他的牙帐，领兵杀向阿波所辖北方区域。这当儿，阿波率军在外仍未回归，他的牙帐甚为虚空。沙钵略畅通无阻，直接杀进阿波的牙帐。守卫们见杀进牙帐的不是别人，正是邀走阿波可汗攻打隋朝的沙钵略可汗，倍感震惊。

牙帐里的守卫寡不敌众，急忙跑去禀报阿波的母亲，请求阿波的母亲快去说服沙钵略停止杀戮。阿波的母亲听到守卫禀报，大惊问道："摄图在牙帐里滥杀无辜，他凭什么理由？"守卫们直摇头说："不知他的理由。"

阿波的母亲赶紧起身，在一群卫士陪同下，走出寝殿。牙帐里到处躺着血肉模糊的人，有的人已经断气，有的人奄奄一息发出低沉的哼哧声。阿波的母亲克制惊惧，怒从心起，加快了步伐，直朝气势汹汹的沙钵略走了过去，距沙钵略数丈远时，她突然站住，叫了声摄图，然后厉声问道："这里不是隋朝的地盘，是突厥汗国阿波可汗的首府牙帐，你为何跑来撒野，不问青红皂白大开杀戒？"

沙钵略正在气头上，他说："你去问你儿子吧。"

阿波的母亲正色道："我儿子阿波可汗正是被你邀去攻打隋朝的，他至今未归，且是生死未卜。他为你而出征，你趁他未归之机，率军跑来侵袭他的牙帐，你还是个可以交结的人吗？"

败走白道，又闻阿波在高越原不战求和，投靠隋朝，沙钵略的心情雪上加霜，视阿波为异己。他来阿波的牙帐，是来泄愤的。阿波母亲的言辞激怒了他，他当即挥剑刺向阿波的母亲，老夫人都没躲避一下，中剑倒地气断命绝。牙帐里的守卫见这情形，都给震慑住，别无选择归顺了沙钵略。

等阿波还军归来，才知沙钵略使用武力吞并了他的领地，他再也回不了他的牙帐。当他得知沙钵略趁他未归之时，在他的牙帐里大肆杀戮，就连他年迈的母亲也不放过，惨死在了利剑下。他怒恨交加，想起长孙晟提醒他跟达头联盟，并没急着报仇雪恨。

失去领地的阿波不得不向西投奔达头，寻求达头支持。

见到达头之后，阿波的样子看上去毫无剽悍可言，苦着脸，泣诉道："摄图邀我攻隋，趁我未归之时，占我属地，杀我母亲，夺我妃妾……"

盘踞西边的达头并不知晓东边的沙钵略摄图跟北边的阿波反目。没等阿波泣诉完，达头震怒道："他果真如此？"

阿波道："我已无处可归，才来投奔你处，请求你帮我收复失地。"

其实达头早就巴不得阿波跟他联手削弱沙钵略的势力，只是阿波的鼻子总是被沙钵略牵着，他俩走得太近。现在阿波终归跟沙钵略势不两立，达头便觉削弱沙钵略的机会送上门来，他对阿波说道："摄图这家伙不仁不义，居然做出此等丧尽天良的事来。你该要彻底看清他了，别再听他使唤。"

阿波依旧苦着脸说："他夺我地，杀我母，占我妻，这个仇不报，我死不瞑目！"

达头点头说："那就让摄图吐出吞下去的东西。"

两人就此达成默契，联军东进，攻打沙钵略。

未能占有大隋一寸土地，反而歪打正着得到阿波的领地，沙钵略转忧为喜，自信他是突厥最强盛的可汗。他开始谋划攻打背离他的达头，只要灭掉达头，这突厥汗国的大片疆域就是他沙钵略的天下。

没等沙钵略举兵攻打达头，达头和阿波的联军从西向东直趋而来。阿波所辖部落闻知沙钵略施调虎离山计，掠夺阿波领地，又杀其母，不愿归顺沙钵略，甘愿归附阿波讨伐沙钵略。这之前，沙钵略顺手牵羊夺走贪汗可汗领地，逼迫贪汗可汗投奔到了阿波可汗麾下。加上沙钵略的堂弟勤察另外统领着自己的部落，他跟沙钵略的关系一直很紧张，趁此时机，他率领部落叛归阿波。阿波一下子壮大起来，拥兵十万。

有达头支持，又有其他可汗和部落加入，阿波无所顾忌，四面发兵讨伐沙钵略，整个突厥狼烟弥漫，乱成一锅稀粥。

这锅稀粥正是隋文帝梦寐以求的。只要突厥爆发内战，必然大伤元气，等到耗损殆尽，苟延残喘时，杨坚相信突厥臣服大隋指日可待。

突厥爆发内战，看不到收场的时候。杨坚沾沾自喜，召长孙晟侍酒。另外召来侍酒的有苏威和李德林。杨坚大加赞赏长孙晟巧施反间计，才使大隋摆脱危机。长孙晟倒显得格外谦逊，不断地推辞功劳。

苏威断言说："摄图、阿波和达头形成三足鼎立，突厥到了四分五裂的时候。"

李德林说："突厥一旦分裂，再也不能抱成一团对我大隋形成威胁。"

长孙晟说："好战的是摄图，只要阿波和达头吃掉摄图，我大隋西北疆域，少了忧患。"

御宴还没吃到一半，郑译跑来禀报，说摄图派他侄子染干来朝见。众人大吃一惊，放下酒杯和筷子，好像不信这是真的。

杨坚沉默了会儿，对郑译说："摄图跟朕早就翻脸了，他派侄子染干来朝见，是什么意思？"

郑译摇头。他接着禀报说："染干带来五百匹马。"

杨坚不耐烦说："朕何曾稀罕他的马？"

郑译说："请皇上下旨，臣好回复染干。"

杨坚不情不愿说："等朕用完膳再说吧。"

郑译退下后，杨坚问侍酒的诸臣，有没有必要接受染干朝见。

李德林说："皇上既然对突厥采取'离强合弱'之策，让摄图的侄子吃上闭门羹回去吧。"

苏威不太赞成李德林的话，他说："摄图此次派他侄子来我朝，一定带来摄图的想法，皇上不可不知。"

长孙晟说："摄图派他侄子来朝见，不怕被当人质囚禁，多半是来释放善意的，皇上不妨召见染干，听他是怎么说的。"

用罢御宴，杨坚来到大兴殿，高升御座。没多会儿郑译带着染干进了大殿。染干朝拜时，只是施了拱手礼，令杨坚很不高兴。

杨坚板起脸问道："你就是沙钵略摄图的侄子？"

染干回道："正是。"

杨坚瞅着染干的两腿说："怎么不跪下？"

染干这才曲腿跪下。

杨坚说："你伯父摄图派你来，有什么事，直说。"

染干说："我伯父派我来求和的，请大隋天子恩准。"

听到"求和"二字，杨坚冷笑一声骂道："摄图那个狗娘养的还晓得求和！"

遭了怒骂，染干也不在乎。他说："我伯父派我来大隋，是诚心诚意求和的。"

杨坚又是一声冷笑道："朕凭什么相信他求和的诚意？"

染干说："我伯父从大隋撤军，就是他的诚意。"

杨坚不相信这样的诚意，厉声说道："阿波替他卖命出征，是他的伙计。他撤军后是如何对待阿波的，趁人不备占人地，杀人母，夺人妻，诚意何在？良心何在？"

染干勾下头，脱口说道："阿波和达头联军正在攻打我伯父，只要大隋出兵援助我伯父，我伯父发誓，愿与大隋世世代代友好下去。"

杨坚禁不住地大怒道："摄图寅时率重兵侵犯我大隋，卯时来我大隋求援军，真是厚颜无耻！阿波和达头联军攻打他，是他的报应！甭说朕不愿救他，就连老天也不会救他！"

染干见杨坚句句说的是实话，不知再说什么才好。

杨坚起身离开御座，边走边对染干说："你回去告诉沙钵略摄图，他贪婪好战遭遇围攻，是他自讨苦吃得报应！至于突厥爆发内战，是突厥内部的事，隋朝不会偏向任何一方。"

染干一无所获回到了突厥。此时的沙钵略摄图是偷鸡不成反蚀一把米,他不仅退出阿波的地盘,而且失去自己的部分地盘。染干见到他时,他正忧心忡忡。他问染干:"我派你去了趟长安,隋主杨坚对你有何回言?"

染干对沙钵略说:"隋主杨坚是位贤明君主。"

沙钵略一听染干夸杨坚,心里不太舒服,忙问:"杨坚何曾贤明?"

染干回答说:"伯父总在担心杨坚趁机报复,会出兵援助阿波,可是杨坚说过不会出兵援助任何一方,正是伯父所希望的。"

沙钵略叹息说:"只要杨坚不出兵援助阿波和达头,我心才有所安宁。"

染干劝说道:"这个仗不能再打了,伯父可去跟阿波和达头求和了。"

沙钵略回过头来,对染干说:"都打成这个样子了,我跟阿波和达头有什么和好求的?"

染干想起杨坚的话来,就说:"伯父从隋朝还军时,不去侵袭阿波的牙帐,就不会有今天阿波和达头联军对付伯父。"

沙钵略不爱听这话,朝染干瞪眼说:"达头和阿波投靠隋朝,是突厥汗国的败类。"

染干说:"如果伯父不听劝阻,继续跟阿波他们打下去,兴许会失去更多的领地。"

沙钵略自信说:"你别替我担心,我会从阿波那里夺回失地的。"

第十一章　突厥归顺

1

　　开皇四年（公元584年）正月初九日，民间称为上九日，这天既是玉皇大帝诞辰日，也是新年初开祭拜天地诸神的黄道吉日。后梁明帝萧岿从江陵来到了长安，他的到来令隋文帝杨坚非常高兴。早在尉迟迥、司马消难和王谦举兵反杨坚的时候，后梁将帅鼓动萧岿发兵，增援尉迟迥和司马消难，萧岿断然反对。他的反对帮了杨坚的忙，待杨坚称帝后，派使节入后梁，赏赐黄金三百两，白银一千两，布帛万匹，马五百匹。不久之后，杨坚又备厚礼派使节入后梁和亲，为晋王杨广娶回萧岿的四公主萧氏为王妃；准备将兰陵公主许配给萧岿的儿子义安王萧瑒。两国天子成为儿女亲家，从属关系好得毫无裂痕。正月初九一大早，杨坚诏令礼部官员出城远迎萧岿。这天萧岿头戴通天冠，身穿深红色纱袍，在大兴城的郊外受到隋朝大臣盛情迎接，然后由隋朝大臣迎进大兴宫。

　　萧岿选在这种时刻来访隋朝，有着浓厚的政治色彩。因了西北边的突厥和吐谷浑与隋朝为敌，南边的陈朝也对隋朝虎视眈眈，跟邻国的关系如此紧张，使得隋朝的外交大有四面受困。好在后梁明帝萧岿来访，打开外郊瓶颈，是对隋朝的声援。

　　萧岿的侍从听说隋文帝头戴通天冠，身着绛红色纱袍，在大兴殿里等候萧岿到来。正巧萧岿头戴通天冠，身着深红色纱袍，他的衣冠和衣冠的颜色跟隋朝皇帝穿戴得几乎一样，怕引起误会，侍从们悄悄提醒萧岿。萧岿想到后梁毕竟是隋朝的附庸国，他的衣冠跟隋朝皇帝衣冠纯系巧合，担心隋朝皇帝误解他有意攀比，萧岿令侍从停驾，摘掉通天冠，脱下深红色纱袍，改戴远游冠，换上一身朝服。

　　在大兴殿里，萧岿见到杨坚时，以臣下身份行礼叩拜；杨坚备受感动，拉下架子跟萧岿互拜，以示尊重后梁国主。随后杨坚请萧岿入座，侃侃而谈。

萧岿说:"闻突厥侵扰贵国,我多牵挂,若需后梁出兵,陛下可以随召即发。"

杨坚说:"突厥已被击退,梁主不必出兵增援了。"

萧岿说:"击退就好。"

杨坚说:"好的是突厥正在爆发内战,打得不可开交。"

自从杨坚称帝后,萧岿是第一次出访隋朝,他选在这个时候出访隋朝颇有用意。萧岿自认他的后梁是个小国,不是任何一国的对手。见隋朝抗击突厥来犯,唯恐相邻的陈朝趁了隋朝抵抗突厥之机,发兵攻打他的后梁。他来访的重要议事是寻求隋朝保护。国土狭长的后梁对隋朝应对陈朝具有非凡的战略意义,是一道屏障。

提及陈朝,杨坚对萧岿说:"隋朝与后梁是一家亲,只要陈朝敢对后梁有任何异动,大隋决不会坐视不理,定然出兵护卫后梁。"

萧岿要的就是这句话,只要杨坚给他一个承诺,他不虚此行。

来访的萧岿并没即刻回国,住在了大兴城,直到二月,他才告辞。隋文帝杨坚仿佛依依不舍萧岿离别,特地出宫,在灞上(今陕西西安东)为萧岿设宴饯行,赐缣万匹。他紧握萧岿的手说:"梁主久滞荆楚,未能恢复旧都,可想怀乡之情是多么的痛苦。朕要兵临长江,送您返回。"此言令萧岿感伤缠绵,他压抑怀旧的感伤,再次拜谢道:"隋主盛情难却,就此留步!"然后萧岿带着随从上路离去。

就在后梁主萧岿回国不久,吐谷浑入侵隋朝。杨坚想到刚刚摆脱突厥来犯之忧,又迎来吐谷浑侵扰之虑,甚为恼怒。

李德林见杨坚的表情十分难看,进言道:"吐谷浑乃区区国度,实力弱于突厥,竟然敢步突厥后尘趁火打劫,分明欺人太甚!陛下要给吐谷浑一个深刻教训,让他们将来想起这个教训,感到害怕!"

杨坚怒冲皇冠道:"传旨大将军贺娄子干出河西,速调凉州、甘州、瓜州、鄯州、廓州军队攻打吐谷浑,遇敌格杀勿论!"

谕旨通过驿站快马,直抵贺娄子干手上。贺娄子干阅罢皇帝谕旨,惊诧"格杀勿论"四字,便觉这是一道最猛的圣旨,可想天子心急如焚的程度。于是贺娄子干不敢马虎,迅速调集五州兵力,格杀吐谷浑。

自从突厥挑起战事,直至如今,杨坚的心老是绷着,仿佛盼不来轻松的日子。

然而内乱的突厥已分裂成东突厥和西突厥。阿波占有大漠西部及龟兹、铁勒、伊吾等西域地区,建立起了西突厥汗国;沙体略在原突厥汗国改称东突厥汗国。二月底,东突厥起了内讧,有位叫苏尼的部将跟随沙钵略南征西战,处处受挫,心灰意冷，叛离了沙钵略。苏尼何去何从心里非常纠结，他的部下劝他投奔阿波的西突厥。苏尼说："投奔西突厥不如投奔隋朝。"部下们以为投奔隋朝，等于自投罗网。但是苏尼跟众部下的想法不一样，觉得东突厥和西突厥仍处在战争状态，他们即便去了西突厥，不会拥有太平。于是苏尼率领部落一万多老少赶着牲口越过边关进入隋朝境内。杨坚得到东突厥苏尼部归降隋朝的飞报，是喜是忧他一时纳闷得很，召苏威和高颎拿定主张。

杨坚说："朕刚才收到一份奏报，东突厥的苏尼部归降大隋，已经投奔到了我国境内，人口众多，有一万多男女老少，恐怕是摄图用计。"

高颎说："如果是摄图用计，入我国境只能使出强兵强占。苏尼部不会拿了手无缚鸡之力的老少妇孺充当牺牲品，既然苏尼部整体赶着牲口入我国境，兴许是真的来归顺陛下，成为陛下子民。"

杨坚说："来了那么多人，朕不知如何是好。"

苏威说："请皇上笑纳。"

杨坚扭过头来看着苏威，问道："笑纳有何意义？"

苏威说："苏尼部的一万多人情愿离开故土投靠我大隋，说明好战的摄图内部分裂到了不可收拾的地步，若皇上笑纳苏尼部，对摄图不仅是震慑，也令摄图更加孤立。再说我大隋西北地区有着大片蛮荒之地，难道容纳不了苏尼部的区区人口吗？"

高颎赞同笑纳苏尼部，他说："归降我大隋，苏尼部开了个好头，说不准会有接二连三的突厥部落归降我大隋，正合皇上天下统一的心愿，何乐而不为呢？"

杨坚终归接受苏威进言，回旨尽快安顿苏尼部。

正如高颎所言，没过多日，迎来达头请求降附隋朝。达头降附隋朝受形势所迫，因了沙钵略和阿波发动内战，分裂成东突厥和西突厥，达头的势力处在了夹缝里，他被东突厥或者西突厥吃掉，是一夜之间的事，于是达头权衡再三，降附隋朝得到保护才是明智之举。隋文帝杨坚照单笑纳达头请降归附。

东突厥和西突厥成为老死不相往来的死敌，他们之间的相互钳制，使杨坚真正松了口气。

四月，奉旨出击吐谷浑的贺娄子干凯旋归来。杨坚在大兴殿召见班师回朝的贺娄子干。

贺娄子干满面春风奏道："臣奉旨率五州将士抗击吐谷浑，速战速决……"

听到速战速决，杨坚兴奋起来，赶紧问道："杀敌多少？"

贺娄子干也不谦虚，脱口说道："臣率军格杀掉了一万多名来犯之敌，没留下几人活着回去。"

杨坚更为兴奋，拍案叫道："好你个贺娄子干，杀出了大隋的威风！"

贺娄子干道："臣奉旨下令格杀勿论，吐谷浑没有不被杀怕的。"

杨坚道："就是要杀得吐谷浑害怕，不敢轻易来犯。"

接壤吐谷浑的陇西与河西一带荒无人烟，才惹吐谷浑虎视眈眈，时不时地侵犯房掠。杨坚就想在那蛮荒地带移民，建立起村寨、城堡，抵御外袭。

贺娄子干直言奏道："陇西与河西地区地广民稀，的确是受到外袭的因素。臣熟悉那一带地区，虽有百姓屯田种植，因土地贫瘠，所获甚少，且费用很大。若皇上往那地方大量移民，只望百姓驻守边疆，臣以为是徒劳之举，最终还是免不了受到入侵者的蹂躏。因此臣劝谏皇上废除那里稀疏的屯田之所。只是陇右地区的百姓一向以游牧为生，如果皇上强迫他们屯聚而居，会造成恐慌。只能在那一地带多建要塞和传达军情的烽火台、墩堡，络绎相望，虽然有百姓在此分散居住，也能保障安居乐业。"

贺娄子干如此熟悉陇西与河西边地，杨坚采纳贺娄子干的建议；任命贺娄子干为榆关总管，抵御吐谷浑。

2

沙钵略挑起内战，原本想浑水摸鱼大捞一把，没料阿波很快收回失地，反而夺走沙钵略的许多领地，沙钵略是偷鸡不成反蚀一把米。现在沙钵略的东突厥要比阿波的西突厥小得多，昔日强盛的沙钵略就此变得孱弱起来。

由强变弱的沙钵略东遇契丹所逼，西遭西突厥所困，南北被隋朝所制，他是四面受敌。

他备受孤立深感处境艰难，就怕哪天隋朝对东突厥发动进攻，没有西突厥的出手相救，他的覆灭将会在朝夕之间。

因处境越来越恶化，沙钵略经常提心吊胆。想到阿波跟隋朝和解，达头主动去隋朝请降，不过是求得隋朝保护，而他最终成为隋朝的死敌，他的恐惧由此而生，无法摆脱。

千金公主见沙钵略整天郁郁寡欢，心里多有愧疚，突厥和隋朝原本和平共处相安无事，正是她起初不断地劝说沙钵略率兵攻打隋朝，替她报北周失国之仇。沙钵略这才踏上复仇的征程，到如今，仇不仅没报，反而丢了西瓜捡了芝麻。

愧疚的千金公主不知如何安慰沙钵略，她只能以己之身侍奉。沙钵略好像对什么都不感兴趣，他对千金公主说："苏尼叛我率部落逃奔到了隋朝；阿波和达头，相继投靠隋朝得到保护，我倒成了众矢之的，不知如何是好。"

千金公主抱愧道："当初我不该劝说可汗去替北周的衰亡复仇的。"

沙钵略道："都过去了的事，现在提及毫无用处。"

千金公主道："既然苏尼、达头和阿波都投靠了隋主杨坚，可汗也该要考虑一下了。"

沙钵略一愣道："可敦要我去投靠杨坚？"

千金公主点头道："现在可汗四面受敌，如果可汗去跟隋主杨坚请和，得到隋主保护，西域的阿波和达头也不敢对可汗轻举妄动。"

沙钵略叹道："早些时候，我派侄子染干去隋朝请和，隋主杨坚不答应，可想杨坚对我恨之入骨。"

千金公主道："可汗再去请和，兴许杨坚会答应。"

沙钵略不作声。

千金公主脸色一沉道："可汗不肯再去请和，只有我去了。"

沙钵略大惊道："那条路可敦去不得！"

千金公主不以为然道："大隋的都邑是我娘家，我这个下嫁的公主回娘家，有何回不得？"

沙钵略仍旧一脸的惊色："隋主杨坚夺位之初，不是灭尽了周皇室的宇文氏吗？就怕可敦去了不能回来。"

千金公主赌气说："既然周皇室的宇文氏被杨坚灭尽，剩下我一个下嫁的公主还在乎死吗？再说我这妇道人家，肩不能扛长矛，手不能握弓箭，值得杨坚砍下我这颗头颅吗？"

沙钵略不忍千金公主冒死去隋朝求和替他摆脱困境，劝阻道："只要可敦不去隋朝求和，我这就发誓，不再发兵攻打隋朝。"

千金公主非常正经说道："可汗四面受敌，到了孤立无助的时候，还不肯低下头来求人，这是什么德行？我此行隋朝，全因为了可汗的国家。要知可汗与人结仇太深，不是可汗发誓不攻打别人，别人就不会来攻打可汗，兴许某一方攻打可汗，会引来群起而攻之。"

沙钵略不禁打了个冷战。

东突厥和隋朝接壤的边境，仍处在战争状态。千金公主带着若干随从，统一着装汉服，混过了边境，一溜烟儿朝着大隋的都邑奔驶。自从下嫁到突厥，千金公主是第一次回长安。记不清有多少个长夜，她做了多少个思念长安的梦，那用泪水洗梦的日子越发令她孤独。因为改乘汉人坐的马车，统一着装汉服，一路上还算顺利到达长安。

千金公主是在长安城里长大的，下嫁时自然是从长安城里离开的，对长安城的感情没有任何一物可以代替。当她回到长安城的时候，这座陪她长大的都城破落得令她只有对往昔的回忆。她想去看看她的娘家王府，待到了府邸前，房屋依旧，只是进出府邸的人换成一张张陌生面孔。她强忍忧伤的泪水，从她娘家府邸前匆匆而过，都没停下来多看几眼，对随从说："去大兴城吧。"马车加快了速度。

进了皇城的朱雀门，庞大的街市呈现出一派繁荣景象，这景象对千金公主来说，毫无留恋的意义。她真正要进的是宫城的承天门，等她来到承天门时，被守城的卫兵拦住，她不得不露出身份，她的特殊身份令守城的卫兵感到惊诧。

没多会儿，深居内宫的隋文帝杨坚获悉千金公主到来的消息，见与不见凭他一句话。可是杨坚面对千金公主的突然出现，他感慨万端浮想联翩，千金公主正是北周赵王府的大家闺秀，当年赵王下嫁这位千金闺秀，以及赵王设鸿门宴企图对他行刺，那情景他历历在目。事过境迁，他默默地自问，那旧仇要不要付之东流？迟疑片刻，杨坚不禁对可怜的千金公主产生同情，他甚至觉得可以利用千金公主平衡大隋与东突厥的冲突，对左右说："召千金公主进宫吧。"

得到皇帝召见的旨意，守城卫兵这才允许千金公主进宫，她被人直接带到了杨坚面前。杨坚一个劲儿打量千金公主。

"摄图派你来干什么的？"杨坚问。

"我不是摄图派来的，我是自个儿来的。"千金公主答道。

杨坚一惊又问："你来，有何事？"

千金公主毫不含糊说："我虽身为北周公主，但我十分钦佩陛下的圣明与仁慈，前来请求做陛下的女儿，愿陛下恩准。"

此言一出，包括杨坚在内的所有人都震惊住了。

千金公主潸然泪下，叩拜道："在此今日，如果陛下能收我做女儿，是我的万幸！"

杨坚看着可怜的千金公主，点头笑了下说："好，朕认你做女儿。"

千金公主又拜道："既然我已成为父皇的女儿，不再姓宇文了，请求父皇给我改杨姓。"

杨坚笑道："好的，朕答应给你改成杨姓。"

千金公主紧接着说道："女儿请求父皇认了摄图这个女婿。"

杨坚怔了下，并没即刻答应。

千金公主抹了下脸上的泪水说："当年摄图派人来长安求和亲，皇家里的公主多得很，都不愿意下嫁到突厥，惟有我为了国家，为了中原内域长治久安，做出了牺牲。既然我做出牺牲成为摄图的妻子，现已成为父皇的女儿，那么摄图成为父皇的女婿是情理中事。"

千金公主的嘴巴实在是乖巧透顶，她左一声父皇，右一声父皇，喊得杨坚心里发软，立刻明白千金公主的真正来意。他试探地问道："你和摄图，一个请求做朕的女儿，另一个请求做朕的女婿，怎么摄图没随你一道来呢？"

千金公主回答道："早些时候，摄图派他侄子染干来长安朝见请和，父皇不肯答应，他不敢来了。"

3

千金公主不虚此行，变通方式求和，成功地帮助夫君沙钵略摆脱了绝境。她回返归途的心情要比来之前的迷茫轻松多了。

其实隋文帝杨坚非常清楚好战的沙钵略已是穷途末路，他顺水推舟答应千金公主的请求，为的是跟突厥平息战争，何乐而不为呢！再说杨坚身为天子，多一个女儿无所谓。于是杨坚正式下诏书，改千金公主的宇文姓为杨姓；又改封千金公主为大义公主。

晋王杨广就在这节骨眼上来朝见。

杨广对杨坚进言道："沙钵略摄图内外交困，正是灭掉他的最佳时机，儿臣请求父皇赶紧发兵。"

杨坚刚刚手谕完诏书，还没来得及派人送出去，脸一沉说："自古君无戏言。朕寅时答应千金公主做朕的女儿，都给她改了皇家的杨姓，还特地封她大义公主，卯时发兵攻打她的夫婿，此后朕的旨意还会有谁相信呢？"

杨广不肯退下，继续进谏发兵。

杨坚被惹恼，冲杨广骂道："你懂个屁，快退下。"

杨广仍旧站着不动。

杨坚更加恼，对杨广厉声说道："如果突厥的民心所向摄图，朕灭掉摄图只能让突厥民心背离朕的大隋越来越远，所以朕要的是突厥的民心，而不是要了摄图的一条性命。"

杨广说："杀掉一个摄图，我大隋少了个宿敌，有什么不好呢？"

杨坚说："朕不能放弃对突厥采取远交而近攻，离强而合弱之术。眼下即使灭掉东突厥，西突厥会更加强大，要知强大起来的西突厥不会放弃野心。朕要让摄图继续活着，以便利用东突厥和西突厥之间的矛盾冲突，相互钳制，对我大隋有利。"

杨广未能说服杨坚，只好退下。

杨坚吩咐左右召来开府徐平和，对徐平和说："千金公主回来过了，请求朕收她做女儿，朕答应了她。这事儿朕觉得有点蹊跷，也不知这葫芦里装的是什么药。朕派你去趟东突厥，你呢，到了东突厥之后，要多多留个心眼。"徐平和点头说："臣明白了。"杨坚又说道："朕下了个诏书，让你带去，摄图见了朕的诏书，一定会有反应的。你呢，多琢磨多判断他的反应，回来给朕如实禀报，朕就知道了其中的真相，切莫大意。"徐平和恳切说道："臣遵旨照办。"

徐平和领旨退下，备了马匹上路赴东突厥，多日后，他来到沙钵略的牙帐。这时千金公主刚刚回到牙帐，徐平和是紧随她之后抵达的。没料隋主杨坚这么快派来使节，沙钵略和千金公主深感震惊。

自从千金公主回来后，沙钵略的忧虑和不安减轻了一半，正当他的心态渐渐恢复平静时，迎来隋朝使节，他甚是高兴。徐平和是位性情温和之人，从见到沙钵略开始，他奉旨多起心眼来，从里到外不露声色察观沙钵略。

"自从千金公主入我朝觐见，请求和亲，我朝天子俞允，改千金公主杨姓，废千金公主名号，特地诰封大义公主。"徐平和捧着诏书，郑重说道。"请大义公主接诏。"

千金公主在转瞬间成为大义公主，她当然以大义公主的身份跪下，受领诏书。

沙钵略目睹徐平和传诏的一幕，想到他被隋朝皇帝认做女婿，异常感动，当即致书隋朝皇帝，书中写道：

"辰年九月十日，从天生大突厥天下贤圣天子伊利俱卢设莫何始沙钵略可汗致书大隋天子：皇帝陛下，您是我夫人的父亲，等于是我的父亲；我是您的女婿，就算是您的儿子。虽说我们两国的礼俗不同，但相互间的情义是一样的。从此以后，我们两国的子孙万代会亲好不绝,有上天作证,永不违负!我国的物产牛羊驼马,都是皇帝陛下的牲畜;贵国的彩锦绢帛,也是我国的物产。两国之间既然有上天作证,世世代代友好下去,就不存在敌我之间了。"

徐平和带着沙钵略的书信回到了大兴城,急忙进宫禀报。

杨坚问:"摄图见了朕的诏书有何反应?"

徐平和回答道:"他非常高兴地接受了。"

随之徐平和对杨坚说:"摄图见到诏书,立马给皇上写了封信,托臣带来。"

杨坚从徐平和手中接过书信,览毕后,甚为满意地点头说:"还有呢?"

徐平和答道:"他激动,是发自内心的激动。"

杨坚以为徐平和说得有点夸张,又问:"他内心里激动,你是怎么看出来的?"

徐平和回答道:"他给皇上写信的时候,臣就站在他身旁,臣见他握笔的手在不断地颤抖,书写出来的笔画歪歪扭扭没有劲;臣当时感觉他握笔的手在不断地颤抖,是发自他内心的激动所致。"

杨坚笑了起来,道:"算你对沙钵略观察得仔细。"

等徐平和退下后,杨坚琢磨沙钵略的书信,想到没动大的干戈,居然可以摆平好战的沙钵略,他似乎有点激动,走到御案前,搂起纱袍坐下。挥起御笔,给沙钵略写回信:

"大隋天子致书大突厥沙钵略可汗:来信已收阅,知道你跟大隋有和好的善意。朕既然是沙钵略可汗的岳父,现在就将沙钵略可汗当作朕的儿子一样看待。朕马上派遣大臣到突厥去看望女儿,同时看望沙钵略可汗。"

写好回信,杨坚并不急于派人给沙钵略送去。想到征服沙钵略这匹桀骜不驯的野狼,恐怕不是这么简单。他召苏威和高颎到殿议事。等两位心腹到殿后,杨坚就把沙钵略的书信递给苏威和高颎看。

苏威看完信说:"摄图在信里只字不提停战的话,可想这家伙心里还留有余地。"

高颎说:"摄图的确是内外交困,兴许这家伙在使缓兵之计。"

杨坚郑重说道:"朕原本计划平定陈朝的,没料摄图在这节骨眼上邀约突厥诸可汗发难,打破朕平定陈朝的计划,朕恨死他了,不得不停止平定陈朝,应对突厥。幸好长孙晟给朕出了个反间计,才使突厥内部发生狗咬狗的分裂战争。"

苏威理解杨坚的心情,忙说:"摄图的确是发难的祸根,没有他的带头祸患,我大隋早已平定南陈。皇上将计就计拖住摄图不再发难,西边的阿波和达头也会知趣。"

杨坚说:"朕想再派人去见摄图,让摄图相信朕认他是女婿的诚意,得到朕的保护,这样一来,西域那边的达头和阿波也不敢对东边的摄图轻举妄动,让他们相互僵持,相互制约。朕自然赢得平定南陈的时间。"

高颎点头说:"诚意的确可以牵制摄图,皇上准备派谁出使东突厥?"

杨坚说:"朕只是有这个想法,还没敲定人员。"

三人正谈论着突厥和陈朝的事,一个太监躬身走了过来,对杨坚说:"启禀皇上,主管开挖广通渠的太子左庶子宇文恺回来了。"

一听宇文恺的名字,杨坚好像早就想召见他,忙说:"叫他进殿吧。"

自从宇文恺指挥修建大兴城后,得到杨坚高度赏识。今年的六月壬子日,宇文恺受命主管漕运。因大兴城的地势较高,虽是解决了洪水泛滥之忧,但通往大兴城的漕运成了问题;长安地区的主河道是渭水,渭水年久得不到疏浚,泥沙沉积,河道水浅,经常阻塞漕运,关东和江南的粮食及其他货物不能运进大兴城。于是杨坚就把引渭水至大兴城向东直到潼关入黄河的三百里广通渠的开挖交给了宇文恺。从开工至今,三个月过去了,宇文恺是来向皇帝报竣工的。

三百里广通渠在短短的三个月里开挖竣工,跟建大兴城一样,是一项十分浩大的工程,这条运河连接着了大兴城与潼关,使黄河西上的航运不再经过弯曲的渭水直达京师。宇文恺进殿后,见苏威和高颎在跟皇上议事,便觉来的不是时候,怔了下。杨坚对宇文恺心生欢喜道:"听说广通渠竣工了,朕毫没想到竣工得这么快。"宇文恺说:"臣就是为竣工一事来向皇上禀报的。"杨坚连说几声好。宇文恺开始汇报工程。杨坚边听,边想广通渠的开通,彻底解决京师的漕运。他高兴过了头,竟然拿捏不住分寸,对宇文恺玩笑道:"朕即位之初,差点把你当作北周皇室的宇文氏给除掉了,朕要是除掉你,甭说今世后悔,来世也要后悔,幸亏你跟北周皇室毫无血缘关系。你是上天赐给朕的一颗明珠,从此后,朕要好好地善待你。"杨坚说出这样的话,宇文恺不禁打个寒战,正因他与北周皇室同姓,差点受到诛连,他的姓氏使他在一段日子背上沉重的包袱,就怕有人拿他的姓氏跟北周皇室相提并论。他惟有拼命效忠朝廷,效忠皇上,证明他与北周皇室毫无瓜葛。

奏完事,宇文恺正要退下,被杨坚留住。杨坚说:"京师的漕运,是朕的一块心病,你帮朕除掉心病,朕要宴请你。"

4

好战的沙钵略终于被感动，致函隋朝皇帝，愿与大隋正式签订世代友善协议。隋文帝求之不得，派遣内史兼尚书右仆射虞庆则前往东突厥。尚书左仆射高颎是隋朝的头号重臣，虞庆则是二号人物，可想杨坚派遣虞庆则出使东突厥的规格不低。熟谙突厥的车骑将军长孙晟做了虞庆则的副手。

虞庆则和长孙晟出使东突厥之前，杨坚郑重交待说："两位爱卿次此前往东突厥，肩负天下长治久安的重任。既然摄图致函，愿归顺大隋，可他是位性情中人，若他讲个礼尚往来，会拿了草原上的骏马充当朝贡，庆则不要增添摄图的负担，象征性地接纳三五匹足以够矣。"虞庆则点头道："臣遵旨。"

虞庆则和长孙晟带着隋朝皇帝玺书，风尘仆仆来到沙钵略的牙帐。沙钵略列兵欢迎，摆出许多奇珍异宝，显示富庶。眼看东突厥汗国即将成为大隋帝国的藩属，沙钵略垂头丧气，内心里隐藏着遗憾。这遗憾使他在突然间变得不屑一顾。就在虞庆则和长孙晟递交玺书的当儿，沙钵略都没站起身离开他的座位。

虞庆则忍受不了沙钵略的傲慢，当即斥责道："可汗一直坐着，架子真不小。"

沙钵略说："近日我的身体多有不适，才坐着。"

虞庆则一听便知是谎言，故意打量沙钵略说："横看竖看，看不出可汗有什么不能挪步的毛病，分明是要羞辱大隋使节吧？"

沙钵略见他的伎俩被虞庆则戳穿，笑了笑说："哪里哪里。"

虞庆则决不会拿着玺书递交给坐着的沙钵略，绷着脸，打压沙钵略的傲气说："玺书象征着大隋帝国的皇权，也象征着大隋皇帝不可冒犯的威严。沙钵略可汗一直坐着，为何不以恭敬之心跪拜着接受玺书？"

沙钵略故意打个呵欠，回答道："自从我的先辈创立大突厥汗国，没有对人跪拜的规矩。"

一听此话，虞庆则烦得很，不爽道："沙钵略可汗致函大隋，甘愿臣服大隋天子，为何拿了突厥的规矩蔑视大隋天子呢？这样的臣服不会有谁相信，我等白来了一趟。"虞庆则显露出强硬态度，就是不让沙钵略打码头。站在一旁的大义公主生怕虞庆则跟沙钵略闹翻，她急忙贴近虞庆则悄声说道："沙钵略可汗有着豺狼般的性子，若过分与他争执，激怒了他，他会咬人的。"大义公主这般提醒，虞庆则想到他跟沙钵略硬碰硬，真的闹翻，他和长孙晟回去交不了差，不得不改变对策，由长孙晟来对付沙钵略。

沙钵略曾对长孙晟的骑射佩服得五体投地。长孙晟要比虞庆则更加了解沙钵略。于是长孙晟走近沙钵略，使出软的一招，亲和地笑了笑道："突厥可汗与隋朝皇帝都是大国天子，按说礼仪大致相同，沙钵略可汗接收隋朝天子的玺书，不肯起身跪拜，岂敢违意？要知大义公主是隋朝皇帝的女儿，沙钵略可汗是隋朝皇帝的女婿。既然做了女婿，怎么能不尊敬岳父呢？"

长孙晟慢条斯理一番话，说得沙钵略无言以对。他笑了起来，对左右侍从说："真是推辞不了，看来必须跪拜岳父大人了。"起身离开座位，伏地叩拜，然后双膝跪着，从虞庆则手中接过隋朝皇帝玺书，顶在头上，羞愧难耐，相拥左右侍从放声恸哭。

沙钵略倔着性子不肯离座跪拜接受玺书，虞庆则尽管态度强硬，可他心里虚得很，一直悬着，就怕这趟特殊的皇差泡汤，他真的要跳河了。见沙钵略开始臣服，虞庆则暗自松了口气，觉得拿捏沙钵略的时机成熟，吩咐突厥对大隋称臣子。

沙钵略眼里含着泪水，问左右侍从："什么叫臣子？"

一个侍从告诉他说："隋朝所说的臣子，就是我们所说的奴仆。"

沙钵略良久不吭声，突然抬起头来，对虞庆则说："我给大隋天子为奴，全仗虞仆射尽力了。"

虞庆则笑逐颜开道："请可汗相信大隋对突厥永远不会偏心，从此后就是一家亲了。"

沙体略长长地叹口气道："我别无选择，甘愿做大隋的臣子。"

虞庆则和颜悦色道："相信大隋必将越来越强大，必将迎来盛世。我和可汗都是大隋天子的臣子，能享大隋盛世之福，有什么不好呢！"

长孙晟随之说道："大隋天子以和为贵，从来没有主动对突厥开过战，倒是突厥再而三地使用武力挑衅大隋。到如今，大隋天子不计前嫌，认了可敦大义公主为女儿，也认了沙钵略可汗为女婿，可想大隋天子是多么的宽容多么的仁慈！然而突厥好战的结果又是怎样呢？都处在了分裂状态。眼下沙钵略可汗的处境肯定不太妙，只要沙钵略可汗诚心归顺大隋，得到大隋保护，且是高枕无忧。"

沙钵略由羞愧变得惭愧。想到自己带头举兵攻打隋朝，得来的是隋朝的仁慈与宽容，而不是仇恨，便觉自己亏欠隋朝，不禁起了感恩之心，馈赠虞庆则一千匹马。

这样的馈赠非同一般。虞庆则怔了下，拒绝说："大隋不缺马，请可汗留着自用吧。"

沙钵略不高兴，脸一沉说："我知道大隋不缺马，但突厥盛产马匹，惟有赠马表达诚意。"

虞庆则这才点头，表示接受。

好像馈赠得还不够，沙钵略对虞庆则说："虞仆射长得一品人才，我有个堂妹长得如花似玉，还没嫁人，让虞仆射娶回去了，真是才子配佳人。"

虞庆则又是一怔，不知如何回答。

沙钵略目睹虞庆则的表情，也是一怔，道："虞仆射是不是嫌弃了？"

虞庆则转而笑道："可汗的盛情难却，我只有笑纳迎娶了。"

不久之前那紧绷而又僵硬的气氛，渐渐融解。沙钵略虽是对虞庆则作了馈赠，可他也有对虞庆则的索取，那便是寻求隋朝的保护不仅仅停留在口头上。自从突厥分裂，沙钵略的势力被削弱得厉害，他既为西突厥所困，又惧契丹，向虞庆则请求，允许他的部落暂时迁徙在大漠之南的北道川（今内蒙古呼和浩特西北、阴山南谷北口）。虞庆则一时当不了这个家，也就作不了这个主，对沙钵略解释说："不是我不答应可汗，是因为可汗的请求非同一般，等我回去后，尽量说服皇上，尽快给可汗一个答复。"沙钵略点头道："我等消息了。"

在东突厥逗留了数天，虞庆则和长孙晟满载而归。

杨坚皆大欢喜。就是虞庆则赶回突厥千匹骏马令杨坚不太顺意。

"庆则前往突厥时，朕有言在先，若摄图朝贡马匹，只许笑纳三五匹，庆则为何笑纳一大群？"杨坚的脸色有点难看。

虞庆则早就料到杨坚会拿马匹冲他问责。他笑道："当时的摄图正在兴头上，他一开口馈赠，就是一千匹；如果臣下只笑纳三五匹，岂不是彻底拒绝摄图的好意，摄图就会觉得我大隋看不起他，臣下只能照单全收，以免造成误会。"

杨坚点头"哦"了声，道："你随机应变，还算灵活。"

虞庆则想起沙钵略的请求，对杨坚奏道："摄图东畏契丹，西惧达头和阿波，求得皇上恩准他的部落暂时南迁至我朝的白道川。"

杨坚问虞庆则："你意如何？"

虞庆则道："也许摄图是真的畏惧契丹和西突厥，南迁我朝白道川，求得保护。"

杨坚琢磨了会儿说："朕答应摄图的请求，让他的部落迁入白道川。"

得到隋朝皇帝准迁的旨意，沙钵略率领部落越过大漠来到白道川。杨坚特地派遣晋王杨广率兵接应，供给衣物、粮食和车驾。沙钵略的部族刚刚在白道川安顿下来，他却不安分了，借助杨广的军队攻打阿波，替他报仇。性情剽悍的杨广跟沙钵略一拍即合，联军出击，打得阿波节节败退。阿拔国是阿波的盟友。就在沙钵略和杨广率军乘胜追击时，阿拔国趁了沙钵略后方空虚之机偷袭，将牲畜财物洗劫一空，就连沙钵略的妻儿老小也不放过。沙钵略听说后方遭遇劫难，慌了神，不得不退回后方救援，他还是回晚一步。晋王杨广抱不平地追杀过去，从阿拔国那里夺回沙钵略失去的一切，全部归还给了沙钵略。

见到家人一个不缺被隋军救回，沙钵略无比感激，派儿子库合真出使隋朝京师。杨坚在大兴殿里接待库合真。库合真跪拜着，替父亲上表奏道：

"天无二日，国无二主，大隋皇帝是真正的皇帝，臣子岂敢有恃无恐，窃获名号，妄称天子！臣子深感大隋民风淳朴，归心有道之君，甘愿俯首受命，永为大隋藩属，是为奉天承运。"

杨坚当即下诏说："沙钵略可汗高瞻远瞩奉行天意，与大隋和亲结好，交融一国；无论突厥，更无论大隋，都是炎黄子孙。朕立于华夏之上，令礼部大祭社庙，告知天地，祖先，远近邻邦。"

下过诏书，杨坚宴请库合真，将他引荐给独孤皇后。待库合真辞别时，杨坚厚礼相送，沙钵略得赏厚礼，异常开心。

真可谓好事成双，库合真前脚离开，后脚迎来契丹派出使节，愿与大隋百年和好，俯首称臣。杨坚惊喜得很，派使节回访契丹。

第十二章　惠及天下

1

关内遇大旱，出现少见的饥荒，洛阳是重灾区。杨坚驾幸洛阳视察灾情，回驾京师后，心情依旧沉重。他召群臣于大兴殿，宣诏道："此次关内普闹饥荒，饿死不少百姓；如果各级政府早先备有充足的储粮，不会使灾情变得这么严重。因此朕要在全国广建储粮仓窖，以备开仓赈给。"粮食靠天收，天不给，颗粒无收。然那天下大旱与大涝，正是灾荒之源，不可预测，且又来得凶猛。大臣们纷纷赞同广建粮仓，应对赈灾。但是杨坚视察洛阳灾情印象太深，回想沿途饿死的人抛尸荒野，那情形令他触目惊心。他愧疚说："朕身为一国之主，天下父母是朕之父母，天下兄妹是朕之同胞，天下儿女是朕之骨肉，可是面临灾荒，让他们一个接一个地活活饿死，朕深感羞愧！朕才决定储粮备度荒，国家要建太仓，地方州县要建仓窖，储足粮食，再遇饥荒，不至于饿死人。"

储粮取之于民，用之于民。就有大臣进言，各地建好仓储，不得空置，天下各户首先纳税粮一石，入仓储备；然后逐年按户头缴纳税粮，不到万不得已，不得开仓放粮。这个主意不错，杨坚当即采纳。

说到户头，自然说到人口。高颎走出来奏道："大前年，臣和苏威进谏皇上采取'大索貌阅'，查实全国人口，规定二十一岁以下和六十岁以上的人口无须纳税。据说各地出现假报人口年龄，或报小，或报老，为的是逃脱纳税。臣以为地方官民勾结，隐报、瞒报和假报人口数目巨大，直接危害国家征税，急需复查。既然皇上要在全国广建仓储备粮，会有许多弄虚作假者逃避缴纳储备粮，这对其他守法缴纳储备粮的百姓太不公平了。"

杨坚面带惊色，下旨户部严查，查出人口疏漏结果上报朝廷。

户部官员领旨后，倾巢出动。各州、郡、县的地方官员见朝廷复查人口户籍动了真格，害怕朝廷论罪惩处，也动了真格全力配合。数月之后，户部官员陆续回到京师，向皇帝如实禀报，各地复查出新增人口共计一百六十四万一千零五百，搜刮出隐漏男丁四十四万三千人。得知这个数目，杨坚异常震惊。他对户部官员说："你们此次复查人口，是将功补过。查出违法的地方官员，一律削职为民，回乡农耕，永不起用。"

建仓储的事，在地方州、郡、县广泛展开。这仓储建得可大可小，为防止地方官员做手脚贪污储备粮，仓储的大小由朝廷统一制定，仓储的数量也由朝廷统一规定，每个州、郡、县储积的粮食让朝廷了如指掌。

度支尚书长孙平在大臣上朝时进言，除了国家广建仓储，还要提倡民间多建义仓。他说国以民为本，民以食为天。农民耕种，三年旱涝保收，就有一年的余积，九年劳作，就有三年之储；如果遇到特大的水旱造成灾难，发生饥荒，民有义仓储备，也不会饿成皮包骨。皇上若能做到义积有方，蓄积先备，不会为饥肠辘辘而犯愁。杨坚十分赞赏长孙平的进言，诏令民间多行义举，根据贫富相差，每年的秋后，捐粮一石以下，储入义仓，以备凶年。

广建天下粮仓，这在前朝没有先例。杨坚有点担心百姓的反对声，因为储入仓窖的粮食，全由百姓提供。他召苏威询问道："朕广建天下粮仓，会不会增加天下百姓负担，招来一片骂声？"

苏威说："皇上为天下百姓储粮，百姓为何要叫骂呢？臣以为百姓会能理解皇上的一片苦心。"

杨坚说："凡人都有私欲和私心。百姓家的余粮，本是储积在百姓家里，朕诏令他们交出来储进国家的仓窖，他们以为这是国家在搜刮，要知搜刮民财最能引起天下之愤和民心背离。"

苏威这才明白杨坚的担心。他说："天下只有多数人和少数人之别，这多数人就是最底层的普通百姓，所谓的少数人就是拥有巨额财产的富人和权贵阶层。可以说历朝历代的天子，大多周旋在多数人和少数人之间平衡矛盾；尽管国家是由少数人把持，但国家是由多数人组成，动乱的起因离不开多数人的生存所迫而引发。皇上下诏广建天下粮仓，正是为多数人的生存除后患，是安天下的良策。设想饥荒降临时，少数富人和权贵是不会饿肚子的，路有饿死骨的还是多数底层人家。国家开仓放粮，百姓就会明白国家从他们手中要去的粮食，雪中送炭地归还给了他们，原来是帮他们储备。"

杨坚头点说："听你这话，朕就放心了。"

苏威接着说道："皇上广建天下粮仓，首先要让天下百姓知道此举不是政府在搜刮，是政府在帮天下百姓准备应对饥荒。政府想取信于民，让民自发而又踊跃地拿出余粮送进仓窖，首先政府不得占用仓窖里的一粒粮食，政府官员更不能贪得一粒粮食，让粮食只进不出，只有遇到荒年时才开仓赈给，这天下粮仓既保障了民生，也凝聚了民心。"

与苏威一番交谈，杨坚虽是解除一些顾虑，但他仍旧在乎百姓的反应，百姓只相信粮食储积在自家坛坛罐罐里最可靠，他们凭什么相信政府替他们保管粮食不被占用？再说各级政府的行政开支来自百姓，政府让百姓既交皇粮又额外地交付应灾的储备粮，这样的负担他们到底能承受得了多少呢？

就在杨坚再三思忖如何征收储备粮的当儿，河南道行台兵部尚书杨尚希对天下郡县过多颇有微词，几乎是愤世嫉俗地写了道奏疏，可他并没急着呈上御案，私下里拿给御史大夫杨素过目，请杨素参谋润色。杨素看罢奏疏上的陈词，没吭声。杨尚希问杨素为何不发表意见？杨素这才开口道："天下郡县过多，的确是事实，你抨击到了要害。如果你的奏折一旦被皇上采纳，不知要让多少人丢掉官职，从此你树敌太多，惹得起吗？"杨素提醒杨尚希，劝他暂且不要上表。杨尚希正在兴头上，对杨素的提醒一句也听不进去，忙说："明知时弊，官员们视而不见，都做老好人，岂不成了白吃皇粮的闲人？"劝不住杨尚希，杨素笑了下说："你上表试试看吧。"

杨尚希上表奏道：

"自秦统一天下，废除分封制推行郡县制以来，汉、魏及晋，郡县数量因地域的大小不同在不断地改变。臣以为当今郡县要比古代多出好几倍，有的地方不到百里，就设置了几个县；有的地方人口不足千户，就设置两个郡，形成机构臃肿，官吏太多，吃皇粮的人几乎增加了一倍，而税收年年下降。尤其是吃皇粮的人中，真正有才能的人是百里挑不出一个来，而国库里的支出一动就是好几万。真是民少官多，十牧九羊。琴有更张之义，瑟无胶柱之理。现在的问题是要精简机构，并小为大，除去闲职，国家财政就不会亏空。用人之道，必选贤良之才。臣的一己之见，伏听圣上裁处。"

杨坚览毕杨尚希的折子，不再有心思拿起其他奏章，他兴奋，仿佛杨尚希给他送来一剂良方。他召来高颎和苏威，将杨尚希的上表递给两人看。高颎看过后说道：

"尚希奏百里置数县，不足千户设二郡，这官衙多如牛毛，的确是民少官多，十牧九羊。"苏威说："臣拜读尚希的折子，句句切中时弊，臣支持皇上大刀阔斧改革旧政。"

杨坚信心倍增，沉稳道："秦皇嬴政并天下，重徭役，猛苛政，他的王朝英年早逝。眼下朕的王朝民少官多，十牧九羊，苛政不猛不可能。朕建天下粮仓，一头是皇粮，另一头是储备仓粮，都为天下百姓所负担，朕忧天下百姓承受之重，引发怨恨。尚希洞悉朕的内心，替朕解忧，犹逢及时雨。"

苏威道："郡县制盛行于秦代，延续至今，扎堆重叠，割舍其一，是惠民之举。"

杨坚道："正因有吃皇粮的地方官员扎堆啃食百姓，应急之备的仓窖里要想盛满粮食谈何容易？朕召二位爱卿来议事，就是要义无反顾精简机构。"

高颎问道："皇上准备从何处开始精简？"

杨坚道："朕准备彻底废除郡，只保留州、县二级。"

苏威道："精简下来的官员如何安置？"

杨坚道："郡都不存在了，哪来的皇粮供给，让他们从哪里来，回哪里去。"

高颎道："这样的精简，将会裁汰掉数目庞大的一批冗官。"

苏威道："皇上此次大刀阔斧精简旧政，涉及面广，也得要考虑到阻力，事先要决策好应对方案。"

高颎态度强硬道："那些庸碌的官员大事干不了，小事不愿干，留着他们白吃皇粮，是在吮吸天下百姓的血汗！"

杨坚附和道："尚希痛斥百里挑不出个有才能的人来，朕深有同感。朕裁汰掉他们，既减轻了国家的负担，也减轻了百姓的负担，正如当年长孙晟在突厥一箭射双雕。"

苏威道："减掉大批地方冗官，让腾出来的皇粮藏入仓窖，于国于民，的确是长孙晟的一箭双雕。"

三人不禁笑了起来。

杨坚夸赞道："得亏了长孙晟大耍反间计搞定突厥。不然，朕仍在劳师动众应对突厥，哪能为国励精图治啊！"

正说着长孙晟的功绩，内史令李德林走了过来，表情肃穆奏道："禀皇上，后梁来了位使节报丧梁世宗萧岿崩逝。"

听到这个噩耗，杨坚、苏威和高颎大为震惊。

李德林将手中握着的一把金装剑呈上道："后梁主萧岿临崩前，不忘遥想皇上，遗诏他的这把金龙宝剑进献给皇上，由使臣带来，请皇上受理。"

杨坚收下后梁主萧岿的佩剑，悲从心起，对李德林哀声叹道："后梁是我大隋最可信赖的盟友。传朕旨意，礼部尚书代替朕出使后梁，为后梁主萧岿奔大丧！认同后梁太子即皇帝位。"

李德林道了声臣领旨，退了下去。

过了数天，等杨坚从后梁主萧岿崩逝的噩耗里解脱出来，他才有心事宣诏，废除郡，只保留州、县两级地方政权，同时将百里置数县的现状合并。拆郡并县的皇旨铺天盖地传达到地方，声势浩大，县的数量减少了一大半。

2

士大夫们一心想在皇帝面前显露才华，求得个高看，书写奏章或者其他公文，一个赛一个的文绉绉。杨坚面对此类奏章或者公文，一直耐着性子。皇帝不喜欢刻意引经据典雕琢文字，然那虚幻浮华的文风愈演愈烈。杨坚实在忍受不了，上朝的时候，拿了废话连篇的官腔文章大开"杀"戒。

"为官作文，本将国事民情直截了当书写成章上报朝廷，近来朕批览公文，大多离题，居然写上赏月观花，小桥流水之类；或者空话、大话、套话、假话连篇。这种官腔文章任其下去，必然带来虚假的风气。"杨坚一边谴责文风避实就虚，一边拿起泗州刺史司马幼之的上表，抖了抖。"司马幼之的奏章，是篇典型的臭美文章，朕让他的华丽文词折腾得眼花缭乱，不知所云。朕没有千里眼，也没神通，知天下事，就靠奏章或者公文如实禀报，有一说一，有二说二就够了，可是官员们呈奏上来的文章，大多写得云里雾里，不见真面目，真恶心！"

为整治华而不实的文风，杨坚抓了司马幼之的反面典型加以惩处，罚掉司马幼之半年的俸禄，让其他官员想到司马幼之作文被罚不敢下笔轻浮。随后杨坚特地诏令天下公私文书遵照实情书写成章，让人读来一目了然，违者问罪论处。一位叫李谔的大臣也对华而不实的文风不满，上书奏道："过去曹魏的三位国君崇尚文章用词华美，忽视君主治理天下的大道，作文一味地追求词句，不过是雕虫小技。下面的官员纷纷效仿，形成空洞不良的文风。到了东晋、齐、梁朝，这种掩盖真相的文风成为主流，既无真知灼见，也无任何鞭策人进取的深度。朝廷虽然颁布了禁绝浮华艳丽的文风，一些偏远州县，仍在踵袭前代衰落的风气。尤其是躬行仁义孝悌者被摈落私门，不加录用；擅长行文注重词美华章者，则被选拔充任官吏，举荐朝廷。

全因一些州县的刺史、县令对朝廷禁绝华而不实的文风充耳不闻。请求皇上派人调查，弹劾问罪。"没等杨坚来得及批复，李谔又上书道："一些官员喜欢炫耀功绩和高贵的出身，以便谋求更高的职位，丧失廉耻心，请求皇上加以黜退，以正社会风气。"李谔的两道上书，句句大实话。杨坚正要拿了李谔的奏章颁布天下，警示官场中人。杨素、苏威和高颎进殿来。没等三人开口，杨坚先开口道："三位爱卿来得正好。"进殿来的三人笑脸迎合，问皇上有何吩咐。

杨坚开诚布公道："开皇三年，朕下诏选拔良才，选来的大多是附庸风雅之辈，朕认为他们才疏学浅，而是投其所好。让投其所好者混进官场，只晓得吹牛拍马大话连篇，不会有什么作为。"

杨素见杨坚说得直接，道："选拔官吏，关乎江山社稷，臣建议皇上不得再让地方州县随意进贤了，应将进贤的权力收回朝廷。"

杨坚点头，对高颎说："近日你就传朕谕令，地方政府选才用人的权力，统统收归朝廷吏部，由吏部考核，选拔任命。"

高颎回言道："臣领旨照办。"

接下来杨坚又说："朕接连收到李谔的两道奏章，多有启示，决定奉行圣贤教育。"

苏威颇有同感道："眼下盛行避重就轻的文风，说明国家的教育出了问题，教育一旦出了问题，选拔官吏也会跟着出一些问题。国家的教育到了正本清源的时候。"

杨坚道："朕想创建国子寺，不知如何是好，想听听诸爱卿的见解。"

提及国子寺，高颎道："国家需要人才，从国子寺里选拔，正是禁绝地方州县任人唯亲的有效之举。"

朝廷只有国子学，隶属于太常寺，这太常寺是朝廷掌管宗庙礼仪的机构，其中的国子学就是藏书讲学的地方。杨坚要把国子学从太常寺里分离出来，建立一个独立的国子寺，这国子寺既是国家最高学府，也是主管全国教育最高的行政机构。

正如李谔在上书里所言，一些士大夫喜欢炫耀功绩和高贵的出身，谋求更高的官职，丧失廉耻心。这使杨坚更加看清世袭为官的种种弊病，他对苏威说："朕还记得派高颎去武功召你来长安任职的时候，你借魏末邓艾的话说英雄莫问出处，此话朕一直铭刻在心。试想天下之广，朕求取贤良，若问其出处，不知要埋没多少出身卑微的贤良；所以朕创建国子寺，广召天下学者，求学问道，真正的贤良就会脱颖而出。"

苏威兴奋地连说几声好，然后进言道："有了国子寺，等于国家有了储备人才的仓窖，国家需要人才，由朝廷试卷科考，依名次高低选拔，绝对的公正公平！"

苏威提出试卷科考举贤制，正合杨坚心意，欣然道："从古到今的历朝历代，的确未曾有过设立科考选拔栋梁之材的先例，朕要开启这个先河，彻底废除封官晋爵世袭制，让天下寒士都有机会参加科考。"

高颎和杨素悉听开科取士，连连赞成。

杨坚信心倍增，立马下诏建立国子寺。

国子寺里除了传统的国子学、太学、四门学外，又设立了书学、算学和律学等专科类的中央官学，形成六学。能进国子寺的贡生，首先要经过县试，然后再经过州试。

自魏晋以来的官爵世袭，几乎在转瞬间土崩瓦解。通过科考进入仕途，不再有门第等级之别，触及到了贵族们的利益，反对声接连而起。

杨坚顶着多方压力，背地里对苏威说："近日朕收到一摞折子，大多反对寒门弟子参加开科取士，朕若退让他们，朕显然食言于天下寒士。"

苏威理解杨坚的压力，说道："既然皇上已将开科取士的圣旨诏告了天下，现将圣旨收回，的确食言天下，让天下寒士空欢一场；结果有可能引发天下寒门与贵族的对立，不妥，实在是不妥。"

杨坚叹道："来自多方的反对声，朕也要平衡，你之见，如何平衡？"

苏威琢磨了会儿，说道："臣当年家道中落，苦行僧般入住在京兆武功的山中破庙里，一介地地道道的寒士，皇上召臣入朝，臣奉旨，以寒门弟子身份为官至今，有什么不好呢？恕臣直言，臣以寒士为官，昼行夜思，都是为了国家，做得一点不比世袭的贵族们差多少，倒是世袭的遗老遗少总觉得天生高人一等，贵气十足，也霸气十足。正如李谔所言，他们总爱炫耀功绩和高贵的出身，以便谋求更高的官职，实在是丧失廉耻心……"

听这话，杨坚轻轻地咬了咬牙，摇头道："朕不能被反对声所左右，朕要坚持到底。"

苏威再次提醒道："所有反对朝廷广开科举大门的官员，人人怀揣私利心，根本没有考虑到国家广求天下栋梁的良苦用心。若皇上被他们的言论迷惑，他们和他们的子弟，将会继续形成裙带关系，把持国家的行政部门，相互勾结，相互利用，国家哪有不衰落的道理？"

第二天上早朝，杨坚大为光火，痛斥道："天下官民都是朕的子民，只要是栋梁之材，就没有贵贱之分。国子寺经过科考优录贡生，有什么不好呢？为官拒寒士只取显贵，是何等的荒谬！近来不少朝臣上表奏言，要将天下寒士封堵在开科取士的大门之外，朕不会采纳；朕要告诫大发荒谬之言者立即闭嘴，再言之，必问罪！"

皇帝放出此言，等于放出警告。朝殿上不再有人敢抬杠。

紧接着杨坚严厉口谕道："选拔九品以上官员，统归朝廷吏部决定，地方政府无权任免；地方官员任职，届满三年，应调离，到其他州县赴任；本地出生的官员不得在本地任职。"

这一诏令经皇帝金口说出，在殿的百官知道皇帝整治官吏动了真格，没人敢言声。

然后杨坚扫视朝殿，紧盯着了礼部尚书牛弘，问道："大前年朕差你购书籍的事，你办得如何了？"

牛弘走了出来，躬身回道："臣一直在求购。"

杨坚又问："购置了多少卷？"

牛弘答道："大概有三十几万卷。"

听到这个数目，杨坚甚为惊讶，高兴道："好啊，将书籍统统藏入国子寺，给贡生习读，足以够了。"

牛弘道："臣遵旨，立马派人将书籍藏进国子寺。"

想起购置书籍之初，杨坚记得下诏以绢帛换书，接着问牛弘："花去多少绢帛？"

牛弘如实回道："花去三十几万匹。"

杨坚肯定道："花得值。"

朝廷用三十几万匹绢帛从民间换回三十几万卷书籍，立刻引发百官热议。然绢帛贵重如金，就有朝臣调侃，说皇上从没穿过绢帛，为何舍得用一匹绢帛换取一卷书呢？

杨坚回言道："绢帛虽贵不可传世，惟有书籍可以传世，可以治国理政，可以教化我华夏千秋子孙。流失民间的书籍一旦损毁，不可再生，所以朕不惜代价以绢换书，有什么不好呢？"

第二天，朝廷派出巡省天下的尚书虞部侍郎柳彧回到了京师。杨坚急忙召见柳彧。

在中华殿，柳彧俯伏道："臣下奉旨巡省归朝，一路所见，不敢诳言……"

没等柳彧说完，杨坚打起精神问道："你之所见，照直道来。"

柳彧道："臣下之所见，有欢欣的，也有不顺意的。"

杨坚道："先奏报欢欣的。"

柳彧道："臣下走了一些地方，发现有的州县民风特别纯正；其刺史、县令为官一方，以身清廉，奉德感化百姓，不求丝毫回报；臣下以为此类刺史、县令仅为楷模还不够，朝廷应有所嘉奖擢拔，方可带动一大片官吏行清廉的纯正之风。"

杨坚饶有兴趣点头道："他们是何人？"

柳彧回道："他们是岐州刺史梁彦光、汴州刺史樊叔略、齐州别驾赵轨。尤其是赵轨在任上不置家产，清廉如水家喻户晓；有次赵轨率部下夜行，马匹误闯农田，踩坏庄稼，赵轨原地露宿，等到天亮时辰，找到农田主人，赔偿损失后才离开。"

听到赵轨爱民又清廉，杨坚感动道："赵轨等人与朕同心同道，不可薄待。"

柳彧话题一转道："恕臣直言，上柱国和干子担任杞州刺史，年近八十，已是风烛残年。此人老不守节，好将公差交由下属打理，从不过问是非，更为不齿的是他贿赂公行，百姓叫苦，怨声载道。这和干子在当地被百姓编了不中听的歌谣：'老禾不早割，馀种秽良田'。可想当地百姓对他恨之入骨。常言说耕当问奴，织当问婢。这和干子为官常是不闻不问政务，难怪当地百姓对他怨声载道。"

柳彧一腔直言，字字句句如铁锤敲打在了杨坚心坎上："这个和干子，真的是不守晚节，朕继续用他为官，害了一方百姓。"

柳彧接着奏道："臣下借巡省之机，还去了趟河北五十二州……"

杨坚忙问道："那里的风气又如何呢？"

柳彧看了眼杨坚，回言道："自从臣下入河北之境，每到一处，不免有百姓围拢过来，没句赞美之辞，几乎全是揭发官吏结党营私，贪赃枉法之事，就连臣下的两只耳朵都听出了茧子。"

杨坚顿时一怔："依你奏报，难道河北的五十二州变成烂泥一摊？"

柳彧点头，然后说道："臣下不敢诳语。"

第二天上早朝，等百官到殿，杨坚表情凝重道："巡省归朝的柳彧乃国之重器。"

此语一出，百官惊了个正色，一时弄不明白皇帝为何对柳彧的评价竟是如此之高，都凝神屏气看着了杨坚。

这时杨坚不紧不慢说道："柳彧巡省归朝，直言奏报地方官吏良莠之事，朕感慨颇多。诸卿听旨，朕立国建制，任免官吏，良者当即嘉奖、升迁，庸者当即革职为民。诸如岐州刺史梁彦光、汴州刺史樊叔略，齐州别驾赵轨等人为官一方，清廉为民，不施苟且，更不贪利枉法，应嘉奖。赐梁彦光布帛300段，米300石；赐樊叔略布帛300段，米400石；赐赵轨布帛300段，米300石。身为上柱国的齐州刺史和干子为官一方，贿赂公行，少问政务，此人虽有功绩在身，不可抵消其罪过，应免爵革职，回乡农耕。"

这天的早朝，文武百官做梦也没想到杨坚对地方官吏的得失奖惩来得这么及时。尤其杨坚对梁彦光、樊叔略和赵轨等人的赏赐有点过重，引起百官争议。就连苏威也觉得梁彦光等三人所获赏赐超过一年俸禄，憋不住嘴，走出来，冲杨坚说道："梁彦光、樊叔略和赵轨因清廉为民而获朝廷嘉奖理所当然，就是稻米和布帛来自百姓的纳税，臣担心纳税的百姓知道朝廷这般重奖地方官吏，引发嫉恨。"杨坚明白苏威之意，便说："你以为朕一次给梁彦光、樊叔略、赵轨等人赏赐多了？"苏威点头说："是的。"杨坚笑了起来，说："州县的刺史和县令，他们直接与百姓交往，朕拿出百姓的税物赐他们，是因他们从不侵吞百姓的油水。"苏威知道劝不通杨坚，也笑了，说："皇上平日里行节俭，舍不得穿件绫罗绸缎，也舍不得多食一点美味佳肴，为何舍得赏赐呢？"杨坚脸色一沉，回答苏威道："朕最痛恨鱼肉百姓的污吏，逢贪赃枉法，必问罪；遇廉吏，必赏赐，并且要重重地赏赐，让天下为官者看清白、想明白，有何不好呢？"苏威这才恍然，懂了杨坚重奖廉吏的缘故，借题说道："臣一时糊涂，不明皇上苦心。人之贪，本性也。皇上一边重赏廉吏，一边严惩污吏，是为大杀贪欲，的确好主张。"这时在殿的百官听苏威和杨坚一番对话，懂了杨坚对官吏奖惩分明的原则，不再有异议。

然杨坚似乎一不做二不休，突然问吏部尚书虞庆则，河北的州县官员大概有多少？这不经意一问，问得虞庆则张口结舌涨红了脸。早朝的气氛本是绷得紧紧的，虞庆则很是担心自己有什么过失给皇上抓住，一阵胆战心惊，立马琢磨，谨慎回答道："臣要查看河北官吏注册，方知准数，至于五十二州县，大概有官吏二百多人。"

听到这个大概人数，杨坚提高嗓门，厉声说道："以前的汉高祖刘邦取天下，诛杀开国功臣，后人送他不敬之语：兔死狗煮，鸟尽弓藏。朕即帝位，难免要行诛杀，但朕绝不错杀一位自始至终奉行美德保守节操的功臣宿将，朕杀的是污吏贪官，永远不会刀下留情！次此柳彧巡省，去了趟河北，反复听到当地百姓状告五十二州官吏结党营私，贪赃枉法。朕下旨吏部和刑部，严查河北五十二州的二百多位官吏，该斩的一个不留，该革职的一个不留。"

这一旨出自金口，等于宣出河北五十二州的官场塌方似的沦陷，满朝文武无人不胆寒，都惊出冷汗。

见百官人人面带惊恐，不知如何言说。杨坚目光冷嗖嗖地扫视百官道："吏为国之器，民之仆，在殿的诸卿别以为朕对地方官吏奖惩分明，对京师官吏另行一套，网开一面，错也！朕会一视同仁，无论谁的官职有多高，若侵吞百姓一根细小的纱线，也该问罪，朕不认疏亲，定会宣出一个'斩'字相待；无论谁的官职只有芝麻粒大小，只要他清正廉洁，以德感化百姓，造化一方纯正风气，朕会立马奖其金银布帛，升迁官职，决不含糊其辞。"

在殿的百官，全都躬身垂首道："臣等遵旨，任职是为民仆，不敢懈怠朝政。"

杨坚接着叮嘱道："今日早朝，朕亲耳闻知诸卿发自肺腑之言，但愿诸卿能长守终日。"

百官再次齐声道："清廉为上，臣等不忘皇上教诲之恩。"

这日早朝虽说杨坚下旨惩处大批地方官吏，可他的心情并不坏。想起柳彧赴河北巡省，百姓拦驾喊冤，状告官吏贪腐之事，便觉让百姓参与治吏，是一上策。他随即说道："柳彧身为钦差巡省天下，如果没有百姓拦驾喊冤、状告汴州刺史和干子和河北五十二州官吏的罪过，朕和诸卿何从知晓？百姓乃天官，治吏不可或缺。朕即日下旨，允许天下百姓告御状，京师设鼓，供百姓击鼓鸣冤；地方州县一同设鼓，供百姓击鼓鸣冤。朕申敕四方，敦理辞讼。有枉屈者击鼓，县不理者，令以次经州，至省仍不理，乃诣阙门申诉。有报未惬，听挝登闻鼓，有司录状奏之，朕亲询审。"此诏之非凡，天下百姓可以直接赴京师向皇帝告御状，各级官员要想做出欺下瞒上之事，付出的代价便是罪责难逃，没人敢不在乎。

3

大司徒王谊跟隋文帝杨坚既是少年同学，又是儿女亲家，他的儿子王奉孝娶的是兰陵公主，没料驸马王奉孝英年早逝，不愿守寡的兰陵公主哭丧着回了宫里。这兰陵公主便是杨坚最疼爱的第五女。之后晋王杨广劝说父皇将五妹兰陵公主嫁给他的萧王妃的弟弟萧玚，这萧玚便是后梁主萧岿的儿子。兰陵公主颇有个性，她不喜欢萧玚。可是杨坚喜欢兰陵公主，并没强迫兰陵公主，他问兰陵公主到底喜欢谁？兰陵公主说她喜欢内史侍郎柳述，于是杨坚答应兰陵公主下嫁给了柳述。

虽说王谊因儿子王奉孝早逝，与杨坚的儿女亲家终结了缘分，但两人的君臣关系一直不错。早在杨坚任北周大丞相时，王谊任行军元帅领军击溃叛将司马消难，后又击败巴蛮兰雒州的叛军。他功绩在册,却得不到朝廷重用,怨恨朝廷给他的赏赐越来越少。上柱国元谐也是不得志,两人大有同病相怜之感,走得很近。

一位来自西域的胡僧被王谊请进府上诵经,这胡僧经常听到王谊和来访的元谐发表抱怨朝廷的言论。后来胡僧发现王谊府上有方士占卜问卦。王谊自称为王。胡僧告发了王谊。众朝臣闻知王谊有不轨行为,奏王谊大逆不道。杨坚格外震惊,他叹道:"朕和王谊是昔日同窗,又与他结为儿女亲家,朕并没薄待他,可他为何还不满足呢?法不容情,罪当死,让他自行了结吧。"

王谊得到皇帝自绝令,在家悬梁。

看上去杨坚给了王谊一个体面的死,可是王谊直到临死之前,仍没想明白杨坚为何跟他结上儿女亲家,却不给他要职。如果他再聪明一点,就不会有怨恨,更不会自称是王。等王谊自绝后,杨坚虽没问罪与王谊交往的上柱国元谐,却是彻底疏远了元谐。

疏远部分有功之臣,是杨坚的权宜之计。譬如郕国公梁士彦、杞国公宇文忻讨伐尉迟迥有功,两人却在攻打尉迟迥的战役中暗自收取尉迟迥的贿赂,其中包括行军总管元谐也受了尉迟迥的贿。这污点杨坚虽没追究,但他对梁士彦、宇文忻和元谐等人的猜忌由此而生。尤其是梁士彦和宇文忻在军中有着极高的威望,杨坚多少有些戒惧。他曾派梁士彦任相州刺史,没多日,因猜忌不可释怀,召梁士彦回京师,以梁士彦年迈为由,奉劝梁士彦回家颐养天年。宇文忻自从结束讨伐尉迟迥之后,不再任职。至于元谐的赋闲,不足为奇。落职赋闲的还有舒国公刘昉。杨坚升任北周丞相之初,正是刘昉伙同郑译矫遗旨,这个功劳按说不小;直到讨伐慰迟迥时,刘昉犯了大忌,拒绝杨坚派他赴前线监军督战,正是他拒绝不从,令杨坚耿耿于怀,彻底抛弃了他。

尽管赋闲,梁士彦、刘昉和宇文忻依旧享受着在职时的俸禄,只是行使权力对他们越来越遥远。这三人跟王谊一样,并没想明白杨坚为何要冷落他们,为何愿让他们享受俸禄,就是不让他们享受权力。

因为赋闲,多有寂寞。宇文忻在寂寞的日子里总爱往梁士彦的府上跑,吃酒、品茶、叙旧。有时候梁士彦会到宇文忻的府上坐会儿。两人你来我往,日深月久,成为无话不谈的至交。闲得无事的刘昉是宇文忻约到梁士彦府上的。在梁士彦府上饮酒时,刘昉发现梁士彦家的一位小妾生得艳丽无比,他克制不住朝那小妾飞去一眼,那小妾天生是个荡妇坯子,顿生情意,对刘昉嫣然一笑地抛来一媚眼,刘昉的魂魄随那媚眼不翼而飞。因那秀色可餐的小妾，刘昉自然往梁士彦府上跑得勤便。可以说宇文忻是为了打发寂寞来梁士彦府上，刘昉是为那小妾来梁士彦府上。梁士彦妻妾成群，上了年纪之后，他对女人的兴趣并不显得很有激情，被娶进门来的小妾们，仿佛成了府上的摆设。刘昉一心想钻梁士彦的空子，他色胆包天，也不怕梁士彦发现。

梁士彦毕竟是个粗心大意的武夫，他好客，自然对刘昉少了提防。但是刘昉明白他跑到梁士彦家里勾引女人，是做贼，有点心虚，心想一旦被梁士彦发现，决不会饶他一条腿子；他天生的狡诈，在梁士彦面前使了个障眼法，主动跟梁士彦的元配夫人拜结干姐弟，时常拿了贵重饰品馈赠给梁士彦的元配夫人。这样儿往来得频繁，刘昉跟梁士彦的元配夫人就像亲姐弟那样，打得火热。

梁家的元配夫人到了垂暮之年，毫无姿色可言。她跟刘昉姐弟相称，梁士彦也不怀疑不缺女人的刘昉会跟他的元配夫人做出什么事来，倒还以为他的原配夫人跟刘昉是结拜的缘分。既然梁士彦拥有成群的妻妾，他的元配当然嫉恨他的娇艳小妾，巴不得他的娇艳小妾在一夜之间统统死光。元配夫人的嫉恨，正好给刘昉开通偷欢的渠道。于是刘昉加紧巴结梁家老夫人，利用梁家老夫人作掩护，跟那小妾勾搭成奸。

刘昉跟那小妾勾搭成奸之后，老夫人有了报复梁士彦冷落她的快感。梁家是豪门，到处是宅子，随便藏下一两个人，神不知鬼不觉。有老夫人暗地里帮忙应酬，刘昉跟那小妾找个僻静地方私通方便多了。梁士彦一直蒙在鼓里，以为刘昉到他家来得勤便，是亲近他。

宇文忻和刘昉，成了梁士彦家的常客。刘昉是为女人而来。宇文忻是为苦闷而来。宇文忻的苦闷到了令他无法忍受的地步，他自以为毫无过错，就这样白白地赋闲在家，总也得不到朝廷起用，深感冤屈，这冤屈年复一年地加重，怨恨也会跟着加重。想到高颎和苏威权倾朝野，宇文忻不服，就想利用跟他处境一样的梁士彦。

宇文忻挑拨梁士彦说："论功绩，高颎和苏威怎么比，都比不过郕国公，可是皇上为何要让郕国公赋闲呢？"

此话正说到梁士彦难于言表的痛处。他冷笑道："皇上是爱惜我，才放我回家颐养天年。"

宇文忻明白梁士彦说这话是自我安慰，怂恿道："凭了郕国公的声威和影响力，干出一番大事一点不成问题，不知郕国公愿不愿干？"

梁士彦意识到了宇文忻接下来会对他说什么，长长叹口气道："我老了，都七十有余了，离棺材只有数步之遥了，还能干出什么大事来？"

宇文忻抬举梁士彦道："您老别小看了自己，年纪虽是大了点，可您啥大风大浪没经历过？您毕竟是数朝的老帅，在军中的根基又是那么深厚，只要您一呼，还愁唤不来百应？"

梁士彦又叹道："我老了，不比往昔了。"

宇文忻道："难道帝王会是一成不变的吗？非也！改朝换代往往会在一夜之间形成，只要有人扶持，就是帝王了。蒲州驻军全是您的旧部，您在蒲州举兵，我一定参与征讨，两军相连，就可谋取天下。"

梁士彦被宇文忻说动心，可他仍旧心有余悸："别忘了老伙计李穆还在世。"

宇文忻道："李穆在世又能怎么样呢，他跟您一样，早就回家不理朝事了。"

梁士彦道："虽说李穆不理朝廷事务，可他在军中的威力还在，就怕他在军中使威。"

宇文忻道："咱们起事的时候，同时派人除掉李穆，您的后顾之忧不是解决了吗？"

话说到这个份上，似乎没有回头的可能。然而梁士彦觉得只有宇文忻的内应，力量仍显单薄，他说："你去叫来刘昉吧。"

宇文忻道："干吗要叫来刘昉？"

梁士彦道："你别小看了刘昉，杨坚能有今日的皇位，之初正是刘昉跟郑译矫旨搞的鬼，他心计颇足的。现在郑译仍在任职，单单刘昉受到排挤而落职，你想他心里好受吗？他每次来我府上，怨气从没少发过。相信刘昉有办法。"

过了数天，刘昉想念梁士彦的那位娇艳小妾，不请自来。正好宇文忻也来了。三个人碰了面。刘昉带来一则消息，说申国公李穆昨晚在家病逝。听到李穆病逝，梁士彦和宇文忻先是一惊，然后脸上露出喜悦。刘昉诧异道："二公闻知李穆的死讯，竟是如此的欢颜，难道李穆跟二公有什么过节？"宇文忻忙说没有没有。随后宇文忻抬起一只手搭在刘昉肩上，道出扶持梁士彦举兵称帝的事。刘昉大惊，随之兴奋起来，三人一拍即合，准备寻找机会起事。

4

梁士彦开始做帝王梦。他的外甥裴通也参与进来，信誓旦旦要帮梁士彦圆梦。没多日，裴通替梁士彦圆梦的热情渐渐冷却，想到梁士彦的势力已是日落西山，称帝谈何容易。裴通开始打退堂鼓，就想劝说梁士彦收心罢了，见梁士彦跟宇文忻、刘昉等人正紧锣密鼓地谋划起事，便觉他的劝说就是背叛，兴许会惹怒性情暴躁的梁士彦不认他这个外甥，带来杀身之祸。

　　裴通再三权衡，认定梁士彦、宇文忻和刘昉的起事不会成功，他继续参与，最终是死，现在背叛也是死，仿佛置身在了一条绝路上。于是裴通选择求生，偷偷跑到朝廷告发了。隋文帝杨坚获悉梁士彦等人准备在蒲州（今山西永济）举兵谋反，倏地大惊。

　　杨坚并没立马下道抓捕令，急召来高颎和苏威。两人进殿后，见杨坚的表情非常严峻，暗自怔了下。

　　没等高颎和苏威站稳脚步，杨坚正色道："继王谊大逆不道之后，梁士彦邀约宇文忻和刘昉等人正在谋划造反，准备在蒲州举兵起事。"

　　高颎和苏威顿时大惊失色。

　　"既然皇上知道他们要在蒲州起事，为何不赶紧下令逮捕他们？"高颎急得绷紧了脸。

　　"逮捕他们有的是时间。朕只是听罢梁士彦外甥裴通的一面之辞，朕要的是他们谋反的铁证，等得到铁证再去抓捕他们不迟。"杨坚要比先前冷静多了。

　　苏威道："蒲州距京城近在咫尺。蒲州的驻军正好是梁士彦的旧部，皇上千万不可大意。"

　　杨坚道："梁士彦没去蒲州，他的人还在京师，朕已派人去秘密监视他了。"

　　高颎提醒道："梁士彦可不比王谊，他是位智勇双全的猛将。记得那年北周伐北齐，周武帝派梁士彦镇守晋州的平阳城，北齐后主高纬率十万大军来攻城，固守城中的梁士彦仅有一万来人，明显寡不敌众，他硬挺着打了一个多月，打死也不投降，最终以少胜多。可想此人一旦闹事，定会闹得惊天动地。"

　　杨坚轻轻叹道："朕之所以闲置梁士彦，就是对他不放心，没料闲得他耐不住寂寞，终于露出头来。还有宇文忻，朕也对他不放心，才闲置他；至于刘昉，此人不过是个唯利是图的小人，与人只能同福禄，却不能共患难，朕才弃他在了一旁。"

　　高颎和苏威力劝杨坚不要优柔寡断，应对梁士彦等人尽快采取行动。数天之后，杨坚将计就计，下诏调梁士彦任晋州刺史。晋州是隋朝屈指可数的军事重镇，那里的屯兵要比蒲州多上好几倍。梁士彦做梦都没想到他正需要兵力的时候，突然从朝廷传来皇帝起用他的诏令。他非常高兴，克制不住内心的激动，自言自语叹道："天意啊，真是天意！"想起他从前调相州任刺史，板凳没坐热乎，被召还京师。担心皇旨有变，梁士彦迫切要求赴晋州上任，奏请朝廷任命仪同三司薛摩儿为晋州长史。杨坚答应了梁士彦。

其实杨坚诏令梁士彦任晋州刺史，是在试探梁士彦，看梁士彦有何反应，这一试，竟然试得梁士彦稳不住神，暴露了动机。就在梁士彦准备启程赴晋州的当儿，杨坚下旨秘密逮捕了薛摩儿。因了梁士彦专挑薛摩儿任晋州长史，杨坚怀疑薛摩儿一定知道梁士彦等人的密谋，就想从薛摩儿的口里掏出证据。

审讯薛摩儿在后宫的一间密室。当薛摩儿被带到杨坚面前时，环顾密室森严的气氛，他深感不安，腿子发软跪了下来。

杨坚横眉冷眼说道："梁士彦、宇文忻和刘昉等人密谋造反，你不可不知道。"

薛摩儿强挺着，回避道："这事臣不太清楚。"

杨坚一拍案头，怒道："你不说，替他们隐瞒，朕这就杀你，对你全家满门抄斩；你如实招供，朕赦免你和你的全家。"

薛摩儿想到他和他的家人，支撑不住彻底崩溃，不得不一五一十招供了。

杨坚这才伸直腰背，舒畅地吐口长气，离案而去。走出数步，他转过身来，对薛摩儿说道："你的话朕都记住了，如果你翻供，朕不会改变对你全家满门抄斩。"

薛摩儿吓得发抖道："臣不敢翻供。"

审讯薛摩儿，梁士彦蒙在鼓里，倒还以为薛摩儿会随他上路赴晋州。

大凡朝廷派遣京城官吏到地方任职，上任之前必须进宫朝拜天子，行辞别礼，方可启程。梁士彦离开京城的这天起了个大早，抢在头里进了宫。杨坚知道这天的梁士彦会来朝殿拜谢，故意迟到朝殿，待他进殿时，百官早已济济一堂。他升御座，紧闭着嘴，扭动脖子到处张望，发现梁士彦挤在人群里；他差人传令入朝的宇文忻和刘昉也来了。这才收回目光，慢吞吞地说了声上朝。百官躬身齐声道："吾皇万岁，万岁，万万岁！"等百官朝贺礼毕，杨坚打个手势，近侍们冲进了人群，将梁士彦、宇文忻和刘昉反剪双手押到御案下的空地上。这始料不及的行动，令在殿的百官倍感震惊。被押的三人陡然意识到他们的密谋走漏风声，硬着头皮装傻。杨坚随手拿起御案上的一枚玉笏，重重往御案上一敲，骂道："三位乱臣贼子近期串通一气，都谋划了什么，快点认罪！"梁士彦胸口猛地一紧，说道："老臣一直在家守法，不知负有何罪。"刘昉说道："臣也是在家守法，犯有何罪，请皇上明示。"宇文忻随后说道："臣不知罪从何来……"杨坚绷着脸大声喝道："传薛摩儿到殿对质！"

薛摩儿被人从殿后带到了殿前。梁士彦、宇文忻和刘昉见薛摩儿出现在殿堂上，知道薛摩儿出卖了他们，大惊失色。

杨坚对薛摩儿说："你对朕是怎么招供的，再招供一遍。"

薛摩儿滔滔不绝地招供起来。

梁士彦后悔自己过分相信薛摩儿，冲薛摩儿怒吼道："我身首分离，正是你这个伪君子送我上的断头台！"

梁士彦的这声怒吼，激怒杨坚："送你上断头台的不是别人，正是你自己！"

到此事败，不伏罪硬着来，死得更快。梁士彦对薛摩儿的怒气消退了一些。他侧过脸，瞅了眼宇文忻，欲言又止。宇文忻和刘昉听罢薛摩儿的招供，还能为自己辩护什么呢，都趴在了地上，如狗啃屎般请求杨坚宽恕。

杨坚冷着脸道："早知今日，何必当初呢？"

按照《开皇律》上的条文规定，犯谋反罪，斩立决。梁士彦、刘昉和宇文忻难逃一死，请求宽恕是白搭。然而求生的欲望人皆有之。宇文忻见到高颎，立马想到高颎在皇上面前说话有分量，乱投医似的朝高颎叩头哀求。此时的高颎即便有三头六臂，也不敢救，只能对宇文忻的哀求嗤之以鼻。刘昉则不然，想到高颎受宠得志，他的嫉恨陡然爆发，对宇文忻说："事到如此，有何叩求的？"高颎被刘昉激怒，骂道："你死到临头了，浑身的骨头还是这么硬朗，就怕削下你的骨头拿去喂狗，连狗都不愿啃上一口！"

梁士彦、宇文忻和刘昉以谋反定罪，遭到诛杀。众朝臣仍不肯罢休，纷纷上书，奏请朝廷对梁士彦、宇文忻和刘昉满门抄斩诛连九族，以作警世。杨坚回应道："惩处梁士彦、宇文忻和刘昉，只能到此为止，至于他们的亲眷，统统削籍为民，免死罢了。"

第十三章　收复后梁

1

开皇七年（公元587年）四月，一条连接长江与淮河的运河在隋朝正式开通，这条运河南起江都（今江苏扬州），北至山阳（今江苏淮安），名为山阳渎。这条运河表面上便于漕运，其实隐藏着隋朝准备平定陈朝的军事用途。隋文帝杨坚听取高颎之策，已派杨素赴永安（今四川奉节）制造战船，一旦时机成熟，大量搭载水师的战船会从长江进入新开挖的运河直抵陈朝。

就在运河开通之际，东突厥主沙钵略派他儿子入贡隋朝，请求隋朝皇帝准许东突厥游猎于恒、代之间（今山西境内）。杨坚当即下诏许可。不久，沙钵略病逝。隋朝获悉沙钵略的死讯，杨坚诏令废朝三日，以作哀悼。

沙钵略死后，本该由他儿子雍虞闾继承汗位，可他觉得雍虞闾太懦弱，沙钵略遗令弟弟处罗侯继位。处罗侯与沙钵略的兄弟情意一直深厚，不太情愿跟自己的侄子雍虞闾争夺汗位，他多次将汗位礼让给雍虞闾，可是雍虞闾坚持遵从父亲的遗命，不肯继位，处罗侯推辞不了，只好随兄遗命继承汗位，是为莫何可汗。

东突厥由昔日的敌国变成与隋朝连体的附庸。凡遇重大事件，东突厥要派使节来隋朝通报或者请示，处罗侯称汗，免不了派出使节来隋朝通报恩准，取得合法性。得到东突厥来使通报，隋文帝杨坚速派车骑将军长孙晟持节前往东突厥礼拜处罗侯，赐予鼓吹、幡旗。

处罗侯精明过人，得到隋朝赏赐的鼓吹和幡旗之后，趁势攻打西突厥。西突厥主阿波可汗早前归顺隋朝，见自己的势力做大，他的归顺成为空话，一边与东突厥为敌，一边对隋朝虎视眈眈。处罗侯打着隋朝的幡旗高高飘扬在军阵里，阿波老远见那幡旗，以为隋朝出动大军与东突厥联盟来攻打他，慌了神，不知如何应对。

阿波一慌神，指挥乱了套，军队很快乱成一团。处罗侯几乎没费吹灰之力，将阿波擒获。阿波的军队群龙无首，将士们不战而降。

处罗侯的部下要将阿波五马分尸。处罗侯摇头说："擒阿波，分裂的突厥终归盼来统一，然而突厥依附大隋，是大隋的附庸，还是将阿波交给大隋处置为妥。"处罗侯言毕，速派部将押解阿波送往隋朝。

隋文帝杨坚听说东突厥新继任的莫何可汗处罗侯扛着大隋的幡旗，一举打败西突厥，押了西突厥首领阿波可汗来大隋献俘，他大喜得快要失态，对身边近侍开着玩笑道："前些日子，摄图派他儿子来见朕，请求朕允许他们在恒、代之间游猎，没想他们捕获到一个巨大的猎物给朕送来，真是可喜可贺！"

玩笑过后，杨坚想到处罗侯抓了个烫手的山芋丢给他，若轻率处置不得当，直接影响大隋与突厥关系的走势，只好召来大臣商议。大臣们几乎是一边倒地奏请杨坚杀掉阿波，以除后患。只有刚从突厥回来的长孙晟站在人群里一直没开口。

杨坚走近长孙晟，说道："诸公卿发出一个声音，要诛杀阿波。朕想听听你的声音。"

长孙晟冷静地笑了笑说："阿波既然被处罗侯擒获，怎么处置是处罗侯的事，可是处罗侯不想处置，将阿波推给了皇上，臣请皇上多多掂量。"

杨坚一怔问道："难道阿波杀不得？"

长孙晟说："若是阿波与我大隋作对，处以极刑理所当然。他跟处罗侯兄弟之间自相残杀，并没负我大隋。如果皇上在阿波受困被囚之际，下令将他诛杀，恐怕不是仁慈远方、安抚边疆的上策。依臣之见，赦免阿波，两相共存，有什么不好呢？"

高颎认同长孙晟的见解，说道："皇上之愿是一统天下，早已认定突厥与我大隋是一家亲，既然是一家亲，杀阿波如同骨肉相残。应该赦免阿波，留他一条性命，以示朝廷宽容仁政。"

杨坚最终听取长孙晟和高颎的建议。他对众臣工说道："阿波是匹毫无诚信的野狼，朕做梦都想驯服这匹野狼，这匹野狼终归囚进了笼子。他的西突厥土崩瓦解，总算扫清朕统一大业的一方障碍。"

高颎道："只要士强马壮的阿波覆灭，就会迎来突厥与大隋共融的太平，皇上平定陈朝，一统天下，为期不远了。"

杨坚道："自秦一统华夏，举世之强无与匹敌。然天下割裂，于魏晋南北朝之殇，睹三百多年乱世，且是风起云涌英雄辈出，就是呼之不出安天下大统的圣君。朕生于乱世，立于乱世，只求一统华夏，安邦天下，愿苍天与朕共鸣！"

2

添乱的突厥终将归顺了隋朝。隋文帝杨坚这才转身把目光投向江南，大臣们一个劲地催促他举兵江南，说陈朝国主陈叔宝整天沉溺在酒色荒淫之中，国家遍地腐败，是平定的最佳时机。惟有内史令李德林发出不同的声音。

这天李德林来到御前，对杨坚进谏道："朝廷百官大多主张出兵南陈，臣不这么认为……"

杨坚正准备近期下令出兵南陈，听李德林提出异议，问道："你为何不主张现在出兵南陈？"

李德林回答道："臣主张先收复后梁，再去一心平定陈朝，这样才会万无一失。"

杨坚不明李德林话里意思，又问："为什么？"

李德林说："我朝一旦跟陈朝开战，没有回头箭。皇上别忘了后梁的国虽不大，但地域狭长，就怕陈朝以强之势先下手控制后梁，将后梁变成战地。"

杨坚说："后梁是我大隋的附庸，后梁主肯定不会答应给出地盘。"

李德林轻轻一笑说："除非后梁世宗萧岿还活着，他已崩逝；现在的后梁主是萧琮，这萧琮毕竟不是他老子萧岿，皇上岂能相信萧琮便是萧岿呢？"

杨坚说："后梁与我大隋连成一体都有多年了，未曾有过不愉快的。"

李德林说："我大隋与南陈交战后，倘若发生大量陈军涌入后梁，皇上肯定下令出兵后梁攻打陈军，看上去打的是后梁，后梁的官民以为我大隋跟他们翻脸，来侵犯他们了，他们抵抗，正是陈军希望的。发生这样的情形，等于三足鼎立，无疑对我大隋平定江南不利。"

听李德林细致言说，杨坚顿悟过来："按你的主张，就是先废后梁，再一心收复南陈，不让南陈有空可钻？"

李德林点头说："臣所进之言，就是这个意思。"

杨坚曾经有过废后梁的念头，那念头只是一闪而过。李德林提议在平定陈朝之前先废后梁，这使杨坚以往的念头从他心中再次浮起。他由不得多想，征召后梁主萧琮入朝。

这年的七月底，后梁主萧琮得到隋朝皇帝诏令，准备从都城江陵出发前往长安的大兴城。临行前，萧琮召太傅、安平王萧岩，荆州刺史、义兴王萧瓛到殿，吩咐道：

"隋主有令，朕于近日应召去趟长安，何日回朝，还没个定数。朕命二位临朝监国，一切按照后梁政令处理朝政，不得有误。"萧岩是萧琮的叔父，萧瓛是萧琮的弟弟，两人不太情愿萧琮去长安。萧岩耐不住进谏道："听说隋朝马上要攻打陈朝了，陛下选在此种时刻去隋朝，万一两国交恶，陛下又不在朝位，怎么办？"萧琮道："隋朝和陈朝交恶，我朝处于中立，不会有事。"萧瓛劝道："陛下此行隋朝，分明是声援之举，陈朝岂能认为我朝是中立？因此臣劝陛下缓行为佳。"萧琮前往长安的主意已定，他说："朕身在长安的大兴城，即便不在朝位，万一国家有什么不测，相信隋主决不会袖手旁观。"

不听劝阻的萧琮率领二百余位随从浩浩荡荡起驾，于八月十八日抵达长安的大兴城。隋文帝杨坚担心梁主萧琮不在朝位，陈朝军队趁此时机渡江，攻打梁都江陵，急调上柱国武乡公崔弘度任江陵总管，镇守荆州，严防江岸。崔弘度奉旨率麾下来到鄀州（今湖北宜城）时，距江陵只有数天的路程，这消息很快传入江陵，传到了监国的义兴王萧瓛耳里，引起萧瓛一阵大惊，急忙跑去告知叔父萧岩。

萧岩同样大惊，拉长脸说："皇上中了隋主杨坚的调虎离山计，要出大事了。"

萧瓛一下子慌了神："这可怎么办？"

萧岩不知如何回答萧瓛。他的第一反应是萧琮被召去长安的大兴城，紧接着崔弘度领军来江陵，既是个圈套，也是个阴谋。他告诉萧瓛："崔弘度一定是来者不善。"

萧瓛说："既然他来者不善，咱们也不能善待他了。"

萧岩说："皇上已经去了大兴城，这个脸跟崔弘度撕不起。"

萧瓛说："不撕脸，等崔弘度来江陵大动干戈，也不能坐以待毙。"

萧岩说："只要咱们对崔弘度出手抗击，皇上有可能成为人质。"

萧瓛突然想起太尉萧岑早些时候被隋主杨坚召去，不让回来，现已封为大将军，怀义公。他倏地一震颤："难道皇上再也回不来了？"

恰巧萧岩也想到了萧岑，苦着脸说："就怕隋主杨坚像对待萧岑那样留住皇上……"

两人实在想不出对付崔弘度的任何办法，害怕起来。

萧瓛说："既然皇上回不来了，咱这区区小国跟隋朝对抗，官民不是他们的对手，定会伤亡惨重。走为上，干脆投奔陈朝吧。"

想到后梁即将处于摇摇欲坠的境地，萧岩眼里流下泪水，对萧瓛说："先派个人去南陈试探一下，然后再作决定吧。"

江陵紧挨长江北岸，江南那边就是陈朝荆州刺史陈慧纪的属地公安（今湖北公安）。萧瓛派遣都官尚书沈君公过江前往公安，他嘱咐沈君公说："你去公安见了陈朝荆州刺史陈慧纪，千万别提皇上去了长安。"沈君公点头说："臣知道了，臣会按照殿下旨意去办的。"萧瓛捏了捏手指说："事不宜迟,你速去速回。"沈君公再次点头。

三天后，沈君公回到了江陵，急着去见义兴王萧瓛。

"禀殿下，臣已见到南陈荆州刺史陈慧纪。"沈君公的额头上满是汗珠。

"他是怎么回言的？"萧瓛心浮气躁走来走去。

"愿接纳殿下率子民归附。"沈君公抬起衣袖擦了下额头。

萧瓛突然站住，对沈君公说："快去通告军民，愿离开后梁的尽快作好准备。"

沈君公说："臣领旨。"

监国的义兴王萧瓛突然下令军民投奔陈朝，引发后梁极大恐慌。一帮朝臣接受不了萧瓛的命令，直斥萧瓛叛国求荣。萧瓛大怒，正要惩处斥责他的大臣，被萧岩劝阻住。萧岩说："咱俩投奔陈朝，非皇上旨意，免不了引起若干大臣反对，若对他们打压治罪，咱俩留下的不是美名，别计较了，准备收拾离开。"萧瓛咽不下这口气，等反对他下令的大臣再次来谏阻时，他回应道："大隋上柱国崔弘度率军正在赶往来江陵的路上，他一定是奉旨而来，后梁亡国就在眼前，我等受命监国，决不可以眼睁睁地看着众多军民遭遇荼毒。"一位大臣被萧瓛激怒，当场质问道："我朝与大隋亲如兄弟，并不存在任何过节，义兴王身在江陵，怎知远途上的崔弘度是来打劫的？"萧瓛厉声回道："我朝从没邀请崔弘度，他何故来？分明是趁了我朝天子不在朝位，率军来吞并我朝的。"那大臣继续说道："天子出访隋朝，是应邀而去，体现了两国的友情！天子出访之前，委托义兴王监国，没料义兴王背叛天子，率众军民投奔南陈，此举恶劣，不是一般的恶劣！"萧岩替萧瓛帮腔道："我朝的太尉萧岑不是早就去了长安的大兴城吗？结果是有去无回，可想皇上也是如此。"另一位大臣反驳萧岩道："安平王的人在江陵，怎知千里之外的皇上不能回朝？如果安平王和义兴王率领众军民去了陈朝，哪天皇上回来，见不到人，由谁负责交待？"

出访隋朝长安的后梁主萧琮毫不知晓监国的萧瓛和萧岩竟是如此的靠不住，他做梦都没想到萧瓛和萧岩会背叛他降附陈朝。他在隋朝的大兴城里受到的礼遇无人可比，正过得乐而忘返。

这天下午隋文帝杨坚和高颎在万春殿里商讨朝政，一个太监领着崔弘度派来报信的人疾步迈进了万春殿。

那太监没等报信人开口，直喘粗气抢先说道："禀皇上，后梁出大事了。"

听这话，杨坚和高颎同时站了起来。

高颎急着问道："后梁出什么大事了？"

报信人这才开口道："后梁的义兴王萧瓛和安平王萧岩带着十万军民渡江叛逃去了陈朝。"

杨坚的耳里如同响起一声惊雷，紧盯着报信人问道："你说后梁有十万人叛逃去了陈朝，此消息你从哪里听到的？"

报信人如实回答道："臣随武乡公崔弘度奉旨抵达江陵时，整个江陵城里见不到几个人，差不多空城了，这才知道是后梁义兴王和安平王带领十万军民渡江投奔了陈朝。武乡公崔弘度便觉事大，派臣飞报朝廷。"

杨坚拉长脸问道："难道崔弘度没有追过去拦回人来？"

报信人说："十万人全都渡过了大江，进入南陈境内，一个都追不回了。"

杨坚的整个身子凉透了，不再说什么。

高颎绷着脸说："后梁出了这么大的事，客居大兴城的后梁主萧琮肯定不知道，要不要召来萧琮？"

杨坚闷声闷气说："召李德林。"

没多会儿，内史令李德林快步来到万春殿。

早些时候李德林献计杨坚废后梁，当他闻知后梁发生的大事，一阵兴奋道："真是天赐良机，请皇上抓住这个良机，决不手软废掉后梁！"

高颎一时没缓过神，忙问："后梁主不在朝位，又出了不幸的大事，我朝拿什么理由废后梁？"

李德林说："后梁的不幸不是别人造成的，正是后梁主的弟弟和叔父一手造成的，说明后梁失控，后梁主已经没有能力统治国家了。"

高颎这才缓过神，高兴说："好，主意不错！"

得到高颎认同，李德林越发兴奋："我朝一旦打响平定陈朝之战，地域狭长的后梁有可能被陈朝用作缓冲地带，现在收复后梁，我朝与陈朝的边界线形成无缝对接，让将来的陈朝失去缓冲地带。"

李德林的一番言论，句句说在杨坚心坎上。第二天上朝时，杨坚特地派人召来后梁主萧琮，此时的萧琮已经知道监国的弟弟萧瓛和叔父萧岩叛国降附了陈朝，还带走了十万军民，他愤怒且又沮丧，仿佛在转瞬间坠入绝望的境地。

进入朝殿后，萧琮六神无主，希望杨坚为他作主。杨坚在朝殿上先作了一番铺垫，声讨谴责萧瓛和萧岩背信弃义，叛逃敌国，然后话题一转，郑重宣布废后梁并归大隋，拜后梁主萧琮上柱国，册封莒国公。萧琮听到杨坚宣诏，傻了眼，心情更是雪上加霜，只能无可奈何地接受，苦着脸以臣下姿态拜谢皇恩。随后杨坚下令尚书左仆射高颎前往江陵，处理善后事务。

杨坚叮嘱高颎说："你去了江陵，妥善安置没有降附南陈的军民，让他们放心踏实地成为大隋子民；其二，昔日后梁宣帝和明帝，于我大隋水乳交融，他们葬于荆楚，其陵不可降格，仍为帝陵，你各赐俸禄十户人家守护帝陵，不得有违。"

高颎说："臣会奉旨照办，请皇上放心。"

杨坚最后说道："武乡公崔弘度早已抵达江陵，是朕派他任江陵总管，镇守荆州的。因江陵发生过了十万军民降附陈朝之事，恐怕近些日子陈朝以为江陵虚空，渡过江来趁火打劫，你传旨崔弘度，镇守荆州不得有丝毫懈怠。"

高颎颔首道："臣知道了。"

3

陈朝荆州刺史陈慧纪没料后梁义兴王萧瓛和安平王萧岩带来十万军民，他既然接纳下，就得管吃管住，可他拿不出那么多的房屋和粮食供给；渡江而来的人，全都住在露天下，吃了上顿无下顿，幸好是入秋的九月，不见严寒，人躺在露天下还能抗得住。这十万人里头，就有许多家境殷实的，他们来到陈朝居无定所，成为难民，后悔莫及，牢骚满腹，吵闹着要回去。萧瓛吓唬他们，说后梁已被隋朝吞并，国破了家没了，你们能回哪里去？

其实陈慧纪也是后悔莫及，大不该答应萧瓛和萧岩降附。他的属地实在是容纳不了十万人口，只好派人去朝廷请求安置。

陈后主陈叔宝自从脖子上的刀伤痊愈之后，在京城建康（今南京）挥金如土大建宫殿，先后在临光殿前建起临春阁、结绮阁、望仙阁，这三阁建造得气势辉煌，奢华程度旷古未闻。陈叔宝居在临春阁，张贵妃居在结绮阁，龚贵妃和孔贵妃居在望仙阁。那所有受宠的嫔妃、美人、淑媛几乎全都在这无尚奢华的三阁殿里吟风弄月、抚琴习唱，把酒淫欢，加上数千宫女添枝凑色，乐得陈叔宝不知今夕是何年。

陈慧纪派出的差使到达建康。后主陈叔宝正在临春阁饮酒，他身边陪了一群美人。陈慧纪的差使来到临春阁朝见时，陈叔宝已是酩酊大醉，仍旧捧着个酒杯不肯放下。

　　皇帝一天一个大醉不是新鲜事儿。陈慧纪的差使没喝酒，他是清醒的，见皇上醉成迷迷糊糊的样子，便觉此刻奏事不是时候，要等皇上何时醒酒他不知道。陈叔宝醉酒后话特别多，眯着眼对陈慧纪的差使说："你大老远跑来，有什么屁，快点放吧。"这句粗话且把陈慧纪的差使逗笑了，他说："皇上正在吃酒，臣不敢放屁。"

　　陈叔宝大笑起来，连手里的酒杯都笑落在了地上："你怕扫朕的酒兴，才不敢对朕放屁？"

　　陈慧纪的差使想笑不敢再笑，他说："隋主杨坚吞并了后梁，后梁义兴王萧瓛和安平王萧岩不愿归顺杨坚，带了十万军民渡江降附了皇上，他们全呆在荆州刺史陈慧纪的地盘上，那块巴掌大的地方容不下那么多的人，如何安置，请皇上下旨。"

　　陈叔宝喝得多，醉得很，可他并没走神。陈慧纪的差使奏的事他都听到了耳里，立马说道："十万人，让他们聚在一块儿，朕不放心，他们一旦造起反来，真的要闹翻天了，分散他们，让他们统统为奴！"

　　陈慧纪的差使还能说什么呢，领旨退下了。

　　萧瓛和萧岩蛮以为率十万军民降附陈朝，是讨好陈朝，会得到陈朝皇帝重用，可是陈朝皇帝偏偏不欣赏他们，反而赐他们为奴，是他们做梦都没想到的。

　　十万叛逃者在陈朝为奴，消息很快传入隋主杨坚耳里，他大怒。

　　苏威正好在杨坚身边，笑了下，替杨坚消解怒气说："那十万人背主离心逃奔陈朝，落下个为奴的下场，得到了惩罚，是报应。皇上该开心，有何怒可发的？"

　　杨坚依旧怒道："逃往陈朝的十万人，不知有多少是茫然的无辜者，如果没有萧瓛和萧岩的唆使，他们不会背井离乡渡江而去，朕可怜无辜者为奴。朕身为天下百姓君父，岂能因长江这条衣带宽的水域相隔不去拯救他们呢！"

　　苏威说："叛逃者在敌国为奴，对心有二意的国人可以起到强大的震慑。"

　　杨坚的怒气渐渐缓和下来，他说："后梁并归大隋，那逃往南陈的十万人是朕的子民，这么多人被陈叔宝贬为奴仆，是对大隋的羞辱。朕刚才说过了，真正叛国的是萧瓛和萧岩，如果没有这两个叛贼的蛊惑和怂恿，朕的十万子民不会跟着他们走，定会在大隋国土上安居乐业。"

　　身在建康的陈叔宝并不知晓身在长安大兴城的杨坚有多么的愤怒。陈叔宝迷于色，醉于酒，那些反对他沉溺酒色的大臣，几乎被他在醉态时刻统统清除掉了，留在他身边的只有宰相江总和都官尚书孔范，这两人之所以能留在陈叔宝身边，是他们从不反对陈叔宝沉溺于酒色，竟然跟陈叔宝同流合污。陈叔宝除了喜欢酒色，还喜欢诗词歌赋，譬如随侍他身边的美人里头，就有许多才貌双全的佳丽，她们相伴天子附庸风雅。

宰相江总本是一朝的首辅，按说他肩上的担子最重，每天有料理不完的朝政，哪来的闲情逸致，可是江总每天入朝，从不亲自处理政务，与都官尚书孔范一道侍奉陈叔宝在皇宫的后庭游玩取乐。只要陈叔宝端起酒杯，围宴的少不了江总和孔范，当然缺不了一群才貌俱佳的美人。在美酒荡漾的情致里，众人即兴赋诗，然后选出最为华丽的诗词谱上新曲，奏唱宫闱，且是彻夜销魂。

临光殿前的三阁殿，惟有张贵妃独享结绮阁，可想张贵妃的受宠远远超过了沈皇后，至于其他嫔妃、美人、淑媛不足挂齿。通常情形，皇宫的大内争宠是一台大戏，得宠的妃子最怕别的妃子从皇帝那里夺爱，且把与她争宠的妃子当作不共戴天的仇人。张贵妃得宠是她少有女人的醋性，从没把得宠当回事儿；她在陈叔宝心里最可爱的是她经常替陈叔宝引荐貌美的宫女侍寝，譬如王美人、李美人、张淑媛、薛淑媛、袁昭仪等人受到宠爱，都是张贵妃事先引荐给陈叔宝的。所以张贵妃不仅在众嫔妃那里备受尊重，她在后宫里几乎没人敢动摇她的地位。

后宫里有海纳百川的张贵妃，陈叔宝不曾有过众妃争宠的烦恼，他想召某位妃子侍酒、侍寝，没有谁挑拨、干扰。他经常拿了张贵妃提醒众嫔妃，说张贵妃好德行，只要众爱妃都像张贵妃那样，这大内里就是太平盛世。

整天待在后宫里也有厌倦的时候，张贵妃想出宫散心，要去游临平湖。这临平湖在杭州，距建康不是几步之遥。既然张贵妃想去游临平湖，陈叔宝立马顺应张贵妃，吩咐近侍备车马。待一行人出得建康来到杭州临平湖赏景时，张贵妃郁闷的心情好多了。惟有陈叔宝的心情陡然变坏。这临平湖上原先生长了茂密的植物，有好看的伞形荷叶，有叫不出名字的水草。陈叔宝与众不同，他每次来临平湖，观赏的就是湖上植物和成群的水鸟；他此次来时，湖上水生植物大多怪异地散开，碧波荡漾里不见鸟儿在茂密的水草中振翅鸣叫，这样的景象令陈叔宝观赏得格外恶心。

于是陈叔宝对众侍从说道："这湖里有妖怪。"

开心的张贵妃就在陈叔宝身旁，吃惊地问道："妖怪在何处？"

陈叔宝说："这湖里向来是植物茂盛，大片的水草都散开都没了，肯定是妖怪在作怪。"

张贵妃说："起风了，湖上水草兴许是被大风吹散开了。"

陈叔宝不信风，他信妖怪，坚信湖上植物如此异动是妖怪所为。

随侍的宰相江总和都官尚书孔范随声附和陈叔宝，称湖里有妖怪。

既然湖里有妖怪，自然弥漫着令人不安的气息。

游湖的陈叔宝最终败兴而归。可他忘不了临平湖上的妖怪，困惑之余他下旨在京城修建大皇寺，在寺中建造七级浮屠，以示镇住临平湖的妖怪。这还没完，他想起梁武帝信佛，多次将自己卖到寺院；于是陈叔宝效仿梁武帝卖身佛寺。张贵妃急了，说皇上卖身寺庙为僧，一旦披上袈裟就是出家和尚了，臣妾咋办？

陈叔宝笑道："爱妃就在宫里守寡嘛。"

张贵妃信以为真，急得掉下眼泪说："臣妾不答应！"

陈叔宝又笑道："朕哪里舍得爱妃呢，朕不过学习梁武帝卖身寺庙，是临时卖身；过些时候，朕厌倦了寺院，爱妃花些银子从寺院赎回朕，朕不再是和尚了，是陈朝的天子。"

4

高颎从江陵回到大兴城后，杨坚开始启动平定江南的计划。在以往的年代，南北开战无数，大多由边境冲突引发，打上一阵子，无论谁胜谁负，两军最终息鼓休战。此次开战，绝非以往。因了江南的陈朝盛产鱼米，相对要比江北的隋朝富庶，国力不可小看。想到平定江南兴许是一场旷日持久的战争，杨坚并没轻举妄动。派往四川永安制造战船的杨素赶在开战之前回到了朝廷。于是杨坚召心腹于甘露殿，商议战事。

会议还没正式开始，李德林抢在前头说道："陈朝国主陈叔宝跟从前北齐后主高纬是一路货色，好酒好色好风雅，蔑视能臣重奸臣，不理朝政尽邪乎。高纬整天陪着贵妃冯小怜转；陈叔宝整天围着贵妃张丽华转，这样的国君天不灭他，地会灭他。"

杨坚笑了笑道："朕就是天，不会让给地灭掉陈叔宝。"

说过这话，杨坚不再多言，就想听听众心腹的高见。大战从何处开始，军队如何渡江南下，遇到陈军阻击又如何攻克，两军最后的决战将会是个什么样子。面临变化莫测的战事，众心腹七嘴八舌说开。

高颎说："平陈之战，我军主力在江北，如果大军横渡，目标太大，陈军必然会在江南岸边守株待兔，我军一旦登陆不顺而受阻，士气难免受挫。窃以为江南多河流通达长江，我军只能采取水战进击陈朝腹地，因船在水上漂，施各个击破之术，让陈军疲于奔命。"

杨素说："长江对陈军而言是一道天然屏障，对我军恰恰是条取胜的必由之路，我军最终取的是建康，然建康就在下游的长江边上，只要我军大发水师之威猛，舳舻浩荡顺江而下，直取建康，瓮中捉鳖陈叔宝。"

听到这里，杨坚道："建康在长江下游。巴蜀在长江上游，且是山高皇帝远，山林遍野，打造战船不愁木材，所以朕提前派杨素入巴蜀的永安伐木造船，为的是让水师从永安乘船顺江而下，直抵建康。"

苏威道："我军大量战船一旦集结江上，毫无一丝遮蔽，其动静全在江南陈军眼里，是一大忌。"

虢州（今河南灵宝市）刺史崔仲方按捺不住进言道："窃以为我朝在武昌以东的长江中下游地区集结精兵，然后在长江上游大张声势打造舟船，把陈朝的注意力吸引到汉口至峡口一带。一旦开战，如果陈军顺流而下保卫建康，我军可从上游渡江；如果陈军溯江而上，阻止上游的我军，我军则可以从中下游渡江，直捣建康。"

崔仲方的这一策，众人听后一致推崇。

高颎接着使出一计："陈朝储藏粮食的仓库，多是竹木结构，点火易燃。皇上可以派人偷偷过江，潜伏江南，一个接一个地纵火烧掉陈朝备战的军粮，到那时军队一旦缺粮，吃不饱肚子，定会无心恋战。"

杨坚点头，连说几声好。

第二天，晋州刺史皇甫绩准备离京赴任，进宫向杨坚叩拜辞行道："陛下平定陈朝，臣以为有三条充足的理由。"

杨坚正眼看着了皇甫绩，叫他详尽道来。

皇甫绩道："第一是以大国吞并小国；第二是有道讨伐无道；第三是陈朝接纳叛臣萧岩和萧瓛，我朝出师有名。陛下下诏出师，臣愿效力。"

杨坚听后十分高兴，勉励皇甫绩前往晋州赴任。

一时间隋朝的木匠奉朝旨云集长江上游的山林伐木造舟，声势闹得极大。

到了年底的腊月，渡江潜伏陈朝纵火焚烧粮仓的人传来消息，大小粮仓烧掉不少。高颎为他献的此计感到快慰，对杨坚说："到了明年春夏之交，正是青黄不接的日子，若皇上下令渡江宣战，陈军的日子一定不太好过。"杨坚说："你施的绝粮计，朕还要继续用下去，直到陈军饿得砸锅。"

翻过年后，杨坚听取苏威进谏，草诏檄文声讨陈后主盘踞巴掌之地，却是经常劫掠百姓倾家荡产，又威逼百姓劳役不休；穷奢极侈，日夜寻欢作乐；斩直言谏臣，杀无罪之家；欺天造恶，祭鬼求福；使小人得志，正人君子潜逃归隐。大隋出师讨伐，诛灭暴君，以正国法。这檄文抄写了三十万份，散布江南，为攻打陈朝大造舆论。

　　就在杨坚派人到江南散布檄文的当儿，后主陈叔宝已将自己卖进建康的一座寺庙，他身披袈裟随了和尚打坐念经，样子看上去是一尘不染六根清净，且将朝政抛在了九霄云外。这时候没有任何一位朝臣劝谏陈叔宝离开佛门。只有张贵妃、孔贵妃和龚贵妃牵挂陈叔宝。然而陈叔宝卖身佛门之前，下诏说佛寺乃清净圣地，有谁跑到寺庙干扰他的清净心，格杀勿论。三位贵妃也不在乎陈叔宝的格杀勿论，干脆拿了金银去寺庙赎回陈叔宝。

　　见到张贵妃、孔贵妃和龚贵妃，陈叔宝终于叹口长气，埋怨道："看来朕此生不是出家的命，也没福气当和尚，朕在这寺庙里快要憋闷死了，天天盼着诸爱妃赎朕回宫，盼到今天，才盼来诸爱妃。"

　　孔贵妃说："皇上投身寺庙时，下过格杀勿论的圣旨，谁敢拿了自家小命不当回事儿？"

　　陈叔宝笑了笑说："朕不过拿了圣旨吓唬吓唬而已，哪里能当真呢。"

　　三位贵妃赎回了陈叔宝。

第十四章 调兵遣将

1

开皇八年（公元588年）冬十月，隋文帝杨坚在寿春（今安徽寿县）设置淮南行台省，命晋王杨广为尚书令，这淮南行台省，是灭陈的最高军事指挥部，晋王杨广就是灭陈的最高军事统帅。十月二十八日，杨坚下诏任命晋王杨广、秦王杨俊、清河公杨素为三方面军的行军元帅；同时任命尚书左仆射高颎担任晋王杨广的长史，任命上柱国王韶为晋王杨广的司马。十一月初十日，隋军将领在定城（今陕西华阴市东）举行誓师大会。杨坚当即宣布兵分八路，诏令晋王杨广从六合（今江苏六合）出兵；秦王杨俊从襄阳（今湖北襄阳）出兵；清河公杨素从永安（今四川奉节）出兵；荆州刺史刘仁恩从江陵（今湖北荆州）出兵；蕲州刺史王世积从蕲春（今湖北蕲春）出兵；吴州总管贺若弼从广陵（今江苏扬州）出兵；庐州总管韩擒虎从庐江（今安徽合肥）出兵；青州总管燕荣从东海（今江苏连云港）出兵。平陈大军共有九十位领兵总管，集结水陆军五十一万八千人，统由晋王杨广节制调度。

隋朝三方面军是这样分布的：行军元帅杨广布阵长江下游的六合；行军元帅杨俊出襄阳走汉江，屯兵长江中游的汉口；行军元帅杨素在长江上游的永安东行诱敌。五十一万八千隋军奉命云集江北，东起沧海，西至巴蜀，连绵数千里，与陈军隔江相望，战争一触即发。

隋文帝杨坚最终使用了基州刺史崔仲方献上的一计，由长江上游的杨素首先出击，引陈军溯江而上，让长江中下游形成薄弱环节，好让杨广和杨俊横渡。

杨素一直在上游的永安造船，造出的大舰号称五牙，这五牙大舰共有五层楼高，可容纳水师八百人，堪称超级战舰；比五牙小一号的战舰名叫黄龙，也可载水师一百多人。打造如此超级的战舰，闹出的动静不想惊动陈军不可能，杨素在永安的一举一动，早已被陈军盯梢上。

陈军大将戚欣一直在不远的下游盯着上游的杨素，发现杨素有异动，戚欣再也坐不住，赶紧调集数百艘青龙战舰扼守狼尾滩（今湖北宜昌县西北长江），以防杨素离开巴蜀东行。杨素造舰在这一带江域呆得久了，对这一带江域了如指掌，知道戚欣扼守的狼尾滩水流湍急，暗礁且多，地势十分险峻，不敢盲目闯过狼尾滩。

两军在上游的实力相比，杨素下三峡的舟舰就有数千艘，水师数万人，戚欣不过数千人，只有战船数百艘，实力远远敌不过杨素。然而杨素率战舰来到流头滩（今湖北宜昌西北长江）时，眼看前方的狼尾滩已被戚欣牢牢卡住，下令部队暂缓前行。众将士顺江漂行得正畅快，不知杨素为何缘故停歇流头滩，忙问道："元帅怎么不东行了？"杨素回答说："狼尾滩之险，大有一夫守隘，千夫难过之势，陈将戚欣正守在狼尾滩，我军若在光天化日之下闯那险滩，必然要吃大亏。"众将士仗着强盛于陈军的实力，不屑一顾说："吃点亏怕什么呢，我军必胜势不可挡！"杨素摇了摇头说："皇上令我引陈军溯江而上，试图掏空长江中下游的陈军布防，事关全局，岂能儿戏？我军若在上游的狼尾滩大伤元气获胜，结果会是引不来众多陈军增援，反而使我军的士气受损，不划算。"听杨素说出犹豫不决的话来，众将士因此而担忧起来。杨素琢磨了会儿说道："蜀道难，难于狼尾滩也，成败在此一举！"然后他左右看了下众将士。"如果我军白天闯滩进攻，敌军就会知道我军虚实，加上滩流迅急，大大小小的船只会在急流中失控，我军就会失去居于上游的有利条件，最好是在夜里发动突然袭击，击败敌军。"

其实杨素闯过戚欣把守的狼尾滩毫无悬念，他始终不愿硬闯，就怕超级五牙舰搁浅在狼尾滩的暗石上，那可是哭笑不得的灾难。可以说东西数千里的大江上漂泊的隋军最大战舰就是五牙舰，杨素要靠五牙舰显耀隋军之威，震慑布防长江中下游的陈军，他拿五牙舰硬闯狼尾滩，这个险他冒不起。

杨素不得不使出调虎离山计，迷惑扼守狼尾滩的陈军让路。他急令荆州刺史刘仁恩率骑兵沿长江北岸赶赴白沙（今宜昌东）；又令开府仪同三司王长作好偷袭陈军的准备。

待刘仁恩率骑兵从江陵赶来，选择一个月黑风高的夜晚一起动手，王长率军偷渡到江南，首先袭击陈军大本营，刘仁恩从侧面夹击陈军。这偷袭来得突然，打得扼守狼尾滩的陈军慌了神，赶紧上岸去救大本营。杨素就在这时率领舰队驶向狼尾滩，趁乱攻击陈军水师。三路军合力打到天快亮时，陈军溃败，主帅戚欣弃甲而逃。

杨素的舰队这才顺利闯过狼尾滩。

出狼尾滩后，杨素的舰队行驶得非常张扬，生怕陈军不知他们的去向，公开放话直趋建康。陈军得知杨素要去建康，移军上游，阻截杨素。陈朝荆州刺史陈慧纪速派南康内史吕仲肃率军赶赴岐亭（今长江西陵峡口），阻截杨素。这岐亭峡口是出入蜀地咽喉，江面十分狭窄，易守难攻。吕仲肃来到岐亭，杨素的舰队还没抵达。吕仲肃听说杨素东行的舰队十分庞大，仅凭他的百余艘战船在岐亭堵住杨素，几乎不可能，于是吕仲肃想出了个办法，在两岸陡峭的山石上凿孔，派人找来三根铁索链，横江拴在两岸凿穿的石孔里，拦阻东行的杨素舰队。

这吕仲肃真是个人才，要比扼守狼尾滩的戚欣高明得多，他横江扯起三根铁索链，使的是一绝招。等杨素的舰队顺流来到岐亭时，被三根铁索链阻拦住，船和船在狭窄的急流里发生碰撞，扎堆在了一块儿。舰队突然在岐亭受阻，令隋军水师始料不及。杨素在一艘超大的五牙舰上，以为战舰被陈军布设的缆绳阻拦住，下令将士快点砍断缆绳。将士们操起斧头劈砍时，这才发现横在江上的是铁索链，砍缺斧头就是砍不断铁索链。

横江扯起三根铁索链后，陈军主帅吕仲肃指挥部队埋伏在了江岸边的山林里，只等杨素的舰队出现，在此受阻。吕仲肃抓住杨素舰队受阻的机会，下令将士放箭射杀江面上的杨素水师，那箭支穿过山林，密如雨丝朝江上飘飞过来。此时的杨素水师，毫没料到江岸边的山林里潜伏着陈军，正急着清除江上障碍，突遇飞来的箭支，猝不及防，惊慌大乱。

陈军占有至高的有利地势，又有粗大交错的树木作掩护，打得既开心又顺手。杨素的水师则不然，全都暴露在江上光天化日之下，在急流中前不能进，后不能退，被打得伤亡惨重，只能在惊慌里躲避飞来的利箭。

舰上的隋军只要一露头，半山腰的山林里就会飞来利箭。一时间杨素无计可施，幸好回返江陵的刘仁恩跟杨素同在一艘五牙大舰上。

杨素焦急说："陈朝南康内史吕仲肃在此扯起几根铁索链，这一招真绝。"

刘仁恩说："敌在暗处，我在明处，眼下只能暂且回避。"

杨素说："就怕舰队在此受困太久，让吕仲肃叫来援兵。"

刘仁恩说："看来只能采取以静制动之术了，我军静在舰上不出手，山上的敌军兴许耐不住寂寞，会从山林里冲下来杀向我军舰船；瞧这江岸边的滩头上光秃秃的，尽是裸露的卵石，只要他们冲下山来，正是我军射杀他们的大好时机。"

舰队在江上一连静了两天，等埋伏山林的陈军冲下山来，只见利箭时不时地飘飞下山，不见一个陈军下山，以静制动不管用。杨素急得上火，下令强攻。

刘仁恩说："陈军埋伏在半山腰的林子里，居高临下，我军登山攻打是下策，要攻只有两处可攻，一处是陈军守护铁索链的地方，另一处就是陈军驻扎的营栅。"

杨素说："两处同时攻打。"

命令一下，舰上隋军开始披甲登陆，一路杀向陈军营栅，另一路杀向守护铁索链的陈军。然而陈军似乎早就料到隋军会使这一招，防守得十分严密，就是不让隋军靠近营栅和南北拴着铁索链的石孔。两军激战数十回合，隋军仍没拿下两处要点。陈军主帅吕仲肃公开发出悬赏令，号召士兵杀敌后割下敌军的鼻子兑奖。激怒隋军以死相拼，伤亡五千多人，才拿下陈军营栅。吕仲肃终于支撑不住，被迫放弃营栅，连夜逃走。主帅逃了，扼守铁索链的陈军没了底气，全都慌了神，只好随主帅逃走。杨素令士兵毁掉拦江铁索链，继续顺江而下。

岐亭失守后，陈将吕仲肃率残兵退至下游的荆门延州（今湖北枝江），纠集军队再次拦阻杨素舰队。这延州江面要比岐亭峡口宽广得多，杨素的五牙舰和黄龙舰在此水域如鱼得水。岸边的飞箭够不着。不肯服输的吕仲肃亲率战船迎了上来，他的战船比杨素的五牙舰不知要小多少倍，却是自不量力以死相拼。杨素跟吕仲肃赌上气，派遣一千多名善于驾驶船舶的巴延士兵操作四艘五牙舰，直接朝着吕仲肃迎来的战船冲撞过去，左右士兵操起五牙舰上的撑杆，三两下子击毁吕仲肃十多艘战船，俘获二千多人。吕仲肃再也奈何不了，只好独自逃走。

陈朝镇守安蜀城（今湖北宜都西北江南岸）的信州刺史顾觉，见杨素舰队如此庞大，又闻陈军大将戚欣一败狼尾滩，南康内史吕仲肃二败岐亭和延州，自觉不是杨素的对手，吓得弃城而逃。巴陵以东地区，陈军无人防守，形同虚设。

2

陈朝晋熙王陈叔文在湘州（今湖南长沙）任刺史，一直盘踞长江上游的广袤地区。因陈叔文在湘州呆得太久，后主陈叔宝开始猜忌着了陈叔文，担心陈叔文暗里勾结隋朝，他想调陈叔文回京师建康。派谁去接替陈叔文，陈叔宝犹豫未决，后来他想到了中书舍人施文庆，决定调施文庆到湘州接替陈叔文任刺史，并且答应给施文庆二千精兵。施文庆得到这个消息异常高兴，想到自己去湘州任职，似乎与朝廷天各一方，实际上便是一方霸主。施文庆主动在陈叔宝面前推荐亲信沈客卿接替他的职务。陈叔宝没多琢磨，对施文庆说："也行。在你离京之前，沈客卿不太熟悉的政务，还得要你教他一把。"施文庆暗自欣喜，点头说："请皇上放心。"

陈叔宝的猜忌，以及调中书舍人施文庆到湘州替换陈叔文，朝旨很快传到湘州的晋熙王陈叔文手里，陈叔文觉得冤枉，更是觉得不服，一赌气，干脆撒手不管长江上游的布防，让整个长江上游的布防形同虚设。他奉旨赴往京城建康，行至巴州（今湖南岳阳），想到陈叔宝既然猜忌着了他，召他回朝，不会有什么好果子吃，他在巴州停下脚步，约巴州刺史毕宝向隋军请降。正好出襄阳道的隋朝秦王杨俊屯兵在了汉口，陈叔文派人去汉口请降，这如天降馅饼的事，令杨俊无比高兴，速派人去巴州，接来陈叔文和毕宝。

施文庆还没赴湘州上任之时，护卫将军樊毅对尚书仆射袁宪说："近来听到隋朝进攻我朝的传闻，窃以为京口和采石是不可忽视的战略要地，这两地各派精兵五千，还要出动战舰二百艘沿江巡逻，以防不测。"袁宪转而把樊毅的建议说给骠骑将军萧摩诃听，萧摩诃表示赞成。上朝的时候，陈叔宝还没来朝殿，早到的百官没事找事谈论着了樊毅提议增强京口和采石兵力的话题，没人反对，只等皇上到殿后当面奏请。施文庆也在场，担心朝廷往京口和采石派出精兵，落在他名下，无精兵可以带到湘州去，他立马起了私心说道："诸位什么事都要当着皇上的面奏请，要那奏章有何用呢？还是书写文表奏上为之慎重。"施文庆有心，众朝臣无意，反而觉得施文庆说得对，写好奏章托付管理政务的施文庆代为呈上。哪知这天的朝事，陈叔宝一直没来。

于是施文庆拿着署有诸朝臣姓名的奏折，约上沈客卿去见陈叔宝。

施文庆是有心而来的，一边将奏折交给陈叔宝，一边振振有词说道："多年以来，隋朝出兵侵扰我朝，是极寻常的事儿，让边镇将士抵挡，足以够了。再从京师调配军队和舰船防守长江，百姓以为要打大仗了，恐怕会引起不必要的惊扰。"

陈叔宝都没看一眼施文庆递过来的诸臣联疏，回复道："此事暂且搁置，以后再说吧。"

施文庆顺便说道："皇上差臣去湘州任职的事，臣还没得到正式调令哩。"

直到此时，陈叔宝还不知晓陈叔文降附屯兵汉口的隋秦王杨俊，他说："晋熙王陈叔文还在湘州，等他来了京师，你去接替他好了。"

施文庆本该谢恩，可他似乎忘了，掏出另一桩事提醒陈叔宝说："早些天皇上答应过臣的……"

陈叔宝一愣问道："朕答应过你什么？"

施文庆说："答应给臣二千精兵带往湘州的。"

陈叔宝笑了笑说："这话朕都忘了，你还没忘，真是好记性。"

这当儿，隋朝五十一万八千大兵，正陆续集结长江北岸。隋军派出大量探子偷渡过江，搜集陈军情报。临战的气氛越来越紧张。陈朝尚书仆射袁宪数次奏请陈叔宝调兵备战。陈叔宝听罢袁宪奏请备战，正要作出决策。

施文庆以为袁宪少见世面大惊小怪，上奏道："不多日，就是新年的元旦大朝会了，紧接着就是礼拜南郊祭祀，到那天太子要率众多军队行礼，如果朝廷现在大量派兵赴长江沿岸防务，等太子行南郊祭祀大礼之时，何来大兵随从？"

陈叔宝不会不在乎袁宪的奏请，说道："眼下暂时派出军队，如果北边的江防无事，随时可以调回军队随太子赴南郊祭祀，有什么不可以呢？"

施文庆说："这样的移军一旦被隋朝知道，就会小看了我朝。"

袁宪发现他每次入殿奏请，施文庆就会背地里跟他唱反调，这使袁宪相当恼火，憋不住地当了陈叔宝的面，跟施文庆吵起来。

袁宪毫不客气对施文庆说："隋朝都快要大军压境了，你去看看长江北岸的情形，就会知道什么叫岌岌可危！"

施文庆没料袁宪在皇帝面前这般撕他的脸，压着火气说："袁仆射的此话怎讲？"

袁宪更加恼怒道："怎讲，难道要我细细解释吗？"

施文庆显然接受不了袁宪对他的斥责，依旧压着火气说："我不懂袁仆射话里意思。"

袁宪和盘托出道："此次隋朝入侵我朝不同以往，据说隋主杨坚调集了数十万军队，要过江来，这意味着什么？且是十分严峻！我多次上奏，请皇上调兵备战，可你总是反对，不知你存的什么心？"

施文庆的脸气得涨红，口齿不再利索。

陈叔宝听出袁宪和施文庆争吵的意思，煞有介事笑道："两位爱卿别闹了。有王气在此，朕还在乎吗？自从大陈立国以来，朕没忘昔日的齐军曾三次大举进犯，周军也曾有过两次大兵压境，最后的结果都是惨遭失败。现在隋军来犯，会有什么好的结局呢？最后不过是退兵回返罢了。"

听罢陈叔宝蔑视一切的言论，袁宪陡然凉了半截，不再言声。

都官尚书孔范正好在场，笑了笑，附和陈叔宝道："自古长江就是一道天然屏障，阻隔着南方和北方。现在敌军即使屯兵江北，除非插翅飞来。窃以为边镇将帅们的危言，是有意制造不安的紧张气氛，好给自己建立功勋，获取朝廷升迁。然臣常觉自己官职不高，苦于没有机会建功升爵，若是敌军真的越过长江，臣一定不会错失良机，大干一场，荣升太尉。"

　　孔范的调侃，明显地带有讥讽袁宪的意思，气得袁宪孤立无助，当场告退。

　　陈叔宝不顾袁宪的感受，琢磨孔范的话语，便觉有趣，竟然仰起脸哈哈大笑。

　　这时站在一旁的一位近侍，添盐加醋地逗乐道："臣听说江北的隋朝正在犯马瘟，病死许多马匹，这是上天的惩罚。"

　　孔范迎合陈叔宝哈哈大笑的余味，道："那些马匹，其实都是我国的，怎么会病死呢？诸位等着瞧吧，不多日，隋朝会将马匹完璧归赵，送还我国。"

3

　　隋朝此次征伐陈朝，是一次空前的大移军；由晋王杨广统帅各路军总管正迅速领兵集结江北。晋王元帅府长史高颎，实为三军总参谋，军中大小事务，都由高颎决断。面临即将爆发的大战，高颎担心沿江数千里的战线出现闪失，影响整个战局，这场大战的成败，自然使高颎压力最大，他几乎到了寝食难安的地步。

　　高颎听说随军而来的行台吏部郎中薛道衡能预知天下事，特地差人叫来薛道衡，想听薛道衡预测这场平陈大战的成败所在，兴许薛道衡透露出来的天机，就是对战事利弊的判断，等到了大战开始之后，尚可借鉴，扬长避短。

　　薛道衡到来后，高颎相当恭敬地问道："我朝此次大举出兵伐陈，江东地区能可顺利攻下吗？"

　　薛道衡毫不犹豫回答道："一定能攻下。"

　　高颎见薛道衡不假思索，这么快地回答他，以为薛道衡在应付他。他立马严肃了面孔："相见薛先生是我的一番诚意，薛生先怎可草率应答？"

　　薛道衡为之一振道："此次大战关乎天子统一天下，我岂敢妄语！"

　　高颎点头，然后又问："薛先生凭什么断定我军一定能攻下江东地区呢？"

　　薛道衡娓娓说道："高长史是个读万卷书之人，应该知晓晋代著名预言家郭璞的预言，他说江东分王三年百，复与中国合。他非常明确地指出三百年后分裂的大中华会迎来统一。自从郭璞的预言流传至今，三百年的时间已到，相信他的预言成真。加上我朝皇帝生活节俭，勤政不息；反观南陈后主陈叔宝却是荒淫骄奢，且又昏庸无道。要知国家兴亡，不可迷失用人之道，陈朝任命江总为宰相，此人只会饮酒赋诗附庸风雅，毫无理政之才；又用奸佞小人孔范和施文庆委以政务，只会聚群小阿谀奉承；然萧摩诃、任忠等武将只有匹夫之勇，却无智谋可言。我估计陈朝军队充其量只有十余万人，若与我军交战，沿江的战线东起大海，西至巫峡，弯弯曲曲连绵数千里，试想陈军仅凭这十来万人布防在数千里的沿江线上，可谓蜻蜓点水。我军破阵而入，直趋江南，陈军定会防不胜防，必败无疑！"

高颎兴奋地竖起大拇指，赞道："薛先生不愧为高人！"

薛道衡听到这声赞扬，不好意思笑道："过奖了，真是过奖了。"

随之高颎去见杨广，郑重说道："臣刚才听过了薛道衡的论战，精辟得很。"

杨广对薛道衡的印象不深，不以为然道："何以精辟？"

高颎答道："他引出晋代著名预言家郭璞的预言，说自晋至今分王三百年，复与中国合，意思是说晋朝之后的三百年，大中华必然迎来统一，眼下正是统一的时候。"

杨广道："天下昏乱了三百多年，正是四分五裂生灵涂炭的三百多年，的确到了太平大统的时候。"

高颎道："请元帅将郭璞的预言为我朝所用，尽快传播大江南北。"

杨广道："这预言真是太玄妙，一旦传开，必然鼓舞我军士气。"

于是杨广听取高颎进言，派人不经意地先到军中传播郭璞的预言。将士们对晋代著名的郭璞并不陌生，一传十，十传百地为之振奋，相信郭璞的预言暗指隋统天下，他们奉旨出征平定南陈，是天意，一定能大获全胜。

高颎深知皇上把平定陈朝的军事大权交给晋王杨广，然后又把晋王杨广托付给他，这其中的意味深长得很。于是高颎害怕出现闪失，始终不敢急着开战，他相当的谨慎，敦促自己一定要把开战前的功课做足做扎实，才会万无一失。

派过江去的探子陆续回来。高颎最想知道临战前的陈军如何移动。探子们说他们并没发现陈朝军队有大的调动，一切照常，只是南岸的边镇气氛有些紧张。这不可思议的情报令高颎困惑。从东到西数千里的江北沿岸都是隋朝大兵，遇到大军压境，按说陈朝连喘息的工夫都没有，居然会是按兵不动。高颎琢磨陈朝境内无动于衷的平静，是前所未有的反常，他除了纳闷还是纳闷。

又有几个探子从建康回来，高颎连忙找他们询问。探子告诉高颎，陈朝正在准备迎接元旦大朝会，后主陈叔宝准备带着太子赴南郊祭拜天地。高颎担心情报有误。一个探子说："陈后主下过诏书，连建康城里的百姓都知道了。"另一个探子说："听说陈朝此次大朝会要比往年办得更隆重。"听到这里,高颎没理由不相信探子们的话。每年都有元旦,皇家例行大朝会,是一年里最大的祭祀活动,也是最大的盛典,难免牵涉到众多的人和事。如果陈朝真的举办一年一度的大朝会,压根儿都没准备打仗,这是为什么呢?高颎一时找不到答案,要比之前更加困惑更加纳闷。

寻找答案的高颎在困惑与纳闷里滚来滚去,突然顿悟过来,觉察到了自高自大的陈叔宝根本没把隋军大举进攻放在眼里,他才按兵不动照常举办大朝会,带着他的太子在重兵护卫下赴南郊祭祀天地。

于是高颎去见行军元帅杨广。见到杨广后,高颎兴冲冲的说道:"陈朝要在新年里举行大朝会,一定毫无防备,正好给我军提供了绝佳的进攻机会,请殿下到时下令出兵。"

杨广一阵惊诧:"长史大人从何处得来的消息?"

高颎回答说:"是派往建康的探子回来说的,此消息准确无疑。"

杨广连说几声好,然后笑着叮嘱高颎道:"元旦马上就要到了。有可能我军里潜伏着陈朝的探子,出兵进攻的日子,只有天知地知你知我知,千万不要过早地走漏风声。"

高颎领首道:"臣知道了,请殿下放心。"

4

杨素和刘仁恩联手荡平长江上游的陈军布防,一路东行,准备跟屯兵汉口的秦王杨俊会师。这个消息传至朝廷,杨坚龙颜大悦。他召留守京师的苏威和李德林,分享从前线传来的捷报。

杨坚无比欢愉道:"朕之所以派秦王杨俊率重兵镇守汉江与长江交汇的汉口,就怕长江上游的陈军直趋而下,增援下游的建康;没想杨素和荆州刺史刘仁恩联军,这么快地荡除掉了上游的陈军,这两位爱将率先立下头功,朕要嘉奖。"

李德林道:"杨素率师荡平上游的陈军布防,给镇守汉口的秦王减轻不少压力,下一步就看高颎辅助晋王在中下游出击了。"

杨坚道:"按说各路领军总管的部队都已抵达中下游的指定地点,怎么还不传来进攻的消息呢?"

苏威道:"高颎是个精细之人,相信他不会迈错步伐,定会出奇制胜。"

就在杨坚、苏威和李德林谈论前线战事的当儿,远在巴陵的杨素率领他的舰队快要临近江陵。镇守公安的陈朝荆州刺史陈慧纪是长江上游最后一道防线。陈慧纪的长史陈文盛力劝陈慧纪赶快下令将士阻截杨素。

陈慧纪说:"我遣使吕仲肃率兵到上游的岐亭峡口堵杨素,他们扯起几根铁索链,都没堵住,这荆江段的水域要比岐亭宽广得多,越发堵不住。"

陈文盛说:"总不可以看着杨素从我们眼皮底下溜走。"

陈慧纪摇头叹道:"堵不住的,一定堵不住的。江的北岸是隋朝的江陵,咱们只有一半的江面管辖权,如果东去的杨素行走属于江陵管辖的那半边,咱们是鞭长莫及。何况杨素与江北的荆州刺史刘仁恩在上游连连获胜,他们士气正旺,咱们惹不起,只能躲了。"

正因延州以上的巴陵彻底沦陷,陈慧纪毫无信心阻截杨素。他作出一个重要决定,率军三万,扬帆千余艘离开公安,顺江而下前往建康。行至百多里,陈慧纪才知前边不远的汉口有隋朝重兵把守,不禁打了个寒战。他的麾下担心闯不过汉口,打起退堂鼓,劝他掉转船头回返。他犹豫片刻,说回不去了。他的麾下问他为何回不去了。他说杨素的舰队就在我们屁股后边,杨素决不会让路的。听这话,不再有谁劝说回返,只能硬着头皮往前行驶了。

隋秦王杨俊就想大干一场,苦于风平浪静的汉口没能遇上大规模的陈军。忽然间有人跑来报信,说长江上游来了一支浩浩荡荡的水军,不知他们的来路,请元帅前往江上查实。听到这个消息,杨俊一抖精神,约上众将士说:"快点随我上船去看看。"

这一查看,方知从上游来的不是自己人,而是陈朝荆州刺史陈慧纪和他的部下。杨俊为他摊上一件大事感到兴奋,急忙吩咐崔弘度率军封江。在汉口的隋军有十来万人,全都住在岸边的舰船上。崔弘度遇上打仗的事,贼得很,四下里召唤,泊在岸边的水师潮水般直往江心涌去,顷刻间把个水雾袅袅的江面封了个严严实实。

来者的确是陈慧纪和他的三万部下,起先他们见到江面空旷得很,仗着自己人多势众,即使在汉口遇上隋军打起来,不怕打不过去。仔细一看,封堵江面的隋军要比他们的人多出好几倍,并且隋军的战舰要比他们的战舰大,想到屁股后边追来的杨素,前无进路后无退路,在江上决一死战的信心全然没了。

江水看上去平缓,其实流得湍急。两军战舰相隔数里对峙着,被急流的江水渐渐拉拢。

身为元帅的杨俊亲临战场指挥作战,显然缺乏经验,问身边老将崔弘度:"陈慧纪和他的部下都像树干一样立在船上不吭声，也不出招，是什么意思？"

崔弘度说："他们心虚，害怕了，在试探我们。"

杨俊说："他们不开战，我们先开战吧。"

崔弘度直视前方，摆了下手说："元帅且慢。"

随后崔弘度开始朝陈慧纪喊话："早些天，陈朝的湘州刺史陈叔文和巴州刺史毕宝相约而来，降附我大隋行军元帅秦王杨俊了，都不愿给宠惯奸佞、荒淫无道的后主陈叔宝卖命了。远道而来的荆州刺史陈慧纪听好，此时此刻愿明智降附我大隋行军元帅秦王杨俊，会跟陈叔文和毕宝一样得善终，否则你和你的众部下一个不剩葬身这急流的江水里喂鱼了。"

崔弘度的话刚喊完，陈慧纪和他的部下时不时地低头看浑浊的江水，想不出任何办法越过封堵大江的隋军。

陈慧纪不再沉默，对他的部下说："众兄弟随我多年，我不想在此送走兄弟们的命，哪怕是一条命我也舍不得丢下，活着比什么都好，都跟我投降吧。"

说完，陈慧纪带头取下佩剑，扔进了江里。众部下一个接一个跟着陈慧纪取下携带的武器，抛掷在了江里。陈军往江里投掷军械，被隋军看了个一清二楚。崔弘度的喊话没有白费。他对杨俊说："元帅现在可以接纳陈慧纪和他的部下降附了。"杨俊诧异地瞅眼崔弘度说："还是老帅厉害，不动一刀一剑，就让敌人降服了。"得到夸奖，崔弘度非常高兴。

就这样没动一刀一剑，陈慧纪和他的部下面色沮丧，别无选择投降了杨俊。两军舰船随着流水的推动，靠拢在了一块儿。陈慧纪无奈地对杨俊说："我率部下本是奔往建康，在此受阻，断了去路，是天意。请秦王善待！"

杨俊道："不斩降兵是我大隋天子之令，只要降兵归顺我大随，视同臣民，会受到保护。"

陈慧纪这才松了口气。

面对数万陈朝降兵，杨俊一时接纳不了，郑重说道："陈国皇帝昏庸无道，举国生灵涂炭。我大隋次此出动重兵讨伐，拯救陈国生灵出离苦海，一统天下大势所趋！诸陈将士自请决策，愿留下者我即笑纳，不愿留下者，这就可以返乡回家，上敬高堂，下哺幼小。"

此语一出，陈军众将士不再有顾虑，大多选择返乡回家；杨俊也不挽留，反而施了些盘缠，让他们离开。

第十五章　平定江南

1

数年前，隋文帝杨坚派遣贺若弼到吴州任总管，派遣韩擒虎到庐州任总管。这吴州和庐州是隋朝紧临陈朝的边关重镇。贺若弼和韩擒虎在边关虔心经营，终于等来渡江南下的日子。

屯兵长江中下游的隋朝行军元帅杨广跟元帅府长史高颎密谋渡江，准备派贺若弼和韩擒虎打头阵杀开血路，分别给贺若弼和韩擒虎下达渡江密令。贺若弼得到密令，异常兴奋。

江南的陈朝人早就知道贺若弼是位惹不起的猛将，对他十分怕害。隋文帝杨坚偏偏派贺若弼来吴州任总管，驻防广陵（今江苏扬州），等于放了只张开血盆大口的雄狮朝向江南蹲着。江南的陈朝一直没有放松对贺若弼的警惕，总在明里暗里监视江北的动静。贺若弼从不在乎江南的陈军对他监视，要求部队经常换防，由他管辖的部队到了换防的日子，都得来广陵集结，呈现旌旗漫天飘扬，军营幕帐扎遍山野，嘶喊声威震苍穹的景象。江北的隋军闹出如此大的动静，江南的陈军以为隋军要渡江攻打过来，急忙发兵备战，没料隋军在江北集结数日，纷纷散去，不见一兵一将渡过江来。后来江南的陈军知道江北的隋军是在狐假虎威地换防，这样的换防来得频繁，江南的陈军习以为常，不再纠集重兵备战。

在广陵的贺若弼一直在作打仗的准备，他时常派出探子冒充广陵百姓混过江去转一圈儿，当他从探子搜集的情报里获悉陈朝对他的提防有增无减，他不得不改变策略，让他的军队伪装成没有仗打的赋闲样子。他从不把他的战舰开进长江，而是把他的战舰一直深藏在长江支流的芦苇荡里，制造出他的部队没有水师的假相。然后他故意派人到江南的陈朝人手里买回一些破旧船只当作渔船，亲自率领众部下驾着破旧船儿到长江里撒网捕鱼，就是要让陈朝人看到他的船是从陈朝买来的，看到他的部下变成长江上的渔夫。

贺若弼利用他赋闲的样子一直在做渡江的功课，为的是麻痹江南陈军放松警惕。他故意让捕鱼的士兵驾着渔船驶往江南岸边，试探陈军的反应。他对过江的士兵交待说："除了渔具之外，船上别带任何兵器。"受命的士兵问贺若弼："如果我们被对岸的陈军抓住，怎么应对？"贺若弼说："你们手无寸铁只去几艘渔船，不会对陈军构成威胁。他们要鱼给鱼，要渔具给渔具，俯首臣服，千万不要反抗。"隋军一共有数十艘渔船漂泊在江面上。那江心差不多是两国的分界线。隋军的三艘渔船奉贺若弼之命，漂过江心，一边捕鱼一边朝着江南岸边靠拢，这一靠拢，惊动陈军船只驶出来盘查。隋军三艘破旧渔船也不逃离，依旧在陈朝江岸边撒网捕鱼。

隋军的三艘渔船很快被陈军十多艘巡逻船围住。不出贺若弼所料，陈军开始在隋军渔船上搜索兵器，只搜到鱼和渔具，一件兵器都没搜到。陈军颇感意外，问兵器藏在了何处？

隋军回答说："我们捕鱼，干吗要带上兵器？"

陈军又问："你们捕鱼，为何捕到陈国的江岸边来？"

隋军说："这江里的鱼是野的，从没标明是哪国的鱼，我们发现江里的鱼都往江南岸游过来，就追着鱼捕了过来。"

陈军仍旧没放松警惕，继续盘问："你们打着捕鱼的幌子，是来偷袭我国的吧？"

一个隋军连忙回答道："我们的三只破旧渔船，加上七八个手无寸铁的渔夫，在这光天化日之下，自不量力能偷袭到什么呢？"

另一个隋军说："两国的皇帝不再公开宣战了。我们和你们一样，都是当兵的，和平共处有什么不好呢？再说当兵的跟当兵的前世无冤今世无仇，为何要平白无故刀剑相见，相互残杀呢？我们不过是闲得无事，在江上捕些鱼，带回去下酒，别无他求。"

说到鱼，船舱里就有鲜活的鱼。这时陈军好像对盘查失去兴趣，目光发直瞅着船舱里的鱼，变相地勒索，要没收渔具扣留船只。

一位提着渔网的隋军冲陈军笑了笑说："江南的诸兄弟一回生二回熟，三回四回成朋友，这破船旧网留下，值不了几个钱。来来来，我作主请诸兄弟把舱里的鱼带回去下酒吧。"话说得圆满，陈军不再坚持没收渔具扣留船只。捕鱼的隋军想起贺若弼的交待，弯下腰在船舱里捉鱼装进篓子，给陈军带走。

此后的日子里，隋军渔船经常划到江南岸边捕鱼，防守江岸的陈军跟捕鱼的隋军混熟，巴不得隋军渔船天天划到江南岸边来，好让他们白拿白要新鲜鱼儿。陈朝的防江守岸自然成了稀里糊涂的事。

当贺若弼接到杨广和高颎渡江的密令时，一直不敢公开，就怕捕鱼的士兵在江上说漏嘴，让陈军知道渡江的日期。直到腊月三十，贺若弼突然下达军令，所属部队立即赶到广陵集合。腊月三十正是过大年，各部的官兵得到总管军令，只好奉令赶赴广陵，才知平陈之战要在广陵打响。

第二天就是大年初一。陈朝的大朝元会在京城建康如期举行，按照惯例皇帝和皇太子要在百官和重兵护卫下赴南郊祭拜天地。贺若弼断定陈朝在这种时刻不会有大的军事行动。大年初一的清早儿，长江下游地区大雾弥漫，贺若弼一阵惊喜，准备率师从广陵渡江。出征之前，贺若弼想到新年之际，劝酒祝福是民间流传已久的风俗，将士们免不了抱坛狂饮，一醉方休，岂能作战，必误大事。于是贺若弼宣布两条禁令：擅自饮酒者斩；骚扰陈朝百姓者斩。然后贺若弼面朝茫茫大江，祭拜江神助他一臂之力，发誓道："弼亲奉朝廷之命，远振国威，伐罪吊民，除凶剪暴。上天长江，鉴其若此。如使福善祸淫，大军利涉；如事有乖违，得葬江鱼腹，死且不恨！"

这时大雾铺天盖地，江上的雾气更比岸上浓稠，伸手拨不开一条缝来。大雾锁江，可谓天赐良机。担心被对岸陈军发现，贺若弼兵分两阵渡江，第一阵派出一千名身强体壮的勇士驾驶一百来条渔船渡江扫清障碍，从长江支流河汊驶出的战舰连人带马紧随其后。先期过江的勇士登岸后，不见陈军一根毛影，他们直抵岸边哨所，喝得酩酊大醉的数十位职守陈军仍在蒙头大睡，隋军勇士当即控制了陈军哨所。

建康的朝廷正在举行大朝元会，地方驻军自然处在了大年休假状态。贺若弼指挥将士和战马一趟又一趟地渡江，自始至终不见陈军拦截。待渡江大军告别广陵后，贺若弼下令将士抛弃船只换骑马匹，杀向京口（今江苏镇江）。

2

南陈祯明三年（公元589年）正月初一，大雾笼罩京师建康。文武百官一大早儿赶往台城参加元旦朝会。这新年的头一天里大雾如浓烟翻滚将整个京城包裹得严严实实，那远山近物不见一丝轮廓，仿佛预示这一年的运数不是太妙。尽管文武百官对正月初一的大雾没有好感，却无法改变天象。后主陈叔宝在除夕之夜相约宠臣、爱妃一边观赏歌舞，一边斟饮美酒，通宵达旦。直到天亮时分，他醉醺醺地被侍从搀扶到朝殿，接受百官朝贺。一夜里陈叔宝杯不离手，几乎没合眼。新年朝贺大礼还没完毕，陈叔宝云里雾里再也支撑不住，身子往下一坠睡着了，鼾声如雷睡得非常辛苦，谁也叫不醒他。百官就得等皇帝醒来后去南郊祭拜天地。

大醉不醒的不仅只有后主陈叔宝，远在建康上游的军事重镇采石（今安徽马鞍山），防守官兵喜迎大年，狂饮得一醉方休，全都放倒，不省人事。隋朝庐州总管韩擒虎跟吴州总管贺若弼南北呼应，选在正月初一同时进攻陈朝；韩擒虎亲率五百勇士趁天没亮偷渡过江，直取南陈采石镇。防守江岸的采石驻军正处于大醉如泥状态，一个个昏昏沉沉束手就擒，只有守将徐子建逃脱。

南陈采石镇就这样被韩擒虎轻取。江北的隋军不用担心陈军阻截，如潮水般涌向江南。这时隋军统帅杨广率大军出六合，直捣建康。

采石守将徐子建逃脱后，独自骑马直奔建康，第二天下午，徐子建来到建康，丧家犬似的进入台城。后主陈叔宝自从正月初一的早晨醉卧朝堂，一觉睡到午后，打着呵欠苏醒，苏醒后且是无精打采。等徐子建来到他面前禀报采石失守时，才将他从余醉中完全惊醒过来。

"大过年的，难道隋朝不兴过年？"陈叔宝瞪大眼睛看着徐子建。"你说隋军正月初一渡江来攻打采石镇，所有守军都被隋军俘虏，只有你一人跑掉了，你是怎么跑掉的？他们是怎么被俘的？"

徐子建愧疚得很，苦着脸勾下头来，不知如何回答。陈叔宝怀疑徐子建隐瞒了什么，正要发怒，勾着头的徐子建这才说出采石守军在除夕夜里都喝高了，醉得像死猪一样，正好给了渡江来的隋军一个机会。他没喝醉，侥幸逃出采石镇。徐子建说出采石守军醉酒失守的原因，陈叔宝不由得想起他在除夕夜里喝高的情形，直到大年初一的早晨被侍从搀扶到朝堂大醉不醒，深有同感说道："这个酒啊，喝高了误大事，的确不是个好东西。"

正月初三日，又传来隋朝吴州总管贺若弼率师从广陵渡江的消息，陈叔宝意识到了事态的严峻，大惊失色，不知所措。面对隋军大举渡江来犯，陈叔宝之所以被动得无策，是因主管机密文书的施文庆所为。早些时候隋朝行军元帅杨素在长江上游大破陈军防线，告急增援奏报接二连三传入朝廷，首先落到施文庆手里，然后送抵御案。这之前，陈叔宝有过口谕，擢升施文庆出任总督、湘州刺史，总制长江上游军务，只是没有正式派遣。施文庆害怕让陈叔宝知道长江上游布防全然崩溃后，急差他去收拾残局，他想戚欣、吕仲肃、顾觉和陈慧纪等人都奈何不了杨素，有的败走，有的不战而逃，若是差遣他去收拾那个残局，等于拿他往死里送。于是施文庆为一己私利着想，干脆把来自长江上游的告急求援奏报统统扣压住了。

正因施文庆擅自封锁长江上游防务崩溃的消息，陈叔宝一直蒙在鼓里，未能及时备战；尤其在新年到来之际，蒙在鼓里的陈叔宝反而下诏调边军赴京师，共庆元旦朝会，这就使陈朝沿江的边防，完全处在了一塌胡涂的境地。

集结京师的十万军队刚刚结束护驾皇帝和太子赴南郊祭祀，还没来得及撤出建康回返驻地。他们待在建康，无疑使边防的空虚更加雪上加霜。这时候陈叔宝的第一反应是戒严，下过戒严令后，如何快速调配京城十万大军抗击来犯，他没辙。正好施文庆朝他走来，他顺便找施文庆问计，说韩擒虎和贺若弼从南北而来，夹击建康，这可怎么办？

施文庆说："既然皇上下过戒严令了，还有什么值得可怕的？"

一个"怕"字正说在陈叔宝心坎上，他说："京口是京城的门户，听说贺若弼的部队快到京口了，京城到了岌岌可危的时候。"

施文庆说："京城里早已屯兵十万，皇上还在乎一个贺若弼吗？让他来送死吧！"

陈叔宝被施文庆说得胆壮大了，心情似乎踏实了一些。

施文庆哪有心事献计，正害怕他扣压来自长江上游告急奏报败露，引发朝臣不满，拿他问罪，把所有的怨恨统统发泄在他身上，他在劫难逃死定了。他来朝见陈叔宝，正是为他的害怕而来，对陈叔宝进言道："隋军大举来犯，国家的确到了岌岌可危的时候，皇上身为一国之主，应自作主张决断事务，千万不要乱听大臣们的进谏。"

陈叔宝不解地问道："此话怎讲？"

施文庆挑唆道："别以为一些将领都会为国效力，他们不服从朝廷有目共睹，心怀不满就是怀有二心，试想一个怀有二心的人，一定是脚踏两条船。这种非常时期，皇上怎能相信他们呢？"

陈叔宝突然躁动起来，来回地踱步，说朕知道了，朕不是几岁的毛孩，可以随便受人摆布。施文庆感觉他来觐见的目的达到，欢愉地笑了笑，说皇权比什么都重要，只要皇上不犯糊涂，一定能平稳地度过难关。

施文庆一离开，陈叔宝思忖隋将贺若弼和韩擒虎对京师建康形成南北夹击之势，暗自畏惧得六神无主，差使刚刚进殿的孔范侍奉美酒佳肴。要在往日，孔范定会亲自去膳部通报厨子备膳,可他分明听到陈叔宝的吩咐,竟然僵持住了。

陈叔宝皱起眉头说:"朕吩咐你,你为何不动?"

孔范知道陈叔宝只要端起杯盏,少有不醉的时候。眼下正逢隋军来犯,他侍酒醉了皇上误了军机大事,可不是闹着玩的,忙笑道:"正月初一的元旦朝会,皇上大醉朝堂不醒,险些耽搁了南郊的祭祀……"

陈叔宝说:"自从隋军渡江来犯,朕心里忐忑不安,就想借酒压一压心头的忐忑。"

孔范再也找不出理由进劝陈叔宝,只好去趟膳部。

没过多会儿,擢升宰相的袁宪和骠骑将军萧摩诃来朝见,两人见到陈叔宝,告急隋军大举渡江,直朝建康奔来,连忙跪下请战。

陈叔宝想起施文庆的进言,一本正经道:"随军还没兵临城下,有什么好急的?现在发兵为时过早。"

袁宪说:"现在不急,等隋军到了兵临城下的时候,再急都来不及了。"

陈叔宝说:"朕在京师拥兵十万,无论是北来的贺若弼还是南来的韩擒虎,朕不会在乎他们,一定会让他们有来无回,尸横遍野。"

萧摩诃劝谏道:"皇上此时发兵,且可有效地阻截来犯京师的隋军,既保全了京师不受围困,也使隋军交困在了我国境内……"

没等萧摩诃说完,陈叔宝说:"建康现有的十万军队是保卫京师和朕的,一旦让他们离开,京师必然空虚,由谁来保卫京师和朕呢?"

萧摩诃说:"皇上发兵阻击来犯隋军,正是保卫京师和皇上之举。"

陈叔宝摇头道:"不准!"

萧摩诃苦苦劝道:"皇上不准发兵,让十万大军镇守京师,加上城里官民,粮草储备显然不够充足,到那时隋军来围城,岂不是困死在了城中?"

陈叔宝又想起施文庆的进言,坚持说道:"不准!"

萧摩诃和袁宪实在说不通陈叔宝,垂头丧气告退而去。

皇上不准发兵的消息很快传出台城,令不少驻京将领深感震惊,觉得皇上只顾确保京城放任隋军在广袤的国土上恣意践踏占领,是丢了西瓜捡了芝麻。梁信郡公任忠跟陈叔宝的想法比较接近,进入台城朝见。陈叔宝对任忠的到来不屑一顾。

任忠谨慎拜道:"臣有一策,不知皇上是否认可。"

陈叔宝道:"你说吧。"

任忠道:"依照兵家之规,来犯的客军贵在速战,主军贵在持重。我军固守京城,不与隋军交战。只要遣使水军分道挺进豫州和京口，断隋将韩擒虎和贺若弼的粮道，隋军一旦绝其后路，速战就会落空，速决的目的也会跟着落空。另外臣请皇上调精兵两万，战舰三百艘直接袭击六合隋军总部，隋晋王杨广以为渡过江来的将士全军覆灭，士气必然大受挫伤，迫使他们退军还朝。"

陈叔宝心里乱如麻丝，并没仔细听取任忠的进言，扬手道："退下吧，朕考虑再三而定。"

等任忠走后，陈叔宝进了内殿，捂住嘴巴哭泣，哭得左右近侍不敢问个缘故，只好叫来陈叔宝最亲近的张贵妃、龚贵妃和孔贵妃。待三位贵妃来到内殿时，陈叔宝捂嘴的手掌突然移开，露出愁容泪眼道："隋军大举来犯，朕的江山到了摇摇欲坠的时候，朕不知如何是好。"三位贵妃知晓陈叔宝为何哭泣，赶紧安慰。

张贵妃说："多年以来，江南江北你侵我犯发动战争是常事，皇上有何好哭泣的？"

陈叔宝一双泪眼紧盯着了张贵妃，道："朕爱江山更爱美人。爱妃且是百年一遇的天造尤物，如果隋军闯进宫来，见了爱妃的绝美容貌，一定不会放过，到那时，朕永远失去了爱妃，朕既失江山又失美人，心情是多么的悲伤。"

陈叔宝把江山和美人看得一样的重要，三位贵妃既高兴又感动，发誓说她们生是皇上的人，死是皇上的鬼；即使到了走投无路时刻，宁愿自绝于命，也不会活活落入隋军手中。陈叔宝听这话，不再哭泣，吩咐一位近侍说："快去召施文庆来。"

施文庆被匆匆召来。

陈叔宝脸上还有泪水的痕迹，对施文庆说："自你进言后，袁宪、萧摩诃和任忠等人陆续来过，他们劝谏朕发兵抗击来犯隋军，朕没答应他们。"

施文庆明白陈叔宝所说的这些武将都在嫉恨着他，如果陈叔宝答应他们出兵，他们就有立功授勋的机会，这是施文庆不愿看到的。于是施文庆顺水推舟说："倘若皇上答应他们出兵，他们会带走保卫京师的部队，京师一旦空虚，毫无疑问给了隋军可乘之机，皇上的安危没了保障。"

陈叔宝道："正因如此，所以朕不可能随便答应他们。"

3

正月初六日，隋将贺若弼的部队攻下陈朝京口（今江苏镇江），俘获陈朝徐州刺史黄恪。京口一直是陈朝首都的门户。贺若弼得到京口，掌控了长江下游。正月初七日，隋将韩擒虎的部队攻下陈朝姑孰（今安徽当涂），实际上切断长江上游进出建康的水路。两军正式形成对建康的合围。

陈朝京师大震。骠骑将军萧摩诃再次入台城，请求后主陈叔宝发兵抗击隋军。陈叔宝仍想坚持固守，他说："不信朕的十万人拼不过来犯的隋军。"萧摩诃急得额头冒汗说："皇上再坚持固守京师，将会失去大片疆域，最后只剩下区区弹丸之地建康又有何用呢？再说皇上执意固守建康，能守得了多久呢，一旦城中粮草断尽，总不可以全都饿死在城中，不如现在主动出击，兴许还有机会击退隋军，保全疆域不被大片丢失。"陈叔宝不吭声，依旧指望京师十万驻军死守建康。

京口至建康不过一百来里路程，只有若干陈军抵抗，却不是贺若弼的对手。贺若弼的部队风卷残云般直抵建康。听说建康驻扎了十万护城军，贺若弼下令部队暂且扎营蒋山（今南京钟山）。蒋山是建康的近郊，登上山头就可眺望到建康的城池。贺若弼观其动静，再攻城。

南来的韩擒虎顺利攻下当涂后，与隋行军总管杜彦会师，联军二万步骑驻扎在了建康西南的新林。隋行军总管宇文述率军三万渡江，占领了石头。此时的建康，已被隋军合围。陈叔宝仍不着急，他的心思全然投入在了一位美人身上，听孔范说萧摩诃最近娶了个美艳绝伦的小妾，他精神一抖，说了声萧摩诃岂敢金屋藏娇，然后打起萧摩诃小妾的主意，派人召那小妾一睹芳容。孔范提醒说："就怕萧摩诃不肯割爱。"陈叔宝说："天下万物都是朕的，只要朕想得到的东西，没有得不到的。"萧摩诃拥兵自重，孔范有点担心触怒萧摩诃，引起不必要的麻烦，他悄悄给陈叔宝出了个主意。陈叔宝当即写了份诰书，封萧摩诃新近迎娶的小妾为诰命夫人。

皇帝派人带着诰书来到萧摩诃府上，萧摩诃见到诰书，大惊大喜。随后萧摩诃仔细一想，大凡天子封大臣的夫人为诰命夫人，一定有敕封的缘故，他的小妾迎娶进门不到一月，毫无功德可言，就被皇帝封为诰命夫人，颇感奇怪。又想大臣的夫人被皇帝封为诰命夫人可谓凤毛麟角，他的新夫人能享有这份难得的荣誉，是大庆之喜。

皇帝召见受封的诰命夫人，萧摩诃喜上加喜，让他的美艳小妾进了宫。陈叔宝细细打量，萧摩诃迎娶的这位小妾果然美艳超群，大加赞赏孔范的眼光超乎寻常。

宫里奇珍异宝数不胜数。陈叔宝讨好萧摩诃的小妾说："你看上什么，可以随便拿去把玩。"

萧摩诃的小妾见了到处摆放的奇珍异宝，都不敢伸手碰一下，哪里还敢随便拿走,只是好奇地观赏。她一边观赏奇珍异宝,一边跟随陈叔宝进了内殿。这时陈叔宝无法克制欲望,一把搂住萧摩诃的小妾,要她侍寝,萧摩诃的小妾由不得自己了,只好顺从,乖乖地脱掉衣裳侍奉。这时的陈叔宝,如同醉酒似的,躺在御榻上飘飘然……

自从应召进了台城的宫里,萧摩诃的小妾一连数天没回家。萧摩诃想起陈叔宝贪爱酒色,明白进宫的小妾不回家都发生过了什么,他不爽,恼怒得很,却又无可奈何。直到隋军合围京师建康,陈叔宝才肯答应萧摩诃的小妾回家。此时的建康出现危机之象,发兵的呼声越来越高。陈叔宝了却他跟萧摩诃小妾的情欲,不再有牵挂,准备发兵。他召武将于殿堂,下令骠骑将军萧摩诃、护军将军樊毅、中领军鲁广达并为都督;司空司马消难、湘州刺史施文庆为大监军。

随后陈叔宝特意对萧摩诃说:"你身经百战,宝刀不老,朕就靠你率领守城军大发神威,一举驱逐江北贼寇!"

要在往时,萧摩诃定会义无反顾地接受陈叔宝的重任,就因陈叔宝召他小妾进宫,在他心里形成一团驱不散的阴影。他态度并非那么果决说道:"臣已老矣,多有力不从心,只能尽力而为。"

霍州刺史梁信郡公任忠请战道:"隋军多从上游而来,唯恐上游失守,臣愿以死相拼,护卫京师。"

陈叔宝爱听这话,当即任命任忠为镇东大将军。

一晃到了正月二十日,隋军合围建康越来越紧。陈军固守城中越来越被动。陈叔宝吓得坐卧不安,不得不下令军队出城迎战。派谁任主帅,陈叔宝心里自有人选,可他发现萧摩诃的情绪低落,不禁联想到了他享用萧摩诃的美艳小妾,于是陈叔宝似乎欠下萧摩诃的一份人情,诏令萧摩诃统帅十万守城大军跟来犯的隋军决战,有意让萧摩诃拔取头功。萧摩诃临危受命,率领大军出城。如何列阵,本由主帅萧摩诃详尽部署,协调军队相互配合作战,可是萧摩诃因小妾应召进宫,笼罩心头的阴影挥之不去,他无心恋战,任由诸将领各自为阵。中领军鲁广达的部队列阵在偏南的白土岗,偏北的是任忠的部队,再往北是孔范的部队,最北边的是萧摩诃和樊毅的部队。这五路军从南到北延续二十里,首尾进退互不知晓。

贺若弼的部队扎营在蒋山。萧摩诃的十万大军首先把矛头直接对准了贺若弼。就在陈军出城布阵时,贺若弼站在蒋山顶上看了个一清二楚,率领麾下八千将士在蒋山之南的白土岗列阵以待。此时的贺若弼明白他是寡不敌众,不想主动出击,只盼渡江的增援部队快点到来，一鼓作气迎战。陈将鲁广达跟贺若弼相距最近，探知贺若弼只有数千步骑，显然不是他们的对手，首先下令出击。贺若弼的确不是陈军对手，数次被鲁广达击退，战死数百人。眼看这样战下去，士气必然大受挫伤，贺若弼禁不住地心慌，立马调整战术。想到孔范其人，活脱脱的奸佞小人，这种人必定贪生怕死，于是贺若弼避开鲁广达，目标对准了孔范。他派兵点燃山上的野草，故意放烟幕，引孔范对阵。不出所料，孔范受到攻击，生怕乱箭射到他头上，一时吓糊涂，不知如何指挥部队迎击，转身往后跑；他带头往后跑，身边的将士跟着他转身往后跑，居然带动一大片。

贺若弼只是料到孔范贪生怕死，但他毫没料到贪生怕死的孔范竟然在顷刻间带动一大片贪生怕死的陈军不战而逃，他一阵兴奋，抓住这个难得时机率领将士疯狂地冲杀过去。因孔范的部队最先不战而溃败，其他列阵的各部不知缘由，引起一阵恐慌，紧接着引发骚乱；真可谓兵败如山倒，十万列阵陈军如大潮陡然向后汹涌，数不清的人来不及躲避，涌倒在地，被数不清的脚踩踏致死。

溃退的陈军在转瞬间乱成一锅粥。主帅萧摩诃始料不及，无法指挥战斗，只好跟随大军往后溃退。隋军总管员明趁乱之机率军奔了过来，擒获了萧摩诃。主帅被擒，陈军愈加惊慌，往后溃退得更快。

员明不经意抓获陈军主帅萧摩诃，贺若弼惊喜若狂，霍地拔出佩剑搁在了萧摩诃脖子上。萧摩诃倒显得正经，慢吞吞地扬起手，从他脖子上移开了剑。

然后萧摩诃对贺若弼说道："我与贺将军随主不同，同是久经沙场之人，何以惧死？今日败于贺将军手下，只是一时疏忽，若贺将军以剑威逼，何来威名？"

看到萧摩诃临死毫不畏惧，贺若弼为之震撼，收回了剑。

萧摩诃接着仰天叹道："隋灭陈，是天意，天意不可违！何况我身为天下一介莽夫，岂能敌对天意？必顺遂。如果贺将军拒绝我顺遂天意，这就可以杀了我。"

贺若弼原本要杀掉萧摩诃，眨眼之后，他怎么也杀不下去，对部下说："萧摩诃将军乃壮士，善待他吧。"

4

扎营新林的隋将韩擒虎闻知陈将萧摩诃率领大军出城攻打占据蒋山的隋将贺若弼，韩擒虎迅速拔营直赴建康，增援贺若弼。他率军抵达建康时，正遇陈军溃退，抓住火候攻其敌背。贺若弼知道韩擒虎赶赴到了建康，一个劲儿往前推进，南北夹击陈军。

饱读诗书的韩擒虎满脑子诡计，当他获悉萧摩诃率领十万大军出城迎战贺若弼，知道建康城内空虚，正好给了他立头功的良机。他兵分两路，一路配合蒋山的贺若弼，故意拖住城外的陈军；另一路由他率领攻城。他避开两军交锋的主战区，悄悄溜到石子岗（今南京雨花台）。陈将任忠在此把守。刚开始任忠不肯让路，韩擒虎对任忠诈哄道："我大隋百万大军都已渡过江来，正在赶赴建康，陈后主这个无道的昏君已是瓮中之鳖，他插翅难逃了。如果任将军不识时务，为那昏君抵抗到底，诛灭九族毫无疑问。"韩擒虎喊过话，等任忠的反应。任忠琢磨了会儿，想到出城的十万大军在蒋山那边的白土岗跟贺若弼对阵，都抵挡不住贺若弼的数千步骑，反而被贺若弼追赶得溃不成军，便觉陈王朝的气数已尽。他回言道："此事重大，请韩将军稍候。"这样的回应令韩擒虎的部下耐不住性子，急着要攻城。韩擒虎倒是耐得住性子，对麾下摆了下手说："诸位别急。听任忠之言，绝非诈言，他已动摇，稍稍给点时间他，相信他会投降的。"

任忠回言后，一跃骑上马直奔台城。这时陈叔宝仍旧吓得没辙，坐在龙椅上一个劲儿哭泣，他身边围了一群人不断地安慰他。任忠眼看陈叔宝只顾一把鼻涕一把眼泪，心里顿时凉透了，话到嘴边咽了下去。他只是招呼道："皇上多保重，臣已无能为力了。"说罢，转身急匆匆离去，袁宪喊他留步，都没喊住他。

任忠回到了石子岗，直接冲韩擒虎叫道："韩将军有何吩咐，请直言！"

韩擒虎立刻回道："只要任将军率军降附我大隋，确保荣华富贵，决不计前嫌。"

任忠道："韩将军一言既出驷马难追！"

韩擒虎拍胸道："我韩某对天发誓，若让任将军受辱，我韩某奉陪到底！"

任忠这才答应降服。

陈将蔡征把守朱雀航（今南京秦淮河），见镇东大将军任忠投敌降附，又见韩擒虎率军奔来，吓得蔡征和他的部下纷纷逃散。韩擒虎一路无阻直奔建康南边的朱雀门，把守朱雀门的陈军正要抵抗，任忠冲他们喝道："老夫都降服了，诸位还有什么可战的？"把守朱雀门的陈军被任忠吼灰了心，眨眼儿散了个干净。韩擒虎率军涌进朱雀门，直捣台城。

陈叔宝还在哭哭泣泣。几个太监火急火燎跑到陈叔宝面前禀报，说任忠投降了。隋将韩擒虎率大军从朱雀门里攻进城来。听到这个消息，台城的宫里惊慌大乱，人人吓得魂飞魄散，只顾逃命，只有尚书仆射袁宪、尚书令江总、吏部尚书姚察等人留在了陈叔宝身边。

江总愤然骂道:"不久之前任忠匆匆来,匆匆离去,原来是他假惺惺地来作辞别,这家伙真的是个深藏不露的叛贼。"

陈叔宝不再哭泣,怒骂道:"早知任忠那个老贼背信弃义投敌,朕当即斩了他。"

袁宪认为此时咒骂任忠毫无意义,问前来禀报的太监,隋军进城后,城里局势如何了?

一个太监回答说:"我们看见朝廷文武百官都在慌里慌张往城外逃遁。"

听这话,袁宪深深叹口气,不想再问什么。

陈叔宝左右扫视身边若干随侍,感觉整个台城陡然变成一座渺无人烟的荒岛,惊慌失措说道:"韩擒虎那个贼寇既然攻进了建康城,他一定会来台城的,朕想找个地方躲藏起来。"

袁宪非常厌恶陈叔宝的懦弱,正因陈叔宝的懦弱,才使陈王朝大势已去。他终于憋不住地问道:"陛下都要失去江山了,哪来的地方躲藏?"

陈叔宝说:"朕自有地方躲藏。"

这时又有太监疾步跑来禀报,说隋军的马蹄叩响了台城的御道,陛下总不能在此等到隋军到来。

陈叔宝仿佛听到马蹄声,吓得魂不附体,催促左右侍从扶他去躲藏。惟有袁宪还能保持镇定。袁宪劝谏说:"隋军攻进皇城,多半不会乱来的。事到如此地步,陛下还能逃往何处呢?臣恳请陛下不失龙颜天尊,尽快穿上礼服,前往太极正殿升御座。"

吓得浑身发抖的陈叔宝哪里还想回正殿,执意要去躲藏。

袁宪再次劝谏道:"当年的侯景举兵反梁,曾将梁武帝围困在了这建康的台城,然而梁武帝即便受困,也不失天子尊严,登正殿,升御座,等待侯景到来,要比束手就擒体面得多。陛下何不效仿梁武帝见侯景的方式去正殿见韩擒虎呢?"

陈叔宝不想效仿梁武帝,声腔发颤地说道:"你要朕学梁武帝有什么好结果?到最后,梁武帝不是活活地饿死了吗?"

袁宪恨铁不成钢地怒道:"陛下身为天子,代表陈国的尊严,宁愿衣冠堂堂坐在正殿里庄严地饿死,要比像狗一样被人按倒在地擒获体面千百倍。"

陈叔宝接受不了袁宪的苦苦进谏,瞪眼道:"在锋利的刀口面前,哪来的对等?朕自有办法应对。"

袁宪不再劝谏，苦笑着直摇头。

时间来不及了，陈叔宝吩咐宫人叫来张贵妃和孔贵妃，两位贵妃以为陈叔宝要带她们到遥远的地方去藏身，那个地方在她们的想象中永远不会被隋军发现。

在十多位宫人护送下，陈叔宝带着张贵妃和孔贵妃悄悄从后边的景阳殿出去，离景阳殿不远，就有一口早已干枯的井，陈叔宝要和他的两位贵妃藏身枯井下。袁宪和后阁舍人夏侯公韵跟随着来到枯井旁，见陈叔宝和张贵妃、孔贵妃准备钻进枯井，正是小孩们玩的躲猫猫游戏，赶紧劝阻。陈叔宝不听。后阁舍人夏侯公韵干脆趴下身子挡住井口。仿佛夏侯公韵挡住逃生的去路，陈叔宝非常的恼怒，叫骂着抓住夏侯公韵的腿子，要将夏侯公韵从井口拖开。

夏侯公韵失声痛哭道："王公大臣都跑光了，还有宫人也跑光了，陛下和贵妃娘娘藏身这枯井下，有谁来送吃喝呢？再说这枯井有点深，陛下和贵妃娘娘一旦下去了，想上来又有谁来搭救呢？那可是叫天天不应，叫地地不灵。"

陈叔宝说："不用你担心，朕自有办法。"

袁宪苦笑说："陛下跟两位贵妃娘娘藏进井里，又能藏得了多久呢？"

陈叔宝说："隋军进了宫，会到处搜寻朕和朕的爱妃，等他们找不到人撤离后，朕和爱妃从井里悄悄钻出来，躲过一劫了。"

袁宪说："陛下想得太天真了。要知隋军索取的是陛下的江山，他们一旦占领整个皇城，永远不会撤走了，陛下和两位贵妃娘娘怎么办？总不得永远在这井里藏下去。"

陈叔宝想了会儿，实在想不出比这枯井更好藏身的地方。

袁宪一看四周，都跑了，只有他和夏侯公韵在跟陈叔宝过不去，顿生绝望，对夏侯公韵说："咱们走吧，让陛下藏身好了。"

夏侯公韵只好跟随袁宪走了。

两人没走多远，禁不住地回头张望，井边空荡荡的没人了，陈叔宝和他的两位爱妃已经钻进了井里。

袁宪仰天叹道："皇上愚不可治，陈王朝到此终结在了他手里，我等惟有各自逃生去了。"

两人找了处僻静侧门，逃出了台城。

自从任忠降服，引韩擒虎入朱雀门，整个皇城很快被韩擒虎控制。韩擒虎首先想到陈叔宝趁这混乱之机出逃，连忙率麾下冲进南掖门，包围帝王之宅的台城，开始大搜捕。城外的战事仍在继续，虽有大量陈军弃甲丢械逃走，但都督鲁广达和樊毅率领部队仍在皇城北边跟隋将贺若弼苦战，就是不让贺若弼攻进城来。

5

韩擒虎发兵搜寻陈叔宝，找遍台城的大小宫殿，只找到一群丧失逃生能力的老太监老宫女，不见陈叔宝的踪迹，大家都以为陈叔宝逃出了台城。只有韩擒虎坚信陈叔宝仍藏在宫里。

韩擒虎对众麾下说："陈叔宝即便出逃，绝非一人独自溜出宫，会有一群人护驾。城外的东北面一直在激战，他不可能冒死穿越战火线，西南面正是我军在攻城，却不见有护驾的人出得西南面。因此陈叔宝一定还藏在宫里，诸位继续搜吧。"

韩擒虎发了话，众将士接着搜寻。快到天黑时，才从一位宫人口里得到陈叔宝躲藏井下的消息，韩擒虎大喜，立马率麾下找到那口井，弯下腰往里探看，黑黢黢的什么都看不见。藏在井下的陈叔宝和张贵妃、孔贵妃发现上边来了人，因光线太暗，看不清上边人的面孔，以为是宫人来送吃喝的。孔贵妃正要朝上边喊话，陈叔宝连忙捂住孔贵妃的嘴巴，不让她喊。三个人在井下簇拥一团，尽量地不出声。

听不到井里有动静。韩擒虎和他的麾下以为井里有水，又是春寒料峭的日子，里边藏人也会冻死，不太相信陈叔宝会有这么傻，呆在井里挨冻。众人正要离开时，一个隋军朝井下试探地叫道："还不快点出来，就往井里扔石头了。"就是这不经意的一句话，竟然喊出井里的动静。那喊话的隋军倏地一惊说："别离开，井里有人！"众人又围住了井台。陈叔宝这才发现上边的人不是送吃喝的宫人，而是隋军，吓得浑身发抖。张贵妃和孔贵妃跟着颤抖起来。张贵妃悄悄说："我们被隋军发现，这可怎么办？"陈叔宝尽量压低声音说："不作声，等等看。"

井里没水，空得很，只要有点声响，会有回音往上窜；尽管井底下的声音说得非常小，窜起的回音还是被上边的人听到。围在井台边的隋军瞅着井口齐声恐吓道："还不想出来，就往井里一块接一块地扔石头了。"陈叔宝害怕被石头砸死在井里，终于暴露了自己，哀求上边的人千万别往井里扔石头。韩擒虎证实井下的人是陈叔宝，大惊大喜，心想只要他活捉到陈叔宝，立头功非他莫属。他对井下的陈叔宝说："只要你愿上来，我保证不往下边扔石头。"陈叔宝在狭窄而又黑暗的井里感觉处处无路，只能听天由命，他说："弄根绳子下来吧。"大惊大喜的韩擒虎赶紧吩咐手下找来一根缆绳放进井里，把陈叔宝吊上来。两个隋军抓住缆绳往上扯了几尺，实在扯不动了,又加上两个隋军帮忙扯缆绳,感觉陈叔宝像块大石头沉重,接着又过来两个隋军,一共六个人扯得仍是吃力,待扯出井口时,原来是陈叔宝和张贵妃、孔贵妃被捆绑在一块儿扯上来了,难怪像大石头一样的沉重。

三个人从井里吊上来后,灰蒙蒙的挂了身蛛网。胖乎乎的陈叔宝一时吓得说不出话来,耷拉着头,看上去就像个被抓住的盗贼那样猥琐。众隋军借着昏暗的光线一看张贵妃和孔贵妃美得要命,都惊呆了。韩擒虎看出众麾下的心思,下令说:"如何处置陈后主,只能带回去交给皇上说了算。至于陈后主的妃妾,谁敢搂上床睡了,别怪我刀下无情!"众麾下熟知韩擒虎的脾气,都不敢冒犯,绑了陈叔宝离开了井台。

夜幕完全降临。曾是灯火辉煌歌台舞榭霓裳幻影的台城在这个晚上显得异常的漆黑。韩擒虎大幸他首先攻进台城逮住陈叔宝,只等班师领受头功。然而贺若弼毫无大幸可言。这天里,他一直在跟陈军主力激战,总想攻城而入,擒获陈叔宝,未能如愿以偿。当他听说扎营新林的韩擒虎劝说任忠投降,早已毫不费劲从朱雀门里开进了城,而他领兵攻到天黑,仍在城外头,一阵暴急,恨不得拿头去撞城墙。

尽管后主陈叔宝被俘,陈军都督鲁广达和樊毅仍不服输,率领一伙残兵仍在城外抵抗贺若弼,两军打得十分惨烈。这当儿只要占领城池的韩擒虎出手增援贺若弼,鲁广达和樊毅必败无疑,可是韩擒虎一直在城里按兵不动。

贺若弼想到自己出动八千精兵苦战十万陈军,按说攻城他是倾尽浑身解数,付出别人难已承受的努力,竟然让韩擒虎从后院钻空子轻取了建康城,意味着头功已被韩擒虎轻易摘取,他不爽。他感觉自己做了韩擒虎的垫脚石,愤然得不可释怀。

天渐渐黑下来,交恶的两军本是息鼓休战,贺若弼不肯罢休,命令将士誓死要在这个晚上攻进城去,至少可从韩擒虎所获的头功里分得一部分。于是贺若弼亡命地豁出去了,亲率将士放火焚烧北掖门。可以说北掖门是陈军对付贺若弼的最后一块挡箭牌,燃起的熊熊大火一下子摧垮陈军的士气。主帅鲁广达和樊毅这时也听说到了后主被擒,两人的斗志彻底崩溃。鲁广达含泪对众麾下说道:"亡国已成定局,诸位不愿做亡国奴,这就可以各自逃生去了。"众麾下一听这话,全都放弃抵抗。贺若弼终将抓住这个时机,一鼓作气从失守的北掖门里冲进城来,擒获了陈军都督鲁广达。贺若弼来不及高兴,正要拔剑斩鲁广达,为这天的恶战出口大气,可他手中的剑仅仅在鲁广达面前晃动几下,却又插进了剑套里。此时的鲁广达被贺若弼的手下活捉深感羞愧,并没把死当回事儿,非常正经地问贺若弼:"生死不过是轮回而已,贺将军为何舍不得杀我?"贺若弼也是非常正经回答道:"想死的人会有多种死法，等我朝的晋王来到建康后，他说让你如何死法，不由你不答应。"说罢贺若弼转身走了。

当贺若弼闻知后主陈叔宝已被韩擒虎抓获时，想起他苦战一天，抓获最有价值的人不过是萧摩诃和鲁广达，跟韩擒虎抓获的陈叔宝没有可比的意义，便觉他引十万陈军出城激战，白费了工夫。

两路大军会师后，贺若弼和韩擒虎在台城见了面。韩擒虎不知贺若弼是带着情绪来的，甚为欢心说道："陈后主已擒，伐陈战事告终，我和贺将军劳苦多日，终将可睡一晚好觉了。"

贺若弼忌讳陈后主已擒获，克制不住说道："还是韩将军足智多谋，先下手擒获了陈后主，功拔头筹，我等不过做了陪衬。"

韩擒虎立马感觉到了贺若弼话里隐含了嫉恨，倏地一愣说："贺将军岂能说出这样的话来？"

贺若弼冷笑一声道："还是韩将军厉害！"

话不投机，韩擒虎只好转个话题说道："我已派重兵看守住了陈后主，贺将军想去见见，这就可以随我去了。"

贺若弼不便继续跟韩擒虎过不去，说了声走吧，去见见那个昏庸的家伙到底长个什么模样。两人并肩来到关押陈叔宝的地方。这时的陈叔宝惶恐得不知所措，见了来看他的贺若弼，吓得浑身发抖。贺若弼上下打量肥头大耳的陈叔宝，先是一笑，然后收敛笑说："你个小国的君主面对大国的大臣，应该下拜，为何迟迟不施礼节？"陈叔宝抬起头，瞅了眼贺若弼，跪地叩拜。贺若弼见曾是万人之上的陈叔宝突然变成奴仆样，动了恻隐之心："谁也不会杀你剐你，你不必害怕什么。等你到了我朝之后，做个归命之侯，就是你的善终罢了。"

正月二十二日，晋王杨广和隋军长史高颎率大军抵达建康。在没见到陈叔宝之前，杨广对传说中的陈朝皇宫之奢华颇感好奇，和高颎一道逛着了台城的宫殿，他们逛入陈叔宝的寝宫，那奢华程度是隋朝皇宫不可比的。高颎看到陈叔宝曾经睡过的龙榻上搁放着几份京口告急奏报，随手拿起，发现告急奏报全都没有开启，大惊道："身为一国之主，都不拆封告急奏报看上一眼，可想陈后主昏庸到了不可想象的地步，他不亡国，老天不会饶他。"杨广听高颎这么说着，拿起一份告急奏报，想拆开看看到底奏了什么急事，又想到江南已经平定，懒得看了，将告急奏报扔在了龙榻上，玩笑道："陈后主整天看不完三宫六院的美人，哪有闲暇看这告急奏报？"众人禁不住地笑了起来。

草草逛罢陈朝皇宫，杨广才有兴趣去见陈叔宝。等见到陈叔宝之后，杨广心里踏实了。随之杨广对陈叔宝的妃子产生兴趣，听说陈叔宝最宠爱的张贵妃美艳惊天，杨广找韩擒虎打听张贵妃的下落。韩擒虎明白杨广打听张贵妃的意思，提醒说："张贵妃的确长得美如天仙，她从井里吊上来的时候，惊倒在场的将士，都想用张贵妃犒赏他们。怕皇上知道后，追责问罪，所以臣将张贵妃关押在了一个隐秘地方，一律不准将士靠近她。"杨广说："我想见一眼张贵妃，难道不行？"韩擒虎僵持住了。

杨广坚持说："带我去看看，看张贵妃到底有多奇美。"

韩擒虎委婉说："臣已下过禁令，如果晋王去见张贵妃被其他将士知道，臣的禁令怎么服人呢？"

杨广哪里顾及得了韩擒虎的禁令，不见张贵妃他不罢休；等他见到张贵妃时，被那美貌征服，二话不说拉上张贵妃摸摸捏捏，摸捏得张贵妃发抖地哭泣。

杨广哄张贵妃说："我是隋朝的晋王，你别害怕，我会保护你的。"

张贵妃仍在不停地发抖。杨广搂抱张贵妃上了床榻，无论杨广怎么折腾，张贵妃顺从着，始终不说一句话。

能接触到张贵妃，杨广感到非常满意。

评定众将领的功绩时，杨广高度赞扬韩擒虎率先攻破建康擒获陈后主，功勋第一。这样的评价几乎没有异议，但是贺若弼不高兴了，他插嘴说："晋王这样的评价好像有点不公平。"

杨广吃一惊地看着了贺若弼："你说不公平在哪里？"

贺若弼说："难道拿下建康，活捉陈后主，臣没功绩吗？"

杨广见贺若弼顶撞他，有点恼火："我没说你没功绩，但你的功绩肯定没有超过韩擒虎。"

贺若弼既然说出闷在心里话，不再有顾虑，回敬杨广说："没有臣率八千精兵引十万陈军出城血战，让建康和台城空虚，韩擒虎能顺利攻进朱雀门进入台城逮住陈后主吗？显然不可能！"

贺若弼争功，贬低韩擒虎，使韩擒虎吃不消。

韩擒虎讥讽贺若弼说："你率八千人从早打到天黑，不是我在城里撑着，你能进得了城吗？"

两人一撕脸，几乎要剑拔弩张。大军还没班师回京城，贺若弼竟是如此按捺不住争抢头功，杨广便觉贺若弼太过分了，抓了贺若弼不按军令先出兵的把柄，问罪贺若弼。见杨广翻脸发怒，贺若弼还算识时务，收敛下来。

高颎眼看将领们为争功绩，相互诋毁得不可开交，建议杨广尽快班师回朝。但是杨广并没放过看重名利拔剑争功的贺若弼，将贺若弼逮捕，囚禁起来。贺若弼毕竟功大于过，杨广对贺若弼的处罚太重，高颎看不下去，劝说杨广放人，杨广不准。杨广对高颎说："如果众将士都像贺若弼争得头功，哪来那么多的头功颁发？此人私利心重，得给点颜色他瞧瞧。"

之后杨广开始在建康清点战俘，下令杀掉施文庆、沈客卿等一批陈叔宝的佞臣，以谢三吴。他吩咐高颎在建康收取陈朝图籍，封府库。等所有事务处理完毕，令随军司马王韶带领一班人留守建康。大军准备凯旋回京师。

攻克建康，对杨广来说，最大的收获是得到张贵妃，他不仅要带张贵妃回长安的大兴城，而且还要娶张贵妃为妾。高颎觉得杨广在胡闹，百般反对。杨广说："灭陈朝，江南属我大隋天下，我身为亲王，带一个美人而归，有何不妥呢？"高颎说："江南出美人，殿下想带美人而归，不愁找不到，何必带走一个张氏？"杨广说："惟张氏绝美，自我和她相遇，爱不释手。"高颎再而三地劝说道："当年的周武王灭殷商，纣王的妃子妲己之美，不会亚于眼下的张贵妃，因是亡国之祸水，周武王并没爱上妲己，而是果断杀了妲己。如今平定陈朝，美貌的张氏也是祸水，陛下不应迎娶。"杨广不听。高颎实在说不通杨广，想到张贵妃是韩擒虎从井底俘获的，背地里找到韩擒虎。

高颎并没直截了当，试探韩擒虎的态度，问道："听说陈叔宝的爱妃张氏长得非常绝美，果真是吗？"

韩擒虎点头说："张氏之美的确是人见人爱。"

高颎说："如果拿了张氏之美跟我朝宫廷里的美人作一番比较，她会逊色吗？"

韩擒虎仍没意识到高颎找他的意图，恳切说道："我朝的宫廷，未曾见过有谁美过张氏。"

于是高颎不再绕弯子，直接说道："晋王打定主意娶张氏为妾，就怕皇上不认……"

韩擒虎这才明白高颎找他的缘故，轻笑道："皇后娘娘爱吃醋的，即使皇上认可这事儿，皇后娘娘一定不会认可张氏，定会很不开心。"

高颎趁机敲打韩擒虎说："倘若皇上和皇后娘娘拿了张氏问罪责，恐怕你也脱不了干系。"

韩擒虎倏地一怔说:"是晋王喜欢上了张氏,我有什么办法呢?"

高颎浅笑道:"话不由你说的。毕竟是你带人从井下捞起张氏的。到那时有人会护着晋王,会在皇上和皇后娘娘面前奏你从井底捞起张氏后,将张氏进献给了晋王。你要知道张氏虽美,可她是亡国的祸水。"

高颎此番话语一出口,韩擒虎猛然警醒,害怕起来,绷着脸,不知咋办。

然后韩擒虎生恐的目光紧盯着高颎:"难到张氏该杀?"

高颎冷着脸,干脆利落说:"亡国的祸水留着有何用?你派人杀了张氏吧。"

韩擒虎不安说:"杀了张氏,如何跟晋王交待?"

高颎似乎豁出去了,忙说:"有我替你扛着!"

于是韩擒虎背着晋王杨广,悄悄派人杀掉了张氏。待杨广知道张氏死后,非常生气。高颎并不在乎杨广有多生气,他说:"等班师回到朝廷,如果皇上认定臣等错杀一个像妲己一样的张贵妃,如何处置,臣等甘愿服罪。"

6

陈王朝崩塌之后,隋军各路人马陆续云集建康。然陈朝远疆的南越(今广东一带),隋军还没来得及收复。身处建康的隋军主帅杨广上奏朝廷,请战攻打南越。

隋文帝杨坚获取来自建康的请战书,摇头不准出兵南越。留守京师的李德林和苏威等人一个劲儿进谏杨坚发兵南越。

杨德林不解地问道:"我军攻取建康,擒获了昏君陈叔宝,陛下为何不准我军乘胜出击,收复南越?"

杨坚果决地摆了下手说:"朕取的是南越的民心,而不是取南越的人头。"

苏威说:"陛下别小看了盘踞南越岭南高凉郡的冼夫人,那可不是一般的女流之辈。"

杨坚突然转过脸,盯着苏威说:"一介不得民心的陈王朝逝水东流而去,至于那位冼夫人,能将逝水而去的陈王朝扛得回来吗?"

苏威郑重说道:"冼夫人在以往的陈朝堪称巾帼英雄,在南越且可呼风唤雨。臣听说冼夫人自幼贤明,多筹略,能抚循众部落,也能行军用师,压服诸越。此等女流一旦不愿归顺陛下,恐怕她占南越为王……"

没等苏威说完,杨坚笑了笑,然后收敛笑容说:"取民心方可取天下,朕不愿留下暴君的恶名。至于南越之地,只能安抚,不可出兵攻打。朕相信南越的百姓能顺中华大统天意，归附大隋。"

随即杨坚下旨，令江州总管韦洸赴南越安抚万民。这时的韦洸收复了九江，率军南下到了豫章（今江西南昌），他领旨，火速率军前往南越。

南越人一直被称南蛮子，大多依山而居立寨子，形成部落。因了远离京师建康，南越众部落只知隋朝出兵渡江而来，却不知京师已沦陷。但江南的战事，一阵更比一阵紧地传来，引起南越众部落不安。最先知道建康沦陷的是衡州（今湖南衡阳）都督王勇和司马任瑰。这任瑰便是陈朝镇东大将军任忠的亲侄儿。此时的任瑰哪里晓得陈朝亡的罪魁祸首正是他伯父任忠开启城门放隋将韩擒虎进城，至于隋将韩擒虎俘获陈叔宝，任瑰仍不知晓。他居然以为天下大乱，可以浑水摸鱼大捞一把，怂恿同僚都督王勇称帝。王勇跟任瑰一样，也是毫不知晓国主陈叔宝已成阶下囚。他手里虽握有兵马，起事即可而行，但他气量不足，且从没想过称帝。任瑰突然怂恿，王勇一时惊呆住了，说帝在建康，你劝我在衡州举兵，岂不是犯上吗？任瑰笑了，说建康的那个帝，整天让美人陪着饮酒，醉得不知天有多高地有多厚。眼下遇隋军打过江来，帝醉醺醺的保准摸不着往哪去的方向。王勇似乎动了心，说他在衡州举兵称帝，但这脚下泥土全是陈姓皇家的，他们陈家答应吗？任瑰说王都督莫急，我可跑趟腿，笼络不受宠的皇家子孙拥戴王都督不就得了。数日之后，隋军占领京师俘获陈叔宝的消息传至衡州，又闻隋朝江州总管韦洸率军朝衡州方向开来，王勇是狗肉上不了正席，吓得惶惶不可终日，不敢举兵称帝。

南越腹地岭南，消息更加封闭。众部落首领准备迎战隋军，推举冼夫人为盟主。冼夫人不负众望，接受重任。听说隋将韦洸率军朝南越开来，冼夫人派大将徐璒领兵阻击韦洸。两军在南康（今江西赣州）相遇。韦洸打量徐璒的兵力，他取胜的信心十足，却没下令开火。徐璒面对韦洸的军队，也很谨慎，暂且按兵不动，一个劲儿把守南康的出路，寸步不让。就在两军对峙时刻，韦洸的部下耐不住性子，敦促韦洸下令出击。

韦洸对众部下说："皇旨不可违。"

众部下火急火燎说："有徐璒横挡在路上，不开打，前边的路怎么走得通？"

韦洸解释说："不是我不愿开战，是皇上不准；皇上令我前往南越做安抚，收买人心的，所以这个仗，打不得。"

两军僵持了数天，徐璒始终不肯让路。这时的韦洸也没了耐心，只好亲自出马去见徐璒，带了数位随从，赤手空拳来到徐璒的扎营地。徐璒做梦也没想到韦洸会赤手空拳来见他，大吃一惊。

韦洸冲徐璒和顺地笑道："我奉皇旨赴南越，不是去杀人放火的，请徐将军不必多虑了。"

见到韦洸脸上的笑容，徐璒怎么也笑不起来，反而绷紧了表情："隋国发兵攻打我陈国，天理何在？韦将军率兵前往我南越，不是去杀人放火，又有何贵干？"

韦洸被徐璒问得差点要仰天大笑，他克制住了，反而笑不出来："难道徐将军还蒙在鼓里？"

徐璒仍绷着脸，骂道："什么鼓里锣里，你们快从陈国滚回隋国去吧！"

听到骂声，韦洸也不生气，就想刺激徐璒说："陈国已亡，咱站着的这地方，已是隋国的了，至于前方的南越，也是隋国的地盘了。这天下只有一个天下。皇帝只有一个皇帝，那便是大隋文皇帝杨坚。若徐将军不信，这就可随我一同去建康看看就知道了。"

此语一出，徐璒目瞪口呆。

然后徐璒将信将疑问韦洸："既然如此，你率军前往南越干什么去的呢？"

韦洸不紧不慢答道："我是奉皇旨前往南越安抚百姓去的，除此别无他干。徐将军该明白让路了吧？"

徐璒怀疑有诈，仍不肯让路，便说："凭什么相信你的话？"

韦洸告辞时，对徐璒说："我与徐将军都是一国的臣子了，在此开战，是兄弟结仇相残，不可取。若徐将军要看证据，也行，请徐将军在此等候，我立马派人去建康取来证据。"

于是韦洸只好速派人赶赴建康，禀报晋王杨广。

等派往建康的人回到南康时，带来三样特别的东西，一样是晋王杨广遣使陈叔宝写给冼夫人的书信，信上醒目地呈现四个字：谕以国亡；第二样是昔日陈朝的兵符；第三样是根犀杖。韦洸带了这三样东西再去拜徐璒。见了陈朝皇帝书信、兵符和犀杖，徐璒疑惑了会儿，说这犀杖不能说明什么，至于我国皇帝写给冼夫人的书信和兵符，真假难辨。韦洸急了，说你不信这兵符和书信是真的，可这根犀杖是不能造假的，正是南越的圣母冼夫人当年归附陈朝时，作为宝物进献给陈武帝的，陈朝视为国宝，一直收藏在宫里。万一你还不信，我可带这根犀杖随你去见冼夫人，若有假，冼夫人岂可饶了我？我韦某的人头定然落在冼夫人的刀下。韦洸狠狠地将了一军，徐璒也想证实犀杖的真假，可他仍旧怀疑有诈，不敢有丝毫的马虎，对韦洸说：

"既然你敢用这根犀杖赌你的人头,也行。待我派人先回寨子禀报盟主之后再说。"韦洸只好耐心地等待。

徐瓆就想拖延时间,不给韦洸可乘之机,迅速派人回返岭南。等差去的人赶回寨子见到冼夫人后,立即作了禀报。冼夫人大惊,忙问道:"皇上的书信和兵符,还有那根犀杖,有没有见到?"那人回道:"都见到过了。"冼夫人心口猛地一沉,知道陈朝被隋朝吞并,好像没有心情往下再问,神情恍惚说道:"天意来得太快,真是太快了!"随之冼夫人的脑海里,格外清晰地浮现出犀杖来。虽说时光逝去许多年,但她总也忘不了带着家传犀杖去见武帝陈先霸的情景,那种君臣融洽的情景历历在目。有时遭遇寂寞,冼夫人也会想起那根犀杖来,为国为君的情义,仿佛铭刻在了那根犀杖上;眼下那根犀杖,成为敌国的战利品,她为国为君的情义,就在顷刻间彻底崩溃。

这时南越诸部落正紧锣密鼓准备迎战来犯隋军,只有冼夫人仿佛变了个人,全然没了下令出兵的冲动。他召孙子冯魂到堂下,眼里含泪说道:"听说隋将韦洸带着咱家的那根犀杖要来寨子求见,被徐瓆阻拦在了路上,你这就去接迎韦洸来寨子,别为难他了。"

冯魂惊了个正色:"咱冯家的那根犀杖,祖母不是早已进献给了朝廷吗?"

冼夫人叹口气,转过身子道:"朝廷不复存在了,所以那根犀杖,要回咱们冯家了,咱们冯家没理由拒绝。"

冯魂无奈道:"孙儿听从祖母盼咐,这就上路。"

岭南诸部落的酋长闻知盟主冼夫人派孙子冯魂上路接迎隋将韦洸,不知为何缘故,相约来见冼夫人,齐声问道:"盟主一向忠君忠国,遇隋军来犯,为何一反常态派冯魂接迎贼寇?"

生出伤感的冼夫人顾及不了颜面,抬起衣袖拭了下泪水,回答说:"身为臣子,为国为君的确不可心怀二意。眼下国已亡,主已替,有什么办法呢?既然陈国不复存在,做臣子的只能顺从天意,忠隋主也是忠国家。"

众酋长一时接受不了,又齐声说道:"隋军毕竟是来犯,盟主不可退缩,请下令迎战!"

冼夫人倏地站立起来,打起精神说道:"我为陈国镇守南越,决无二心。可是陈国已亡,君上已成囚徒,你们替谁出征作战?要知天下归一统,华夏成一家,是天意!天意可顺不可违!请诸部将别再对抗天意了,就此归附大隋吧。"

冼夫人话音一落，众部将全都扎下头来。

徐璒一直在南康拖延时间，等冼夫人的回话，没料等来冼夫人的孙子冯魂。冯魂通告徐璒，说陈国已亡，盟主已下令南越归附大隋了。听这话，徐璒傻了眼，只好顺从。韦洸获悉冼夫人派孙子冯魂来接迎他，大惊大喜。一路人马畅通无阻来到南越腹地岭南，进了寨子，相见冼夫人。

韦洸首先将陈叔宝的书信、兵符和犀杖呈给冼夫人，恭敬道："这三样东西，是晋王杨广令我转交给冼夫人的，请接纳。"冼夫人心情沉重地接过三样东西，都没看一眼兵符，只是看了下陈叔宝写的"谕以国亡"四字，闭了下眼，放下了；然后拿起犀杖，定神地细看，看了会儿，叹道："这犀杖，原是咱冯家的传家珍宝，是我亲手进献给朝廷的，咱冯家有多少说不完的情，诉不完的义，都深藏在了这根不会言说的犀杖上，没想这犀杖啊，到如今都没个收拾的地方了，竟然完璧归赵回到寨子里来了……"韦洸拱手朝冼夫人行礼道："我奉皇旨来南越安抚万民，请冼夫人顺遂，劝南越万民归附大隋。"冼夫人难过地转身，潸然泪下道："犀杖和书信我收下了，至于兵符，请韦将军带回去吧。"然后冼夫人吩咐道："备宴，替韦将军接风洗尘。"

酒宴中途，冼夫人召集众部酋长祭拜天地，归顺大隋。

隋文帝杨坚获知韦洸不负众望，劝降南越归顺朝廷，一阵大喜，即兴下旨，封冼夫人为谯国夫人。

第十六章　互不相让

1

　　隋文帝杨坚得到平定江南的捷报，欣喜万分。第二天，又有一份奏报从江南传来，奏吴州总管贺若弼违反军令提前出兵的罪状。杨坚迟疑半天，将奏报拿给苏威看。苏威看罢奏报，表情惊异地看着了杨坚。

　　"贺若弼的罪状能成立吗？"苏威问杨坚。

　　"攻克建康，贺若弼立下大功，就因提前出兵而治罪，朕不清楚贺若弼跟晋王发生过了什么。"杨坚叹道。

　　苏威恳切道："平定江南，既然贺若弼立下大功，晋王对他治罪，难以服天下。"

　　后来杨坚知道贺若弼跟韩擒虎争功，闹得剑拔弩张，惹怒杨广，才对贺若弼问罪。杨坚想到功臣因小节治罪，将来还有谁愿去效力于国家？便觉杨广血气方刚处事不慎，很是恼火，连忙对杨广下诏书，认定贺若弼和韩擒虎攻克建康平定江南功绩超群，立即释放贺若弼。杨广得到杨坚的诏书，不得不释放了贺若弼。

　　平定江南，隋朝得州三十，郡一百，县四百。杨坚接着对杨广下诏书，将建康改名石头城，在石头城设置蒋州；建康的城邑宫殿统统夷为平地，用作耕田。班师的时候，杨广对随军司马王韶交待说："在石头城置蒋州、拓良田、荡残寇、抚万民，事务庞杂，你留下委以重任，不可有丝毫的闪失。"王韶受命说："请晋王放心。"交待完后事，杨广下令大军押解陈叔宝及其王公百司上路回长安的大兴城。

　　杨坚得到杨广班师回朝的消息，无比开心。四月辛亥日，杨坚率百官离开京师巡幸骊山，提前慰问班师归来的将士。乙巳日，各路大军凯旋京师，举行隆重的献俘仪式。杨坚早早驾临太庙升御座。晋王杨广和秦王杨俊列阵于殿堂左右。杨坚首先诏令晋王杨广为太尉，赐辂车、马匹、衮冕、玄圭、白璧之物。没多会儿，陈叔宝及其诸王侯将在隋军重重包围下押进太庙。杨坚受理献俘，激情高涨道：

"自秦统一中华，至魏晋南北朝的三百多年间，天下群雄割据四分五裂，如同摔碎的瓷器；朕日思夜想，立志将摔碎的瓷器合拢为一，形成一个完整无缺的大中华。平定江南，终将迎来九九归一，中华一统，是上天之承运。朕奉天赐福于天下万民，今日所献囚徒一律免死免刑，视同大隋臣民。"

陈叔宝和他的僚属原本吓得不敢抬头正视一眼御座上的杨坚，也不敢哼出声来，人人胆战心惊只等一个"死"子降落头上，没料杨坚宣诏时，特赦他们，这是自古以来的帝王未曾有过的仁慈海量。他们跪地叩拜，俯首称臣，大谢皇恩。

杨坚紧接着宣旨道："从此之后，大江南北是统一的国家，行政、司法等诸多方面皆平等统一，不得有异。以前的南陈盘剥深重，民怨沸腾，朕既然要赐福于民，让江南休养生息，免除江南十年赋税徭役；江北其他州县，免除一年租赋。"

陈叔宝一听杨坚这般厚待他的国家和臣民，深感羞愧道："大隋天子不愧为真正的仁君，能这样厚爱江南百姓，我汗颜，不敢面对江东！"

杨坚道："你早知汗颜，就不会荒淫无度，不顾百姓死活。"

陈叔宝讨了个无趣，扎下头来，不再言声。

待献俘仪式完毕之后，杨坚移驾广阳门，宴请出征将士。殊不知太庙献俘的时候，在陈叔宝之下一共有二百多人挤成一团，其中有位跪在后边的俘虏，一直不敢抬头扬起脸，此人正是早年逃往南陈的司马消难。杨坚受俘时，只是关注前边的陈叔宝等人，却没在意后边，也就没有发现司马消难。高颎在众将士喜尝御宴时，走近杨坚道："禀皇上，从江南押回的俘虏里就有司马消难……"

没等高颎说完，杨坚大惊道："司马消难还活着？"

高颎说："他活得正旺气，在陈国任司马。"

杨坚依旧大惊道："在太庙献俘时，朕怎么没见到他？"

高颎道："他哪有脸面对皇上。"

杨坚任北周大丞相时，正是司马消难响应相州总管尉迟迥、益州总管王谦，举兵反杨坚；襄州总管王谊奉命出征镇压叛乱，打得司马消难走投无路，逃往了陈朝。这事儿杨坚历历在目。

高颎说："司马消难谋反叛国，是乱臣贼子，不可与陈朝的俘虏相提并论。"

杨坚并没当即表态，朝高颎点了下头说："朕知道了。"

事后杨坚不断冒出诛杀司马消难的念头，想起当年司马消难在北齐遭遇陷害，一心想投奔北周，正是他父亲杨忠和达奚武冒死去北齐迎接司马消难的，之后司马消难和他父亲杨忠结拜兄弟，成为他们家坐上客。怀旧的杨坚不忍杀他父亲的结拜兄弟，迟迟没有下旨除掉司马消难。

几天后，高颎在杨坚面前再次过问司马消难。

杨坚叹道："虽说司马消难谋反叛国罪该万死，但朕的父亲武元帝曾跟司马消难结拜为兄弟，朕当年对司马消难以叔父相称，现在要朕杀掉昔年的叔父，难违旧情。再说司马消难老矣，已是手无缚鸡之力，放他一生，了结残年吧。"

高颎明白杨坚的心情，不再过问司马消难。

朝廷斩司马消难的呼声依然很高，杨坚不准，坚持免司马消难一死，将他发配为身份低下的乐户。自从司马消难和家人在江南的建康被抓后带回长安，明白他和家人难逃满门抄斩，后悔当年反杨坚，事到如今，他毫无办法主宰自己和家人的命运。当他得到皇帝的免死令，激动得老泪纵横。过了半个多月，等众朝臣对司马消难的呼声渐渐平息之后，杨坚又下令废除司马消难低下的乐户身份。司马消难愈加为他当年的反叛深感惭愧，无颜见天地，不久之后，他抱病而死。

杨坚给了陈叔宝一个不错的善终，赐他三品。宫里每次设宴，陈叔宝会来入席；杨坚担心陈叔宝伤心，不准器乐演奏江南吴音。这样的厚待令百官不得其解。有天长孙晟进宫奏完事，突然转个话题问杨坚："叔宝本应诛斩，皇上赦免，为何给他三品？"杨坚笑道："叔宝无心肝，给他等于没给。"长孙晟奏道："叔宝嗜酒如命，常大醉不醒。"杨坚问道："他一天喝多少？"长孙晟回道："说出来皇上可能不相信，他与其子弟日饮一石。"杨坚大惊道："这家伙贪杯本性难改，不能再让他一饮一个大醉，坏了风气。"

有关出征平定江南的将士，杨坚分别作了封赏。然而贺若弼对他立功后被问罪依旧耿耿于怀，他始终不敢把气出在晋王杨广身上，知道杨广偏袒韩擒虎，正是韩擒虎违犯自己立的军令，背地里偷偷把陈叔宝最宠爱的张贵妃投进杨广怀抱，以致杨广对张贵妃爱不释手。此事一旦奏上御前，韩擒虎多半是吃不消兜着走，最后的结果是他贺若弼彻底得罪晋王杨广，所以贺若弼一直不敢拿张贵妃来对付韩擒虎。

正好韩擒虎和贺若弼一前一后进入朝殿，两个冤家一碰头，不碰出火花不可能；贺若弼抓住机会把怨气发泄给韩擒虎，竟然当了杨坚的面，跟韩擒虎争功。

贺若弼说："臣在蒋山领军八千，豁出命跟陈军十万人血战，破其敌精锐，擒其敌骁将，震扬威武，才平定陈国。韩擒虎领兵两万，攻进建康之后，只顾一己之利，却不发兵与陈军交战，他的功绩岂能跟臣比？"

韩擒虎毫不示弱道："臣奉元帅军令，按期攻克建康，本是与贺若弼同时夹击敌阵，获取建康。然贺若弼不遵守元帅军令，自作主张先开战，导致将士伤亡惨重。臣以轻骑五百众，没损一兵一卒，诱降任忠后，率兵入城，擒获陈叔宝，搜其府库，捣其巢穴。贺若弼至夜色降临，方袭北掖门，臣内应他入城，而此时臣已将城内彻底控制，无关贺若弼多少事。至于贺若弼再而三地与臣争功，他的功能胜过臣多少呢？"

两人争功，争得互不相让，脸红脖子粗。杨坚劝和笑道："二将皆俱功为上勋，都该满意了吧？"韩擒虎这才闭上嘴。贺若弼好像还没发泄完。杨坚觉得贺若弼未免太看重个人功绩，又不便此时直接提个醒，故意转身对站在一旁的高颎说道："你随大军出征后，有人挑拨，说你试图举兵造反，朕决不会相信，处斩了造谣者。你我君臣志同道合，不是谣言能离间的。"

高颎笑道："人言可畏，真是可畏得很。"

杨坚话题一转，对高颎说："你与贺若弼身为伐陈将领同时出征江南，能可说说你跟贺若弼的功绩？"

高颎立刻明白杨坚的用意，再次笑道："贺若弼早先提出伐陈十计，不错！出征蒋山时，他拼死与敌血战，功绩当然不可磨灭。可臣不过是个文职参将，怎敢跟他论功大小呢！"

杨坚听罢哈哈笑道："如果朝廷大臣都能像你一样高风亮节奉行谦让，哪里还会有纠缠不休的功利之争？"

说罢杨坚拂袖而去。

2

杨坚一统天下，群臣几乎是一边倒地奏请他封禅。所谓封禅，就是到泰山祭天祭地，受命于天。泰山被历代帝王视为天下第一高山，为天帝所居。秦始皇统一天下时，浩浩荡荡登泰山封禅，此后的汉武帝也效仿秦始皇登泰山封禅。隋朝的大臣们以此为据，力谏杨坚登泰山封禅。

杨坚说："江南刚刚平定，太平盛世尚未到来，诸卿奏请朕东巡封禅，为时过早了。"

虞庆则说："天下已太平，盛世将至，皇上升泰山封禅，正是时候，岂能说是为时过早呢？"

杨坚摇头说："朕一旦起驾东巡，必然浩浩荡荡，不知要耗费多少财力。"

杨素说："皇上富有四海，封禅所用财力，为四海一粟。"

杨坚最终没被说服，拒绝道："朕每每想到百姓的血汗，舍不得穿上织锦礼服，要知朕与诸卿日日所用一针一线，所尝一粒饭食，都是百姓的血汗，不可好大喜功胡乱费损。可想朕去登泰山封禅，不知要耗尽天下百姓多少血汗，至此，诸卿言及封禅，宜即禁绝其声。"

平日里杨坚克勤克俭有目共睹，甭说皇宫里见不到一丝奢华，就连杨坚的穿戴，的确不见织锦，清一色的棉布，跟寻常百姓穿戴的布料毫无二样，只是服饰的款式保留了帝王的礼仪。大臣们再坚持奏请，只能讨个没趣。

初夏的四月天，气候不凉不热，正是出巡的好时节。既然巡幸泰山不成，杨坚似乎意犹未尽，想去巡幸民间，了解民情。他召虞庆则到殿前，吩咐道："近日朕要去巡幸晋阳。"虞庆则以为杨坚差他随从，领首道："臣甘愿一路服侍皇上。"杨坚道："朕不需你服侍，朕要你去关东巡省。"虞庆则道："臣何时启程？"杨坚道："你领旨后就可上路了，回来后，将巡察之事如实奏报。"虞庆则道："臣遵旨。"

交待完事务，杨坚准备出巡晋阳。他原定李德林和苏威一路随从，想到李德林和苏威的政见相左，难得有融通的时候，就怕两人在巡视途中因见解不同，争执不休，于是杨坚留下李德林，只带上了苏威。

车驾行至路途，遇到一座村落。杨坚下令护驾的军队离村落远远地歇着，别惊扰村人，他只带了若干随从进了村。村人们不知进村来的是大隋的皇帝，都没介意。一个妇人在门前给猪喂食，扬起手将一瓢白花花的米粒倒进食盆里，一大一小两头猪把尖长的嘴巴插进盆里抢食，吃得叽嗒叽嗒响，这情形正好被杨坚看到，他非常震惊地叫停车驾。

杨坚迅速从车驾里出来，板着脸，格外生气问喂猪的妇人："粮食是给人吃的，你给猪吃，为何这般糟蹋粮食？"

喂猪的妇人不知杨坚是谁，跑来管她家闲事，不买账说："我又没拿你家粮食喂我家的猪，我拿我家粮食喂我家的猪，关你什么事？"

一个随从正要教训喂猪的妇人，被杨坚拦住。

杨坚就想知道妇人为何要糟蹋粮食喂猪，他问："你拿你家的粮食喂猪，你家的人吃什么呢？"

妇人见杨坚问出关切话语，待人的态度缓和了些，随口说道："这年头粮食多得成灾，谁把粮食当个东西，不喂猪就喂了老鼠。"

听这话，杨坚惊诧不已。

妇人打量杨坚和他的随从，看上去不像是方圆一带的庄稼人，警觉地问道："你们是哪里的？"

苏威朝妇人笑了笑："我们是从京城来的，从这里路过。"

妇人见来的是一伙男人，避嫌地往大门里走去。

苏威追上几步问妇人："你家的粮食为何多得成灾？"

妇人边走边回答说："这几年赋税少了，田种得多了，粮食多了起来。"

苏威还想追上去再问一些事儿，妇人进了门槛，把门关上了。

两头猪仍在吃食，杨坚不便暴露身份，更不便管百姓家的私事，瞅着猪，摇头说："人吃的粮食拿来喂猪，真不知荒年是怎么来的。"

苏威说了声请皇上起驾吧。

杨坚一边上车，一边仍在为猪吃粮食感到可惜。

苏威随侍杨坚坐在了同一辆车上，笑道："农家拿粮食喂牲口，不是坏事，而是好事。"

杨坚脸色一变说："好在哪里？"

苏威回答说："农家拿粮食喂牲口，说明朝廷颁布的均田令已见成效；否则人饿肚子，谁舍得拿粮食喂牲口呢？"

杨坚这才缓过神："民以食为天，朕一直揪心天下粮食喂不饱天下百姓，才减免贫者赋税，下诏均田令，让天下民有其耕田，不为饥寒所困。"

苏威附和说："刚才那妇人拿粮食喂牲口，臣跟皇上一样，也是大吃一惊；又听那妇人说粮食多得成灾，臣纳闷，随之臣意识到了是皇上的均田令开始惠民了。"

杨坚说："地方官员的奏报，充其量只能听信一半。朕既然出宫巡幸，这一路走过去，还是要亲自到百姓家看看，方知民间实情。"

一路上，杨坚紧紧抓住粮食问题不放，途中每遇一个村落，都要停驾查访农户，没一户缺粮，家家且是五谷丰盈，令杨坚心花怒放。

多日后，皇帝车驾驶进晋阳城。晋阳官府倾巢出动迎驾，引领皇帝车驾来到一家客店前，安顿皇帝在此下榻。冷不丁儿，一个人突然从观望的人群里冲出来，跪在了杨坚乘坐的车前，连连喊冤。气氛陡然出现紧张，护驾的侍卫忙不迭地奔跑过去，要将拦驾的男子拉走。杨坚听到喊冤声，对苏威说："你先下车去问此人，他到底有何冤。"苏威连忙下车，堵住下跪的男子问道："你拦驾喊冤，冤在哪里？"

男子伸手指向客店说："这客店的土地，原是我家的祖业，被人抢夺去了，一直没有归还。"

苏威问："你家土地被谁抢去盖了这客店？"

男子回答说："被原北齐右丞相高阿那肱抢去了，盖起这客店。"

苏威一愣说："都过去许多年了。现在的客店主人是谁？"

男子迟疑片刻说："不说小民死不瞑目，说了又怕得罪不起。"

苏威一听此话，知道有文章，催促说："你拦驾喊冤，不肯说出冤来，说明你根本无冤，就要治你劫驾之罪。"

男子吓坏了，发抖说："现在占有我家祖业的正是朝廷内史令李德林……"

男子不敢接着往下说，看着了苏威。

苏威暗自一惊："这客店到底是谁盖的？"

男子说："是高阿那肱盖的，现在成为李德林的家业。"

苏威听明白，正色道："你拦驾请求皇上替你要回祖业，若不属实，犯下欺君之罪，要杀头的。"

男子说："晋阳城的人大多知道这儿是小民家的祖业，小民就是要不回来。小民若有半句谎言，甘愿满门抄斩。"

苏威和李德林政见不同由来已久，两人虽没闹得老死不相往来，却因不同政见结下怨恨。这当儿，苏威做梦都没想到在这不经意间，竟然得到报复李德林的利器。他不慌不忙转身走到杨坚面前，奏道："禀皇上，此人的确有冤，才拦驾，请求皇上圣明，为民讨回公道。"

听到"公道"二字，杨坚立马追问。苏威诉说了一番。

杨坚怒道："李德林身为朝廷高官，国家给他的俸禄不薄，可他为何还不满足，强占民利，欺压百姓呢？"

苏威就是要激怒杨坚，而他反而静若止水："高阿那肱是什么东西，活脱脱一个乱世强盗，然李德林明知此客店来得不干净，却将这脏物占为己有，也不退还给民，难怪民拦驾喊冤。"

杨坚脸色难看道："这个李德林，真是贪赃枉法，不是个东西！"

拦驾的男子害怕把事闹大，不好收场，竟然溜走了。一阵紧张的虚惊过后，才得以平静。杨坚的心里，就此搁着了一件事。

待巡幸完晋阳回到长安的大兴城，杨坚心里搁着的事儿，仍如浮萍飘动，他召来李德林，板着脸问道："你在晋阳有处不小的客店，是吗？"

李德林似乎有些措手不及，见杨坚的表情不对劲，不敢回避，点头道："是的。"

得到证实，杨坚大怒，青头黑脸痛斥李德林。

李德林一边请杨坚息怒，一边辩解说："臣早年得到那客店，是经过皇上允许的……"

杨坚怒在当头，直摆手，不容李德林解释。李德林无奈，只能垂首聆听痛斥。

半月之后，奉旨巡视潼关以东地区的虞庆则回到了长安的大兴城，进宫朝见。没等虞庆则开口，杨坚迫切问道："朕派你去了趟关东，有何收获带回来了？"

虞庆则带回的不是好事，直言奏报道："臣发现关东地区的乡正权限过大，尤其是处理乡党之间的纠纷，往往是认亲不认法，贿赂公署是家常便饭，裁决纠纷少有公平公正，自然失去公信。"

杨坚一听虞庆则把个乡正机构说得一无是处，惊诧不已问道："照你说的，这乡正的存在毫无意义？"

虞庆则被杨坚问住。

得不到虞庆则的回答，杨坚开始动摇起来，他又问："有没有必要废除乡正？"

虞庆则谨慎道："臣奉旨去关东，将查实的情况如实禀报，至于废不废除乡正，请皇上在朝会上多多听取百官的意见，再作决定不迟。"

虞庆则说得有道理，杨坚不再追问虞庆则。

在地方设置乡正，起初是苏威提出来的，建议地方每五百家设一乡正，负责处理一乡的司法审判。李德林反对，说五百家设置一乡正，这样小的范围难免涉及到亲友之情和裙带关系，遇上案子，让乡正判决，就会出现袒护亲友，徇情枉法。但是杨坚最终还是采纳了苏威的建议。

采纳苏威建议设立乡正出了问题，李德林偷着乐，看苏威的笑话。没等杨坚来得及征求大臣们的意见，就有大臣按捺不住上书废除乡正，杨坚表示认同，放出废除乡正的音来。李德林本可以保持沉默，可他似乎有点不由自主。他不会放弃为他当初的反对发声，又可恶那些不善于维护律令制度的官吏，特地进宫朝见，对杨坚进言道："设立乡正，臣一直以为不可行，既然设立了，运行起来，会有个不断完善的过程。然这乡正刚设立不久，这么快就废除，如此政令反复，朝成暮毁，完全违背了国家律令制度的根本意义。因此，臣恳请皇上明令，从此以后，文武百官胆敢随意更改律令制度，即以军法论处。如果不这样，以后还会出现朝令夕改的事，反反复复，没完没了。"

自从杨坚从晋阳回京师，李德林在他心里的地位跌落千丈，开始厌恶起了李德林。然而李德林聪明反被聪明误，毫无自知之明。其实杨坚对李德林的厌恶有其源头，早在开皇初年，杨坚诛杀北周皇室宇文氏，为他即位扫清障碍，李德林不明杨坚用心，反对诛杀宇文氏，惹怒杨坚臭骂他书生气十足，是个书呆子。之后的杨坚一直戒备李德林，只给李德林内史令，直到迄今，李德林的内史令一职，从没动过。近期晋阳出现百姓拦驾喊冤，讨还祖业，导致杨坚动摇了对李德林的重用。

进殿后的李德林尽管一腔忠言，杨坚一直背对着他，也不搭理。李德林说得没趣闭了嘴。杨坚才转过身来，冲李德林大怒道："你想把朕当成王莽吗？"

李德林毫没料到这天的杨坚会对他发这么大的怒，立刻吓得发软道："臣从没把皇上当成王莽……"

既然发怒，杨坚克制不住情绪，只想把对李德林的积怨一古脑儿发泄出来："你身为高官，霸占晋阳百姓祖业不归还，又谎称你父亲的不实官职，可想你的人品配得上任内史令一职吗？"

李德林顿时傻了眼，翕动嘴唇欲言又止。

杨坚撕脸说道："朕决定派你去怀州任刺史。"

陡然遭遇降职，李德林措手不及，心口猛地一紧，冒出一身冷汗。他拜道："臣不再奢望担任内史令一职了。臣年事已高，去地方任职多有不便，恳请皇上允许臣以散职身份留在京城参与朝会。"

杨坚不再吭声。李德林只好默默地退下。

3

李德林无可奈何赴怀州（今河南沁阳）任刺史，没过多日一病不起，死在了任上。杨坚得知李德林病逝的消息，悲从心起，在朝殿上当了百官的面，声腔沉重诉说他愧对李德林。这样的悲情，不过是帝王的权宜之计。

就在李德林死后不久，从江南传来告急奏报，奏以越州（今浙江绍兴）人高智慧为首的一伙叛军举旗造反，在江南建起小朝廷。起因是隋灭陈后，江南江北形成统一的司法和政治体制，彻底改变江南的上层格局。一直以来，江南豪门贵族把持官场，欺压寒门庶族，不准寒门庶族入仕为官；正是江北在江南推行科举制，江南的寒门庶族通过科考，可以入仕做官。这样的事态不仅挤压了豪门贵族的生存空间，而且来势之猛削弱了豪门贵族的根本利益，引起豪门贵族极大不满，他们制造朝廷从江南移民至江北关内的谣言，引发民众恐慌。以高智慧为首的一伙豪门贵族利用谣言和恐慌，蛊惑人心，揭竿而起，捣毁官府，劫杀官员，搅得鸡犬不宁。杨坚得到江南动乱的奏报勃然大怒，但很快他的怒气平息下来，召心腹苏威和高颎商议对策。

杨坚开诚布公说道："刚平定江南，又出现高智慧等人在江南造反，另立朝廷，应迅速剿灭。"

高颎问道："皇上打算派谁去镇压？"

杨坚说："派杨素出征如何？"

苏威说："听说江南的高智慧可不是等闲之辈，只派个杨素，兴许有轻敌之嫌。"

杨坚看了眼苏威，然后把目光落在高颎身上："你说再派谁去随从杨素呢？"

高颎琢磨了会儿，说："依臣之见，派史万岁才是珠联璧合。"

见高颎把个史万岁抬得如此高，杨坚只是"嗯"了一声，没有明确表态。

高颎看出杨坚过于欣赏杨素的军事才能，心里暗暗不爽，越发力挺史万岁："万岁雄略过人，未尝不身先士卒。早年他发配敦煌，秦州总管窦荣定派他去跟突厥猛士单打决斗定胜负，正是他孤身取回突厥猛士首级，此事在当年成为佳话美谈。"

当年的史万岁取其突厥猛士首级杨坚记忆犹新，只好答应让史万岁跟随杨素南下，剿灭叛军。然后杨坚在武德殿召见杨素和史万岁，对两人交待说："越州有个叫高智慧的，不知天高地厚，纠集一伙人在江南称王称霸，不过是几颗钉子。史万岁随从杨素任行军总管前往江南，尽快拔掉钉子。"朝廷能征惯战的将领数不胜数，皇帝钦命史万岁率军出征，对史万岁是一次难得凸现的机会，他兴奋地拜道："臣遵旨，一定在最快的时间给皇上传来捷报。"听这话杨坚高兴，上下打量史万岁，笑道："朕相信你能发挥出令敌畏惧的威猛，在最短时间全歼叛寇。"

史万岁信誓旦旦，加上杨坚对他的肯定，杨素心里不太舒服。

杨坚还有事对杨素交待，叫史万岁先退下。史万岁刚出大殿，杨素说："皇上怎么派史万岁做臣的副将？"杨坚一愣说："让史万岁做你副将有何不妥？"杨素说："就怕他跟臣合不来。"杨坚说："你信不过史万岁？"杨素不作声。杨坚说："史万岁是一猛将，随你南下讨伐叛寇，不会误事的。"杨素拗不过杨坚，只能接受。

杨坚接着说:"高智慧等人在浙江一带对抗朝廷称王称霸,朕担心他们把事闹大,你率军去了浙江,速战速决荡平叛乱。"

杨素说:"高智慧等人不过是群乌合之众,皇上别高估了他们。"

杨坚说:"叛军如星火,可成燎原之势,一律格杀。"

杨素说:"臣不会放过一个叛军。"

杨坚说:"若是抓住贼首高智慧等人,没必要带回朝廷献俘,就地正法。"

杨素点头。

杨坚许愿说:"等你凯旋归来,朕会给你擢升职位的。"

杨素的眼睛一亮,立马叩拜说:"臣不负皇上重望。"

杨坚说:"好,你去吧。朕等你传来捷报。"

杨素离开不久,杨坚听到太监叫喊皇后娘娘驾到,他转身朝大殿门口张望。没多会儿独孤皇后迈进武德殿来,见武德殿里耳目众多,独孤皇后说了声诸位暂且回避,在殿的众人纷纷退出了武德殿。

消除耳目,独孤皇后对杨坚说:"太子越来越不像话了。"

杨坚诧异问道:"太子怎么了?"

独孤皇后皱起眉头说:"太子妃娶进东宫,都过去多年,太子跟太子妃的关系一直不和,难道皇上不知道?"

此时的杨坚满脑子尽是江南叛乱的事,没心思搭理这桩家事,回言道:"江南出了乱子,朕管国事都管不过来,哪有工夫管太子夫妇感情的事。"

独孤皇后本是带着不满东宫的情绪而来,杨坚漠不关心,她生气道:"国事家事都是事,皇上为何只管国事不管家事?"

尽管杨坚身为一国之主,帝王家的真正主人不是杨坚,而是独孤皇后,每逢大小家事,大多由独孤皇后说了算。譬如东宫太子妃元氏,正是独孤皇后看好之后,作主迎娶进宫,册封太子妃的。太子杨勇偏偏不喜欢元氏,元氏在东宫自然孤寂,她无法忍受毫无休止的孤寂,惟有皇后是她的依靠,哭哭泣泣跑到皇后面前诉苦。皇后非常厌恶一夫多妻,一直不能容忍身为帝王的杨坚妾妃成群。至于东宫太子凌驾帝王之上,且是妻妾盈满东宫,独孤皇后看不惯,一忍再忍。她当然要维护由她作主迎娶的太子妃,十分同情元氏的处境,一怒之下,登武德殿,请求杨坚教训太子杨勇。

杨坚耐着性子说:"太子和太子妃的感情不和,你说这家事朕怎么管,才能让他们的关系好起来？"

独孤皇后说："子不教，父之过；如果太子不守家规，正是皇上之过。"

杨坚叹口气，默默地摇了下头。

独孤皇后说："太子尽宠其他嫔妃，一直冷落太子妃，直到至今太子妃仍旧没生下子嗣，让东宫皇孙不为嫡出，事关社稷……"

皇后口无遮拦，就怕隔墙有耳，杨坚恨不得伸出巴掌捂住皇后的嘴。他无奈说："这里不是商量家事的地方，有什么事，等回后宫了再说吧。"

独孤皇后不依不饶说："太子不召太子妃侍寝，已是公开的秘密，宫里何人不知谁人不晓，皇上有什么遮遮掩掩的？皇上身为父亲，不去东宫调解太子和太子妃的关系，任其下去，如何得了。"

杨坚尴尬，涨红脸说："朕身为东宫的父亲，有关儿子和儿媳之间的房事，叫朕去东宫，怎么说得出口？"

高颎就在这时急匆匆奔进武德殿，杨坚和独孤皇后立马闭了嘴。高颎见皇上和皇后面色不对，正要退出武德殿，被杨坚叫住。

杨坚问："你这么急，有何事奏报？"

高颎回答说："臣刚才接到沛国公郑译病逝的消息。"

杨坚一惊说："朕从没听说郑译病了。"

见高颎来报郑译丧讯，独孤皇后不便继续指责东宫，只好离开武德殿。

突然听到郑译死讯，杨坚心情格外复杂。想起郑译贪图私利卖官，本该要处以重罪，一方面郑译与他是儿时同学，另一方面他即皇位立隋，正是郑译立下汗马功劳，于是他放了郑译一马。担心郑译继续留在朝廷，再做不法事，杨坚才将郑译派往岐州任刺史。

高颎清楚杨坚对郑译恨铁不成钢，怀有几分旧情，他报完郑译丧讯，等杨坚盼咐。

杨坚心情沉重说："郑译离开朝廷赴岐州任职，一晃过去多年，可想他在岐州，一定怨朕。"

高颎说："皇上对郑译不薄，郑译为何怨皇上？"

杨坚不作声了。

过了会儿，杨坚对高颎说："其实朕也怨郑译，人都死了，朕还怨他有什么用呢？给他一个厚葬吧。"

4

杨素率师渡江平叛去了很久,虽说不断有捷报传至朝廷,但不知哪天才能彻底剿灭江南叛军。这天杨坚终于盼来杨素班师回朝的消息,他悬着的心总算踏实下来。班师回朝的当天,杨坚率百官起驾至朱雀门,迎接杨素到大兴殿庆功。

来到大兴殿的杨素对杨坚大表功绩道:"贼首高智慧被臣追杀得逃至福建海岛,臣诱使贼寇王国庆捉拿高智慧立功赎罪,王国庆赴海岛擒获贼首高智慧,献俘于泉州,臣受俘后,奉旨斩了高智慧。其余贼党见高智慧命丧黄泉,不得不投降,江南叛乱才得以平定。"

杨坚比以往任何一天都要开心,大加赞赏杨素。可是杨素自始至终都没提到副将史万岁。欢愉之余,杨坚突然想起史万岁来,倏地一怔,问杨素史万岁怎么没有一块儿班师回朝?

杨素回答道:"大军渡过长江之后,臣跟史万岁分道进击,到后来,就跟史万岁失联了,臣派麾下寻找史万岁的踪迹,一直杳无音信……"

杨坚绷着脸,认真听着,见杨素说了一半戛然而止,忙问:"你没找到史万岁,他的麾下不能说一个不见踪迹。"

杨素说:"史万岁和他的麾下有可能全军覆灭了。"

杨坚为失去史万岁感到可惜,心口猛地一沉说:"难道史万岁真的战死,再也回不来了?"

杨素说:"江南已安定,迄今不知史万岁的下落,他多半回不来了。"

没有史万岁的归朝,江南平叛的大功全都记到了杨素名下,杨素由此身价倍增,被封越国公,擢升内史令,为内史省的最高长官,权势陡然大了起来。

就在朝廷以为史万岁真的战死江南,把个史万岁忘得一干二净的时候,史万岁突然现身,拖着一百多号人回到了长安。长孙晟得到史万岁回朝的消息,按捺不住进宫禀报。杨坚正在中华殿里召见高颎,这中华殿不是一般大臣能随便进得来的,是皇帝和心腹大臣密谈的地方。长孙晟进宫后,由一位内官领着,贸然闯入中华殿。顾及不了杨坚高兴不高兴,长孙晟急忙奏道:"皇上派往江南平叛的史万岁根本没死,他活着回长安了。"杨坚和高颎大吃一惊站立起来。

"史万岁没死,他活着回长安了。"杨坚兴奋地问道,"他怎么不进宫来朝见?"

长孙晟说:"听说史万岁正在朝进宫的路上走来。"

兴奋的杨坚立马起身离开中华殿,吩咐左右说:"朕要去大兴殿见史万岁,快,快去迎接史万岁。"

左右近侍领旨后，一个劲儿往外奔，迎接史万岁。

史万岁被迎进了宫，直奔大兴殿。候在大兴殿门口的杨坚连忙上前搂住史万岁，两手拍着史万岁的脊背，激动说："朕不相信你回不来，终将盼到你回来，是万幸！"

史万岁附和道："臣能活着回来见皇上，是万福！"

两人相拥地笑着，迈进了大兴殿。

仿佛史万岁身上藏有众多谜团，杨坚就想一一破解，尤其是杨素跟史万岁失去联系的许多天里，史万岁在哪里，干了些什么？心怀狐疑的杨坚迫切想知道，他问史万岁："你为何回朝得这么迟缓？"

史万岁回答说："江南叛军未能剿灭干净，臣不敢临阵脱逃提前回长安。"

听这话，杨坚一愣说："杨素在你之前班师回朝，他说叛军早已消灭干净了。"

史万岁内心存有对杨素的不满，他说："臣是消灭掉了最后一批叛军，才回朝的，不然，臣迄今回不了朝。"

杨坚顿时惊了个正色："按你说的，杨素班师回朝后，江南仍有叛军没被肃清？"

史万岁点头道："其中有不少叛军逃进了山里，他们在山里扎寨，就想卷土重来。"

杨坚道："此事杨素未曾提及。"

史万岁恳切道："杨素攻打的是叛军主力，至于部分叛军逃往深山，杨素可能不太清楚。"

尽管史万岁的话跟杨素的话有出入，但是杨坚信任杨素胜过信任史万岁。他又问史万岁："你跟杨素失去联系数月，杨素一直在找你，找不到你的踪迹。朕想知道你是如何跟杨素的大部队失去联系的，你跟杨素失去联系后，在哪里？"

史万岁一听杨坚话里有话，如实回答说："自从臣发现不少叛军逃进闽、浙一带的深山之后，率军追赶叛军打进了深山，这一打，没日没夜，不知东南西北。"

杨坚"哦"了声，点头说："原来你上山剿残寇了。"

史万岁抱愧道："杨素只给了臣二千人，臣跟深山里的叛军打到最后，二千人只剩下一百来号人了，伤亡惨重，真是无颜见皇上。"

杨坚并不在乎史万岁损失多少兵力，他只想弄清史万岁跟杨素失联的真相。当初的杨素的确心存私欲，就怕史万岁抢得头功，故意只给史万岁二千兵力，让史万岁自生自灭。史万岁说他率领二千兵力跟叛军数万主力正面交锋，是杯水车薪，是拿着鸡蛋碰石头，他才改变攻敌策略。叛军为保实力，逃进深山躲藏，他才追进深山。他在闽、浙一带的荒野山地转战一千多里，与叛军交战七百多次。因他只顾在深山里追杀叛军残余，又不熟悉南方山里地形，迷途许多天，走来走去总在山里转，就是走不出来。

听罢史万岁讲述他在山里转战一千多里，与敌交战七百多次，在战地坚守到最后回朝，杨坚这才消除对史万岁的疑心，动容道："看你真是一位奇将！朕要奖赏你。"

史万岁喜不自禁，叩拜着大谢皇恩。他最终得赏十万钱，仅此而已，相比杨素的封赏相差甚远。众朝臣对杨坚封赏平叛主将不能一碗水端平颇有微词，就连高颎也有难于言表的想法。身为主帅的杨素，未等平叛结束就班师，居然谎称江南叛乱已平，副将史万岁已战死，独占大功既得重金又获高位，可谓名利双收；可怜史万岁坚持平叛到最后归朝，只得十万钱，这是何等的不公。史万岁正是高颎力荐去江南平叛的，高颎想给史万岁讨个说法，又想到杨坚不一般地宠信杨素，就怕给史万岁讨不回说法，反而给自己讨来无趣。

虽说高颎心存顾虑，未能上表替史万岁鸣不平，不等于没人替史万岁鸣不平。兵部侍郎冯基上朝的时候，上表奏道："杨素赴江南平叛，诱杀贼首高智慧，高升内史令，本无争议；最终荡平江南叛乱的不是杨素，而是史万岁，正是史万岁仅凭二千麾下，在闽、浙一带蛮荒山林为灭尽残寇，奔行一千多里，与寇交锋七百多次，可想那生死之战是何等的艰险！"

封赏江南平叛功臣本如一页书翻过，冯基重又提及，惹怒杨坚，下令罚冯基三十廷杖。

三十廷杖落下之后，冯基动弹不得，已是奄奄一息，被人抬着送回了家。大约过了两个多时辰，杨坚竟然牵挂起挨廷杖的冯基，悄悄召高颎到跟前说："今天冯基的嘴臭，挨打得不轻，朕担心他伤重，死在家里，你快去趟冯基府上，看他怎么样了。"高颎非常反感杨坚下令罚冯基廷杖，抵触地笑了笑说："臣不用去看了，冯基肯定不会死的。"杨坚说："你没亲自去看,怎么晓得他不会死呢？"高颎提醒说："凭了冯基那副扎实的身架子，挨三十棍，他能扛得住，大不了因皇上处罚过重，落下残疾。就怕皇上罚那身体羸弱的文官，只挨上七八棍，定会命归黄泉。"

第十七章　敲打臣工

1

礼部尚书牛弘奉旨主持修订宫廷礼乐，召集一帮大臣讨论如何修订。气氛本是和谐的会场陡然争吵起来，在东宫任通事舍人的苏威儿子苏夔跟国子博士何妥三言两语不投脾胃，闹得互不买帐。年轻的苏夔瞧不起年迈的何妥，居然当了众人的面，嘲讽何妥老朽，这下子气坏何妥。其实何妥非常精通礼乐，遭遇苏夔嘲讽，他吃不消，教训苏夔道："你懂什么是儒家的礼乐吗？"苏夔毫不谦逊回答道："儒家的礼乐，主张的是兴于诗，立于礼，成于乐，难道不是吗？"何妥浅浅笑道："算你知其皮毛，但礼乐的深层意义，你未必知晓。"苏夔道："在坐的诸先生何曾不懂礼乐，无须何先生充当高人教化了。"苏夔不认老。何妥不输老，被苏夔逼得颜面扫地，他怒视苏夔道："老夫要告诉你小子，只有人间的光明才能产生礼乐，那幽冥的地府只能产生鬼神。能感动天地鬼神的没有什么能和礼乐相比。窃以为音乐有两种，一种是奸声，另一种是正声。大凡奸声悦耳，无疑令人产生邪气，因邪气蔓延，无疑产生淫乐，天下则是一片昏荡；如果正声动人，就会产生顺气，让顺气蔓延，和乐自然产生了。所以美妙和顺的音乐一旦传开，就会使伦理风俗清明，天下为之安宁。"

苏夔不满何妥在他面前教化，继续针锋相对道："乐本无心，而心自人也，心之邪，无乐也邪，心之淫，无乐也淫。何先生无端地拿了邪与正，归属于乐的起源，可谓荒谬至极，不可雕也。"

两人唇枪舌剑，火药味十足。牛弘难堪，赶紧灭火，说两位都是高人，别吵了，别吵了。一身傲骨的何妥自始至终坚持修订礼乐的观点，雅而不俗。苏夔坚持雅俗共赏。就这样两人为雅与俗争执不休。何妥自诩一介礼乐权威，容不了苏夔对他的蔑视，态度越发强硬，根本没把苏夔放在眼里。因了苏夔父亲苏威在朝廷位高权重，与会的众人得罪不起苏威,不敢不把苏夔放在眼里,几乎是一边倒地倾向在了苏夔这边。惹恼何妥涨红脸,为自己的观点寻找依据道:"俗乐有什么好处呢?要知宫调一滥会生荒淫;商调一滥会生邪恶;角调一滥会生忧愤;徵调一滥会生哀怨;羽调一滥会生危机。如果礼乐的五调都不成体统,离国家垂危的日子就不远了。"何妥言毕,没人随他附和,反而令他更显孤立。他愤然起身离座道:"我当国子博士数十年了,到如今理论礼乐,不如一位毛头小子,召我来还有什么意义?诸位畅所欲言,不再关我什么事了。"

何妥离座走人,苏夔一个巴掌拍不响,会场上平静了许多。惟有何妥难平静。何妥想,朝廷真正精通礼乐的是牛弘、郑译和他何妥;苏夔对礼乐只知皮毛,被牛弘邀请来参加礼乐修订,是赶马混驴子,挨不上边。可是苏夔为何要在大庭广众面前跟他过不去呢?他突然想到他跟苏威议论朝政时,经常发生抬杠,兴许是苏威的儿子苏夔有意抓住讨论礼乐的机会,让他难堪。

为找心理平衡,何妥认定苏夔是替父亲苏威报复。这么想时,何妥决定报复苏威,他列举苏威的阴事充当其罪,悄悄上了一道密奏,冷不防地给苏威当头一闷棍。杨坚收到何妥的密奏,大吃一惊。

第二天退罢早朝,杨坚召高颎到甘露殿,将何妥的密奏递给高颎看,看得高颎无言,直冒汗。

见高颎不知如何评价何妥的密奏,杨坚开口说道:"何妥敢上书奏苏威不法事,说明他不缺底气。然苏威当年正落寞于武功山里的破庙,朕是听取你力荐,才将苏威破格提拔入朝为官,他的官做到今天的分上,差不多权倾万乘了。"

高颎不再沉默,郑重说道:"苏威当年的确是臣力荐给陛下的,若他真的犯有不法事,臣虽与他私交甚好,但臣决不拿了私人感情凌驾国法之上,该查办的臣决不姑息。"

何妥的密奏牵涉的人不少,主要奏苏威跟尚书卢恺、吏部侍郎薛道衡、尚书右丞王弘、吏部考功侍郎李同等人结党营私。奏章里还特地明指尚书省的一些官员称呼尚书右丞王弘为世子,称呼吏部考功侍郎李同为叔,意思是说王弘如同苏威的儿子,李同如同苏威的兄弟。更有其罪是苏威利用职权,瞒着朝廷为堂弟苏彻、苏肃谋求官职。这样的罪说起来称不上十恶不赦,苏威真的触犯,一定扛不住。高颎暗自为苏威捏把汗,他委婉地替苏威求情说:"高处不胜寒。难怪苏威的职位高了,一些喜好攀附权贵的人朝他簇拥过来,巴结他,阿谀奉承他,他兴许是迫于人情和义气,推脱不掉,才犯傻。"杨坚叹道:"苏威聪明过人,他应该知道犯傻要付出代价。"见跟杨坚说得还算投机,高颎话题一转,道:"何妥跟苏威存在过节是不争的事实,记得有次两人为议朝政争红了脸。苏威发怒说:'没有何妥,不必担心无国子学博士!'何妥回敬苏威说:'无苏威,也不必担心无人管理国家大事!'因此臣想何妥弹劾苏威,有没有偏激言辞,还得请陛下查实。"杨坚说:"苏威曾经参与修订《开皇律》,其中就有法不容情的条文,如果查实苏威触犯了结党营私之罪,难逃处罚。"高颎这才意识到了杨坚不会对苏威网开一面,他不再说什么。

杨坚下令内史兼吏部尚书虞庆则、蜀王杨秀查苏威,一查到底。苏威身居高位,既然皇帝下令查他,虞庆则领着杨秀不敢走过场,他跟杨秀查了个仔细,回到杨坚面前,如实禀报。

没等虞庆则和杨秀主动开口,杨坚按捺不住问道:"朕派你俩查了一番苏威,结果如何?"

虞庆则颔首回答道:"苏威跟卢恺、薛道衡、王弘、李同等人共为朋党皆属实。"

杨坚又问:"苏威有没有卖官,有没有接受贿赂的劣迹?"

杨秀回道:"他擅自提拔堂兄弟苏彻和苏肃官职也是事实,至于他有没有卖官,有没有接受贿赂,儿臣和虞大人反复查访,未能查获一例苏威卖官,接受贿赂的劣迹。"

杨坚再问:"你俩去苏威府上查过没有?"

虞庆则扫了眼杨秀,轻轻笑了下。

杨秀答道:"儿臣和虞大人去查过了,不敢相信苏威身居高位,竟是如此的清廉。"

杨坚一惊,看着了杨秀,随后目光转向虞庆则:"苏威既然身居高位,无论他有多清廉,你俩去他家查了一番,总不会是一无所获吧?"

虞庆则答道:"为官不清是首恶,天下百姓最痛恨一个贪。臣和蜀王去苏威家,何曾不想搜出几件值钱的脏物当作证据呢,虽没挖地数尺,也把苏威家抄了个遍,就连旮旯处都没放过。他跟夫人睡的床,是一张破床,蚊帐补了又补;打开衣柜,家人里里外外穿的衣裳不见一件绫罗绸缎,都是皱巴巴的布衣,大多缝上补丁;至于金银珠宝等贵气之物,即便打着灯笼,也找不到一件来,真没想到苏威做官至宰相,清贫到了如此程度。"

查处苏威,杨坚动了真格,除了查实苏威结党营私之外,竟然查出一个清廉来,杨坚哭笑不得。他表情凝重对虞庆则和杨秀说:"苏威廉洁,难能可贵,最后只剩一个朋党案，如何处置，待朕考虑之后，再作决定。"

苏威自知难逃一劫，只好听天由命。杨坚犹豫再三，内心里总也抹不掉敬苏威之廉惜苏威之才，最终不忍下手太重。他召苏威到殿前，捡起御案上的一部《宋书·谢晦传》丢给苏威说："这书上载有朋党事，你拿去看吧。"

苏威一阵惊惧，连忙跪下，叩拜谢罪。

杨坚冷着脸道："君臣之义不可凌驾国法之上，朕处置你，是依法而定，你得接受。"

苏威再次叩拜道："臣义气太重结朋党，甘愿伏罪。"

杨坚就此免除苏威尚书右仆射一职和爵位，只保留开府仪同三司，让他回家闲居；尚书卢恺被免官除名；其他一百余人因结朋党受牵连而获罪，全都受到查处。

以前苏威身在高处，树敌太多，怨他恨他的人奈何不了他。只因何妥扔出一块石头，砸中苏威从高处跌落下来。怨他恨他的人趁此时机蜂拥而上，不满杨坚对苏威留下尾巴的惩处，上书质问，既然苏威有罪，为何不处苏威牢狱？为何只免官职和爵位，让苏威免除刑罚在家赋闲？凡此种种，奏苏威下狱的折子雪片样飞向御案。

群攻苏威的折子不仅没有打动杨坚，反而令杨坚恶心。上朝的时候，杨坚耐不住地拿了奏苏威的折子说道："近来不少朝臣上疏质疑朕轻处苏威结党营私案，甚至还奏苏威买卖官爵贪赃枉法，纯属子虚乌有一派胡言！要知朕痛恨贪官，比在殿的诸卿恨得更深。朕最初也是怀疑苏威大肆敛财，派虞庆则和蜀王去苏威家搜抄，没抄到一件值钱的东西，几乎是一无所获，并且苏威的一大家子过得相当清苦，连他们夫妻用的蚊帐都缝了多处补丁，仍舍不得丢弃，朕深感震撼，也深受感动。为官之贪赃，是顺手牵羊，为官之清廉，是难上加难；苏威能一如既往地保持清廉，可敬可佩，朕实在是不忍囚他杀他。如果诸卿对苏威的清廉持怀疑态度，能举报一例铁证，朕决不姑息苏威，立马将他逮捕归案，囚于大狱。其二，朕即位立国之初，要建章立制，苏威身为文官，国家优于前古的律令和各项行政制度，条条款款林林总总，苏威立下的汗马功劳有目共睹。"说到这里，杨坚有些激动，又有些愤怒，起身走下御座。"朕有苏威这样一位无比廉洁的才子，仅仅触犯朋党之罪，又没查出任何谋逆的罪证，因他或者将他置于死地，不可取，绝对不可取。朕免去苏威官职，让他回家赋闲，就是让他闭门思过。诸卿对苏威一案，就此打住，不可再上书廷议。"

空出苏威的职位，杨坚给了内史令杨素，让杨素晋升尚书右仆射，与尚书左仆射高颎共掌朝政。

就在杨素高升的第二天,义兴郡公韩擒虎病逝。丧讯传至朝廷,杨坚深表悲痛,召高颎说:"擒虎平定江南,破建康,擒后主叔宝,立下头功,朕只给了擒虎嘉奖,却没给擒虎擢升爵位,真是愧对擒虎。朕要厚葬擒虎,你替朕去奔丧,慰问其家人。"高颎颔首道:"臣领旨,这就去义兴郡公府上。"高颎正要转身离去,杨坚突然叫住高颎。高颎不得不站住:"皇上还有什么吩咐?"杨坚欲言又止。高颎不便再问,站立着不作声。杨坚朝高颎走了过来,只隔一步之遥时,杨坚对高颎说道:"你给擒虎奔完丧后,别忘了顺便去趟苏威府上。"高颎不明其意,倏地惊怔住,探问道:"皇上刚刚对苏威查办革职,臣这就去苏威府上,是否妥当?"杨坚叹息一声道:"苏威曾经为官廉洁,是个有德行的人,只是被别人所误罢了。他虽革职在家赋闲,朕忘不了他,待他闭门思过之后,说不准哪天朕会再次起用他。"听这话,高颎替苏威暗喜,却不知杨坚说的是真还是假,依旧看着杨坚不吭声。杨坚扬了下手道:"你尽管去看看他吧,别以为朕是个无情无意的天子。"高颎这才谨慎道:"臣遵旨。"

2

杨素升迁尚书右仆射,地位仅次于首辅高颎。这下子刺激了贺若弼的神经,同是平定江南的有功之臣,杨素从刺史高升内史令,又从内史令扶摇直上到尚书右仆射;贺若弼仍旧是个将军,这将军的头衔像夏天夜晚的蚊子一挥手就可抓捏一把。这情形令贺若弼怒火中烧,咽不下一口气。就在苏威落职时,杨坚不是没有考虑到贺若弼,只是贺若弼过于看重功名,跟韩擒虎争功不休闹翻脸,才使杨坚犹豫不决。杨坚征求高颎对贺若弼的看法。高颎果决说贺若弼气量不大,此人一旦身居高位,定会居功自傲,目空一切。于是杨坚放弃了贺若弼,转而擢升杨素。

擢升杨素,贺若弼的心理完全倾斜,怨恨杨坚薄待他,愤愤不平大放厥词。杨坚哪里听得贺若弼的厥词,他暂且忍耐着。他反过来故意问杨素,贺若弼不满你的晋升,怪话连篇,你说该如何处置呢?杨素明白杨坚试探他,开朗一笑说:"贺若弼是臣的姐夫,他满肚子怨气跟臣过不去,可能是他想得到尚书右仆射一职未能得到。臣不会跟他计较,只要皇上寅时答应,臣卯时把个尚书右仆射一职让给他。"杨素算计到了杨坚不会答应,他才摆出大度风范,就想激怒杨坚。可是杨坚并没被激怒,他闷声闷气说道:"这个贺若弼啊,立了一点功就不得了,一条尾巴恨不得翘到天上去,真是令人生厌!"

后来杨坚在中华殿里开诚布公问高颎:"你说朕对贺若弼薄不薄?"

高颎说:"贺若弼平定江南回朝,皇上封他上柱国、右武侯大将军,又进爵宋国公,哪里还薄呢。"

杨坚说:"你看不薄,可他为何还不知足呢?"

高颎说:"有人知足是悟性,有人不知足是本性。譬如贺若弼经常以宰相自许,便是本性的显露。"

杨坚陡然变了脸:"贺若弼的锐气旺得很,不灭他的锐气,他真的以为他是天下第一功臣。"

高颎附和说:"自从贺若弼从江南回来,一直在炫功。"

杨坚说:"他炫功的目的是想得到更高的职务,朕偏不给他,让他失望之后,能不能警醒,把功名看得淡一点。"

高颎点头说:"是个办法。"

跟高颎商定好后,杨坚拿了贺若弼的不满言论当把柄,陡然免去贺若弼上柱国、大将军的头衔。这样的免职对贺若弼来得太突然,他一下子蒙了。

贺若弼当然觉得自己被免职冤屈得很,一气之下进宫朝见。杨坚在大兴殿,正准备离开,一个太监跑来禀报,说贺若弼来觐见皇上了。不用多想,杨坚知道贺若弼的来意,也不回避,竟然升了御座。没多会儿贺若弼气冲冲迈进殿来。

杨坚表情庄重,先发制人问贺若弼:"你管不住你的嘴,朕才革除你的职,你不服气,跑来讨说法,是不是?"

贺若弼带进殿来的一股锐气冷不丁儿遭遇杨坚当头一喝,有些收敛,勾下头说:"是的。"

杨坚倏地站了起来,又问道:"你居功自傲,抱怨朕没给你一个好职位,就对已升迁的人不满,自以为别人都不如你,像你这样的德行,即使有好的职位,朕能放心给你吗?"

贺若弼被逼急,顶撞道:"要说功臣,臣立的战功不比别人差,有好的职位,皇上偏心不给臣,为何反而将臣的职务削了个精光呢?"

杨坚怒道:"人说宰相肚里能撑船,你经常自许宰相,可你的肚里容不下一个人,岂能容得下一条船?你回吧,像苏威那样,老老实实呆在家里闭门思过了再说!"

贺若弼还想继续为自己鸣不平,杨坚嘲讽说:"朕当初发兵平定南陈,兴师动众不知耗费多少人力和财力,早知你有天大的神奇本事,朕就派你一人渡江拿下南陈,只可惜朕发现你的神奇本事太晚了点,真是埋没了你!"

说罢杨坚反剪双手走下御座，不再言声疾步离开大殿，把个贺若弼晾在了大殿里。贺若弼恨不得掏出根绳子在大殿里悬梁，可他没有这个胆，只能忍气吞声回返。他一路走，一路琢磨杨坚说的"宰相肚里能撑船"，忽地意识到了他不被升职反遭革职，兴许与"宰相肚里能撑船"这句话有关，才被皇上另眼相待。他顿时生出沮丧。

3

　　苏威在家赋闲了一段日子，渐渐习惯孤寂和苦闷，突然接到皇帝诏令，是喜是忧他不知道。他奉旨进宫来到大兴殿，杨坚走过来对他说："朕让你闭门思过，你想通无官一身轻的道理没有？"苏威谨慎地拜道："臣的过错，得亏皇上指正和鞭策，不然臣会越陷越深。臣感恩皇上宽容！"杨坚点头说："既然你悔过，朕不再计你前嫌，从今起，你入朝吧。"苏威似乎卸掉沉重的包袱，身心陡然轻松了许多。

　　入朝后的苏威不可能官复原职，他以散职身份可以参议朝会和宴请。经历朋党案的折腾，逃脱牢狱之灾，能有这样的结局，苏威颇感满足。他清楚他跌倒后，才刚刚爬起来，要想得到皇上信任，会有一个过程，这个过程无论有多长，他敦促自己急不得，只能等候。

　　苏威应召入朝的消息很快传入贺若弼耳里。贺若弼本是平静了的心态浮躁起来，想到苏威的冷板凳都坐到了出头之日，而他仍坐着冷板凳，这冷板凳不知坐到何日为止，他就觉得杨坚打发他没有盼头的闲居，是对他的不公。这么想时，贺若弼的怨气再度爆发，他不会跟他同是沦落人的苏威过不去，拿了正在仕途上如日中天的高颎和杨素开涮，嘲讽高颎和杨素是两个饭桶。这样难听的话，贺若弼不止说过一次，言外之意也嘲讽了杨坚用人不当。此话非同小可，风快地传到杨坚耳里，激怒杨坚。

　　"贺若弼这狗东西真的是眼里无人，朕不给点辣汤辣水他喝，他不知天有多高地有多厚。"杨坚气得涨红脸，大骂道。"传朕旨意，逮贺若弼下诏狱！"

　　杨坚口谕逮贺若弼入狱，却没个明确说法，奉旨而行的禁军前往贺若弼府上照样没个说法，逮了人就走。因贺若弼早已免去上柱国大将军的头衔，他府上的卫士随之给朝廷拿掉，禁军逮捕他时，毫无一点阻力。贺若弼是躺在椅子上打盹儿时被突然带走的。有那么一刻，他受惊的样子十分绝望而又无助，丝毫看不出昔日奔杀疆场的威风，使前来抓他的禁军动了恻隐之心，暗自感觉他无助的样子可怜。

　　事先没有任何风声，贺若弼不知他为何被抓，内心里自然恐惧，表面上硬撑着。随人迈出家门时，他忽地站住，转身往门里看了眼，又转过身来，问带走他的禁军：

"皇上下令抓我，都说了些啥？"禁军无从回答。

贺若弼被直接带进大牢，他在大牢里呆了半个多月，一直无人提审他。这天杨坚想去看看贺若弼不饶人的锐气到底还剩多少，吩咐左右侍从备轿。一辆轿子抬到了大兴殿门口，杨坚乘上时，对抬轿的近侍说："去牢里看看贺若弼。"

到了监狱，杨坚来到囚禁贺若弼的地方。这时的贺若弼再也没有高贵的身份，完全变成一个低贱的囚犯，狗一样躺在地铺上的一堆干草里。他分明听到有人叫喊皇上驾到，顿时大惊，可他并没立马从草堆里爬起来迎驾，竟然装出熟睡的样子一动不动趴在草垛里不吭声，待杨坚来到他跟前时，他仍是一动不动地装睡。

杨坚朝牢笼里叫了声贺若弼，贺若弼不搭理，也不动弹。一看便知贺若弼在装。杨坚故意大声说道："贺若弼已经囚死在牢里了，别让他臭气熏天，快点拖出去埋了。"

守监的狱卒信以为真，正要打开囚笼抬走贺若弼。这时的贺若弼再也不敢装了，动弹四肢，坐在了草垛上，面无表情说道："皇上来了。"

隔着栏栅，杨坚紧盯贺若弼说："你没死？我还以为你真的囚死在牢里了。"

贺若弼叹道："臣落到这个下场，何曾不想死呢，就是死不了。"

见贺若弼仍有怨气，杨坚老不高兴说："你怪朕给了条冷板凳你坐，你坐得心浮气躁，朕才打发你到这里来坐冷板凳，该坐得清静吧？"

贺若弼说："清静倒是清静，但是臣不明白皇上为何打发臣到这里来坐冷板凳。"

杨坚一瞪眼说："要不要朕送把锥子你？"

贺若弼一时没反应过来，以为杨坚赐他自尽，害怕起来。

透过贺若弼不安的表情，杨坚大声说道："记不记得你父亲贺若敦是怎么死的？正因你父亲贺若敦怨气太重，管不住口舌，得罪北周晋王宇文护，逼迫你父亲贺若敦自杀。你父亲贺若敦临死之前，方知他嚼舌根子带来杀身之祸，唤你到他面前叮嘱你，切记三寸不烂之舌是惹祸的根苗，担心你步他后尘，操起一把锥子扎你舌头，扎得你满嘴是血，为的是警告你慎言。此事难道你忘了个一干二净？"

被杨坚提及这段往事，贺若弼内心里五味杂陈。

杨坚紧接着问道："你说朕委以重任的高颎和杨素是两个饭桶，你什么意思？"

贺若弼回答道："高颎是臣的朋友，杨素是臣的小舅子，臣太熟悉他们了，所以臣才敢这么说。"

杨坚怒道："近日百官奏你怨恨朝廷，犯下死罪，朕不得有违他们的意愿，你想继续活下去，必须找个活下去的理由说服他们。"

贺若弼见杨坚动了真格，锐气大减，勾头道："臣依仗皇上威灵，亲率八千将士渡江，大战十万陈军，以少胜多，又擒获数名陈军大将，攻克下建康城，最终平定江南，天下归一。臣以此之功，请求活命。"

杨坚板起脸，皱起眉头道："你率军平定江南，朝廷早已对你重赏过了，你现在怎么还能再提要求呢？"

贺若弼陡然意识到自己的处境严峻，稍有不慎，他的脑袋就会搬家，不敢再冒犯，腿子一软，跪求道："臣的确忘了家父临死之前锥刺舌头的告诫，犯下口舌之罪，臣知罪。请求皇上格外开恩，保全臣的性命。"

杨坚叹口长气，道："朕打发你到这里来修炼，就像苦行僧那样看破放下，让你修成正果，可你劣根太重，辜负朕的苦心，朽木不可雕也！"说罢杨坚拂袖，离开了监牢。

嘴不饶人的贺若弼的确结下冤家，冤家们一个劲地奏他死。这时候只要杨坚口吐一个"斩"字，贺若弼从此消失；可这个"斩"字憋在杨坚喉咙里，就是不能顺畅地喊出来。犹犹豫豫了一段日子，杨坚心态平静了一些，顾及到贺若弼的战功，放弃杀掉贺若弼的念头。上朝的时候，杨坚对入殿的众臣说道："朕诛杀贺若弼易如反掌。此人毕竟大功在前，只是生性浅薄，喜功好名，才生怨气，仅此而已。再说食人间烟火者，谁又不生怨气呢，因怨气而遭诛杀，何以告天下？"此言一出，百官知晓杨坚要放贺若弼一条生路。不多日，一道圣旨降至诏狱，放出贺若弼，削籍为民。

第十八章　翠玉屏风

1

　　上大将军营州刺史贺娄子干病逝在了任上。杨坚想起贺娄子干早年率师荡平突厥叛乱，立下赫赫战功，心情异常悲伤，赐贺娄子干家缣布千匹，米麦千斛，以示慰问，又追封贺娄子干为怀州和魏州等四州刺史。

　　杨坚刚从贺娄子干病逝的悲伤里走出来，大义公主从突厥回长安省亲。大义公主说是回长安省亲，她娘家的宇文氏早已被杨坚灭尽。自从她拜杨坚养父，成为杨坚养女，她身为北周千金公主的名号早已不复存在，也就说隋朝的皇家，成为大义公主的娘家，她回长安省亲，赴的是隋朝皇家。

　　大义公主命运多舛。最初北周跟突厥和亲，她原本下嫁的是佗钵可汗，还没来得及下嫁，佗钵可汗病逝；她不得不下嫁给了继位的沙钵略可汗，数年后，沙钵略可汗病逝；依照胡人风俗，她转嫁给了继位的莫何可汗，不久莫何可汗去世；她又转嫁给继位的都蓝可汗。

　　杨坚对待大义公主要比亲生公主贵重，一方面他非常同情大义公主的命运，另一方面大义公主能有效地平衡突厥与隋朝的关系，好似一根和谐的纽带。大义公主回到长安后，杨坚立马在大兴殿隆重地接待。因大义公主早已改成皇家的杨姓，她被迎进大兴殿时，跪拜着称呼杨坚父皇；杨坚非常乐意接受，像迎接远嫁归来的亲生公主似的，迅速离开御座，喜笑颜开跟大义公主近距离地拉起家常。

　　杨坚依是满脸笑容问道："公主都有好几年没回长安了，不知过得如何，朕半夜里醒来，会生出牵挂。"

　　大义公主回道："自从沙钵略可汗病逝后，儿臣接二连三地改嫁，看上去不顺，但儿臣在突厥，没人敢不尊重。"

听这话，杨坚的表情一绷说："公主虽不是朕身上掉下来的一坨骨肉，但朕从没见外过。朕听到公主的不幸，如刀刺心痛。"

大义公主说：："儿臣的不幸让父皇费心了。"

杨坚说："缺什么，尽管找朕要。"

大义公主说："儿臣不缺什么。"

杨坚说："朕拥有四海，决不在乎公主的索取，想要什么，随便开口就行。"

大义公主是思念故乡才回长安的。随后她被安顿下来。她想到哪儿走走逛逛，毫无任何限制。当她离开繁华的大兴城逛入长安旧城时，她的童年以及故国北周的消亡刺痛她的记忆。她走在故都长安的胡同里，与人擦肩而过时，真想被人认出她来，真想听到身后有人叫她一声千金公主；世事如烟，她在一副副陌生脸孔面前跟落叶一样卑微，不再是高贵的千金公主。她的失落如同故都长安衰败的景象，令她怅然悲叹。

过了些日子，大义公主要回突厥，临走的时候，她果然什么都没索取。杨坚心里过意不去，一定要赐样东西给大义公主带走，前殿后宫里找不出一样华贵东西来。他对高颎说："大义公主要回突厥，朕打算赐她礼物留作纪念，实在是没有好的礼物拿得出手。"高颎突然想起一样东西来，他说："有件礼物价值连城，不知皇上舍不舍得出手？"杨坚一愣说："宫里什么礼物这么金贵，朕从没见过。"高颎说："平定陈朝时，晋王杨广从陈朝皇宫带回一件折叠式翠玉屏风，臣见过，精美绝伦得很，据说是陈后主最引以为荣的一件玩物。"杨坚赶紧催促说："屏风在哪里？"高颎说："可能在晋王家的府上。"杨坚老不高兴说："晋王这家伙胆子真够大的，也不怕玩物丧志！"

从陈朝皇宫缴获的翠玉屏风现已成为晋王杨广爱不释手的玩物。杨坚要拿翠玉屏风赏赐大义公主，消息很快传入杨广耳里，他不愿献出，又抗不住父皇。急得没辙，只好找尚书右仆射杨素替他说情留下翠玉屏风。杨素只是听说那翠玉屏风精美得价值连城，未曾见过，带着好奇随杨广一睹为快饱个眼福，待杨素亲眼见了那翠玉屏风，没来得及赞叹一声，冷着脸半天不吭声。

杨广以为杨素能说服他的父皇，没料杨素突然说道："听说皇上咒骂晋王玩物丧志，这玩物晋王还敢留在府上？"

杨广一怔道："这屏风怎么留不得？"

杨素道："晋王何曾见过皇宫里有过什么奢华物？这屏风可算最奢华的一物了，

如果让皇上见到，能高兴得起来吗？"

杨广无奈道："我就是喜欢这屏风，指望杨仆射说情了。"

杨素立马摇头道："这屏风既然皇上打定主意赏赐大义公主，晋王休想留住。臣去说情是自找苦吃，讨个没趣。臣奉劝晋王赶紧从府上送走这屏风，以免晋王吃不着兜着走。"

见杨素说得如此干脆而又果断，杨广凉了半截："这么难得的屏风，送出门，丢弃掉了实在是可惜。"

杨素想出一个毒主意，说道："那就把这屏风送给太子杨勇吧。"

杨广不解道："为何送给太子杨勇呢？"

杨素说："听我的没错。"

杨广迟疑片刻说："送给谁都可以，就是不送给太子。"

杨素说："这屏风无论从哪家府上拿走，皇上多半要让哪家吃不消，就让东宫的太子给晋王垫背，何乐而不为呢？"

杨广这才明白杨素的话，仍旧舍不得屏风送给太子，他说："送去东宫，不知太子是否喜欢。"

杨素说："这么华贵的屏风，太子没有不喜欢的，他一定会收下。"

杨广终于被杨素说服，派人抬着屏风藏进一辆马车，偷偷送往东宫。太子杨勇见到晋王杨广送来的屏风是一件稀罕的大礼，除了惊喜之外，倍感奇怪，忙问："这屏风是件珍品，晋王从何处弄来，怎么舍得进献东宫？"送屏风的差人回答说："是晋王下江南时，从陈朝宫廷里缴获的战利品，的确太珍贵了，晋王府里供奉不上，才赠给太子把玩的。"杨勇不知这是个局，开心地接受了屏风。

2

杨坚听高颎描述翠玉屏风是一件稀世珍宝，斥责晋王杨广私藏不报，派人召来杨广。杨广获悉杨坚追查翠玉屏风，得亏杨素有先见之明，敦促他将那翠玉屏风转赠给了太子杨勇，与他脱了干系，他才松了口气。杨广进殿时，见杨坚的一张面孔清冷得吓人，意识到了杨坚追查翠玉屏风动了真格。

没等杨坚开口，杨广主动说道："翠玉屏风是儿臣的麾下为所，从江南运回长安时，儿臣才发现，见是一件奢侈品，儿臣不敢把玩，正好太子喜欢，拿去了。"

杨坚正要冲杨广大发雷霆，一听翠玉屏风去了东宫，转过身来对高颎说："你随朕去趟东宫。"

　　高颎感觉到了杨坚去东宫，不会有好的言语，后悔自己嘴痒，说出翠玉屏风，惹出事端。他并不情愿随杨坚去东宫得罪太子，但是杨坚要他随从，他找不出理由拒绝，只好一声不吭跟随杨坚走了。

　　杨广见自己脱身，赶紧溜之大吉。

　　杨坚是一时激愤来东宫的，没给东宫一个通告，当他带着高颎驾临时，太子杨勇正跟一群姿色娇美的宫女调情玩儿，被突然驾临的杨坚撞上。杨勇立马慌了神，不知如何应对。那群嬉闹的宫女顿时吓得缩头缩脑，不敢作声。这情形令杨坚想起皇后多次对他提醒太子偏重女色，气得面色铁青，可他并没怒发冲冠，紧盯着杨勇颇有节制说道："太子沉溺于女色，朕岂能放心未来的江山社稷？"杨勇直打哆嗦道："儿臣偶然的过失，定会痛改，不会再让父皇忧心。"杨坚道："朕忧心的是国家，还没轮到忧心太子。"杨勇明白杨坚话里意思，冲缩头缩脑的众宫女喝道："都快滚吧，从此后别再来东宫！"宫女们屏着气息，胆战心惊退出了东宫。

　　杨坚言归正转道："翠玉屏风在哪里？"

　　杨勇心想翠玉屏风正是昨天从晋王府送到东宫来的，父皇这么快就知道了。他不知晓父皇正在追查翠玉屏风的下落。见父皇终没发怒，转了话题，杨勇不再像先前那样畏惧，浅浅一笑道："儿臣喜欢那玩意，请求父皇让儿臣留下翠玉屏风。"

　　杨坚自从来到东宫一直忍着，终于忍不住了，快步走了过去，挥起巴掌抽了杨勇一耳光，大声问道："你知道那翠玉屏风是何人的吗？"

　　挨上一耳光，杨勇惊头呆脑，耳门子嗡嗡作响。他颠三倒四回答说："是晋王送过来的，儿臣听说是陈后主陈叔宝的……"

　　杨坚大怒道："陈叔宝是怎么亡国的，他就是喜好淫乐奢侈，最终玩物丧志，你居然步陈叔宝的后尘！"

　　杨勇抬起手抹了把挨打的脸，结结巴巴说："儿臣不敢，不敢步，步陈叔宝的后尘……"

　　杨坚怒不可遏道："你喜欢陈叔宝的玩物，你能有什么出息？"

　　杨勇吓得发抖道："儿臣立马将那玩物归还给晋王府。"

　　杨坚大喘粗气道："从前的北齐后主高纬是怎么亡国的，血的教训并没离得太远！"

　　直到此刻，杨勇仍没觉察到杨广送来翠玉屏风，是把挨训斥的风险转嫁给了他，让他承受。他垂下头,感觉挨打的半张脸发木。

杨坚接着怒道:"从前的北齐后主高纬沉溺于女色,直到国家垂亡之际,仍被小女人冯小怜的姿色骗得团团转。朕吸取高纬和陈叔宝的教训,崇尚俭朴,精进勤政。而你身为未来的国君纵欲纵物。朕放得了心让你治理国家吗?"

杨勇见杨坚拿他跟亡国的高纬和陈叔宝相提并论,便觉冤得很,不服地申辩道:"陈叔宝的屏风不是儿臣从晋王府要过来的,而是晋王昨天派人送到东宫来的……"

正在火头上的杨坚根本不听杨勇申辩,反而觉得杨勇狡辩,越发的生气。

因翠玉屏风杨坚怒斥太子,此事毕竟与高颎有关,他站在旁边不敢言声。听杨勇说翠玉屏风是晋王杨广昨天派人送到东宫来的,高颎听出杨广栽赃杨勇,的确令杨勇蒙冤,却不便给杨勇帮腔,一个劲儿劝谏杨坚息怒。等杨坚的怒气渐渐缓解下来,高颎差人将翠玉屏风运出了东宫。

随之高颎奉旨将翠玉屏风赐予大义公主。大义公主并不知晓杨坚赏赐她翠玉屏风,怒斥太子狗血淋头。见这翠玉屏风上的山水巧然天成,且是异常的精美华贵,大义公主顿生欢喜。当她发现翠玉屏风来自消亡的陈朝时,勾起她对消亡北周的追忆,心情陡然沉沦,难以释怀,迫于发泄,却又难以言表。她喜好诗词,便在翠玉屏风上一气呵成赋诗一首,叙陈亡有感:

　　盛衰等朝暮,世道若浮萍。
　　荣华实难守,池台终自平。
　　富贵今何在?空事写丹青。
　　杯酒恒无乐,弦歌讵有声。
　　余本皇家子,飘流入虏庭。
　　一朝睹成败,怀抱忽纵横。
　　古来共如此,非我独申名。
　　惟有明君曲,偏伤远嫁情。

杨坚很快知道了这件事,召高颎问道:"朕赏赐大义公主屏风,听说她诗兴大发,在屏风上作诗一首,你见过没有?"

高颎回答说:"臣见过。"

杨坚又问:"听说那首诗里含有借陈亡来抒周亡,嘲讽今世?"

高颎说:"是的。"

　　杨坚不再作声。过了会儿,他开口说道:"真是人心隔肚皮,知面不知心。朕给千金公主赐杨姓,封她大义公主,当作朕的女儿,可她并没把朕当作父亲。她的骨子里仍旧存积着北周对隋朝的未了恩怨,真是令人恶心!"

　　高颎想起杨坚对大义公主的情感付出,将太子杨勇痛骂得无地自容,得来的却是大义公主耿耿于怀,他真想痛骂大义公主不孝不悌不仁不义,话到嘴边,咽了下去。

　　杨素也听说到了大义公主在翠玉屏风上涂鸦诗作发泄不满,格外义愤地劝谏杨坚扣留大义公主。杨坚摇头。

　　杨素说:"陛下别小看了大义公主,她左右突厥易如反掌。"

　　杨坚说:"朕不想看到扣留一个大义公主再次结怨,让隋朝跟突厥的君臣之节毁于一旦,让她离开吧。"

　　透过杨坚心灰意冷的表情,杨素闭了嘴。

　　但是杨坚并没就此罢休。他琢磨杨素的进言,想起大义公主还是千金公主的时候,怂恿沙钵略摄图纠集阿波、达头等诸可汗入侵隋朝,深感焦虑,对杨素说:"这小女子并非朕想象的那么简单,她是统一国家的后患!"杨素领会到了杨坚的意思,敦促说:"请陛下不再犹豫了。"杨坚默默地点头。

　　大义公主进宫辞别,没因杨坚的猜忌受到慢待,朝廷依照公主回返归途的礼节,将她送出了长安。

　　之后杨坚召来车骑将军长孙晟说:"大义公主反隋之心未泯,只有你是对付突厥的杀手锏,朕派你去突厥,除掉大义公主。"

　　长孙晟明白大义公主在突厥的影响力,不是一般人想除掉她就可随便得逞。他委婉说道:"大义公主不过是个小女人,又是皇上的养女,她能使出多大的本事来呢?臣劝谏皇上看在养女分上,放她一条生路吧。"杨坚立刻变脸说:"放她一条活路,将来不知要死多少人!"长孙晟吓了一跳。杨坚接着说道:"你别小看了这小女人,早年她唆使沙钵略摄图纠集数十万大军攻打我朝,那一仗死的人还少吗?说不准哪天她唆使都蓝可汗发兵攻打我朝,又不知要死多少人,朕决计除掉她,就是避免打仗,不死人。"既然杨坚下了命令,长孙晟明知推辞不掉,只能接受。他为难说道:"臣会竭尽全力而为的,就怕没有十足的把握。"

　　杨坚说:"你要不惜一切代价,朕相信你会有办法的。"

3

除掉大义公主,长孙晟感到棘手。以前他利用反间计,摆平突厥臣服隋朝,此次他受命,不可再施反间计。

琢磨来琢磨去,长孙晟叫来心腹杨钦,格外谨慎说:"皇上密令计除大义公主,只有天知地知你知我知。"杨钦大惊问道:"大义公主是皇上的养女,早就改姓杨了,皇上为何除掉她?"长孙晟说:"你不要打听什么了。我派你去突厥见大义公主,只要她愿意上钩,你就完成了使命。"杨钦不解地问道:"您说让大义公主上钩,是什么意思?"长孙晟连忙解释说:"就是鼓动大义公主反隋。"杨钦立马吓一跳说:"做谋逆事,那是要杀头的。"长孙晟走近杨钦,笑了笑说:"你的人头不值钱,别害怕。"杨钦摸了下自己的脑袋说:"我的人头肯定没有大义公主的金贵,连大义公主的人头都保不住了,我的人头怎么保得住?"长孙晟陡然收敛笑,拍了下杨钦的肩膀,摊牌说:"皇上密令,不惜一切代价除掉大义公主,我派你去突厥挑逗大义公主反隋,是设的一个局,你去完成这个局,正是奉旨而行。"杨钦总算听明白。如何鼓动大义公主反隋,杨钦毫无头绪,不知从何处入手。长孙晟指点说:"大义公主虽说是个女流之辈,她的心大得很,总想反隋复周,你去突厥,鼓动她反隋的办法会有很多,就看你如何使招了。"

数天后,长孙晟故意指使杨钦制造一起事端,闹得风声水响,眨眼间杨钦成为朝廷通缉的对象。然后长孙晟秘密安排人员护送杨钦潜逃突厥。

杨钦曾在江湖上混迹多年,那种坑蒙拐骗的事他做起来,得心应手。他是以反叛的流民身份进入突厥的。按照长孙晟的指令,他来到都蓝可汗的牙帐,拜见大义公主。刚开始大义公主不熟悉杨钦,多有戒备,问杨钦,是谁派你来突厥的?

杨钦编造谎言回答说:"是刘昶。"

大义公主一愣说:"刘昶是谁?"

杨钦说:"彭公刘昶是北周宗室的女婿,难道大义公主不认识他吗?"

大义公主回忆了会儿,终于想起刘昶是谁了,她说:"刘昶派你来干什么的?"

杨钦接着哄骗说:"刘昶准备举兵反隋复周,派我来密告给大义公主的,请求大义公主说服都蓝可汗发兵增援他。"

一听这话,大义公主惊了个正色:"刘昶的确是北周宗室女婿,不知他有多大的能耐,就怕他反起来,弄成个虎头蛇尾。"

杨钦蛊惑说:"不会的。请大义公主相信刘昶能扭转乾坤,他只欠都蓝可汗这股东风了。"

　　反隋复周，正是大义公主深藏内心的夙愿，早年她怂恿沙钵略可汗帮她实现夙愿，结果以失败告终，但她的夙愿并没泯灭腹中。杨钦的到来似乎点燃她实现夙愿的希望之光，她去说服夫君都蓝可汗。都蓝可汗觉得风险冒得太大，没什么兴趣，他说："自从隋主杨坚统一江南后，隋朝不再是从前的隋朝了，国力越来越强盛，我等小小藩国岂是隋朝的对手？一经大战，是拿了鸡蛋碰石头。"大义公主一个劲地纠缠都蓝可汗说："彭公刘昶身为北周宗室的女婿，都有雄心壮志反隋复周，可汗也是北周宗室的女婿，为何没有像刘昶那样的雄心壮志呢？"都蓝可汗明确告诉大义公主："数年来，突厥诸可汗归顺隋朝，俯首为臣，相安无事。我一旦响应刘昶起事，就是背叛隋朝，到最后又能从中得到什么好处呢？再说我即便响应刘昶，如果突厥其他可汗不愿背叛隋朝，我将会是内外交困，毫无任何出路。此事慎之又慎，决不可轻率。"大义公主双膝跪下，泪流满面说："杨坚篡取皇位后，几乎灭尽北周宗室的男人。这个仇怨，只有可汗能替我解除！"都蓝可汗一把扶起大义公主，安慰说："你别急，会有机会的。"大义公主拭把泪说："彭公刘昶派杨钦来邀约可汗，就是机会。"

　　杨钦毕竟不是显赫人物，都蓝可汗对杨钦的游说心存疑虑。他提醒大义公主说："杨钦不过是个流民，他来突厥游说反隋复周，我们不可见风就是雨，随便听信他的，有必要查一下他的来历。"大义公主说："如果杨钦来突厥另有企图，拿了谋逆做敲门砖，难道他不怕我们扣押他遣送长安吗？"都蓝可汗便觉大义公主说得有道理，可他仍旧十分谨慎。

　　尽管都蓝可汗的态度模棱两可而又迟疑不决。大义公主坚信杨钦是刘昶派来跟她联系的，她不愿失去这个复仇机会，一方面她继续争取都蓝可汗，另一方面她私下里指使她的情夫安遂迦跟杨钦密谋议计。

　　长孙晟得到杨钦从突厥传来大义公主已上钩的情报，异常兴奋，领着一伙随从来到突厥，进了都蓝可汗的牙帐，直接找大义公主要杨钦。

　　大义公主一阵心虚，装出什么都不知道的样子问长孙晟："杨钦是谁？"

　　长孙晟说："杨钦反朝廷，已经逃到突厥来了。"

　　大义公主直摇头说："这个人我从没见到过。"

　　长孙晟说："听说此人就在都蓝可汗的牙帐里，我是奉旨来抓他的。"

　　大义公主脸色一变说："都蓝可汗的牙帐里，从没来过一位叫杨钦的人。"

长孙晟坚持说:"请大义公主识大体,顾大局,交出杨钦。"

大义公主翻脸说:"这里没有叫杨钦的,也没窝藏杨钦,你们到别处找他吧。"

出言不逊的大义公主扭头就走,把个长孙晟晾在了一边。

长孙晟暂且不跟大义公主闹僵,转而去见都蓝可汗,开诚布公说道:"彭公刘昶谋逆,派了个叫杨钦的人潜入突厥联系大义公主,如果都蓝可汗知道杨钦的下落不报,朝廷就会以谋反问罪。"

都蓝可汗吓得绷紧脸,不敢交出杨钦,隐瞒说:"杨钦从没来过。突厥地域广袤,兴许杨钦去了别的地方。"

长孙晟仰天叹道:"我是奉旨来抓人的,就怕从都蓝可汗的牙帐里抓到人,不好向朝廷交待。"

都蓝可汗感觉到了事态的严峻。他想交出杨钦,那是掉进黄河洗不清,即便浑身长了嘴,也说不清道不白。他干脆说道:"你们不死心,那就搜查吧。"

其实长孙晟找到杨钦非常容易,他不想撇开大义公主和都蓝可汗,等他找到杨钦之后,问罪大义公主才能使都蓝可汗心服口服。

4

朝廷派人来抓捕杨钦,大义公主和都蓝可汗不知这是长孙晟精心设的一个局,他们钻进这个局里,只是单向地认为杨钦跑来游说反隋复周的事已败露,心里多有不安。

除了不安,当然会有随时被问罪的恐惧。都蓝可汗背地里对大义公主说:"杨钦不能留在牙帐了,赶紧叫他离开。"

大义公主说:"杨钦肯定回不去了,他一旦离开,又能去哪呢?"

都蓝可汗说:"天下之广袤,能容纳他的地方一定很多。"

大义公主似乎舍不得杨钦离开,对都蓝可汗说:"在可汗的牙帐里藏下一个杨钦,难道藏不住吗?"

都蓝可汗说:"被长孙晟查出来咋办?"

大义公主不吭声了。

都蓝可汗说:"今天就叫杨钦离开。"

大义公主抬头看了看天说:"日头高朗得很,这会儿叫杨钦走人,光天化日之下被长孙晟的人撞上,全完了。"

都蓝可汗说："等天黑之后叫他走人。"

就在大义公主和都蓝可汗为杨钦的去向犯愁时，长孙晟也在为杨钦捏把汗，担心大义公主和都蓝可汗杀人灭口除掉杨钦，导致除掉大义公主的计划彻底泡汤。长孙晟急得很，他要抢在大义公主和都蓝可汗下手之前，找到一个活口的杨钦。

杨钦到底是个老江湖，当他得知长孙晟来到突厥的消息，料到大义公主害怕谋逆的事败露，不会放过他。他暗自买通一个人去跟长孙晟接头，把他藏身的地方告诉给了长孙晟，要长孙晟来抓走他，免得他落入大义公主之手。

等天刚刚黑下来，长孙晟带人直接来到杨钦躲藏的地方，抓住杨钦，来了个五花大绑。杨钦落入长孙晟手中，心里踏实了许多，他挨近长孙晟，悄悄说道："快去抓胡人安遂迦，他跟大义公主私通，是一张好牌。"听这话，长孙晟为之一振，低声问杨钦："安遂迦在哪里？"杨钦告诉说："就在牙帐里，离这儿不远。"长孙晟让杨钦带路，迅速抓获了安遂迦。起初安遂迦认定是杨钦出卖了他，正要挣扎反抗。长孙晟疾步过去，重重地拍了下安遂迦的肩膀说："我们是奉旨来抓你的，你眼头不亮，这就正法你！"安遂迦狡辩说："我什么事都没做，你们为何抓我，正法我？"长孙晟的手又朝安遂迦的肩上狠狠一拍说："甭说你跟杨钦密谋造反，就说你让都蓝可汗戴上绿帽子，这事还小吗？你还不老实，是找死！"安遂迦被长孙晟点了穴位，倏地没了底气，收敛多了，一根绳索在他身上缠绕时，他不动弹。

长孙晟并不急于带着五花大绑的杨钦和安遂迦去见大义公主和都蓝可汗，他先对杨钦实施苦肉计给安遂迦看，就是要摧垮安遂迦的意志，让安遂迦不起疑心。

杨钦装出受不了苦刑的样子，一声接一声地招供。

长孙晟突然转过身来，怒目而视安遂迦说："别以为没你的事，杨钦都招了，你为何不招？"安遂迦把脸扭到一边，不开口。长孙晟拿了安遂迦跟大义公主私通的事，恐吓安遂迦说："杨钦要被带回长安治罪的，你呢，就把你交给都蓝可汗处置吧，就怕都蓝可汗知道你跟大义公主的那种事，处你车裂之刑才解恨。"安遂迦一听这话开始崩溃，嘴巴终于开了腔，招供了大义公主带杨钦跟他相识，然后密谋。

长孙晟就此打住，厉声说道："带你俩去见都蓝可汗和大义公主，把刚才招供的话重复一遍。"

杨钦心有灵犀一点通，忙说："我会的，不敢翻供。"

安遂迦害怕他跟大义公主的私通穿帮，吓得不敢吭声。

长孙晟横眉竖眼冲安遂迦说道："你呢，怎么不表态？"

安遂迦打个冷战说:"我会认罪的。"

抓杨钦和安遂迦是背着都蓝可汗和大义公主采取的行动。当长孙晟把杨钦和安遂迦带到都蓝可汗和大义公主面前时,都蓝可汗和大义公主立马傻眼,便觉摊上大事,接下来该怎么收场,他们不知道。

长孙晟一直在等都蓝可汗和大义公主先开口说话,两人的嘴一直闭着。长孙晟等得不耐烦了,只好开口说道:"我奉旨来突厥抓捕杨钦,大义公主一口否定都蓝可汗的牙帐里没有这个人,后来都蓝可汗也是这么否定的,现在如何解释呢?"

大义公主的脸色立马变白,目光躲躲闪闪。倒是都蓝可汗脸上涨红,明白他无论怎么解释,都不能自圆其说,只好抵赖说杨钦来突厥,他们不知道。

长孙晟郑重说道:"都蓝可汗的任何解释,都离不开一个欺君之罪。如果我回长安替都蓝可汗隐瞒下来,被人告发,也离不开一个欺君之罪。"

都蓝可汗似乎没了进退的余地,吓得张大了嘴巴。

长孙晟看了眼大义公主,转而看了眼安遂迦,轻轻一笑道:"我奉旨来突厥,原本以为只可抓捕到一个杨钦,没料多抓了个叫安遂迦的,听说这个被抓的安遂迦跟大义公主的关系好得非同一般。"

都蓝可汗大惊,问长孙晟:"你说这话是什么意思?"

长孙晟道:"都蓝可汗想知什么意思,这就可以问问大义公主和安遂迦。"

都蓝可汗仿佛给人泼了一身大粪,气得眼里直闪火花,一把揪住安遂迦的胸口使劲地推搡道:"你说,你跟可敦究竟是什么关系?究竟有没有什么事?"

安遂迦最害怕败露的事,让长孙晟揭开了盖子,惶恐得很,额头上直冒虚汗,坚持不住跪下道:"我做了对不起可汗的事,要杀要剐请可汗自便。"

这时的都蓝可汗如五雷轰顶,一口气陡然憋在了嗓子里,他扭过头来看了眼大义公主,看得大义公主垂下头来嘤嘤啜泣。

不用杨钦和安遂迦再来一次招供了。都蓝可汗本是失控的情绪忽地安静下来,他有力的手不再推搡安遂迦,对长孙晟说:"既然这三人犯下谋逆之罪,那就带走他们到长安治罪吧。"

长孙晟故意挑拨说:"都蓝可汗想为自己洗清身子,只有大义灭亲,方可正身明法。"

都蓝可汗直吐怨气道:"不就是一个女人吗,这个女人还是隋朝皇帝的养女,皇帝不心疼,我这个藩国的可汗还有什么值得怜惜的呢?"

长孙晟坚持道:"如果都蓝可汗拿不出证明自己是清白的证据,朝廷不会放弃问罪的。"

都蓝可汗走近杨钦,问道:"你初来时,说你是彭公刘昶派来的,你游说我响应刘昶反隋复周,我一直没答应,是不是?"

杨钦点头道:"是的。"

随之都蓝可汗转身对长孙晟道:"杨钦替我证明了清白。要知我想反朝廷,早就听从杨钦的鼓动举兵起事了,到如今,我按兵不动,更加证明我是清白的。"

都蓝可汗不断地为自己洗清身子,且把大义公主甩在了一边。让他们夫妻拨离开来,正是长孙晟想要的结果。

几天之后,大义公主和安遂迦私通的丑闻沸沸扬扬传开了,突厥人深感奇耻大辱。都蓝可汗顶不住头戴绿帽子的压力,他在盛怒之下,拔剑杀掉了大义公主。

长孙晟圆满完成任务,押解杨钦和安遂迦回返朝廷。过了突厥,长孙晟杀掉安遂迦,释放了杨钦,让杨钦从罪犯变成功臣。

回到长安的长孙晟令杨坚大喜过望,立马召见长孙晟。

长孙晟还没来得及歇脚喘口气,应召进宫。杨坚迫不及待走下御座,对长孙晟笑口大开说:"朕如何封赏你呢,开个口吧。"

长孙晟一愣,谨慎道:"平日里陛下没少给臣恩惠,臣知足,不需要封赏。"

杨坚道:"朕薄待你说不过去,朕这就加授你开府仪同三司,嫌不嫌少了?"

长孙晟跪地叩拜道:"多了多了,臣没力气拿回去。"

逗得杨坚哈哈大笑起来。

第十九章 吏不敢腐

1

房恭懿曾在北齐任吏部尚书。北周灭北齐的那年,房恭懿离开邺城不知去向。苏威欣赏房恭懿,半夜里难眠时,常会想起房恭懿,托人打听房恭懿的下落,才知房恭懿在老家的洛阳,做了个不问世事的闲夫。于是苏威在杨坚面前引荐,说房恭懿既是闲人也是贤人。杨坚对房恭懿有印象,却不深。后来苏威多次在杨坚面前提起房恭懿,杨坚明白苏威之意,说此人用得吗?苏威说此人曾在北齐是位不可多得的能臣,只是他当年生不逢时。听到"能臣"二字,杨坚来了兴趣,问房恭懿身在何处?苏威说房恭懿在洛阳。考虑到房恭懿复杂的背景,杨坚心存疑虑,说不知此人志向如何?苏威说一个亡国的遗臣,会有什么令陛下不放心的呢?臣以为此人赋闲洛阳太可惜了。杨坚琢磨片刻,说让此人做个县令试试看吧。苏威领旨,派人请房恭懿复出,在新丰做了县令。

任职县令的房恭懿性情沉稳,气量宽宏,处理政务不乱节操。他赴任后,只花了数年工夫,把个新丰县治理得井然有序,那里的百姓往来谦恭,盛行礼让,就连狱牢里也空了犯人。朝廷考核官吏,房恭懿的政绩竟然列为天下之最。杨坚破格提拔房恭懿任德州司马,赐他400匹绢帛,300石米。哪知他领赏后,将绢帛和大米统统捐助给了当地穷人。杨坚闻知房恭懿拿了赏赐助百姓,颇感惊诧,一时兴起,召见房恭懿。

房恭懿奉旨赴京师。待他来到京师,又得皇旨入寝宫;在帝王寝宫拜朝见之礼,多为朝中重臣,房恭懿想他身为地方小吏入帝王寝宫,甚为特殊,令他心里直犯嘀咕。当他跟随大内太监走进寝宫时,生出好奇,就想看看皇帝和皇后的起居是个什么样子,真没想到每走一步所见景象,跟地方官吏居所毫无二样。房恭懿不禁想起他任职北齐吏部时,帝王之宅的奢华令人炫目得咋舌;正暗想这皇宫里为何不见金碧辉煌的贵气时,杨坚出现了。房恭懿吓了一跳,赶紧双膝往下一沉,跪下了,叩拜道:"微臣房恭懿,奉旨朝见皇上。"杨坚说了声别跪拜了,快起吧。房恭懿只好爬立起来。杨坚冲房恭懿说:"看你其貌不扬,做起事来非同一般。"这"非同一般"是赞扬还是斥责,房恭懿不知道,深感不安。随后杨坚请房恭懿坐在了御榻上。

这御榻正是皇帝歇息的地方。房恭懿刚坐下,便觉不妥,想另找个地方入座,杨坚跟房恭懿并肩坐了下来。房恭懿如坐针毡。

其实杨坚经常在寝宫召见地方州县官吏,畅谈国政家事,这御榻不知被人坐过多少回。轮到房恭懿入座是头一回,难怪房恭懿坐得拘谨。

君臣坐定后,杨坚轻轻拍了下房恭懿的一条大腿,慢声说道:"听说你曾是北齐有为的贤臣,朕召你进宫,就想听听你治国理政的要术。"

房恭懿谦恭地笑道:"微臣不过是位小吏,哪来的要术进献给陛下?"

杨坚跟着笑道:"你有治县之才,能把新丰治理得井然有序,你一定会有治国之术,为何不愿言表?"

房恭懿被问得不敢回避,回答道:"微臣听说国家的兴盛,要看官吏如何对待百姓,如果官吏对待百姓像对待受伤的人一样去尽心尽力体恤,百姓得福,天下太平昌隆;若国家走向衰亡,是因官吏对待百姓如泥土草芥一样轻贱糟踏,便是祸患。"

杨坚表情凝重,点头道:"说得很好!至于你花数年工夫,能把新丰县治理得礼让之风盛行,就连监牢里也见不到一个犯人,奇术何在?"

房恭懿避开功绩,答道:"听说尧帝对天下人十分关爱,尤其对穷苦的百姓更为关爱,只要有一人挨饿,就说,'这是我让他饥饿的';有一人受冻,就说,'这是我让他受寒的';有一人犯罪,就说,'这是我造成他犯罪的'。臣经常会想起尧帝的仁德敦促自己,感化百姓而已。"

杨坚一阵兴奋道:"你治理一方能时常想到尧帝,朕跟尧帝相比差得远,真是惭愧!"

房恭懿立马怔住,道:"陛下理政为民,天下早已安泰,当如尧帝。"

杨坚摇头:"说哪里哪里。"

然后又说:"朕像尧帝那样治理天下,如何是好?"

房恭懿回道:"古圣先贤有言:利天下者,天下亦利;害天下者,天下亦害。

仁人在位，常为天下所归者，无他也，善为天下兴利而已矣。所谓天子者，天下相爱如父子，此之谓天子。"

此番言谈，杨坚感慨颇深。继而转个话题问道："听说朝廷赐你的绢帛和大米，你没领回家，全都捐给了当地百姓？"

房恭懿如实回答说："微臣得了那么多的赏赐，用不完也吃不完，担心穷苦人家知道了，生出嫉恨心，怨微臣。"

杨坚暗自一震道："所以你怕穷苦人家怨你，就把朕的赏赐送人了？"

房恭懿以为自己触犯了皇令，一阵惶恐道："微臣负了皇恩，该死！"

杨坚肯定道："你没负皇恩，你做得很好；要是天下官吏都能像你一样施舍穷苦人家，朕立大隋一统天下，没负天意！"

听到皇帝表彰，房恭懿的惶恐终归平静了。

接着杨坚说道："听说你家的日子过得并不宽裕，也是很清苦，你把朕赐你的布匹和粮食全部施舍给了别人，难道你家的人不怨你？"

房恭懿答道："刚开始是有怨恨，微臣对家人解释，说我有俸禄，过日子有盼头，不会寒不遮体，饥得揭不开锅。"

杨坚又问："家人听你的解释吗？"

房恭懿道："微臣对家人说你们怨我也没用，我已经把布匹和粮食送给了无依无靠的穷苦人和孤儿寡母，再也索取不回来了。"

杨坚不便再问什么，叹口长气道："你在地方行善，虽说得到百姓称赞，但你遭到家人怨恨，朕替你家人难过。因为你太清廉，所以你家的日子过得清苦，家人怨你是有道理的。朕再赐你大米100石，布帛100段，良马一匹。此次你不再送人了，全都领回家，安抚家人吧。"

房恭懿连忙拜道："微臣谢陛下隆恩。"

杨坚说："清廉爱民，是你的本色，回去了别褪色。朕不会忘掉你的。"

房恭懿再谢隆恩。他告退时，杨坚不拘圣颜，相送出了寝宫。然后杨坚久久不能平静，召文武大臣于大兴殿，郑重说道：

"房恭懿志存体国，爱养百姓，当今天下楷模，卿等宜师也。然房恭懿所在之处的百姓视他为父母。朕若置之而不赏，上天宗庙其当责朕，内外官人宜知朕意。"

大臣们为之肃然，洗耳恭听。

杨坚霍地站起，扫视众臣道："上下官吏都能像房恭懿那样不虚政务该有多好，朕会省心不少，遗憾的是像房恭懿这样的官吏还不多见，朕才费心。"

这样的话语自然夹裹着天子的愁绪，实际上是对文武大臣的鞭策。偌大的殿堂上没人敢应声。

随之杨坚擢升房恭懿任海州刺史。明令内外官吏小有过失，则加以重罪，因替人办事收受钱帛等物，犯立斩。此令表明天子治吏严酷的决心。

就在房恭懿升迁海州刺史不足一月的日子，杨坚一直都在思忖上下官吏为何大多不能像房恭懿那样尚德正己爱民？其间必杂私利，哪有不失节操之故。于是杨坚心安不下来，召亲信高颎、苏威、杨素入甘露殿。等三人进殿后，杨坚直言密查百官。这一举动不是一般的大，弄得不妥，难以驾驭。三人陡然惊得无言以对。杨坚冲三人严正说道："天下者非一人之天下，天下之天下也。与天下同利者，则得天下；擅天下之利者，失天下。这是古之圣贤告诫为君之道。朕自从得天下，朝起夕安，节食减衣，不敢忘利天下。然为臣之道又如何呢？尤为任职四方的臣子，离朕耳目甚远，朕只知其一不知其二。因此朕召诸卿，密查百官。"高颎、苏威和杨素便觉上至京师下至地方州县，官吏层层叠叠，如何疏而不漏地密查，可不是件容易事。杨坚告诉他们说："有为的良吏毕竟是多数，就怕藏匿其中的稗草，密查就是拔掉稗草。"高颎叹道："臣等奉旨密查百官，从何人查起？再说陛下谕令密查，日子长久了，哪有不透风泄密？"杨坚笑了笑道："你说的此事，朕早已想到了……"高颎、苏威和杨素看着了杨坚。于是杨坚不紧不慢对三人交代说："所谓密查百官，就是秘密派遣钦差分道奔四方，暗访百姓，探听官吏口碑，要比官吏赴京师述职真实可靠。"苏威禁不住笑道："去百姓那里暗访，获取官吏口碑，这一招甚奇，不知陛下是如何想出来的？"得到苏威肯定，杨坚更为自信道："这段日子，朕难忘房恭懿治理新丰县的政绩，由此想到了不如房恭懿的怠政官吏，让他们反省改过几乎不可能。因此朕只能依靠百姓治吏了。百姓是杆秤，谁有几斤几两几钱，一称就出来了。"杨素忙问道："查出口碑不佳的官吏，如何处置？"杨坚道："当即查办！"

2

数月之后，密查百官的尚书虞部侍郎柳彧回返了京师。这柳彧正是朝廷派往州县的眼线，他刻不容缓进宫密报。

在中华殿里，柳彧觐见杨坚道："臣去了趟晋州……"

杨坚忙问道:"你去晋州,听到当地百姓是如何评价官吏的?"

柳彧回道:"晋州官吏留给百姓的口碑,总体不错;只是晋州刺史、南阳郡公贾悉达的口碑有点不佳,喜欢贪便宜,有贿赂之嫌。"

杨坚追问道:"你说贾悉达爱贪便宜,有何证据?"

柳彧答道:"臣还没来得及搜集到贾悉达爱贪便宜的证据,臣只是听到晋州百姓谈及贾悉达办事,喜欢收受他人的钱财。"

杨坚脸孔一沉说:"朕心里有数了。"

等柳彧退下后,杨坚召来高颎和苏威,说柳彧从晋州回来了。高颎和苏威一看杨坚脸上的表情不对劲儿,知道柳彧从晋州带来不顺心意的消息,想问,不知问什么,僵持住了。

杨坚沉默了会儿,对高颎和苏威说道:"柳彧去晋州,从百姓口中获知贾悉达暗自收受他人钱财……"

苏威忙问:"贾悉达收受谁的钱财?"

杨坚摇头说:"还不清楚贾悉达收受谁的钱财。"

高颎说:"没有证据,拿什么治罪贾悉达?"

杨坚一边琢磨,一边轻轻点头说:"既然当地百姓言谈贾悉达贪心重,绝非无中生有。"

苏威说:"如果皇上下旨抓捕贾悉达问罪,又没证据,他否认,怎么办?"

杨坚仰起脸,叹息一声说:"朕虽没有贾悉达的证据,只要贾悉达贪爱钱财成性,相信朕会有办法让他上钩。"

3

柳彧密奏晋州刺史贾悉达有受贿之嫌过去十多天,他的密奏仅仅是道听途说,但是杨坚当真了,对贾悉达耿耿于怀。这天退朝后,杨坚叫住高颎,说近几天朕总在琢磨贾悉达。高颎明白杨坚话里意思,说皇上打算怎么办?

杨坚说:"朕想查处他。"

高颎依旧不改观点说:"柳彧奏贾悉达贪赃,是听来的,这听来的话到底有多真实呢?"

杨坚说:"朕始终相信晋州百姓对贾悉达的口碑绝非无中生有。"

高颎提醒说:"贾悉达身为刺史,又为南阳郡公,不是小吏。皇上想动他,一定要有他的贪腐铁证，不然，皇上仅凭传言口证，难以服天下。"

杨坚轻轻一笑说："朕已想出对付贾悉达的办法。"

高颎坚持说："我朝有《开皇律》在，查处贾悉达，要靠证据说话。"

杨坚说："如果晋州的百姓对贾悉达的口碑有假，一试，就可试出来。"

高颎好奇问道："这口碑怎么试得出真假来？"

杨坚说："狗走千里改不掉吃屎，这是本性。如果贾悉达是狗，他一定吃屎，是人，他一定不吃屎吃饭。"

高颎这才明白，哈哈一笑说："此招真绝妙！"

杨坚也笑了，说："你密派一个人去趟晋州，试一试贾悉达。"

高颎领旨，琢磨着派谁去晋州，想到杨素的弟弟杨约，此人八面玲珑，不会把事办砸。于是高颎差人召来杨约，交代说："我派你去趟晋州，拜访刺史贾悉达。"

杨约不知何故，问道："高仆射位高宰辅，差我去晋州拜访刺史贾悉达，我能代替高仆射吗？"

高颎封堵杨约的嘴说："你去晋州办差，切莫儿戏。去了别提是我派你去的，只能代表你个人，知道了吗？"

杨约点头说："知道了。"

高颎拿出一段绢帛，递给杨约说："让你送钱给贾刺史，出手太少，他会笑话你的，就带上这个吧。"

杨约接过绢帛，看了看说："送一段绢帛，贾刺史会不会嫌少？"

高颎说："礼不在厚薄，情义为重。"

杨约带着绢帛告辞时，高颎叮嘱说："这段绢帛就以你的名义送给贾悉达，千万别提到我。"

杨约觉得办这趟差有些怪异，好奇问道："这段绢帛分明是高仆射的，为何要以我的名义馈赠给贾刺史呢？"

高颎一瞪眼，警告杨约说："你去晋州，是谕旨密令，别的事你莫打听，照我说的办。"

一听"谕旨密令"四字，杨约为之一震，不敢稀里糊涂，朝高颎连连点头："我一定遵照高仆射的话去办，不打折扣。"高颎的态度缓和了，再次叮嘱杨约："你去晋州，只有天知地知，你知我知。"

好奇的杨约无论怎么猜，怎么想，都猜想不到他带着绢帛去晋州见贾悉达是杨坚和高颎设的一个局。他骑匹马，一路悠悠然然来到晋州，直赴贾悉达府上，进门时，被贾府的卫兵拦住。杨约相当恼火，冲卫兵吼道："知道我是谁吗？怎么不让进？"卫兵们见杨约来头大，忙说他们是执行公务。杨约也不遮掩，直接告诉贾府的卫兵，他是杨素的弟弟，出差晋州，前来拜访贾刺史的。卫兵们一听杨素的名字，吓得连忙闪开，都躬身勾头赔礼道歉，请杨约进门。杨约挺胸，趾高气扬迈进了贾悉达府邸。

贾悉达见来人是杨素的弟弟杨约，怠慢不得，赶紧请杨约入座，吃茶。

杨约坐定后，对贾悉达说："我来晋州公干，特来拜访贾刺史的。"

贾悉达顿时一怔，以为是杨素派弟弟杨约来传什么话的。

杨约始终不提杨素，让贾悉达揣摩不定。

两人闲聊片刻，杨约拿出带来的绢帛，递给贾悉达说："小意思，不成敬意。"

贾悉达瞅了眼绢帛，客套说："真是破费了，破费了。"

杨约不爱听这话："一点薄礼，算个啥？"

贾悉达恭敬回道："杨兄来晋州公干，不忘我贾某，盛情，盛情。"

送罢绢帛，杨约离开了贾悉达府上，在晋州城里逛着了青楼。直到半月之后，杨约才想起返程，一路悠悠然然地回到了京师。连忙去见高颎。此时的高颎最关心那段绢帛被杨约送出没有，他见到杨约，开口就问绢帛的事。

杨约说："我把绢帛送给了贾悉达。"

高颎又问："你送绢帛时，贾悉达拒绝过没有？"

杨约笑了下说："嫌少了。"

高颎再问："贾悉达收下绢帛时，说了些什么？"

杨约说："他只说了声破费了。"

等杨约离开之后，高颎去觐见。杨坚听罢高颎奏报杨约之言，怒从心起地骂道："一试贾悉达，果真试出他是一条狗，吃屎，本性也！"

绢帛毕竟是高颎差使杨约送给贾悉达的，以此问罪，高颎便觉不公，想劝谏，见杨坚脸上的气色不容他开口，只好闭嘴。

骂过贾悉达，杨坚诏令道："传旨刑部，逮捕贾悉达，押解京师问罪！"

刑部派往晋州逮捕贾悉达的人刚刚上路，又有密查百官的钦差回到了朝廷，奏报显州总管、抚宁郡公韩延多有贿行。真是水里按葫芦。杨坚召高颎、苏威和杨素于中华殿。

没等杨坚开口，杨素说："陛下已下旨逮捕贾悉达，既然韩延步贾悉达之后尘，没什么可犹豫的，这就下旨逮捕韩延。"

杨坚没作声，目光投向苏威和高颎。

苏威看懂杨坚的目光，他说："如果陛下不急于对韩延下逮捕令，也可派人去趟显州，试探一下韩延。"

杨坚点头说："那就派人去吧。"

高颎说："派杨约去晋州，贾悉达很快就上钩了，不知显州的韩延愿不愿上钩？"

苏威说："既然韩延在显州的口碑欠佳，他相比贾悉达，是半斤对八两，一路货色。"

杨坚说："但愿韩延清廉，不上钩。然百姓对他的口碑的确不尽人意。派谁去显州，你们尽快安排吧。"

十多天后，晋州刺史、南阳郡公贾悉达被押解到了京师。一清早儿，文武百官步入大兴殿。杨坚升御座。贾悉达身负枷锁被人带进了大兴殿，他那囚徒的憔悴样子令百官深感震惊。大殿里的气氛沉闷而又寂静，就连张口喘息的声响也能听到。

杨坚等贾悉达先开口请罪，等了片刻，贾悉达就是不开口。

杨坚耐不住了，皱起眉头冲贾悉达问道："你戴枷锁，跪在殿堂下，是不是屈了你？"

贾悉达不得不开口了，勾头回道："臣和杨约少有交情，那天杨约突然来臣家里，塞给臣一段绢帛，也值不了几个钱。臣不接收，好像难为情，就收下了。"

杨坚板着脸道："朕多次下诏，官吏贪贿，斩！你充耳不闻，只怪你贪心不灭。"

听到一个"斩"字，贾悉达浑身发软，悲愤道："杨约害我，是杨约害我！"

杨坚震怒，霍地站起道："杨约何曾害你？你能像房恭懿那样清正廉洁，拒腐不沾，杨约害得了你吗？问问你在晋州百姓那里的口碑如何？"

贾悉达蔫了下来，泪洒衣襟哀求道："臣认罪……请求陛下给臣一个改过自新的机会。"

"斩！"杨坚吼出一声，拂袖而去。

侍卫们围拢过来，拖起贾悉达离开了大兴殿。

斩贾悉达之后未过一月，高颎和杨素暗地里差人行贿显州总管、抚宁郡公韩延。这韩延平日里得好处得顺了手，几乎是来者不拒，哪里晓得此次送上门来的是一剂要命的毒药，他照收不误，随即事发。杨坚当即手谕一个"斩"字，打发掉了韩延。

纸是包不住火的。贾悉达和韩延服法诛斩内幕不胫而走，上下官吏见有人送来钱物，如同送来绞刑架，吓得胆战心惊，不敢收受。

第二十章　关中大旱

1

杨坚当年迎娶皇后独孤氏，洞房花烛夜的那天，他发誓许下诺言，此生无论富贵与贫穷，他不再相爱别的女子，也不再迎娶别的女子。独孤氏对杨坚的诺言一直铭刻在心。尽管杨坚即皇帝位过去许多年，他的诺言随着他的即位本是石沉大海，皇后独孤氏总是拿了杨坚的诺言当真，不准大内替皇帝召选妃妾；因了皇后在大内一掌遮天，没人敢冒犯，所以后宫里冷清清的，不见几多霓裳艳影。

后宫里除了皇后高高在上，并不存在贵妃的册封，只有几位地位不高的夫人，她们是宣华夫人陈氏，容华夫人蔡氏和弘政夫人陈氏。这三位夫人不会有晋升贵妃的时候，她们充其量是后宫的摆设；正是皇后独当一面，皇帝召幸她们的时候少得可怜。三位夫人就因少有机会被皇帝临幸，至今都没生下个皇子，是皇后最想要的结果。皇帝的五个皇子，全都是皇后所生。有了五个亲生的皇子，皇后在后宫的地位比高山还要稳固。

多年以来，杨坚好比一棵大树，独孤皇后好比一根青藤，从没放松缠绕杨坚这棵大树。每天一大早儿，独孤皇后跟随杨坚起床，洗漱完毕，陪伴杨坚用膳，然后陪同杨坚入殿上早朝，等到要退朝的时候，独孤皇后会来大殿接走杨坚去进膳，到了下午，两人用罢晚膳，双双回到寝宫，这样的日子，几乎是周而复始度过来的。杨坚要想偷偷爱上一个人，都不容易。

其实杨坚早已习惯了跟皇后相濡以沫的日子。

这天下午，独孤皇后陪同杨坚来到武德殿，吏部尚书虞庆则紧随其后迈进了武德殿。等独孤皇后一离开，虞庆则上前奏道："禀皇上，朝廷的府库里全堆满了财物，实在没地方存放了，就连府库外边的廊道和厢房里都堆着东西。"

杨坚吃惊问道："这几年朕一直都在减免天下百姓赋税，怎么会有府库盛不完的财物呢？"

虞庆则回答道："这几年的收入多于支出，所以府库的储藏根本没有减少，才有府库见小，财物见多的现象。"

杨坚想到多出来的财物堆放在府库外边的廊道里容易引发火灾，下令另外开辟左藏院存放新征收的财帛。

第二天上早朝，杨坚忘不了虞庆则在武德殿的奏报，拿了朝廷府库盈满有余说开了，在殿的大臣们以为是件大好事，惟有苏威提出异议。早些时候苏威因"朋党案"被免除尚书右仆射官职，杨坚喜欢他敢直言进谏，重新起用他，给了他个纳言参与朝政。他的一腔反调，唱得杨坚突然朝他投来目光："你说吧，朝廷府库盈满有余有什么不妥？"苏威回答道："臣还是那个老想法，国家的安定，来自于天下万民富足。一直以来，臣不忘提醒皇上减征天下赋税，让国家自始至终不与民争利，正是保障国家长治久安的重要一环，可是国家的府库如今是个什么现状呢，财物多得没地方堆放了，说明国家在与民争利，绝非是个好现象。所以臣还是那句老话，对民的减征，不能是空话。"

苏威进谏，杨坚听得格外认真，不断地点头。他当即下诏道："粮食布帛宁愿储积在民间百姓家里，不要过多地储藏在国家府库了。朕听说河北、河南和河东地区地少人多，许多百姓家衣食不足，这三个地区今年的田税可以减征三成，屯田的军士可以减征一半，其他各地税收相继减免。"

在殿的百官听到杨坚下诏惠及天下万民，三呼吾皇万岁。杨坚听到满堂的万岁声，只因惠及天下万民而起，他高兴，脸上堆着了笑。

退朝后，杨坚回寝宫，独孤皇后正等着和他用膳。见杨坚脸上露出欢愉，独孤皇后忙问："今儿个皇上得什么喜了？"

杨坚就把朝廷府库盈满的事说了一遍，然后说起他下诏减免天下赋税的事来。

独孤皇后开心说："帝王做一善事，等于做了千万件善事。"

杨坚疑惑问道："不会有这么多吧？"

独孤皇后说："百姓行一善，通常惠及一人；帝王行一善，惠及的是天下万民，功德无量。"

杨坚认同说："有道理。"

独孤皇后转而又说："反过来讲，百姓作一恶，通常危及一人；帝王作一恶，害了天下万民,这个孽啊,作得无量多。"

杨坚暗自一惊说:"爱妃礼佛多年,这世上到底有没有因果报应呢?"

独孤皇后恳切说:"佛陀教导众生,世间万事万物皆空,惟有因果不空。就说从前北周的武帝吧,是个大有作为的天子,可他就因灭佛、逐僧、毁庙,断了天下人的善根,种下恶因,必得恶果,他好生生的亲征北齐,无缘无故得了不治之症,很快就驾崩了;待到他的太子即位,且是荒淫无耻无恶不作,也是恶果现报,得了个短命。"

杨坚和独孤皇后时常谈论一些有趣的话题,很少谈论佛教。直到夜晚入寝,杨坚仍在回想他跟独孤皇后的谈话,尤其是北周武帝灭佛、逐僧、毁庙,导致武帝和他的北周王朝短命。由此杨坚心里产生莫名的愧疚。

第二天上朝时,杨坚下诏道:"昔日的北齐、后梁和南陈帝室宗庙祭祀已废绝,是朕统一大业所致,朕愧对昔日三国帝室宗庙里供奉的诸神诸佛,至此,朕要恢复昔日三国宗庙祭祀。"

此诏令一出,在殿的百官全都惊呆,不知所云,以为杨坚大白天里说梦话。就连尚书左仆射高颎也被杨坚的诏令折腾得糊里糊涂了。

高颎就想弄个明白,他问杨坚:"刚才陛下提及的三国早已不复存在,那所谓的帝室宗庙也不存在了,现在陛下恢复他们的宗庙祭祀,有何意义?"

杨坚解释说:"昨天朕退朝回寝宫跟皇后用膳,谈论着了佛教,谈到北周武帝灭佛、逐僧、毁庙,断了天下人的善根,这个罪孽可不小,武帝种了恶因,非常及时得了恶果。朕受到启发,不可断人善根,更不可断人孝悌之根,才决定恢复昔日三国的宗庙祭祀。"

百官这才明白是怎么回事。

杨坚接着说道:"昔日三国的宗庙祭祀恢复之后,朕命令原北齐高平王高仁英、原后梁国君萧琮、原南陈后主陈叔宝分别按时负责各自宗庙的祭祀,所需器物,由朝廷供给。"

高仁英、萧琮和陈叔宝得此诏令,仿佛坠入梦境,想到隋文帝杨坚还能准许他们回故地宗庙礼拜诸神诸佛,祭祖行孝,感恩不尽。

2

关中久旱无雨,河道干涸,地表干裂,草木枯萎,粮食颗粒不收。杨坚率群臣于南郊祭天求甘露，渴望老天降下及时雨，老天不应，旱情继续延伸。

无奈至极，杨坚派遣高颎、杨素、虞庆则和苏威等人到关中察看灾情，看看百姓家里缺粮到了什么程度。高颎等人到关中转了一大圈儿回长安，在中华殿里朝见。

杨坚迫切想知道关中旱情，他问："诸卿去关中，都去了什么地方？"

高颎答道："臣等走遍了关中，旱情不容乐观，且是十分的严重。"

杨坚怔了下，又问："百姓家都吃些什么？"

虞庆则从一只布袋里掏出食物。杨坚凑近布袋，弯腰仔细一看，不见一颗米粒，全是豆渣和杂糠。他又是一怔："让百姓吃这种东西，当地州县为何不开仓放粮？"

杨素道："当地州县何曾不开仓放粮，有的仓窖甚至被闹饥荒的百姓砸抢了，当地官府还抓了抢粮的人。"

杨坚怒了起来，道："仓储里的粮食全是百姓种植的，遇到这饥荒年成，官府有粮不放，让百姓吃豆渣吃糠饿肚子，百姓凭什么不抢仓储？州县衙门里的那帮狗东西凭什么道理抓捕灾民？"

虞庆则说："地方州县抓了抢粮的人没问罪，全都放走了。"

苏威说："要不了多久，关中地区的百姓连这豆渣和杂糠都吃不上一口了。"

杨素说："说不准连野菜和树皮也吃不上一口了。"

杨坚以为杨素夸张，说地里不长庄稼，难道不生野草？

高颎说："树和野草全都干渴死了，到处都是一片泛黄的颜色。"

听这话，杨坚心口猛地一沉："朕没想到关中的灾情会有这么严重。"

到了用膳的时辰，杨坚仍坐在中华殿里发呆。独孤皇后来请杨坚去用膳。杨坚说他想着关中的旱灾，没有胃口。独孤皇后劝道："不能因关中有灾，皇上不用膳了。"杨坚这才起身离开中华殿，跟随皇后去用膳。一大桌子膳食，大多是鸡鸭鱼肉。杨坚想起虞庆则从关中灾区带回的豆渣和杂糠，差遣侍奉膳食的太监、宫女将桌上的鸡鸭鱼肉统统端走。太监和宫女全都怔住。

独孤皇后不解地看着了杨坚："端走桌上的菜，皇上吃饭吃什么菜？"

杨坚叹息道："再过些日子，关中的百姓连树皮都吃不上一口了，都饿成皮包骨了，朕好意思躲在这深宫里吃美酒佳肴，养得肥头大耳？"

独孤皇后说："桌上的菜，也不能全部端走啊。"

杨坚说："百姓饿得到处逃荒。帝王天天吃大鱼大肉，吃得踏实吗？要知举头三尺有神灵，朕不能与民同甘共苦，要遭上天惩罚的！"

独孤皇后不再作声。

杨坚给御膳房下了道旨，他禁食鱼肉荤腥，改素食，直到关中的旱灾结束为止，膳部不得违旨。

赈灾迫在眉睫。第二天上早朝，百官围绕关中的旱灾说开了。

高颎说："关中旱灾虽说是局部性的，但很严重，如不及时采取赈灾措施，就要饿死人了。"

牛弘说："南方没闹灾，不缺粮食，臣建议皇上尽快把南方的粮食调运到西北的关中，就可解当前的燃眉之急。"

苏威摇头说："远水救不了近火，看样子来不及了。"

牛弘说："怎么来不及呢，现在就开始起运。"

苏威说："从南方调运大批的粮食来关中，必须走水路，眼下关中的沟渠河流都干涸见底了，粮船走不了，只能走陆路，这一趟的陆运千里迢迢，待到粮食从南方运到关中来，不知要走多少天，也不知要饿死多少人。"

杨坚耳边不断响起饿死人的声音，着急说："饿死灾民朝廷有罪！诸卿一定要齐心协力赈灾，尽量不让灾民饿死。"

苏威忽地想出一个赈灾的办法，他说："关中灾民坐在家里等朝廷从南方调运粮食度荒，是等死。臣有个想法，就是让关中的部分灾民前往洛阳，洛阳富庶，离南方也近，尚可解决吃的问题，既减轻了关中灾区的压力，也不至于因灾饿死大量的人口。"

苏威抛出这样的想法，大殿上陡然鸦雀无声。

牛弘打破宁静问苏威："你要关中的灾民奔洛阳，说起来不费劲，做起来便是空前的大迁徙，然路途之遥，其中的折腾，可不是闹着玩的，就怕乱子一个接一个地出现，谁来承担？"

苏威道："关中地区的旱灾闹了许多日子，百姓心慌是白慌，朝廷不能不慌。然京师正处关中，大兴城里住了几十万人，这几十万人一旦断炊，那是要命的。"

牛弘一时想不出办法，闭了嘴。

苏威接着说道："关中遇大旱，粮食颗粒不收，百姓挨饿，朝廷又不能及时提供粮食赈灾，窃以为眼下的关中好比火灾现场，若是朝廷下令关中灾民赴洛阳度荒，好比在火灾里救人，有什么不妥呢？"

杨素开了口，说道："看来只能依照苏威的进言赈灾了。"

高颎补充道:"倘若关中旱灾继续下去,为求生存,灾民们会背井离乡四处逃荒,必然造成社会动荡不安。如果朝廷从关中分流出部分灾民,组织他们前往富庶的洛阳度荒,等南方的粮食充足地调运到关中,再让灾民从洛阳回返关中,岂不是解决了度荒的大事吗?所以臣赞成苏威的进言。"

3

东边的齐州(今山东济南)也出现旱灾。齐州刺史卢贲不准开启仓窖,不准卖粮,激怒民众起哄闹事,砸开仓窖抢走了粮食。卢贲咽不下这口气,抓了砸抢仓窖的人,上报朝廷治罪。

高颎最先得到齐州砸仓窖抢粮卢贲抓人的消息,悄悄告诉苏威。苏威没多想,冷笑一声,骂卢贲是个蠢货。高颎逗乐道:"一个蠢货,还能继续担任刺史吗?"苏威不再笑了,皱起脸道:"左仆射大人就想看卢刺史的笑话。"可以说高颎和苏威的关系,胜过手足,两人背地里毫无忌讳,心里有话,通常直来直去。见苏威皱起脸逗得没趣,高颎反而正经起来,他说:"卢贲真的蠢得要命,他身在齐州,却不知皇上因关中旱灾心急如焚,居然抓了求生的灾民充当强盗,竟然上报朝廷给他个封赏,他是脑门子堵塞了,不开窍。"

不出高颎和苏威所料,杨坚获知齐州抢粮事件,官府抓了人,大怒得摔了御案上的砚台,吓得站立一旁的虞庆则和杨素打了个冷战。

摔罢砚台的杨坚,忽地冷静下来,声腔沉闷地说道:"传旨齐州!"

杨素赶紧上前道:"请皇上手谕,臣立马派人传旨到齐州。"

杨坚握起御笔,正要蘸墨,见砚台粉身碎骨在了地上,便觉刚才的大怒有点可笑,憋不住地笑道:"那就传朕口谕,齐州刺史卢贲,为吏不思民疾苦,就让他削籍为民罢了。"

处理完卢贲,杨坚召来苏威道:"朕给你一个纳言,你到底满不满意?"

苏威吓了一跳,连忙跪拜道:"臣惹出一个'朋党案',皇上没惩处臣掉下脑袋瓜子,正是皇上开了天大的恩泽,臣哪有不满意的道理。"

杨坚绷脸道:"朕爱你又恨你……"

苏威又拜道:"皇上恨臣,就是对臣的厚爱。"

杨坚一惊道:"此话是朕说的,你怎么替朕说了?"

苏威道:"说明臣和皇上是一条心。"

杨坚反剪双手，不禁哈哈大笑道："人精啊苏威，当年高颎去武功县的破庙里请你进宫，从此后，朕恨的是你，爱的也是你。"

苏威立马抬起头道："难道皇上杀了臣，还会后悔吗？"

杨坚道："酸甜苦辣也罢，喜怒哀乐也罢，是命里注定，不可逾越。朕也是血肉之躯，若杀了你，朕遇到难关，由谁来搭桥过河啊？"

苏威备受感动，禁不住地泪如泉涌道："皇上能给臣一个纳言，臣真的知足了。"

杨坚突然转过身来道："别人没想到的事，让你想到了，你太冒尖了，就有许多人不喜欢你，说你假装清廉，家里堆满金银财宝，完全一派胡言！但你秉性粗暴，别人顺从你开心得很，不顺从你则恼羞成怒。朕给你高位，是害你！"

苏威道："臣理解皇上的善意。"

杨坚倏忽转个话题道："此次关中闹大旱，外边的粮食不能及时调运到关中来，真是令朕措手不及。朕采纳你的进言，准备近日下令关中灾民前往洛阳度荒，担心大量灾民涌入路途，出现食物供给不足。"

苏威道："缺粮的是关中，只要灾民离开关中，不愁粮食供应不上，请皇上放心。"

数天后，关中通往洛阳的大道上出现成群结队的灾民。

杨坚想到关中灾民徒步去洛阳度荒，不是三五天能走到，尤其是那老人和孩子疲于奔波，能不能走到洛阳，只有天知道；就怕路途上不断倒下饥饿的灾民，将一件善事办成怨声载道的坏事。鉴于此，杨坚坐卧不安，对高颎、苏威和虞庆则等人说："诸卿随朕起驾前往洛阳吧。"虞庆则说："去洛阳的路途上尽是灾民，皇上的车驾会一路受堵的。"杨坚说："朕不乘车驾，改骑马匹。"高颎说："皇上派臣等去洛阳处理事务，足以够了。"杨坚仍旧不踏实，说："去洛阳度荒的人不是三五成群，而是成千上万，是朕要他们去的，就怕路途上出大事，所以朕决定跟他们随行，安抚他们顺利到达洛阳。"

皇帝亲自带领灾民去洛阳度荒，随行的禁军和众朝臣簇拥着护驾，参杂在了灾民队伍里。路途上的灾民越涌越多，有肩扛手提的，有挑担子的，有扶老背幼的，为去洛阳填饱肚子奔走得格外起劲。

杨坚领着众随侍是从早晨启程离开大兴城的，走到日坠西山时分，才安顿下来。侍卫们开始搭盖帐篷，好让赶了一天路程的杨坚歇息。

虞庆则张望茫茫旷野，对杨坚说："夜里风大，必降寒气，恐怕皇上下榻在这简陋帐篷里，会有不适。还是请皇上在附近的村落找户人家入住为安。"

苏威和高颎也赞同虞庆则的话,说这帐篷四处都是灾民,皇上贵为天子,跟他们住一块儿,就怕夜里有个不测……

没等苏威和高颎说完,杨坚不以为然说:"朕积善带灾民去洛阳度荒,是救他们一命,他们凭什么道理陷害朕呢?你们别多虑了,朕哪里也不去了,就在这帐篷里住一宿。"

上路的时候,御膳房里扛锅背灶随行了一帮厨子。这会儿厨子们开始在野地上架设锅灶料理膳食。高颎担心杨坚在路途上太受拖累,闹出个水土不服,特地叮嘱厨子们从宫里带出上好食材,供给皇上食用。等厨子们做好膳食,请杨坚进帐篷用膳;进得帐篷的杨坚目睹一桌佳肴,他的脸立马拉长了。

众人一看杨坚不悦的表情,一时摸不着头脑儿。

片刻后,杨坚压制火气说道:"在这逃荒路上,摆一桌丰盛御宴合适吗?"

众人这才知晓杨坚为何不开心。

一位厨子搓了搓手,笑笑说:"皇上在帐篷里用膳,外边的灾民一个也看不见……"

杨坚不便冲厨子发火,依旧拉长脸道:"外边的灾民都在采摘路边的野菜填充肚子,他们的确看不到天子躲在帐篷里食用晚宴;可这晚宴上的酒肉香气,会从帐篷里飘散出去,待他们嗅到酒肉香气,会食欲猛增,更加饥饿难耐……"

苏威赶紧圆场道:"再过会儿,天要黑透了。厨子们背锅扛灶奔走了一天,甚是辛苦,替皇上做出晚宴,也不容易。请皇上用膳,明日还要继续赶路。"

这时的杨坚本是饥肠辘辘,但他一口也吃不进去。坚持说:"每年的大年初一,朕接受百官朝贺,免不了诏告天下,大言与民同乐;眼下民遇疾苦,朕和他们同道去洛阳,却不能跟他们同苦,天子与百姓之乐从何而来?因此朕一路上与民共患难,方可获取民心。"

杨坚拒食晚宴,吩咐侍卫送走佳肴给灾民充饥,然后打发厨子重新采了野菜生火做饭。随侍们担心杨坚吃下野菜饭受不了。杨坚任性说道:"灾民一路吃什么,朕跟着他们吃下什么,有啥了不得?"

皇帝坚持和灾民餐风宿露,朝着洛阳奔行。差不多走了一半的路程,人们大多蔫头耷脑,一些上了年纪的老人走得跟不上队伍了。杨坚吩咐禁军扶老携幼,不让一个人掉落下来。

有皇帝和禁军一路支撑,灾民们终将抵达洛阳。其实隋朝不缺粮食,只是关中地区大旱持续太久,朝廷忽视了灾情,待到饥荒严重,才使赈灾措手不及。杨坚吸取这个教训，对随从们说道："秦皇嬴政修筑长城，工程浩大。朕也要在有生之年弄出个浩大工程，挖通一条连接南北漕运的运河。此次关中大旱，如果有条南北相通的运河，南方丰盛的五谷就会源源不断地调运到关中来，关中受灾的百姓，不会背井离乡来洛阳填饱肚子。"

高颎赞同道："开通南北漕运，其利远远大于秦长城。"

苏威振奋道："秦皇嬴政修筑长城，只是为了巩固他的政权。皇上下诏挖通一条横贯南北的运河，往来南北漕运，是为天下万民赐福，惠及子孙万代！"

杨坚道："之前的南北分裂，商贸交易老死不相往来，朕统一华夏，南北地区融为一体，并不存在什么障碍，相信开通南北漕运为时不远。"

其实杨坚早就有贯通南北漕运的想法，就因次此关中灾民大规模地徒步洛阳度荒，触动他要将想法变成现实。

南都洛阳是隋朝第二大都会，突然涌入数十万关中灾民，一下子吃不消。好在杨坚坐镇洛阳，官员们生怕得罪了灾民，遭遇追责，掉落官职，一个个扶助得兢兢业业。坐吃山也空，数十万灾民除老弱病残者之外，其他青壮年都没闲着，忙不迭地往大旱的关中调运粮食，等到运往关中的粮食储满仓后，灾民们就可返回关中了。

4

齐州刺史卢贲是第一个因赈灾被削职为民的官员，他深感冤屈。直到迄今，卢贲仍不知他错在哪里，觉得朝廷对他的处分太过重了。说起来，卢贲跟杨坚有段情结，当年杨坚初任北周丞相，要到正阳宫开府办公，朝廷不少大臣反对杨坚任丞相，他去正阳宫开府受到不小的阻力。无奈之时，杨坚得亏了任大司武的卢贲，正是卢贲率军控制了正阳宫，然后游说百官服从杨坚任丞相，才使杨坚顺利进入正阳宫。惟有这段情结，仿佛是根救命稻草，卢贲决计赴京师。

离开齐州的卢贲原本赴京师朝见，为自己讨个说法，半途上听说杨坚带领关中灾民到洛阳度荒去了，只好改道赴洛阳。到达洛阳之后，卢贲到处打听杨坚下榻的地方，没等他见到杨坚，就有人禀报杨坚卢贲来洛阳了。杨坚一惊问道："这种时候卢贲跑到洛阳干什么的？"那前来禀报的随从说："卢贲要见皇上。"杨坚沉默了好一会儿说："叫他来吧。"

卢贲这才被允许觐见，他见到杨坚后，直言不讳说道："臣被皇上免职为民，臣觉得有点屈。"

杨坚见卢贲毫无一点悔过之意，居然跑来问个理由，心里火了起来，忙问道："你想过没有，朕为何削你为民？"

卢贲答道："想过了，就是有点想不通。"

杨坚忍着怒道："你回去想通想明白了，再来告诉朕。"

卢贲不肯退下，清楚不趁这个机会给自己讨个说法，以后不再有机会。他垂首奏道："被一伙刁民砸开仓窖抢走的粮食正是齐州官府征收的税粮，刁民如同砸抢了国库，显然触犯朝廷律令，臣才抓了他们。"

杨坚早就对这等事了如指掌，听起来并不新鲜，懒得搭理。

卢贲又道："臣抓那伙砸抢仓窖的刁民是维护朝廷律令，落下个削职为民，臣觉得冤枉。"

杨坚没好气问道："你唠唠叨叨说完没有？"

卢贲道："臣已诉说完毕。"

杨坚的脸色陡然变了，大喘粗气道："齐州遇旱灾，百姓揭不开锅，才找你要粮吃，可你为何不开仓，为何不卖粮？"

卢贲辩驳道："还没到万不得已的时候，臣不敢过早地开仓放粮。"

杨坚倏地怒道："齐州的旱灾不比关中轻多少，地里绝收，要饿死人！齐州的仓窖是用来救命的，可你不顾百姓死活，既不开仓放粮，也不卖粮，逼迫百姓绝命，他们不砸仓窖抢粮吃，就要活活地饿死！正因你对百姓如此冷漠无情，朕才撵你回家！可你一点不知趣儿，居然从大老远追到洛阳来，找朕讨个说法，朕永远没个说法给你！"

卢贲没讨回说法，反而碰了一鼻子灰，惹来杨坚一顿怒斥，吓得直打哆嗦退下走人。

太子杨勇就在一旁，见父皇对卢贲的一腔怒气发得有点过头，走过来劝道："卢贲有佐命大功，他虽秉性轻薄，父皇不因他的一时过失，弃之不用。"

杨坚对杨勇说："齐州闹灾荒，卢贲不开仓救命，也不卖粮给灾民，按说要杀头的，朕削他为民，正是看了他早年的佐命之功，才保全了他的性命。"

杨勇说："既然如此，父皇为何不给卢贲留一线呢？"

杨坚推心置腹说："朕也不是不知好歹。当年如果不是刘昉、郑译和卢贲等人辅助，朕不会成为大隋的天子。要知他们都是反复无常的小人，尤其在北周宣帝主政时期，他们使出不正当的手腕得到宠幸。直到宣帝重疾在身，颜之仪等人在宣帝病榻前请求让赵王宇文招辅政,正是他们背地里矫造遗诏,让朕辅政的。当朕即位后,他们又想作乱,才出现后来的刘昉谋反,郑译施巫术诅咒。譬如卢贲这种人,永远不会得到满足,任用他则骄横放纵,抛弃他则怨天尤人,只怪他不能取信于人。"

卢贲还没离开洛阳,气得吐血,被人送回家没几天就死了。杨坚知道卢贲的死讯,沉默不语。这时从各地运往关中灾区的粮食络绎不绝,呆在洛阳的灾民食宿无忧。杨坚的心情不再沉闷,想到洛阳近处的邙山,自然想起昔日北周武帝发兵讨伐北齐,两军在邙山展开大战,最后以北周军败阵而归。那时的杨坚受人指挥不得志,可那宏大悲壮的战争场面令他记忆犹新。于是杨坚萌发怀旧,想去看看从前的战地,约了众随从登上了邙山。

邙山脚下是洛水。当年的北周军和北齐军在严寒的山脚下激战,不知有多少人掉进河里受冻淹死。杨坚回忆那悲壮的战争场景,不断对左右侍从讲述邙山大战。真可谓故人已去,杨坚庆幸他得天下,便在邙山摆起酒宴。一旁侍酒的有陈叔宝,这陈叔宝遇到酒,好比瞌睡遇到枕头,特开心。他从前在南陈饮酒养成一个习惯,只要喝上几口,定会诗兴大发,随他侍酒的大臣没一个不会作诗的,并且是借助美酒即兴赋诗。

侍酒的随从大多没经历早年的邙山之战。杨坚一边慢悠悠地举杯畅饮,一边把邙山之战当作一个久远的故事讲得津津有味,他说:"北周军败退的主要原因是齐王宇文宪和郑国公达奚武太轻敌,让从洛阳城退至邙山的兰陵王高长恭等人钻了空子……"杨坚的故事正讲在兴头上,不知趣的陈叔宝端着酒杯过来打岔,说臣要给皇上颂诗一首。杨坚哪里听得了陈叔宝的什么狗屁诗,瞪眼说:"你快点放吧。"陈叔宝举杯喝了个底朝天,朗声吟诵道:"日月光天德,山河壮帝居。太平无以报,愿上东封书。"陈叔宝是以诗的形式,进谏杨坚东行泰山封禅,祭祀天地,本意是好的。但杨坚从没喜欢过陈叔宝的诗,相当克制地说道:"放完了没有?"陈叔宝说:"完了。"杨坚说:"好,你坐下继续喝酒。"陈叔宝差不多喝了个半醉,一听杨坚话里说了个"好"字,以为杨坚夸赞他的诗作得好,非常开心地说道:"皇上说好,臣再来一首。"这时杨坚的双眼瞪了个大圆,逗乐道:"朕说你好,就是要你好好地侍酒,多喝几杯。"陈叔宝不再有话,退到了他的座位上。

从邙山下来,杨坚没忘陈叔宝敬酒献诗的可笑样子,调侃说:"陈叔宝一直活在酒和诗里,不知亡国恨,他超脱成仙人了。"

高颎说:"平定江南时,臣随晋王打进了台城,就想目睹台城皇宫里到底有多奢华，闯进陈叔宝的寝宫。那时贺若弼攻下了京口，京口告急的几封密奏随便扔在床榻上，陈叔宝抱着个酒坛子不放，让江总、孔范等人陪着饮酒赋诗吟唱，把个京口告急密奏忘了个一干二净，还是臣帮他拆开告急密奏的，真是可笑至极。"

杨坚酒后吐真言地笑道："陈叔宝成为亡国之君，本该斩除，朕至今不斩他，还封他官职，就是要他给朕做个前车之鉴；只要朕看到他，就会想到国是怎么亡的，所以朕时常召他侍酒，就是让他喝醉，让他玩诗，不知自己是谁，朕就有所克制，有所警醒，不敢贪杯，不敢玩物。"

第二十一章　无稽之怨

1

　　大隋帝国上至中央台、省、府、寺，下至地方州县都设有公廨钱，这公廨钱就是政府机关经商放高利贷牟利。工部尚书苏孝慈上奏道："各级官府放贷，大肆收息盈利，财源滚滚，出现失控的趋势，败坏了官府的名声，请求皇上明令禁止。"此言一出，等于要断各级政府机构的财路，就有许多双冒火的目光飘向苏孝慈，想捏住他的臭嘴。杨坚不是不知各级衙门放高利贷获利，只是没意识到此事会有这么严重，他问工部尚书苏孝慈："你刚才启奏公廨钱失控，败坏官府名声，有何实证？"苏孝慈道："恕臣直言，政府和官吏经商与民争利，民怎能争得过？其中就有部分官员打着政府放贷的幌子，个人私下里放贷，牟取暴利，这样的行为，岂不是败坏了政府名声吗？"杨坚这才听出公廨钱里隐藏的名堂，又问苏孝慈："你说怎么办？"苏孝慈说："臣建议朝廷可以拨给土地经营农业创收，替代公廨钱。"杨坚点头，下诏道："公卿大臣以下各级官员金盆洗手，一律不许经商放贷与民争利，由国家分配职务田耕耘取代公廨钱。违者，削职为民，永不起用。"这道诏书下得及时，彻底斩断官员经商获利的来路，他们恨苏孝慈，只能干瞪眼地白恨。

　　退朝后，大臣们成群结队走出大兴殿，都走得差不多了。一个太监疾步迈进大殿，来到杨坚面前，禀报说："老臣颜之仪在家病逝了。"

　　这个消息并不令杨坚感到震惊，因为颜之仪七十多岁了，到老病死不足为奇。他问身边的高颎："颜之仪是哪年退休离开朝廷的？"高颎一时想不起来，随便说："可能是开皇五年回家的吧。"杨坚不再追问此事，对高颎说："想起开皇初年的前前后后，颜之仪和朕的确有点过节，但他比郑译、刘昉等人要正直，是位忠良。朕一直没大用他，是朕不忘过节，气度太小，想来遗憾。现在人已死，所有的过节也该烟消云散了。你这就去趟颜之仪府上奔丧慰问,以表朝廷不忘老臣在世之功。"高颎道:"臣遵旨。"

不久之后,从岐州传来仁寿宫落成的消息。这仁寿宫是杨素负责修建的,从开工到建成整整花了两年。杨坚高兴得很,派高颎赴岐州巡视。高颎从岐州回长安,奏报仁寿宫建得华丽,死了众多劳工。高颎的奏报毕竟是一面之辞,杨坚没多介意,携了皇后起驾巡幸岐州。

车驾抵达岐州时,杨坚听说兴修仁寿宫,劳役致死万计,实在是没地方安葬,杨素差人挖了坑道,将尸体抛在坑道里堆上干柴焚烧后填埋,这跟高颎奏报的大致相同。杨坚不高兴了。等见到仁寿宫华美壮丽的景象,杨坚终于憋不住地大怒道:"杨素建离宫,竟然为朕结怨天下百姓,真是可恶!"

听到杨坚怒斥,杨素吓糊涂。

这岐州的离宫,本是给皇帝和皇后修建的一座避暑山庄。杨坚原以为派杨素来岐州监工,随便修建几幢可以入住的房屋就够了,没想杨素大花财力,把个离宫建得富丽堂皇,是他不想要的。加上杨素主持工程,死亡数以万计的劳工。杨坚的怒气由此而生。一个叫封德彝的土木监工平日里跟杨素关系要好,知道杨坚怒斥杨素,悄悄告诉杨素,您别担忧,皇上会有诏书表彰您的。杨素说仁寿宫建得华丽,不是皇上想要的,我吃亏不讨好;又死了太多的人,是我的过失,皇上不问责,是我的万幸。哪能讨得表彰呢?之后惶恐不安的杨素十分害怕皇帝因发怒拿他问罪,想到能帮他摆脱问罪的人惟有独孤皇后,于是杨素背着皇帝去见皇后,依是惶恐不安地奏道:"臣在岐州主持修建仁寿宫,时刻想到皇上和皇后娘娘老有所乐,才将这宫殿修成这个样子,是臣显露的孝敬之心……"没等杨素说完,独孤皇后明白了杨素的来意,故意一愣说:"这个样子有什么不好呢?我看很好的。"听这话,杨素陡然轻松了许多,又奏道:"臣就怕皇上不喜欢。"独孤皇后安慰杨素说:"皇上会喜欢的,你去吧。"杨素不再多言,退了下来。

第二天,杨坚召杨素训话,吓得杨素躲闪不掉却又无力应对,只好硬着头皮听候发落。独孤皇后知道杨坚要训斥杨素,便觉杨素没有功劳也有苦劳,没等杨坚开口,她替杨素抵挡说:"我和皇上已老,整天呆在大兴宫里也寂寞,得亏杨素在岐山建起这离宫,我和皇上有了散心休闲的去处,正是杨素忠孝的表现。"说罢独孤皇后要给杨素赏赐,非常巧妙地阻止了杨坚对杨素的处置,让杨素逃过一难。

这岐州仁寿宫是杨坚的第一座离宫,他跟皇后住下来,住得一点不开心。皇后不断地劝慰,说皇上在这里住久了,会喜欢的。杨坚说建这离宫,死了数以万计的人,这跟秦皇嬴政修长城建皇陵伤亡无数苦役有何区别?皇后继续劝慰,说皇上仁爱天下,百姓不会怨皇上的。

独孤皇后念佛诵经非常虔诚。自从她来到岐州的仁寿宫,发现这新修建的离宫里里外外要比京师的大兴宫幽雅恬静,只要她念佛诵经,心性立马清净下来。她喜欢上了仁寿宫。杨坚在皇后面前一直都是言听计从,可以用个"怕"字来形容。皇后不想离开,杨坚不提回长安的话。仁寿宫的规模要比大兴宫小得多,皇帝的活动范围受到限制,这使杨素有了许多机会接近杨坚。杨素清楚他修仁寿宫,给杨坚留下一个坏印象,要想杨坚消除对他的坏印象,还得靠他付出;于是杨素在仁寿宫里总是卑躬屈膝的侍奉,生怕哪盏灯点歪了,惹皇上不高兴。然而杨素毕竟在朝廷身居高位,能像地位低下的宫人那样卑躬屈膝侍奉,杨坚深受感动。皇帝一感动,杨素和皇帝之间的距离自然贴近了。君臣能贴得近,正是感情的缘故。

在仁寿宫里住得久了,杨坚渐渐习惯了,以往的不开心随着时光的流逝而淡出。到了黄叶飘散的秋天,独孤皇后这才想到回返大兴宫。在京师监国的太子杨勇闻知父皇和母后从岐州回驾,亲率百官在外郭城的明德门迎驾。

这天的杨勇心情特别好,穿了件镶嵌金丝和宝石的铠甲。等皇帝和皇后的车驾来到明德门时,杨勇赶紧迎上去请安。杨坚正准备出得御驾,一看太子杨勇穿得珠光宝气,没了心情,说了声直接回宫。车驾暂停片刻,又启动。迎驾的杨勇只好带了一帮大臣随侍回宫。在大兴殿里杨坚跟百官打了个照面,百官知晓皇帝回銮赶路疲乏,不便多打扰,请安后全都退去。

其实杨坚回銮的心情还算畅快,只是见了太子杨勇披的那身铠甲,心情陡然变坏。他回到寝宫甘露殿,刚坐定,差人召来太子杨勇。

杨勇并没觉察到他穿的铠甲惹父皇不高兴,反而以为父皇在甘露殿里召见他,是亲近他,兴冲冲来到了甘露殿。

杨坚上下打量杨勇,面无表情问道:"你披的这件金光闪烁珠光耀眼的铠甲从何而来?"

杨勇回答道:"是蜀地进献给儿臣的。"

杨坚不再往下问,随手拿起一把刀递给杨勇。

杨勇接过刀不明其意,发呆得像棵树干立着。

见杨勇不能对刀有所感悟,杨坚说:"这把刀是朕从前的一把佩刀,一直舍不得扔掉；另外这御案上搁着一盒你从前常吃的腌菜，都赐你拿去，就是要警示你彻底改掉奢侈的习气……"

杨勇仍旧不太深明父皇赐他佩刀和腌菜的良苦用心，马虎说道："儿臣改掉奢侈罢了。"

一听这话，杨坚觉得杨勇对他的用心理解得肤浅，直白说道："纵观前朝历代帝王，没有奢华而能够长治久安的，你身为皇储，是国家未来的君主，不能上奉天意下随民意，岂能担当得了未来国家的重任，楷模万民之上？朕富有四海，正是奢华亡国的教训如一把利剑时刻悬在朕的头顶上，所以朕从来不敢有丝毫的奢华。看你披上这身镶嵌得非常奢华的铠甲，难道不担心上行下效吗？然而朕从前穿过的旧衣，很少扔掉，都存放在了箱子里，时不时地拿出来穿一回，看一回，警示自己不要忘本！"

一席话杨坚说得恳切，杨勇洗耳恭听，脸上红一阵白一阵，连忙脱下铠甲说："父皇的教诲，儿臣铭刻在心，不敢违背。"

2

东宫太子妃元氏暴疾而死过去一段日子。独孤皇后仍旧耿耿于怀，一直不肯答应东宫册封太子妃。元氏活着时，深得独孤皇后喜欢，然而太子杨勇从没喜欢过元氏，他却偏偏喜欢叫云昭训的侍女，并纳为妃妾。这云昭训虽说地位低下，但她长得要比元氏娇美，正是杨勇喜欢她的缘故。杨勇非常宠爱云昭训，让云昭训接连给他生下三个儿子。正室的元氏有其名无其实，一直遭遇冷落。要知元氏正是独孤皇后亲自选定后迎娶到东宫的，太子杨勇对她的冷落，无疑伤透独孤皇后的心。直到元氏暴疾而亡后，独孤皇后终于忍耐不住发威了，直斥杨勇跟云氏合谋害死元氏。杨勇根本不在乎母后的斥责，我行我素让云氏主持东宫，独孤皇后不认可，谁也不敢提及东宫册封太子妃。

尽管太子妃元氏之死成为过去，独孤皇后抱怨东宫云氏专宠，不得不惋惜元氏死的屈。晋王杨广陪在一旁。杨广看出母后怨恨太子宠爱身份卑贱的云氏，挑逗说："正因太子冷落太子妃，东宫没有嫡长子，这很遗憾！至今东宫的长子便是云妃所生，永远无法成为嫡出……"独孤皇后唉声叹气道："是啊，正因太子妃元氏备受冷落而死，未能为我大隋留下将来继统大位的皇长孙，每当我想起东宫皇长孙无嫡出，就会想到皇上千秋万岁之后，让你们兄弟向云氏的儿子跪拜请安，这是何等的别扭。"杨广听出母后的话里隐含了废黜太子的意思，火上加油说："父皇呕心沥血开创大隋江山，克勤克俭，总以荒淫奢侈为亡国的明镜，太子很少能跟父皇想到一块，譬如父皇和母后从岐州的仁寿宫回銮，太子毫不惜福，披上那镶嵌金银珠宝的铠甲迎驾，作一番炫耀，惹得父皇老不高兴。"杨广的迎合恰到好处，加深独孤皇后对太子杨勇的憎恶。

杨广知透父皇厌恶奢侈，母后厌恶一夫多妻，他不敢明目张胆地冒犯。自从他任行军元帅平定南陈归来，趁着立功之时，请求父皇答应他扩建王府，这样的请求毫不过分，得到父皇准许，他将王府扩大了几倍，里里外外共有好几层，形似迷宫。杨广视东宫太子杨勇为前车之鉴。他的隐私藏在府邸最后边的院落。这最后边的院落与前边的院落形成隔离，通常时候，有人来府邸，全都在府邸前边受到接待，自然不知府邸后边的情形。

晋王府到底深藏了多少美妃，就连杨广也没个准数，反正隔三差五就有小美人儿从民间悄悄送入王府；待杨广玩腻之后被人悄悄送走，这来来去去，使得王府的美妃保持了个平衡状态。

这天皇帝和皇后要来晋王府走动。尚书右仆射杨素派人来传话时，杨广正在府邸逍遥娱乐，他不禁怔了下，急忙吩咐年轻的美妃藏进后院不得出声，然后他让一群人老珠黄的女仆穿着俭朴在前院迎驾，而他和王妃萧氏也是着装俭朴走出王府迎驾。这萧氏便是昔日后梁国的公主，她深知杨广的两面，却不敢言声。

杨广携王妃萧氏在王府前迎候了半个时辰，皇帝和皇后的车驾这才到来，杨广和萧氏迎到车驾前，恭敬地请安，将皇帝和皇后请进王府。

迈进晋王府的皇帝和皇后一看门里门外迎接他们的全是一群黄花凋零的女仆，又见杨广和萧妃亲密无间，心里甚为满意。在来晋王府之前，隋文帝杨坚听到晋王府藏污纳垢的风声，约了皇后来察看，他们看到的情形与那风声不合，于是皇后悄悄对杨坚说："真是人言可畏！"杨坚表示认同，但他没有作声，要去察看杨广的寝宫。精明的杨广一下子看透父皇的心事，与萧妃一道领着父皇和母后来到他跟萧氏的寝宫，只见寝宫里搁着一张床铺，一些饰物显得十分陈旧，也没藏着个闭月羞花的人儿。于是杨坚当即夸赞杨广和萧氏道："你俩能这般克俭，又相敬如宾，堪称一对贤能夫妻，朕这就放心了。"杨广回言道："父皇克勤克俭是表率，儿臣从没忘记，不敢行奢侈之风。"皇后冲杨广笑道："难道为娘的没有称表率的地方？"杨广连忙谦恭地说道："儿臣与爱妃萧氏，此生喜结连理，定会像母后与父皇那样相濡以沫，相伴终生。"皇后开心地又笑道:"此儿胜过了太子,可惜储君之位没能落到此儿头上。"听这话,杨坚猛地一惊,翕动嘴唇欲言又止。杨广大惊,却不敢流露,反而装得沉稳地垂下头来。

杨坚和皇后一离开,杨广冒出一身冷汗,生怕父皇和母后跑到王府的后院察看,那可是啥都露了个底朝天,他庆幸他的伪装。

王妃萧氏到底生长在后梁的皇家,熟谙帝王家的内幕是何等的不择手段,因此她能容忍杨广的一切,不然,在旦夕之间她会失去王妃的正室地位。通常时候,她能跟杨广保持夫唱妇随。皇后临别前说的那句话,令她刻骨铭心,她问杨广,母后笑称王爷胜过了太子,可惜储君之位未能落到王爷头上,此话是什么意思?

皇后口里突然冒出这话,也令杨广刻骨铭心。他悄悄对萧氏说:"此话透出母后有废黜太子的意思。"

萧氏忽地惊了个正色:"难道我家王爷命里有入主东宫的机会?"

杨广警告萧氏说:"爱妃不得拿了此话宣扬,那是要带来灭顶之灾的。"

萧氏绷着脸点了点头。

杨广叹道:"但愿此生我有入主东宫的机会,爱妃就会有母仪天下的日子。"

一晃到了冬至日,太子杨勇在东宫设鼓乐接受百官祝贺。这样的庆典说不上盛大而隆重,但太子杨勇邀百官朝见东宫,因他对礼仪的忽视,大有犯上之嫌,惹出麻烦。

杨坚获知此事,老不高兴,有意问大臣:"冬至佳节,百官朝见东宫,这是什么礼法?"

曾任礼部尚书的牛弘回答说:"朝见之礼,惟天子受用,至于百官入东宫施礼,只能为佳节祝贺,不可冠以朝见。"

杨坚顺着牛弘的话,指责东宫道:"逢佳节大臣到东宫表示祝贺,未尝不可,但是太子身穿大礼之服,居然设鼓乐接待,令百官以示朝见,此礼异常,耐人寻味。"

太子杨勇正想为己申辩,见杨坚的表情不对劲儿,便觉此时的申辩越发加深误解,引来怒斥,他干脆闭嘴不作声。

回到后宫用膳时,杨坚憋不住,将太子在冬至日设鼓乐召百官朝见的事说给独孤皇后听。独孤皇后本来对太子杨勇失去信心,叹道:"太子的德行注定他将来君临天下,不会像皇上一样克己奉国,他是耐不住了,才不孝犯上。幸好皇上还有其他四个嫡子,不信这四个嫡子里,挑不出个德行胜过太子的。"

杨坚点头,想到废黜太子是一件极其痛苦的事,他没作声。

只因东宫在冬至日召百官施朝拜礼,冒犯杨坚,加上独孤皇后斥责太子不孝犯上,吐出废太子的话来。杨坚开始对杨勇产生猜忌。帝王的猜忌不会戛然而止,杨坚打算削弱东宫的护卫,下令选调东宫宗卫侍官担任皇帝宿卫,这样一来,东宫的一批宗卫侍官就会撤离东宫。

左仆射高颎见这情形,谏阻道:"如果皇上抽调走强壮的东宫侍卫,恐怕东宫的防务会变得薄弱。"

高颎的儿子娶了杨勇女儿为妻,杨坚立刻想到高颎跟太子杨勇的亲家关系,怀疑高颎别有用心,怒道:"朕将会时常往来于大兴宫与岐州的仁寿宫,拥有强壮侍卫有何不可?"

高颎进言,杨坚从没这般发怒,于是高颎倏地怔住。杨坚不再言语,扭头就走。

3

背地里独孤皇后数次劝谏杨坚废太子,杨坚内心非常纠结,他想即便废掉太子,再立谁又会使他安心呢?因纠结废立太子的事,他的情绪时常反复,脾气越来越大,动不动就对朝臣发火,好像满朝文武都看不顺眼,没有他信任的。

尤其在上朝的时候,只要遇到大臣奏言不顺他的耳,就会激怒他下令廷杖,挨上十棍二十棍的朝臣越来越多。身为首辅的高颎经常看到大臣因进言挨廷杖,这样下去必然影响君臣之间的和谐关系,于是高颎在杨坚平息怒气之后,瞅准时机,迎面上前诤谏。

高颎和颜悦色道:"臣有一事奏请皇上,就怕皇上不开心,下令罚臣棍杖。"

杨坚见高颎触及他的短处,并没介意,笑了笑道:"朕怎会罚你呢,你说吧。"

高颎言简意赅道:"记得建国之初,皇上差使臣等修撰《开皇律》,下令废除酷刑,正是皇上仁慈天下,并且皇上带头遵守国家的法典,成为超越前代帝王的典范。可是《开皇律》里从来没有一条无故廷杖大臣的,皇上下令廷杖大臣,有违《开皇律》,如果这样的有违继续下去,恐怕会导致国家司法从上至下效仿,徇私枉法。"

杨坚的表情显露出尴尬,汗颜道:"朕一直想有大臣当面直谏,就是等不来人,今天终于等到你来。只是这些日子朕的心情不好,记性也不好,忘了国家有部《开皇律》。其实朕每次下令廷杖大臣,常常后悔,内心深感负疚而不安。如果朕再有鲁莽行为,你尽管制止,朕决不会怪罪你。那放置大殿的杖棍,你快拿走扔掉,免得再让大臣吃苦受罪了。"

杨坚说得如此恳切，高颎禁不住地笑道："臣立马去大殿扔掉那些杖棍。"

杨坚跟着笑道："待朕的心情好了，会改掉惩罚大臣的坏毛病。"

这年正是开皇十七年（公元 597 年），是个多事之年。二月，有报奏南宁地区羌族人谋反，杨坚派遣史万岁率军赴南宁肃反。六月，易怒的杨坚并没改掉惩罚大臣的坏毛病，而是有些变本加厉，想杖刑杀人。大理寺少卿赵绰苦苦诤谏说："这六月的盛夏季节，正是万物生长的旺盛时期，不宜杀人。"杨坚坚持说："六月里虽是万物生长的季节，但天上也会有雷霆震怒发生，朕效仿上天行事，有什么不可以的？"于是杨坚下令杖杀了几个令他猜忌不安的大臣。到了七月，又闻岭南人李贤在桂州（今广西桂林）举兵起事。这李贤不过是个小小毛贼，朝廷出兵剿灭他易如反掌。有几位武将请战，杨坚没有答应。这些天里杨坚开始猜忌着了虞庆则，拿了不请战赴桂州剿灭李贤当把柄，冲了位高权重的虞庆则严厉问道："你位居宰相，爵乃上公，国家有贼，可你为何不率先请战，你什么意思？"剿灭毛贼李贤，朝廷用不着派遣虞庆则这样的重臣出马。其实虞庆则已经感觉到了杨坚在疏远他，拿了剿灭李贤找茬，吓得惶恐不安回答道："臣这就请战，愿皇上恩准臣率兵一举歼灭贼寇李贤。"杨坚点了下头说："你去吧。"

虞庆则约了他的小舅子赵什柱为随军长史准备赴桂州讨伐李贤。赵什柱却在背地里跟虞庆则的一位小妾勾搭成奸，虞庆则毫不知晓。赵什柱害怕他与姐夫的小妾私通败露，一心想激怒杨坚囚禁虞庆则，好让他长期跟虞庆则的小妾往来，他故意放出话来，说虞庆则并不情愿去桂州讨伐贼寇李贤，是皇上逼迫他去的。此话很快传到杨坚耳里，大为光火。通常大将率兵出征，首先向皇帝辞行，皇帝设宴相送。然而杨坚听到任随军长史的虞庆则小舅子赵什柱说出那种话，大为不悦，免了设宴送行，这使虞庆则怏怏不乐。

杨坚易暴易怒，行为十分反常，大臣们想不出好的办法诤谏。这年居然出了件怪事，民间传说穿红色裤子可以官运亨通，刑部侍郎辛亶竟然穿上条红裤子，杨坚知道后，直斥妖术，下令斩辛亶。主管司法的大理寺少卿赵绰又跟杨坚抬杠上了。

赵绰上奏说："根据法律条文，辛亶不当处死，臣不敢违法奉诏。"

杨坚怒道："你珍惜辛亶一条犯妖术的性命，难道不珍惜你的一条命吗？"

赵绰坚持说："陛下任命臣主管司法，臣惟有依法，不可违法。"

杨坚盛怒，下令将赵绰推出大殿斩首。

赵绰非常淡定说:"陛下可以处死臣,但不可以处死辛亶。"

刽子手抓了赵绰正要推出大殿。杨坚见赵绰竟是大义凛然,连头也不回一下,动了恻隐之心,突然改变主意喝了声回来。行刑的刽子手还没来得及推走赵绰出大殿,只好转身回来。

杨坚默着脸问赵绰:"前些日子,大理寺掌固来旷奏你对囚犯量刑宽松,朕派人调查不实,要斩来旷,你冒死替来旷求情;今天你又冒死替辛亶求情,你是为哪般?"

赵绰道:"臣奉令任职司法,惟有一心秉公执法,维护司法的尊严。至于来旷和辛亶所犯之罪,法律条文找不出一条论处他们死刑,因此臣既然司法,决不可以凌驾于法律之上。"

杨坚不再作声,转身去了后殿,过了会儿,才从后殿传出旨意,释放赵绰。第二天,杨坚召来赵绰道歉,赞扬赵绰的政绩,赏赐赵绰布帛 300 段。

仅仅相隔一天,杨坚对赵绰的态度出现天壤之别的反差,许多朝臣感到纳闷。只有高颎最清楚这是为什么,他背地里装糊涂问杨坚,昨日陛下要斩赵绰,今儿个为何赏赐赵绰?

问得杨坚眼里含着泪水,一声长叹道:"国家的法律是维护天下长治久安的,赵绰维护法律和天下长治久安,毫无私心,连死都不怕,朕被他震慑啊,杀了他,朕是自绝后路。"

易怒的杨坚终于说出清醒的话来,高颎趁机提醒说:"想起昨日的境况,臣不知所措,只能替赵绰捏把汗,如果陛下真的杀掉赵绰,臣要替陛下后悔,幸好的是陛下醒悟得快,留下赵绰一条性命。"

杨坚又是一声长叹道:"满朝文武找不出个连死都不怕维护法律的人,赵绰是第一人。赵绰是以身示现,提醒朕尊重法律,不得拿了皇权蔑视法律,更不得干涉法律,朕要感激赵绰的提醒。"

就在赵绰以死相争制止杨坚斩杀辛亶的当儿,秦王杨俊食物中毒传至朝廷。投毒者不是外人,正是秦王妃崔氏,这崔氏是武乡公崔弘度的妹妹,她在杨俊吃的瓜果里投毒,想毒死杨俊,没料杨俊命大,中毒后服下解药活了过来。

秦王妃毒杀秦王,闹得朝野为之震惊。独孤皇后哭哭泣泣对杨坚诉说道:"崔氏为何这般下手狠毒呢?皇上不能轻饶了狠毒的崔氏!"因是一桩家事,来得突然,杨坚一时不知所措,安慰独孤皇后道:"幸好没出人命。朕这就差人接三儿回京师休养。"待杨坚稍稍冷静之后，想到秦王妃毒杀秦王多半不会平白无故。他召来高颎和苏威。

"朕一直没听说到秦王夫妇有什么过节，可是秦王妃为何要对秦王起杀心呢？"杨坚问高颎和苏威。

"不到万不得已，妇人是不会起杀夫之心的，秦王妃既然起了杀夫之心，一定有缘故，这个缘故只有查实清楚，方可知其真相。"高颎道。

"既然如此，皇上这就可以派人去查实。"苏威道。

"朕想得到真相，派你俩去查吧。"杨坚点头道。

秦王杨俊曾任行军元帅平定江南有功，杨坚授予他扬州总管四十四州诸军务，镇守广陵；不久之后杨俊又转任并州总管二十四州诸军务。高颎和苏威奉旨来到并州，见到中毒的杨俊并非想象的那么糟糕，他正处在恢复中，可以下床慢慢地走动，要不了多久，他的身体就可恢复。高颎和苏威对杨俊问罢安后，说明了来意。杨俊怒火中烧，大骂王妃崔氏比他服下的毒还要毒辣。高颎和苏威不是来听杨俊怒骂崔氏的，开始彻查崔氏投毒的缘故，终于查明秦王杨俊宠幸诸多妃妾，跟爱吃醋的崔氏积怨太深，崔氏忍无可忍才起杀心。正是崔氏的杀心，揭开杨俊诸多劣迹，他挥金如土建造水上宫殿，将宫殿装饰得极尽华美，骄奢淫逸乐在其中。高颎和苏威不得不来到秦王建造的水上宫殿查看个究竟，美女如云的水上宫殿里奢华程度果不虚传，大大超出两人的想象。两人顿时惊呆住，不知如何评价。

在并州待了数天，高颎和苏威不便逗留太久，准备返回京师。上路离开并州时，两人心里忐忑不安。

苏威说："皇上一旦知道秦王妃投毒的缘故，一定难受得很。"

高颎说："我也是这么想的。"

苏威说："这个真相能不能对皇上直说？"

高颎说："这么大的事，咱俩敢对皇上隐瞒吗？"

苏威说："不隐瞒，恐怕皇上不会放过秦王。"

高颎仰天叹道："纸是包裹不住火的，想隐瞒都隐瞒不了，只能直说了。"

两人回到京师，进宫入甘露殿朝见杨坚，如实奏报秦王妃投毒案始末及秦王诸多劣迹。杨坚大惊，脸上泛起铁青色，不安地来回踱步，骂道："该死的东西！"

等高颎和苏威奏报完退下后，杨坚脸上的铁青色仍没褪尽，神态里更加显露出不安和急躁。一直以来，三皇子杨俊在杨坚印象里柔顺厚道，记得平定江南时，一些出征武臣争相讨功，只有杨俊淡薄功利，称他毫无尺寸之功，他感到相当惭愧。杨坚为此甚为感动。就是这个曾令杨坚感动的三皇子，在这太平盛世经不住诱惑，竟然堕落到招来杀身之祸。

独孤皇后知道高颎和苏威从并州回来奏报的消息，心里乱作一团，来到杨坚面前，就想劝谏几句。

没等独孤皇后开口，杨坚冷着脸道："三子杨俊不顺朕意，此儿不可姑息！"

独孤皇后听到杨坚说出此话，不知如何是好。

第二天上早朝。杨坚的表情非常凝重，不提朝政，直言不讳说道："诸卿都知道了秦王妃崔氏投毒的事，也没什么好隐瞒，投毒的是朕的儿媳，中毒的是朕的儿子。朕得给诸卿一个交待，崔氏杀夫，罪该死！中毒的秦王杨俊，虽是经过解毒保住了性命，可他在并州骄奢淫逸，几乎是恶贯满盈，违反朝廷法度，不得逃脱制裁。因此朕下诏免去杨俊所任官职，仅以秦王身份回京师，入住王府，不得起用。"

皇帝宣诏，对秦王杨俊的处分如此过重，令在殿的百官目瞪口呆。

左武卫将军刘升打破沉默，劝谏道："秦王昔日平定江南有功，只是花费国家财物为自己营造宫殿而已，除此之外并没其他过失，臣以为可以宽容他一次。"

杨坚紧盯着刘升道："国家的法度好似一团熊熊燃烧的火焰，秦王不是不知晓，他偏要往火焰里钻，火焰决不容情，定会烧得他遍体鳞伤！"

刘升还想劝谏，杨坚变了脸色，刘升才闭上嘴。

尚书右仆射杨素继刘升之后，走出来，进谏道："即便秦王有过失，犯了国家法度，也不至于受到如此严重的处分，臣请求陛下慎重考虑，再作决定不迟啊。"

杨坚长叹口气，果决道："难道朕只是太子杨勇、晋王杨广、秦王杨俊、蜀王杨秀和汉王杨谅五个儿子的父亲，不是天下百姓的君父吗？如果按照诸卿说的，难道还要另外制定一部关于天子儿子的法令吗？难道天子的儿子在国家法令面前有别于天下百姓吗？要想到以前的周公为人施政，尚能认法不认亲，诛杀举兵造反的兄弟管叔和蔡叔，而朕确实要比周公差得远，怎么无视国家法令呢？"杨坚终没答应诸朝臣给秦王杨俊的请求。

4

自从秦王杨俊削职为民后，杨坚要比从前憔悴多了。独孤皇后眼看年迈的杨坚为皇子而沮丧，又背负着沉重的朝政压力，她约杨坚在皇宫的后花苑里散步。

后花苑里到处可见奇花异草，杨坚却没心情赏景观花。他对皇后叹道："朕派虞庆则西征桂州讨伐叛贼李贤，听说虞庆则大功告成，即将要凯旋归朝了。"

独孤皇后道："虞庆则灭李贤，免除了一方后患，皇上该要开心庆功了。"

杨坚摇头道："朕不该派虞庆则西征讨伐李贤的，朕是一时赌气派出了他。"

独孤皇后不解道："皇上为何后悔派出虞庆则呢？"

杨坚道："朕为虞庆则庆功，恐怕他大有功高盖主之嫌。"

独孤皇后劝道："兴许皇上多虑了。"

杨坚道："太子不尽朕的心，前些日子又遇秦王的烦心事，朕不忧虑谁忧虑？"

独孤皇后道："难道皇上想拿掉虞庆则的职务？"

杨坚道："臣子久居高位，心里没有私念不可能。虞庆则正是久居高位，且有呼风唤雨的能量，朕不防他不可能。"

剿灭桂州叛寇李贤的虞庆则本是心情欢愉班师回朝，想起率军出征的当儿，杨坚流露出对他的不满，就连通常摆设的出征宴也给取消了。虞庆则即便是凯旋而归，可他心里郁闷得多有不安。部队行至潭州临桂镇时，虞庆则登高俯视远山近岭，对任长史的小舅子赵什柱说道："此山隘险要，若粮草充足，朝廷派兵此地镇守，攻不可破。"然后虞庆则吩咐赵什柱提前赶回京师启奏，顺便观察杨坚的态度。

虞庆则从没对小舅子赵什柱起过疑心，竟然视赵什柱为心腹。然而赵什柱策马奔回京师，并没首先进宫朝见天子，而是迫不及待地找与他通奸的虞庆则小妾幽会去了，两人尽情享受床第之欢。虞庆则毕竟年纪大了，又是妻妾成群，哪里顾及得了这位小妾呢；这位小妾自从跟年轻英俊的赵什柱勾搭上，且是日久生情，喜欢上了赵什柱。

虞庆则的小妾跟赵什柱做完爱，余兴未了说："你姐夫虽说是权贵，富比天高，但他老了，做夫妻我跟他不相配，跟你相配，可惜我此生做不了你的人。"

赵什柱说："等我姐夫哪天老死了，你就可做我的人了。"

虞庆则的小妾说："等着等着，就怕哪天等你姐夫发现，咱俩死定了。"

赵什柱说："总有一天，你会做我的人的。"

虞庆则的小妾说："除非你姐夫现在老死，我才可以做你的人。"

就是这句话，深深刺激了赵什柱。想起虞庆则率军出征的当儿，皇上取消出征宴非同寻常，赵什柱便觉皇上猜忌了虞庆则。他突然冒出个大胆念头，就想利用皇上的猜忌除掉虞庆则，他就可以长期占有虞庆则的小妾，可以跟虞庆则的小妾终日厮守，永不分离。

赵什柱进宫朝见时，在杨坚面前只字不提虞庆则对他的交待，一个字地奏虞庆则谋反。杨坚大惊，问虞庆则在何处谋反？

赵什柱故意装出神情不安的样子说："虞庆则是在潭州举兵反叛朝廷的。他本是臣的姐夫，对皇上不忠而叛国，臣不能与他为伍，臣是趁机偷着离开叛军的。请皇上速派大军剿灭虞庆则。"

此话一出口，赵什柱好似开弓没了回头箭。鉴于赵什柱和虞庆则的亲戚关系，满朝文武没有不相信赵什柱的话，真的以为虞庆则借了讨伐李贤之机，反叛朝廷。杨坚急得如坐针毡，冷静一想他不正愁除掉虞庆则没有理由吗？赵什柱告发姐夫虞庆则谋反叛国，这个理由比天还大，于是杨坚一阵暗喜。接着杨坚想起虞庆则曾在晋王府跟杨素争功的过节，决定利用杨素除掉虞庆则。

杨坚立马召来杨素，下令道："赵什柱回朝状告虞庆则谋反，你快率师前往潭州逮捕虞庆则，如果虞庆则反抗，就地正法处斩。"

杨素颔首道："臣遵旨。"

退下后，杨素想到杨坚派他去逮捕虞庆则，不是逮一个造反的毛贼。便觉杨坚扔给他一只烫手的山芋，他无法拒绝，却又担心逮不住拥兵的虞庆则，交不了皇差。

虞庆则万万没想到小舅子赵什柱为了得到他的小妾，诬陷他谋反，置他于死地。他率师离开潭州十多天，突然发现一支队伍朝他迎面而来，感到十分惊诧，待那队伍离得近了，才知是尚书右仆射杨素领军而来。虞庆则毫不知晓杨素是来抓他的，仍旧一个劲儿朝杨素的队伍走去。这时的杨素一点看不出虞庆则的军队有叛乱的迹象，颇感奇怪。有那么一刻，杨素怀疑赵什柱状告虞庆则谋反有误，如果真的有误，跑过去抓捕虞庆则，必然激怒虞庆则和他的麾下，两军不可避免地交恶，被激怒的虞庆则和他的麾下定会不屈不挠鱼死网破血战到底，是杨素不愿看到的。

正如杨坚所想，杨素和虞庆则的确存在着争功的过节，两人即便见了面，言语极短，总是匆匆而过。为避免两败俱伤，杨素暂且撇开虞庆则的麾下，直冲虞庆则而来。虞庆则琢磨杨素率军与他狭路相逢很是蹊跷，却没琢磨到他已大祸临头。两人差不多相距数丈远时，蒙在鼓里的虞庆则先开口招呼道："杨仆射率军前往何方？"坐在马背上的杨素不慌不忙掏出皇旨说："你的内弟赵什柱告你在潭州谋反，我是奉旨来抓你归案的，请你配合。"然后杨素宣读圣旨。虞庆则哪里听得进什么圣旨，他先是大惊，随之在马背上仰天大笑道："赵什柱告我谋反，我跟谁谋反，真是天大的笑话！"

　　杨素不想激怒虞庆则引发骚乱，心平气和说："你的内弟赵什柱回到京师后，的确在皇上那里告你谋反，我是奉旨行事，你没必要觉得可笑。"

　　虞庆则不以为然地又大笑，回过头问黑压压一片的众麾下："我们谋过反吗？"

　　众麾下开始骚动起来，愤愤不平叫冤，破口大骂赵什柱血口喷人。

　　看这阵势，直接逮捕虞庆则不是顺手牵羊那么简单。杨素将计就计说道："如果不是赵什柱的状告，皇上不会差我出来。既然虞将军声称自己没有谋反，那就请回京师与赵什柱当面对质，洗清身子。"

　　虞庆则怎么也不会相信小舅子赵什柱告他谋反，听杨素说得确切，不得不答应回京师找赵什柱对质。

　　两军毫没发生任何冲突，合成一团急速奔回京师。一路上虞庆则从没停止琢磨，就连他的心腹也在琢磨赵什柱为何要生出陷害之心，总也找不到答案。众麾下预感到了班师回朝，不仅得不到奖赏，反而背上一个反叛的罪名，人人心里窝着火。他们偷偷地劝请虞庆则，既然背上一个谋反的罪名，干脆一不做二不休。虞庆则急着要去找赵什柱对质，给自己洗清身子，摇头不准。

　　终于回到了京师。杨素抢在虞庆则前头派人找来赵什柱。

　　杨素对赵什柱严厉说道："你在皇上面前状告虞庆则谋反。我奉旨押回了虞庆则，他要跟你当面对质，你要是反悔，犯下欺君之罪，对你和你的家族意味着什么，不用我解释，你应该非常清楚。"

　　事闹大了，不是赵什柱可以左右得了，他明显地感到不安，硬着头皮对杨素说："请杨仆射放心，我不会反悔的。"

　　杨素冷着脸说了声好，转身走掉了。

　　给赵什柱施压后，杨素进宫朝见。

　　杨坚似乎有点不太满意，对杨素说："你怎么没在路途上逮捕虞庆则？"

　　杨素解释说："臣率军在路途上遇到虞庆则时，根本没发现虞庆则有反叛的行动，臣要是以反叛之罪下令抓捕虞庆则，结果会是逼迫他真的反了，这是臣和陛下都不情愿看到的，所以臣只能诱使虞庆则回朝。"

　　杨坚立刻想到了赵什柱，忙问："赵什柱在哪里，快控制赵什柱。"

　　杨素说："臣回朝后，已经见过赵什柱了，他的人就在臣的手里捏着，他哪里也去不了了。"

杨坚急切道："带虞庆则进殿。"

急于洗清身子的虞庆则没多犹豫进了宫，被人领进武德殿。

杨坚首先来了个下马威，怒目逼视虞庆则说："从建国之初，直到至今，朕一直信任你，给你高位，可你为何不仁不义对朕反目？"

虞庆则毫无一点惧色，从容回答道："臣从来没对陛下反目，臣进宫来，是为自己洗净身子的。臣听说内弟赵什柱告臣谋反，臣要见赵什柱，当面跟他对质。"

杨坚说了声好，然后叫道："带赵什柱到殿。"

赵什柱被几个侍卫带到了殿堂上，勾着头，不敢正视虞庆则。

见到赵什柱的虞庆则怒不可遏地问道："你为何要陷害我？"

赵什柱不吭声。

虞庆则又怒道："一直以来我待你如亲兄弟。此次皇上差我讨伐李贤，我任你为随军长史，是好心让你有个立功受勋的机会，可你为何要恩将仇报，诬告我谋反呢？"

赵什柱只顾勾头不开口。

杨坚冲他喝道："早些天你进宫朝见，是怎么对朕说的，你快重复说一遍。"

赵什柱这才抬起头，他的目光正好碰到杨素的目光，打个寒战道："在潭州，虞庆则的确露出反意，想在临桂镇的险要山隘起反，派我回京师观察皇上的态度……"

没等赵什柱说完，虞庆则气得脸色发紫大骂道："养条狗都不会咬主人，你这个连狗不如的东西就想咬死主人！"

杨坚倏地翻脸，大怒道："押虞庆则进大狱，不得见天地日月！"

虞庆则一阵头晕目眩浑身发软，朝杨坚说道："兔死狗烹，鸟尽弓藏。君要臣死，臣不敢不死；君要臣亡，臣不敢不亡。"

杨坚霍地起身，拂袖离去。

随后杨素派人往监牢里送进一匹白绫。虞庆则见到白绫，明白皇帝要他自缢，算是给了他一个体面的死，他接过白绫，含泪悬梁自尽了。

第二十五章　东征高丽

1

　　高丽是隋朝的藩属国。杨坚平定天下的当儿，高丽一边坐观，一边蠢蠢欲动，就想趁中原大乱之机捞上一把。起初高丽平原王高汤以为杨坚一统天下不过是胡闹，最终会是空闹一场。没料杨坚一统天下成真，这使高汤不敢轻举妄动。

　　自从杨坚创立隋朝统一华夏之后，各藩属国表示臣服，陆续派使者来大隋朝贡，就缺高丽不来。杨坚不爽，暗自琢磨高丽，琢磨平原王高汤，却不便将高汤的一点朝贡之礼言表于朝堂。就因高丽的朝贡缺席，不得不使朝臣们感到意外。

　　这天汉王杨谅提及到了高丽，便说："各藩属国都派人来朝廷朝拜过父皇了，唯独高丽的平原王迟迟不派使节来，他是为什么？"

　　杨坚脸色一变说："高汤不派人来，朕也不会请他们来。"

　　一旁的杨素不满道："高汤自以为是。他不来觐见，也不派使节来朝贡，是对皇上大为不敬！"

　　杨素的直言，深深刺了下杨坚，他转过身去，叹息道："一个不足挂齿的边鄙小国，如果朕太在意，有失大国风范。"

　　其实杨坚已经在意着了高汤，只是他没放在表面。

　　没过多日，营州总管韦冲飞报朝廷，称高丽正在修筑城防，广积粮草，加紧备战。杨坚闻知"粮草"和"备战"，十分敏感，再也憋不住地大怒道："高汤备粮又备兵，他想反天了，朕就想看他如何反！"

　　杨坚的怒气几乎冲天，在殿的众臣惊了个正色，直斥高汤自不量力。

　　苏威跟着生怒奏道："既然高汤不服我大隋，臣恳请陛下发兵高丽，废黜高汤王位。"

随之诸臣齐声奏请杨坚出兵高丽，废黜高汤。

想起高汤不来觐见朝贡，杨坚趁着怒气，顺遂诸臣说道："这个高汤冒充一介高士傲大隋的帝王，朕决不答应他傲过去，该要差人东征，狠狠地教训他，让他跪在地下，知道天有多高。"

等杨坚的怒气稍稍平缓了些，突然改变东征高丽的主意。他召汉王杨谅到跟前，慢吞吞说道："朕本想派你东征高丽，教训一顿平原王高汤，考虑到你不太熟悉高丽的地形地貌，恐怕去了吃亏。朕暂且不想对高丽大动干戈。"

杨谅惊诧道："高汤已起反心，父皇怎可容忍？"

杨坚道："朕不会容忍高汤。只是高汤刚刚露出反的苗头，若在此时大动干戈，绝非上策。"

杨谅道："既然高汤露出起反的苗头，此时灭掉他的苗头，儿臣觉得正是时候。"

杨坚沉默了会儿，开口说道："朕还是决定派你去趟高丽传旨，看高汤有何反应，若他老实本分放弃反意，这不动一枪一刀的结果，未尝不可。"

杨谅怀疑道："仅凭父皇谕旨，高汤真的会臣服吗？"

杨坚道："他不服，朕再发兵讨伐他，还来得及。"

杨谅性子一急道："何必等将来呢？"

杨坚走近杨谅，轻轻抚摸杨谅的头说："五儿呀，朕差你东征高丽是历练你，想到那个四边是海的半岛子不是中原内域，就怕你去了人生地不熟的半岛子，难得回来。朕派你去传旨走一趟，就是让你熟悉高丽的地形地势，到了该要东征的地步，再派你去，你就不会走瞎路。"

杨谅这才明白："等儿臣去了高丽，会多加留意地形地貌的。"

杨坚道："在中原内域作战进退自如。高丽则不然，那地方不仅四面沿海，山多且狭长，军队进去了，如同钻进了口袋。"

高丽建立王朝，始于周朝初期。一个叫箕子的商朝遗臣率领数千人东行，在辽东一带联合扶余土著首立箕子侯国；直到西汉元帝建昭二年（公元前37年），箕子侯国覆灭，高丽王朝兴起，建都吉林集安。公元427年，高丽长寿王迁都至平壤。

汉朝武帝时期，刘彻发兵收复了高丽，与华夏合为一体，被分为乐浪，临屯，玄菟，真蕃四郡。直到西晋末期，五胡大乱天下，中原王朝摇摇欲坠，无力打压胡人，高丽趁机摆脱汉族统治，再次复国，不断扩张，形成拥有辽东和整个朝鲜半岛的国家。

早在开皇元年春正月已酉，隋文帝下诏敕封高丽平原王高汤大将军、辽东郡公，这样的敕封要比国公低一等。高汤的骨子里，不太认可隋朝皇帝对高丽王的敕封；鉴于此，高汤的确闷声闷气高筑城防，广积粮草，时刻准备在辽东出兵，侵占隋朝东北边地，想到隋朝越来越强胜，高汤优柔寡断，迟迟没有出兵。高汤的世子高元则不然，见父王高汤开始惧怕隋朝，高元急了性子，催请高汤出兵。

高汤说："中原南北分国数百年。杨坚举兵平天下，当初我的确小看了他，没料他心想事成。想是当年杨坚平定江南之机，我出兵攻占辽东以西地域，归我高丽，正是最佳时机，可这时机一晃而过……"

高元说："父王备战多年，且能白费？"

高汤说："筑城、储粮、备战，也是强国之举，岂能说是白费？"

高元坚持举兵说："中原的长安距辽西遥不可及，我军一旦突发奇兵越过辽东入辽西，长安的杨坚一时鞭长莫及，待事成后，隋朝要想挽回局面，晚矣。"

高汤叹息说："隋朝与我高丽之间筑的不是一道石头墙，要想到有营州的韦冲在此，不可轻敌。"

高元说："一个韦冲又如何呢？儿臣相信他不可分身指挥征战。"

就在高汤和高元商议出兵隋朝的时候，汉王杨谅率千余精兵来到辽西的营州（今辽宁朝阳）。营州总管韦冲立马出城迎驾，冲杨谅躬身道："殿下远驾而来，臣等在此恭候了。"杨谅急匆匆挥了下手，边走边说："韦总管别客气。"韦冲紧跟着杨谅朝城里走去。

进了营州城后，杨谅这才歇下来，对韦冲郑重说道："早些日子你飞报朝廷，称高丽出现异动，皇上非常在意，决不容忍高丽捣乱华夏一统，令你严守营州，见高丽有越过边境的举动，不可轻饶，将其格杀。"

韦冲领旨道："臣不负皇旨，一定赴汤蹈火领兵作战，击败高丽来犯。"

杨谅鼓励道："我相信你镇守营州边地，不畏贼寇！"

稍作修整，杨谅离开营州，渡辽河，往纵深而行便是高丽。过边境的时候，高丽的边军不知来人是谁，倒还以为来了小股隋军惹事，不准放行。杨谅高坐在马背上怒道："小国的边军，岂敢拦驾？"高丽的边军仍没意识到来人是隋朝的汉王，便觉杨谅口气撑天，生出不满道："没得王旨，隋军不得越境。"杨谅的随从耐不住性子，正要跟高丽的边军干起来。这时杨谅想到他重任在身，冷静下来，冲随从挥了下手，然后对守关的高丽边军公开身份，缓和口气说道："我是隋国的汉王，赴高丽国的平壤城给平原王高汤传递国书，难道不让去？"边军们一听来人是隋朝的汉王过境传递国书，怔了下，才肯放行。杨谅觉察到了他率随从进入高丽不受欢迎，并且看出高丽对隋朝的戒备。

高丽人效仿中原，将都邑平壤城改为长安城。杨谅一行即便过了边境，去平壤城还很遥远。这时杨谅多了心眼，令众随从一路多加察观高丽的地形地貌，以作记载，便于将来东征之用。

正因考察地形地貌，杨谅一行走得缓慢，到达平壤城时，差不多又走了一个来月。平原王高汤获知隋朝汉王赴平壤，一下慌了神，正要率百官出城迎驾。高元进言，劝谏父王不便出城远迎。

高汤一怔道："汉王驾临平壤城，一定是奉隋朝皇帝旨意而来，怎可失礼，不出城去迎驾？"

高元道："我高丽国与隋国平等而立天下。父王身为高丽国的天子，在万人之上；汉王何许人也，不过是隋国的一位王公而已。此时父王率百官出城远迎，有失大驾，且不对等。"

高汤一听有些道理，却又不便怠慢隋朝汉王。忙说："汉王享有高贵的身份，他的到来为主上宾，可不是一般的隋朝使节，怠慢有些不妥吧？"

高元道："除非隋国的皇帝驾临，父王出城远迎才是对等相待。汉王毕竟不是隋朝的皇帝，父王何必动此大驾？"

高汤听取高元进言，终没出城远迎，只是率领百官立在城门口迎驾。等杨谅一行到来时，高汤装蒙，却不失礼节笑道："获悉汉王驾临的消息太迟，有失远迎，有失远迎！"风尘仆仆的杨谅此时懒得在意高汤有失远迎，拱手回礼道："平原王在城门口相迎，足以够了。"然后高汤将杨谅迎进王宫。

走进王宫的路上，杨谅不提正事，不断赞叹高丽王宫的华美气派。高汤没心思聆听杨谅对王宫的赞美之辞，却在琢磨杨谅到来后的意图。等宾主进入王宫之后，杨谅陡然对高丽的王宫失去兴趣，一本正经抖出来意。

杨谅对高汤直言道："开皇元年春正月，大隋皇帝敕封高丽平原王高汤为大将军、辽东郡公，从此高丽是为大隋诸侯国，平原王高汤是为大隋皇帝臣子。平原王高汤身为大隋臣子，居然背离大隋高筑城防，广积粮草，屯兵备战，此等异举，有动乱华夏大统之嫌，违犯了天意！"

高汤陡然惊怔住。

杨谅随之又说道："大隋皇帝有旨，请平原王高汤听旨。"

高汤双腿一阵发软，立马跪下，洗耳恭听。

杨谅身子骨往上一挺，铿锵念诵道：

"朕受天命，爱育率土，委王海隅，宣扬朝化，欲使圆首方足，各遂其心。王每遣使人，岁常朝贡，虽称藩附，诚节未尽。王既人臣，须同朕德，而乃驱逼靺鞨，固禁契丹。诸藩顿颡，为我臣妾，忿善人之慕义，何毒害之情深乎？太府工人，其数不少，王必须之，自可闻奏。昔年潜行财货，利动小人，私将弩手，逃窜下国。岂非修理兵器，意欲不臧，恐有外闻，故为盗窃？时命使者，抚尉王藩，本欲问彼人情，教彼政术。王乃坐之空馆，严加防守，使其闭目塞耳，永无闻见。有何阴恶，弗欲人知，禁制官司，畏其访察？又数遣马骑，杀害边人，屡驰奸谋，动作邪说，心在不宾。朕于苍生，悉如赤子，赐王土宇，授王官爵，深恩殊泽，彰着遐迩。王专怀不信，恒自猜疑，常遣使人，密觇消息，纯臣之义，岂若是也？盖当由朕训导不明，王之愆违，一已宽恕，今日以后，必须改革。守藩臣之节，奉朝正之典，自化尔藩，勿忤他国，则长享富贵，实称朕心。彼之一方，虽地狭人少，然普天之下，皆为朕臣。今若黜王，不可虚置，终须更选官属，就彼安抚。王若洒心易行，率由宪章，即是朕之良臣，何劳别遣才彦也？昔帝王作法，仁信为先，有善必赏，有恶必罚，四海之内，具闻朕旨。王若无罪，朕忽加兵，自余藩国，谓朕何也！王必虚心，纳朕此意，慎勿疑惑，更怀异图。往者陈叔宝代在江阴，残害人庶，惊动我烽候，抄掠我边境。朕前后诫敕，经历十年，彼则恃长江之外，聚一隅之众，昏狂骄傲，不从朕言。故命将出师，除彼凶逆，来往不盈旬月，兵骑不过数千，历代逋寇，一朝清荡，遐迩义安，人神胥悦。闻王叹恨，独致悲伤，黜陟幽明，有司是职，罪王不为陈灭，赏王不为陈存，乐祸好乱，何为尔也？王谓辽水之广，何如长江？高丽之人，多少陈国？朕若不存含育，责王前愆，命一将军，何待多力！殷勤晓示，许王自新耳。宜得朕怀，自求多福。"

杨谅几乎是一气宣完谕书，句句点到实处，如同剥开高汤深藏的阴私。待宣诏完毕之后，高汤惊恐万状，像死了半截趴在地上，朝着杨谅的脚尖连连叩头："臣下高汤不敢动乱华夏大统，臣下当愿子子孙孙归附大隋！"

杨谅冷着脸，勾下头，瞅着他脚尖边的高汤头颅说道："你能发誓甘为大隋皇帝臣下，不做动乱华夏大统的事儿，大隋皇帝对你也会既往不咎。"

高汤仍吓得浑身发抖直冒冷汗。尤其是隋文帝谕书后边的言辞，发问得猛烈，明确告诉高汤，辽河无论有多宽阔，比之长江如何？高丽人再多，多得过陈国吗？

如果我没有仁义之心，追究你之前的罪行，差遣一将军来讨伐你，能费多少力气呢？至此今日告知你利害，希望你能明白，改过自新，自求福报。

2

杨谅来传谕书，高汤的确吓得不轻，着魔似的处在了恐惧之中不可自拔，甭说夜里常做噩梦，就连睁着眼时，只要听到异响声，疑似隋军攻打过来。没多日，高汤食水不进，病倒在了床榻上，召世子高元侍疾。

刚开始，高元以为父王会慢慢恢复安康，没料父王就此一病不起。

高元怨恨说："隋国的汉王不来传旨，父王不会病成这个样子。"

高汤也有怨恨，却没脱口而出，只是轻轻地哼了声。

高元的怨恨似乎无处发泄，在高汤的病榻前走来走去。

高汤斜视高元晃来晃去的身影，陡然意识到了他的来日不多，长叹一声道："待我崩逝后，你就放弃西征隋国……"

高元打住脚步，瞅着病榻上的高汤说："西征隋国，是父王多年的壮志，父王为何要我放弃？"

高汤又是一声长叹道："大隋一统是天意。高丽无力征服大隋也是天意，不可违……"

在一个日出东方的早晨，高汤崩逝。高元悲痛欲绝，只好含恨派遣使者前往隋朝的长安报丧。

隋文帝杨坚闻知高丽平原王高汤崩逝，吃了一惊，对身边臣工说："汉王前脚刚从高丽回来，后脚跟来高丽使者，报高汤哀讯，这高汤死得也太急了……"

杨素说："汉王回朝禀报，也没说起高汤的身体欠佳，只是说了高汤听旨时，吓得趴在地上屁滚尿流。"

杨坚的眉头往上一挑说："难道是朕的谕书，吓死了高汤？"

苏威笑道："常言说打人不如吓人。皇上下给高汤的谕书，霸气得很，高汤一定是害怕了，才吓掉了魂魄，死了。"

杨素和苏威打趣，逗得众人浅浅地笑了。随之杨坚下诏，俞允高汤世子高元继承王位，是为婴阳王。

高元可不是像高汤那样一吓就破了胆。他即王位后，既可怜父王高汤的胆小怕事，又更加怨恨着了隋朝皇帝杨坚。年轻气盛的高元，就想挑战独霸天下的杨坚，不给中原人小看。这般思忖,高元的心大了起来。

想起游猎辽东以北地区的靺鞨人善骑射,与隋朝面和心不和,高元决定跟靺鞨人联盟,共同攻打隋朝。他派人入辽东以北,游说靺鞨部落首领,很快得到回应;靺鞨人也想利用高丽人攻打隋朝边地。于是高丽跟靺鞨没费什么周折组成联盟。

开皇十八年(公元598年)春二月,高元联盟靺鞨,组成一万余众联军在辽东举兵,杀向隋朝边地辽西。这一战,高元利用善骑射的靺鞨人,试探隋朝的反应,若辽西地区不堪一击,紧接着让高丽的骑兵尾随而来;若辽西是块啃不掉的硬骨头,靺鞨人一方面帮他做了替罪羊,另一方面在辽东与隋朝为敌的不仅仅是高丽,靺鞨人跟着搭进来了。高丽和靺鞨,兴许会紧紧地抱成一团,对付隋朝。

高元的如意算盘,看上去拨打得呱呱响。靺鞨人囫囵吞下高元的苦药一点都没缓过神。然而高元的如意算盘的确低估了隋朝。早在汉王杨谅赴平壤城传递谕书路过营州时,顺便给镇守辽西的营州总管韦冲下了旨意;韦冲领旨,对高丽早有防备。

高元率师渡过辽河,不动声响地进入隋朝的辽西走廊。这辽西走廊地形狭长且平缓,行军几乎没有阻碍,是兵家必争之地。当高元的部队开进柳城(今辽宁锦州)时,相遇隋军抵抗。营州在柳城的西部。驻守柳城的隋军急速前往营州催兵增援。

营州总管韦冲这才获知高丽婴阳王高元领兵入侵的消息,他心头倏地一紧,急忙问高元带来多少人?催兵的军士回答说:"来了一万多人。"听到这个数,韦冲不再急了,哈哈一笑骂道:"高元活得不耐烦,跑来找死!"韦冲之所以不把高元放在眼里,是因朝廷给了他八万精兵驻防在辽西一带,他觉得他的八万人对付高元一万多人绰绰有余,他才不在乎。他立马披上铠甲,下令八万精兵赶赴前线,迎头抗击高丽来犯。

韦冲率领的主力部队在柳城的黑山与高元的军队相遇。这之前,高元攻下柳城,以为往前推进不在话下,正信心满满朝纵深潜入,没料在黑山遭遇到了韦冲的主力。于是战况出现转机。

领兵作战,高元是新媳妇上轿头一回,哪里是久经沙场的韦冲对手。没经几个回合,高元眼看战场上厮杀的混乱局面,他没辙,不知下一回合如何指挥,他的部队得不到及时指令,任由个人发挥,很快打乱套。

军阵一乱套,自然出现畏战和恐慌。韦冲抓住高元军阵里如浮云翻滚的恐慌气氛,一阵更比一阵紧地发起猛攻。高元显然有些招架不住,进也不是退也不是。韦冲发现高元的部队指挥不力,乱得快要成一锅稀粥,他生出一计,冲麾下大声疾呼道:"活捉婴阳王,朝廷必有重赏!"没辙的高元听到韦冲呼喊活捉他,越发没辙,又害怕被隋军活捉,跟着恐慌起来,只好往后撤退。高元的将士见隋军好似数不清的蝗虫铺天盖地拥来,又见主帅高元带头撤退,跟着高元往后撤退,很快由撤退演变成逃奔。韦冲率军追赶快速逃奔的高元,一点不觉战场上的气氛紧张得令人窒息,倒是觉得高元离开黑山逃回去的狼狈样子实在是可笑。

3

侵袭辽西,高元只是马不停蹄转了一圈,就被韦冲赶回了辽东。他沮丧,万分的沮丧,无颜回平壤城,恨不得悬梁罢了。

韦冲将高元赶出辽西之后,想到高元率军来犯事关重大,赶紧差人赴长安奏报边关战事。

这时候的隋文帝杨坚和独孤皇后已离开长安,驾幸到了岐州的仁寿宫。独孤皇后驾幸仁寿宫就开始犯病,尽管随驾而来的太医精心诊治,独孤皇后躺在大宝殿的床榻上不见康复,杨坚急得愁眉不展。

于是杨坚召来太医,责问皇后久病不愈的缘故。

太医躬身说道:"皇后娘娘久病不愈,兴许有人偷偷地使了妖术,臣不知说得说不得。"

一听这话,杨坚大惊,忙问道:"你说有人使妖术加害皇后,此人是谁?快说!"

太医明知杨坚是为皇后的病症召他,他是提心吊胆来的。随口说出有人使妖术,是想为己推脱责任,便觉说快了嘴,把不该说的事说了出来,暗自后悔。见杨坚横眉瞪眼追问,他不敢不说。他特地看了眼躺在病榻上的独孤皇后,不禁打个寒战说:"此人是延州刺史独孤陀府上的一位婢女,名叫徐阿尼。"

陡然说到独孤陀,杨坚又是大惊,就连躺在病榻上的独孤皇后也是惊诧不已。这独孤陀不是外人,正是独孤皇后娘家的同父异母兄弟。

没等杨坚开口,独孤皇后挪了下身子,诧异问道:"你刚才说独孤陀家的婢女使妖术加害我,果真有此事吗?"

太医回答道:"是延州刺史独孤陀府上一个卫士说给臣听的。"

杨坚急不可耐再追问:"他是怎么说的?"

太医小心地抬头,瞅着独孤皇后道:"娘娘,臣能接着往下说吗?"

独孤皇后急了性子道:"你尽管说,没人敢阻拦。"

太医这才说道："听说叫徐阿尼的婢女在独孤陀府上供奉了猫的鬼魂，那猫的鬼魂能帮人谋财害命……"

一听此话，杨坚不禁打个冷战道："那猫的鬼魂怎会跟皇后的病症扯到一块的？"

太医道："臣听说独孤陀家的婢女徐阿尼善于此道，她使唤猫的鬼魂加害富贵人家的某人犯病致死后，那富贵人家的金银财宝就会不翼而飞，神不知鬼不觉地移到供奉猫鬼的人家去了。"

杨坚这才明白是怎么回事，他不信，却又不由他不信。他沉默住了，没一句话。独孤皇后沉默不住，说独孤陀是我兄弟，我没薄待他，他为何要加害我呢？问得太医无从回答。随之杨坚闷声说道："召高颎和苏威！"没多会儿，高颎和苏威匆匆赶到大宝殿的寝宫来。杨坚当即说道："听说延州刺史独孤陀差一个叫徐阿呢的婢女在家供奉猫的鬼魂，使妖术加害皇后才病成这个样子。朕令你俩速去严查，若查出属实，将他们统统带来法办。"苏威和高颎震惊不已。想到独孤陀毕竟是皇后的同胞兄弟，慑于皇后的威仪，不便当了皇后的面多言，两人没来得及请安，慌忙退下了。

多日之后，高颎和苏威回返了仁寿宫，对杨坚禀报说："臣等奉旨严查过了延州刺史独孤陀的府邸，他家供奉猫鬼确有其事。"

将信将疑的杨坚顿时大惊失色："你俩接着往下说吧。"

高颎道："他们认为皇上家富有四海，杨素家富贵至极，才起贪心，利用猫鬼作恶，让皇后娘娘病魔缠身，然后皇上家的四海之财让猫鬼转移到他们家去。臣听说杨素家的夫人郑氏最近也在犯病，是猫鬼在作恶……"

听到这里，杨坚的脸色变得青紫，大怒道："朕不信猫鬼的妖术，只是独孤陀夫妇图财的手段可恶到了极点，真是前无古人后无来者！"

苏威道："臣等奉旨，已将独孤陀夫妇和那个叫徐阿尼的妖女押回来了。"

杨坚道："带他们进殿。"

独孤陀夫妇和徐阿尼被押进大殿，跪在了殿堂下。

杨坚打量堂下三人，不想再审，气得脸孔铁青问独孤陀："你的亲姐姐正是皇后，你的夫人正是杨素家的亲妹妹，都是血肉相连的同胞至亲，可你，还有你的夫人，为求得钱财不认骨肉同胞，其性，猪狗不如！"

独孤陀夫妇和徐阿尼已知事败，来一番辩解只会触怒杨坚，丧魂落魄似的叩首谢罪。他们的谢罪更加激怒杨坚，大骂独孤陀等人蠹政害民。

谢罪的独孤陀接着杨坚的怒骂，哀声叩头道："臣是一时糊涂，鬼迷心窍，请皇上宽恕。"

杨坚又是一声怒骂道："猪狗不如的东西，有什么理由请求朕赦罪？"

独孤陀夫妇和婢女徐阿尼因蛊政害民而获死罪。这时独孤皇后对弟弟独孤陀动了恻隐之心。待杨坚回到寝宫时，独孤皇后求情道："独孤陀蛊政害民而获死罪，如果仅此而已，臣妾不敢替他说话；正因他为臣妾而获死罪，所以臣妾求皇上免他一死吧。"杨坚说："朕不相信使妖术请猫鬼能拿走人的性命又劫走财物，只是独孤陀丧尽人性和天良，诅咒亲姐姐，阴毒至极！如果百姓效仿，天下岂不昏荡得令人恐慌？"独孤皇后明白杨坚不肯答应她的请求，一时想不出办法救独孤陀一命，她开始绝食，数日不饮。杨坚奈何不了皇后为救独孤陀一命而绝食，不断地劝说皇后用膳。独孤皇后说："独孤陀的确可恶。可他毕竟是臣妾的兄弟，他因臣妾而死，就怕哪天臣妾去了地下，相见亡父无言以对。"皇后表明救兄弟的决心，杨坚这才妥协，免独孤陀一死，将他革职为民，令其妻杨氏出家为尼。

刚刚处理完独孤陀夫妇供奉猫鬼蛊政害民之罪。皇后的病症也开始好转。杨坚的心情可谓拨云见日。没料营州刺史韦冲的边关战报传入朝廷，引发朝野震怒，百官几乎一边倒地上疏，出兵高丽，振大隋国威。这时杨坚的怒气，到了冲冠的地步，召百官于朝殿，商议应对之策。

高颎最先开口，激愤奏道："早些日子，皇上派遣汉王赴高丽传递谕书，以仁慈之心劝告高汤不要侵扰我大隋，没想高汤的儿子高元无视大隋皇帝谕书，竟然行挑衅之举，出兵入辽西。臣奏请皇上灭了高丽，不然高元还会继续挑衅我大隋。"

苏威接着奏道："箕子于周朝在辽东及朝鲜立箕子侯国，后起高丽。汉武帝刘彻收复高丽，与大汉同归一体。只是遇五胡之乱，高丽才趁此时机复国。臣以为大隋之威与大汉之威，共为华夏之神威，立天下行大道，神安人和，岂可容忍蚂蚁撼树？高丽不过是个边鄙小国，皇上下令收归大隋，辽西之地不会再有侵扰。"

杨坚倾听朝臣们的奏言，然后说道："高元的确不仁不义，朕灭他，花不了多少力气。只要朕活着一天，决不答应有谁分裂华夏大统。然高元之举袭辽西，绝非高丽万民之意。朕宣诏告天下，废黜高丽王高元的王位和官爵，是为平民。"

4

高元是在二月间侵袭辽西的。那时辽西和辽东地区天寒地冻，冷得很，不便出兵征战。到了夏六月，辽西和辽东的严寒早已过去，且是骄阳高照，气候适宜。隋文帝杨坚开始备战，下诏东征高丽。考虑到汉王杨谅去过一趟高丽，熟悉地形，杨坚任命汉王杨谅和上柱国王世积为行军元帅、左仆射高颎为元帅府长史；任命幽州刺史周罗睺为水师总管。兵分水陆两路，率师三十万，分道进击高丽。

这周罗睺原是陈朝的开远将军，早年随陈朝大都督吴明彻在江阳与北齐军队作战，被流箭射瞎左眼，人称独眼将军。隋朝晋王杨广率师收复陈朝时，周罗睺都督南陈巴峡缘江诸军事，誓死不降隋军。直到后主陈叔宝被隋军擒获，周罗睺才降归隋朝。隋文帝获知周罗睺且忠且义，不是那等浮泛小人，对他委以重用，他感激得涕泪交加。

周罗睺奉旨赴任水师总管，迅速调集万余艘战船从长江列队出海，集结东莱（今山东莱州）。汉王杨谅令陆军云集临渝关（今山海关）。

待十五万陆路大军在临渝关会师之后，隋军长史高颎对行军元帅杨谅通报道："备兵已完毕，请元帅下令出兵。"指挥十多万大军作战，杨谅还是头一次。虽说有高颎一路参谋，杨谅仍旧担心出现闪失。部队离开临渝关之前，杨谅来到整装待发的将士面前一边检阅，一边鼓舞士气说："众位随我东征高丽，是为国而战，其艰险不可避免，伤之为国而伤，亡之为国而亡；然贪生是人之本性，可人固有一死，为国壮烈而死，其魂大忠，垂之不朽！"待发的众将士如雷贯耳齐声回道："血战高丽，宁愿魂归故里！"杨谅激情高涨，连说几声好。然后大军风起云涌般上路东行。

杨谅的大军直入辽东，再纵深高丽腹地，与出海的水师总管周罗睺约定在平壤城会师。可想隋文帝杨坚讨伐高丽动了大的干戈，绝非敲头拧臀的教训。杨谅的大军刚刚走到辽河岸边，仿佛辽河里藏有恶物，天色陡然大变，一层又一层的乌云叠加头顶，紧接着狂风大作，倾盆大雨瀑布般垂落天际，河水开始暴涨。

陡然遇上恶劣天气，杨谅心急，就怕延误与周罗睺在平壤城会师的时机，正要下令大军抢渡辽河。高颎站在雨里张望洪水奔腾的辽河，痛恨老天不作美。他劝阻说："此时雨猛，河上风疾浪高，险不可测。若让大军同时渡河，船在浪里相互碰撞，其险不言而喻；若让小股将士冒险渡河，我军不知对岸有何埋伏，即使抢先渡过了河，就怕遭遇敌军伏击，后援一时跟不上，岂不是派出弟兄送死吗？"一听此话，杨谅缓过神来，有所退缩道："那就等雨停了再渡河吧。"这场大雨自从降落下来，好像有意要跟杨谅和高颎作对，一直下个不停，就连方圆一带的大地都被下成泽国。此时甭说渡河，隋军搭起的帐篷大多淹在了水里。等雨过天晴到来，杨谅和高颎等得十分焦虑。

隋军的帐篷不得不往高坡地带迁移。老鼠们也怕水患，淹得无处栖息，跟着帐篷涌向高坡地带，啃食军需粮草。正是粮草的诱惑，饥饿的老鼠在营地多得成灾，大大小小的鼠，一群紧接一群在帐篷里钻来窜去。人和鼠混杂而居，营地里开始出现鼠疫，接二连三有人病倒，他们恶寒附体，体温上升，眼花头痛，呕吐，呼吸困难，陷入四肢无力的虚弱状态。杨谅最初以为犯病的将士睡在潮湿的帐篷里染上风寒，没多介意。只是部队前不能进，后不能退，又不知何日天气放晴，令杨谅心急。紧接着粮草补给因风雨受阻，出现短缺，折腾杨谅措手不及。

杨谅对高颎说："大军在此驻扎了多日，不见后方粮草运来，一旦断炊，十多万人困死一团，可不是一桩小事。"

高颎也为后方补给着急，宽慰杨谅说："眼下遇风雨受困，相信度此难关，不会太久。"

杨谅瞅着漫天飘飞的雨丝，怅然叹道："真不知老天为何这般负我？"

高颎望着天，给杨谅打气道："雨都下了这么多天，该要晴起来了。"

杨谅想起军营里突然出现的病症，又是一声叹道："军中缺医少药，就怕病症蔓延。"

高颎道："十多万人扎堆在风雨交加的野地上，有人染上病症，是常事。"

两人正为粮草和病症犯愁时，跑来一位士兵，禀报营地里有人病死。听到这个消息，杨谅和高颎一怔，连忙问死了几人？那士兵回答说："不到一个时辰，死了六人。"听到这个数，杨谅并没显露出惊惧，瞅了眼高颎说："去看看吧。"两人随那报信的士兵来到帐篷，果然见到病死的六人。于是杨谅对左右麾下说："他们是为国而死的，再也回不了故乡，别怠慢了，找个高坡安葬吧。"

等到第二天，军营里的病症迅速蔓延开来，死亡接连出现，引起恐慌。杨谅和高颎这才知道军营里染上可怕的鼠疫，水里按葫芦似的束手无策。这鼠疫一旦蔓延，的确没有止息的时候，病倒和死亡成片地呈现眼前，越发令人生恐不安。尤其是病亡的将士，就连挖掘坑道安葬都来不及，只能暂且堆放，等雨停后，架上木材焚烧，再也想不出别的办法。

眼看鼠疫肆虐横行，高颎一阵阵地惊慌，劝谏杨谅道："渡辽河已成后话。此地不可再呆了，还是走为上策，撤军吧。"

杨谅眺望雾气蒙蒙的辽河，生出伤感道："辽河宽不过长江，险不过三峡。我奉朝旨率大军不远千里奔赴到此,为何不让我渡过区区辽水,斩一敌首呢?"

高颎道:"这是天意。"

杨谅道:"天意负我无颜回中原。"

高颎再三劝谏道:"我军正流行着瘟病,将士们即使渡过辽河,恐怕失去战斗力,到时打得一败涂地,汉王更是无颜回中原了。"

杨谅无奈,苦着脸道:"没办法,那就撤军离开此地吧。"

高颎道:"离开此地,兴许瘟病就会结束。等天气晴好之后,再来渡辽水,也不嫌迟。"

杨谅突然想起周罗睺来,忙说道:"率师出海的周罗睺,不知他登陆了没有?"

高颎道:"我们出师不顺,周罗睺不可能不顺,算起日子来,他应该登陆了……"

杨谅道:"此次东征高丽,惟有指望周罗睺了,但愿他一气攻下平壤城,活捉高元回朝献俘。"

其实周罗睺率领万余艘战船从东莱扬帆出海,也没逃过一难,当他的舰队在海上行驶数天之后,遭遇到了飓风。在茫茫大海上遇到飓风,要比杨谅的大军在辽河岸边遇上狂风暴雨更为可怕。那飓风掀起数丈高的巨浪,咆哮如雷,吓人得很。一艘艘战船在海上显得格外渺小,形似一片片漂浮的树叶在浪尖与浪谷里时隐时现;舰船上的水师毫无回天之术,万般恐惧任由海浪折腾。

前不见岸,后不见陆,就连一座求生的孤岛也不见踪影,只有听天由命了。万余艘战舰似浮渣样,一艘接一艘地被风浪卷翻吞没,数以万计的水师如蚂蚁样跌落海里,连根救命的稻草也找不到,统统被淹死。水师总管周罗睺和行军元帅王世积正好在一艘庞大的五牙舰上,大浪总想卷翻五牙舰,摇摇晃晃不知险了多少回。周罗睺和王世积实在想不出任何定海法术,眼睁睁地看着自己的舰船倾翻沉没,更是无力救起落水的将士。

待飓风停止,海浪平缓后,幸存的战舰所剩无几。

周罗睺总算在五牙舰上逃过一劫,对同是逃过一劫的王世积万分沮丧说:"战舰屈指可数了,还能继续赴平壤城吗?"

王世积苦着脸,摇头道:"去不了了,回返东莱吧。"

周罗睺似乎不舍返航,遥望高丽的海岸,失声道:"希望上天护佑汉王一路顺畅,攻克下平壤城,了却皇上心愿。我等东征,只能是无功而返了。"

说罢，周罗睺和王世积相拥痛哭。

九月，杨谅的陆军和周罗睺的水师同时回到京师。众将领欲哭无泪走进朝殿觐见。杨坚赶紧离开御座，朝众将领走了过来。

众将领一起跪下，齐声奏请皇上治罪。

杨坚心里一酸，强忍着泪水说道："遇天灾，不可抗拒，诸卿能活着回京师，朕悬着的心，总算踏实下来，有何罪可问的？"

杨谅忍不住地掉泪道："儿臣领兵三十万众，还没踏入高丽，损兵折将一大半地回来，真是无颜见父皇……"

杨坚连忙扶起杨谅拥在怀里，安抚道："朕不会责怪五儿损兵折将，只是天不亡高丽！"

随即杨坚打起精神，冲左右众臣叹道："遭遇海难的众将士，还有犯瘟病死去的众将士，为国而捐躯，再也不能回归故乡，朕不能让他们的忠魂留在异乡，过几天，择个日子，朕要亲率百官赴南郊祭祀，召忠魂回归……"说罢，杨坚两眼含泪，转身离去。

没过多日，高丽派出使者抵达到了隋朝长安的大兴城，令杨坚吃惊。随后杨坚升大兴正殿，就想知道高丽使者的来意，将使者召进殿来。自从高元收到隋朝皇帝下的废黜他王位和官爵的诏书之后，又见隋朝皇帝派遣三十万水陆大军征伐高丽，高元明白杨坚对他动真格了，惊恐不安，才派使者来隋朝上表谢罪。高元在上表里自称"辽东粪土臣元"，意思是说他高元不过是一堆粪土罢了，请隋朝皇帝不必介意。除了谢罪，高元还在上表里发誓，愿继续臣服大隋，不敢再冒犯大隋疆域，字字句句来得诚恳。杨坚这才松了口恶气，对高丽使者郑重说道："朕览高元上表，对高丽拭目以待。若高丽言不由衷，出尔反尔，别怪朕率师百万亲征，踏平高丽！"使者们一听"踏平"二字，吓得连连叩拜道："臣等回返后，一定传旨。"杨坚再次郑重道："别忘了转告一声粪土臣子高元，既然他上表谢过罪了，朕对他既往不咎，请他好自为之！"

第二十三章　雕虫大技

1

秦王杨俊落职后一直住在京师的王府里，不再享有任何特权。刚开始杨俊还抱有幻想，以为父皇在盛怒之下惩治他，不过是教训他，或者做个样子给人看，等父皇的怒气渐渐消散之后，会恢复他的官职，没料父皇给他恢复官职已是遥遥无期。在看不到希望的期盼中，杨俊黯然神伤。自从中毒被革职后，杨俊的健康每况愈下，后发病症越来越重了，连起床到户外走走都显得格外吃力。

高颎和苏威听说杨俊的日子过得很苦很孤独，背着隋文帝来秦王府看望杨俊，两人迈进秦王府时，宽大的宅院里见不到卫士，显得格外冷清。高颎和苏威接着往里走，见到杨俊瘦成另一副陌生的模样，差点认不出来，不禁大吃一惊。杨俊当然能认出高颎和苏威，也是大吃一惊。自打杨俊落泊，他的府邸门可罗雀，高颎和苏威的到来，他才感到吃惊。

高颎来不及请安，问杨俊："王府里怎么不见一个卫士？"

杨俊清冷地一笑说："我都潦倒成废物了，不值一文钱了，使上卫士是糟蹋。"

苏威同情说："虽说你不再任职，但你王的爵位还在，享有卫士理所当然。"

杨俊自嘲道："一个万般潦倒的王爷使唤一群威风凛凛的卫士让人见笑了。"

听这话，高颎和苏威一阵心酸，想替杨俊改变现状又无能为力。两人换个话题询问着了杨俊的病症。杨俊除了叹息还是叹息，他最后说道："我在世间活一天算两个半天，不再有了任何奢求。"

苏威觉得杨俊该受的惩罚都受尽了，再接着往下承受，兴许杨俊的来日不多了。他劝杨俊上表陈谢，打动皇上开恩。

杨俊想到他度日如年的处境，何曾不想父皇开恩呢。他说："皇上对我心冷了这么久，未见一丝热乎，就怕求不来。"

高颎说："皇上毕竟是秦王的父亲，心冷得一定难受，也许皇上在等秦王去求见。"

杨俊以为高颎和苏威是父皇派来的，动了心，差了个使者进宫求见，使者将杨俊亲笔上表呈献御案。杨坚览毕杨俊的陈谢之辞，回言道："朕创立大隋，完成华夏统一大业，颁布法典制度，至官至民乃至诸皇子都要一视同仁遵守，没有特殊例外；秦王作为朕的儿子偏偏要败坏它，如果朕看重骨肉至亲，姑息迁就秦王，怎可服天下？"

使者回到秦王府，见到杨俊，哭泣着诉说皇上不认秦王的陈谢，这可咋办？杨俊的心口猛地一沉，快快说道："不认那就算了。"此后杨俊失语不再言声，躺在床上默默地流泪。他的病症雪上加霜。苏威得知杨俊病得再也起不了床，冒着受责斥的风险来到杨坚面前劝谏。

苏威说："十指连心地痛，陛下育有五子，如同一只手上的五颗指头，无论伤到哪颗，都会钻心地痛。"

杨坚明白苏威话里意思，脸色一变说："秦王俊落到如此地步，全是他自讨得来的，你有什么怪罪朕的？"

苏威立马伏地拜道："臣不敢怪罪陛下。臣只是觉得秦王俊违犯国家法典制度，他该受到的惩罚全都受尽了。"

杨坚瞪眼道："国法不可因人而论贵贱，即便是王子犯法，也该要问罪，你有何大惊小怪的？"

苏威伏地再次叩拜道："恕臣直言，秦王俊目前的处境非常糟糕，自从他派使者进宫上表陈谢，被陛下拒绝，已是病入膏肓，连下床走动几步的气力都没了，完全变成一个弱者，同情弱者是人之常情，何况这个弱者不是别人，正是陛下的亲生骨肉……"

杨坚突然怔住，心里一阵发软说："朕要是同情此儿，何以服天下？"

苏威流下泪水说："陛下身为天下人之君父，都不爱怜生命垂危的亲生骨肉，要去爱怜天下百姓，何以服天下？"

杨坚看着了伏地不起的苏威，五味杂陈动了恻隐之心，沉闷地说道："传旨秦王府，再次授予秦王俊上柱国。"

苏威连忙爬起，抖了抖官袍道："臣代替秦王俊恩谢陛下。"

杨坚正想问声苏威为何这般替秦王俊说情，话到嘴边咽了下去。苏威似乎一不做二不休，亲自跑腿上秦王府传旨，这是其他大臣都做不到的。杨坚瞅着苏威离去的背影，敬佩苏威舍己为人的气节盖过满朝文武。

苏威替杨俊争来的上柱国未免有些晚。这时的杨俊即便得到上柱国总也高兴不起来，他深感自己病重得毫无康复的希望，日子对他的生命来说已是黄昏的落日，这上柱国的头衔在他眼里如同后事之事。

没过多久，杨俊因久病不愈，早逝在了他的府邸。噩耗传入宫里，暗自同情杨俊的大臣以为杨俊得到彻底解脱。然而杨坚早就知道他的三皇子离这天不远，心头陡然袭上一阵悲痛，仅仅痛哭了数声戛然而止。如何处理秦王府的后事，让许多官员犯了难，因秦王妃崔氏投毒获罪被废并给赐死，大臣们认为母以子贵或者子以母贵早已成为皇室的铁律。杨俊共有两个儿子，便是嫡子杨浩和庶子杨湛，丧葬本由嫡子杨浩和庶子杨湛共同料理，遗憾的是这两个儿子的母亲都牵涉进了投毒案受到惩处，他们再也显贵不起来，无权主丧，也无权袭爵。鉴于此，丧礼全由朝廷官员主持。

料理后事的官员在秦王府里清理出一批金银珠宝和价值不菲的其他遗物，如数呈报朝廷。有的大臣建议这些遗物留在秦王府给秦王的两个儿子将来受用。杨坚不准，说这些看似珍贵的遗物都不是什么好东西，害起人来要伤命的，别留着再害人了，统统毁尽罢了。官员们堆起秦王杨俊曾经喜爱的遗物，放把火全烧了个干净。

葬下杨俊后，朝廷官员请求给杨俊立碑，杨坚不准。官员们继续请求，说秦王杨俊虽有过失，但不能因过，埋没他平定江南之功。杨坚且能理解官员们的请求，依旧不准。他回言道："要是追求名节，一卷史书足以传后世，何必树碑呢？如果子孙有所偏差，不能孝廉立道，保持家业，给后人小看，那立起的碑，终归有天会倒下，给人做镇石罢了。"

2

达头可汗率军入侵隋朝。杨坚下诏晋王杨广、尚书右仆射杨素率师出灵武道；又诏令汉王杨谅、太平公史万岁率师出马邑道。

突厥人每次入侵隋朝边境，不为领土，只为劫掠财物。车骑将军长孙晟受晋王杨广节度，领军出灵武道。反击突厥来犯，长孙晟总能在关键时刻使出一招出奇制胜。杨广请教长孙晟，此次阻击战怎么打，才能赢？长孙晟对杨广说："边境地带多沙漠少河流，突厥人习惯扎帐在有泉水的地方，晋王想速战速决，可在泉水的上游投毒……"没等长孙晟说完，杨广大赞妙计。随之杨广派人出去侦察，果然发现突厥人的帐篷附近有潺潺泉水流淌，他们的马匹全在泉水边歇息着。杨广采纳长孙晟的计谋，派人在突厥人扎帐的泉水上游投毒。成群结队的马儿饮下泉水倒地死亡，这是从没有过的怪事，突厥人以为天降恶水，要灭掉他们，吓得拔帐往回逃去。

史万岁与柱国张定和、大将军李药和杨义臣等人离开边境来到大斤山，与突厥主力达头可汗的军队正面相遇。开战之前，达头可汗就想弄清隋军底细，派出一位骑将出阵问隋军："你们军队的统帅是谁？"隋军候骑回答说："史万岁。"突厥骑将一怔，又问道："是当年威震敦煌的那位配军吗？"候骑答道："正是。"这一问一答，达头可汗听了个一清二楚，他顿时惊恐得毛骨悚然，不敢出阵迎战，急忙引军撤退。史万岁哪里肯放过达头可汗不战而逃，率军追击一百多里，大破突厥主力，斩杀突厥逃军数千人。

打这场反击战，隋军打得既迅捷又干脆利落，部队很快班师回朝。无功可报的杨素闷闷不乐，显然不愿看到史万岁拔得头功，生出嫉恨。没等朝廷封赏有功之臣，杨素迫不及待对杨坚禀报："此次朝廷兴师动众攻打突厥，窃以为有点小题大做。"杨坚不解问道："到底是怎么回事？"杨素道："所谓的突厥来犯并没有敌意，他们不过是赶着牲口到边境放牧，稍稍靠近了边境，才引发小小的边民冲突。"杨坚已经听说到了史万岁令达头可汗闻风丧胆而逃的事，他又问杨素："难道史万岁率军追击达头可汗一百多里，斩敌数千首级不实？"杨素道："臣刚才说过了，突厥人并不是侵犯，而是来塞上放牧，他们本已投降而归，史万岁为抢得头功，才追赶他们一百多里，杀掉那么多的人。"杨坚听信杨素的馋言，取消了对出征将士的封赏。

皇帝突然取消封赏，史万岁和他的出征将士觉得不公，心里有怨，只能忍气吞声。晋王杨广也知道了杨素进馋言，才使朝廷未能封赏出征将士。恰在此时，杨广被任命扬州总管，即将赴任，不便为了封赏之事，闹得众人不和，引发事端。

其实杨广的心事一直没放在封赏上，他最热衷的是不可告人的储君之位。自从东宫太子妃元氏死后，皇后厌恶太子与日俱增，这使杨广窥视到了储君之位有机可乘，他在背地里从没放弃这样的动机。

杨广深知母后左右父皇不会有逾越不过的障碍。赴扬州之前，杨广不忘巴结母后，进宫向母后辞行。

见到皇后，杨广跪地泣诉道："儿臣要别离母后赴扬州，心里有个结，不知如何解开……"

一看杨广的委屈样子，皇后生出怜爱道："你心里有何结，快说吧。"

杨广勾头呜咽道："儿臣生性愚笨，不如太子聪慧，但儿臣和太子毕竟同是母后所生骨肉，兄弟俩本是手足，东宫的太子在许多时候不认手足之情。可是儿臣从没得罪过太子，然太子不知为何缘故怨恨儿臣，听说太子一直想除掉儿臣，儿臣害怕，常常在夜里被恶梦惊醒。正是这忧惧成为儿臣心里解不开的结。"

皇后一把拉起杨广，叹道："太子真的是越来越不像话了。只要有为娘的在，你尽管安心去扬州，他不敢对你轻举妄动的。"

杨广装出更加害怕的样子又跪下泣诉。皇后越发的怜爱杨广，抑制不住垂泪而下。

辞别时，杨广依依不舍道："儿臣去了扬州，离得远了，想进宫来替父皇和母后敬孝，都不能如愿，真是令儿臣牵挂。"

皇后被杨广的一声牵挂感动。这样的感动正是杨广对皇后的投资，以便日后得到回报。

杨广赴扬州后，获取储君位的欲望越发强烈。他想真正能帮他实现梦想的人只有母后，可他担心母后知道他的心事，怀疑他的动机不纯，又担心母后帮他劝说父皇，引起父皇的反感，到头来弄得偷鸡不成反蚀一把米。这样想时，杨广想到至交好友宇文述。宇文述在安州（今湖北安陆）任总管，离他千里之外，两人见个面比登天还难，于是杨广奏请父皇调宇文述赴寿州（今安徽寿县）任刺史，跟杨广相距近了。

等宇文述调到寿州任刺史，杨广迫不及待邀请宇文述来到扬州。两人一见面，杨广直言不讳说出太子杨勇的皇储之位出现危机，他想得到皇储位，不知如何谋取。宇文述一听这话，绝非小事，怔了下说："皇太子失去皇上宠爱已是很久的事了，如何废皇太子，这可不是你我能轻易做到的。"

杨广说："废黜皇太子是迟早的事，一定不会太远。我请你来共谋未来的大业，视你为未来天子的左右，你不必有任何顾忌，心里有计，尽管倾吐出来。"

宇文述郑重道："废立皇太子是国家的大事，不是你我暗自谋划就可成事。既然殿下认定废黜皇太子不会太遥远，窃以为能让皇上尽快改变主意的惟有杨素一人。"

杨广正愁没有身居高位的重臣替他效力，他点头说："难道高颎和苏威不能改变皇上的主意吗？"

宇文述冲杨广轻轻一笑说："殿下提到的这两人的确可以左右皇上改变主意，

可就是这两人太正直，说不通，反而坏了大事，惟有杨素可以说得通。"

3

　　杨素受宠于皇帝膝下是不争的事实。既然宇文述看好杨素，杨广别无选择，就想在杨素身上赌一把，他让宇文述带走大量金银珠宝去京师疏通。来到京师的宇文述并没直接去见杨素，他盯上杨素的弟弟杨约。现在杨约在朝廷任大理寺少卿。一直以来宇文述跟杨约的私交从没间断过，两人只要有机会见面，都要拉扯一块儿喝个痛快，说个痛快，骂个痛快。

　　虽说杨约在朝廷的地位没有杨素高，但杨约的智谋不比杨素低，通常时候杨素遇到棘手的事，会找杨约出个主意。宇文述看准的是杨约在杨素面前说话有分量，拿了杨约敲开杨素的大门。

　　宇文述找到杨约没有别的事，就是请杨约喝酒。

　　宇文述贴心贴肺地对杨约说："今天不喝个痛快不许回家。"

　　杨约显然推辞不掉，抖出一股豪气说："喝倒了大不了请人抬回家。"

　　两人开着喝酒的玩笑，关系一下子拉成兄弟。

　　喝酒不过是宇文述设的一个局，这个局才刚刚开始，杨约一不小心掉了进来。两人找了处避嫌的酒馆，坐进了一间避嫌的阁楼，讲起话来方便。

　　杨广交给宇文述疏通人际的金银珠宝藏在一只鼓鼓囊囊的包袱里，宇文述并没将包袱直接送进杨约家里，那样做兴许让杨约以无功不受禄的理由拒绝，事情就会受阻。于是宇文述干脆背着包袱进了酒馆，这只包袱一直没能引起杨约的注意，以为是宇文述随身携带的行囊。宇文述知晓杨约不仅喜欢饮酒，而且喜欢聚众赌博。酒过数巡，杨约饮了个半醉，宇文述挑逗杨约一边碰杯，一边在酒桌上赌了起来。被宇文述邀请来吃酒的时候，杨约并没准备赌博，他手头上的银子不显充足，赌的兴趣不大。宇文述跟杨约轮换地掷色子小赌着玩儿，让杨约一点一点地赢，没多会儿就把杨约的赌瘾赢上来。

　　宇文述输光衣包里的散银，搓了搓手，将搁在一旁的包袱提到了酒桌上，故意说："不信我赢不了你。"

　　杨约吃惊问道："包袱里装的啥？"

　　宇文述回答说："本钱。"

　　一看这么多的本钱，杨约想到他的手气非常好，眼睛发亮，心里发热说："愿赌服输，你输光了，到最后别瞅着我哭啊。"

宇文述装好汉道："你有本事赢得了，全是你的。"

杨约得意地笑道："好的，接着往下赌吧。"

刚开始宇文述从包袱里掏出银子赌，输光了掏出金子来，然后掏出珠宝下注。赌到最后，宇文述输了个精光。杨约这才缓过神，问宇文述从何处得来金银珠宝？宇文述笑了下没作声。杨约感觉宇文述输得太惨，愧对宇文述，就想拿出赢来的部分金银珠宝还给宇文述。

宇文述说："这金银珠宝不是我的，是晋王杨广的赏赐，让我陪你一起玩乐的。"

杨约大吃一惊，非常奇怪地问道："这是为什么？"

宇文述推心置腹向杨约转达了杨广的意思。杨约又是大吃一惊，试图回绝，想到他今日赌博的手气好得非同一般，似乎没了底气回绝，愣住了。

宇文述对杨约劝道："其实你不必有什么顾忌。恪守做人的正道，固然是常理。要知违反了世间常规，又能符合做人的道义，也是聪明人的一种选择。自古以来的贤人君子，大多是关注世态的变化，采取随机应变的措施避免灾祸。你们兄弟功名盖世，执掌朝中大权已有多年，被你们兄弟屈辱过的朝臣还少吗？肯定不少，这些人一定有怨恨，只要遇到时机，不会善罢甘休。再说皇太子失宠也有怨恨，难免会怨恨到皇上的近臣，假如哪天年迈的皇上离群臣而去，那些个怨恨一旦爆发，你们兄弟靠谁来庇护？皇后喜欢晋王而不喜欢皇太子，正是影响皇上改变东宫的由头，既然皇太子已经失宠，被废黜的可能性很大；在这节骨眼上，请皇上废太子立晋王杨广为太子，只要你的兄长杨素使出一张嘴巴，就可大功告成。待到晋王即位，定会以恩相报，何乐而不为呢？"宇文述的一番劝言，令杨约折服，他说："相信家兄会有办法的，万一不成，那是上天注定。"宇文述满意地点头道："相信上天会促成晋王的。"

跟宇文述分手后，杨约来到杨素府邸，将他在酒馆会晤宇文述告知给了杨素。

杨素沉默片刻说："此事绝非儿戏，万万不可走漏。"

一听此话，杨约明白杨素答应了他，忙说："皇上在皇后面前一向是言听计从。兄长来不得迟疑，以免发生变故让太子执掌朝政，恐怕不是什么幸事。"

杨素点头道："你放心。"

数天之后，杨素应邀来到皇宫侍奉宴会。他趁机接近独孤皇后，恭维说："晋王杨广孝悌恭俭，高尚的品德跟皇上一样，可喜可贺。"就想试探独孤皇后对晋王杨广的反应。

没料独孤皇后被杨素的恭维触动脆弱的情感,她的反应来得特别快,眼里立马含着了泪水:"我儿杨广的确是十分孝悌友爱,一旦听到皇上和我派来下人见他,定会亲自远迎。说到他远离双亲赴扬州任职,不能敬孝,常常是惭愧得落泪。还有他的王妃萧氏也是贤良得很,我派侍女到她那里,她不嫌弃,常与侍女同寝同食,哪里像东宫的云昭训,整天花枝招展得像只花瓶供奉在东宫,只顾沉浸于酒宴和歌台舞榭。"杨素抓住独孤皇后抱怨东宫的火候,进言道:"听说太子只顾在东宫歌台舞榭玩乐,云妃又没被正式册封为太子妃,这可得了,难道皇上视而不见,且是听之任之?"独孤皇后一声长叹道:"皇上对东宫是恨铁不成钢,就想废黜,却又优柔寡断。"这时来赴宴会的朝臣渐渐多了起来,杨素不便跟独孤皇后继续交谈。

有心的杨素在宫廷宴会散去后的第二天,利用无心的独孤皇后所说的话语试探杨坚。他瞅了个机会,对杨坚说:"昨天臣有幸参加宫里宴会,皇后对臣提起晋王的孝悌恭俭,感动得落泪,提到太子的不孝顺,愁眉苦脸。"

杨坚立马转过脸说:"怪只怪朕的次子不是长子。"

杨坚一语道破天机。杨素不再有顾忌,关切说:"听皇后说皇上一直想废太子,就是下不了决心。"

杨坚转身对杨素叹道:"太子正是朕的一块心病,这块心病不知如何医治。"

杨素嘴边搁着废太子立晋王的话,害怕引起杨坚猜忌,最终没敢说出口。

回到大内用膳时,杨坚想起他跟杨素的谈话,心里泛起愁绪。倏地记起一个人,对独孤皇后说:"相士赵昭死去多年,不知相士来和死去没有?"

独孤皇后看着了杨坚:"皇上怎么想起来和了?"

杨坚怀旧说:"记得北周武帝朝的一天下午,朕在路上遇到相士来和,他叫住朕,看了朕半天,说朕将来得大富贵。朕高兴得很,问那大富贵究竟有多大?他说天有多大,那大富贵就有多大。现在想来朕富有四海,真的让来和看准了。"

独孤皇后好奇问道:"皇上召来和给谁看相?"

杨坚说:"给皇子们看相,看谁将来君临天下,免得朕老是替东宫忐忑不安,七上八下。"

没多日,杨坚听说来和还活着,通告驿站急召晋王杨广、蜀王杨秀和汉王杨谅回京师。待诸皇子相聚京师,杨坚密令来和进宫。派去召来和的不是别人,正是杨素。杨素没带任何随从,亲自驾车直奔来和家。

来和被杨素接出家门时，问皇上为何召见他？杨素没作声。走到半路上，杨素突然停车，对来和说："皇上召你进宫给诸皇子看相，你呢，不要想到什么说什么。"来和打个寒战说："皇上为何召我给诸皇子看相？"杨素不再隐瞒，提醒说："皇上和皇后想废太子，考虑到未来的江山社稷，才召你进宫给诸皇子看相，你进宫了，要顺皇上和皇后的心意。"来和这才明白，问杨素："皇上和皇后废了太子想立谁？"杨素说："晋王杨广。"

马车加快速度驶向大兴宫，在中华殿前停下来。杨素领着来和进了中华殿，躬身禀报道："臣奉旨召来相士来和。"

来和正要跪拜问安。杨坚说："免礼。"

来和站了起来。

杨坚冲来和笑问道："来先生高寿几何？"

来和答道："八十四了。"

杨坚又笑道："望来先生过百岁。"

来和道："谢皇上赐寿。"

简短的寒暄之后，蒙在鼓里的诸皇子陆续来到中华殿。杨坚对诸皇子问过一些事务，让他们离开了中华殿。

然后杨坚转过脸问来和："来先生刚才观其诸皇子之相，按相理如何言说？"

来和答道："看晋王眉宇间双骨隆起，贵不可言。"

杨坚道："其他皇子呢？"

来和道："贵不过晋王。"

杨坚道："诸皇子谁最适宜嗣位呢？"

来和道："让皇上和皇后最喜欢的皇子嗣位最适宜。"

听这话，杨坚欢愉笑道："来先生不肯明说，朕也不为难了。"

来和完全顺应杨素的提醒说的，杨坚没有不满意，吩咐赏赐来和。等来和离开后，杨素利用来和给诸皇子看相的结论，肆无忌惮地对杨坚进言道："来和说晋王贵不可言，如果陛下相信来和，一定是天意，请陛下宜早不宜迟。"

杨坚沉默了会儿道："如果是天意，朕毫无办法，只能顺从罢了。"

4

杨素悄悄去见独孤皇后，禀报说皇上密令来和进宫给诸王看过相了。独孤皇后问杨素，来和是怎么说的？杨素卖了个关子，说来和没有明说，但他的话里已经表明了。

独孤皇后问："来和的原话是怎么讲的？"

杨素说："来和看过晋王的相，说晋王贵不可言。"

独孤皇后说："嗣位的事，皇上表过态没有？"

杨素说："皇上没有明确表态，看得出皇上已经动摇了，想废黜太子。"

独孤皇后说："皇上知道我偏爱晋王，此时我去劝谏皇上废太子立晋王，多有不妥。你身为皇上近臣，多多周旋，事成后我会重谢你的。"

杨素担心他的力量单薄，废立皇储一旦翻船，他将葬身水底。他来会晤独孤皇后，得到支持，底气足了起来。

其实太子杨勇已经察觉到了他跟母后结怨太深，引起父皇对他的不满，父皇就想废黜他另立晋王杨广为太子，他除了惶恐不安再也没有别的办法。

杨勇派心腹姬威到新丰召巫师王辅贤入东宫，授意王辅贤使巫术诅咒杨广。王辅贤用木头和黄泥制作神兽和杨广的人像，葬埋在东宫后院里，念诵咒语，咒杨广遇横祸遭命绝。然后王辅贤对杨勇说："观东宫，阴气过盛，必生邪，殿下才走背运。"杨勇提心吊胆问道："如何才能除尽东宫邪气呢？"王辅贤说："我做法事，殿下最好不要住在东宫。"杨勇说："我不住在东宫，又能迁往何处呢？"王辅贤来到东宫后花苑，见大片的空地生长着奇花异草，进言道："殿下可在这片空地上盖房入住避邪。"杨勇悉心听从，正要下令在后花苑里大兴土木盖房。太子左庶子唐令则急忙谏阻道："殿下是哪壶不开提哪壶。"杨勇立马回过头来问道："此话什么意思？"唐令则说："皇上正要拿了殿下奉行奢靡不肯放过，殿下挥金盖房，岂不是给自己火上浇油，让那些构陷殿下的人又多了个借口吗？"杨勇这才醒悟，想到巫师王辅贤进言迁居避邪的事，急不可耐说："不兴土木，那房屋怎能盖得起来？"唐令则说："臣并没反对殿下在后花苑里盖房。如果殿下盖房避邪，尚可搭盖茅屋，既俭朴又不耗费多少财力。"杨勇不明其意，老不高兴说："我还没被废黜，还没变成低贱的庶人，仍是大隋高贵的太子，你凭什么要我搭盖茅屋入住？"唐令则说："如果殿下搭盖一些茅屋，率僚属入住，必然惊动朝廷百官，引来一片同情，也给殿下获得闭门思过的口碑，不正是堵住了那些构陷殿下之人的嘴吗？"杨勇豁然开窍，不再怪罪唐令则："那就盖茅屋吧。"

东宫宿卫们从野地割回茅草在后花苑里搭盖起数十幢低矮简陋的房子，杨勇身着布衣住了进来；此举令人百思不得其解，就连杨坚闻知后也倍感奇怪，差遣杨素到东宫看个究竟。杨素来到东宫，打住脚步，吩咐一个随从进门通告杨勇。那随从在东宫后花苑的一幢茅屋里见到杨勇，禀报说："尚书右仆射杨素来东宫了，要见太子殿下。"杨勇一听杨素的名字，怒从心起，不想见。那随从没得到杨勇的一声回话，站着不动说："尚书右仆射杨素在大门口等着，请太子殿下迎接进门。"杨勇压着怒，冷声冷气说："他既然来到大门口，为何不进门来？只有几步的路，难道要我差人抬他进来？"

杨素跟皇后联手构陷东宫，杨勇早有耳闻，恨不得操起一把尖刀冲出大门捅死杨素，解心头大恨，甭说要他打起笑脸迎接杨素进门。他和衣躺在茅屋的床铺上，不再理睬杨素的随从。

杨素的随从只好退出东宫，回报道："太子躺在茅屋里，不肯出来迎接杨大人。"

杨素明知他的到来不受欢迎，就想激怒杨勇，对随从狡黠一笑说："你再去一趟，说我在大门口等候许久了。"

那随从回到杨勇面前，颔首道："杨仆射奉旨而来，在门口等候许久了。"

杨勇果然被激怒，从床铺上爬起来，跟着杨素的随从来到大门口。见杨素立在台阶下不肯进门，杨勇毫不客气说："杨仆射离门槛只有数步之遥，为何不肯迈进来？是我哪炷香装歪了，得罪了杨仆射？"杨素依是笑着，回言道："误会了，真是误会了。"杨勇嘲讽道："要不要我下台阶背着杨仆射进大门？"杨素说："免了免了。"对于杨素的刁难，杨勇不给面子说："东宫的门槛从没高过，杨仆射想进就进，不想进，这就可以转身回去。"杨素这才迈进东宫的大门。

杨勇既不请杨素入座，也不吩咐下人上茶，直言问道："杨仆射来东宫有何贵干？"

杨素说："皇上听说太子在东宫后花苑里搭盖了许多茅屋，差臣来看看的。"

杨勇说："那茅屋没啥好看的，杨仆射想看，去看吧。"

杨素说："听说太子不住东宫，经常住在那茅草屋里，住得习惯吗？"

杨勇听出杨素的话里含有讥讽，板着脸对杨素说："朝廷不怀好意的人经常在皇上和皇后面前状告我奢靡，现在我奉行俭朴，难道有错，冒犯了谁吗？"

话不投机，杨素呆不住，告辞离去。杨勇怒视杨素的背影，也不说声送客。

杨素回到了武德殿。

杨坚迎上来问道："你去了趟东宫，见到茅屋没有？"

杨素勾下头说:"臣没见到茅屋。"

杨坚又问道:"怎么没见到?"

杨素回答说:"太子怨气太重。"

杨坚忽地一怔:"他怨何人?"

杨素回答说:"多半是怨皇上。"

一听这话杨坚大怒,差点掀翻御案:"那个逆子不成器,有什么资格怨老子?"

杨素说"恕臣直言,请皇上息怒。"

杨坚说:"让那逆子怨吧,看他能怨得了多久!"

杨素说:"臣观察东宫的动静,既然太子有怨气,恐怕会发生变故,请皇上多加防备。"

杨坚坐了下来,半天不吭声。左右侍臣木桩似的立着,不敢吭声。

突然间杨坚开了口,他问:"史万岁呢,他在哪里?"

一个近侍回答说:"史万岁可能在万春殿。"

杨素紧接着说:"史万岁到东宫拜谒去了。"

因杨素刚从东宫回来,杨坚听信杨素的话,就此怀疑史万岁是东宫党羽,倏地又怒道:"召史万岁来武德殿。"

这天的史万岁根本没去东宫,只是杨素猜透杨坚过问史万岁的疑心,就想利用怒头上的杨坚修理一下史万岁。此刻,史万岁的确在万春殿,被一伙曾在大斤山跟随他反击突厥达头可汗的部下纠缠得焦头烂额。大斤山反击战过去一些日子,直到迄今,朝廷仍不认可史万岁部下的功劳,他们就觉冤屈,希望史万岁能给他们讨个说法。史万岁清楚是杨素嫉功,从中作梗,皇上听信杨素的馋言,免除了表彰功绩。史万岁斗不过权势如日中天正得宠的杨素,无可奈何,被众部下折腾得烦恼不堪,他表态说:"今天我去见皇上,帮你们请功。"

史万岁的话音刚落,一个太监跑进万春殿,对史万岁说:"皇上召见太平公,请太平公快去武德殿。"

史万岁以为遇上请功的机会,叫众部下等他的消息。

被众部下纠缠了半天,史万岁难得平静,脚步匆匆来到武德殿,都没仔细看一眼杨坚的表情,张口说道:"早些日子众将士随臣在大斤山反击突厥来犯,斩敌数千,有功未能表彰,却被朝廷压制,众将士怨声载道!"史万岁语气强硬大摆姿态,愤愤不平要给他的部下讨个说法。杨坚以为史万岁是从东宫来的,哪里听得进史万岁提及功绩的事，勃然大怒，心里只有一个严惩史万岁的念头，当即下令侍卫往死里廷杖史万岁。侍卫们不敢违令，操起杖棍朝史万岁打了过来。

就在史万岁挨廷杖的当儿，杨素悄无声息离开了武德殿。尚书左仆射高颎听说太平公史万岁受杖于阙下，被打得死去活来，急忙赶到武德殿。见那挥起的杖棍雨点般落在史万岁身上，高颎迅速跪在堂下，疾呼道："请皇上棍下留人！"

杨坚冲高颎问道："棍下为何留人？"

高颎大喘粗气道："万岁难得忠臣，若皇上杖毙万岁于阙下，过后一定要后悔的。"

这时的杨坚已经意识到了他凭一时冲动下令廷杖史万岁，让侍卫打得过重，就想有人来给他一个台阶；正好高颎跑来给史万岁求情，他才打个手势，挥舞的杖棍停了下来。

见史万岁躺在地上奄奄一息，高颎冲杨坚流泪道："万岁雄略过人，每次率军征战，未尝不身先士卒，尤善抚御，将士乐为效力。臣数点从前的名将，未曾有人比得过万岁。臣奉劝皇上善待万岁，不可将他置于死地。"

杨坚瞅着高颎的眼泪，陡然清醒。他离开御座，朝史万岁走了过来。史万岁只有微弱的一点气息，杨坚开始急，直喊太医。待太医赶来时，史万岁已经命断气绝。杨坚转过身，老泪纵横。

回到后宫，杨坚独自坐在后花苑里不吭声。独孤皇后喊他用膳，他不应声，发呆地坐着，吓了独孤皇后一大跳："皇上怎么了？"

杨坚呜咽道："朕一时糊涂，下令杖死史万岁，朕后悔，晚矣！朕千秋之后，无颜相见史万岁的在天之灵。"

第二十四章　废立太子

1

　　杨坚和独孤皇后移驾到了岐州的仁寿宫，开始疏远皇太子杨勇。在玄武门至德门之间，是杨勇经常出入的地方，杨坚安插眼线，监视着杨勇。

　　晋王杨广得到独孤皇后和尚书右仆射杨素的支持，派心腹段达行贿东宫，收买杨勇的亲信姬威。起先姬威不买帐。段达一半威胁一半诱惑说："太子的过失皇上早就知晓，准备下废黜太子密诏，你若继续追随太子，不会有好结果，不如现在告发太子过失，将来必得大富大贵。"其实姬威已经感觉到了东宫的危机，他很矛盾。想起太子赐他的恩惠，对段达说："我出卖太子如同出卖良心，于心不忍。"段达说："恕我直言，皇上和皇后废太子杨勇，立晋王杨广为新科太子，你没必要怀疑。现在晋王招募你为他的亲信，替他卖力，如果你不答应，岂不是对抗国家未来的君上？"姬威不禁打个寒战，这才答应段达；于是段达指使姬威暗中观察杨勇的动静，密报给杨素。

　　东宫的里里外外受到监视，几乎每天都有太子杨勇的流言蜚语传入杨坚耳里。想到废太子引发朝政动荡，杨坚谨言慎行，他试探高颎说："听说晋王妃得到神灵附体，称晋王必有天下。你说怎么办？"高颎早已知晓杨素和皇后串通一气蛊惑杨坚废太子立晋王，他凭一己之力阻止不了，一边同情太子，一边装聋作哑；既然杨坚主动对他提及废立之事，他的聋哑再也装不下去，旗帜鲜明道："历朝册立储君，大多奉行长幼有序，我朝的储君已立，陛下怎能受那神灵附体的摆布呢？"高颎明确表态反对废太子，杨坚二话不说扭头就走。独孤皇后获知高颎反对废太子，开始恼恨着了高颎，对杨坚说："高颎靠不住了，皇上别再指望高颎做什么事了。"杨坚点头说："朕一直以为高颎跟朕是一条心，没料他死心塌地倾向东宫。"独孤皇后想到太子跟高颎是儿女亲家，废太子，高颎必然是最大阻力，嘴里冒出除掉高颎的话来。杨坚摇头说："只能疏远，不可诛杀。"

遭遇孤立的太子杨勇无计可施，整天呆在东宫后花苑的茅屋里以泪洗面。从新丰召来的巫师王辅贤使尽招数，未能改变东宫的危机，杨勇只能听天由命。他快要崩溃，问天问地，他的命运为何如此多舛？天地间总没个声音回答他。

到了九月壬子日，杨坚和皇后从岐州的仁寿宫回驾到了长安。第二天，杨坚来到大兴殿，对左右侍臣说："朕刚回到京师，本该心情欢畅，不知为什么变得郁闷愁苦？"吏部尚书牛弘说："是臣等不称职，使陛下劳累忧愁。"牛弘答非所问。杨坚怀疑大臣们回避太子的过失，脸色一变，找茬说道："朕每次从仁寿宫回来，京师戒备森严，好像如临大敌，又好像进入了敌国，闹得朕惶恐不安。昨夜里朕拉肚子，厕所离寝宫后边的房间近，朕本想入住后边的房间图个方便，担心发生变故，不得不睡在前殿里，害得朕一夜里苦不堪言。"

找这个茬，正式拉开废立太子的序幕。杨坚吩咐杨素向在殿的大臣陈诉东宫过失。杨素期盼的就是这个时候，说他奉旨从岐州回到京师，传令太子查办刘居士余党。太子说居士党都已伏法，再到哪里去查办呢？不关他的事了。明显是对国家大事漠不关心。太子接着抱怨，说他身为太子，遇事不能自作主张，不如几个弟弟，真是有其名无其实。杨坚插嘴说："皇后多次劝朕废黜太子，朕之所以犹豫不决，考虑太子是朕身为平民时所生，又是嫡长子，希望他能改过自新，结果令朕大失所望。记得有次太子无耻地指着皇后的侍女对人说她们都是他的，这话说得令人愤慨。尤其是太子妃元氏突然暴死，朕一直怀疑是太子毒死的，只有快点毒死元妃，太子才可肆无忌惮地专宠云定兴的女儿云昭训。要知太子专宠的云氏，正是云定兴在外边与人苟合生的。想起云氏的出身，朕不由得想起晋朝的太子娶屠户的女儿，生下的儿子特别喜欢屠宰之事。也就说太子专宠的云氏，到后来恐怕乱了皇家宗祠。朕的德行不及尧舜，却不能把国家和天下百姓交给品行不正的儿子。朕一直担心太子会加害朕，防备他如同防患大敌，因此朕打算废掉太子以安天下。"

杨坚心情沉重地说出这番话，在殿的大臣仔细琢磨，大多鸡毛蒜皮，不过是杨素从中使了奸计。想到杨坚打定主意废掉太子，他们此时的劝谏，恐怕会被杨素利用，为己招来祸事，有言不敢发声。

左卫大将军、五原公元旻终于开了口，劝谏道："废立大事，天子无二言，若是颁诏告天下，后悔都来不及了。然那谗言大多是虚无飘渺，臣恳请陛下查个水落石出,再作决定不迟。"

杨坚不听元旻劝谏。召来姬威,厉声道:"太子所做不法事,你一概全知,悉数奏来,不得隐瞒。"

这姬威便是东宫宠臣,早些时候已被晋王杨广买通,此时他出来揭发太子杨勇,最具权威性。姬威来到众人面前,张口说道:"太子一向骄横,经常扬言,他所做之事有谁敢劝阻,他就杀谁。先前的苏孝慈被解除东宫左卫官职,太子愤怒得吹胡子瞪眼,说大丈夫终归有一天挥刀杀个痛快。有时东宫向朝廷索取东西,尚书们经常遵守规章制度不给,太子也会发怒,扬言说他要杀掉一二个仆射以下的人,让他们知道怠慢东宫的教训。尤其是太子常常提及皇后厌恶东宫妻妾成群,总爱拿了北齐后主高纬和陈朝后主陈叔宝作比较,他的妻妾从没超过高纬和陈叔宝。更为过分的是太子曾经密令巫师占卜吉凶,对我说皇上的忌日在开皇十八年,这个期限快到了……"杨坚听姬威说到太子请巫师占卜他的忌日,禁不住地流泪说:"天下人谁又不是父母生的呢?太子居然这样对待生养他的父亲,令人心寒!朕近日阅读《齐书》,看到高欢纵容他的儿子,朕非常气愤。因此朕当以高欢为戒!"

废太子不可逆转。

十月乙丑日,杨坚在武德殿差人召杨勇。杨勇见到带走他的使臣,以为他的大限降临,惊恐地问道:"是不是要杀我啊?"使臣无从回答。走在去武德殿的路上,杨勇精神恍惚,猛地升起一股怒气,叫嚷道:"皇上中杨素奸计,晋王乃小人也!合谋屈我于苍天之下,我定然死不瞑目!"带走杨勇的使臣听到杨勇喊出肺腑之言,不便搭腔。

杨勇被带到武德殿时,杨坚着戎装坐在殿堂上,百官悉数到殿立在东面,皇室宗亲立在殿堂西边。杨勇和他的儿子们立在庭院里。杨勇想到他和他的儿子都没资格进入武德殿,心里一阵发酸,泪水夺眶而出。

杨坚一直没有离开御座,下令内史侍郎薛道衡宣读诏书,废黜杨勇及其儿女的封爵,一同降为庶人。这时的杨勇悲愤交加,且又无力抗争,只能认命,他伏地的样子就像一张狗皮。

2

开皇二十年(公元600年)十一月戊子日,杨坚立晋王杨广为皇太子。杨广随即任命帮他获取储君位的寿州刺史宇文述为东宫左卫率,负责保卫东宫的安全。待杨广入主东宫后，将从前的宿卫、宫人统统驱逐干净，换成自己人。

　　杨勇被废庶人之后，杨坚不想再深究，打算让杨勇平平静静度过余生。但是杨素心有余悸，他对太子杨广说："虽说杨勇被皇上废为庶人，可他不是真正的庶人，朝廷仍有他的势力存在；然皇上一天天的老去，恐怕来日生出变故，杨勇就有东山再起的机会。"杨广也有杨素这样的想法，不谋而合说："杨勇不除，后患无穷。"

　　得到太子杨广的指令，杨素开始搜集杨勇新的罪状。姬威告诉杨素，早些时候东宫枯死一棵老槐树，杨勇问宿卫，这树能做什么？宿卫说古槐适于作柴取火。杨勇命令工匠砍伐枯槐制作了几千枚具有攻击性的火燧，全都藏在东宫的库房里。杨素听到这个消息，在东宫库房里果然查获到火燧，视为杨勇谋反的罪证。接着姬威又说皇上在岐州仁寿宫，杨勇饲养了一千来匹马，常说要是直接守住城门，自然会饿死。然后杨素拿了姬威揭发的马匹问杨勇，杨勇不服说："朝廷饲养的马有好几万匹，我身为太子，饲养一千来匹马难道被你诬为谋反？"但是杨素并不理睬杨勇的反问和解释。他派人继续搜查东宫，将杨勇深藏的珍奇玩物统统摆放在宫廷里，作为杨勇的奢靡罪状展示给大臣们看。

　　杨坚见杨勇的罪状没有穷尽，一怒之下，下令将杨勇囚禁在了监牢。

　　杨勇囚入监牢，杨素仍有余悸，说服杨坚囚杨勇在了东宫，让入主东宫的杨广看守杨勇；在没有尽头的日子里，杨勇的一举一动，逃不脱杨广的眼睛。

　　杨勇从太子沦落为囚徒，这其中的陷阱与陷害，高颎全都看了个清楚，深感皇上年迈昏沉。自从高颎表态不赞成废立太子，遭到皇上和皇后疏远。面对杨勇囚禁东宫，高颎有声不敢发出，憋得快要闭气。此时的苏威保持沉默，静若止水。高颎想听听苏威的声音，背地里会晤苏威。

　　高颎在苏威面前从不忌口，他说："杨素站在前台进谗言，一手操纵杨勇所谓的诸罪状，实在是可鄙！"

　　苏威也是憋得快要闭气，骂道："杨素乃奸人，将来不得好死。"

　　高颎道："恕我直言，如果说杨勇有罪，杨广胜过杨勇，不是什么好东西。"

　　苏威叹道："杨广毕竟赢了。"

　　高颎不服道："平定陈朝时，大军攻进建康的当儿，杨广听说陈叔宝最宠爱的张贵妃美艳绝伦，违反皇上军令，逼迫张贵妃侍寝，还要带张贵妃做他的妻妾。我怕杨广触犯皇上军令回去不好交差，在班师的路上派人杀掉了张贵妃。再说陈朝宫廷的那扇翠玉屏风，正是杨广运回王府占为己有的，后来皇上知道了追查，杨广害怕了,派人把那翠玉屏风送往东宫,栽赃杨勇,真是卑鄙无耻!"

两人躲在暗处除了口无遮拦地发泄,只能认同杨广被立新科太子。

东宫本是杨勇的府邸,现在变成囚禁他的监牢,关押他的地方是处偏僻的高墙小院,要想出去,除非腋下生出翅膀。这地方正是杨勇从前关押异己的地方,他囚在里边,对他是莫大的羞辱;并且天天接受杨广的监视,他活在这与世隔绝的小院里,叫天天不应,叫地地不灵,生不如死。

落到这步田地,杨勇不在乎死了,除了愤怒仍是愤怒;他嘶声裂肺地喊冤,咒骂杨素和杨广,天地间连他的回音都被四周的高墙阻隔住了。在静夜里,杨勇愤怒而又绝望的喊冤叫屈会时不时地飘入杨广耳里。杨广对杨勇起了杀心。这时候寿州刺史宇文述已经调入东宫任左卫率,成为杨广最贴身的亲信。

杨广对宇文述说:"庶人杨勇囚禁东宫,老是泄私愤地叫嚷,真烦心,我想灭他的嘴。"

宇文述摇头说:"皇上不降旨,杨勇杀不得。"

杨广说:"为何杀不得?"

宇文述说:"庶人杨勇毕竟是皇家的骨肉至亲,如果太子凌驾天子之上斩杨勇,留下的痕迹太深,恐怕天子突然生出骨肉之情,太子如何交待?"

杨广说:"那可怎么办?"

宇文述说:"等他叫嚷,终归有一天他的意志会彻底消失,到那时,他自然不叫嚷了。"

征求过了宇文述的意见,杨广想杀杨勇的心仍不死,再去征求杨素。杨素来了一阵沉默,然后问杨广,太子为何要除掉庶人杨勇?

杨广说:"杨勇不知从哪里来的精力和气力,老是叫嚷,尤其是在夜深人静时分,像鬼在嚎叫,听得令人心烦,就想除掉他。"

杨素说:"让他又饥又渴,看他还有没有精力和气力。"

杨广说:"囚杨勇在东宫,真是一个累赘。"

杨素说:"杨勇已是瓮中鳖,笼中鼠了,给他一点折磨,让他渐渐咽下最后一口气,有什么不好呢?"

杨广说:"我听到他的叫嚷声,就想杀他。"

杨素说:"囚他足够了,杀不得。"

杨广听这"杀不得"跟宇文述说的一样,怔了下说:"能不能把杨勇囚在别的地方?"

　　杨素说:"皇上原本将杨勇囚在了监牢,臣担心杨勇秘密串通监牢外暗藏的余党,引发不测,才说通皇上囚杨勇在东宫,好给太子掌控,彻底隔绝杨勇与外界的联系。"

　　杨广这才明白杨素的一番苦心。

　　但是杨勇的嘴,总在叫喊冤屈。杨广害怕杨勇的叫声传入父皇耳里,却又没有办法堵住杨勇的嘴巴。囚禁杨勇的院落生长着几棵高大的树木。杨勇发现他叫喊求见父皇一直没让父皇听到,原来是他的声音被四周的高墙阻隔住了。他爬上高高的树冠,朝着大内叫喊父皇,要求召见。他的声音果然飘过高墙,飞到极远的地方,大内里不少宫人都能听见他伸冤的叫声。

　　这伸冤的声音总有一天会被皇上听到。杨广不安,却没办法阻止杨勇伸冤。杨素也不安,主动来到御前,对杨坚谎说说:"杨勇已经邪魔附体,他神志错乱,疯疯癫癫乱嚷嚷,已是不可救药。"杨坚听到这话,信以为真,最终没有召见杨勇。

3

　　杨勇为己伸冤的意志不见垮掉,他照常爬上树,朝大内方向发出请求父皇召见他的呼声。东宫左卫率宇文述和太子左庶子张衡来封杨勇的嘴。两人打开囚禁杨勇的院落大门。杨勇像个脏兮兮的乞丐席地坐着,握着一根筷子样的树枝在地上画着谁也看不懂的图案,也不抬头看一眼宇文述和张衡。

　　"你们想杀我,快点下刀!"杨勇画着图案说。

　　"皇上不下旨,谁也没那个胆。"宇文述说。

　　杨勇扔掉树枝霍地站立起来,怒视宇文述和张衡说:"既然皇上愿留我继续活在世上,那就让我去见皇上。"

　　张衡不想刺激杨勇,温和说:"你天天爬上树,朝大内叫嚷,请求皇上召见……"

　　没等张衡说完,杨勇情绪激昂说:"我爬上树朝大内请求了许多天,你们为何不让我去见皇上?"

　　张衡哄骗说:"你在树上叫嚷,皇上早就听到了,都听过了千百遍,如同未闻,差我们来通告你,劝你别再叫嚷了。"

　　宇文述说:"你再叫嚷是白嚷。"

　　听这话,杨勇的意志彻底崩溃,泪如泉涌说:"难道我不是皇上的亲骨肉?"

张衡和宇文述不作声。

杨勇悲愤说："既然皇上不认我是他的亲生儿子，也行。你们替我转告一声皇上，我在这里一个时辰都不想活下去了，叫皇上快点下旨斩了我；万一皇上留我在这地狱般的院子里受煎熬，我是一介卑贱的庶民，别再让我玷辱大隋皇家高贵的血统，请赐我庶民姓氏。"

宇文述说："请放心，我们会转告给皇上的。"

张衡和宇文述离开后，杨勇绝望到了极点，恨不得撞墙而死，他坐在地上无声地哭泣，不再爬到树上叫嚷了。

杨素很快知道杨勇从东宫传出话来，按捺不住对杨坚说："皇长子有话要转告给皇上。"

提到杨勇，杨坚的心情并不好受，既有烦恼又有忧伤，转过身来问杨素："他传出什么话来？"

杨素断章取义说："他还在怨恨皇上。"

杨坚心里猛地一沉，想起杨勇的怨恨正是他的愧对。杨素躬身站在杨坚身后，等杨坚的反应。杨坚气息粗重地叹道："你退下。"

杨素刚刚退下，杨坚眼里默默地掉下几滴泪珠。他背着人抬起宽大的衣袖拭去残存的老泪，这才转过身来，对近侍说道："传旨东宫，善待杨勇。"

杨广得到父皇旨意，大失所望。

这时的杨勇真的以为父皇对他绝情，他的心死了。

只要杨勇还活着，杨广心里就不踏实。他见到杨素，怏怏不乐说："皇上降旨东宫善待杨勇，真是个难题。"

杨素说："皇上废长子储君位，但皇上对长子的心没有废，这是人之常情。"

杨广说："这样的常情延续下去，恐怕夜长梦多。"

杨素明确说："虎毒不食子。皇上一旨善待，流露出儿女情长，这是没有办法的。若太子违背皇上的儿女之情，皇上以为太子得寸进尺，定会恼怒。"

杨广翕动嘴唇，欲言又止。

杨素岔开话题说："杨勇已是一条沉船，太子不必过多计较。窃以为真正威胁太子的是蜀王杨秀，还有权倾万乘的尚书左仆射高颎，这两人太子不得不提防。"

4

　　自从秦王杨俊病逝，太子杨勇被废，隋文帝杨坚的心里染上忧伤。他和皇后移驾到了仁寿宫。只有离开大兴宫，他的忧伤且可得到一些缓解。

　　独孤皇后从没放松掌控大内。宣华夫人陈氏、容华夫人蔡氏和弘政夫人陈氏依旧花瓶样摆设在后宫，通常时候她们距皇帝只有咫尺之遥，却永远盼不来临幸的日子；更别提那容貌娇好的年轻宫女，杨坚即便想召她们侍寝，且是非分之想。

　　这回皇帝和皇后移驾岐州的仁寿宫，不知要住多久，反正大兴宫离仁寿宫不是太远，遇事传到仁寿宫来也快。一群主职朝臣不得不随驾来到仁寿宫。然那宣华夫人陈氏、容华夫人蔡氏和弘政夫人陈氏本是随驾来仁寿宫，独孤皇后就怕杨坚以调节心情为由，召幸她们，干脆留她们在了大兴宫。

　　虽说独孤皇后人老珠黄褪尽秀色，但宣华夫人、容华夫人和弘政夫人一个赛一个的美艳绝伦，她们不被皇帝召幸，当然会有寂寞难耐的时候。留守长安监国的太子杨广面对父皇遭遇冷落的三位夫人垂涎欲滴。父皇和母后去了岐州的仁寿宫，正好给了杨广可乘之机。

　　宣华夫人是昔日陈朝宣帝陈顼的公主，隋军平定江南时，她随了后主陈叔宝押解到了长安，进得皇宫被封宣华夫人。她肌肤如脂容貌如月体态丰盈，杨坚总想召入侍寝，从没逃过独孤皇后安插的眼线监视，只要杨坚对宣华夫人有那种要求，独孤皇后马上就会知道，就会醋性大发地阻止。平日里杨广很少来宣华夫人的寝殿，当他突然出现时，宣华夫人吃了一惊。杨广见宣华夫人身边围着一群宫人，有点碍事，吩咐宫人说："我有话要对宣华娘娘讲，你们全都退下。"等宫人们退下后，只剩下杨广和宣华夫人了。

　　宣华夫人真的以为杨广有什么不可告人的话要说给她听，瞅着杨广开口。

　　杨广笑了下说："走吧，到寝宫去说。"

　　毫无防备的宣华夫人只好跟随杨广来到僻静的寝宫。

　　见四周没有其他人，杨广张扬风流的性情，对宣华夫人说："听说您寂寞，一直没人陪您，我来陪您的。"

　　杨广毫无遮掩来得太直接。宣华夫人一怔，生出反感说："我寂寞与你有何关系？"

　　杨广照旧直言不讳说："难道您没那种渴求？"

宣华夫人顿时明白杨广的来意，陡然变脸说："我是你父亲的妃妾，即使有那种需要，只能是你父亲，也轮不到你来满足，你快走吧。"

杨广是信心满满来的，吃上闭门羹，仍不想离开："父皇去了岐州，怎么能满足您呢？加上母后对父皇看管严厉，您此生……"

宣华夫人立马打断杨广的话，厉声说道："你不快点离开，让皇上知道了，决不会轻饶你。"

杨广当然害怕他来宣华夫人这里寻求肉欲被父皇知道，只好离开。但他仍不死心，还有寂寞的容华夫人和弘政夫人，他不信余下的两位夫人都会拒绝他。他选择了容华夫人蔡氏。有了在宣华夫人面前吃闭门羹的教训，杨广不想在容华夫人那里急于求成。皇宫里一如既往奉行节俭，上至皇后下至夫人，哪里容得了一丝奢侈，所用之物跟民间的妇人差不离儿。杨广来容华夫人寝殿，带来一些华美的物品，容华夫人收下时仿佛有点受宠若惊，问杨广从哪弄来的？杨广卖着关子说："您别问来历了，只管收下，别让人知道了。"第一次来，杨广是打着看望容华夫人的幌子来的，言谈举止还算规矩。第二次和第三次来容华夫人寝殿，杨广赏赐物品的档次越来越高，其中就有连皇后都未曾有过的金银珠宝，容华夫人照单收下时心里感动得直发慌，巴不得杨广经常来给她送礼物。

就是这一次又一次的礼物，杨广和容华夫人的关系好得没了辈分之分。杨广感觉时机成熟，故意跟容华夫人挨挨擦擦，见容华夫人没有反感，他试探地动起手来，猛地搂抱住了容华夫人。容华夫人不动了，让杨广紧紧地搂着。

杨广的嘴，移到了容华夫人的嘴边，两张嘴非常融洽地粘连在了一块儿，然后两人的呼吸急促。没多会儿，两张嘴撕开了，两人相拥的手并没分开。

容华夫人仰起红润的脸说："太子的胆子真够大，竟敢来我这里寻快活，不怕被皇上知道？"

杨广笑笑说："您不说出去，皇上怎么知道？"

两人仿佛相见恨晚，相拥去了后殿的密室。

此后的日子，尽管杨广非常诡秘地来跟容华夫人幽会，他的踪影逃不脱宫人的眼睛。

宫人们知道拥有绝对权力的皇后最宠爱太子杨广，最嫉恨皇上三位年轻貌美的夫人。杨广买通容华夫人的近侍，他来幽会容华夫人方便多了；再说杨广的储君地位，加上受宠于皇后膝下，谁也得罪不起，宫人们视若无睹，不敢吭声张扬。

第二十五章 天子出轨

1

太史令袁充上表奏道:"太平之时,太阳在黄道之北运行;盛世之时,太阳在黄道运行;乱世之时,太阳在黄道之南运行。我大隋建国以来,启动了天运,感应了上天,太阳正运行在黄道,白昼渐渐变长,这是自古少见的。"杨坚甚为高兴,上朝时,对百官说:"日长乃天之护佑,是盛世之象;正逢国家刚立太子,应顺日长之意改年号。"百官闻知,欢声庆贺。

公元601年正月初一,隋朝废除开皇纪元,改年号为仁寿元年。

之后吏部尚书牛弘奉旨带领一帮僚属巡视天下,在地方州县奔行数月回到长安,听说皇上在仁寿宫,牛弘连忙赶赴岐州。

在仁寿宫朝见杨坚,牛弘拜道:"臣等巡视罢了江南江北大片区域,现已回朝。"

杨坚离开御座,走近牛弘:"地方官吏好大喜功,喜欢使出障眼法迷哄钦差大臣,你此次遇到过没有?"

牛弘笑道:"臣不会让他们玩弄花招,更不会上他们的当。"

其实杨坚熟识牛弘眼里容不得沙子,遇事喜欢较真,可他仍旧怀疑牛弘巡视回朝遮遮掩掩:"钦差巡察天下,只听官吏言,多半会是一派胡言;只有进百姓家,听百姓言,方可了解民意民情。朕派你去巡视,进了百姓家的门槛没有?"

牛弘答道:"臣等都快踩破百姓家的门槛了。"

杨坚连说几声好,然后又说:"你如实道来。"

牛弘咳嗽一声,道:"衣食安天下。臣率众僚属着重巡视了衣食,结果令人难以想象。"

杨坚以为牛弘给他报灾,表情立马绷紧。

牛弘道："农家里即便将那犁铧束之高阁，估计天下百姓至少十年不怕饿肚子。"

杨坚一阵惊诧道："农家十年不种田，天下百姓不愁粮吃？"

牛弘点头道："是的。"

杨坚又是一阵惊诧道："你说了胡话，朕不轻饶你！"

牛弘道："陛下何曾见臣说过胡话？"

杨坚道："何以见得？"

牛弘道："这些年天下遍地筑仓窖，臣每到一个地方，悉数巡查仓窖，不见空置，且是处处盈满五谷。百姓丰衣足食，养得银盘大脸，面放红光，打着灯笼也找不到一位面黄肌瘦的。"

杨坚道："天下如此丰盈，容易让官吏起贪心，有没有查出贪腐案来？"

牛弘道："陛下惩贪的法令严明，地方官吏在百姓眼里有口皆碑。"

听罢牛弘奏报，杨坚高兴道："对爱民清廉的地方官吏，该嘉奖，不得有漏，你迅速办理。"

牛弘道："臣领旨。"

久日忧闷的杨坚，让牛弘带来欢愉。心情一好，他坐立不住，对牛弘说："朕想到外边透下风，你陪朕去走走。"

牛弘道："臣侍奉。"

仁寿宫像颗宝石镶嵌在山水林木间，那秀丽景色自然天成。杨坚习惯在晚宴之后到宫前宫后幽静的小道上散步，身边缺不了皇后。一对到老相爱的帝王夫妻，映照在渐渐隐去的夕阳里，自始至终如影随形。然而杨坚对于这样的恩爱，内心里常常感到乏味。牛弘随侍杨坚离开宫殿，沿着林间小路漫无目的溜达。两人一路谈笑风生，不经意来到梅花别苑。

一位年轻宫女披着一头乌黑长发在梅花别苑花草丛中捕捉蝴蝶，犹似仙女十分逗眼。要在往日，因有独孤皇后紧随身边，杨坚不敢跟这宫女搭腔，更不敢多看几眼，只能望而却步。好在今日随侍他的只有牛弘，他随兴朝着宫女走了过去。捕捉蝴蝶的宫女只顾在花草丛中如蝶翩然穿越，毫没在意是谁朝她走来。

她听到脚步声，吓一跳地转过身来，她的美貌惊得杨坚心里发热。杨坚下意识地朝身后的来路张望，没有看见皇后跟来的身影，他似乎放心了。然后他紧盯着宫女，好像盯着一只美丽的蝴蝶，只要弄出动静，蝴蝶就要飞走。

捕捉蝴蝶的宫女被杨坚的目光盯得胆怯起来，她垂下了头。

牛弘觉察到了杨坚对捕捉蝴蝶的宫女生出爱慕，他说："皇上喜欢你，你别怕。"

捕捉蝴蝶的宫女依旧怯生生的站在花草丛中不敢动弹。

身边没有皇后，能在梅花别苑相遇一位小美人，仿佛天成地就。杨坚柔声柔气笑道："快过来，朕的确喜欢你。"

捕捉蝴蝶的宫女这才走出花圃，来到杨坚面前，羞答答地说道："谢皇上喜欢。"

杨坚问："姓甚名谁，今年多大了？"

捕捉蝴蝶的宫女垂首答道："姓尉迟，名贞，今年十八了。"

杨坚会心一笑说："好，朕记住了。"

尉迟氏得到杨坚欢心，受宠若惊，侍奉杨坚游玩在梅花别苑；这样的游玩对杨坚非同寻常，他好似情窦初开，仿佛年轻了许多岁。此时此刻若被皇后撞上，肯定不会善罢甘休，杨坚总在担心皇后突然出现。

杨素来了。杨素说皇后娘娘正在寻找陛下，找不到陛下，派臣来找，请陛下快点回宫里去。杨坚格外扫兴，板着脸对杨素说："朕没远走高飞，有什么好寻找的？"牛弘知晓皇后的脾气，笑笑说："免得皇后娘娘担心，请陛下回宫好了。"杨素看了眼尉迟氏，明白杨坚相遇到了顺心的红颜，觉得他来的不是时候。杨坚想着皇后派杨素来寻找他，发泄怨气说："朕即皇帝位二十余年，到老为爱不能，都不如臣工想爱就爱，想娶就娶，是何等的悲哀！朕今日在梅花别苑相遇尉迟氏，是缘分，牛弘和杨素替朕瞒着，不得让皇后知道。"

杨素和牛弘齐声道："臣等会瞒着的，请陛下放心。"

迫于皇后的寻找，杨坚只好依依不舍辞别尉迟氏，在杨素和牛弘陪同下，回到了仁寿宫。独孤皇后一脸的不高兴，出言不逊问道："好几个时辰了，皇上藏哪去了？"

听到一个"藏"字，杨坚大为光火道："你说朕藏着，你什么意思？"

独孤皇后心里也憋着火，回敬道："臣妾到处找不到皇上，这该如何解释呢？"

杨坚说："朕何曾怕谁？有什么好躲藏的？"

独孤皇后见杨坚对她从没发过这么大的火，她的火气反而小了，有意转移矛盾关心说："这四周都是荒山野岭，臣妾找皇上，是担心皇上的安全。"

杨坚回应说："这离宫的里里外外都有重兵把守，哪来什么意外发生？"

独孤皇后的疑心依然存在，只是她被杨坚的火气暂时压制住。

杨坚虽有对独孤皇后过分限制他而不满，但他心里毕竟有点发虚，解释说："牛弘刚从地方州县巡视回朝，朕要牛弘随侍，在附近的小路上散步，顺便议政，走得稍稍远了点儿。你有什么值得怀疑的？"

牛弘趁机证实道："臣今日来仁寿宫朝见，禀报巡视事务，的确被皇上叫去散步了。"

杨素接着说道："臣找到皇上时，吏部尚书牛弘的确在陪皇上散步。"

2

杨素紧随皇帝和皇后的车驾从岐州仁寿宫回到了长安的大兴城。

太子杨广密召杨素，两人相见时，杨广半晌不开口说话。杨素感觉到了杨广内心藏有不可释怀的事儿，主动问道："太子召臣来，为何不吭声？"

杨广这才开口说："益州的蜀王杨秀对皇上废立太子耿耿于怀，尤其是对我立为太子感到非常不满。"

杨素忙问："有关蜀王的不满，太子从何处得来？"

杨广说："你别细问了，消息千真万确。"

想到蜀王杨秀跟太子杨广的过节，杨素不知其中深浅，如何进言他没谱，闭了嘴。

杨广叹口气说："蜀王毕竟与我是亲兄弟，我到朝廷奏蜀王不法事，不太妥当，才召你来，你身为皇上近臣，搜集蜀王过失，上书奏请，皇上决不会坐视不管，这事就托你办了。"

杨素点头道："臣领旨。"

杨素开始暗地里指使亲信搜集蜀王杨秀的过失。蜀王杨秀不满皇上废立太子是一方面，另一方面杨素得到情报，获悉杨秀在益州过得相当的荒淫奢侈，正是皇上最为禁忌的。

这天下午杨坚来到神龙殿，没多会儿杨素跟进了神龙殿。

杨素启奏道："禀皇上，近来臣听到不少来自益州的传言，大多是言说蜀王杨秀的过失。"

杨坚一惊，问道："有关蜀王的过失，都说了些什么？"

杨素道："皇上废长子杨勇，立次子杨广为新科太子，蜀王杨秀非常不满，觉得皇上不该立杨广，应该立他。"

杨坚顿时骂道："那小子真的是厚颜无耻！"

杨素接着奏道："自从蜀王长史死后，不再有人能约束得了蜀王，听说他在蜀地过得要比先前的太子杨勇还要荒淫奢侈；经常派出军队到山里抓获獠人充当宦官；

更为过分的是他的车马服饰都以皇帝礼仪标准制作。此类事情是否为真，请皇上查实。"

听到杨秀的车马和服饰都以皇帝礼仪标准制作，杨坚大怒，诏令杨秀迅速回京师接受质询。皇帝诏令通过沿途驿站很快传至蜀地益州。杨秀知晓父皇召见他的意图，害怕起来，借故生病身体不适，不便上路。

杨秀在益州任总管。总管府司马源师眼看杨秀装病，迟迟不肯赴京师，明显是抗旨违令，意识到事态的严重，他为杨秀担忧，提醒说："皇上的诏令都传来许多天了，殿下该要上路赴往京师了。"

杨秀突然转过身来，冲源师吼道："这是我的家事，跟你有何相干？"

源师不怕得罪杨秀，眼里流泪道："皇上敕命追究殿下，召殿下进京，殿下拖延的日子也不短了，再拖延下去，恐怕皇上颁发震怒诏书，殿下又如何下得了台呢？"

杨秀听不进源师的规劝，我行我素呆在益州，就是不起身上路。

杨坚当时听罢杨素奏报杨秀过失，一时盛怒，才下令召见杨秀。日子过得久了，杨坚的怒气自然消失。有时他会想到杨秀违令不来京师，按说要严加问罪，但他又想到长子被废，三子免职后病故，这隐隐作痛的伤感令他心软，渐渐淡忘召见杨秀的事。

杨广并没忘记父皇召见四弟杨秀，他敦促杨素在父皇面前再提及杨秀过失。

杨素瞅了个机会，在杨坚面前提醒说："蜀王的过失，臣以为不是小节，倘若皇上放任不加追究，恐怕将来危及太子即位。"

本是淡忘了杨秀过失的杨坚听到杨素又提杨秀过失，他的心里十分复杂，叹道："朕召蜀王回京师，都过了这么久，要来早就来了，为何迟迟不来？"

杨素说："他不会来了，说明他毫无悔过的诚意。"

杨坚说："他要是真的不来，朕不知拿他怎么办？"

杨素说："他拿皇旨不当回事儿，臣唯恐益州生变。"

这样的提醒无疑使杨坚立刻产生猜忌，他倏地一怔，担心杨秀在益州兵变，多有不安，迅速调令原州总管独孤楷赴益州任总管，接替杨秀。这独孤楷本姓李，他父亲李屯原是独孤皇后父亲独孤信的部将，被独孤信赐姓独孤，独孤楷自然成为独孤皇后的本家。可他一直没有恢复汉族的李姓。

独孤楷来益州上任，落职的杨秀明白父皇逼迫他赴京师。想到大哥杨勇和三哥杨俊的结局，杨秀清楚他赴京师的下场不会比大哥和三哥好到哪里，他倔强着不肯上路。

3

杨坚在仁寿宫梅花别苑一见倾心的尉迟氏正是昔日相州总管尉迟迥的孙女。尉迟迥当年反叛并不影响杨坚对尉迟氏的钟爱,他总想给尉迟氏一个名分,让她正式成为他的妃妾,考虑皇后不会答应,他始终不敢公开册封尉迟氏。

因了独孤皇后不会容忍杨坚召幸妃子,杨坚跟尉迟氏一直处于隐秘状态。现在杨坚身在大兴宫心在仁寿宫,只有回到仁寿宫,他才有机会偷偷召幸尉迟氏。他择了个日子,起驾去岐州的仁寿宫。独孤皇后自然要跟随。这时宣华夫人陈氏、容华夫人蔡氏和弘政夫人陈氏要求随驾而行,独孤皇后一个字儿不准。杨坚想起他不能公开娶尉迟氏为妃,他跟尉迟氏如同苟合,心里积压着不满,借此时机大肆抱怨说:"三位夫人都是朕的妻妾,她们要求随朕前往仁寿宫并不过分,你为何一次又一次地阻止?"独孤皇后拉着横腔,回敬说:"皇上曾对臣妾许过诺言,臣妾要求皇上不能违背诺言。"杨坚气得涨红脸说:"朕既然娶了宣华夫人、容华夫人和弘政夫人,总不能让她们呆在宫里守活寡,看你真是太霸道!"三位夫人见皇帝和皇后吵起来,不便继续要求随驾去仁寿宫。但是杨坚憋在心里的一口气似乎没有出完。

前往岐州的路途上下了场淅淅沥沥的雨,又迎着雨中寒风,到达仁寿宫时,独孤皇后受了凉,身体不适躺在床榻上昏昏欲睡。杨坚自从跟独孤皇后吵过嘴,心情一直郁闷,想起他身为至高无上的天子,本是拥有成群的妃妾左右身旁,而他身边除了皇后还是皇后,即使想召幸喜欢的妃子,不能如愿,他的苦闷令他焦虑。他一赌气,离开了独孤皇后身边,带着两个近侍来到一处密宫,这密宫独孤皇后从没来过,是专门供给杨坚召幸尉迟氏的。没多会儿,尉迟氏乔装一番走一条僻静小道被人领进杨坚所在的密宫。

性情温柔的尉迟氏见到杨坚,拜道:"奴婢来侍奉皇上。"

杨坚迎上来搂住尉迟氏道:"你是朕的爱妃,不可以以奴婢相称。"

尉迟氏坚持道:"奴婢从没有过非分之想,奴婢永远是皇上的侍女。"

杨坚愧疚道:"朕未能封你,每次召你偷偷摸摸来侍奉,让你受尽不少委屈,朕会加倍偿还你的。"

尉迟氏道:"只要奴婢能给皇上带来快乐,奴婢心满意足了,奴婢没有别的奢求。"

杨坚越发于心不忍道:"除了皇后,朕只封了三位夫人,未曾封过贵妃。你等着,朕会给你一个名分。"

尉迟氏道："谢皇上。"

跟尉迟氏在一块儿，杨坚不再受制于独孤皇后，心情奔放摆脱了苦闷。到了赴晚宴的时辰，杨坚让尉迟氏侍酒。尉迟氏不胜酒力，只喝下半杯两边的脸颊像涂上胭脂变成桃红色，看上去极美。杨坚瞅着尉迟氏好看的脸色，按捺不住情欲，将尉迟氏搂在怀里，相拥进了内室，宽衣解带，卧在了御榻上。搂着年轻美人睡在御榻上，感觉就是一个美妙，使杨坚不想回到独孤皇后身边。

独孤皇后从昏睡中醒来，不见杨坚，以为杨坚在跟大臣们商议朝政。待到半夜，杨坚没回寝宫，独孤皇后急了，吩咐宫人寻找杨坚，宫人们找了会儿回来，说没找到皇上。独孤皇后开始怀疑杨坚在这个晚上召宫女侍寝了，她怒火中烧。直到天亮，杨坚仍没回到寝宫，独孤皇后醋性大发，指使心腹查实杨坚召谁侍寝了。

一整夜杨坚经不住尉迟氏滑润玉体的诱惑，数次房事，可他毕竟上了年纪，到末尾就是一个快活的累，累得骨松体软疲倦不堪，睡到早朝懒得起床。尉迟氏担心杨坚误了早朝，又害怕独孤皇后找来，催促杨坚起床。杨坚想搂尉迟氏多睡会儿，等他睁开眼看窗外一片大亮，想到百官这会儿在大殿候朝的情形，他不得不起了床，准备前往朝殿。

独孤皇后感觉刚过去的一夜仿佛要比从前任何一夜都要漫长，好不容易熬到天亮。她对左右侍从说："皇上肯定在朝殿，诸位随我去趟朝殿。"

一个侍从劝阻说："朝殿里满是大臣，皇后娘娘去朝殿，恐怕不是时候。"

独孤皇后执意要去朝殿，给杨坚一个难堪。她急着性子刚出永安宫，迎面走来几个心腹，神秘兮兮禀报说："臣等查实昨晚给皇上侍寝的宫女是尉迟氏。"

一听这话，独孤皇后立马气得脸上发青说："别去朝殿了，带我去见识一下那个贱货。"

尉迟氏还没离开侍寝的密宫，被赶来的独孤皇后堵住，劈头盖脸问道："昨晚你在这里给皇上侍寝了，是不是？"

尉迟氏惊恐万状跪下道："是皇上召奴婢来的，奴婢不敢不奉召。"

独孤皇后狠狠抽了尉迟氏一耳光，怒骂道："你这贱货侍寝，打的什么主意？"

尉迟氏眼前一阵发黑，哭泣道："奴婢再也不敢奉召侍寝了。"

独孤皇后厉声怒道："打，往死里打！"

众随侍听了个一清二楚，害怕皇上知道后拿他们往死里打，都僵持住。

"一个个为何不出手？"独孤皇后怒视众随侍。"谁不出手，这就从我眼前彻底消失！"

一个随侍畏首畏尾说："打死人，让皇上晓得怎么交代？"

这话愈加刺激了独孤皇后："你们尽管打吧，打死这个贱人，由我替你们扛着；万一皇上问罪，我去抵罪，大不了让我来还这贱人一条命！"

独孤皇后发了狠话。众随侍毫无退路，找来木棍朝跪在地上的尉迟氏挥了过去。一个娇柔的小女子哪里经得了打，劈头盖脸打下三五棍，瘫软在地不得动弹，再打便是多余。尉迟氏自始至终既没叫嚷一声，也没扬起胳膊抵挡，给乱棍活活地打死。独孤皇后仍不解恨，冷声冷气说道："皇上一定喜欢贱人的一双光滑细嫩的手，剁掉喂狗去吧。"

众随侍既然出了手，没有住手的余地。

正在气头上的独孤皇后浑身都是怨恨，就想给杨坚一个震慑，她用一只精美的木漆盒子装着尉迟氏一只剁下来的手，派了个太监给杨坚送去。等早朝一结束，木漆盒子送进了大殿。杨坚见皇后的近侍送来一只木漆盒子，以为盒子里盛着早膳，忙问："什么好吃的美食？"送来盒子的太监苦着脸不敢抬头，胳膊发抖说："是皇后娘娘差奴才送来的，奴才不敢抗旨……"杨坚仍旧以为盒子里盛着早膳，他接过盒子打开一看，里边是只血淋淋的手，顿时吓得盒子从他手中掉在了地上，大惊失色地问道："谁的手？"送来盒子的太监立刻跪下，浑身颤抖再也说不出话来。杨坚震怒道："你岂敢在朝殿恐吓朕？快拖出去斩了！"就在木漆盒子从杨坚手中掉落的那一瞬间，大殿里的众人同时看到了从木漆盒子里抖出一只血淋淋的手，吓得惊恐万状。之后杨坚明白这只手是谁的手，他含恨说道："没想皇后做事太绝，竟是如此的狠毒！"

一气之下，杨坚出了大殿，骑上一匹马奔出仁寿宫，一群侍卫赶紧骑马尾随而来。杨坚突然掉转马头，拔出佩剑，大声怒喝道："谁跟着，斩谁，快回去！"众侍卫吓得勒住马，止步了。出了仁寿宫，便是茫茫旷野，杨坚策马朝着无边无际的旷野飞奔，仿佛没有停下的时候。

高颎和杨素听说杨坚独自骑马奔出了仁寿宫，慌了起来，两人骑上马追出仁寿宫；他们追出数十里，才追上，只见杨坚坐在一块生满野草的石头上默默地流泪发呆。高颎和杨素下马走了过去，跪下，请求杨坚回宫。

杨坚仰天哀叹道："王公大臣都有三妻四妾，朕惟有皇后一人相伴，到老难得遇一红颜，未曾册封，仅仅是做贼似的偷偷摸摸，只是偶然间召来侍寝，都不准许，还要残忍地以除后患。朕贵为天子，不得自由，不得自由！"

高颎同情劝道："皇后不过为一妇人而已，陛下怎么可以一妇人而轻天下？"

杨素劝道："天下为重，请陛下随臣等回宫吧。"

坐在石头上的杨坚怕皇后由来已久，他倔着不回宫，又能倔得了多久呢？要是没有高颎和杨素追来，他孤零零的挨不到天黑。他左哀叹右哀叹，最终渐渐消解了怒气，随高颎和杨素回了仁寿宫。

在高颎和杨素没找回杨坚之前，独孤皇后一直担心离宫出走的杨坚安危，她惶恐不安，当她听到宫人跑来说皇上找回来了，她悬着不安的心才平静下来。等杨坚回到永安宫时，独孤皇后想起杨坚一夜不归，召幸宫女尉迟氏侍寝的事，气得哭哭泣泣。

杨坚板着脸，指责道："尉迟氏不过是个地位低下的宫女，仅仅是在偶然间陪了下朕，被你残忍地杀害。"

独孤皇后委屈地转过身来说："君无戏言，难道皇上忘了洞房花烛夜时对臣妾许下的诺言？此生不再相爱别的女子，愿与臣妾相守终生白头偕老，正是皇上的诺言。"

杨坚回言道："那时朕身为平民，的确对你许下诺言。后来朕成为天子，也没完全违背诺言。多年以来后宫形同虚设，就连仅有的宣华夫人、弘政夫人和容华夫人都要看你的脸色，你不答应她们侍寝，朕不便召幸她们，天下哪有帝王像朕这样活得窝囊？"

独孤皇后欲言又止，只顾哭哭泣泣。

杨坚没有别的选择，像哄孩子似的哄着独孤皇后。

等杨坚和独孤皇后的矛盾稍稍平缓之后，杨素来到独孤皇后面前告状说："高颎对皇后娘娘大为不敬。"

独孤皇后立马惊了个正色："高颎怎么了？"

杨素说："皇后娘娘本与皇上齐贵天下，可是高颎在皇上面前称皇后娘娘为一妇人，大有贬损皇后娘娘之意。"

独孤皇后的脸色陡然一变说："我知道了。"

4

宫女尉迟氏遭遇乱棍打死之后，愤怒的杨坚最终敌不过愁眉苦脸哭哭泣泣的独孤皇后,只好妥协。此后的日子里,情感受到伤害的独孤皇后就是走不出杨坚召幸尉迟氏侍寝的阴影,无法高兴起来,她的忧郁日渐加深。她对高颎的怨恨也是日渐加深。

高颎何止得罪了独孤皇后?太子杨广也对高颎怀恨在心。一方面高颎跟被废太子杨勇是儿女亲家;另一方面平定陈朝班师回朝的时候,杨广获取陈朝最大的战利品是后主陈叔宝的张贵妃,被高颎擅自杀掉。鉴于此,杨广深明位极人臣的高颎是他即位路上的障碍,他一直都想除掉高颎。

杨广背地里跟独孤皇后合谋,加上杨素参与其中,时不时地找高颎的毛病进谗言。正逢高颎结发夫人病逝,杨坚劝说高颎娶一房小妾。高颎悲伤不过来,哪有心思娶小妾,说他老了,没那个必要了。没过多少天,传来高颎的一位小妾生了个儿子。杨坚替高颎高兴。独孤皇后大为不悦说:"高仆射欺君,皇上还高兴得起来?"杨坚不解地问道:"高颎是老来得子,朕为何不能为他高兴?"独孤皇后挑拨道:"前些日子高仆射死了夫人,皇上好心劝他纳一房妻室,他说他老了,不中了,没那个必要了;现在他的爱妾竟然为他生子,可想他在欺骗皇上,这样的人皇上还能相信吗?"独孤皇后当即给高颎扣上欺君之罪。杨坚听信谗言,起了疑心,都没犹豫一下,下诏免除高颎官职,削籍为民。这样的革职来得突然,高颎似乎早有预料,明白他久居高位,引来天子和僚属的猜疑和嫉恨;杨坚对他削籍,算是给了他个善终,他不再强求什么,知趣地隐退。于是杨素接替高颎,升为尚书左仆射;纳言苏威接替杨素,升为尚书右仆射。此时的苏威,看出独孤皇后、太子杨广和尚书左仆射杨素抱成一团左右朝政,他与人无争,显得沉稳而又低调。

清除了高颎,太子杨广接着想清除他的四弟蜀王杨秀。早些时候,杨广怂恿杨素进谗言,杨坚召杨秀回京师,杨秀不从;杨坚只好免去杨秀益州总管,调独孤楷赴益州任总管,逼迫杨秀回京师。直到迄今,仍不见杨秀回到京师来。杨广再次怂恿杨素进谗言。杨坚听信杨素的谗言,对杨秀下了道震怒诏令。这回的杨秀得到震怒诏令,再也支撑不住,只好奉诏回京师。

仁寿二年(公元 602 年)八月甲子日,杨秀正奔行在回京师的蜀道上。无法摆脱忧郁的独孤皇后就在这天突然病逝在了永安宫。太子杨广得到丧讯,赴永安宫,在独孤皇后灵榇边放声悲哭得瘫软在地,几近昏厥;甫说来奔丧的大臣和宫人被杨广的孝心感动得流泪,就连杨坚也被太子失去母亲的悲痛感动了。其实杨坚的悲痛到了欲绝的地步,他忍耐着,没像杨广那样失态地放声痛哭。

皇后跟随杨坚是恩恩爱爱一路走过来的。杨坚清楚皇后的病逝与他召幸宫人尉迟氏有关。正因皇后一生太看重夫妻恩爱，只是杨坚背着皇后偷偷召幸尉迟氏，才使皇后的自尊受到重创，从此心灰意冷，在不可言状的忧郁中绝望而死。杨坚至此悔恨，觉得他亏欠专注情感的皇后，不知拿什么才能弥补皇后的在天之灵。

　　这当儿，著作郎王劭上书道："佛说：'人升极乐或者升到无量寿国，天佛会大放光明，以香枝美乐来接迎。'大行皇后的福善征兆，在诸秘记中都有详尽记载，堪称皇后是妙善菩萨。臣考观到八月二十二日，仁寿宫内飘落下圣洁的白莲花；二十三日，大宝殿在后半夜里出现佛光；二十四日卯时，永安宫北面响起美妙的天籁之音，声震万千虚空。直到夜里五更时辰，皇后沉睡得安详，随即西方三圣来接引，皇后乘坐白莲花台往生，前往极乐佛国。皆与经文描述的吻合。"

　　听罢王劭奏言，杨坚亏欠皇后的内心得到安抚。他下令上仪同三司萧吉为皇后选择陵地。萧吉带了一帮人在咸阳转了一圈，回来对杨坚禀报说："臣在咸阳踏到一处上上吉穴。臣占卜年，杨家基业可以延续二千年；臣占卜世，杨家皇统可以延续二百世。"杨坚说："吉凶在于人的修持，不在于地。譬如北齐后主高纬埋葬他的父亲难道就没有占卜吉凶之地吗？但是北齐很快就灭亡了。朕家的陵地，如果说不吉，朕就不应做帝王；如果说不凶，朕的弟弟就不应战死疆场。"萧吉说："堪舆风水，方知龙穴吉地，自古以来连绵不绝，陛下为何不信？至于高纬家的祖穴，兴许没有踏准，才出了偏差。"萧吉自信他为皇后陵地踏得准确。杨坚只好依从萧吉说："葬皇后的陵为太陵。"

　　闰十月，地处咸阳的太陵修建完毕。由尚书左仆射杨素主持独孤皇后的葬礼。这天的气候特别的严寒，天地间纷纷扬扬飘起雪花。独孤皇后的棺椁要从永安宫移出，凄凄哀哀送往咸阳，落葬于太陵。六十一岁高龄的隋文帝杨坚亲自护送皇后棺椁前往太陵。从永安宫到达咸阳的太陵，有几十里的路程，杨坚随皇后棺椁上路时，既没乘坐御辇，也没骑上马背，他一路冒着风雪严寒徒步前往太陵。路途上大臣们心痛他徒步在风雪中，多次劝谏他坐进御辇避风寒。他不肯，凄苦说道："二十余年不知有多少个日日夜夜，朕上朝也罢，退朝也罢，或者进膳就寝也罢，皇后总是相随在朕的身边来来往往，从不间断；至此今日，朕是最后一次与皇后相依相随了，朕就得陪了皇后走到终点，不然，朕只能在梦里与皇后相依相随了。"

5

葬下独孤皇后没几天，蜀王杨秀行走艰难的蜀道，终于回到京师长安。处于丧妻悲痛中的杨坚听说四子杨秀回朝，连忙召见杨秀。免去益州总管一职，杨秀耿耿于怀，觉得父皇亏待了他，当他来到朝殿时，既不跪拜也不请安，木头一样立着。

杨坚陡然萌发爱子之心，语气柔顺说道："朕都下过几次诏书了，召你回朝，今儿个总算见你回朝了。"

杨秀无法感受父皇此刻的心情，他赌气不搭腔。

杨坚又说："你要是早几天回来，都赶上你母后的葬期了，只怪老天没让你赶上。"

杨秀还是不开口说话。

杨坚这才觉察到杨秀不想跟他说话，生气道："你没话，那就退下吧。"

终没说句话的杨秀，转身匆匆走掉了。

第二天，杨坚仍在生杨秀的气，派纳言兼尚书右仆射苏威去责备杨秀。

见到杨秀，苏威毫不客气说："蜀王与皇上毕竟是父子之间，何况皇上有数年没见到蜀王了，既然父子相见，蜀王不叫声父皇，也不搭理一声，气得皇上一夜难眠。"

杨秀这才意识到自己做得过分。

苏威接着又说："遇皇后娘娘崩逝，皇上的心情悲伤得很，如果蜀王认为自己错了，这就可以随臣去皇上那里认错，求得皇上宽容。"

听到苏威这么说，杨秀不敢再赌气，随了苏威来到朝殿，正好赶上太子杨广和其他几个亲王不知为何缘故在流泪谢罪。见这情形，杨秀顿时惊怔住。

杨秀来的不是时候。杨坚拉下脸，严正说道："过去秦王杨俊生活奢靡，大肆浪费财物，朕用为父之道教训他；现在蜀王杨秀鱼肉百姓为己奢靡，朕要用为君之道惩治他。"

言毕，杨坚似乎绝了父子之情，要把杨秀交给朝廷司法官员处置。

大殿里的气氛越来越沉闷。

开府仪同三司庆整正好在场，他急忙劝谏道："皇长子杨勇已被废黜，秦王杨俊已经病故，想来陛下的儿子不多了，何必这样呢？再说蜀王性情一向耿直，如果将他绳之以法，恐怕难以保全性命。"

杨坚冲庆整勃然大怒道："你再敢一派胡言，朕当即拔出佩剑割掉你的舌头！"

大殿里鸦雀无声，惟有杨秀趴在地上发出惶恐的呜咽。

随后杨坚对发呆的众臣说道："论杨秀在蜀地所犯之罪，应该将他拖到闹市斩首示众，向百姓谢罪！"

众臣不约而同跪下，替杨秀求情。杨坚的心软了下来，将杨秀交给尚书左仆射杨素等人查办处置。

杨秀受到司法制裁，正是太子杨广所求，他一阵狂喜，敦促杨素将杨秀往死里查办。杨素对杨广说："现在还早，等查办出结果，再除掉杨秀不迟。"杨广迫切说："那就快点查办，以免夜长梦多。"回到家后，杨素征询弟弟杨约，说太子杨广要将蜀王杨秀置于死地。

杨约琢磨了会儿说："蜀王杨秀毕竟是皇子，皇上没下处斩令，兄长能听太子的话吗？"

杨素说："太子是未来的天子，我能不听他的话吗？"

杨约说："有皇上在，兄长必须等候，听从皇上的。"

杨素说："万一太子逼得急怎么办？"

杨约说："太子和蜀王有恩怨，是他们兄弟之间的事。如果兄长中了太子借刀杀人之计，恐怕皇上有朝一日念及失子之痛怨恨兄长。"

杨素犯难说："皇上令我查办蜀王，太子敦促我借此查办除掉蜀王，我若不从太子，得罪不起。"

杨约说："兄长暂且拖着，到末了皇上会有裁决的。"

杨素听取杨约之言，找到杨广说："皇上一直没有正式下令诛杀蜀王杨秀，说明皇上心里有牵挂。"

杨广说："杨秀不死，我不甘心！"

杨素说："杨秀死，一定要有该死的罪证。"

杨广开始捏造罪证嫁祸杨秀。他暗地里制作了两个木偶人，罪人似的五花大绑，又戴上脚镣手铐；然后在木偶人身上写下文帝杨坚和汉王杨谅的名字，再然后写下诅咒："请西岳慈父圣母收走杨坚、杨谅的神魂，如此形状，勿令散荡。"差人偷偷埋藏在华山脚下。又差人对杨秀屈打成招。再由杨素派心腹到华山挖掘出木偶人，控告杨秀利用图谶巫术谎称京师长安出现妖孽，蜀地出现祥瑞吉兆，又伪造杨秀的讨伐檄文。这一系列的罪证放入杨秀的文集，一并呈上御前，就想一气呵成奏死杨秀。

杨坚看过杨素送来的木偶人和奏章，震惊道："天下哪有这样的不孝之子？"

杨素候在一旁，只等杨坚发怒，嘴里吐出"处斩"二字。可是杨坚念及到了父子之情，既没被激怒，也没喊出"处斩"，而是转身走掉了。

十二月癸巳日，杨坚下诏，废杨秀为庶人，幽禁在内侍省，不准他与妻儿相见，只派了两个獠人当作奴仆侍候他。

没人告诉杨秀为何会有这样的结局，但是杨秀会想他的结局，自然想到他的大哥杨勇和三哥杨俊的结局，他全然明白是太子杨广和尚书左仆射杨素合谋构陷所为。他悲愤绝望到了极点，连为自己澄清遭遇构陷的气力都丧失殆尽。

绝望的杨秀剩下的最后情感就是不舍他的爱子杨瓜子。他悲伤地上表，请求父皇在他苟延残喘之际，安排他跟儿子杨瓜子相见一面。赐他一处墓穴，以备收敛他死后的遗骨。杨秀的上表最先落到尚书右仆射苏威手里，苏威览毕杨秀的奏章，禁不住地流泪，可他无力替杨秀改变什么。

苏威带着杨秀的上表去朝见杨坚。等杨坚看完杨秀的请求，苏威眼里又盈满泪水。

杨坚顿时沉闷起来，瞅着流泪的苏威说："你同情杨秀了？"

苏威立马跪下说："恕臣直言，杨秀和陛下是父子之间；杨瓜子和杨秀也是父子之间；然而陛下身为天下君父，大爱天下百姓无所求；杨秀爱他的儿子，是人之常情。"

杨坚立刻变脸说："你的意思是说朕不爱儿子，都不如杨秀？"

苏威连忙解释说："陛下误解了，臣的意思是说陛下的儿子和孙子，正是陛下的血脉，如万世不息的长流水，不可阻截啊！"

杨坚转过身去，眼里涌出泪花，唉声叹气说："就让杨秀跟他儿子住在一块吧。"

第二十六章　终极遗恨

1

西宁州的蛮夷酋长们相互掠夺,闹得天无宁日。刺史梁毗正要出兵镇压,酋长们害怕起来,带了抢夺来的金子送给梁毗,保个平安。梁毗把金子统统堆放在桌面上,对着金子哀叹道:"金子啊金子,饥不能拿你当饭吃,寒不能拿你当衣穿,人们为何要抢夺你呢?可悲的是人们为了抢夺你,接二连三地互相残杀,不知杀死多少无辜的性命。现在有人把你送给我,就是要害死我。"梁毗一个子儿没收下。送来金子的酋长们顿悟过来,不再为了金子杀得昏天黑地。杨坚听到梁毗以清廉之举教化蛮夷,非常敬佩,调梁毗入京师任大理寺卿,执掌司法。

梁毗赴京师上任没多久,对大权独揽的杨素不满,给杨坚上了道密奏:

"臣听说身为臣子的作威作福,一定祸害国家。尚书左仆射杨素就是其中之人,自从他得到陛下宠信,权势显赫,贵在一人之下万人之上,朝廷大臣迫于他的威力,不敢轻易触犯他。他所亲近的人,几乎没一个是忠心为国的;他所提拔的人,几乎全是他的家人和亲戚,譬如他的弟弟杨约,叔父杨文思、杨文纪以及同族叔父杨忌在他权势笼罩下一步登天,相继高居尚书、列卿之位,尤其是他的儿子论功微薄,却晋升柱国、刺史。杨家分布各地的都会、磨坊、客店、房宅及田产到底有多少,恐怕没人知其数。据说在杨家听从使唤的奴仆就有几千人,可想杨家富贵齐天,无人可以攀比。如果哪天国家遇到忧患,杨素就是祸端。历数前朝,奸臣擅权由来已久,当年的王莽灭掉西汉王朝,桓玄倾覆东晋皇统就是佐证。陛下要是把杨素当成殷商的伊尹辅佐朝政,将来定会悔之晚矣。希望陛下能考鉴古今人臣,妥善处置,使大隋王朝宏伟基业万世长存,是天下万民的幸运!"

杨坚览毕梁毗的密奏,勃然大怒,下令逮捕梁毗入狱。第二天,杨坚渐渐冷静下来，再次拿起梁毗的密奏细看，大多说的实言，看不出梁毗有挑拨君臣之嫌，便觉他对梁毗的大怒有点操之过急，问身边近侍，梁毗呢？那近侍说梁毗在诏狱。

杨坚说："你们随朕去看看梁毗。"

近侍们随了杨坚来到监牢，梁毗果然待在里边。

杨坚想给自己找个台阶，问梁毗："朕囚你屈不屈？"

梁毗说："臣还没来得及想自己屈不屈，臣只想权奸当道，是国家最大的隐患……"

杨坚问："你说杨素是权奸，是隐患，何以见得？"

梁毗说："杨素何许人也，难道陛下一点都没看出来？他凭借陛下对他的信任，擅权无度，率兵所到之处，胡乱杀害无辜，无人敢问其罪。再说太子杨勇、蜀王杨秀正是陛下的亲骨肉，陛下废黜他们的时候，朝廷百官无不感到震惊而生恐，可想陛下当时的心情难过得好似切肤之痛，只有杨素高兴得眉开眼笑。"

梁毗的此番话语，深深触动杨坚的内心，他当即释放了梁毗，开始猜忌着了杨素。他回到朝殿，有意问尚书右仆射苏威，杨素担任尚书左仆射，都有一些日子了，他就职后的表现如何？朕想听听你对他的评价。

苏威被问得始料不及，瞪大眼睛看着了杨坚，翕动嘴唇欲言又止。

杨坚看出苏威心存顾忌，开导说："你别担心什么，有一说一，有二说二，朕决不会拿你的话问罪你。"

苏威笑了笑说："听说大理寺卿梁毗因言而获罪。臣的言辞，就怕不小心得罪了人……"

杨坚说："朕屈了梁毗，现已释放他官复原职了。"

苏威又笑道："难道陛下非要臣评价左仆射不可？"

杨坚说："朕信任你，希望你能说实话。"

苏威说："臣要是说了实话，恐怕陛下不太相信。"

杨坚脸色一变说："你直说吧，别卖关子了。"

苏威说："天下人做梦都想得到的东西，左仆射杨素一样不少，全都满满当当得到了。"

杨坚说："朕想听你说得具体些。"

苏威说："天下有形无形的好东西实在太多，臣悉数不尽，不知从哪里开始说起。"

杨坚脸上露出了惊色："那悉数不尽的好东西，全让杨素获取到了？"

苏威笑道："臣只能说到这里。"

找苏威交谈之后，杨坚彻底醒悟给杨素的权力过大，的确隐藏着难以预测的祸患。上朝的时候，杨坚特地诏令道：

"左仆射是国家的宰辅，不必亲自过问大小政务，只须三五天到尚书省一次，评定审理朝政大事即可。"

诏令看起来是对杨素的尊崇，实际上是削弱杨素的权力。太子杨广当然要维护杨素的权力，他上奏道："既然左仆射是国家的宰辅，尚书省每日的政务堆积如山，如果缺了宰辅事无巨细的过问，岂不乱套了？"杨坚十分恼火，狠瞪杨广一眼道："朕身为国主，难道不能事无巨细？"杨广被顶了回来。杨坚接着暗示道："如果每日的朝政全被左仆射做尽了，朕岂不是赋闲，没事可做了？"

梁毗的密奏，一直放在杨坚寝宫的枕头下。入寝时，杨坚时不时地从枕下掏出密奏看上几眼，当他看到梁毗奏杨素提拔家人和亲戚高居尚书和列卿之位时，他会紧锁眉头；想到杨素的势力盘根错节，陡然拿掉他的权位，不是上策。

过了几天，杨坚突然调杨素弟弟杨约到伊州（今河南汝州）任刺史，给了杨约一个始料不及，他不去赴任毫无去路。杨素傻了眼，清楚杨坚开始对他采取修剪术，只能一个忍字罢了。紧接着杨坚有意扶植驸马柳述来制衡杨素。柳述是兰陵公主的夫君，任吏部尚书不久，现在又兼任兵部尚书，直接参与朝廷军机大事，分离了杨素的权力。因此杨素对柳述怀恨在心。

2

经历太子杨勇被废庶人、三子杨俊免职病故、四子杨秀被废庶人，以及皇后崩逝，杨坚情绪低落，总也愉快不起来。幸好有宣华夫人陈氏和容华夫人蔡氏相随侍奉。

宣华夫人和容华夫人是从守活寡的日子里走出来的。现在没了皇后独霸龙床，杨坚总算有了属于他的自由，开始宠爱宣华夫人和容华夫人，刺激低落的情绪。两位夫人得宠后，生怕失宠，无论召幸侍寝有多频繁，她们年轻的身子都能扛得住。杨坚则不然，他的年纪大了，房事频繁他就扛不住，可他并没意识到频繁的房事正在折损他的龙体。

仁寿四年（公元604年）初夏，杨坚准备移驾到仁寿宫避暑，召来术士章仇太翼择个吉日出行。

章仇太翼择了会儿皇帝起驾的日子，几乎没个吉日可行，始终不敢言声。

杨坚看着章仇太翼问道:"朕召你来择个日子,你都择了半天,怎么还没择出来?"

章仇太翼这才回道:"皇上不便起驾去仁寿宫。"

杨坚一惊道:"为何去不得仁寿宫?"

章仇太翼不再回避,直言道:"皇上此次出行,恐怕回不来了。"

在殿的众臣为之震惊。

杨坚的脸色陡然变了,怒骂道:"你大逆不道,朕这就送你进诏狱,让你永远回不了家!"

章仇太翼正要作一番解释,侍卫们不给他机会,拽住他拖离走了。

苏威气愤道:"送章仇太翼进大狱,轻饶了他,皇上为何不下令斩了那个狗东西?"

杨坚难看的表情转而一笑道:"斩章仇太翼有的是工夫,朕就是不信他的邪!等朕活着从仁寿宫回到长安后,问他个道理再斩他不迟。"

起驾的当儿,杨坚下诏太子杨广留守京师监国,处理赏赐、财政支出等诸多政务,带着宣华夫人陈氏和容华夫人蔡氏驾临仁寿宫。这仁寿宫冬暖夏凉,里里外外的景色迷人且又幽静,早已成为隋朝皇家避暑山庄。因此杨坚住在大兴宫的日子越来越少,差不多常住在了仁寿宫。

四月乙卯日。晚宴过后,宣华夫人陈氏和容华夫人蔡氏扶着杨坚回了寝宫。一张大宽的龙榻在以往的日子里,惟有独孤皇后侍寝,令杨坚郁闷。这张宽大的龙榻现在不再受制于独孤皇后,杨坚的情欲仿佛变成一头猛兽,他几乎夜夜召幸宣华夫人或者容华夫人侍寝。这个晚上,杨坚留下姿色更上一乘的宣华夫人,在龙榻上死去活来享受欢欲,折腾得虚汗淋淋,顿感头晕目眩,才肯罢休。

第二天一大早,杨坚浑身软绵绵的,无力起床。宣华夫人召来太医,诊断杨坚房事过度,耗损精气导致龙体虚弱,敦促杨坚节制房事。

杨坚不以为然,相信他耗损的精气会很快恢复。一晃到了六月,酷暑来临,单衣薄衫的召幸更加方便。宣华夫人和容华夫人争宠得厉害,她俩有时躺在寝宫龙榻上不肯离开,杨坚就得跟她们应酬,不适的龙体每况愈下;这时杨坚意识到了频繁的房事亏损龙体该要有所节制,可他面对宣华夫人和容华夫人冰肌玉骨的胴体,舍不得让她们离开。正因纵欲过度,杨坚浑身乏力,仿佛被人抽去筋骨,躺在龙榻上懒得起来。

这时候杨坚心底里陡然萌发难于言表的羞愧。

等宣华夫人和容华夫人来到寝宫时，杨坚喘息说道："朕老来不知耻。"

此言一出，宣华夫人和容华夫人惊得目瞪口呆。

杨坚接着说道："朕违背初衷，才不知耻。"

宣华夫人这才翕动嘴唇，谨慎问道："皇上怎么说出这种难听的糊涂话来？"

杨坚摇了摇头道："朕的确糊涂，才自责啊。"

容华夫人奇怪地问道："皇上有什么自责的？"

杨坚道："昔日北周宣帝宇文赟因无耻，贪恋房事毫无节制，只活了短促的二十一岁，陡犯重疾，命归黄泉。朕跟皇后过夫妻生活，有节有制过到六十花甲之岁，从没病成现在这个样子。只是皇后归天之后，朕每日召幸两位爱妃侍寝，既劳损精骨，也折寿哩。"

宣华夫人和容华夫人吓得跪了下来，异口同声道："都是臣妾的罪过，臣妾宁愿折寿，给皇上祈福添寿！"

杨坚轻轻叹道："从今日起，两位爱妃少来寝宫了。"

宣华夫人抽泣道："臣妾早已是皇上的人了，为何来不得寝宫？"

容华夫人跟着抽泣道："是啊，臣妾是皇上的人，难道不让臣妾来寝宫侍疾？"

杨坚琢磨了会儿，说道："两位爱妃来寝宫可以侍疾，但不可以侍寝了。"

于是杨坚召左仆射杨素、兵部尚书柳述、黄门侍郎元岩入仁寿宫侍疾。随后召太子杨广内居大宝殿。

在龙榻上躺了些天，杨坚一直都没离开寝宫。驸马柳述和左仆射杨素进大宝殿的寝宫侍疾，杨坚正安详地睡着。

杨素轻声叫醒杨坚说："到时辰了，臣等来侍奉皇上服药了。"

杨坚醒来，没吭声。柳述走近龙榻，弯下腰扶杨坚坐起，感觉杨坚的龙体越来越轻。然后柳述端起汤药慢慢往杨坚嘴里喂。服完汤药，杨坚叹道："都说人算不如天算，术士章仇太翼知天命，朕来仁寿宫时，果然被他算计准了，看来朕的这副样子，的确回不了长安。"

杨素说："章仇太翼该斩！"

杨坚吃力地摆了下手说："朕说了回长安亲斩章仇太翼的，朕既然回不了长安，斩章仇太翼岂不成了笑话？"

柳述说："章仇太翼的嘴太毒，现在斩他理所当然。"

杨坚躺了下来，又是一声叹道："天命注定。斩章仇太翼毫无意义，别囚他了，传朕旨意，放了章仇太翼吧。"

3

七月初，杨坚在大宝殿的龙榻上都快躺了一个月。尽管太医使尽招儿，仍没法医治杨坚恢复安康。杨坚意识到了他的病症盼不来痊愈的时候，想他驾崩归天随时都有可能，便觉该要处理身后事了，召群臣于大宝殿，授遗诏：

"自昔晋室播迁，天下丧乱，四海不一，以至周、齐，战争相寻，年将三百。故割裂疆土者非一所，称帝王者非一人，书轨不同，生灵涂炭。上天降鉴，景命于朕，升登大位，拨乱反正，天下大同；华夏归一，万民安泰，丰衣足食，共享盛世，朕之安息，无以牵挂。然朕今岁逾六十有余，不复称夭，卧榻数十日，重疾不可治愈，乃天命所定。人生子孙，谁不爱怜，既为天下，事须割情，皇子杨勇及杨秀，并怀悖恶，且无臣子之心，所以废黜。古人云：'知臣莫若于君，知子莫若于父。'若杨勇、杨秀得志，共治国家，必当戮辱于公卿，酷毒于人庶。今恶子孙已黜屏，好子孙足堪负荷大业。此虽朕之家事，理不容隐，前对文武及侍卫，具已论述。皇太子杨广，地居上嗣，仁孝著闻，任其大业，堪成朕志。但令内外群官，同心协力，共治天下。朕虽瞑目，何所复恨？国家大事，不可限以常礼。诸州总管、刺史以下，宜各尽其职。自古哲王，因人作法，前帝后帝，沿革随时。律令建章，或有不便于事，宜依前敕修改，为当政要。"

群臣鸦雀无声跪在殿堂上聆听完遗诏，心情沉闷，三呼吾皇万岁，万岁，万万岁。杨坚耳闻朝贺声，想到自己近于寿终，心里不是个滋味，吩咐近侍搀扶他回了寝宫，躺在了龙榻上，萌发绝世之感。

人终归一死。满头白发的杨坚并不为他面临死亡感到恐惧，也不为他即将绝世感到悲伤。按说授完遗诏，他的内心归于踏实，但他总也踏实不了；想起仙逝的皇后替他生下五子，皇长子杨勇被废庶人，至今仍遭囚禁，皇三子杨俊被废庶人后病逝，皇四子杨秀也落得个被废庶人的下场，剩下来的只有皇次子杨广和皇五子杨谅。想到五个皇子遭遇的命运，杨坚就有说不出的痛苦。他躺在病榻上，一直念着皇五子杨谅，早已派人召杨谅来仁寿宫见最后一面。

等驸马柳述来到寝宫侍疾时，杨坚心神不定问道："五儿该来了，怎么仍不见他的身影呢？"

柳述安慰说："汉王一定在来仁寿宫的路上，兴许在这一两天里，就会赶到仁寿宫了。"

杨坚闭着眼，默默叹道："五儿是长子就好了，朕会把皇位给他，可惜他不是长子……"

汉王杨谅排行老幺，正是老来杨坚最痛爱的皇子。开皇十七年，杨谅奉旨赴并州任总管，管辖区域自太行山以东至沧海，南濒黄河，属地五十二州。杨坚曾特地宣诏给汉王杨谅："便宜从事，不拘律令。"可想杨坚对杨谅的宠爱，令其他皇子不可比。

柳述正要退下，杨坚突然睁开了眼。

杨坚说："朕来仁寿宫，生出这场大病，回不了长安，是天安排的……"

柳述说："等皇上病愈后，就可回长安了。"

杨坚说："民间常言，生有爹娘，死有地方；看来朕只能在仁寿宫落下最后一口气了。"

柳述说："不会的，皇上一定能安康回长安的。"

杨坚叹道："柳述啊，你身为朕的驸马，娶了朕家的兰陵公主。朕一直没起用你，现在用你，也不嫌迟，朕给了你吏部尚书兼兵部尚书，又召你来仁寿宫侍疾，可想朕的苦心！你别负朕的苦心啊！要知朕最喜爱的儿女，就是兰陵公主和汉王杨谅。然而杨谅那小子，朕盼他来，为何盼得这么难呢？"

听话听音，柳述陡然明白杨坚深藏的内心。他回言道："皇上视臣为己出。臣懂了皇上的苦心，臣愿万死不辞，维护大隋王朝国泰民安！"

柳述退下后不久，汉王杨谅从并州赶赴到了仁寿宫。

见父皇病成枯萎的干柴样，杨谅立马跪在病榻下，泪如泉涌："儿臣不孝，给父皇侍疾，来晚了。"

杨坚吃力地伸出一条胳膊，抚摸在了杨谅头顶上："朕召幺儿来，不是吩咐幺儿来侍疾的，朕只是病卧床榻太寂寞，才念及着了幺儿……"

随后杨坚冲寝宫侍从说道："汉王难得来趟仁寿宫，要汉王陪朕说说话，打发寂寞，诸卿暂且退下。"

等侍从们全都退出寝宫，杨坚对杨谅说："从古到今，历朝历代的帝王都没越过龙御归天这道坎，朕遇这道坎，照样越不过，也到了龙御归天的时候。只是朕一统天下，创立大隋，就怕朕离世之后，这一统的盛世天下，重又出现乱世……"

杨谅没料杨坚会当他说出此番话语，甚是震惊："父皇不是立下太子杨广吗？等太子君临天下……"

没等杨谅说完，杨坚叹息道："虽说朕已宣过遗诏，却是违心而宣。只怪幺儿不是皇长子，朕无奈至极，只可违心宣遗诏。"

此时此刻，杨谅全然明白父皇的内心，他又是一惊。

片刻后，杨谅不解地问道："遗诏国家未来的社稷主，是天下头等大事，父皇为何要违心呢？"

杨坚说道："朕立大隋，一统天下，是为华夏万世大统之源。就怕将来发生动荡，危及天下大统。朕虽身为至高无上的天子，也有做天子的难处，不可以凭个人喜好，决断国家未来社稷主。"

既然把深藏心底的话说出，杨坚不再遮掩，继续说道："这之前，朕一直犯糊涂，直到病卧床榻才清醒。记得大理寺卿梁毗曾给朕上过一道密奏，直斥杨素擅权过度，贪赃枉法，进言对杨素采取措施，朕以为梁毗夸大其词。现在想来，后悔得很。"

杨谅深谙杨素其人，趁机奏道："既然如此，父皇为何不将杨素拿下？"

杨坚微微摇头："朕以前拿得动杨素，现在拿不动了。"

杨谅紧盯着杨坚："父皇为何拿不动？"

杨坚苦着脸道："杨素的权势在朝廷盘根错节，太子又是十分的信任杨素；朕眼下病成这个样子，一旦对杨素出手，必然引发大乱，是朕不愿看到的。"

杨谅清楚太子杨广跟杨素的关系，故意问道："有太子在，难道父皇不放心太子了？"

杨坚沉默。过了会儿，开口说道："想到龙御归天后，朕担心你遭人加害，才召你来，授密旨。"

杨谅一阵紧张："儿臣接旨。"

杨坚郑重道："待朕归天后，朝廷派人送玺书到并州召你赴京师，朕会在敕令的敕字上给你暗示，你若见到敕字旁边多出一点，还要与玉麟符相契合，才可以应召；否则，说明朝廷有变，你不必应召。你要多加保重。"

杨谅紧张得直冒汗道："儿臣不会忘记父皇的暗示。儿臣会保重自己的。"

4

等杨谅离开仁寿宫之后，杨坚深感孤寂；尽管侍疾的人来来往往，好像没一人能理解他。当他听到脚步声时,都没睁开眼看是谁进殿来了,忙问道:"五儿是不是上路回了并州?"杨素快步走到龙榻边,回道:"禀皇上,汉王已经离开岐州回并州去了。"这时柳述、杨广、宣华夫人和容华夫人一起来到了寝宫。听到众人的脚步声,杨坚仍没睁开眼,又问:"苏威来了吗?"杨素道:"皇上未曾召苏威,他在长安的大兴城里。"

杨坚说:"召苏威。"

杨广问:"父皇为何召苏威?"

杨坚说:"朕躺在仁寿宫里没人说话,想苏威来说说话儿。"

过了几天,苏威奉召来到仁寿宫,一看杨坚病卧龙榻的样子,伤感道:"臣给皇上侍疾,来晚了,是臣的过失!"见到苏威,杨坚一阵高兴,起了床,冲苏威笑道:"你不来,朕不得瞑目。"苏威赔笑道:"愿皇上早日安康。"

杨坚看上去比往日精神多了,他离开龙榻,在寝宫里慢慢走动,也不要谁搀扶。他转过身去,叹道:"朕除了能带走肚子里的话,啥也带不走,但是朕不想带走闷在肚子里的话,才召你来……"

苏威以为杨坚要授遗旨给他,肃然道"请皇上口谕,臣接旨。"

杨坚摇头。

苏威绷着脸,看着了杨坚。

杨坚随又转身,也看着了苏威。这一回苏威怎么琢磨,也琢磨不透杨坚心里到底藏着什么要紧的话儿,又不便问个仔细。杨坚似乎看够了苏威,走到龙榻边坐下,叫苏威也坐下,气氛显得格外特别。

坐定后,杨坚慢吞吞说道:"想当年,朕身为北周大丞相,高颎荐你来丞相府任职,你偷跑了;后来朕开创大隋,不知如何是好,想到你,又差高颎召你;你才来长安……"

苏威抱愧道:"那时臣不知天高地厚。"

杨坚扬起手,摸了摸下巴上的胡须,叹息道:"朕反省为人父,心里五味杂陈。记得朕的三子杨俊在最难熬的日子里,多么希望为父的伸出援手;朕还记得你替杨俊在朕的面前潸然泪下求情,朕没答应你……"

既然杨坚说起他的皇子,苏威趁此时机奏道:"被废庶人的皇子何止秦王一人?可想他们身为庶人,日子过得十分艰难,只要皇上伸出手,他们就可摆脱困境。"

"苏威啊苏威,"杨坚摇头。"兴许千秋后世,会有人咒骂朕是个冷酷无情的父亲,但是朕立隋创制，岂可容忍砸在自家皇子手上？"

苏威说："天子的儿子即使触犯律令，也不至于被废为庶人，永不得翻身。"

杨坚说："大隋的一部《开皇律》正是你主持起草修订的。倘若天子容忍皇子犯罪，遇天下官民的儿子触犯律令，又将如何处置呢？如果像天子的儿子那样容忍，一部《开皇律》岂不名存实亡了？所以朕宁愿被人骂成冷酷无情的父亲，也不愿被人骂成昏庸无道的君主。"

苏威劝谏说："被废为庶人的皇子都有很久了，他们要受的惩罚早已受尽，为何还要他们继续承受呢？"

杨坚叹口气说："正因诸皇子不顺朕的心意，闹得朕的心情错乱，多有焦虑，脾气不由自主发泄在大臣们身上，像以往的暴君一样，动不动下旨廷杖大臣。那个史万岁，他率军讨伐突厥大胜归朝，朕听信杨素之言，既没庆功，也没给将士们封赏，本是朕的过失；然史万岁替麾下讨功，朕克制不住动怒，下令杖毙史万岁。哪天朕赴地下，真是无颜相见史万岁。"

苏威从没听到杨坚倾吐此番话语。身为臣下，能听天子发自内心的自省，苏威动情得毫无顾忌道："纵观前朝，历代的天子误国，又有哪一位不是听信奸佞谗言呢？恕臣直言，皇上曾经克制不住动怒，也是受谗言所困……"

杨坚喘息道："你说得太对了，正是谗言误天子，天子才误国；朕要是早能悟明谗言之害非同小可，就不会做出荒谬事来。可惜朕没有机会禁绝谗言了，只盼太子将来不被谗言所误。"

坐得久了，杨坚有点支撑不住，苏威扶他躺在了龙榻上。然后苏威告退，离开了寝宫。

5

这一夜，在寝宫侍疾的是容华夫人，她几乎没合眼。天亮之后，她从寝宫出来，住在内殿的杨广悄悄迎上去，过问父皇的病情。

容华夫人面色憔悴道："看样子你父皇撑不住了，要不了几天，可能会驾崩。"

杨广叹息道："父皇久病不愈，拖得实在是够苦，只怪老天没给他个安康。"

容华夫人说："昨夜里，你父皇只有出气没有进气，憋得满脸青紫，才缓过气来，真的好险。太子该要准备后事了。"

杨广点头道："我会准备的。"

迎面过来几个宫人，杨广这才走开，直接进了寝宫。见杨坚面色苍白躺在龙榻上呻吟，杨广叫了几声父皇。杨坚睁开眼，瞅着杨广说："朕料理不了朝政，全托付你了，你要时刻勤政，不得荒怠。"

杨广坐在龙榻边，握住杨坚的手，眼里流出泪水道："儿臣不会荒怠朝政的，请父皇放心。再过些日子，父皇会渐渐好起来的。"

杨坚摇头道："朕好不了了。朕把国家交给你，你要赐福天下，天下人才会拥戴你，天下才会长治久安。"

杨广道："父皇的教诲，儿臣永远铭刻在心。"

杨坚叹道："朕立大隋，发过一个大愿，这个大愿朕没机会实现了，只能托你完成了。"

杨广吃一惊问道："父皇有何大愿？"

杨坚气喘吁吁道："朕立大隋之初，遣使宇文恺开挖三百里广通渠，又开挖山阳至江都的山阳渎，却不能解决国家的漕运。自从那年西北地区闹饥荒，南方堆积如山的粮食不能及时运到西北来，朕想在有生之年开挖一条贯通南北的河流，便于南北漕运，这桩未尽大事，只能让你做了。"

杨广点头道："儿臣一定继承父皇的大愿，开挖一条贯通南北的运河，便于国家漕运。"

杨坚说了声"好"，然后又说道："开通南北漕运，赐福天下万民，功在当今，利在千秋！"

一晃到了七月十三日，杨坚的病症加重。杨广想起容华夫人说的那番话，悄悄找太医打听，太医起先不敢实说。杨广再三催促，太医才小心谨慎说皇上的日子不多了，可能要在近期驾崩。杨广得到这样的消息，开始准备后事。以防发生变故，杨广将后事书写成文，密封后派了个亲信送给杨素过目，请杨素补充，再作详情安排。得到太子杨广的密件，杨素花了一番心血，将皇帝驾崩的后事以及太子即位的礼仪程序作了仔细规划，派了个宫人交还给太子杨广。

杨素一时粗心，忽略对宫人交待。那宫人拿着密件以为是送给皇上的奏折，不敢在路途上停留，直接进了大宝殿，被近侍带到杨坚面前，禀报说："左仆射杨素派臣送来一份密奏，请皇上亲览。"

杨坚一听密奏，以为出了大事，倏地一惊，吩咐近侍扶他坐起，拆开密奏一看，发现太子杨广和左仆射杨素正在给他安排后事，气得怒骂道："朕还没死，太子等不及了，巴不得朕快点死，好腾出位置给他，居然约杨素安排朕的后事，这没良心的东西，让朕一时凉了半截！"话没说完，嗓子一哽一哽，流出几口血，流在了胸口上。容华夫人连忙拿起棉帛擦拭。

然后容华夫人劝慰道："太子和杨素的确不该提前行事，但他们是依照章法来的，请皇上息怒。"

杨坚一边让容华夫人擦拭血液，一边喘气道："父亲没死，天下哪有等父亲快点死的不孝之子？"

容华夫人又劝道："天下的老父老母，终归有天会寿终正寝，做儿子的替他们送终，办理后事正是敬孝。皇上身为太子的老父，病卧了这么久，太子兴许担心皇上突遇不测，才提前准备后事，只是他没有考虑到皇上的心情和感受。"

这时驸马柳述进了寝宫，知道杨坚刚才因太子杨广和左仆射杨素准备他的后事而发怒。柳述不便直言，委婉说道："太子和左仆射是好心办了坏事。"

杨坚的怒气仍未平息，整个身子躁动不安，对容华夫人说道："你退下，朕对柳述有言。"

容华夫人只好退出寝宫。整个寝宫里只有杨坚和柳述。

杨坚对柳述说："你身为驸马，也是朕的半个儿子。太子杨广不孝，巴不得朕快点死，这样的不孝之子，朕不放心把国家的神器交给他，就怕他将来不孝天下父母。"

天子言及太子的短处，驸马柳述无言以对。

杨坚感觉到了柳述的顾虑，说你去叫黄门侍郎元岩来吧。

柳述出寝宫，叫来元岩。

杨坚冲柳述和元岩说："朕知道自己来日不多了，差遣你俩回趟京师，召皇长子杨勇和皇四子杨秀来仁寿宫侍疾。"

此言一出，柳述和元岩惊得张开嘴巴难得闭合，不知说啥才好。

杨坚生气说："朕还没驾崩，难道你俩不听朕的话了？"

柳述这才开口说道："皇长子杨勇和皇四子杨秀，早已被皇上废为庶人……"

杨坚生怒道："百善孝为先。朕虽将皇长子和皇四子废为庶人，可朕从没废掉他们行孝；朕身为他们的父亲，在临崩之前不想留下遗憾，让皇长子和皇四子遗恨朕，召他们来侍疾行孝，又有何不妥当呢？"

6

兵部尚书柳述和黄门侍郎元岩领到皇旨，正准备前往京师接皇长子杨勇和皇四子杨秀来仁寿宫侍疾。

杨素很快知道此事，大惊不已，赶紧跑去见杨广。见到杨广，杨素大喘粗气道："皇上诏令柳述和元岩去京师接庶人杨勇和庶人杨秀来仁寿宫侍疾，这可不是太子殿下的好事。"

听到这个消息，杨广浑身的筋骨颤抖，吓得无计可施。他问杨素："这可咋办？"

杨素不假思索道："自从皇上起病之初，召柳述和元岩入寝宫侍疾，说明皇上高度信任柳述和元岩。然太子应召入住大宝殿，大有隐形软禁太子之意，现在皇上终于到了摊牌的时候。臣建议太子这就出手，尽快拿下柳述和元岩等人，控制仁寿宫。"

心慌意乱的杨广听罢杨素进言，渐渐镇定下来。

杨素催促说："驸马柳述兵权在握，他一旦出手，扶持杨勇或者杨秀恢复储君位，便是太子的末日。在这生死存亡之际，事不宜迟，太子赶紧出手吧，不然慢了步伐，悔之晚矣。"

杨广刻不容缓速派心腹宇文述、郭衍率领一群卫士逮捕柳述和元岩。此时的柳述和元岩冷不丁儿被一群手持兵器的卫士包围，明白太子杨广先出手了。

柳述镇定问道："诸位为何手持兵器，气势汹汹围困兵部尚书？"

领头的宇文述回言道："我们是奉旨执行公务，请柳尚书配合。"

柳述冲宇文述怒道："你奉谁的旨？"

宇文述克制道："奉朝旨。"

柳述说了声鬼话，正要拂袖而去，他显然走不掉了，被宇文述带来的人拦住。

柳述被逼急，跟宇文述撕脸道："我本皇亲，身为兵部尚书又兼任吏部尚书，你个小小东宫差役，岂敢对我动粗？"

宇文述也撕脸了，大声喝道："拿下！"

卫士们扑向柳述，很快将柳述五花大绑。

柳述叫嚷道："乱臣贼子宇文述，你跟我去见皇上！"

宇文述冷漠地下令道："带走！"

柳述和元岩被带进大狱，成为阶下囚。

开弓没有回头箭。杨广迅速召来东宫卫兵控制了仁寿宫，禁止人员出入宫门，由宇文述、郭衍调度指挥。随后杨广命令东宫右庶子张衡控制皇帝寝宫大宝殿。张衡担心有人替皇帝跑腿传旨，将大宝殿的宫人统统赶到别的地方囚禁了。

病卧龙榻的杨坚在大宝殿里成为孤家寡人。当他闻知太子杨广下令逮捕柳述和元岩时，一股怒气凝固成一块沉重的石头压在了他胸口上，压得他喘不过来，骂不出声来。他挣扎着想离开龙榻，半边身子挪到龙榻边，陡然停止了动弹。

等张衡领着杨广和杨素来到皇帝寝宫，杨坚已经绝世。

盛怒来得突然，杨坚抑制不住，崩于盛怒。但他创建的大隋帝国，仍旧稳稳立于天地之间。由他亲手绘制的帝国蓝图，开启了华夏一千多年王朝政治之先河。假如没有隋文帝杨坚兵不血刃统一华夏，创立隋制，很难想象之后的大唐王朝至大清帝国的形态是个什么样子。

图书在版编目（CIP）数据

隋文帝 / 丑人著. -- 北京：华文出版社，2017.12（2018.6重印）
ISBN 978-7-5075-4781-8

Ⅰ. ①隋… Ⅱ. ①丑… Ⅲ. ①长篇历史小说－中国－当代 Ⅳ. ①I247.5

中国版本图书馆CIP数据核字（2017）第251282号

隋文帝

作　　者：	丑　人
责任编辑：	胡慧华
出版发行：	华文出版社
社　　址：	北京市西城区广外大街305号8区2号楼
邮政编码：	100055
网　　址：	http://www.hwcbs.com.cn
电　　话：	总编室 010-58336239　发行部 010-58336202
	责任编辑 010-58336197
经　　销：	新华书店
印　　刷：	三河市宏盛印务有限公司
开　　本：	710mm×1000mm　1/16
印　　张：	24.5
字　　数：	423千字
版　　次：	2018年2月第1版
印　　次：	2018年6月第2次印刷
标准书号：	ISBN 978-7-5075-4781-8
定　　价：	45.00元

版权所有 侵权必究